STEENKOUD

Voor Fiona

1

Hij had zich altijd al aangetrokken gevoeld tot dode dingen. Hun serene kilte. Het gevoel dat je kreeg als je ze aanraakte. De rijpe, zoete geur van de ontbinding. De staat waarin ze zich bevonden als ze teruggingen naar God.

Het ding dat hij nu in zijn handen hield was nog niet zo lang dood. Nog maar een paar uur geleden was het springlevend geweest.

Was het gelukkig.

Maar onzuiver, bezoedeld en smerig...

En nu was het rein.

Voorzichtig en eerbiedig plaatste hij het op de stapel, bij de andere dingen. Alles om hem heen had ooit geleefd, was ooit druk, lawaaiig, smerig en onrein geweest. Maar nu waren ze bij God. In vrede.

Hij sloot zijn ogen en haalde diep adem, badend in de symfonie van geuren. Sommige vers, andere zwaar en doordringend. Allemaal verrukkelijk. Zo moest het ruiken als je God was, dacht hij, terwijl hij naar zijn verzameling keek. Zo moest het ruiken als je in de hemel was. Omringd door de doden.

Een glimlach verspreidde zich over zijn lippen als vuur in een brandend huis. Het was eigenlijk tijd voor zijn pillen. Maar daar had hij nog geen zin in.

Er waren nog zoveel dode dingen om van te genieten.

2

Het was kletsnat buiten. De regen kletterde tegen het blauwe plastic van de tent die de technische recherche op de plaats delict had opgezet, en leek het te willen opnemen tegen het geronk van de noodaggregaten, waardoor het voeren van een gesprek in de krappe ruimte bijkans onmogelijk was. Niet dat de aanwezigen die maandagmorgen, een kwartier na middernacht, erg spraakzaam waren.

De reden was David Reid, die daar lag op de ijskoude grond. Aan het eind van de overhellende tent was een stuk greppel over een lengte van een meter twintig gemarkeerd met blauw afzetlint. De rest van de tent bedekte een stuk zompige oever met platgetrapt, geel wintergras.

Het was propvol in de tent. Er waren vier mannen van de technische recherche van de politie van Aberdeen, gekleed in witte, papieren overalls. Twee van hen waren in de weer met vingerafdrukpoeder en kleefband, de derde maakte foto's en de vierde legde de plaats delict op video vast voor het nageslacht. De rest van het gezelschap bestond uit een agent in uniform die duidelijk nog een groentje was, de dienstdoende politiearts, een inspecteur die zo te zien zijn beste tijd had gehad en niet te vergeten de eregast, de kleine David Brookline Reid. Over drie maanden zou hij vier zijn geworden. Ze hadden hem uit de koude, ondergelopen greppel moeten halen voordat ze met zekerheid konden vaststellen dat hij niet meer leefde. Niet dat iemand daaraan had getwijfeld. De kleine stakker was al heel lang dood. Hij lag op zijn rug op een stuk blauw plastic, in volle glorie, met zijn X-Man-T-shirt omhooggetrokken tot aan zijn schouders. Afgezien daarvan droeg hij niets.

De camera flitste opnieuw, brandde alle details en kleur weg en liet op het netvlies van de aanwezigen een beeld achter dat niet weg wilde gaan.

Inspecteur Logan McRae stond in een hoek van de tent en probeerde te bedenken wat hij de moeder van David Reid zou vertellen. Haar zoon was drie maanden vermist geweest. Drie maanden van onzekerheid. Drie maanden lang had ze gehoopt dat haar kind gezond en wel weer thuis zou komen opdagen. Terwijl hij al die tijd dood in een greppel had gelegen.

Logan wreef met zijn hand over zijn vermoeide gezicht en voelde de stoppels onder zijn vingertoppen. Godallemachtig, hij kon een moord doen voor een sigaret. Wat spookte hij hier in godsnaam uit?

Hij haalde zijn horloge tevoorschijn en kreunde. De adem die hij uitblies vormde een wit rookpluimpje. Gisterochtend, veertien uur geleden, had hij zich sinds lange tijd weer beter gemeld. Een mooie manier om langzaamaan de draad op te pakken.

Een kille windvlaag deed hem opkijken. Logan zag hoe een doorweekte gestalte zich vanuit de regen de tent in haastte. De patholoog-anatoom was gearriveerd.

Dokter Isobel MacAlister: een meter vijfenzestig lang, drieëndertig, kortgeknipt bruin haar. Maakt katachtige geluiden als je haar zachtjes in de binnenkant van haar dijen bijt. Ze was onberispelijk gekleed in een strak, grijs broekpak en een zwarte mantel, met als enig detonerend detail de enorme kaplaarzen, waarvan de randen tegen kaar knieën wapperden.

Ze keek met een professionele blik in de tent rond en verstarde toen ze Logan zag. Op haar gezicht verscheen een flauwe glimlach, die echter snel weer verdween. Begrijpelijk, in aanmerking genomen hoe hij eruitzag. Ongeschoren, wallen onder zijn ogen en een wilde bruine haardos die ongecontroleerd was gaan krullen door de regen.

Isobel opende haar mond en sloot hem weer.

De regen beukte op het tentdak, de camera klikte, de opladende flitser produceerde zijn pieptoon en de noodaggregaten ronkten. Maar de stilte was oorverdovend.

De dienstdoend arts verbrak de betovering. 'Getverdemme!' Hij stond op één been en probeerde het water uit zijn andere, bemodderde schoen te schudden.

Isobel hervond haar professionele blik.

'Is het overlijden al vastgesteld?' vroeg ze. Ze moest bijna schreeuwen om het lawaai te overstemmen.

Logan zuchtte. Het moment was voorbij.

De dienstdoend arts onderdrukte een geeuw en wees naar het kleine, opgeblazen lichaam in het midden van de tent. 'Nou, die is wel dood, hoor.' Hij stak zijn handen diep in zijn broekzakken en snoof luid. 'Als je het mij vraagt is hij al tijden dood. Minstens twee maanden.'

Isobel knikte en zette haar dokterstas naast het lijkje op het grondzeil. 'Dat zou best wel eens kunnen,' zei ze terwijl ze hurkte en het dode kind van dichterbij bekeek.

De politiearts verplaatste zijn gewicht afwisselend van zijn linkernaar zijn rechterbeen, waarbij de bijbehorende voet dieper in de modder verdween. Isobel trok rubberhandschoenen aan en begon haar instrumenten uit te pakken. 'Nou,' zei hij, 'laat het me maar weten als je nog iets nodig hebt, oké?'

Isobel beloofde dat ze dat zou doen. De politiearts knikte en wurmde zich langs Logan de tent uit, de regenachtige nacht in.

Logan keek omlaag naar het hoofd van Isobel en overdacht alle dingen die hij van plan was geweest te zeggen als hij haar weer zou ontmoeten. Opmerkingen die alles weer goed zouden kunnen maken. Alles wat fout was gegaan op de dag waarop Angus Robertson tot dertig jaar cel was veroordeeld. Maar toen Logan zich dat moment had voorgesteld, had er geen vermoord jongetje tussen hen in op de grond gelegen. Dat verpestte de sfeer toch enigszins.

Daarom liet hij het bij: 'Heb je al een tijdstip van overlijden voor me?'

Ze keek op van het in staat van ontbinding verkerende lichaam en bloosde een beetje. 'Dokter Wilson zat er niet ver naast,' antwoordde ze zonder hem aan te kijken. 'Twee maanden, misschien drie. Na de sectie kan ik het met meer zekerheid zeggen. Weet jij wie het is?'

'David Reid. Hij is drie.' Logan zuchtte. 'Wordt al sinds augustus vermist.'

'Arme donder.' Isobel haalde een kleine koptelefoon met geïntegreerde microfoon uit haar tas, zette hem op haar hoofd en testte de microfoon. Ze deed een nieuw bandje in haar dictafoon en begon met haar onderzoek van de kleine David Reid.

Het was halftwee 's ochtends en het regende nog steeds onophoudelijk. Inspecteur Logan McRae stond in de luwte van een knoestige eik en keek hoe de apparatuur van de fotograaf een constante reeks lichtflitsen produceerde in de tent van de technische recherche. Telkens wanneer het flitsapparaat afging, vormden de figuren achter het blauwe plastic een macaber schimmentableau.

Vier krachtige schijnwerpers wierpen in de slagregen een fel licht op de omgeving van de tent, terwijl de diesels van de generatoren voortpuften in een wolk van blauwe rook. De koude regen siste op het hete metaal. Buiten de cirkel van licht was het pikkedonker.

Twee van de schijnwerpers waren gericht op de greppel aan de achterzijde van de tent. De late novemberregens hadden de greppel bijna tot aan de rand gevuld. Grimmig kijkende duikers van de politie, gekleed in strakke, donkerblauwe duikerspakken, stonden er tot hun middel in, op zoek naar sporen. Enkele leden van de technische recherche deden een tot mislukken gedoemde poging een tweede tent boven de duikers op te zetten om zodoende forensisch bewijsmateriaal te redden van het vernietigende effect van het noodweer.

Nog geen tweeënhalve meter verderop stroomde de rivier de Don. Zwijgend, massief en donker. Lichtcirkels dansten op het wateroppervlak, weerspiegelingen van het licht van de schijnwerpers, vervormd door de kracht van de regen. Als Aberdeen ergens goed in was, dan was het wel de regen.

De rivier was in het stroomopwaarts gelegen gebied al op tientallen plaatsen over de oevers gestroomd en had landerijen veranderd in meren. Ze waren nauwelijks anderhalve kilometer verwijderd van de Noordzee en het water stroomde hier snel.

Aan de andere kant van de rivier rezen de flatgebouwen van Hayton op achter een haag kale bomen. Vijf fantasieloze blokkendozen met hier en daar kille, gele lichten die af en toe door de regen vervaagden. Het was een afschuwelijke nacht.

Een haastig samengesteld onderzoeksteam baande zich met zaklantaarns langzaam een weg langs de rivieroever. Ze zochten in beide richtingen, hoewel het veel te donker was om wat dan ook te kunnen vinden. Maar het zou er geloofwaardig uitzien, de volgende ochtend op de televisie.

Logan snoof en stak zijn handen dieper in zijn zakken. Hij draaide zich om en keek omhoog naar de heuvel, waar het felle licht van de televisielampen vandaan kwam. Niet lang nadat Logan was gearriveerd, waren ze komen opdagen, in de hoop een glimp op te vangen van het lijk. Eerst alleen de plaatselijke schrijvende journalisten, die op iedereen in politie-uniform vragen hadden afgevuurd. Daarna waren ook de grote jongens ten tonele verschenen. De BBC en ITV, met hun camera's en gewichtig kijkende presentatoren.

Het politiekorps Grampian had de gebruikelijke neutrale verklaring uitgegeven, waarin geen enkel detail werd vermeld. Dus Joost mocht weten waarover ze daarboven stonden te praten.

Logan draaide zich weer om en keek naar de dansende zaklampen van het onderzoeksteam dat voortworstelde in de duisternis.

Deze zaak had hem bespaard moeten blijven. Zeker op de eerste werkdag na zijn ziekteverlof. Maar de rest van de recherche van Aberdeen was op cursus of bezig dronken te worden op de een of andere afscheidsreceptie. Er was niet eens een hoofdinspecteur aanwezig! Hoofdinspecteur McPherson, die Logan weer langzaamaan had moeten inwerken, was aan het herstellen nadat iemand had geprobeerd hem met een keukenmes te onthoofden. Zo kwam het dat inspecteur Logan McRae aan het hoofd stond van een belangrijk moordonderzoek. Hij hoopte dat hij de boel niet zou verknallen en dat hij het zo spoedig mogelijk aan een superieur kon overdragen. Het was een mooi begin.

De jonge, onervaren agent kwam de tent uit gelopen, beende door de modder en ging naast Logan onder de eik staan. Hij zag er net zo uit als Logan zich voelde. Groen van ellende.

'Allemachtig.' De agent huiverde en stak een sigaret in zijn mond, met een uitdrukking alsof dat nog het enige was wat hem voor een totale ineenstorting kon behoeden. Na even te hebben nagedacht, bood hij de inspecteur naast hem er een aan, maar Logan bedankte.

De agent huiverde, bevrijdde met enige moeite een aansteker uit zijn borstzak en stak de sigaret aan, die als een hete kool in de duisternis begon te gloeien. 'Een klotegezicht, zoiets, op de eerste dag dat u weer terug bent, hè, meneer?'

Uit zijn mond kwam een witte pluim sigarettenrook tevoorschijn. Logan inhaleerde diep om de rook zijn aangetaste longen in te zuigen voordat de wind hem weg kon blazen.

'Wat zei Iso...' Hij onderbrak zichzelf. 'Wat zei dokter MacAlister?'

Het flitste opnieuw in de tent en de schimmen van de aanwezigen bevroren tegen de achtergrond van het tentzeil.

'Niet veel meer dan de dienstdoende arts al zei, meneer. Het arme joch is ergens mee gewurgd. Ze zegt dat dat andere waarschijnlijk pas daarna is gebeurd.'

Logan sloot zijn ogen en probeerde niet aan het opgezwollen lichaam van het kind te denken.

'Jaja.' De agent knikte bedachtzaam; het gloeiende uiteinde van zijn sigaret knikte mee in de duisternis. 'Toen dat gebeurde was hij gelukkig dood. Daar mag je nog blij om zijn.'

Concraig Circle nummer 15 bevond zich in een van de nieuwere gedeelten van Kingswells, een buitenwijk op zo'n vijf minuten rijden van Aberdeen zelf, die elk jaar verder uitdijde. De huizen hier werden aangeprezen als 'unieke woonervaringen met een individueel tintje', maar leken in werkelijkheid haastig in elkaar te zijn gezet door iemand met een overschot aan gele bakstenen en een tekort aan fantasie.

Nummer 15 lag aan het begin van een bochtige, doodlopende weg. De tuinen waren nog nieuw, niet meer dan vierkante grasveldjes met wat lage struiken langs de randen. Aan de meeste planten was nog een label van het tuincentrum bevestigd. Hoewel het al bijna twee uur 's nachts was, brandde er licht op de benedenverdieping, dat door de jaloezieën naar buiten scheen.

Inspecteur Logan McRae zat naast de bestuurder in de dienstwagen van de recherche. Hij zuchtte. Of hij het nu leuk vond of niet, hij was de hoogste in rang, dus was het zijn taak de moeder van David Reid te vertellen dat haar zoon dood was. Gelukkig had hij iemand van Slachtofferhulp en een agente bij zich. Dus in elk geval kwam het niet alleen op hem aan.

'Laten we maar gaan,' zei hij ten slotte. 'Het heeft geen zin nog langer te wachten.'

De voordeur werd geopend door een stevig gebouwde man van een jaar of vijfenvijftig met een roodaangelopen gezicht, een snor en vijandige, bloeddoorlopen ogen. Hij liet zijn blik even rusten op het uniform van agente Watson en zei toen: 'Het wordt verdorie tijd dat jullie klootzakken eens een keer komen opdagen.' De man sloeg zijn armen over elkaar en bleef in de deuropening staan.

Logans mond viel dicht. Dit had hij niet verwacht. 'Ik wil mevrouw Reid graag spreken.'

'O ja? Nou, dan bent u wél te laat. De pers stond hier een kwartier geleden al op de stoep om te vragen wat er door ons heen ging!' Met elk woord steeg het volume van zijn stem, totdat hij het uiteindelijk tegen Logan uitschreeuwde. 'Jullie hadden het ons éérst moeten vertellen!' Hij sloeg met zijn vuist op zijn borst. 'Wij zijn verdomme de familie!'

Logans gezicht betrok. Hoe was de pers erachter gekomen dat het lichaam van David Reid was gevonden? Alsof het gezin het al niet moeilijk genoeg had.

'Eh, meneer...?'

'Reid. Charles Reid.' De man sloeg zijn armen opnieuw over elkaar en wond zich nog meer op. 'Haar vader.'

'Meneer Reid, ik weet niet hoe de pers erachter is gekomen. Maar ik verzeker u één ding: we zullen degene die hiervoor verantwoordelijk is hard aanpakken.' Logan zweeg even. 'En ik begrijp best dat u daar op dit moment weinig aan hebt, maar ik moet nu écht even met Davids moeder spreken.'

Haar vader keek Logan dreigend aan vanaf zijn positie in de deuropening. Uiteindelijk deed hij een stap opzij en kon Logan door een glazen deur de kleine woonkamer zien, waarvan de muren in een vrolijke kleur geel waren geschilderd. Midden op een felrode bank zaten twee vrouwen. De ene zag eruit als een slagschip met bloemetjesmotief, de andere als een zombie.

De jongste vrouw keek niet op toen de politie haar woonkamer betrad. Ze keek met een glazige blik in de richting van het televisiescherm, naar Dumbo die werd gepest door de clowns. Logan keek hoopvol naar de agente van de afdeling Slachtofferhulp, maar die deed haar uiterste best oogcontact met hem te vermijden.

Logan haalde diep adem. 'Mevrouw Reid?'

Geen reactie.

Logan ging op zijn hurken voor de bank zitten, tussen de vrouw en het televisiescherm. Het leek alsof ze dwars door hem heen keek en zich niet bewust was van zijn aanwezigheid.

'Mevrouw Reid? Alice?'

Ze bewoog zich niet, maar de oudere vrouw keek kwaad en ontblootte haar tanden. Haar rode ogen puilden bijna uit de kassen en op haar wangen en kin glinsterden tranen. 'Hoe durven jullie!' snauwde ze. 'Stelletje waardeloze kloot...'

'Sheila!' De oudere man deed een stap naar voren en ze zweeg. Logan richtte zich opnieuw tot de comateuze gestalte op de bank. 'Alice,' zei hij, 'we hebben David gevonden.'

De klank van de naam van haar zoon veroorzaakte een glinstering in haar ogen. 'David?' Haar mond bewoog nauwelijks, ze ademde de naam meer dan dat ze hem uitsprak.

'Het spijt me, Alice. Hij is dood.'

'David...'

'Hij is vermoord.'

Na een korte maar diepe stilte sprong haar vader uit zijn vel. 'Vuile klootzak! Vuile gore klootzak! Hij was nog maar drie!'

'Het spijt me.' Logan kon niets anders bedenken.

'Het spijt je? Het spijt je?' trok Reid met een paars gezicht van leer. 'Als jullie klootzakken niet de hele tijd op jullie luie reet waren blijven zitten en hem meteen waren gaan zoeken, dan was hij nu niet dood! Drie maanden!'

De agente van de afdeling Slachtofferhulp stak bezwerend haar handen in de lucht, maar Reid negeerde haar. Hij trilde van woede en er sprongen tranen in zijn ogen. 'Drie! Maanden! Verdomme!'

Logan maakte een afwerend gebaar.

'Luister, meneer Reed, kalmeert u alstublieft een beetje. Ik snap dat u van streek bent...'

Logan had de vuistslag moeten zien aankomen, maar hij werd erdoor verrast. Het was alsof een moker zijn maagstreek had geraakt, precies ter hoogte van de littekens. Het voelde alsof zijn ingewanden in brand stonden. Hij opende zijn mond om te schreeuwen, maar daarvoor had hij niet meer genoeg lucht in zijn longen.

Logan zakte bijna door zijn knieën. Reid greep hem hardhandig bij het voorpand van zijn jas, trok hem naar zich toe en hield hem overeind, terwijl hij met zijn andere arm uithaalde om het karwei af te maken.

Agent Watson riep iets, maar Logan verstond haar niet. Er klonk een versplinterend geluid en de hand die hem vasthield verloor zijn greep. Logan viel op het tapijt en rolde zich als een bal om zijn gloeiende maagstreek. Er klonk nog een woedende kreet, waarna Watson riep dat ze Reids arm zou breken als hij niet ophield.

Meneer Reid schreeuwde het uit van pijn.

Het slagschip met het bloemetjesmotief riep: 'Charlie! Hou in godsnaam op!'

Watson zei iets wat niet voor herhaling vatbaar was, waarna iedereen zweeg.

Met loeiende sirene scheurde de politieauto over Anderson Drive. Logan zat voorin, naast Watson. Hij zag er grauw en bezweet uit en had zijn handen om zijn maag geklemd. Bij iedere oneffenheid in de weg verbeet hij zich van de pijn.

Charles Reid zat achterin, vastgegordeld, met handboeien om. Hij zag er angstig uit.

'O, mijn god, wat spijt me dit. Het spijt me vreselijk!'

Watson stopte bij de Eerste Hulp en parkeerde in een van de vakken met het bordje UITSLUITEND VOOR AMBULANCES. Ze hielp Logan met uitstappen alsof hij van porselein was, en beet Reid toe: 'Jij blijft hier zitten tot ik terugkom of ik maak gehakt van je!' Voor de zekerheid drukte ze met de afstandsbediening de portieren op slot en het alarm aan.

Pas toen ze de receptie bereikten, verloor Logan het bewustzijn.

3

Het hoofdbureau van het politiekorps Grampian. Het gebouw was een grijs blok van beton en glas, zeven verdiepingen hoog, met op het dak de zendmasten en antennes. Het bevond zich aan het eind van Queen Street, vlak naast de rechtbank, tegenover de grijze, granieten bruidstaart waarin het Marishall College was gevestigd. Om de hoek lag het Cultureel Centrum, een in de Victoriaanse tijd gebouwde kopie van een Romeinse tempel. Het hoofdbureau was een toonbeeld van de slechte smaak van de projectontwikkelaar. Maar het lag op een steenworp afstand van het gemeentehuis, de raadszaal en een stuk of twaalf kroegen.

Kroegen, kerken en regen. Drie dingen waar je in Aberdeen geen gebrek aan had.

De hemel was donker, de bewolking laag en de natriumlampen gaven de straten een geelachtige, ziekelijke gloed. Het had sinds de afgelopen avond onophoudelijk geregend en ook nu spatten de zware regendruppels omhoog van het gladde plaveisel. De riolering was al aan het overstromen.

Stadsbussen ronkten voorbij en plensden iedereen nat die stom genoeg was zich op een dag als deze buiten te wagen.

Logan wenste al die buschauffeurs een enkeltje naar de hel terwijl hij vloekend zijn regenjas strakker dichttrok. Hij had een verschrikkelijke nacht achter de rug: een stoot in zijn maagstreek, waarna diverse artsen van de Eerste Hulp een uur of drie bezig waren geweest met het betasten en bekloppen van de plek des onheils. Ten slotte hadden ze hem om kwart over vijf 's ochtends de ijskoude regen in gestuurd met een potje pijnstillers en een elastisch verband.

Hij had maar liefst een heel uur geslapen.

Logan liep met soppende schoenen de hal van het hoofdbureau aan

Queen Street binnen en bleef staan bij de halfronde balie. Zijn appartement lag op nog geen twee minuten lopen vanaf het hoofdbureau, maar hij was doorweekt en het water druppelde van zijn kleren op de vloer.

'Goedemorgen,' zei een bijdehand uitziende brigadier van dienst vanachter de glazen afscheiding. 'Kan ik u helpen?' Logan kon zich niet herinneren hem ooit eerder te hebben gezien. De brigadier produceerde een beleefde glimlach en Logan slaakte een diepe zucht.

'Goedemorgen, brigadier,' zei hij. 'Het was de bedoeling dat ik vandaag zou komen werken bij hoofdinspecteur McPherson...'

De beleefde glimlach verdween toen de brigadier van dienst in de gaten kreeg dat het hier niet ging om publiek dat als klant moest worden behandeld.

'Dat zal lastig worden, nu hij dat mes in zijn hoofd heeft gehad.' Hij maakte stekende gebaren en Logan probeerde neutraal te blijven kijken. 'U bent...' De man richtte zijn blik op een schrift op de balie en bladerde erdoorheen totdat hij had gevonden wat hij zocht. 'Inspecteur McRae?'

Logan bevestigde dat hij McRae was en liet als bewijs zijn politiepasje zien.

'Juist,' zei de brigadier van dienst zonder een spier te vertrekken. 'Beeldige foto. U kunt zich melden bij hoofdinspecteur Insch. Hij geeft een briefing om...' Hij keek omhoog naar de klok. 'Vijf minuten geleden.' Hij glimlachte weer. 'Hij vindt het niet leuk als mensen te laat komen.'

Logan was twaalf minuten te laat voor de briefing van halfacht. De kamer was afgeladen met serieus kijkende politiemannen en -vrouwen, die zich zonder uitzondering omdraaiden om te kijken hoe hij voorzichtig naar binnen sloop en de deur zachtjes achter zich sloot. Aan het eind stond hoofdinspecteur Insch, een grote, kale man die was gekleed in een gloednieuw pak. Hij maakte zijn zin niet af maar zweeg en keek met gefronste wenkbrauwen naar Logan terwijl deze naar een lege stoel op de eerste rij hinkte.

Na een laatste afkeurende blik vervolgde de hoofdinspecteur zijn verhaal. 'Zoals ik dus zei: volgens het voorlopige rapport van de patholoog-anatoom ligt het tijdstip van overlijden ongeveer drie maanden geleden. Het zal lastig worden nu nog bruikbaar forensisch materiaal op de plaats delict te vinden, vooral met die regen. Maar dat betekent niet dat we er niet naar gaan zoeken. We gaan de boel millimeter voor millimeter omspitten, in een straal van achthonderd meter rond de plaats waar het lijk is gevonden.'

Er klonk gekreun onder de toehoorders. Dit was een enorme klus en er was weinig kans dat ze iets bruikbaars zouden vinden. Niet na drie maanden. En het regende nog steeds. Het werd een lange, zeiknatte dag.

'Ik weet dat het een rotklus is,' zei Insch, terwijl hij een gombeertje uit zijn broekzak tevoorschijn haalde. Hij bestudeerde het, blies de pluisjes eraf en stak het in zijn mond. 'Maar dat kan me niet schelen. We hebben het over een jongetje van drie. We gaan de klootzak pakken die dit heeft gedaan. Ik tolereer geen slordigheden. Duidelijk?'

Hij zweeg even en keek dreigend rond, alsof hij iedereen wilde uitdagen er iets tegen in te brengen.

'Mooi. En nu we het toch over slordigheden hebben, gisteren heeft iemand de *Press and Journal* getipt dat we het lichaam van David Reid hebben gevonden.' Hij stak een exemplaar van de ochtendkrant in de lucht. Op de voorpagina prijkte de kop VERMOORDE PEUTER GEVONDEN! met daarbij een foto van het glimlachende gezichtje van een nog levende David Reid, en ernaast een foto van de tent van de technische recherche, van binnenuit verlicht door het flitslicht van de politiefotograaf. De in de tent aanwezige politiemensen staken als silhouetten af tegen het plastic.

'Ze zijn de moeder om commentaar gaan vragen nog voordat wij het arme mens konden vertellen dat haar zoon dood was!'

Insch smeet de krant op het bureau. In de menigte klonk verontwaardigd gemompel.

'Jullie kunnen allemaal een bezoekje verwachten van Interne Zaken. Maar denk eraan,' voegde hoofdinspecteur Insch er langzaam en op waarschuwende toon aan toe, 'hun heksenjacht is niets vergeleken bij de mijne. Als ik degene die hiervoor verantwoordelijk is te pakken krijg, spijker ik hem door zijn kloten aan het plafond!'

Hij nam even de tijd om dit goed tot iedereen door te laten dringen.

'Goed dan, de indeling voor vandaag.' De hoofdinspecteur streek met één bil neer op de rand van het bureau en las de namen op: wie van huis tot huis ging, wie de rivieroever moest afzoeken en wie op het bureau bleef om de telefoontjes te beantwoorden. De enige naam die hij niet oplas, was die van Logan McRae.

Insch hief zijn armen op alsof hij op het punt stond zijn parochie te zegenen. 'Voordat jullie gaan,' zei hij, 'wil ik jullie erop wijzen dat er vanaf heden bij de balie kaartjes te koop zijn voor de kerstvoorstelling. Vergeet niet er een te kopen!'

De manschappen schuifelden naar buiten. Degenen met telefoondienst konden het niet laten triomfantelijke blikken te werpen in de richting van de arme donders die ertoe waren veroordeeld de hele dag in de regen door te brengen. Logan liep achter de meute aan, in de hoop iemand te zien die hij kende. Hij was nog geen jaar in de ziektewet geweest en nu al zag hij niemand meer wiens naam hij kende.

De hoofdinspecteur zag hem dralen en riep hem naar zich toe.

'Wat was dat allemaal, gisteravond?' vroeg hij toen de laatste agent het vertrek had verlaten.

Logan haalde zijn opschrijfboekje tevoorschijn en begon op te lezen: 'Het lichaam is om kwart over tien 's avonds gevonden door een zekere Duncan Nicholson...'

'Dat bedoel ik niet.' Insch schoof zijn tweede bil bij op de rand van het bureau en sloeg zijn armen over elkaar. Met zijn forse gestalte, zijn kale hoofd en zijn nieuwe kostuum zag hij eruit als een goedgeklede boeddha. Alleen minder vriendelijk. Agente Watson heeft je om twee uur vannacht bij de Eerste Hulp afgeleverd. Je bent nog geen vierentwintig uur aan het werk en je hebt alweer een nacht in het ziekenhuis doorgebracht. De opa van David Reid zit in de cel op verdenking van een poging je zwaar lichamelijk letsel toe te brengen. En dan presteer je het ook nog te laat en als een halve invalide op mijn briefing te verschijnen.'

Logan wiegde ongemakkelijk heen en weer. 'Nou ja, meneer, ik kan begrijpen dat die Reid opgewonden was. Het was niet echt zijn schuld. Als die journalisten niet bij hem langs waren geweest, dan...'

Inspecteur Insch onderbrak hem. 'Jij was ingedeeld bij hoofdinspecteur McPherson?'

'Eh... ja.'

Insch knikte bedachtzaam en haalde een nieuw gombeertje uit zijn broekzak. Hij stak het met pluis en al in zijn mond en begon erop te kauwen. 'Dat is dan van de baan. Zolang McPherson bezig is zijn hoofd fatsoenlijk op zijn romp terug te laten groeien, werk je voor mij.'

Logan probeerde zijn teleurstelling te verbergen. McPherson was twee jaar zijn superieur geweest, totdat Angus Robertson Logans ingewanden als een speldenkussen had gebruikt voor zijn vijftien centimeter lange jachtmes. Logan mocht McPherson graag. Iedereen die hij kende, werkte voor McPherson.

Het enige wat hij van Insch wist, was dat die een hekel had aan idioten. En volgens Insch was ongeveer iedereen een idioot.

Insch nam Logan op zijn gemak op. 'Denk je dat je dat zult overleven, McRae?'

'Ik denk het wel.'

Insch knikte. Zijn grote gezicht zag er afwezig en ontoegankelijk uit. Er viel een ongemakkelijke stilte. Dat was een van de handelsmerken van Insch. Als je maar lang genoeg je mond hield tijdens een ondervraging, zou de verdachte op een gegeven moment vanzelf iets gaan zeggen, om de stilte te verdrijven. Het was verbazingwekkend wat mensen dan loslieten. Dingen die ze eigenlijk nooit hadden willen zeggen. Dingen waarvan ze helemaal niet wilden dat Insch erachter zou komen.

Maar Logan hield zijn mond.

Na verloop van tijd knikte de hoofdinspecteur. 'Ik heb je dossier gelezen. Volgens McPherson ben je geen klootzak, dus ik geef je het voordeel van de twijfel. Maar als je nog een keer bij de Eerste Hulp terechtkomt, is het einde verhaal. Is dat duidelijk?'

'Ja zeker, meneer.'

'Mooi. En dat rustig aan weer beginnen met werken, daar moet je mij niet mee lastigvallen. Ik heb geen zin in dat geitenwollensokkengeneuzel. Je kunt je werk weer aan of je kunt het niet. Over een kwartier is het post mortem onderzoek. Daar ga je nu heen.'

Hij gleed van het bureau af en beklopte zijn broekzakken om te controleren of hij nog gombeertjes had.

'Ik heb van kwart over acht tot halftwaalf een bespreking met de leiding en daarna mag je me verslag uitbrengen.'

Logan keek naar de deur en toen weer naar Insch.

'Was er nog iets, McRae?'

Logan loog en zei nee.

'Mooi. Vanwege je bezoekje aan de Eerste Hulp de afgelopen nacht leek het me een goed idee agente Watson te vragen een beetje op je te letten. Zorg ervoor dat ik jullie altijd samen zie. Daar valt niet over te onderhandelen.'

'Goed, meneer.' Hij kreeg een kindermeisje toegewezen, ook dat nog. 'Ga nu maar.'

Toen Logan in de deuropening stond, zei Insch: 'Wees voorzichtig met Watson. Ze noemen haar niet voor niets de ballenbreekster.'

Het hoofdbureau van het politiekorps Grampian was groot genoeg om een eigen mortuarium te hebben. Het bevond zich in de kelder, ver genoeg verwijderd van de personeelskantine om de dienders de eetlust niet te benemen. Het was een grote, witte, smetteloze ruimte met in een van de muren ingebouwde koelruimten voor de lijken. Logan liep door de openslaande deuren naar binnen. Zijn schoenzolen maakten een piepend geluid op de gladde vloertegels. In de kille ruimte hing een antiseptische geur die de lijkenlucht vrijwel maskeerde. Het was een merkwaardige mengeling van geuren. Een aroma dat Logan in de loop van de tijd in verband was gaan brengen met de vrouw die in haar eentje bij de sectietafel stond.

Dokter Isobel MacAlister droeg haar sectiekleding: een lichtgroene jas met daaroverheen een rood rubberschort. Haar korte haar ging schuil onder een chirurgisch masker. Ze droeg geen make-up, omdat die het lijk zou kunnen besmetten. Ze keek omhoog om te zien wie het gepiep veroorzaakte. Logan zag dat haar pupillen zich verwijdden.

Hij bleef staan en deed zijn best te glimlachen. 'Hallo.'

Ze stak een hand omhoog en maakte een halve zwaaibeweging. 'Hallo...' Haar blik dwaalde af naar het kleine naakte lichaam op de snijtafel. Het lichaam van de drie jaar oude David Reid. 'We zijn nog niet begonnen. Kom je kijken?'

Logan knikte en schraapte zijn keel. 'Hoe gaat het met je?' vroeg hij. 'Dat had ik je gisteravond nog willen vragen.'

Ze keek hem niet aan en begon de rij instrumenten die op een metalen schaal lagen uitgestald, opnieuw te ordenen. Het roestvrijstalen gereedschap glom in het felle kunstlicht. 'Ach...' Ze zuchtte en haalde haar schouders op. 'Zijn gangetje.' Ze liet haar hand rusten op een scalpel. Het glimmende metaal contrasteerde sterk met het matte rubber van haar handschoenen. 'En jij?'

Logan haalde eveneens zijn schouders op. 'Hetzelfde.'
De stilte was ondraaglijk.
'Isobel, ik...'
De deuren gingen opnieuw open en Isobels assistent Brian haastte zich naar binnen, gevolgd door de toeziend patholoog-anatoom en de officier van justitie. 'Sorry dat we wat later zijn. Die verkeersongelukken met dodelijke afloop brengen zoveel administratie met zich mee, daar word je niet goed van!' zei Brian terwijl hij een lok van zijn sluike haar voor zijn ogen vandaan veegde. Hij glimlachte innemend naar Logan. 'Dag meneer, fijn om u weer te zien!' Hij gaf Logan een hand en trok daarna een rood rubberschort aan. De toeziend patholoog-anatoom en de officier knikten naar Logan, verontschuldigden zich bij Isobel en namen plaats. Isobel zou het snijwerk verrichten. De toeziend patholoog-anatoom, een gezette man van ruim vijftig met een kale schedel en behaarde oren, was uitsluitend aanwezig om zich ervan te vergewissen dat Isobels bevindingen juist waren, zoals de Schotse wetgeving vereiste. Niet dat hij ooit kritiek in haar richting zou durven uiten. Waarom zou hij ook, ze had het immers altijd bij het goede eind.

'Nou,' zei Isobel, 'laten we dan maar eens beginnen.' Ze zette haar koptelefoon op, controleerde de geïntegreerde microfoon en begon geroutineerd met de voorbereidingen.

Terwijl Logan toekeek, verrichte Isobel haar handelingen. Na drie maanden dood onder een stuk spaanplaat in een greppel te hebben gelegen, was de huid van David Reid bijna helemaal zwart geworden. Het ontbindingsproces had zijn corpulente werk gedaan en het hele lichaam was opgeblazen als een ballon. Op het ballonvormige lijkje waren wat witte vlekjes zichtbaar van schimmels die erop waren gaan groeien. Het rook onaangenaam, en Logan wist dat de geur nog veel akeliger zou worden.

Naast het lijk bevond zich een roestvrijstalen schaal, waarin Isobel allerlei afval deponeerde, zoals grassprieten, stukjes mos en papiersnippers. Van alles wat het lichaam had verzameld sinds de dood was ingetreden. Misschien was er iets bij wat hen zou helpen de moordenaar van David Reid te identificeren.

'Kijk aan...' zei Isobel, terwijl ze in de verstilde schreeuw van het dode kind tuurde. 'Zo te zien hebben we een indringer.' Voorzichtig speurde ze met een pincet langs het gebit van de kleine David en even vreesde Logan dat ze een doodshoofdvlinder tevoorschijn zou halen. Maar het pincet kwam weer uit de mondholte tevoorschijn met aan het uiteinde een kronkelende pissebed.

Isobel hield het vaalgrijze insect tegen het licht en keek hoe het met zijn pootjes tekeerging.

'Die is waarschijnlijk gaan kijken of er iets te bikken viel,' zei ze. 'Hij zal ons niet veel wijzer maken, maar voor de zekerheid moesten we hem toch maar bewaren.' Ze liet het insect in een klein flesje met conserveervloeistof vallen.

Logan keek zwijgend toe hoe de pissebed langzaam verdronk.

Anderhalf uur later stonden ze bij de koffieautomaat op de begane grond, terwijl Isobels sluikharige assistent bezig was David Reid weer dicht te naaien.

Logan voelde zich onwel. Nog nooit eerder had hij een ex-vriendin een driejarige op een snijtafel zien ontleden. Hij zag weer voor zich hoe ze kalm en geroutineerd met scalpel en ander gereedschap organen verwijderde en Brian kleine plastic flesjes aanreikte met stukjes ingewanden die moesten worden geëtiketteerd en bewaard. Hij huiverde. Isobel onderbrak haar betoog en vroeg of hij zich wel goed voelde.

'Ja, het is hier alleen een beetje koud.' Hij dwong zichzelf te glimlachen. 'Wat zei je ook alweer?'

'De doodsoorzaak is wurging. Hij is gewurgd met iets duns en glads, zoals elektriciteitsdraad. Er zijn flinke blauwe plekken op zijn rug, tussen de schouderbladen, en er zijn verwondingen op zijn voorhoofd, neus en wangen. Als je het mij vraagt heeft de aanrander de jongen op de grond geduwd en heeft hij hem met zijn knie vastgepind terwijl hij hem wurgde.' Ze klonk zakelijk, alsof het opensnijden van kinderen iets was wat ze dagelijks deed. Voor het eerst realiseerde Logan zich dat dat waarschijnlijk ook zo was. 'Er zijn geen sporen van een zaadlozing, maar dat was ook niet te verwachten na al die tijd.' Ze haalde haar schouders op. 'Maar uit het feit dat de anus is gescheurd, kunnen we afleiden dat er penetratie heeft plaatsgevonden.'

Logan trok een grimas en gooide zijn plastic bekertje met koffie en al in de afvalbak.

Ze keek hem met gefronste wenkbrauwen aan. 'Als dat enige troost is, het was post mortem. Het kind was al dood toen dat gebeurde.'

'Zouden we nog DNA kunnen vinden?'

'Lijkt me niet waarschijnlijk. De interne schade wijst niet op penetratie van een flexibel object. Volgens mij gaat het om iets anders dan de penis van de aanrander. Misschien een bezemsteel of iets dergelijks.'

Logan sloot zijn ogen en vloekte. Isobel haalde haar schouders op.

'Het spijt me,' zei ze. 'Davids genitaliën zijn verwijderd met behulp van een snoeischaar, enige tijd na het intreden van de dood. In elk geval nadat het bloed was gestold en waarschijnlijk na het intreden van de rigor mortis.'

Ze zwegen enige tijd, zonder elkaar aan te kijken.

Isobel draaide haar lege koffiebekertje rond in haar handen.

'Het... het spijt me...' Ze zweeg en begon het bekertje de andere kant op te draaien.

Logan knikte. 'Mij ook,' zei hij, en liep weg.

4

Agente Watson wachtte op hem bij de balie. Ze was van top tot teen ingepakt in een stevig, zwart politiejack, waarvan het waterdichte materiaal glom van de regen. Haar haar zat in een strakke knot onder haar pet en haar neus was zo rood als een tomaat.

Ze glimlachte toen hij met de handen in zijn zakken naar haar toe liep. Hij was in gedachten nog bij de sectie.

'Goedemorgen, meneer. Hoe is het met uw maag?'

Logan dwong zichzelf te glimlachen. Zijn neusgaten zaten nog vol met de geur van het kinderlijk. 'Prima. En hoe gaat het met jou?'

Ze haalde haar schouders op. 'Blij dat ik weer dagdienst heb.' Ze keek rond in de lege receptieruimte. 'Wat gaan we doen?'

Logan keek op zijn horloge. Het liep tegen tienen. Hij had nog anderhalf uur voordat Insch uit zijn vergadering zou komen.

'Zin in een ritje?'

Ze tekenden voor een dienstwagen. Watson bestuurde de roestige blauwe Vauxhall. Logan zat naast haar en keek naar buiten, waar het nog steeds regende. Ze hadden net genoeg tijd om naar Bridge of Don aan de andere kant van de stad te rijden, waar een onderzoeksteam in de modder en de regen hoogstwaarschijnlijk vergeefs naar bewijs aan het zoeken was.

Een gammele stadsbus die was volgeplakt met advertenties voor kerstaankopen zwenkte voor hen en produceerde een fontein van water.

Watson had de ruitenwissers op volle snelheid aangezet en het geluid van het over de voorruit zwiepende rubber overstemde het geraas van de ventilator. Geen van beiden hadden ze een woord gesproken nadat ze van het hoofdbureau waren weggereden.

'Ik heb tegen de brigadier van dienst gezegd dat hij Charles Reid met een waarschuwing naar huis moet sturen,' zei Logan.

Agente Watson knikte. 'Ik dacht al dat u dat zou doen.' Ze reed achter een duur uitziende terreinwagen met vierwielaandrijving een kruispunt op.

'Het was tenslotte eigenlijk niet zijn schuld.'

Watson haalde haar schouders op. 'Dat moet u zelf weten, meneer. Hij heeft u bijna vermoord.'

De bestuurder van de terreinwagen met vierwielaandrijving – die qua terreinomstandigheden waarschijnlijk zelden of nooit met iets ergers dan de kuilen in Holburn Street te maken had – besloot plotseling rechtsaf te gaan en ging midden op het kruispunt op de rem staan. Watson vloekte en probeerde de rijstrook met het rechtdoor rijdende verkeer op te rijden.

'Typisch een vent achter het stuur,' mompelde ze. 'Sorry, meneer,' voegde ze eraan toe toen ze zich realiseerde dat Logan naast haar in de auto zat.

'Geeft niet...' Hij verviel weer in stilzwijgen en dacht terug aan Charles Reid en zijn bezoek aan de Eerste Hulp. Je kon het Charles Reid echt niet kwalijk nemen. Stel dat iemand je dochter opbelt om te vragen wat ze ervan vindt dat het vermoorde lichaam van haar drie jaar oude zoontje zojuist is gevonden in een greppel. Dan is het niet zo gek als je uithaalt naar het eerste slachtoffer dat zich aandient. Degene die het had doorgebriefd aan de *Press and Journal*, die was verantwoordelijk.

'Ik heb een ander idee,' zei hij. 'Laten we eens op zoek gaan naar een foute journalist.'

PRESS AND JOURNAL. HET REGIONALE NIEUWS SINDS 1748.

Dat stond op de voorpagina van elke editie. Maar het gebouw dat de krant deelde met een zusteruitgave, de *Evening Express*, zag er heel wat minder eerbiedwaardig uit. Het was een laag, monsterlijk gebouw van twee verdiepingen, vlak achter de Lang Stracht. Het lag achter een hoog hekwerk, als een slechtgehumeurde rottweiler. Ze konden er vanaf de straatkant niet in en Watson reed een industrieterreintje op met wat volgestouwde autoshowrooms en een afgeladen parkeerterrein. De parkeerwachter wierp een blik op het uniform van Watson, deed de slagboom omhoog en wuifde hen door met een glimlach die zijn tandeloze mond liet zien.

Op het glimmende graniet naast de draaideur die naar de receptie leidde, stond in gouden letters ABERDEEN JOURNALS LTD gegraveerd, pal boven een koperen plaquette waarop de geschiedenis van het krantenbedrijf stond samengevat: IN 1748 OPGERICHT DOOR JAMES CHALMERS... Blablabla. Logan geloofde de rest wel.

De vale lichtpaarse muren van de ontvangsthal waren kaal. De monotonie werd alleen doorbroken door een houten plaquette ter nagedachtenis aan de medewerkers die gedurende de Tweede Wereldoorlog het leven hadden verloren. Logan had iets krantenachtigs verwacht: ingelijste voorpagina's, journalistieke prijzen, foto's van verslaggevers. Maar het leek wel alsof de krant net in het gebouw was getrokken en er nog geen tijd was geweest het behoorlijk in te richten.

De vloer was kakelbont: grote, lichtblauwe linoleumtegels met een marmermotief, afgebiesd met goudkleurige en roze stroken.

De receptioniste zag er niet veel beter uit: paarse oogschaduw en sprietig haar. Ze keek hen waterig aan terwijl ze haar neus snoot in een vieze zakdoek.

'Welkom bij Aberdeen Journals,' zei ze zonder een greintje enthousiasme. 'Kan ik u helpen?'

Logan haalde zijn politiepasje tevoorschijn en stak dat onder haar snotterige neus. 'Inspecteur McRae. Ik zoek degene die gisteravond naar de woning van Alice Reid heeft gebeld.'

De receptioniste bekeek zijn legitimatie, richtte haar blik vervolgens weer op hem en agente Watson en zuchtte. 'Ik zou het niet weten.' Ze zweeg even en snotterde. 'Ik werk hier alleen maar op maandag en woensdag.'

'En wie zou het dan wél kunnen weten?'

De receptioniste haalde haar schouders op en snotterde opnieuw.

Watson haalde een exemplaar van de ochtendeditie uit een rek en legde het met een klap op de balie. VERMOORDE PEUTER GEVONDEN! Ze wees naar het zinnetje dat bij het artikel stond: 'Door Colin Miller.'

'Zou hij het niet wezen?' vroeg ze.

De receptioniste pakte de krant en wierp er een waterige blik op. Plotseling zakten haar mondhoeken omlaag. 'O, die...'

Afkeurend toetste ze een nummer op het schakelpaneel van de telefooncentrale. Een vrouwenstem tetterde uit de luidspreker. 'Ja?' De receptioniste nam de hoorn van de haak. Haar accent veranderde plotseling van beleefd verkouden in Aberdeens verkouden.

'Lesley? Ja, met Sharon... Lesley, is die verwaande kwast er ook?' Er viel even een stilte. 'Ja, het is de politie... Dat weet ik niet, momentje.'

Ze legde haar hand op de hoorn en keek Logan hoopvol aan. 'Komen jullie hem inrekenen?' vroeg ze, weer een en al beleefdheid.

Logan opende zijn mond en sloot hem weer. 'We willen hem alleen maar een paar vragen stellen,' antwoordde hij ten slotte.

'O,' Sharon keek teleurgesteld. 'Nee,' zei ze in de hoorn. 'Ze komen de klojo niet oppakken.' Ze knikte een paar keer en grijnsde breed. 'Ik zal het vragen.' Ze knipperde met haar wimpers en trok een pruilmondje in de richting van Logan, kennelijk in een poging er verleidelijk uit te zien. Het was een verloren gevecht tegen een rode, schilferige neus, maar in elk geval deed ze haar best. 'Als jullie hem niet gaan arresteren, kunnen jullie hem dan tenminste een beetje mishandelen?'

Agente Watson knipoogde veelbetekenend. 'We zullen zien wat we kunnen doen. Waar is hij?'

De receptioniste wees naar een deur aan haar linkerkant. 'Bezorg hem gerust een manke poot.' Ze grinnikte en drukte op een knop, waardoor het slot van de deur opensprong.

Het redactielokaal zag eruit als een fabriekshal. Het was een enorme ruimte met vaste vloerbedekking en een systeemplafond. Er stonden minstens honderd bureaus, bijeengepakt in compacte clusters: Binnenland, Buitenland, Sport, Opmaak... De muren hadden dezelfde kleur als die in de ontvangsthal en ze waren even kaal. Stapels papier, gele Post-it's en haastig neergepende aantekeningen leken als een trage lawine van het ene bureau op het andere te vallen.

Achter de flikkerende computerbeeldschermen onder de tl-buizen zaten de journalisten voorovergebogen over hun toetsenbord om het nieuws van de volgende dag te produceren. Afgezien van het altijd aanwezige gezoem van de ventilatoren van de computers en het fotokopieerapparaat was het er griezelig stil.

Logan richtte zich tot de eerste persoon die hij tegenkwam: een oudere man die was gekleed in een corduroy broek en een crèmekleurig hemd dat onder de vlekken zat. Zijn stropdas droeg sporen van minstens drie ingrediënten van het ontbijt dat hij had genuttigd. De bovenkant van zijn schedel had al lang geleden afscheid genomen van de laatste haren, maar hij had over de glimmende hoofdhuid wat slierten gekamd die nog aan de zijkant groeiden. Daarmee nam hij alleen maar zichzelf in de maling.

'We zijn op zoek naar Colin Miller,' zei Logan terwijl hij zijn politiepasje tevoorschijn haalde.

De man trok een van zijn wenkbrauwen op. 'O, ja?' zei hij. 'Komen jullie hem oppakken?'

Logan stak zijn pasje weer in zijn zak. 'Dat was ik niet van plan, maar ik begin zo langzamerhand van gedachten te veranderen. Waarom vindt ú dat we hem moeten oppakken?'

De oude verslaggever trok zijn broek wat omhoog en keek Logan met een gemaakt onschuldige blik aan. 'Ik zou het niet weten.'

Diep ademhalen; één, twee, drie, vier...

'Goed,' zei Logan, ' en waar is hij?'

De oude man knipoogde naar hem en maakte een hoofdbeweging in de richting van de toiletten. 'Ik heb écht geen idee waar hij is, meneer,' zei hij langzaam, elk woord beklemtonend. Hij keek nog eens veelbetekenend in de richting van de toiletten en produceerde een brede grijns.

Logan knikte. 'Bedankt voor uw hulp.'

'Jammer dat ik u niet beter heb kunnen helpen,' zei de verslaggever. 'Maar ik ben nu eenmaal een zeurpiet en een seniele ouwe lul, volgens sommigen hier in elk geval.'

Terwijl hij terugkuierde naar zijn bureau, liepen Logan en Watson met gezwinde pas naar de toiletten. Tot Logans verbazing stormde Watson zonder aarzeling het herentoilet binnen. Hoofdschuddend liep hij achter haar aan de zwart-wit betegelde ruimte binnen.

Het volume waarmee ze 'Colin Miller?' schreeuwde, veroorzaakte een kakofonie van journalistiek commentaar bij de aanwezige verslaggevers, die ijlings hun gulp dichtritsten en het toilet verlieten. Slechts één man bleef staan. Hij was klein, breedgeschouderd en stevig gebouwd en hij droeg een duur uitziend, donkergrijs kostuum. Zijn haar zat onberispelijk. Melodieloos fluitend wiegde hij rustig heen en weer bij een van de pisbakken.

Watson bekeek hem van top tot teen. 'Colin Miller?' vroeg ze.

Nonchalant glimlachend keek hij achterom. 'Wou je me misschien helpen mijn piemel leeg te schudden?' vroeg hij met een knipoog. Aan zijn accent was duidelijk te horen dat hij uit Glasgow afkomstig was. 'Want ik mag eigenlijk geen zware dingen tillen van de dokter...'

Ze keek hem nors aan en vertelde hem wat ze van zijn aanbod vond. Het was niet erg vleiend.

Logan besloot tussenbeide te komen voordat Watson de kans kreeg te bewijzen waarom ze de ballenbreekster werd genoemd.

De journalist knipoogde opnieuw, maakte het karwei rustig af en draaide zich om terwijl hij zijn gulp dichtritste. Aan vrijwel elke vinger droeg hij een zegelring. Een gouden ketting hing om zijn nek en bungelde voor zijn zijden overhemd en stropdas.

'U bent de heer Miller?' vroeg Logan.

'Ja zeker. Wilt u een handtekening?' Hij paradeerde parmantig naar de wastafel en trok zijn mouwen een beetje omhoog, waardoor om zijn rechterpols iets zwaars van goud zichtbaar werd en aan zijn linkerpols een joekel van een horloge werd onthuld. Geen wonder dat de man zo gespierd was: dat moest hij wel zijn om al die sieraden met zich mee te kunnen zeulen.

'We wilden het even met u hebben over David Reid, dat driejarige jongetje dat...'

'Ik weet wie David Reid is,' zei Miller terwijl hij de kraan opendraaide. 'Ik heb de hele voorpagina volgeschreven over die arme donder.' Hij grinnikte en pompte wat vloeibare zeep in zijn handen. 'Een briljant stukje journalistiek van drieduizend woorden. Die kindermoordenaars zijn onbetaalbaar. Ze mollen de een of andere peuter en plotseling wil Jan en alleman bij het ontbijt lezen hoe zo'n zieke klootzak het precies heeft gedaan. Het is verdomme ongelofelijk.'

Logan moest de neiging bedwingen Miller bij zijn strot te grijpen en met zijn hoofd in de pisbak te rammen. 'U hebt gisteravond het gezin gebeld,' zei hij in plaats daarvan. 'Van wie had u gehoord dat we hem hadden gevonden?'

Miller glimlachte naar Logans spiegelbeeld. 'Daar hoef je geen genie voor te zijn... hoofdinspecteur? Hij keek Logan vragend in de spiegel aan.

'Inspecteur,' zei Logan. 'Inspecteur McRae, van de recherche.'

De journalist haalde zijn schouders op en hield zijn handen onder de droger. 'Ach, een gewone inspecteur?' riep hij om boven het geluid van de hete luchtstroom uit te komen. 'Geeft niets. Als u me helpt om de zieke klojo te pakken die dit heeft gedaan, dan zorg ík wel dat u hoofdinspecteur wordt.'

'Ik moet ú helpen?' Logan sloot zijn ogen en kreeg visioenen van Miller met een gebroken neus, vol aangekoekte urine. 'Wie heeft u verteld dat we David Reid hadden gevonden?' vroeg hij afgemeten.

Er klonk een klik en de droger viel stil.

'Ik zei u al dat je daar geen genie voor hoeft te zijn. Jullie vonden een dood kind. Wie had het anders kunnen zijn?'

'Maar we hebben niemand verteld dat het om een kind ging!'

'O nee? Gut. Nou ja, dan moet het toeval zijn geweest.'

Logan keek Miller dreigend aan. 'Wie heeft het u verteld?'

Miller glimlachte en frunnikte aan zijn hemd totdat er onder de mouwen van zijn colbert aan beide kanten twee centimeter gesteven manchet zichtbaar was.

'Hebt u nooit gehoord van journalistieke onschendbaarheid? Ik hoef mijn bronnen niet te vermelden. Daar kunt u me helemaal niet toe dwingen!' Hij zweeg even. 'Maar goed, als die leuke agente hier misschien een verleidelijke poging wil doen me op andere gedachten te brengen... Ik ben gek op vrouwen in uniform!'

Watson gromde en haalde haar uitschuifbare knuppel tevoorschijn. De deur van het herentoilet klapte open, waardoor alle actie even bevroor. Een forse vrouw met een volle, krullende haardos stormde de ruimte binnen. Ze zette haar handen op haar heupen en haar ogen spuwden vuur. 'Wat gebeurt hier in 's hemelsnaam?' zei ze terwijl ze Logan en Watson dreigend aankeek. 'De halve nieuwsredactie zit met een natgeplaste broek.' Voordat iemand antwoord had kunnen geven, vervolgde ze tegenover Miller: 'En wat doe jij hier nog? Er is over een halfuur een persconferentie over dat dode kind! De roddelpers zit erbovenop. Dit is óns verhaal en ik wil graag dat dat zo blijft!'

'Meneer Miller helpt ons met ons onderzoek,' zei Logan. 'Ik wilde weten wie hem heeft verteld dat we...'

'Gaat u hem arresteren?'

Logan zweeg niet langer dan een seconde, maar dat was lang genoeg.

'Ik dacht al van niet.' Ze priemde een vinger in de richting van Miller. 'Nou ophoepelen, jij. Ik betaal je niet om in de plee met vrouwelijke agenten te flirten!'

Miller glimlachte en salueerde. 'Komt in orde baas!' zei hij, waarna hij Logan een knipoog gaf. 'Ik moet aan het werk, geloof ik.'

Hij zette een stap in de richting van de deur, maar Watson versperde hem de weg. 'Meneer?' Ze betastte haar knuppel en het leek alsof ze niets liever wilde dan Miller ermee op zijn hoofd slaan.

Logan keek naar Watson, naar de zelfingenomen journalist en opnieuw naar Watson. 'Laat hem maar gaan,' zei hij ten slotte. 'We spreken elkaar nog wel, meneer Miller.'

De journalist grinnikte. 'Zeker weten!' Hij maakte met zijn rechterhand een schietgebaar naar Watson. 'Kom je me gauw weer ondervragen, schatje?'

Gelukkig zei Watson niet wat ze dacht.

Buiten, op het parkeerterrein, liep Watson stampvoetend naar de Vauxhall. Ze rukte het portier open, smeet haar pet op de achterbank, plofte op de stoel, smeet het portier dicht en vloekte hartgrondig.

Logan moest toegeven dat ze gelijk had. Miller zou zijn bron nooit vrijwillig prijsgeven. En zijn hoofdredacteur, de helleveeg met het wilde krulhaar, had het hun in een tirade van tien minuten volstrekt duidelijk gemaakt dat zij hem daar nooit opdracht toe zou geven. Dus de kans dat ze erachter zouden komen was net zo groot als de kans dat FC Aberdeen het volgende seizoen de eredivisie zou aanvoeren.

Logan schrok op van een tik tegen het portierraam. Aan de andere kant, in de stromende regen, zag hij het grote, glimlachende gezicht van een man die een exemplaar van de *Evening Express* boven zijn hoofd hield om zijn parodie op een kapsel droog te houden. Het was de verslaggever die hun 'niet had verteld' dat de beruchte Miller zich op het toilet bevond.

'U bent Logan McRae!' zei de man. 'Zie je wel, ik dacht al dat u het was!'

'O ja?' Logan leunde achterover.

De man met de slobberige, vaalbruine ribbroek knikte opgewekt. 'Ik heb daar nog een stuk over geschreven, wanneer was het ook alweer, een jaar geleden? HELD VAN DE POLITIE NEERGESTOKEN TIJDENS GEVECHT MET HET MONSTER VAN MASTRICK!' Hij grinnikte. 'Dat was een verrekt goed stuk. Goeie kop ook. Jammer dat "Held van de politie" niet allitereerde...' Hij haalde zijn schouders op. Daarna stak hij zijn hand door het geopende portierraam. 'Martin Leslie, van de redactie Binnenland.'

Logan schudde de hand en begon zich met de minuut minder op zijn gemak te voelen.

'Jemig, Logan McRae...' zei de verslaggever. 'En bent u al hoofdinspecteur?'

Logan zei dat hij nog steeds inspecteur was, waarop de oudere man hem verontwaardigd aankeek. 'Dat meent u niet! Wat een schoften! Dat had u gewoon verdiend! Die Angus Robertson was een gore smeerlap... Heb je gehoord dat hij een doe-het-zelfblindedarmoperatie heeft ondergaan in de Peterhead-bajes?' Hij voegde er op onheilspellende toon aan toe: 'Ze hebben hem daar een vlijmscherpe schroevendraaier in zijn maag gestoken. Nu moet ie in een zakje poepen...'

Logan zei niets. De verslaggever leunde met zijn ellebogen op de rand van het portier. Hij stak zijn hoofd even in de regen en boog zich toen weer naar Logan.

'En met wat voor zaak ben je nu bezig?' vroeg hij.

Logan tuurde recht voor zich uit, naar de troosteloze Lang Stracht die zich eindeloos leek uit te strekken. 'Eh...' zei hij, 'ik, eh...'

'Als je meer wilt weten over die hufter Colin...' zei de man op fluistertoon. Hij zweeg, sloeg zijn hand voor zijn mond en mompelde in de richting van Watson: 'Sorry, dame.'

Watson haalde haar schouders op. Wat ze eerder zelf over Miller had gezegd ging een stuk verder.

Leslie glimlachte verontschuldigend naar haar. 'En dan te bedenken dat dat klootjesvolk bij de *Scottisch Sun* ooit dacht dat hij een journalistiek genie was... Ik heb gehoord dat ze hem eruit gegooid hebben.' Zijn gezicht betrok. 'Sommigen van ons geloven nog in beroepsethiek! Je naait je eigen collega's niet. En je gaat de moeder van een slachtoffer niet bellen voordat ze door de politie is ingelicht. Maar die etter denkt dat alles geoorloofd is, zolang je er maar een goed verhaal van kan bakken.' Hij zweeg en keek verbitterd. 'En hij maakt nog spelfouten ook.'

Logan keek hem bedachtzaam aan. 'Hebt u enig idee wie hem heeft verteld dat we David Reid hadden gevonden?'

De oude journalist schudde zijn hoofd. 'Geen idee, maar als ik erachter kom bent u de eerste die het hoort! Ik zou hem graag zelf eens te grazen nemen, voor de verandering.'

Logan knikte. 'Dat zou mooi zijn...' Hij dwong zichzelf te glimlachen. 'Nou, we moeten er onderhand eens vandoor...'

Watson draaide de wagen uit het parkeervak, de oude journalist alleen achterlatend in de regen.

'Ze hadden u hoofdinspecteur moeten maken! riep hij hun na. 'Nog steeds inspecteur! Ongelofelijk!'

Terwijl ze langs de slagboom reden, voelde Logan zich knalrood worden.

'Jeetje, meneer,' zei Watson, terwijl ze hem spottend aankeek, 'ik wist niet dat u zoveel bewonderaars had.'

5

Terwijl ze via Anderson Drive door de verkeerschaos terugreden naar het hoofdbureau, zette Logan het voorval van zich af. De verkeersader was ooit bedoeld als rondweg, maar de stad was inmiddels dermate uitgedijd met kil uitziende, uit grijs graniet opgetrokken bouwsels, dat de weg inmiddels meer leek op een te strakke ceintuur rond een veel te corpulent lichaam. Vooral tijdens de spits was het er een nachtmerrie.

De regen beukte nog steeds omlaag en de bewoners van Aberdeen reageerden op de gebruikelijke manier. Een minderheid ploegde voort, gehuld in waterafstotende jassen met capuchon, de paraplu's stevig in de hand tegen de ijzige wind. De rest liet zich gelaten drijfnat regenen.

Iedereen zag er chagrijnig tot moordzuchtig uit. Als het zomer werd ontdeden ze zich van hun zware, wollen truien, ontspanden ze hun gezicht en lieten een glimlach zien. Maar in de winter leek het op straat wel een auditie voor *Deliverance*.

Logan keek nors naar buiten en bestudeerde de voetgangers. Huisvrouw. Huisvrouw met kinderen. Man gekleed in een duffelse jas en met een stom uitziende hoed op zijn hoofd. Roadkill met zijn schop en zijn afvalkarretje van de gemeente. Kind met plastic tas. Vrouw met wandelwagen. Man gekleed in een mini-kilt.

'Wat denkt zo iemand 's ochtends?' vroeg Logan terwijl Watson in de eerste versnelling schakelde en weer een paar centimeter verder reed.

'Wat, Roadkill?' antwoordde ze. 'Opstaan, dode dingen van de straat scheppen, een broodje eten, meer dode dingen van de straat scheppen...'

'Nee, hem bedoel ik niet.' Logan prikte met zijn vinger tegen het portierraam. 'Die daar. Zou hij opstaan en denken: ik heb een idee, vandaag ga ik me zo kleden dat iedereen mijn kont kan zien als het een beetje waait?'

Alsof de duvel ermee speelde, sloeg op datzelfde moment de wind onder de mini-kilt, waardoor een schone, witte onderbroek zichtbaar werd.

Watson trok een wenkbrauw op. 'Nou,' zei ze, terwijl ze een glanzende, blauwe Volvo passeerde, 'zijn moeder hoeft zich in elk geval niet voor zijn ondergoed te schamen als hij door een bus wordt overreden.'

'Dat is waar.'

Logan boog zich naar voren en deed de radio aan. Hij frummelde net zo lang aan de knoppen totdat Northsound, het commerciële radiostation van Aberdeen, uit de speakers knalde.

Agente Watson trok een vies gezicht bij een commercial voor dubbele beglazing die in plat Aberdeens werd uitgebraakt. Op miraculeuze manier waren de makers erin geslaagd ongeveer zevenduizend woorden en een afschuwelijk melodietje in minder dan zes seconden uitzendtijd te proppen. 'Jezus,' zei ze met een verbaasde uitdrukking op haar gezicht. 'Hoe kunt u naar dit soort rotzooi luisteren?'

Logan haalde zijn schouders op. 'Het is de lokale omroep. Ik luister er graag naar.'

'Wat een ramp.' Watson accelereerde om te voorkomen dat ze door een rood stoplicht zou rijden. 'Northsound, ongelofelijk! Geef mij maar Radio One. Trouwens, we mogen helemaal niet naar de radio luisteren. Stel dat we een oproep krijgen?'

Logan tikte op zijn horloge. 'Het is elf uur. Tijd voor de nieuwsuitzending. Het nieuws voor de bewoners van Aberdeen. Het kan nooit kwaad te weten wat zich in onze stad afspeelt.'

De commercial voor dubbele beglazing werd gevolgd door een spotje van een autobedrijf in Inverurie, gesproken in Doric, het vrijwel onverstaanbare Aberdeense dialect. Daarna kwamen er spotjes voor het nationale ballet van Joegoslavië en voor een nieuwe snackbar in Inverbervie. Vervolgens was het tijd voor het nieuws. Meestal bestond dat uit de gebruikelijke onzin, maar één onderwerp trok Logans aandacht. Hij ging rechtop zitten en draaide aan de volumeknop.

'... eerder vandaag. Ook de rechtszaak tegen Gerald Cleaver houdt de gemoederen nog steeds bezig. De vijfenzestigjarige, in Aberdeen geboren Cleaver wordt ervan beschuldigd ontucht te hebben gepleegd met meer dan twintig kinderen toen hij als verpleger in het kinderziekenhuis van Aberdeen werkte. Cleaver werd onder politiebegeleiding het gerechtsgebouw binnengeloodst, terwijl de woedende menigte die zich buiten had verzameld, hem verwensingen naar het hoofd slingerde...'

'Ik hoop dat ze de maximumstraf eisen,' zei Watson terwijl ze bij een kruispunt rechts afsloeg en op volle snelheid een smalle straat in reed.

'... de ouders van de vermoorde peuter David Reid hebben vandaag talloze blijken van medeleven ontvangen, nadat het lijk van hun drie jaar oude zoontje gisteravond vlak bij de oever van de rivier de Don is gevonden...'

Logan schakelde de radio halverwege de mededeling uit. 'Gerald Cleaver is een smerige gladjanus,' zei hij, terwijl hij keek naar een fietser die midden op de weg reed en vloekend zijn middelvinger opstak naar een taxichauffeur. 'Ik heb hem destijds ondervraagd tijdens het onderzoek naar die lustmoorden in Mastrick. Hij was geen verdachte maar hij stond wel op het lijstje van zedendelinquenten, dus hebben we hem toen wel opgepakt. Hij had handen als een pad, koud en klam. Zat de hele tijd aan zichzelf te friemelen...' Logan huiverde van afkeer. 'Maar nu hangt hij. Minstens veertien jaar in Peterhead.'

'Opgeruimd staat netjes.'

De Peterhead-bajes. Daar gingen de zedenmisdadigers heen. De verkrachters, pedofielen, sadisten, seriemoordenaars... mensen zoals Angus Robertson. Gevallen die beschermd moesten worden tegen gewone, respectabele misdadigers. Het soort dat graag scherpe, dunne schroevendraaiers in viezeriken steekt. Waardoor types zoals Angus Robertson verder door het leven moesten met een stoma. Logan kon er niet echt mee zitten.

Watson zei iets, maar Logan was nog te veel met zijn gedachten bij het Monster van Mastrick om het te horen.

Uit haar gelaatsuitdrukking leidde hij af dat ze hem zojuist iets had gevraagd. 'Eh, hoe bedoel je?' zei hij. Het was zijn gebruikelijke trucje om zich uit dit soort situaties te redden.

Watson fronste haar wenkbrauwen. 'Ik bedoelde precies wat ik vroeg. Wat zei de dokter gisteravond bij de Eerste Hulp?'

Logan gromde, haalde een flesje uit zijn binnenzak en schudde het. 'Om de vier uur een pil, liefst na de maaltijd. Geen alcohol.' Hij had er die ochtend al drie genomen.

Ze trok een wenkbrauw omhoog maar zei niets.

Na twee minuten reden ze door de parkeertoren achter het hoofdbureau naar het gedeelte dat was gereserveerd voor patrouillewagens en ongemarkeerde dienstauto's. De hogere rangen mochten hun privéwagens ook in de parkeergarage zetten. Het lagere volk moest maar zien waar ze hun auto kwijt konden. Meestal was dat aan de Beach Boulevard, zo'n vijf minuten lopen van het hoofdbureau. Het was de moeite waard commissaris te zijn als het stortregende.

Ze troffen Insch in de recherchekamer. Hij zat op de rand van een bureau, liet één been heen en weer bungelen en luisterde naar een agent die iets voorlas van een notitieblok. De berichten van het onderzoeksteam waren niet gunstig. Het lichaam had al te lang buiten gelegen. Het weer zat tegen. Als er, door een of ander wonder, al forensisch bewijs had gelegen dat de afgelopen drie maanden had overleefd, dan zou dat de afgelopen zes uur ongetwijfeld zijn weggespoeld. Insch zei geen woord terwijl de agent doorging met het opsommen van de tegenslagen. Hij keek onbewogen voor zich uit terwijl hij regelmatig een greep deed in een zakje en een snoepje in zijn mond duwde dat leek op een colaflesje.

De agent was klaar met zijn verslag. Hij wachtte totdat Insch klaar was met kauwen en misschien iets zou gaan zeggen.

'Zeg dat ze nog een uur door moeten zoeken. Als we dan nog niets hebben gevonden, houden we ermee op.' De hoofdinspecteur hield het bijna lege zakje onder de neus van de agent. Die stak zijn hand erin en stopte met onverholen genoegen een snoepje in zijn mond.

'Niemand kan ons verwijten dat we dit niet serieus nemen.'

'Zeker niet, meneer,' zei hij al kauwend.

Insch stuurde de kauwende agent weg en wenkte Logan en Watson. 'Het post mortem onderzoek,' zei hij zonder verdere plichtplegingen. Hij luisterde naar Logans verslag van de sectie op het lichaam van David Reid zoals hij had geluisterd naar het verslag van het team dat op zoek was naar bewijsmateriaal langs de oever van de Don. Zwijgend en onbewogen. Snoepend. Hij begon aan het laatste colasnoepje en haalde vast een zakje winegums tevoorschijn.

'Da's fijn,' zei hij nadat Logan was uitgesproken. 'Dus we zitten hier in Aberdeen opgescheept met een pedofiele seriemoordenaar.'

'Dat is nog niet zeker,' zei Watson, terwijl ze een klein oranje snoepje aannam waar SHERRY op stond. 'We hebben nog maar één lichaam, geen serie, en misschien komt de moordenaar hier helemaal niet vandaan...'

Insch bleef onbewogen en schudde zijn hoofd.

Logan accepteerde een PORT. 'Het lichaam heeft daar drie maanden ongestoord gelegen. De moordenaar is zelfs teruggegaan om een souvenir mee te nemen, lang nadat de rigor mortis is ingetreden. Dus hij was ervan overtuigd dat het veilig was naar die plek terug te gaan. Dat wijst op iemand die uit de omgeving komt. Dat hij terugkwam om een deel van het lichaam mee te nemen, wil zeggen dat dit iets voor hem betekent. Dit deed hij niet in een opwelling. Daar heeft hij lang over nagedacht. En hij zal het opnieuw doen. Als het al niet is gebeurd.'

Insch was het met Logan eens. 'Ik wil alle aangiften van vermiste kinderen zien die het afgelopen jaar zijn gedaan. Hang een lijst op, hier aan de muur. Misschien zijn sommigen van die kinderen deze smeerlap al eens tegengekomen.'

'Ja, meneer.'

'En, Logan,' vervolgde de hoofdinspecteur, terwijl hij het zakje winegums zorgvuldig dichtdeed en terugstopte in zijn broekzak, 'dan nog iets. Ik ben gebeld door de Journals. Daar vertelden ze me dat jij hun nieuwe sterverslaggever hebt lastiggevallen.'

Logan knikte. 'Colin Miller. Die komt van de *Scottish Sun*. Hij is degene die...'

'Heb ik jou gevraagd de pers tegen ons in het harnas te jagen, McRae?'

Logans mond sloeg dicht. Pauze. 'Nee, meneer. Maar we waren in de buurt en ik dacht...'

'McRae,' zei Insch langzaam en nadrukkelijk, 'ik ben blij dat je denkt. Dat is een hoopgevend symptoom. Het is iets dat ik graag zie bij mijn officieren.' Er hing een dreigend 'maar' in de lucht, voelde Logan. 'Maar ik wil niet dat ze zonder toestemming de pers lastig gaan vallen. We hebben straks het een en ander aan de bevolking uit te leggen. Misschien maken we wel een fout en moeten we zorgen dat we dat een beetje stil kunnen houden. Dan is het belangrijk dat we de pers aan onze kant hebben.'

'Maar vanmorgen zei u...'

'Vanmorgen zei ik dat ik degene die naar de pers heeft gelekt te grazen zal nemen. Dat klopt. Maar het was ónze fout, niet de fout van de krant. Begrepen?'

Logan had een duidelijke inschattingsfout gemaakt. Watson had plotseling erg veel aandacht voor haar schoenen. Logan antwoordde: 'Ja, meneer. Het spijt me.'

'Goed.' Insch pakte een vel papier van het bureau en gaf het aan inspecteur McRae, die nu voldoende bestraft leek. 'De zoektocht naar bewijsmateriaal heeft niets opgeleverd. Niet echt een verrassing. Er zijn nog duikers bezig in de rivier, maar na al die regen lijkt het me een hopeloze onderneming. De rivier is op duizenden plaatsen buiten zijn oevers getreden. We mogen van geluk spreken dat we het lichaam sowieso gevonden hebben. Over een paar dagen zou de rivier die greppel hebben overspoeld en hup...' Hij maakte een wegwuivend gebaar met zijn met hand. Op de vingertoppen zag Logan de overblijfselen van de suikerlaagjes van de colaflesjes. 'Dan zou het lichaam van David Reid zó de Noordzee in zijn gespoeld, enkele reis richting Noorwegen. Dan hadden we het nooit gevonden.'

Logan tikte met het sectierapport tegen zijn mond en tuurde naar een plek vlak boven de kale schedel van Insch. 'Misschien is het allemaal wel een beetje té toevallig,' zei hij peinzend. 'David Reid ligt daar maar liefst drie maanden, zonder dat iemand hem vindt. Als de rivier over zijn oevers stroomt, dan zal hij ook nooit worden gevonden.' Hij richtte zijn blik op de hoofdinspecteur. 'Dan spoelt hij naar de zee en zal het verhaal nooit in de kranten terechtkomen. Geen publiciteit. De moordenaar kan zijn eigen daden nooit meer teruglezen. Dan krijgt hij geen enkele aandacht.'

Insch knikte. 'Daar zit wat in. Laten we degene die het joch heeft gevonden...' Hij bestudeerde zijn aantekeningen. 'Die Duncan Nicholson. Laat die nog maar eens hier komen voor een stevige sessie, in plaats van dat halfzachte verhoor dat we hem gisteravond hebben afgenomen. Als er ook maar iets op hem valt aan te merken, dan wil ik dat weten.'

'Ik zal hem laten...' Verder kwam Logan niet. De deur van de recherchekamer vloog open en in de deuropening verscheen een agent met een roodaangelopen hoofd. Hij klonk buiten adem.

'Meneer, er is wéér een kind zoek!'

6

De moeder van Richard Erskine was zwaarlijvig, geagiteerd en zelf nog bijna een kind. De woonkamer van haar tussenwoning in Torry stond en hing vol met foto's in kleine houten lijstjes, die allemaal maar één onderwerp hadden: een grijnzende Richard Erskine. Vijf jaar oud. Blond haar. Scheve tanden. Ingevallen wangen. Een te grote bril. Het leven van het kind was in het benauwende vertrek van A tot Z vastgelegd, vanaf zijn geboorte tot aan zijn... Logan maakte de gedachte niet af.

De moeder heette Elisabeth. Ze was éénentwintig en redelijk aantrekkelijk als je haar betraande ogen, de uitgelopen mascara en de felrode neus buiten beschouwing liet. Haar lange, zwarte haar viel in pieken langs haar vollemaansgezicht en ze ijsbeerde geagiteerd en nagelbijtend door de kamer.

'Hij heeft hem, waar of niet?' riep ze onophoudelijk met schrille stem, terwijl sommige van haar vingertoppen bloedden door het nagelbijten. 'Hij heeft Richie. Hij heeft hem te pakken en hij heeft hem vermoord!'

Logan schudde zijn hoofd. 'Nee, dat weten we niet. Misschien is uw zoontje gewoon vergeten hoe laat het is.' Hij bekeek de talloze foto's die aan de muren hingen in een poging een foto te vinden waarop de jongen er werkelijk blij uitzag. 'Hoe lang is hij al zoek?'

Ze bleef staan en staarde hem aan. 'Drie uur! Dat heb ik haar al verteld. Ze zwaaide met een afgekloven hand in de richting van agente Watson. 'Hij weet dat ik me zorgen om hem maak! Hij zou nooit te laat komen! Nooit! Haar onderlip begon te trillen en er verschenen weer tranen in haar ogen. 'Waarom bent u hem niet aan het zoeken?'

Er zijn al verscheidene patrouillewagens en agenten naar hem op zoek, mevrouw Erskine. Maar ik zou graag willen weten wat er vanmorgen is gebeurd. Voordat hij is verdwenen.'

Mevrouw Erskine veegde met haar mouw over haar ogen en neus. 'Hij zou... hij zou meteen terugkomen als hij de boodschappen had gedaan. Melk en chocoladebiscuits... Hij zou meteen terugkomen!'

Ze begon weer te ijsberen. Heen en weer, op en neer.

'Naar welke winkels ging hij precies?'

'Naar de winkels bij zijn school. Helemaal niet ver! Normaal laat ik hem nooit alleen gaan, maar ik moest thuisblijven!' Ze snotterde. 'Er komt iemand voor de wasmachine. Ze konden niet zeggen hoe laat! Alleen maar dat ze 's ochtends zouden komen. Anders had ik hem nooit alleen weg laten gaan!' Ze beet op haar lip en begon hevig te snikken. 'Het is allemaal mijn schuld!'

'Is er iemand die bij u kan blijven? Een vriendin of een buurvrouw...?'

Watson wees in de richting van de keuken. Een oudere vrouw die eruitzag alsof ze gewend was voor anderen op te draven, kwam tevoorschijn met theeservies op een dienblad. Twee kopjes. De politie werd niet geacht thee te blijven drinken, die moest boeven vangen, in dit geval de onverlaat die verantwoordelijk was voor de verdwijning van de vijf jaar oude Richard.

'Het is gewoon een schande,' mopperde de oudere vrouw terwijl ze het dienblad neerzette op een stapel *Cosmopolitan*'s die op de salontafel lag. 'Dat al die kinderlokkers maar vrij rond kunnen lopen! Ze horen in de gevangenis! En dat zou hier toch geen probleem hoeven te zijn!' Ze doelde op Craiginches, de ommuurde gevangenis op nauwelijks honderd meter afstand van de woning.

Elisabeth Erskine pakte het kopje thee dat haar vriendin haar aanreikte. Haar hand trilde zo erg dat het hete vocht over de rand klotste. Ze keek hoe de theedruppels in het vaalblauwe tapijt verdwenen.

'Hebt u, eh...' Ze zweeg en snotterde. 'Hebt u misschien een sigaret? Ik... ik ben gestopt toen ik Richard kreeg...'

'Het spijt me,' antwoordde Logan. 'Ik moest een tijdje geleden ook stoppen.' Hij draaide zich om en pakte een van de recentere foto's van de schoorsteenmantel. Een foto van een kleine jongen die ernstig in de lens keek. 'Mogen we deze meenemen?'

Ze knikte en Logan gaf de foto aan Watson.

Vijf minuten later stonden ze in de kleine achtertuin, onder de uitbouw van het belachelijk kleine balkonnetje dat boven de keukendeur was gebouwd. Het kleine grasveldje bezweek onder de oprukkende modderpoelen. Her en der slingerde kinderspeelgoed. Het felgekleurde plastic was door de slagregens grondig schoongewassen. Aan de andere kant van de schutting stonden soortgelijke huizen, die hem aan leken te staren. Grijs en vochtig.

Torry was niet de slechtste wijk van Aberdeen, maar hoorde wel thuis in de toptien van de probleemwijken. Hier bevond zich de visverwerkende industrie van Aberdeen. Elke week arriveerden er duizenden kilo's vis die met de hand moesten worden schoongemaakt en gefileerd. Je kon er goed in verdienen, als je tegen de kou en de stank kon. Langs de weg stonden grote, blauwe plastic vaten met ingewanden en graten, en de zeemeeuwen lieten zich door de regen niet weerhouden om af en aan te vliegen om vissenkoppen en ingewanden te bemachtigen.

'Wat denkt u ervan?' vroeg Watson, terwijl ze haar handen diep in haar zakken stak om ze warm te houden.

Logan haalde zijn schouders op en keek naar het regenwater in het stoeltje van een felgeel Playmobile-graafmachientje. 'Is het huis nog doorzocht?'

Watson haalde haar opschrijfboekje tevoorschijn. 'Het telefoontje kwam om vijf over elf binnen. De moeder klonk hysterisch. De recherchekamer heeft er een paar mensen van het bureau in Torry heen gestuurd. Het eerste wat die hebben gedaan is het pand grondig doorzoeken. Hij heeft zich niet verstopt in de linnenkast en in de vrieskast hebben ze hem ook niet gevonden.'

'O.' Het graafmachientje was te klein voor een vijfjarige. Eigenlijk zag al het speelgoed eruit alsof het bestemd was voor peuters van een jaar of drie. Misschien wilde mevrouw Erskine niet dat haar kleintje opgroeide?

Watson bestudeerde Logan, die naar de modderige tuin staarde. 'Denkt u dat zij hem heeft vermoord?'

'Nee, niet echt. Maar als het later wél zo mocht blijken te zijn en wij geen aandacht aan die mogelijkheid hebben besteed... dan maakt de pers gehakt van ons. Wat weten we over de vader?'

'Volgens de buren is hij overleden voordat het kind werd geboren.'

Logan knikte. Dat verklaarde waarom de vrouw zo overdreven bezorgd was. Ze wilde niet dat het met haar zoon net zo zou aflopen als met diens vader. 'En hoe verloopt het onderzoek?' vroeg hij.

'We hebben zijn vriendjes gebeld: niemand heeft hem na zondagmiddag nog gezien.'

'En zijn kleren, zijn lievelingsbeer, dat soort dingen?'

'Die zijn er allemaal nog. Dus hij is waarschijnlijk niet weggelopen.'

Logan wierp een laatste blik op het rondslingerende speelgoed en liep het huis weer in. De hoofdinspecteur zou spoedig arriveren om zich op de hoogte te stellen. 'Eh...' Hij keek Watson vanuit zijn ooghoeken aan terwijl ze door de keuken en via de gang naar de voordeur liepen. 'Jij hebt al eerder met Insch gewerkt, nietwaar?'

Agente Watson antwoordde bevestigend.

'Hoe zit dat met het...' Logan maakte een gebaar alsof hij snoep in zijn mond stopte. 'Probeert hij te stoppen met roken?'

Watson haalde haar schouders op. 'Ik heb geen idee, meneer. Misschien is het een dwangneurose.' Ze zweeg en dacht even na. 'Of misschien is hij gewoon een vies, vet varken.'

Logan wist niet of hij geschokt moest kijken of in lachen moest uitbarsten.

'Maar één ding staat vast, meneer, hij is een verdomd goeie politieman. En je kunt hem maar beter niet bedonderen.'

Tot die conclusie was Logan ook al gekomen.

'Juist.' Hij bleef staan bij de voordeur. De gang hing vol met foto's, net als de woonkamer. 'Breng die foto maar naar het dichtstbijzijnde nieuwsagentschap. Ik denk dat we zo'n honderd kopieën nodig hebben en...'

'Daar heeft de plaatselijke politie al voor gezorgd, meneer. Ze hebben vier agenten vrijgemaakt om buurtonderzoek te doen langs de route die Richard moet hebben gelopen op weg naar de winkels.'

Logan was onder de indruk. 'Die gasten laten er geen gras over groeien.'

'Nee, meneer.'

'Nou, laten wij maar zes agenten beschikbaar stellen om hun assistentie te verlenen.' Hij haalde zijn mobiele telefoon tevoorschijn en begon een nummer in te toetsen. Plotseling leek zijn vinger te bevriezen. 'O, nee!'

'Meneer?'

Langs het trottoir was een opzichtig uitziende auto tot stilstand gekomen. Er stapte een bekende, gedrongen gestalte uit, gehuld in een zwarte regenjas en in gevecht met een paraplu van dezelfde kleur.

'Zo te zien zijn de aasgieren ook al gealarmeerd.'

Logan pakte een paraplu die in de gang stond en stapte naar buiten, de regen in. Het ijskoude water plensde van de paraplu omlaag terwijl hij wachtte op Colin Miller, die de trap op liep.

'Inspecteur!' riep Miller met een brede glimlach. 'Lang niet gezien! En waar is die smakelijke vrouwelijke collega van u?' Zijn glimlach werd nog breder toen hij Watson in de deuropening zag verschijnen. Ze keek hem met een dreigende blik aan. 'Mevrouw de agent! We hadden het net over je!'

'Wat moet je?' voegde ze hem op onheilspellende toon toe.

'Ach, wat ben je weer zakelijk,' zei Miller, die een geavanceerd uitziend opnameapparaatje uit zijn zak toverde en voor zich uit stak. 'Er is dus weer een kind vermist. Hoe ver ben je al met het...'

Logan fronste zijn wenkbrauwen. 'Hoe weet u dat er weer een kind wordt vermist?'

Miller wees in de richting van de kletsnatte weg achter hem. 'Overal rijden patrouillewagens die het signalement van het kind verspreiden! Hoe denkt u dat ik het weet?'

Logan probeerde er niet al te onnozel uit te zien.

Miller knipoogde. 'Trek het u niet aan. Ik maak dat soort fouten ook voortdurend. Maar goed.' Hij hield de dictafoon weer onder Logans neus. 'Is er een verband tussen deze verdwijning en de recente macabere vondst...'

'We hebben op dit moment nog niets te melden.'

'Ach, kom nou toch!'

Achter Miller stopte een wagen met op de zijkant het logo van BBC Schotland. Gisteren de vondst van een dood jongetje, vandaag een vermist kind. Dat was voer voor de media. En ze zouden allemaal dezelfde conclusie trekken als Miller. Logan zag de krantenkoppen al voor zich: PEDOFIELE SERIEMOORDENAAR SLAAT OPNIEUW TOE. De hoofdcommissaris zou zich een beroerte schrikken.

Miller draaide zich om om te zien wat de aandacht van Logan gevangenhield. Hij leek even uit het veld geslagen. 'En als ik nu eens vraag...'

'Het spijt me, meneer Miller. Ik kan u op dit moment echt nog geen bijzonderheden geven. U zult moeten wachten op de officiële verklaring.'

Daarop hoefde hij niet lang te wachten. Vijf minuten later verscheen de met modder besmeurde Range Rover van Insch ten tonele. Op dat moment was er al een legertje journalisten en radio- en televisieverslaggevers aanwezig. Schuilend onder een haag van grote, zwarte paraplu's vormden ze een muur van lenzen en microfoons onderaan de trap naar de voordeur van de woning. Het leek wel een begrafenis.

Insch nam niet de moeite uit zijn auto te komen. Hij draaide het portierraam omlaag en gebaarde naar Logan. De camera's volgden Logan, die met zijn geleende paraplu de straat overstak en door de regen naar het geopende portierraam liep. Het interieur van de Range Rover verspreidde een penetrante hondenlucht en Logan moest de neiging bedwingen zijn gezicht af te wenden.

'Zozo,' zei de hoofdinspecteur terwijl hij in de richting van de camera's knikte. 'Het ziet ernaar uit dat we vanavond op de televisie komen.' Hij streek met zijn hand over zijn kale schedel. 'Gelukkig maar dat ik eraan heb gedacht mijn haar te wassen.'

Logan glimlachte geforceerd. Hij voelde de littekens die weer waren gaan opspelen na de maagstoot van de vorige avond.

'Mooi,' zei Insch. 'Ik ben gemachtigd een verklaring af te geven aan de media. Maar ik heb geen zin een figuur te slaan. Is er nog iets wat ik moet weten voordat ik die verklaring afleg?'

Logan haalde zijn schouders op. 'Het lijkt erop dat de moeder ons de waarheid heeft verteld.'

'Maar?'

'Ik weet het niet. Ze behandelt dat kind alsof het van porselein is. Hij komt nooit alleen buiten. Al zijn speelgoed is spul dat bestemd is voor kinderen die twee jaar jonger zijn. Ze geeft me het gevoel dat ze hem aan het doodknuffelen is.'

Insch trok een wenkbrauw op, waardoor er wat rimpels verschenen in de kale roze hoofdhuid. Hij zweeg.

'Ik zeg niet dat hij niet kan zijn ontvoerd.' Logan haalde zijn schouders op. 'Maar toch...'

'Ik snap wat je bedoelt,' zei Insch terwijl hij controleerde of zijn pak goed zat. In contrast met zijn smerige en stinkende Range Rover zag hij er zelf, met zijn beste kostuum en mooiste stropdas, onberispelijk uit. 'Maar als we er nu geen aandacht aan besteden en hij dan later gewurgd en ontdaan van zijn pikkie wordt gevonden, dan gaan we wél verschrikkelijk af.'

De mobiele telefoon van Logan begon een afschuwelijk elektronisch deuntje te spelen. Het was het politiebureau in Queen Street. Ze hadden Duncan Nicholson opgepakt.

'Wat...? Nee.' Logan klemde de telefoon tegen zijn oor en glimlachte. 'Stop hem maar in een cel. En laat hem maar lekker zweten tot ik er ben.'

Toen Logan en Watson terugkwamen op het hoofdbureau was de zoektocht naar Richard Erskine in volle gang. Insch had in aanvulling op de zes agenten die Logan had vrijgemaakt nog eens twaalf agenten aan het team toegevoegd. In totaal waren nu meer dan veertig politiemensen en vier hondenbegeleiders met hun Duitse herders in de ijskoude regen bezig elke tuin, elk openbaar gebouw, elk park en elke struik, greppel en sloot te onderzoeken langs de route van het huis van de jongen naar de winkels in Victoria Road.

De brigadier van dienst vertelde hun dat Duncan Nicholson in de smerigste cel van het bureau was opgesloten. Hij zat daar al bijna een uur.

Voor de zekerheid besloten Logan en Watson eerst nog even een bezoekje aan de kantine te brengen om een kop thee en een kom soep te nemen. Terwijl ze rustig hun consumpties verorberden zat Nicholson zich in de eenzaamheid van zijn cel hopelijk veel zorgen te maken.

'Goed,' zei Logan toen ze klaar waren. 'Als jij die Nicholson nu eens naar een verhoorkamer ging brengen. Speel maar de zwijgzame diender die meer weet dan goed voor hem is. Dan ga ik ondertussen even uitzoeken hoe de zoektocht naar dat jongetje verloopt. Ik denk dat me dat een kwartier of twintig minuten kost. Tegen die tijd zal Nicholson wel bagger schijten.'

Watson stond op, wierp een laatste blik op de plakken cake en de warme custardpudding, en ging op weg om het leven van Duncan Nicholson nog een beetje ondraaglijker te maken.

Logan vernam het laatste nieuws over de verdwenen jongen van de administrateur in de recherchekamer: de jongen was nog niet gevonden en het buurtonderzoek had ook niets opgeleverd. Logan haalde een kop thee uit de automaat in de hal en dronk die langzaam leeg, om de tijd vol te maken. Vervolgens nam hij de zoveelste pijnstiller. Toen de afgesproken twintig minuten waren verstreken, liep hij naar verhoorkamer twee.

Het was een sober ingericht vertrek met muren die in een deprimerende beige kleur waren geschilderd. Duncan Nicholson zat aan de tafel, met tegenover zich een zwijgende, nors kijkende Watson. Nicholson zag er niet bepaald ontspannen uit.

Het was een rookvrije ruimte, iets waar Nicholson duidelijk moeite mee had. Voor hem op tafel lag een bergje papiersnippers en toen Logan binnenkwam, maakte Nicholson een schrikachtige beweging, waardoor een paar snippers op het versleten blauwe tapijt dwarrelden.

'Dag meneer Nicholson,' zei Logan terwijl hij zich naast Watson in een bruine plastic stoel liet zakken. 'Sorry dat u even hebt moeten wachten.'

Nicholson schoof heen en weer in zijn stoel. Op zijn bovenlip glinsterden kleine zweetdruppeltjes. Hij was nauwelijks tweeëndertig, maar hij zag er eerder uit als vijfenveertig. Het haar op zijn hoofd was geschoren, blauwgrijze stoppels afgewisseld met glimmende stukjes roze huid. Zijn oren waren elk op minstens drie plaatsen gepiercet. Verder zag hij eruit alsof hij op maandagochtend in elkaar was gezet, nog voordat de fabriek goed was warmgedraaid.

'Ik zit hier al uren!' zei hij met alle verontwaardiging die hij nog kon opbrengen. 'Uren! En er was niet eens een plee. Ik klapte zowat!'

Logan keek gemaakt verbaasd. 'Dat is heel vervelend. Het moet een communicatieprobleempje zijn, meneer Nicholson. U bent hier toch uit eigen vrije wil naartoe gekomen? Geen toilet, zei u? Daar zal ik meteen de verantwoordelijke leidinggevende op aanspreken. Zoiets kan natuurlijk niet, dat begrijp ik heel goed.' Hij produceerde een vriendelijke, ontwapenende glimlach. 'Maar nu we elkaar eenmaal gevonden hebben, stel ik voor dat we geen tijd meer verspillen en meteen beginnen.'

Nicholson knikte en glimlachte een beetje. Hij was een beetje gerustgesteld. Hij voelde zich al wat beter.

'Watson, mag ik je verzoeken?' Logan gaf Watson twee gloednieuwe cassettebandjes. Ze haalde het plastic eraf en stak ze in het opnameapparaat dat aan de muur was bevestigd. Daarna stopte ze er twee videobanden in. Ze drukte op 'opname' en er klonk wat geklik en gepiep.

'Gesprek met de heer Duncan Nicholson,' begon Watson het verplichte nummer met de namen, de datum en de tijd.

Logan glimlachte opnieuw. 'Goed, meneer Nicholson. Of mag ik u Duncan noemen?'

De man aan de andere kant van de tafel wierp een nerveuze blik op de camera in de hoek van de kamer, achter Logans schouder. Ten slotte bewoog hij zijn kale hoofd bevestigend op en neer.

'Goed. Duncan, klopt het dat je gisteravond het lichaam van David Reid hebt gevonden?'

Nicholson knikte opnieuw.

'Je moet iets zeggen, Duncan,' zei Logan, wiens glimlach met de minuut breder werd. 'De band kan je niet horen als je alleen maar knikt.'

Nicholsons ogen richtten zich weer op het starende glazen oog van de videocamera. 'Eh... o, sorry. Ja, dat klopt. Ik heb hem gisteravond gevonden.'

'En wat deed je daar 's avonds laat, Duncan?'

Hij haalde zijn schouders op. 'Ik, eh, ik maakte een wandeling. Ik had ruzie gehad met mijn vrouw, moet u weten, en toen ben ik een stukje gaan lopen.'

'Langs de rivieroever? Zó laat in de avond?'

De glimlach verdween langzaam. 'Eh, ja, ik ga daar soms heen, om na te denken en zo.'

In navolging van Watson, die naast hem zat, sloeg Logan zijn armen over elkaar. 'Dus je ging daarheen om na te denken. En stomtoevallig struikelde je over het vermoorde lichaam van een jongetje van drie?'

'Eh, ja... het was gewoon, eh, ik...'

'Je struikelde gewoon over het vermoorde lichaam van een jongetje van drie. Dat in een half ondergelopen greppel lag. Verborgen onder een stuk spaanplaat. In het pikkedonker. In de stromende regen.'

Nicholson opende zijn mond een paar maal, maar er kwam geen geluid uit.

Logan liet hem bijna twee minuten zo zitten zonder iets te zeggen. De man werd met de seconde onrustiger. Zijn kaalgeschoren hoofd vertoonde evenveel zweetdruppels als zijn bovenlip en het leek alsof er een weeë knoflooklucht uit zijn poriën sijpelde.

'Goed dan... ik had gedronken, oké? Ik ben gevallen. Ik ben er bijna in gebleven toen ik langs die stomme oever naar beneden liep.'

'Je bent gevallen toen je langs de oever naar beneden liep, in de stromende regen, en toen de politie ter plaatse arriveerde was er geen moddervlekje op je kleding te bekennen! Je kleren waren brandschoon, Duncan. Dat lijkt niet op iemand die net langs een modderige oever heeft gelopen en in een greppel is gevallen. Of wel soms?'

Nicholson streek met zijn hand over zijn kaalgeschoren schedel, wat een raspend geluid maakte dat de beklemmende stilte van de verhoorkamer doorbrak. Zijn kleding begon donkerblauwe vlekken te vertonen onder de oksels.

'Ik... ik ben naar huis gegaan om jullie te bellen. Ik heb me verkleed.'

'O, op die manier.' Logan zette zijn glimlach weer op. 'Waar was je op 13 augustus van dit jaar, tussen halftwee en drie uur 's middags?'

'Ik... dat weet ik niet.'

'En waar was je dan vanochtend tussen tien en elf?'

Nicholson sperde zijn ogen wijd open. 'Vanochtend? Hoezo vraagt u dat? Ik heb niemand vermoord!'

'Zei iemand dat dan?' Logan draaide zich om naar Watson. 'Watson, heb je gehoord dat ik de heer Nicholson van moord heb beschuldigd?'

'Nee, meneer.'

Nicholson bewoog zenuwachtig op zijn stoel heen en weer.

Logan haalde een lijst tevoorschijn van alle aangiften van vermiste kinderen die de afgelopen drie jaar waren gedaan en legde die midden op de tafel.

'Waar was je vanochtend, Duncan?'

'Ik heb televisiegekeken.'

'En waar was je op...' Logan boog zich voorover om de lijst te bestuderen. 'Op 15 maart tussen zes en zeven uur 's avonds? En op 26 mei, tussen halfvier 's middags en acht uur 's avonds? Waar was je toen?'

Ze gingen alle data op de lijst af. Nicholson antwoordde en transpireerde. Hij was nergens geweest, zei hij. Hij had televisiegekeken. De enige mensen die voor een alibi konden zorgen, waren Jerry Springer en Oprah Winfrey. Meestal in de herhaling.

'Nou, Duncan,' zei Logan toen ze de lijst hadden afgewerkt, 'dat ziet er niet best uit, vind je niet?'

'Ik heb die kinderen nooit aangeraakt!'

Logan leunde achterover en maakte opnieuw gebruik van de zwijgmethode van Insch.

'Echt waar! Ik heb jullie toch gewaarschuwd toen ik dat kind heb gevonden? Waarom zou ik dat doen als ik hem had vermoord? Ik zou nooit een kind vermoorden. Ik hou van kinderen!'

Watson trok een wenkbrauw op en Nicholson keek verwonderd.

'Hé, niet op die manier! Ik heb neefjes en nichtjes, snapt u? Zoiets zou ik verdorie nooit doen.'

'Laten we dan nog eens bij het begin beginnen.' Logan schoof zijn stoel wat dichter naar de tafel. 'Wat deed je nou precies daar aan de oever van de Don, 's avonds laat in de stromende regen?'

'Ik zei u al dat ik dronken was...'

'Waarom kan ik dat nou niet geloven, Duncan? Waarom heb ik het sterke gevoel dat er straks, in het rapport van het gerechtelijk laboratorium, zal worden gerept over bewijsmateriaal dat jou in verband brengt met die dode jongen?'

'Ik heb niets gedaan!' Duncan sloeg met zijn vuist op de tafel, waardoor het stapeltje papiersnippers omhoogstoof en als sneeuw omlaag dwarrelde.

'Je hangt, Duncan. Je neemt alleen maar jezelf in de maling als je denkt dat je je hieruit kunt lullen. Volgens mij moet jij maar eens een tijdje in de cel doorbrengen, dat zal je goeddoen. We spreken elkaar weer als je bereid bent de waarheid te vertellen. Gesprek beëindigd om zesentwintig minuten over één.'

Hij gaf Watson opdracht hem naar het cellenblok te brengen en wachtte in de verhoorkamer tot ze terugkwam.

'Wat denk jij?' vroeg jij.

'Ik geloof niet dat hij het gedaan heeft. Hij lijkt me er niet het type voor. Niet slim genoeg om consequent te liegen.'

'Dat is zo.' Logan knikte. 'Maar hij líegt wel. Ik geloof er geen barst van dat hij daar 's avonds laat een beetje is gaan wandelen. Als je bezopen bent, ga je echt niet voor je lol langs een modderige rivieroever banjeren. Hij had een bijzondere reden om daar te zijn. Wat die reden was, daar moeten we achter zien te komen.'

Ze reden door het grijze en mistroostige havengebied van Aberdeen. Aan de kade lagen een paar bevoorradingsschepen voor de offshore-industrie afgemeerd. De vrolijke kleuren waarin ze waren geschilderd – geel en oranje – kregen door de regen een doffe gloed. In het schemerduister brandden felle lampen op de plekken waar containers vanaf vrachtwagens aan boord werden geladen.

Logan en Watson waren op weg naar het huis van Richard Erskine in Torry. Er was daadwerkelijk iemand getraceerd die de vermiste jongen had gezien. Een zekere mevrouw Brady had een kleine blonde jongen waargenomen die, gekleed in een rood windjack en een spijkerbroek, over het braakliggende terrein achter haar huis had gelopen. Het was tot nu toe de enige tip die ze hadden gekregen.

Het was bijna tijd voor het nieuws van halfdrie en Logan zette de radio aan, waarop de laatste maten van een nummer van de Beatles klonken. Vanzelfsprekend werd er in het nieuws ruimschoots aandacht besteed aan de verdwijning van Richard Erskine. De stem van Insch galmde uit de luidsprekers. Hij deed een oproep aan het publiek om informatie te geven over de verblijfplaats van het kind. Hij had talent voor drama – wat iedereen wist die hem ooit in de jaarlijkse kerstvoorstelling had zien optreden – maar hij wist zich voor de radio redelijk te beheersen toen de nieuwslezer de voor de hand liggende vraag stelde:

'Denkt u dat Richard het slachtoffer is geworden van de pedofiel die ook David Reid heeft vermoord?'

'Op dit moment doen we er alles aan om Richard te vinden en hem veilig thuis te brengen. Als iemand hem heeft gezien of andere nuttige informatie heeft, verzoeken wij diegene contact op te nemen met ons speciale nummer: nul achthonderd, vijf, vijf, vijf, negen, negen, negen.'

'Dank u, meneer. Dan het andere nieuws: de rechtszaak tegen Gerald Cleaver, de zevenenvijftigjarige ex-verpleger uit Manchester, is vandaag voortgezet onder zware veiligheidsmaatregelen als gevolg van doodsbedreigingen aan het adres van de advocaat van de verdachte, Sandy Moir-Farquharson. De heer Moir-Farquharson vertelde Northsound News het volgende: ...'

'Laten we hopen dat die doodsbedreigingen serieus gemeend zijn,' merkte Logan op terwijl hij de radio uitschakelde voordat de stem van de advocaat door de luidsprekers zou klinken. Sandy Moir-Farquharson verdiende het doodsbedreigingen te ontvangen. Hij was de gladjanus die Angus Robertson had verdedigd. Die had geprobeerd te betogen dat het Monster van Matrick helemaal niet zo'n monster was. Dat hij die vrouwen alleen maar had vermoord omdat ze agressief hadden gereageerd op zijn avances. Dat ze zich uitdagend hadden gekleed. Dat ze er eigenlijk gewoon zélf om hadden gevraagd.

De horde verslaggevers voor het huis van de kleine Richard Erskine was verdubbeld vergeleken met de laatste keer dat ze er waren geweest. De hele straat stond volgepakt met auto's. Er stonden zelfs een paar uitzendwagens met satellietschotels op het dak. Watson was gedwongen een paar kilometer verderop te parkeren, zodat ze door de regen terug moesten lopen, samen onder Watsons paraplu.

Bij de Schotse BBC hadden zich nu ook Grampian, ITN en Sky News gevoegd. De felle lampen van de televisiecamera's gaven de vale granieten gebouwen een kleurloze gloed. Niemand scheen veel last te hebben van de kille winterregen, hoewel die met bakken uit de hemel kwam.

De blonde presentatrice met de grote borsten van het nieuwsprogramma van Channel Four was bezig commentaar in de spreken voor de camera. Ze stond midden op straat zodat het huis en de omgeving goed in beeld kwamen.

'... dringt de vraag zich op of al deze media-aandacht niet bijdraagt aan het verdriet dat dit gezin momenteel doormaakt. Is dit werkelijk in het algemeen belang? Nu...'

Watson banjerde ongegeneerd dwars door de opname; haar blauwwitte paraplu schermde de presentatrice compleet van de camera af.

Iemand riep: 'Cut!'

'Dat deed je expres,' fluisterde Logan terwijl een aantal televisiejournalisten begon te vloeken. Watson glimlachte en drong zich verder door de menigte die zich bij de trap naar de voordeur van de woning had verzameld. Logan liep gehaast achter haar aan en probeerde de geluiden van protest en de geschreeuwde verzoeken om informatie te negeren.

Een agente van de afdeling Slachtofferhulp was in de woonkamer in gesprek met de moeder van Richard Erskine en de verbitterde oudere vrouw. Insch was nergens te bekennen.

Logan liet Watson achter in de woonkamer en liep de keuken binnen. Hij zag op het aanrecht naast de theepot een geopend pak Jaffacakes liggen en pakte er een uit. In de achtertuin stond voor het glas van de keukendeur een forse gestalte, waardoor de lichtinval gedeeltelijk werd geblokkeerd.

Het was niet Insch maar een treurig kijkende, zwaarlijvige rechercheur die zichtbaar geen tijd had gehad zich te scheren. Hij stond op het minuscule binnenplaatsje een sigaret te roken.

'Goedemiddag, meneer,' zei de agent, zonder de moeite te nemen een beetje rechter te gaan staan of zijn sigaret uit te maken. 'Wat een flutweer, nietwaar?' Aan zijn accent te horen was hij afkomstig uit Newcastle.

'Je went er wel aan na een tijdje.' Logan ging dicht naast de rechercheur staan om zo veel mogelijk passief mee te kunnen roken. De rechercheur nam de sigaret uit zijn mond en stak zijn vinger erin, om met zijn nagel iets tussen zijn tanden vandaan te pulken. 'Dat kan ik me niet voorstellen. Ik bedoel, ik ben best wat regen gewend, maar dit slaat goddomme alles.' Hij had in zijn mondholte gevonden wat hij zocht en gooide het op de natte grond. 'Gaat dit zo door tot in het weekend?'

Logan keek omhoog naar de donkergrijze, laaghangende wolken. 'Het weekend?' Hij schudde zijn hoofd en inhaleerde diep om opnieuw van een flinke lading tweedehandssigarettenrook te kunnen genieten. 'Dit is Aberdeen. Het blijft regenen tot maart.'

'Onzin!' riep een donkere stem vlak achter hem. Het was een stem waar autoriteit uit sprak.

Logan draaide zijn hoofd om en zag Insch, die met zijn handen in zijn zakken in de deuropening stond.

'Het blijft regenen tot maart?' Insch stopte een fruitsnoepje in zijn mond. 'Maart? Lieg toch niet tegen die arme diender. Dit is Aberdeen.' Hij zuchtte en stak zijn handen weer in zijn zakken. 'Het regent hier altijd.'

Zwijgend staarden ze naar de regen.

'Nou, ik heb in elk geval goed nieuws voor u,' zei Logan ten slotte. 'Moir-Farquharson heeft doodsbedreigingen ontvangen.'

Insch grinnikte. 'Dat mag ik hopen. Ik heb hem er genoeg gestuurd.'

'Hij verdedigt Gerald Cleaver.'

Insch zuchtte opnieuw. 'Waarom verbaast me dat nu niet? Maar goed, dat is het probleem van hoofdinspecteur Steel. Mijn probleem is: waar hangt die Richard Erskine uit?'

7

Het lichaam werd gevonden op de gemeentelijke vuilstort in Nigh, even ten zuiden van Aberdeen, zo'n twee minuten rijden vanaf het huis van Richard Erskine. Er was een schoolreisje gaande in het kader van het thema 'recycling en het milieu'. De kinderen waren om vier minuten voor halfvier per busje gearriveerd. Ze hadden mondkapjes met een elastiekje voorgedaan en rubberhandschoentjes aangetrokken. Bovendien droegen ze waterafstotende jacks en kaplaarzen. Ze hadden zich om zeven minuten over halfvier aangemeld bij de keet naast de afvalcontainers en waren daarna de vuilnisbelt gaan beklimmen, wadend door een glooiend landschap van poepluiers, gebroken flessen, keukenafval en alle andere troep die de bewoners van Aberdeen dagelijks uitkotsten.

Rebecca Johnson, een meisje van acht, was degene die het lijk het eerste zag. Een linkervoet die omhoogstak uit een stapel gescheurde, zwarte plastic zakken. Er vloog een troep zeemeeuwen boven; dikke, volgevreten vliegers die naar elkaar schreeuwend en wild op en neer duikend een hoekig, modern ballet uitvoerden. Een van de meeuwen pikte met zijn snavel in een met bloed besmeurde teen. Dat had Rebecca's aandacht getrokken.

En om klokslag vier uur hadden ze de politie gewaarschuwd.

De stank was ongelofelijk, zelfs op een natte en winderige dag als deze. Hier op Doonies Hill was de regen bitter koud. De regen- en windvlagen beukten tegen de roestige Vauxhall. Logan rilde, hoewel de verwarming vol aanstond.

Watson en hij waren compleet doorweekt. De regen had zich niets aangetrokken van hun zogenaamd waterdichte politiejacks, had hun broeken verzopen en was in hun schoenen gesijpeld, samen met de vervuiling die zich naar alle waarschijnlijkheid in het regenwater bevond. De voorruit was volledig beslagen; de ventilator was niet tegen de elementen opgewassen.

De technische recherche was nog niet ter plaatse, dus hadden Logan en Watson een provisorische tent boven het lijk opgezet met behulp van verrijdbare minicontainers en nieuwe vuilniszakken. Hij zag eruit alsof de wind hem elk moment omver zou blazen, maar voorlopig hield hij het grootste deel van de regen tegen.

'Waar blijven die gasten toch?' Logan veegde een cirkel van de voorruit condensvrij. Zijn humeur was er niet beter op geworden sinds ze in het noodweer aan de gang waren gegaan met de weerbarstige minicontainers en de vuilniszakken. De pijnstiller die hij tussen de middag had genomen, was onderhand uitgewerkt en elke beweging deed hem pijn. Grommend haalde hij het flesje uit zijn binnenzak. Hij schudde een pil in zijn handpalm, deed hem in zijn mond en slikte hem door zonder het voorgeschreven slokje water.

Eindelijk verscheen een bijna wit, ongemarkeerd busje, dat met groot licht langzaam over de onverharde weg naar de vuilnisbelt reed. De technische recherche was gearriveerd.

'Het werd wel tijd,' mopperde Watson.

Ze klommen uit de auto en gingen in de stortregen staan.

Achter het naderende busje kolkten de reusachtige grijze golven van de Noordzee. De ijskoude wind bereikte voor het eerst sinds de Noorse fjorden weer vaste wal.

Het busje stopte en een zenuwachtig kijkende man tuurde door de zijruit naar de niet-aflatende stortregen en de smerige vuilnisbelt.

'Je smelt heus niet van de regen!' riep Logan. Logan had last van de kou, het vocht en zijn maag. Hij had absoluut geen zin in geneuzel.

Vier mannen en vrouwen van de technische recherche klommen uit het busje en begonnen vloekend met het opzetten van een professionele tent ter vervanging van Logans amateuristische bouwsel. De verrijdbare minicontainers en de zwarte vuilniszakken werden in de regen gesmeten en de noodaggregaten werden opgesteld. Met een luide brom kwamen ze tot leven en voorzagen de omgeving van een fel, sissend licht.

Kort nadat de plaats delict waterdicht was gemaakt, verscheen Wilson, de dienstdoend politiearts, ten tonele.

'Goeienavond, allemaal,' zei hij terwijl hij met de ene hand de kraag van zijn regenjas omhoog deed en met de andere zijn dokterstas pakte. Hij wierp een blik op het mijnenveld van afval dat de onverharde weg scheidde van de blauwe plastic tent en zuchtte. 'En dat terwijl ik net mijn nieuwe schoenen heb aangetrokken. Nou ja...'

Hij beende resoluut door het afval naar de tent, gevolgd door Logan en Watson.

Een lid van de technische recherche met een door jeugdpuistjes aangetast gezicht en een klembord in zijn hand hield hen tegen en liet hen in de regen staan totdat ze hun namen hadden ingevuld, waarna hij argwanend toekeek hoe ze allemaal een witte papieren overall over hun kleding aantrokken.

Binnen in de tent rees een menselijk onderbeen omhoog uit een zee van afvalzakken. Een beetje zoals de jonkvrouw van het meer uit de legende van koning Arthur. Alleen was het zwaard Excalibur nergens te bekennen. Een van de aanwezige rechercheurs legde het tafereel stukje bij beetje vast op video, terwijl de andere teamleden bezig waren allerlei rommel rond het been te verwijderen en dit potentiële bewijsmateriaal over te hevelen naar doorzichtige en afsluitbare plastic zakjes.

'Doe me een plezier en hou eens vast,' zei de dokter tegen Watson terwijl hij haar zijn dokterstas in de handen drukte.

Ze hield de tas gehoorzaam vast en zweeg terwijl hij hem openmaakte en er een paar rubberhandschoenen uithaalde. Hij trok ze aan met het air van een chirurg die ging starten met een harttransplantatie.

'Even uit de weg, allemaal,' voegde hij de leden van de technische recherche toe.

Ze maakten plaats zodat hij bij het lichaam kon komen.

Wilson betastte de enkel met zijn vingertoppen, pal onder het gewricht. 'Ik voel geen pols. Ofwel dit is een ordinair loszwervend lichaamsdeel, ofwel de patiënt is overleden.' Hij gaf het been een wetenschappelijk rukje, waarop het afval eromheen verschoof, en de leden van de technische recherche onderdrukte afkeurende geluidjes maakten. Dit was tenslotte hún plaats delict! 'Nee, als je het mij vraagt zit hier nog een lichaam aan vast. Dit lijk is wat mij betreft officieel dood.'

'Dank u,' zei Logan terwijl de oude man overeind kwam en zijn rubberhandschoenen afveegde aan zijn pantalon.

'Graag gedaan. Moet ik nog blijven totdat de patholoog-anatoom en de officier hier zijn?'

Logan schudde zijn hoofd. 'We hoeven hier niet allemaal te verkleumen. Bedankt en tot de volgende keer.'

Tien minuten later stak een fotograaf van de technische recherche zijn hoofd door de ingang van de tent. 'Sorry dat ik een beetje laat ben. De een of andere gek besloot in de haven te gaan zwemmen zonder zijn knieschijven mee te nemen. Godallemachtig wat is het koud buiten!'

In de tent was het niet veel warmer, maar daar regende het tenminste niet.

'Goeiemiddag, Billy,' zei Logan nadat de bebaarde fotograaf een lange, rood-wit gestreepte sjaal die hij rond zijn hoofd had gewikkeld, had afgedaan. Daaronder werd een rode wollen muts zichtbaar waarin UP THE DONS was geborduurd. Hij zette de muts af en stak die samen met de sjaal in een zak van zijn regenjack.

Logan keek verbaasd naar Billy's kale schedel. 'Wat is er met je haar gebeurd?'

Billy keek hem geërgerd aan terwijl hij zich in de verplichte witte overall hees. 'Begin jij ook al? Trouwens, ik dacht dat jij dood was.'

Logan glimlachte. 'Klopt. Maar ik ben weer tot leven gewekt.'

De fotograaf droogde zijn brillenglazen met een grijze zakdoek, die hij vervolgens gebruikte om de lens van zijn camera te poetsen. 'Heeft iemand al ergens aangezeten?' vroeg hij terwijl hij een nieuw filmrolletje in de camera deed.

'Wilson heeft aan het been getrokken, maar verder is alles nog intact.'

Billy klikte een enorm flitsapparaat op de camera. Hij sloeg er met de zijkant van zijn hand tegen, waarop het ding een hoge pieptoon produceerde. 'Goed, dames en heren, daar gaan we.'

Fel blauwwit licht explodeerde in de kleine ruimte, gevolgd door het gezoem van het filmtransport in de camera en de accelererende pieptoon van de zich razendsnel opladende flitser. Opnieuw en opnieuw en opnieuw...

Toen Billy bijna klaar was ging de mobiele telefoon van Logan. Vloekend haalde hij het ding uit zijn zak. Het was Insch, die wilde weten hoe het ermee stond.

'Het spijt me, meneer.' Logan moest zijn stem verheffen om uit te komen boven het gekletter van de regen op het tentdak. 'De patholoog-anatoom is er nog niet. En ik kan het lichaam niet met zekerheid identificeren zonder het te verplaatsen.'

Insch uitte een krachtterm, maar Logan kon hem nauwelijks verstaan.

'We hebben net een anoniem telefoontje binnengekregen. Iemand heeft een kind dat voldeed aan het signalement van Richard Erskine vanochtend in een donkerrode wagen zien stappen.'

Logan keek neer op het vaalblauwe, naakte been dat uit het vuilnis omhoog stak. Die informatie was te laat gekomen om het vijfjarige kind nog te kunnen redden.

'Bel me als de patholoog-anatoom er is.'

'Oké, meneer.'

Isobel MacAlister zag eruit alsof ze zojuist een modeshow had gelopen: lange Burberry regenjas, donkergroen broekpak, crèmekleurige, hooggesloten blouse en kleine paarlen oorbellen, het korte haar verantwoord verfomfaaid. Kaplaarzen die minstens drie maten te groot waren... Ze zag er zó goed uit dat het pijn deed.

Zodra ze binnen was, verstijfde Isobel. Haar blik bleef even gefixeerd op Logan, die met zijn doorweekte kleding in een hoek stond. Even dacht Logan dat ze glimlachte. Ze zette haar koffertje met medisch gereedschap op een vuilniszak en kwam ter zake. 'Is het overlijden al vastgesteld?'

Logan knikte. Hij probeerde niet in zijn stem te laten doorklinken dat het hem van slag bracht haar te zien. 'Wilson heeft dat een halfuur geleden al gedaan.'

Haar mondhoeken gingen omlaag. 'Ik ben zo snel gekomen als ik kon. Ik heb ook nog andere dingen te doen.'

Logans gezicht betrok. 'Ik bedoelde er helemaal niets mee,' zei hij, terwijl hij zijn handen omhoogstak. 'Ik wilde je alleen maar vertellen wanneer het overlijden is vastgesteld. Meer niet.' Zijn hart bonkte zo hard dat hij de stortregen buiten niet meer hoorde.

Ze staarde hem onvermurwbaar aan. Haar gelaatsuitdrukking was kil en ontoegankelijk. 'Jaja...' zei ze.

Ze draaide hem de rug toe, trok de gebruikelijke witte overall aan, haalde haar kleine microfoon tevoorschijn, begon met het inspreken van de standaardgegevens en ging aan het werk.

'We zien een menselijk been, een linkerbeen dat vanaf de knie uit een vuilniszak omhoogsteekt. De grote teen heeft een beschadiging die waarschijnlijk post mortem...'

'Een zeemeeuw heeft eraan zitten knabbelen,' zei Watson. Isobel reageerde met een zuinig lachje.

'Dank u.' Isobel richtte haar aandacht weer op het dode onderbeen. 'De grote teen vertoont sporen van beschadiging door de snavel van een grote zeevogel.' Ze boog zich voorover en raakte de bleke, dode huid aan met haar vingertoppen. Met samengeknepen lippen begon ze haar duim in de bal van de voet te drukken terwijl ze met haar andere hand de tenen bevoelde. 'Ik heb de rest van het lichaam nodig voordat ik een indicatie kan geven van het tijdstip van overlijden.' Ze gebaarde een van de leden van de technische recherche een stuk plastic op de grond te leggen, die bezaaid was met vuilnis. Ze trokken de zak met het been omhoog uit de stapel andere zakken en legden hem op het stuk plastic. Billy klikte en flitste erop los.

Isobel knielde bij de zak en sneed hem met één soepele beweging van haar scalpel open. Het afval viel uit de zak op het stuk plastic. Het naakte lichaampje was opgerold als een bal en werd in een feutale positie gehouden met behulp van bruin plakband. Logan ving een glimp op van lichtblond haar en hij huiverde. Dode kinderen zagen er altijd kleiner uit dan je verwachtte.

De huid was melkwit en zag er tussen de bruine stroken plakband kwetsbaar uit. Ter hoogte van de schoudertjes had het lijk paarse vlekken gekregen. Het arme kind was ondersteboven in de zak gestopt en het bloed was naar het laagste punt gestroomd.

'Is de identiteit bekend?' vroeg Isobel terwijl ze het kleine lichaam bekeek.

'Richard Erskine,' zei Logan. 'Hij is vijf.'

Isobel keek naar hem op, met in de ene hand de scalpel en in de andere een plastic zakje voor bewijsmateriaal. '"Hij" is helemaal niks,' zei ze terwijl ze overeind kwam. 'Dit is een meisje. Ze is drie of vier jaar oud.'

Logan keek omlaag naar het opgerolde lijkje. 'Weet je dat wel zeker?'

Isobel deed de scalpel terug in haar koffertje, kwam weer overeind en keek hem aan alsof hij een idioot was. 'Een medische opleiding aan de universiteit van Edinburgh is misschien niet wat veel mensen ervan verwachten, maar een van de weinige dingen die ze er ons in elk geval hebben geleerd is hoe we de meisjes van de jongetjes kunnen onderscheiden. Het ontbreken van een penis is in dat verband een doorslaggevende aanwijzing.'

Logan maakte aanstalten de voor de hand liggende vraag te stellen, maar Isobel was hem voor.

'En nee, het orgaan is niet verwijderd zoals bij dat jongetje Reid; het heeft er nooit gezeten.' Ze pakte haar koffertje. 'Als je het tijdstip van overlijden wilt weten, of iets anders, moet je wachten totdat ik het post mortem onderzoek heb gedaan.' Ze maakte een handgebaar naar de technisch rechercheur die eerder het plastic tapijt voor haar had uitgerold. 'Jij daar. Zorg ervoor dat dit allemaal netjes wordt ingepakt en naar het mortuarium wordt getransporteerd. Daar maak ik het onderzoek af.'

Er klonk een timide 'Ja, mevrouw', waarna ze verdween. Ze nam haar koffertje mee maar liet een ijzige stilte achter.

De rechercheur die ze had aangesproken wachtte totdat ze ruimschoots buiten gehoorsafstand was en siste toen: 'Kakteef!'

Logan haastte zich achter haar aan en wist haar in te halen toen ze vlak bij haar auto was. 'Isobel? Isobel, wacht even.'

Ze richtte haar sleutelbos op de auto. De lichten knipperden en de achterklep sprong open. 'Ik kan je niets meer vertellen. Ik moet het lichaam eerst verder onderzoeken.' Ze hinkte op één voet om de kaplaars van haar andere voet te trekken. Ze gooide de kaplaars in een plastic krat in de kofferbak en verruilde hem voor een suède laarsje.

'Waar was dat nou voor nodig?'

'Waar was wát voor nodig?' Ze begon de andere kaplaars uit te trekken en probeerde daarbij niet te veel modder op haar mooie nieuwe schoenen te krijgen.

'We moeten wél samenwerken, hoor.'

'Daar ben ik me maar al te goed van bewust,' zei ze terwijl ze de witte overall uittrok en naast de laarzen in de kofferbak gooide. Ze sloeg de kofferbak dicht. 'Ik ben niet degene die daar een probleem mee heeft!'

'Isobel...'

Haar stem klonk twee octaven lager. 'Hoe haal je het in je hoofd me daar te vernederen? Hoe durf je in het bijzijn van anderen mijn professionaliteit in twijfel te trekken!' Ze rukte het portier open, stapte in en smeet het dicht.

'Isobel...'

Het portierraam gleed omlaag en ze keek hem aan. 'Wat?'

Maar Logan kon in de stromende regen niet bedenken wat hij haar nog wilde zeggen.

Ze wierp hem een dreigende blik toe en startte de auto. Ze draaide omslachtig op de gladde weg en reed met slippende wielen de duisternis in.

Logan keek haar na totdat de achterlichten nauwelijks meer zichtbaar waren, vloekte binnensmonds en klom over het vuilnis terug naar de tent.

Het meisje lag nog op de plek waar Isobel haar had achtergelaten. De mensen van de technische recherche waren nog te druk met het becommentariëren van haar gedrag om haar orders uit te voeren. Logan slaakte een diepe zucht en hurkte naast het zielige, met plakband omwikkelde hoopje mens.

Het gezicht van het kind was nauwelijks te zien; het plakband was vast om haar hoofd gewikkeld. Haar handen waren voor haar borst vastgemaakt, net als de knieën. Maar ogenschijnlijk was de dader aan het eind van zijn werk plakband tekortgekomen. Haar benen had hij niet meer goed vast kunnen krijgen. Daarom was het linkerbeen uit de vuilniszak tevoorschijn gekomen zodat een zeemeeuw de mazzel had gehad eraan te kunnen knabbelen.

Hij haalde zijn telefoon tevoorschijn en belde het bureau om te informeren of er een meisje van drie of vier jaar oud als vermist was opgegeven. Dat was niet het geval.

Zachtjes vloekend belde hij Insch om hem het slechte nieuws te vertellen. 'Hallo? Met McRae... Nee, meneer.' Hij haalde diep adem. 'Het is niet Richard Erskine.'

Aan de andere kant viel een verbaasde stilte, waarna Insch vroeg: 'Weet je dat zeker?'

Logan knikte, hoewel Insch hem niet kon zien. 'Heel zeker. Het slachtoffer is een meisje van drie, misschien vier jaar oud. Er is geen aangifte van haar vermissing bij ons binnengekomen.'

Uit de luidspreker van Logans mobiele telefoon klonk niet voor herhaling vatbare taal.

'Het is niet anders, meneer.'

De mensen van de technische recherche maakten een gebaar alsof ze het slachtoffer op de schouder gingen nemen en keken Logan vragend aan. Logan knikte. De rechercheur die Isobel een kakteef had genoemd, pakte zijn telefoon en belde de dienstdoende begrafenisondernemer. Ze konden een dood kind moeilijk achter in een aftands busje vervoeren.

'Denk je dat de moorden iets met elkaar te maken hebben?' Er klonk iets van hoop door in de stem van Insch.

'Lijkt me onwaarschijnlijk.' Logan keek toe terwijl het kind voorzichtig in een veel te grote lijkzak werd gerold. 'Dit slachtoffer is een meisje in plaats van een jongetje. En de manier waarop de dader zich van het lijk heeft ontdaan, is totaal verschillend: het kind is met ongeveer een kilometer bruin plakband omwikkeld. Niets wijst erop dat ze is gewurgd. Misschien is ze verkracht, maar dat weten we pas nadat er sectie is verricht.'

Insch vloekte opnieuw. 'Zeg maar dat ik wil dat dat kind vandaag nog gedaan wordt. Ik heb geen zin om de hele nacht duimen te draaien terwijl de media allerlei gruwelverhalen gaan verzinnen. Vandaag nog!'

Logans gezicht verstrakte. Hij wilde er niet aan denken hoe hij dat aan Isobel moest vertellen. Gezien haar gemoedstoestand had hij dan de meeste kans op de snijtafel terecht te komen. 'Ja, meneer.'

'Zorg dat ze wordt opgelapt en wordt gefotografeerd. Ik wil dat er posters worden verspreid. Je weet wel, in de trant van: "Hebt u dit meisje gezien?"'

'Ja, meneer.'

Twee mannen van de technische recherche tilden de lijkzak op en legden hem in de hoek van de tent, zodat hij niet langer in de weg lag. Vervolgens begonnen ze het afval te verzamelen dat afkomstig was uit de vuilniszak waarin het lichaam had gezeten. Elk voorwerp werd zorgvuldig gedocumenteerd en opgeborgen in een plastic zakje. Bananenschillen, lege wijnflessen, gebroken eierschalen... De dader had het arme kind niet eens een ondiep graf gegund. Hij had haar gewoon bij het vuilnis gedumpt.

Net toen Logan beloofde de hoofdinspecteur terug te bellen, riep

Watson: 'Wacht even!' Ze stoof naar voren en greep een verfomfaaid stukje papier dat tussen het vuilnis op het plastic was gedwarreld.

Het was een kassabon.

Logan vroeg Insch even te wachten terwijl Watson het groezelige strookje papier openvouwde. Het was een kassabon van de grote Tesco-supermarkt in Danestone. Iemand had er zes eieren gekocht, een kuipje crème fraîche, twee flessen cabernet sauvignon en een paar avocado's. Er was contant betaald.

Watson gromde. 'Verdorie.' Ze gaf de bon aan Logan. 'Ik hoopte dat hij met een creditcard had betaald of had gepind.'

'Dan zouden we wel érg veel geluk gehad hebben.' Hij bestudeerde de bon. Eieren, wijn, ingewikkelde crème en avocado's... Logan las het regeltje onder het laatste product en plotseling verscheen er een glimlach op zijn gezicht.

'Wat?' Watson keek hem geïrriteerd aan. 'Wat is er zo grappig?'

Logan hield de bon omhoog en keek haar stralend aan. 'Meneer,' zei hij in de telefoon, 'Watson heeft zojuist een kassabon gevonden in de vuilniszak met het lijk... Nee, meneer, hij heeft contant betaald.' Als Logans grijns nog breder was geworden was de bovenkant van zijn schedel van zijn gezicht gevallen. 'Maar hij heeft wél zijn spaarpunten geïncasseerd.'

South Anderson Drive mocht op dit moment van de dag dan een ramp zijn, North Anderson Drive was nog erger. Het verkeer stond er overal vast. Spitsuur.

De officier van justitie was eindelijk komen opdagen. Hij had wat rondgelopen op de plaats delict en had gevraagd hoe ver het onderzoek was gevorderd. Hij had zich erover beklaagd dat dit al het tweede dode kind was in evenveel dagen. Hij had laten doorschemeren dat het allemaal Logans schuld was en was vervolgens weer vertrokken.

Logan wachtte totdat hij en Watson veilig achter de beslagen ruiten van hun auto zaten en zette toen gedetailleerd uiteen wat hij graag eens bij de officier zou uitproberen met behulp van een cactus en een tube glijmiddel.

Het kostte hun ruim een uur om vanaf de vuilstort in Nigh de enorme Tesco-supermarkt in Danestone te bereiken. De supermarkt had een strategische ligging: niet ver van de uit zijn oevers barstende rivier de Don, vlak bij het oude rioleringsbedrijf, het Grove-kerkhof en de kippenslachterij van Grampian Country. En vlak bij de plek waar ze het lichaam van de kleine David Reid hadden gevonden.

Het was druk in de winkel; het kantoorpersoneel dat op het nabijgelegen bedrijventerrein werkte, was bezig met het inslaan van drank en magnetronmaaltijden ter voorbereiding van het zoveelste avondje voor de buis.

Vlak bij de ingang was de balie van de klantenservice, die werd bemand door een jongeman met een blond paardenstaartje. Logan vroeg hem of hij de manager wilde roepen.

Twee minuten later verscheen een kleine kalende man met een bril met halvemaansglazen. Hij droeg dezelfde blauwe bedrijfskleding als het personeel op de werkvloer – een pantalon en een blauw vest – maar op zijn naamplaatje stond: COLIN BRANAGAN. MANAGER.

'Wat kan ik voor u doen?'

Logan overhandigde zijn politiepasje. 'Meneer Branagan, we hebben informatie nodig over iemand die hier afgelopen woensdag wat boodschappen heeft gedaan.' Hij haalde de kassabon tevoorschijn, die nu was opgeborgen in een doorzichtige plastic envelop voor bewijsmateriaal. 'Hij heeft contant betaald maar wél zijn spaarpunten geïncasseerd. Kunt u aan de hand van het nummer van zijn spaarkaart zijn naam en adres achterhalen?'

De manager wierp een blik op de doorzichtige envelop en beet op zijn lip. 'Tja, ik weet niet of dat zomaar gaat,' zei hij. 'Er zijn privacyregels, moet u weten. Daar moeten we ons aan houden. Ik kan niet zomaar de privé-gegevens van onze klanten vrijgeven. Dan zouden de mensen naar de rechter kunnen stappen.' Hij haalde zijn schouders op. 'Het spijt me.'

Logan keek de manager aan alsof hij hem in vertrouwen nam en zei op bijna fluistertoon: 'Meneer Branagan, dit is érg belangrijk. Dit gaat om een onderzoek naar een héél ernstig misdrijf.'

De manager streek met een hand over zijn kale schedel. 'Ik weet het niet... ik zou even met het hoofdkantoor kunnen overleggen...'

'Goed. Laten we dat maar even doen.'

Het hoofdkantoor was er snel uit. Jammer maar helaas. Als hij inzage wilde hebben in de gegevens van hun klanten, dan moest er maar een officieel verzoek worden gedaan of een gerechtelijk bevel worden geproduceerd. Er konden helaas geen uitzonderingen worden gemaakt.

Logan vertelde het hoofdkantoor over het lijk van het meisje in de vuilniszak.

Het hoofdkantoor bedacht zich.

Vijf minuten later stond Logan buiten met een A4'tje. Erop stonden een naam, een adres en het totaal aantal verzamelde spaarpunten sinds september.

8

Norman Chalmers woonde in een flatgebouw van drie verdiepingen vlak bij Rosemount Place. De straat met eenrichtingverkeer en dicht opeengepakte huurkazernes maakte een bocht naar rechts. De vuilgrijze gebouwen lieten slechts een kleine streep donkere wolken zien, die door de straatverlichting een oranje gloed leken te hebben. Overal langs de trottoirband stonden bumper aan bumper auto's geparkeerd, behalve waar de parkeerruimte werd onderbroken door de grote, gemeenschappelijke afvalcontainers, die in paren van twee aan elkaar waren geketend. Elke container kon het wekelijkse afval van zes huishoudens bevatten.

De niet-aflatende regen kletterde op het dak van de ongemarkeerde politiewagen en Watson reed zachtjes mopperend voor de zoveelste keer door de straat, op zoek naar een parkeerplaats.

Logan zag het gebouw voor de derde keer langskomen en negeerde het binnensmondse gevloek van Watson. Nummer 17 zag er net zo uit als de rest van het appartementenblok.

Fantasieloze, drie verdiepingen hoge granieten gebouwen, met roestvlekken op de plaatsen waar de vervallen afvoerpijpen waren gemonteerd. Door de gesloten gordijnen sijpelde licht naar buiten en je kon het geluid van de televisie er gemakkelijk bij denken.

Toen ze voor de vierde keer door de straat reden, gaf Logan Watson opdracht de wagen dubbel te parkeren voor de ingang van Chalmers flatgebouw.

Watson sprong vanuit de auto in de natte avond en laveerde tussen twee geparkeerde auto's door naar het trottoir, terwijl de regen van haar pet droop. Logan volgde haar en vloekte toen hij met één voet in een diepe plas belandde. Hij sopte verder naar de ingang van het flatgebouw: een donkerbruine, fantasieloze houten deur in een barokke architraaf, hoewel het houtsnijwerk in de loop der jaren zo vaak was overgeschilderd dat er weinig meer van de details zichtbaar was. Links van de deur kletterde een gestage stroom water op het trottoir vanuit een afvoerpijp die halverwege het dak en het trottoir was gebarsten.

Watson drukte op de zendknop van haar walkietalkie, wat resulteerde in wat statisch geruis en een klik. 'Klaar?' vroeg ze met gedempte stem.

'Klaar. De straat is afgezet.'

Logan keek op en zag dat wagen eenenzeventig positie had ingenomen aan het einde van de straat. De bemanning van wagen eenentachtig bevestigde dat ze er klaar voor waren. Ze hielden de kruising met Rosemount Place in de gaten, om te voorkomen dat er iemand langs die route zou kunnen ontsnappen. Het bureau Bucksburn had Logan twee patrouillewagens en wat geüniformeerde agenten uitgeleend die de situatie ter plaatse goed kenden. Degenen die in hun wagen konden blijven zitten, hadden het beter voor elkaar dan de dienders die de straat op moesten.

'Hallo.'

De nieuwe stem klonk koud en ongelukkig. Het moest agent Milligan of agent Barnett zijn. Zij hadden aan het kortste eind getrokken. Parallel aan de straat liep een andere straat waar soortgelijke flatgebouwen stonden. De stakkers moesten via de huizen in die straat over de hoge muur klimmen die de achtertuintjes van elkaar scheidde. In het donker en door de modder. In de stromende regen.

'We zijn in positie.'

Watson keek Logan vol verwachting aan.

Het gebouw had geen intercom, maar aan elke kant van de deur bevonden zich drie deurbellen, die bijna dichtgeschilderd waren met bruine verf. Eronder hingen treurige naambordjes. Onder één deurbel was met plakband een stukje karton over de naam van de vorige bewoner geplakt waarop met balpen NORMAN CHALMERS was geschreven. De bovenste verdieping. Het appartement aan de rechterkant. Logan deed een paar passen naar achteren en keek omhoog. Er brandde licht.

'Goed.' Hij boog zich naar voren en drukte op de middelste bel, met de naam ANDERSON. Twee minuten later werd de voordeur geopend door een zenuwachtige man die tussen de vijfentwintig en dertig jaar oud leek te zijn. Hij had een wilde haardos en grove gelaatstrekken, en een flinke blauwe plek ter hoogte van zijn jukbeen. Hij had zijn werkkleding nog aan: een goedkoop, grijs kostuum waarvan de broek ter hoogte van de knieën glimmende slijtplekken vertoonde, en een verkreukeld geel overhemd. Eigenlijk zag alles aan hem er een beetje verkreukeld uit. Hij werd bleek toen hij het uniform van Watson zag.

'Meneer Anderson?' zei Logan terwijl hij een pas naar voren deed en voor de zekerheid zijn voet tussen de deur stak.

'Eh... ja?' De man sprak met het zangerige accent van Edinburg. 'Is er iets, meneer?' Hij deed een pas achteruit; zijn versleten schoenen maakten een klikkend geluid op de geelbruine tegels.

Logan glimlachte hem geruststellend toe. 'Niets om u ongerust over te maken, meneer,' zei hij terwijl hij de hal binnenliep. 'We willen een buurman van u spreken, maar zijn bel doet het niet,' loog hij.

Er verscheen een zwak glimlachje op het gelaat van meneer Anderson. 'Oh... oké. Ja, natuurlijk.'

Logan zweeg even en zei toen: 'Dat is een lelijke blauwe plek, als ik het zeggen mag.'

Anderson wreef met zijn hand over de plaats waar zijn huid paars en groen was.

'Ik... ik ben tegen een deur aan gelopen.' Terwijl hij het zei, vermeed hij Logan aan te kijken.

Ze volgden meneer Anderson de trap op en bedankten hem voor zijn hulp, waarna hij in zijn appartement op de eerste verdieping verdween.

'Wat was die vent zenuwachtig,' zei Watson terwijl de deur dichtviel en vervolgens op het nachtslot werd gedraaid, waarop een veiligheidsketting werd vastgemaakt. 'Zou hij misschien iets te verbergen hebben?'

Logan knikte. 'Iedereen heeft iets te verbergen,' zei hij. 'En heb je die blauwe plek gezien? Tegen een deur aan gelopen, ja zeker! Iemand heeft hem een flinke hengst gegeven.'

Ze staarde naar de deur. 'Te bang om aangifte te doen?'

'Waarschijnlijk. Maar dat is ons probleem niet.'

De versleten traploper liep tot aan het volgende portaal. Vervolgens ging het over houten treden die piepten en kraakten terwijl ze er hun voeten op zetten. Op het bovenste portaal kwamen drie deuren uit. Een ervan leidde naar de gemeenschappelijke zolder, een naar het andere appartement, en een leidde naar Norman Chalmers.

De deur was donkerblauw geschilderd en vlak onder het kijkgaatje was een in koper uitgevoerde 6 bevestigd. Watson drukte zich met haar rug tegen de deur, zodat haar uniform niet door het kijkgaatje te zien zou zijn.

Logan klopte op de deur, op de manier waarop een zenuwachtige benedenbuur het zou doen als hij of zij dringend verlegen zat om een kopje crème fraîche of een avocado.

Ze hoorden gekraak, een televisie die hard aanstond en vervolgens het geluid van het slot dat werd opengedraaid.

In de deuropening verscheen een man van in de dertig met lang haar, een scheve neus en een keurig getrimde baard. 'Goeie...' Verder kwam hij niet.

Watson stormde op hem af, greep zijn arm en duwde die in een positie waar de schepper bij zijn ontwerp nauwelijks rekening mee had gehouden.

'Wat moet dat... hé!'

Ze duwde hem met geweld terug naar binnen.

'Aaah! Je breekt mijn arm!'

Watson haalde een paar handboeien tevoorschijn. 'Norman Chalmers?' vroeg ze, terwijl ze de koude metalen armbanden bevestigde.

'Ik heb niets gedaan!'

Logan liep de kleine hal binnen en wurmde zich langs Watson en haar tegenstribbelende prooi, zodat de voordeur dicht kon. In de kleine hal bevonden zich drie nepgrenen deuren en een doorgang naar een piepklein keukentje.

Het appartement was geschilderd in verblindend felle kleuren.

'Goed, meneer Chalmers,' zei Logan terwijl hij een willekeurige deur opende die naar een kleine, gifgroen geschilderde badkamer leidde. 'Waarom gaan we niet even lekker ergens zitten voor een gezellig babbeltje?' Hij probeerde een andere deur, die een ruime, feloranje zitkamer onthulde. Er stond een massieve, bruine corduroy bank, een nepgaskachel, een thuisbioscoopinstallatie en een computer. Aan de muren waren filmposters en een groot opbergrek voor dvd's bevestigd.

'Leuk wonen is het hier, meneer Chalmers, of mag ik Norman zeggen?'

Logan zat al op de bruine bank voordat hij besefte dat die was bedekt met kattenharen.

Chalmers stribbelde tegen met zijn handen op zijn rug. Watson hield hem nog steeds vast, zodat hij geen kant op kon. 'Waar gaat dit in 's hemelsnaam over?'

Logan glimlachte als een krokodil. 'Daar komen we straks op. Watson, wil je zo vriendelijk zijn deze meneer op zijn rechten te wijzen?'

'Gaan jullie me arresteren? Waarvoor? Ik heb helemaal niets gedaan!'

'U hoeft niet zo te schreeuwen. Watson, ga je gang...'

'Norman Chalmers,' zei ze, 'u wordt gearresteerd op verdenking van de moord op een ongeïdentificeerd vierjarig meisje.'

'Wat?' Hij vocht tegen de handboeien terwijl Watson haar toespraak afmaakte, en schreeuwde dat hij niets had gedaan. Hij had niemand vermoord. Dit moest allemaal een vergissing zijn.

Logan liet hem uitrazen en hield hem toen een paar officiële papieren voor zijn neus. 'Dit is een huiszoekingsbevel. 'Je bent onvoorzichtig geweest, Norman. We hebben haar lijk gevonden.'

'Ik heb niets gedaan!'

'Je had een nieuwe vuilniszak moeten nemen, Norman. Je hebt haar vermoord en samen met al je andere afval weggegooid. Maar je vergat op te letten of je geen sporen zou achterlaten, nietwaar? Hij hield het plastic mapje omhoog waar de kassabon van de supermarkt in zat. 'Avocado's, cabernet sauvignon, crème fraîche en zes scharreleieren. Heb je misschien toevallig een Tesco-spaarkaart?'

'Dit is waanzinnig! Ik heb helemaal niemand vermoord!'

Watson keek omlaag en zag een bobbel in Chalmers' kontzak. Het was een portemonnee. Daarin zat, tussen een Visakaart en de lidmaatschapskaart van de plaatselijke videotheek, een spaarkaart van de Tesco-supermarktketen. Het nummer op de kaart kwam overeen met het nummer op de kassabon.

'Waar hangt uw jas, meneer Chalmers? Want we gaan even een ritje maken.'

Verhoorkamer 3 was snikheet. De radiator pompte warmte in het kleine, crèmekleurige vertrek en Logan kon het ding niet uitzetten. En er was ook geen raam dat ze open konden doen. Dus waren ze overgeleverd aan de hitte en de bedompte lucht.

Aanwezig: inspecteur Logan McRae, agent Watson, Norman Chalmers en hoofdinspecteur Insch.

De laatste had sinds hij was binnengekomen nog geen woord gezegd. Hij stond ergens achteraf tegen de muur geleund en at uit een gezinszak Engelse drop. Hij zweette.

Chalmers had besloten de politie niet behulpzaam te zijn bij het onderzoek. 'Ik heb jullie al gezegd dat ik mijn mond niet opendoe voordat ik mijn advocaat te spreken krijg.'

Logan zuchtte. Ze hadden dit al talloze keren doorgenomen. 'Je krijgt je advocaat pas te spreken als dit verhoor achter de rug is, Norman.'

'Ik wil verdomme nú mijn advocaat.'

Logan zette zijn tanden op elkaar, sloot zijn ogen en telde tot tien. 'Norman, zei hij ten slotte, terwijl hij met het onderzoeksdossier op het tafelblad tikte. 'Op dit moment doorzoekt de technische recherche je woning. Ze zullen daar sporen vinden van het meisje. Dat weet je best. Als je nu met ons praat, zal dat straks in de rechtbank een goede indruk maken.'

Norman Chalmers bleef stug voor zich uit kijken.

'Luister nu, Norman, laat ons je helpen! Er is een klein meisje dood...'

'Ben je doof? Ik wil mijn advocaat, verdomme!' Hij sloeg zijn armen over elkaar en leunde achterover in zijn stoel. 'Ik ken mijn rechten.'

'Je rechten?'

'Ik heb recht op een advocaat. Jullie mogen me niet verhoren zonder dat mijn advocaat erbij is!' Op Chalmers' gelaat verscheen een zelfvoldane glimlach.

Insch snoof, maar Logan barstte bijna in lachen uit. 'Dat recht heb je helemaal niet. We zijn hier in Schotland. Je krijgt je advocaat pas te spreken als we met je klaar zijn. Niet ervoor.'

'Ik wil mijn advocaat!'

'Godallemachtig!' Logan smeet het dossier op de tafel; de inhoud van de map schoof over het formicablad. Waaronder een foto van een klein, dood lichaam dat was omwikkeld met plakband. Norman Chalmers keek er niet eens naar.

Uiteindelijk nam Insch het woord. Zijn zware basstem donderde door het vertrek.

'Laat zijn advocaat maar komen.'

'Pardon?' Logan klonk net zo verbaasd als hij eruitzag.

'Je hebt me goed verstaan. Zorg dat hij zijn advocaat hier krijgt.'

Drie kwartier later wachtten ze nog steeds.

Insch stak het zoveelste veelkleurige vierkantje in zijn mond en kauwde er luidruchtig op. 'Dit doet hij expres. Die misselijke slijmjurk doet het om ons te pesten.'

Op het moment waarop Insch dit zei, ging de deur open.

'Wat zei u?' vroeg een stem aan de andere kant van de deur. Het klonk onaangenaam verrast.

De verdediging van Norman Chalmers was gearriveerd.

Logan zag de advocaat en onderdrukte een uitroep van frustratie. Het was een lange, magere man. Hij droeg een fraaie regenjas, een duur kostuum, een wit overhemd en een blauwe, zijden das. Hij keek gewichtig om zich heen. Zijn haar was iets grijzer dan de laatste keer dat Logan hem had gezien, maar zijn gelaatsuitdrukking was nog steeds even ergerniswekkend. De advocaat had hem destijds ondervraagd en had geprobeerd aan te tonen dat hij de hele zaak had gefabriceerd. Dat Angus Robertson, alias het Monster van Mastrick, eigenlijk het échte slachtoffer was.

'Maakt u zich geen zorgen, meneer Moir-Farquharson,' zei Insch. Hij sprak de naam uit zoals hij werd gespeld in plaats van het traditionele 'Facherson', omdat hij wist dat dat de man ergerde. 'Ik had het over een andere misselijke slijmjurk. Leuk dat u tijd vrij kon maken om even langs te komen.'

De advocaat zuchtte en drapeerde zijn regenjas over de enige nog lege stoel aan de verhoortafel. 'Ik hoop dat we dat gedoe niet hoeven te herhalen, hoofdinspecteur,' zei hij terwijl hij een platte, zilverkleurige laptop uit zijn koffertje haalde. Hij zette het apparaat aan, maar het zachte gezoem was nauwelijks hoorbaar in het kleine, volle vertrek.

'Welk gedoe, meneer Farquharson?'

De advocaat keek hem nors aan. 'Dat weet u heel goed. Ik kom hier om mijn cliënt te verdedigen en niet om uw beledigingen aan te horen. Ik heb geen zin opnieuw bij de hoofdcommissaris een klacht te moeten indienen over uw gedrag.'

Insch trok een vies gezicht maar zei niets.

'Goed,' vervolgde de advocaat. Ik heb hier een kopie van de aanklacht tegen mijn cliënt. Ik zou graag even onder vier ogen met hem willen spreken voordat we een officiële verklaring afleggen.'

'O ja?' Insch liep weg van de muur en plaatste zijn enorme vuisten op het tafelblad, waardoor hij boven Chalmers uittorende. 'Misschien kunt u uw "cliënt" meteen even vragen waarom hij een vierjarig meisje heeft vermoord en haar lichaam bij het vuilnis heeft gedumpt!'

Chalmers sprong op uit zijn stoel.

'Dat héb ik niet gedaan. Klootzakken! Kunnen jullie niet luisteren? Ik heb helemaal niets gedaan!'

Sandy Moir-Farquharson legde een hand op Chalmers' arm. 'Rustig maar. Je hoeft niets te zeggen. Ga maar zitten en laat mij het woord doen, goed?'

Chalmers keek omlaag naar zijn advocaat, knikte en liet zich langzaam weer in zijn stoel zakken.

Insch had geen vin verroerd.

'Zoals ik al zei, hoofdinspecteur,' vervolgde Moir-Farquharson, 'ik zou graag even onder vier ogen met mijn cliënt willen spreken. Daarna zullen we u graag helpen met uw onderzoek.'

'Zo werkt dat niet hier.' Insch keek de advocaat woedend aan. 'U hebt helemaal niet het recht deze klootzak te bezoeken. U bent hier alleen maar op ons verzoek.' De afstand tussen het gezicht van Insch en dat van Moir-Farquharson was nauwelijks een decimeter. 'Ik bepaal hier wat er gebeurt, niet u!'

Moir-Farquharson glimlachte vriendelijk naar Insch. 'Inspecteur,' zei hij, een en al redelijkheid, 'ik ben op de hoogte van de merkwaardige dwalingen in de Schotse wetgeving. Maar ik verzoek u, als gebaar van goede wil, toe te staan dat ik even ruggespraak hou met mijn cliënt.'

'En als ik dat niet toesta?'

'Dan kunnen we hier blijven zitten tot in de pruimentijd, of totdat de periode van zes uur om is gedurende welke u mijn cliënt hier kunt vasthouden. U mag het zeggen.'

Insch stak met een sombere gelaatsuitdrukking de gezinsverpakking Engelse drop in zijn zak en verliet de verhoorkamer, met Logan en Watson in zijn kielzog. Het was een stuk koeler in de gang, maar ze kookten van woede.

Toen hij geen nieuwe scheldwoorden meer voor de advocaat kon bedenken, gaf Insch Watson opdracht de deur van de verhoorkamer in de gaten te houden. Hij wilde niet dat het tweetal ertussenuit zou knijpen.

Ze was er zichtbaar niet mee in haar nopjes. Het was ook geen bijzonder uitdagende klus, maar ze was nu eenmaal een gewone agente. Ooit zou ze bij de recherche werken en zélf dit soort opdrachten aan de geüniformeerde dienders kunnen geven.

'Trouwens, Watson,' Insch boog zich dichter naar haar toe en fluisterde op samenzweerderige toon. 'Dat was een mooi staaltje politiewerk dat je vandaag hebt laten zien, met die kassabon. Daarover zal ik bij de leiding een goed woordje voor je doen.'

Ze grijnsde breed. 'Dank u, meneer.'

Logan en de hoofdinspecteur lieten haar achter bij de deur en zochten de recherchekamer op.

'Waarom moet híj het nou uitgerekend zijn?' vroeg Insch, terwijl hij op de rand van een van de bureaus ging zitten. 'Ik moet over twintig minuten bij de kostuumrepetitie zijn!' Hij zuchtte. Dat zou hij nu onmogelijk halen. 'Nu krijgen we geen woord meer uit Chalmers. Allemaal dankzij die vervloekte advocaat!'

Sandy Moir-Farquharson was berucht. Geen enkele andere strafpleiter in Aberdeen kon aan hem tippen. Hij was de beste hoop voor iedere doorgewinterde crimineel. Jarenlang had het Openbaar Ministerie geprobeerd hem in te lijven, zodat hij als openbaar aanklager dezelfde misdadigers zou kunnen helpen opsluiten die hij nu hielp uit de gevangenis te blijven. Maar Sandy de Slang wilde er niets van weten. Het voorkomen van gerechtelijke dwalingen, dat was zijn missie. Het beschermen van de onschuldigen. En als zijn tronie daarbij regelmatig op de televisie kwam, was dat alleen maar meegenomen. De man was een regelrechte plaag.

Maar diep in zijn hart wist Logan dat hij die plaag onmiddellijk zou inhuren als hij zelf ooit in moeilijkheden zou komen.

'Maar waarom hebt u die gladjakker dan zijn zin gegeven?'

Insch haalde zijn schouders op. 'We hadden toch geen woord uit Chalmers gekregen. En in elk geval komt die slang straks met een of ander smoesje waar we om kunnen lachen.'

'Ik dacht dat hij het druk had met het verdedigen van Charles Cleaver, onze favoriete kinderverkrachter.'

Insch haalde zijn schouders op en haalde de zak Engelse drop weer tevoorschijn. 'Ach, je weet hoe hij is. Die zaak duurt hopelijk nog één, hooguit anderhalve week. Daarna heeft hij iets anders nodig om ervoor te zorgen dat zijn smoel op de televisie komt.' De hoofdinspecteur bood de geopende zak aan en Logan koos voor een rond dropje in een ring van kokos.

'De technische recherche zal heus wel wat vinden,' zei Logan kauwend. 'Dat meisje moet in zijn appartement zijn geweest. In die vuilniszak zaten voedselresten en lege wijnflessen. Het staat wel bijna vast dat hij haar thuis in die zak heeft gestopt... Tenzij hij nog een ander adres heeft waar hij eet en drinkt.'

Insch gromde en graaide in zijn snoepzak. 'Zoek het morgenochtend maar even uit bij het bevolkingsregister. Kijk maar of hij nog ergens anders een optrekje heeft. Je weet maar nooit.' Hij had gevonden wat hij zocht: een rondje dat smaakte naar anijs en was bedekt met blauwe spikkeltjes. 'Hoor eens,' vervolgde hij terwijl hij het ding in zijn mond stak, 'het post mortem onderzoek staat gepland voor acht uur vanavond.' Hij zweeg even en keek naar de grond. 'Ik vroeg me af of jij misschien...'

'Wilt u dat ik ga?'

'Als leider van het onderzoek moet ik er eigenlijk heen. Maar... nou ja.'

De hoofdinspecteur had een dochtertje van dezelfde leeftijd als het slachtoffer. Het zou hem niet gemakkelijk vallen toe te zien hoe een vierjarig meisje op de sectietafel werd gefileerd. Al verheugde Logan zich er ook niet bepaald op. Zeker niet als Isobel MacAlister degene was die het fileergereedschap hanteerde. 'Ik ga wel,' zei hij ten slotte, terwijl hij zijn best deed niet al te teleurgesteld te kijken. 'U kunt beter de ondervraging van Chalmers doen... als leider van het onderzoek.'

'Dank je.' Als blijk van waardering bood hij Logan zijn laatste Engelse dropje aan.

Logan nam de lift naar het mortuarium. Hij hoopte dat Isobel een vrije avond zou hebben. Wie weet had hij geluk en zou een van Isobels ondergeschikten de sectie doen. Maar zijn geluk had hem de laatste tijd nogal in de steek gelaten en hij had niet veel hoop.

Het was onnatuurlijk licht en fris in het mortuarium. De tl-buizen aan het plafond wierpen een fel en onbarmhartig licht op de sectietafels en de koelkasten. Het was er bijna net zo koud als buiten. De ruimte was grondig gedesinfecteerd, waardoor de stank van het vorige post mortem onderzoek bijna helemaal was verdwenen. De stank van David Reid.

Hij arriveerde net op tijd om te zien hoe het meisje vanuit de veel te grote lijkzak op de sectietafel werd gedragen. Ze was nog steeds omwikkeld met bruin plakband, dat nu was bewerkt met poeder om eventuele vingerafdrukken te detecteren.

Het hart zonk Logan in de schoenen. Niet een van haar ondergeschikten maar Isobel zelf stond aan het uiteinde van de sectietafel. Ze gaf aan hoe ze het meisje op de sectietafel wilde hebben. Ze had haar sectiekleding aan: het rode rubberschort, dat spoedig smerig zou zijn van het bloed en de ingewanden. De officier van justitie en de toeziend patholoog-anatoom stonden, gekleed in overalls, naast haar en luisterden naar haar beschrijving van de smerige vuilnisbelt waar het lijkje was gevonden.

Ze keek op toen Logan binnenkwam. Haar irritatie was duidelijk merkbaar, ondanks het feit dat ze haar veiligheidsbril al ophad. Ze trok haar chirurgische masker omlaag en zei: 'Ik dacht dat Insch de leiding had van het onderzoek. Waar is hij nú weer?'

'Hij is bezig met het verhoren van de verdachte.'

Ze deed het masker weer voor en gaf uiting aan haar afkeuring. 'Eerst zie je hem niet bij de sectie van David Reid en nu komt hij ook weer niet opdagen. Ik snap niet waarom ik me eigenlijk nog uitsloof...' Haar gemopper stopte toen ze haar microfoon klaarmaakte en begon met de gebruikelijke voorbereidingen. De officier wierp Logan een afkeurende blik toe. Het was duidelijk dat hij zich goed kon vinden in Isobels onvrede.

Het schrille geluid van Logans mobiele telefoon sneed door haar opsomming van degenen die in de sectieruimte aanwezig waren en ze wierp hem een woedende blik toe. 'Het gebruik van mobiele telefoons is tijdens mijn werkzaamheden hier niet toegestaan!'

Logan verontschuldigde zich uitgebreid, haalde het vermaledijde apparaat uit zijn zak en zette het uit. Als het belangrijk was zouden ze nog wel een keer bellen.

Nog steeds ziedend maakte Isobel de opsomming af, selecteerde een paar glimmende roestvrijstalen scharen die op het blad met instrumenten lagen en begon het bruine plakband door te knippen, terwijl ze in de microfoon verslag deed van de toestand van het lichaam dat eronder tevoorschijn kwam.

Onder het plakband was het meisje naakt.

Toen Isobel het plakband van het hoofd probeerde te verwijderen, dreigde een streng haar uit de hoofdhuid te worden getrokken. Isobel weekte het los met aceton. De penetrante lucht van de aceton mengde zich met de al aanwezige scherpe geur van het desinfecterende middel en het algemene aroma van verval. Gelukkig had dit lichaam niet drie maanden in een greppel gelegen.

Isobel legde de schaar terug op het blad. Haar assistent was bezig de stukken plakband in bestickerde plastic zakjes op te bergen. Het lichaam lag nog in foetale positie. Voorzichtig maakte Isobel de gewrichten los, door de ledematen heen en weer te bewegen, totdat ze het meisje plat op haar rug kon leggen. Alsof ze alleen maar in slaap was gevallen.

Een blond meisje van vier, een beetje aan de dikke kant, met talloze kneuzingen op haar schouders en dijen, donkere plekken op de wasachtige huid.

Een fotograaf die Logan nog nooit eerder had gezien, maakte opnamen terwijl Isobel aan het werk was.

'Ik heb een goede opname nodig van de bovenkant van haar lichaam, gezicht en schouderpartij,' zei Logan tegen hem.

De man knikte en boog zich over het koude, dode gezicht.

Flits, zoem, flits, zoem.

'Er is een diepe inkeping tussen de linkerschouder en de bovenarm. Het lijkt erop dat...' Isobel trok aan de arm, waardoor de inkeping breder werd. 'Ja, het gaat helemaal tot aan het bot.' Ze prikte met een gehandschoende vinger diep in de wond. 'Toegebracht enige tijd nadat de dood is ingetreden. Eén slag met een scherp, vlak lemmet. Misschien een slagersbijl.' Ze bestudeerde de wond van zó dichtbij dat het leek alsof haar neus het donkerrode vlees aanraakte. Ze snoof. 'Het ruikt absoluut naar braaksel in de buurt van de wond...' Ze stak een hand uit. 'Geef me die tang eens aan.'

Haar assistent gehoorzaamde en Isobel wroette met de tang in de wond en haalde er een grijs, kraakbeenachtig goedje uit.

'Duidelijke sporen van gedeeltelijk verteerd voedsel in de wond.'

Logan probeerde zich het gebeurde niet al te realistisch voor te stellen, maar dat lukte hem niet. 'Hij heeft geprobeerd haar in stukken te hakken,' zei hij met een zucht. 'Om zich op die manier van het lichaam te ontdoen.'

'En waarom denk je dat?' vroeg Isobel, terwijl ze een hand op de borst van het meisje legde.

'De kranten staan maar al te vaak vol van verhalen over in stukken gesneden lijken. Hij wilde zich ontdoen van het lijk, dus probeerde hij het op die manier. Maar zoiets is niet zo gemakkelijk als het lijkt als je er in de krant over leest. Terwijl hij het probeerde ging hij over zijn nek.' Logans stem klonk hol. 'Dus rolde hij plakband om haar heen, stopte haar in een zak en liet haar ophalen door de vuilnismannen.' In Londen mochten ze misschien gemeentereinigingsmedewerkers heten, in Aberdeen waren het nog gewoon vuilnismannen.

De officier leek onder de indruk. 'Heel goed,' zei hij. 'Daar zou je best eens gelijk in kunnen hebben.' Hij richtte zich tot Brian, Isobels assistent, die bezig was de stukjes kraakbeen in een plastic buisje op te bergen. 'Zorg dat dat spul op DNA wordt onderzocht.'

Isobel ging onverstoorbaar door met haar werk en maakte de mond van het meisje open. Met een speciale tang duwde ze de tong omlaag. Ze deinsde achteruit. 'Het lijkt erop dat ze schoonmaakmiddel binnen heeft gekregen. Een enorme hoeveelheid, zou je denken, als je ziet hoe haar mond eruitziet. De huid en de tanden zijn ernstig verbleekt. We zullen meer weten als we aan de maaginhoud zijn toegekomen.' Isobel sloot met haar ene hand de mond van het meisje, terwijl ze met haar andere hand het hoofdje optilde. 'Zeg...' Ze wenkte de fotograaf. 'Maak hier eens een foto van. Ze heeft een enorme klap op haar achterhoofd gehad.' Ze bevoelde de achterkant van de schedel, vlak bij de nek. 'Dit was geen stomp voorwerp, maar iets groots met een puntig uiteinde.'

'Zoals de hoek van een tafelblad?' vroeg Logan, die niet gelukkig was met de conclusie die zich leek op te dringen.

'Nee, ik denk meer aan iets met een scherpere punt, bijvoorbeeld de rand van een kachel, of een baksteen.'

'Was dat de doodsoorzaak?'

'Als het bleekmiddel niet de oorzaak is geweest... om het zeker te weten moet ik de schedel openmaken.'

Op een verrijdbaar kastje naast de sectietafel lag een elektrische zaag. Logan verheugde zich niet op wat er stond te gebeuren. Die verdomde Insch met zijn stomme dochtertje. Hij had hier moeten zijn om te zien hoe een vierjarig kind in stukken werd gezaagd. Niet Logan.

Isobel plaatste de scalpel achter het ene oor en sneed de huid van de schedel open tot achter het andere oor. Zonder blikken of blozen stak ze haar vingers achter de huid en trok die als een sok omlaag, tot over de neus. Logan sloot zijn ogen en probeerde niet te horen hoe de huid loskwam van het eronder liggende spierweefsel. Het klonk alsof je een slablad scheurde. De schedel lag nu bloot.

Het geratel van de elektrische zaag echode door de kale ruimte. Logan voelde zich misselijk worden.

En al die tijd bleef Isobel onbewogen en neutraal haar verslag inspreken in haar kleine microfoon. Voor het eerst was hij blij dat ze niet meer met elkaar omgingen. Vanavond had hij er absoluut geen behoefte aan dat ze hem zou aanraken. Niet na wat hij hier had gezien.

9

Logan stond buiten, onder de overkapping van de ingang van het hoofdbureau. Hij keek naar de somber uitziende gebouwen. Het leek de zoveelste regenachtige nacht te worden. Dit deel van de stad was vrijwel verlaten, zoals gebruikelijk na een uur of negen 's avonds. De winkelende mensen waren uren geleden naar huis gegaan en de drinkers zaten in de kroegen, waar ze tot sluitingstijd niet uit zouden komen. De menigte die zich eerder die dag voor de rechtbank had verzameld, was opgelost.

Ook het hoofdbureau zelf was rustig. De dagploeg was allang naar huis, die genoten van een biertje of lagen in de armen van hun geliefde. Of, in het geval van Steel, in de armen van andermans geliefde. De avondploeg was na een stevige maaltijd nog aan het uitbuiken en probeerde de rest van de avond zo aangenaam mogelijk door te komen. De nachtploeg kwam over een uur.

De lucht was koud en schoon, met maar heel weinig uitlaatgassen. En dat was een stuk beter dan de brandlucht van een menselijke schedel waar een elektrische zaag doorheen gaat. De binnenkant van het hoofd van een klein kind wilde hij nooit van zijn leven meer zien. Hij trok een grimas, maakte het flesje pijnstillers open en slikte er een. Hij had nog steeds last van de maagstoot van de vorige avond.

Hij snoof nog eenmaal de betrekkelijk frisse lucht op, huiverde en liep terug naar binnen, naar de kleine balie.

De man die achter de glazen afscheiding zat, staarde hem aan, totdat hij Logan herkende, waarop hij breed glimlachte. 'Je bént het!' zei hij. Logan McRae!' We hoorden al dat je terug zou komen.'

Logan deed zijn uiterste best te bedenken wie deze man van middelbare leeftijd met zijn terugwijkende haargrens en zijn brede snor in godsnaam was. Vergeefs.

De man draaide zich om en riep over zijn schouder: 'Gary, Gary, kom eens kijken wie hier is!'

Een zwaarlijvige man in een slecht zittend uniform stak zijn hoofd om de hoek van het scheidingswandje met de doorkijkspiegel. 'Wat?' Hij had een grote beker thee in zijn ene hand en een chocoladewafel in de andere.

'Kijk!' De snor wees naar Logan. 'Hij is het écht.'

Logan glimlachte onzeker. Wie waren deze kerels? En plotseling viel het kwartje... 'Eric! Ik herkende je helemaal niet.' Logan keek naar de kalende schedel van de bebrilde brigadier van dienst. 'Wat gebeurt er toch met iedereen zijn haar? Ik zag Billy vanmiddag nog; die is zo kaal als een knikker!'

Eric streek met een hand over zijn dunne stekeltjes en haalde zijn schouders op. 'Het is een teken van mannelijkheid. Maar jeetje, dat jij er weer bent!'

De dikke man die Gary heette grijnsde naar Logan, terwijl kleine stukjes chocola als smerige roos van zijn wafel op zijn uniform dwarrelden. 'Logan McRae, herrezen uit het dodenrijk!'

Eric knikte instemmend. 'Herrezen uit het dodenrijk.'

Dikke Gary slurpte van zijn thee. 'Je lijkt op die vent die dood is en weer levend wordt. Je weet wel, die gast uit de Bijbel!'

'Wat,' vroeg Eric, 'Jezus?'

Dikke Gary gaf hem een vriendschappelijke tik tegen het achterhoofd. 'Nee niet Jezus, man, die kan ik nog wel onthouden. Ik bedoel die andere, een lepralijder of zo. Komt terug uit het dodenrijk. Je weet wel.'

'Je bedoelt Lazarus,' zei Logan, terwijl hij aanstalten maakte weg te lopen.

'Lazarus! Ja, die bedoel ik!' Dikke Gary straalde. Er kleefden restjes chocoladewafel aan zijn tanden. 'Lazarus McRae, zo zullen we je voortaan noemen.'

Insch was niet in zijn kamer en ook niet in de recherchekamer, dus probeerde Logan de plaats die vervolgens het meest voor de hand lag: verhoorkamer 3. De hoofdinspecteur zat daar nog steeds opgesloten met Watson, Sandy de Slang en Norman Chalmers. Er was pure walging op Insch' gezicht te lezen. Het verhoor wilde kennelijk niet erg vlotten.

Logan informeerde beleefd of hij Insch even kon spreken en wachtte, terwijl de hoofdinspecteur het verhoor formeel onderbrak. Toen hij de gang op liep, zag Logan dat zijn hemd bijna doorzichtig was geworden van het zweet. 'Allemachtig, het lijkt wel een sauna daarbinnen,' zei Insch, terwijl hij met zijn handen over zijn gezicht wreef. 'Het sectierapport?'

'Het sectierapport.' Logan hield de dunne map omhoog die Isobel hem had gegeven. 'De voorlopige conclusies. Het definitieve rapport op basis van het bloedonderzoek krijgen we later deze week.'

Insch pakte de map en begon erdoorheen te bladeren.

'Het is zonneklaar,' zei Logan. 'David Reid is door iemand anders vermoord. De werkwijze is anders, de manier waarop de dader zich van het lijk heeft ontdaan is anders, en het slachtoffer is een meisje in plaats van een jongetje...'

'Shit.' Het klonk als een dierlijk gegrom. Insch was aangekomen bij de paragraaf waarboven 'Waarschijnlijke doodsoorzaak' stond.

'En we kunnen op dit moment niet uitsluiten dat een val de doodsoorzaak is,' zei Logan.

Insch vloekte en beende opgewonden naar de koffieautomaat bij de lift. Hij toetste wat in en gaf Logan een plastic bekertje met een waterige bruine vloeistof waarop een klein laagje wit schuim dreef. 'Goed,' zei hij. 'Dus Chalmers kunnen we uitsluiten als moordenaar van dat Reid-joch.'

Logan knikte. 'Er loopt nog steeds een moordenaar rond die het heeft voorzien op kleine jongetjes.'

Insch liet zijn grote lijf tegen de koffieautomaat leunen, die daardoor vervaarlijk begon te trillen. Hij wreef opnieuw met een hand over zijn gezicht. 'En dat bleekmiddel?'

'Dat is na het tijdstip van overlijden gedaan, want er was niets van te vinden in haar maag en longen. Waarschijnlijk was het de bedoeling er de DNA-sporen mee uit te wissen.'

'En is dat gelukt?'

Logan haalde zijn schouders op. 'Isobel heeft geen sperma kunnen vinden.'

De schouders van de hoofdinspecteur zakten omlaag. Hij tuurde wezenloos naar de map. 'Hoe kan iemand zoiets doen? Een meisje van vier...'

Logan zweeg. Hij begreep dat Insch aan zijn eigen dochtertje dacht en probeerde zich bepaalde dingen niet al te concreet voor te stellen.

Na enige tijd richtte Insch zich op en de ogen in zijn ronde gezicht kregen weer enige uitdrukking. 'We gaan deze klootzak met zijn ballen aan de muur spijkeren.'

'Maar die hoofdwond. Stel dat ze is gevallen, dat het een ongeluk was...'

'Dan kunnen we hem pakken omdat hij een overlijdensgeval heeft verzwegen, zich van het lichaam heeft ontdaan, de rechtsgang heeft gefrustreerd, misschien zelfs wel voor dood door schuld of moord. Als we een jury ervan kunnen overtuigen dat hij haar heeft geduwd.'

'Denk je dat ze dat geloven?'

Insch haalde zijn schouders op. Hij keek argwanend naar zijn koffie verkeerd met extra suiker en nam er een zuinig slokje van. 'Nee, maar het is het proberen waard. Het enige vervelende is het gebrek aan technisch bewijs. Tot nu toe is er geen enkele aanwijzing gevonden dat het meisje ooit in het appartement van Chalmers is geweest. En je kunt moeilijk zeggen dat die woning onlangs nog grondig is schoongemaakt. De slaapkamer was een complete zwijnenstal. Chalmers zegt dat hij geen idee heeft wie het meisje is. Dat hij haar nooit eerder heeft gezien.'

'Gunst, wat een verrassing. Wat zegt Sandy de Slang?'

Insch wierp een sombere blik in de richting van de verhoorkamer. 'Wat ie altijd zegt,' antwoordde hij, terwijl hij de zweetdruppels van zijn voorhoofd veegde. 'Dat we geen enkel bewijs hebben.'

'En de kassabon?'

'Dat is geen hard bewijs. Hij zegt dat het kind later in de vuilniszak kan zijn gestopt, nadat Chalmers hem buiten heeft gezet.' Hij zuchtte. 'En hij heeft natuurlijk gelijk. Als we geen keihard bewijs kunnen vinden dat Chalmers in verband brengt met het dode meisje, kunnen we het schudden. Dan maakt meneer de advocaat gehakt van ons. Als de officier dan tenminste nog reden ziet een vervolging in te stellen. Daar is weinig kans op als we niet met iets concreets op de proppen komen...' Hij keek Logan aan. 'Ik neem aan dat er op dat plakband geen vingerafdrukken zijn gevonden?'

'Het spijt me, meneer. Schoongeveegd.'

Het klopte voor geen meter. Waarom zou iemand al die moeite doen om zijn vingerafdrukken te verwijderen en vervolgens het lichaam gewoon in zijn eigen vuilniszak dumpen?'

'Goed,' zei Insch. 'Ik vrees dat we de ogen maar even moeten sluiten voor het feit dat we geen enkel bewijs hebben en dat we die Chalmers tóch nog even vast moeten houden. Maar ik moet toegeven dat ik er geen goed gevoel over heb. Dit krijgen we niet rond...' Hij zweeg en haalde zijn schouders op. 'Maar het betekent in elk geval dat Sandy de Slang niet de gelegenheid krijgt voor een jury zijn kunstje te vertonen.'

'Misschien dat een nieuwe doodsbedreiging bij zo'n teleurstelling voor wat afleiding zou kunnen zorgen?'

Insch grinnikte. 'Ik zal zien wat ik kan doen.'

Norman Chalmers werd officieel in bewaring gesteld en teruggestuurd naar zijn cel, in afwachting van zijn voorgeleiding aan de rechter. Sandy Moir-Farquharson keerde terug naar zijn kantoor. Insch ging naar zijn kostuumrepetitie. Logan en Watson gingen naar de kroeg.

Archibald Simpson's was ooit een bank geweest; waar zich vroeger de balie had bevonden was nu de bar. Het fraai bewerkte, hoge plafond werd grotendeels aan het zicht onttrokken door een wolk van sigarettenrook, maar het publiek had meer belangstelling voor de goedkope drankjes dan voor de details van het interieur.

De kroeg bevond zich op twee minuten lopen van het hoofdbureau, waardoor het niet vreemd was dat veel agenten er na de dienst hun toevlucht zochten. De meeste mannen van het onderzoeksteam waren aanwezig. Ze hadden de hele dag doorgebracht in de stromende regen, sommigen op zoek naar bewijsmateriaal langs de modderige oevers van de rivier de Dee, en de rest op zoek naar Richard Erskine. Vandaag hadden ze nog gezocht naar een vermist kind. Morgen zouden ze gaan zoeken naar een kinderlijkje. Iedereen kende de statistiek: als je een ontvoerd kind niet binnen zes uur had gevonden, kon je er rustig van uitgaan dat het dood was. Net als de vier jaar oude David Reid, of het onbekende meisje dat nu in een koelcel in het mortuarium lag, met een Y-vormig litteken over haar lichaam op de plaats waar haar organen waren verwijderd, die vervolgens waren gewogen en als bewijs opgeborgen in verzegelde, geëtiketteerde potten.

Eerst hadden ze op serieuze toon over de dode en vermiste kinderen gepraat. Daarna waren ze begonnen zich op te winden over de afdeling Interne Zaken, die was begonnen te onderzoeken wie er had gelekt naar de pers. Het feit dat de voormalige afdeling Klachten en Disciplinaire Maatregelen onlangs was herdoopt tot Interne Zaken, had geen merkbare positieve gevolgen gehad voor hun populariteit.

En aan het eind van de avond waren ze behoorlijk dronken geworden.

Een van de agenten – Logan kon zich zijn naam niet herinneren – waggelde van de bar naar een tafel met een nieuw rondje bier. De agent had de fase van dronkenschap bereikt waarin alles grappig lijkt te zijn; hij moest erg grinniken toen de halve inhoud van een van de glazen via de tafel op de broek van een bebaarde rechercheur terechtkwam.

Logan had geen zin om kindermeisje te spelen. Hij pakte zijn glas en wandelde enigszins onvast in de richting van de gokautomaten.

Een klein groepje agenten stond rond een spelautomaat. Ze juichten en schreeuwden, maar Logan liep hun voorbij zonder te kijken waar het allemaal om ging.

Watson stond in haar eentje achter een gokkast. De verlichte symbolen draaiden rond en het apparaat produceerde een kakofonie aan geluid. Met haar ene hand bediende ze de knipperende drukknoppen en in haar andere hand hield ze een halfvol flesje Budweiser.

'Jij vermaakt je tenminste,' zei Logan terwijl er op het apparaat een rijtje van twee citroenen en een toren verscheen.

Ze nam niet de moeite om te kijken. 'Onvoldoende bewijs!' Watson sloeg tegen een lichtgevende knop, met als resultaat een anker.

'We moeten gewoon nog even doorzoeken,' zei Logan. Hij nam een flinke slok bier en genoot van het warme, tintelende gevoel dat zich van een centrale plaats in zijn hoofd naar de rest van zijn lichaam leek te verspreiden. 'De technische recherche heeft niets in zijn appartement gevonden...'

'Die kunnen nog niet eens een drol in een strontkar vinden. En we hebben toch die kassabon?' Ze stak nog een paar pond in de gleuf en ramde met haar vuist op de startknop.

Logan haalde zijn schouders op en Watson keek woedend naar het resultaat: anker, citroen, goudstaaf.

'We weten allemaal dat hij het gedaan heeft!' zei ze, terwijl ze de gokkast opnieuw aan het werk zette.

'Nu moeten we het alleen nog bewijzen. Maar zonder jou hadden we hem niet eens in bewaring kunnen nemen.' Logan had wat moeite 'bewaring' goed uit te spreken, maar dat leek Watson niet op te vallen. Hij boog zich naar haar toe en duwde zachtjes op haar schouder. 'Die kassabon, dat was een goeie vondst, zeg!'

Hij had durven zweren dat ze bijna glimlachte terwijl ze opnieuw een pond in de gleuf stak.

'Ik had die spaarpunten niet gezien. Dat deed ú.' Haar ogen bleven gefixeerd op de flikkerende lampjes van de kast.

'Maar dat had ik niet gekund als jij die bon niet eerst had gevonden.' Hij keek haar breed glimlachend aan en nam nog een slok.

Ze verplaatste haar blik van de kast naar Logan, die enigszins heen en weer wiegde, ogenschijnlijk op de maat van de muziek. 'Ik dacht dat u niet mocht drinken met die pijnstillers?'

Logan gaf haar een knipoog. 'Ik zal het niemand vertellen als jij er ook je mond over houdt.'

Ze glimlachte naar hem. 'Ik moest u van Insch een beetje in de gaten houden, maar volgens mij wordt dat een fulltime baan.'

Logan tikte met zijn pul bier tegen haar flesje Budweiser. 'Als dat zou kunnen!'

10

Om zes uur werd Logan wakker door het aanhoudende gepiep van zijn wekker. Hij strompelde uit bed en realiseerde zich dat hij een zware kater had. Hij ging op de rand van het bed zitten en bracht zijn handen naar zijn hoofd, waarin een ochtendploeg met drilboren energiek aan het werk was. Het rommelde in zijn maag en hij voelde dat hij moest overgeven. Grommend waggelde hij naar de deur van de slaapkamer, door de hal, naar de badkamer.

Waarom had hij zoveel gedronken? Op het flesje met de pijnstillers stond duidelijk dat je er niet bij mocht drinken...

Toen het voorbij was, leunde hij op de rand van de wastafel en liet hij zijn voorhoofd in aanraking komen met het koele oppervlak van de tegels. De zure smaak van kots brandde nog steeds in zijn neusgaten.

Hij opende één oog wijd genoeg om het bierglas te kunnen zien dat boven op het waterreservoir van het toilet stond. Het flesje pillen dat ze hem de eerste keer in het ziekenhuis hadden gegeven, toen de littekens nog nieuw waren, was nog half vol. Logan worstelde met de beveiligde sluiting en haalde er een paar pillen uit ter grootte van kleine kiezelstenen. Hij vulde het bierglas met water en sloeg er twee achterover, waarna hij onder de douche ging staan.

Na het douchen was hij er niet veel beter aan toe, maar in elk geval voelde hij zich niet meer als een kruising tussen een brouwerij en een asbak. Hij nam een handdoek om zijn haar te drogen en liep de gang in. Hij hoorde een beleefd kuchje.

Logan draaide zich bliksemsnel om. De adrenaline deed zijn werk en hij balde zijn vuisten.

Watson stond in de deuropening van de keuken. Ze droeg een van zijn oude T-shirts en zwaaide naar hem met een plastic spatel. Nu het niet was opgebonden in het verplichte knoetje, viel haar haar tot op haar schouders, in mooie, donkerbruine krullen. Onder het T-shirt waren naakte benen zichtbaar en die waren absoluut het aanzien waard.

'Koud, hè?' zei Watson met een glimlach, en Logan realiseerde zich plotseling dat hij spiernaakt was.

Snel bedekte hij zijn edele delen met de handdoek, terwijl hij vanaf zijn tenen tot aan zijn kruin begon te blozen.

Haar glimlach trok weg en er verscheen een klein rimpeltje op haar smetteloze gezicht. Ze staarde naar zijn maagstreek, die eruitzag alsof er een overspannen perforeermachine op tekeer was gegaan.'

'Dat was zeker niet mis?'

Logan schraapte zijn keel en knikte. 'Ik zou het niemand aanbevelen,' zei hij. 'Eh... ik...'

'Wilt u een boterham met gebakken spek? Ik kon geen eieren vinden. U hebt trouwens sowieso niet veel in huis.'

Terwijl hij voor haar stond en de handdoek goed vasthield, voelde hij de tinteling van een naderende erectie.

'Nou?' vroeg ze opnieuw. 'Wilt u een boterham met spek?'

'Eh, ja... Bedankt, dat lijkt me lekker.'

Ze draaide zich om en liep naar het aanrecht. Logan rende naar de slaapkamer en sloeg de deur achter zich dicht. Godallemachtig, hoe dronken waren ze de afgelopen nacht eigenlijk geworden? *Bij deze pillen geen alcohol gebruiken.* Hij kon zich absoluut niets herinneren. Hij wist haar voornaam niet eens. Hoe kon hij in godsnaam met iemand naar bed zijn gegaan zonder te weten hoe ze heette?

Hij droogde zich af, gooide de handdoek in een hoek en trok een paar zwarte sokken over zijn nog vochtige voeten.

Hoe had hij dit kunnen laten gebeuren? Hij was inspecteur en zij agente. Ze werkten samen. Hij was haar superieur! Insch zou ontploffen als hij iets zou beginnen met een van zijn vrouwelijke agenten!

Op één been hinkend trok hij zijn broek aan, maar hij vergat dat hij nog geen onderbroek had aangetrokken. Dus moest zijn broek weer omlaag.

'Wat heb je gedaan, idioot?' vroeg hij aan de man in de spiegel, die er tamelijk paniekerig uitzag. 'Ze werkt voor je!' De man in de spiegel keek terug. De paniek verdween en er verscheen een veelbetekenende glimlach op zijn gezicht. 'Dat kan wel zijn, maar ze ziet er niet slecht uit, waar of niet?'

Daarin moest Logan de man in de spiegel gelijk geven. Watson was slim en aantrekkelijk... en in staat iedere klootzak die voor één nacht misbruik van haar maakte zijn vet te geven. Ze noemden haar niet voor niets de ballenbreekster. Dat had Insch destijds duidelijk gezegd.

'Godallemachtig...' Hij haalde een schoon, wit hemd uit de kast, wurgde zichzelf bijna met een kakelbonte stropdas en stormde de gang weer in. Logan bleef stilstaan voordat hij de keuken binnen liep. Wat moest hij in vredesnaam doen? Moest hij bekennen dat hij zich niets kon herinneren? Hij trok een grimas. Dat zou mooi zijn: 'Hallo, het spijt me, maar ik kan me niet herinneren dat ik met jou naar bed ben geweest. Was de seks oké? En trouwens, hoe heet je eigenlijk?'

Er zat maar één ding op. Hij moest zijn mond dichthouden en wachten totdat zíj iets losliet. Logan haalde diep adem en liep de keuken in.

De keuken rook naar gebakken spek en schraal bier. Watson en haar schitterende benen stonden voor het fornuis en bakten spek. Logan wilde net een soort complimentje maken, toen hij plotseling een vreemde stem achter zich hoorde. Hij schoot bijna uit zijn vel van schrik.

'Urrrghhh... ga es opzij, ik kan niet veel langer op mijn benen staan.'

Logan draaide zich om en keek in de waterige ogen van een verkreukeld uitziende jongeman met een stoppelbaardje. Hij droeg vrijetijdskleding, krabde aan zijn kont en wachtte totdat Logan opzij ging en de weg naar de keuken vrijmaakte.'

'Neem me niet kwalijk,' mompelde Logan. Hij liet de jongeman passeren, die vervolgens in een stoel aan de keukentafel plofte.

'Aaaaaai, mijn hoofd,' zei de nieuwkomer, terwijl hij het gewraakte lichaamsdeel op het tafelblad liet zakken.

Watson keek over haar schouder en zag Logan daar staan, keurig opgedoft voor een nieuwe werkdag. 'Ga toch zitten,' zei ze tegen hem, terwijl ze van een onaangebroken witbrood een paar sneetjes pakte en daar vervolgens ongeveer een half ons gebakken spek tussen stopte. Ze kwakte de delicatesse op tafel en gooide nieuw spek in de pan.

'Eh, dank je,' zei Logan.

De jongeman met de kater aan de andere kant van de tafel kwam hem vagelijk bekend voor. Zat hij niet in het onderzoeksteam? Was hij niet de knaap die bier over de broek van de rechercheur met de baard had gemorst? Watson plaatste opnieuw een dubbele boterham met gebakken spek op tafel, nu voor de neus van de kreunende agent.

'Je had geen ontbijt hoeven maken,' zei Logan, terwijl hij glimlachte naar Watson, die de laatste plakjes doorregen spek in de koekenpan legde. Dat gaf luid gesis en een stoomwolk, die ze wegwuifde met de spatel, waardoor er kleine druppels vet omlaag vielen op het aanrechtblad.

'O, had u liever dat híj het deed? vroeg ze, wijzend naar de agent. Hij zag eruit alsof hij het toilet niet zou halen als de boterham met spek verkeerd zou vallen. 'Ik weet niet hoe u erover denkt, maar ik heb mijn ontbijt liever zónder kots.'

Opnieuw verscheen er iemand in de deuropening die Logan maar nauwelijks kon thuisbrengen. 'Jeetje, Steve,' zei de nieuwe gast, 'wat zie jíj eruit! Als Insch je zo ziet krijgt hij een hartverzakking...' Hij zweeg abrupt toen hij Logan zag zitten in zijn keurige, schone kostuum. 'Goedemorgen, meneer. Leuk feestje gisteravond. Bedankt dat we hier mochten blijven slapen.'

'Eh... geen dank.' Feestje?

Er verscheen een brede grijns op het gezicht van de nieuwkomer. Wow! Lekkere benen, Jackie! Hé, boterhammen met spek, daar heb ik best trek in.'

'Krijg wat,' zei Watson terwijl ze twee boterhammen pakte en er het laatste spek tussen deed. 'MacNeil heeft maar vier pakjes gehaald en die zijn allemaal op. Trouwens, ik moet me aan gaan kleden.' Ze pakte een fles tomatenketchup van het aanrecht en kneep een onfatsoenlijke hoeveelheid tussen de boterhammen. 'Dan had je maar eerder uit je nest moeten komen.'

Er verscheen een uitdrukking van onverholen jaloezie op het nieuwe gezicht toen Jackie Watson een flinke hap van haar boterham met spek nam. Ze kauwde tevreden, met een brede tomatenketchupglimlach op haar gezicht.

De nieuwkomer, die kennelijk een volhoudertje was, ging op de enige nog lege stoel zitten en plaatste zijn ellebogen op het tafelblad. Logan kon de man nog steeds niet thuisbrengen. 'Jezus, Steve,' zei de onbekende man, met een gemaakt ongeruste intonatie, 'je ziet er echt beroerd uit. Weet je zeker dat je dat wel kunt eten?' Hij wees naar de dubbele boterham met spek voor het gezicht van Steve. 'Dat ziet er héél erg vet uit!'

Watson had haar mond vol, maar het lukte haar toch zich in het gesprek te mengen. 'Luister niet naar hem, Steve,' mompelde ze. Het zal je goeddoen, echt waar.'

'Ja,' zei de agent zonder naam. 'Eet maar lekker op, Steve. Lekkere dikke plakken van een dood varken. Gebakken in zijn eigen dril. Echt wat je nodig hebt om je zieke maag weer een beetje tot rust te brengen.'

Steves gezicht werd grijs.

'Heerlijk, zo'n vette hap als je je al niet lekker...'

De nieuwkomer had zijn doel bereikt. Steve sprong overeind, sloeg een hand voor zijn mond en sprintte naar het toilet. Terwijl Steve een paar meter verderop duidelijk hoorbaar over zijn nek ging, greep de nieuwkomer de voor Steve bestemde boterham en stak die met een brede grijns in zijn mond. 'Godallemachtig, wat is dát lekker!' verklaarde hij terwijl het vet langs zijn kin liep.

'Jij bent echt een enorme hufter, Simon Rennie!'

Simon Rennie de hufter knipoogde naar Jackie Watson de agente. 'Dit is nou het recht van de sterkste, schat.'

Logan leunde achterover aan tafel, kauwde op zijn spekboterham en probeerde zich te herinneren wat er de afgelopen nacht was voorgevallen. Hij kon zich niets over een feestje herinneren. Hij wist dat ze in de kroeg waren geweest, maar daarna viel zijn geheugen in een zwart gat. Ook alles wat er in de kroeg was gebeurd, kon hij zich niet meer in detail herinneren. Maar kennelijk hadden ze een feestje gebouwd en waren een paar leden van het onderzoeksteam bij hem blijven slapen. Dat was niet zo gek, want hij woonde op twee minuten lopen van Queen Street en het hoofdbureau. Maar vanaf het moment dat ze uit de kroeg waren gezet, kon hij zich niets meer herinneren. Steve, de agent die nu aan het kotsen was in zijn badkamer, had 'Its A Kinda Magic' in de jukebox opgezet en ineens al zijn kleren uitgetrokken. Je kon het geen striptease noemen, want er zat niet bepaald een geraffineerde erotische opbouw in, alleen maar veel stomdronken gewaggel.

Het barpersoneel had hun vriendelijk doch dringend verzocht op te krassen.

Met als kennelijk gevolg dat de helft van het politiekorps van Aberdeen nu in zijn keuken brood met gebakken spek zat te verorberen, of bezig was over te geven in zijn badkamer. Maar dat alles gaf geen opheldering over Watson en haar schitterende benen.

'Zozo,' zei hij terwijl Watson opnieuw een enorme hap uit haar spekboterham nam. 'Dus jij hebt ontbijtcorvee?' Het was een redelijk neutrale vraag. De onderliggende vraag 'Hebben wij de afgelopen nacht liggen wippen?' zou de meeste buitenstaanders volkomen ontgaan.

Ze wreef met de rug van haar hand over haar lippen en haalde haar schouders op. 'Dat hoort zo als je voor het eerst bij iemand blijft slapen. Maar het is úw flat, dus de volgende keer bent ú aan de beurt.'

Logan knikte alsof dit een volstrekt logische redenering was. Het was nog vroeg en het leek hem beter er zijn hersens niet over te pijnigen. Hij produceerde een glimlach om te voorkomen dat ze zou gaan denken dat hij niet had genoten van wat er de afgelopen nacht was gebeurd, wat dat dan ook mocht zijn geweest.

'Nou,' zei hij, terwijl hij zijn kruimels in de afvalbak gooide. 'Ik moest er maar eens vandoor. Om halfacht precies is er een briefing, en ik moet ook nog iets voorbereiden.' Dat klonk neutraal en zakelijk genoeg. Niemand zei iets of keek hem zelfs maar aan. 'Nou, eh, als jullie de boel straks afsluiten, dan zie ik jullie later wel...' Hij zweeg even en verwachtte een soort reactie van Watson. Jackie! Niet agent Watson, maar Jackie! Haar reactie bleef uit, ze was te druk met ontbijten. 'Goed, nou, dag!' zei hij, terwijl hij naar de deur liep. 'Tot straks.'

Buiten was het nog donker. Nog op zijn minst vijf maanden zou hij om deze tijd van de dag geen zonlicht zien. Terwijl hij door Marischal Street naar Castlegate liep, begon de stad wakker te worden. De straatverlichting brandde en ook de kerstverlichting was ontstoken. De kerstsfeer was goed merkbaar in Union Street; iedereen in Aberdeen hield van Kerstmis.

Logan bleef even staan en inhaleerde de frisse ochtendlucht. Het stortregende niet meer maar het miezerde alleen nog een beetje, waardoor de kerstverlichting door een mysterieus waas leek te zijn omgeven. De straten begonnen zich langzaam met auto's te vullen. De kerstparafernalia gaven de etalages van Union Street een uitbundige aanblik. De erboven gelegen verdiepingen achter de grijze, granieten façaden waren nog niet open. De bewoners van de appartementen sliepen nog. De combinatie van de geelbruine straatlampen en de uitbundige, felwitte kerstverlichting gaf de straat een bijzondere sfeer. Je zou het bijna mooi kunnen noemen. Soms wist hij weer waarom hij in deze stad woonde.

Voordat hij het hoofdkantoor binnen liep, haalde hij bij de dichtstbijzijnde kiosk een beker sinasappelsap en een paar Schotse koeken.

De brigadier van dienst keek op terwijl Logan naar de lift liep en de regen van zich af schudde.
'Goeiemorgen, Lazarus.'
Logan deed alsof hij hem niet hoorde.

De ruimte waar de briefing werd gehouden, rook naar sterke koffie, schraal bier en katers. Maar tot Logans verbazing was de opkomst honderd procent. Zelfs de kotsende, strippende agent Steve zat ergens achterin present te wezen, hoewel hij er niet bepaald gezond uitzag.

Logan, die een stapel fotokopieën van het dode meisje bij zich had, zocht een stoel voorin en wachtte tot Insch van wal zou steken. De hoofdinspecteur had hem gevraagd de aanwezigen te vertellen hoe weinig ze wisten van het vier jaar oude meisje dat gisteren op de vuilstort in Nigh was gevonden.

Hij keek op van zijn fotokopieën en zag dat Watson – Jackie – naar hem glimlachte. Hij glimlachte terug. Nu hij een beetje tijd had gehad om een en ander te overdenken, begon hij het wel een prettig idee te vinden. Er waren vier maanden verstreken sinds Isobel en hij uit elkaar waren gegaan. De gedachte aan een nieuwe relatie stond hem wel aan. Zodra de briefing voorbij was, zou hij Insch vragen hem een nieuw kindermeisje toe te wijzen. Als ze niet meer zouden samenwerken, kon niemand er bezwaar tegen hebben dat ze iets met elkaar hadden.

Hij glimlachte opnieuw naar Jackie Watson met haar mooie benen, die nu aan het zicht waren onttrokken door een zwarte dienstpantalon. Opnieuw beantwoordde ze zijn glimlach. Het leven zag er veelbelovend uit.

Maar plotseling ontdekte Logan dat niet alleen agent Jackie Watson, maar iedereen naar hem glimlachte.

'Neem gerust de tijd, McRae.'

Hij keek naar voren en zag dat Insch hem vragend aankeek. 'Eh, ja, dank u, meneer.' Hij stond op en liep naar het bureau waar Insch op zat. Hij hoopte dat hij geen al te idioot figuur had geslagen.

'Gisteren heeft een zekere Andrea Murray, docente maatschappijleer aan de Kincorth-scholengemeenschap, het alarmnummer gebeld om melding te maken van een voet die op de vuilstort in Nigh uit een vuilniszak stak. Het bleek de voet te zijn van een nog niet nader geïdentificeerd meisje van een jaar of vier oud. Blank, lang blond haar en blauwe ogen.' Hij gaf de stapel fotokopieën aan de agent die het dichtst bij hem in de buurt zat en gaf hem opdracht ze verder te verspreiden. Op elke kopie was een foto van het meisje te zien die in het mortuarium was gemaakt, een uitsnede van haar gezicht met de ogen gesloten; de striemen die het bruine plakband op haar wangen had achtergelaten, waren duidelijk zichtbaar. 'De moordenaar heeft voordat hij zich van het lijk ontdeed, geprobeerd het in stukken te hakken, maar hij kon het niet opbrengen.'

In het vertrek klonken geluiden van walging.

'Dat betekent...' Logan moest zijn stem verheffen. 'Dat betekent dat het waarschijnlijk zijn eerste keer was. Als hij al eerder had gemoord, had hij er waarschijnlijk geen moeite mee gehad.'

Het werd weer stil in het vertrek. Insch knikte instemmend.

Logan deelde een tweede stapel kopieën uit. 'Dit is de verklaring van Norman Chalmers. We hebben hem gisteravond gearresteerd op verdenking van moord, nadat Watson bewijsmateriaal had gevonden dat hem in verband brengt met de vuilniszak waarin het lijk is gedumpt.'

Iemand sloeg Jackie Watson op de schouder en ze glimlachte.

'Maar,' vervolgde Logan, 'we hebben een probleem. De technische recherche heeft nog geen enkele aanwijzing gevonden dat het meisje ooit bij Chalmers thuis is geweest. Als hij haar niet mee naar huis heeft genomen, waar heeft hij haar dan naartoe gebracht?'

'Ik wil dat één team met een stofkam de gangen van Chalmers nagaat. Huurt hij een garage? Past hij op het huis van iemand anders? Heeft hij misschien familieleden die recent zijn opgenomen in een ziekenhuis of een verpleeghuis, en hebben die hem gevraagd op hun woning te passen? Werkt hij ergens waar hij zonder argwaan te wekken een lichaam zou kunnen verbergen?'

In het vertrek werd geknikt.

'Het volgende team: jullie doen een buurtonderzoek in Rosemount. Wat is de identiteit van het meisje? Hoe heeft Chalmers haar te pakken gekregen?' Ergens ging een hand omhoog en Logan wees naar de agent die bij de hand hoorde. 'Ja?'

'Hoe komt het dat het kind nog niet als vermist is opgegeven?'

Logan knikte. 'Een goeie vraag. Er is een meisje van vier zoek, al minstens vierentwintig uur, en niemand neemt de moeite de politie op de hoogte te stellen. Dat is merkwaardig. Dit,' zei hij, terwijl hij de laatste stapel fotokopieën uitdeelde, 'is een lijst van de sociale dienst van alle probleemgezinnen met een dochter van vier. Team nummer drie: dat wordt jullie taak. Ik wil dat ieder gezin op deze lijst wordt ondervraagd. Zorg dat je het kind te zien krijgt. We geloven niemand op zijn woord. Duidelijk?'

Stilte.

'Goed.' Logan deelde drie teams van vier agenten in en stuurde ze op pad. De rest ging zitten en begon te praten terwijl de 'vrijwilligers' het vertrek verlieten.

'Opgelet,' zei Insch. Hij hoefde zijn stem niet te verheffen. Zodra hij zijn mond opendeed was iedereen stil. 'Iemand heeft verklaard dat een jongetje dat voldeed aan het signalement van Richard, in een donkerrode personenwagen is gestapt. Andere getuigen beweren dat ze een soortgelijke auto gedurende de afgelopen maanden regelmatig in de buurt hebben gezien. Het is dus goed mogelijk dat onze smeerlap het terrein uitgebreid heeft verkend.' Hij zweeg, keek rond en maakte oogcontact met iedere aanwezige. 'Richard Erskine is nu vierentwintig uur zoek. Zelfs al is hij niet door de een of andere klootzak gegrepen, het heeft de afgelopen nacht gestortregend en het was ijskoud. Dus het ziet er niet al te best uit. Dat betekent dat we snel moeten zijn. Al moeten we de hele stad uitkammen, we zúllen hem vinden.'

De lichaamstaal van de aanwezige politiemensen duidde, ondanks de gevolgen van het overmatig drankgebruik van de vorige avond, op vastberadenheid.

Insch las de namen voor en leunde achterover toen de mannen en vrouwen het vertrek verlieten. Terwijl Logan zijn instructies afwachtte, zag hij dat de hoofdinspecteur de dronken stripper Steve naar zich toe riep. Hij begon op zachte toon tegen hem te praten terwijl de andere politiemensen verdwenen. Logan kon niet verstaan wat er werd gezegd, maar het gezicht van de jonge agent werd eerst knalrood en vervolgens onheilspellend grijs.

'Zo,' zei Insch ten slotte tegen de trillende agent, terwijl hij langzaam met zijn grote, kale hoofd knikte. 'Wacht maar even op de gang.'

Steve de stripper droop af met zijn hoofd omlaag, alsof iemand hem zojuist een dreun in het gezicht had gegeven.

Toen de deur dicht was, wenkte Insch Logan. 'Ik heb een wat onbenullig klusje voor je vanochtend,' zei hij terwijl hij een familieverpakking rozijnen met een chocoladelaagje uit de zak van zijn colbert tevoorschijn haalde. Hij probeerde de zak met zijn vingers open te maken, maar zette toen dat niet lukte, zijn tanden erin. 'Welke idioot bedenkt dit soort verpakkingen...' Insch spuwde een stukje plastic uit en stak zijn vinger in het gat dat hij had gemaakt. 'De milieudienst van de gemeente heeft ons om ondersteuning gevraagd.'

Logan probeerde een diepe zucht te onderdrukken. 'Dat meent u niet.'

'Ja zeker. Er moet ergens een dwangbevel worden betekend en de vent die dat moet doen schijt bagger. Hij is ervan overtuigd dat hij het er niet levend af zal brengen als er niet iemand bij is om zijn hand vast te houden. De hoofdcommissaris wil dat we een open en klantgerichte organisatie zijn. Dat betekent dat we ons best moeten doen de gemeente alle steun te geven die nodig is.' Hij hield het gat in de zak met chocoladerozijnen voor Logans neus.

'Maar meneer,' zei Logan, die het aanbod beleefd afsloeg – de snoepjes leken hem te veel op konijnenkeutels en hij had nog steeds last van zijn kater – 'kan de uniformdienst dat niet doen?'

Insch knikte en Logan durfde te zweren dat de hoofdinspecteur héél even een beetje geniepig had gekeken. 'Dat klopt. En er is ook een agent in uniform die het klusje gaat klaren. Jij gaat alleen maar mee om toezicht te houden.' Hij schudde een paar keutels in de palm van zijn hand en gooide ze in zijn mond. 'Dat brengt een hogere rang nou eenmaal met zich mee. Dat je toezicht moet houden op je ondergeschikten.'

Er viel een stilte die veelbetekenend bedoeld leek te zijn maar waarvan de betekenis Logan volstrekt ontging.

'Nou,' zei Insch terwijl hij naar de deur gebaarde. 'Vooruit met de geit.'

Logan verliet de kamer en vroeg zich af wat dit te betekenen had. Insch ging op het bureau zitten en produceerde een maniakale grijns. Het kwartje zou spoedig vallen bij Logan.

In de gang stond een ongerust kijkende agent Steve te wachten. Zijn gezicht had weer een klein beetje kleur gekregen en was nu niet langer grijs maar een combinatie van rood en groen; hij zag er nog steeds verschrikkelijk uit. Zijn ogen waren bloeddoorlopen en hij rook naar een overdosis extra sterke pepermunt, maar dat was niet voldoende om de lucht van alcohol te maskeren. Die kwam nog steeds uit al zijn poriën.

'Meneer,' zei hij met een flauw en nerveus lachje, 'ik geloof dat ik beter niet kan rijden.' Hij keek naar de grond. 'Het spijt me, meneer.'

Logan trok een wenkbrauw op, opende zijn mond en deed hem onmiddellijk weer dicht. Dit moest de agent zijn op wie hij toezicht moest houden.

In de lift, op weg naar de begane grond, stortte agent Steve compleet in. 'Hoe kan hij het in godsnaam weten?' jammerde hij terwijl hij met zijn handen in zijn gezicht achteroverleunde in een hoek van de lift. 'Alles. Hij wist álles, verdomme!'

Logan voelde een koude rilling over zijn rug gaan. 'Alles?' Zou de hoofdinspecteur ook weten dat hij dronken was geworden en met Watson naar bed was geweest?

Steve kreunde.

'Hij wist dat we uit de kroeg zijn gezet, hij wist dat ik mijn kleren heb uitgetrokken...' Hij keek met vragende, meelijwekkende rode ogen naar Logan, als een konijn waarop zojuist vivisectie was verricht. 'Hij zei dat ik blij moest zijn dat hij me niet heeft ontslagen! Godallemachtig!'

Even leek het erop dat hij in tranen zou uitbarsten. Maar toen zei de lift *ping*. De deuren gleden open en boden toegang tot de parkeerplaats, waar een paar geüniformeerde agenten bezig waren een in spijkerbroek en T-shirt geklede kerel met lang haar uit een arrestantenwagen te sjorren. Het T-shirt vertoonde een omgekeerde kerstboom van bloed. De neus van de arrestant was plat en met bloed besmeurd.

'Vuile klootzakken!' Hij haalde uit naar Logan, maar de agent die hem begeleidde had hem in een stevige houdgreep. 'Die vuile klootzakken. Ze vroegen erom!' Hij miste een paar tanden.

'Het spijt me, meneer,' zei de agent die de oproerkraaier in bedwang hield.

Logan antwoordde dat het niets gaf en liep met Steve het parkeerterrein op. Ze hadden het bureau ook via de hoofdingang kunnen verlaten, maar hij wilde niet dat iemand de agent in zijn huidige toestand zou zien. En bovendien, het gemeentehuis was vlakbij. Een wandeling in de frisse lucht zou Steve goeddoen. De motregen buiten voelde verfrissend aan na de drukkende hitte in het hoofdbureau. Ze stonden even uit te blazen op de oprit die vanaf de achterkant van het gebouw naar de straatkant liep. Een patrouillewagen achter hen toeterde en knipperde met zijn lichten. Logan en de misselijke Steve maakten een verontschuldigend handgebaar. Ze gingen opzij en liepen naar de straatkant. Voor het gerechtsgebouw begon zich alweer een menigte demonstranten te verzamelen met borden en spandoeken, in de hoop een glimp op te vangen van Gerald Cleaver. En in de hoop hem aan de hoogste boom te kunnen opknopen.

De doodsbange ambtenaar stond voor de ingang van het gemeentehuis op hen te wachten. Hij hopte van het ene been op het andere en keek voortdurend op zijn horloge, alsof dat ervandoor zou gaan als hij er niet om de dertig seconden op keek. Hij keek ongerust naar agent Steve en stak toen een hand uit naar Logan. 'Het spijt me dat ik jullie heb laten wachten,' zei hij, hoewel hij er al stond toen ze aankwamen.

Ze stelden zich aan elkaar voor, maar Logan was de naam na dertig seconden alweer vergeten.

'Zullen we maar gaan?' De man zonder naam frunnikte wat aan een leren map die hij bij zich had, keek voor de zoveelste keer op zijn horloge en bracht hen naar een Ford Fiesta die duidelijk toe was aan de laatste sacramenten.

Logan ging naast de zenuwachtige ambtenaar zitten en zorgde ervoor dat agent Steve achter de man plaatsnam, die achter het stuur was gekropen. Om te beginnen wilde Logan niet dat de ambtenaar zag hoe beroerd de geüniformeerde wetshandhaver eruitzag en bovendien zou hij daar geen kots over zich heen krijgen, in het geval dat Steve onverhoopt moest overgeven.

Gedurende de rit vertelde de ambtenaar honderduit over hoe verschrikkelijk het was gemeenteambtenaar te zijn, maar dat hij geen andere baan kon nemen omdat de gunstige ambtenarenregelingen dan niet meer op hem van toepassing zouden zijn. Logan probeerde hem te negeren en reageerde af en toe met een 'wat vervelend', afgewisseld met een 'ik weet er alles van'. Onderwijl keek hij uit het raam naar de grijze straten waar ze langs reden.

Het was spitsuur. De mensen die een halfuur eerder naar hun werk hadden moeten vertrekken, realiseerden zich plotseling dat ze te laat zouden komen. Een enkele zonderling zat met een sigaret tussen de lippen en het raam helemaal open in zijn auto, zodat de rook eruit kon en de regen erin. Logan keek er jaloers naar.

Hij kreeg het gevoel dat Insch een bijzondere bedoeling had gehad met zijn verhaal over de verplichtingen die een hogere rang met zich meebracht. Insch had hem iets duidelijk willen maken. Iets onaangenaams. Hij streek met zijn hand over zijn voorhoofd, masseerde zijn geplaagde hersens.

Het was niet vreemd dat Insch Steve de les had gelezen. De aangeschoten agent had het hele politiekorps in verlegenheid kunnen brengen. Logan zag de krantenkoppen al voor zich: NAAKTE DIENDER LIET MIJ ZIJN KNUPPEL ZIEN! Als Steve zijn ondergeschikte was geweest, had hij hem ook de mantel uitgeveegd.

Op dat moment viel het kwartje. Insch had het hem met zoveel woorden recht in zijn gezicht gezegd: 'Dat brengt een hogere rang nou eenmaal met zich mee. Dat je toezicht moet houden op je ondergeschikten.' Logan was inspecteur en Steve was een gewone agent. Ze hadden de kroeg bezocht, ze hadden gedronken en Logan had niets gedaan om te voorkomen dat Steve ladderzat werd en zijn kleren uittrok.

Logan kreunde.

Deze klus was net zo goed een lesje voor hem als voor Steve.

Na vijfentwintig minuten klommen ze uit de auto van de bange ambtenaar. Ze stonden voor een boerenschuur die deel uitmaakte van een vervallen boerenhoeve aan de rand van Cult. De oprit werd grotendeels aan het oog onttrokken door onkruid. Aan het eind van het pad stond een krakkemikkige boerderij, opgetrokken uit grijze stenen die traanden in de niet-aflatende regen. Eromheen stonden oude stallen, in gras en onkruid dat tot op heuphoogte was gegroeid. Hier en daar staken kruiskruid en veldzuring omhoog. Hun stelen zagen er roestbruin uit tegen de achtergrond van de winterse lucht. Uit het leien dak staken twee ramen, die hen vijandig leken aan te staren. Eronder was een vaalrode deur zichtbaar waarop het cijfer 6 was geschilderd. De stallen hadden ook allemaal een nummer, dat goed leesbaar met witte verf op de deuren was geschilderd. De muren zagen er nat en glibberig uit in het vale, grijze daglicht.

'Gezellig,' zei Logan in een poging het ijs een beetje te breken. En toen rook hij het. 'O, nee!' Hij sloeg een hand voor zijn mond en neus.

Het was de weeïge stank van het verval. Van vlees dat te lang in de zon heeft gelegen.

De geur van de dood.

11

Agent Steve kokhalsde, kokhalsde nóg een keer en rende de bosjes in, waar hij luidruchtig begon over te geven.

'Ziet u nu wel?' zei de nerveuze gemeenteambtenaar. 'Ik heb het u toch gezegd? Het is vréselijk. Dat vindt u toch ook?'

Logan knikte instemmend, al had hij niets meegekregen van wat de man in de auto hem eerder allemaal had verteld.

'De buren klagen al sinds de vorige kerst over de stank. We hebben de ene brief na de andere gestuurd, maar we krijgen nooit antwoord,' zei de man, terwijl hij de leren map tegen zijn borst geklemd hield. 'Het is zó erg dat de postbode hier niet meer bezorgt.'

'Werkelijk?' vroeg Logan. Dan was het ook niet gek dat ze nooit antwoord kregen. Hij draaide zijn rug naar de kotsende agent en begon door de wildernis te waden. 'Laten we maar eens kijken of er iemand thuis is.'

Vanzelfsprekend liet de ambtenaar hem voorgaan.

De boerderij zelf was ooit goed onderhouden geweest. Hier en daar waren op de afgebrokkelde stenen nog sporen van witte verf zichtbaar en uit de muur staken verroeste haken waaraan ooit emmers hadden gehangen. Maar dat was lang geleden. In de dakgoot groeide gras en het water liep over de rand omlaag. De voordeur was al vele jaren niet meer van een nieuw verfje voorzien. De laatste verflaag was er door weer en wind af gesleten. Op het gebleekte hout was een klein metalen naamplaatje geschroefd, dat door roest en vuil onleesbaar was geworden. De deurklink zag er niet veel beter uit. En over alles heen was een grote, handgeschilderde 6 zichtbaar.

Logan klopte. Ze deden een pas naar achteren en wachtten.

'Ach, verdorie!' Logan liep weg van de deur en beende door het struikgewas om het huis heen, spiedend door de ramen.

Het interieur was gehuld in duisternis. Hij kon door het smerige glas alleen de omtrekken van de meubels zien. Vage, spookachtige vormen.

Uiteindelijk kwam hij aan de andere kant van het huis via het onkruid weer terecht bij de voordeur. Waar hij had gelopen, was een pad ontstaan in de heuphoge begroeiing. Hij sloot zijn ogen en deed zijn best niet te vloeken. 'Er is hier niemand,' zei hij. Al maanden niet.' Als er iemand had gewoond, dan was het gras tussen het pad en de voordeur platgetrapt geweest.

De gemeenteambtenaar keek naar het huis, vervolgens naar Logan en toen naar zijn horloge. Daarna haalde hij een klembord tevoorschijn uit de leren map.

'Nee hoor,' zei hij terwijl hij iets las op het eerste vel papier op het klembord. 'Hier staat dat hier een zekere Bernard Philips woont.' Hij zweeg, frutselde wat aan de knopen van zijn jas en keek opnieuw op zijn horloge. 'Hij... eh, hij werkt bij de gemeente.'

Logan opende zijn mond om iets verschrikkelijk grofs te zeggen, maar hij bedacht zich op het laatste moment.

'Hoe bedoelt u "hij werkt bij de gemeente"?' vroeg hij, langzaam en nadrukkelijk. 'Als hij bij de gemeente werkt, waarom geeft u hem dat dwangbevel dan niet 's ochtends als hij op zijn werk komt?'

De man bestudeerde opnieuw het vel papier op zijn klembord. Hij deed zijn best Logan niet aan te kijken en hield zijn kaken op elkaar.

'O, godallemachtig!' zei Logan. Uiteindelijk deed het er niet toe. Ze waren hier nu toch, dus ze konden het karwei maar beter afmaken. 'En is meneer Philips op dit moment aan het werk?' vroeg hij, terwijl hij probeerde kalm te blijven.

De zenuwachtige man schudde zijn hoofd. 'Hij heeft een vrije dag.'

Logan probeerde de kloppende hoofdpijn achter zijn oogkassen weg te masseren. Dat was tenminste iets. 'Goed. Dus als hij hier woont...'

'Hij woont hier!'

'Als hij hier al woont, dan woont hij in elk geval niet in het hoofdgebouw.' Logan keerde zijn rug naar de donkere, verwaarloosde boerenhoeve. De stallen leken willekeurig geplaatst en hadden allemaal een nummer op de voorkant.

'Laten we daar maar eens gaan kijken,' zei hij ten slotte, terwijl hij wees op een bouwval waarop een nummer 1 was geschilderd. Het leek een logische keuze voor de vervolgstap in hun onderzoek.

Steve voegde zich bij hen. Hij begon er steeds zieker uit te zien. Eén ding kon je Insch nageven: hij hield niet van half werk als hij straf uitdeelde.

Op de deur van stal nummer 1 was een goedkope groene verf gekliederd. Er was niet alleen groene verf terechtgekomen op de deur zelf, maar ook ernaast op de muren, en zelfs op het gras onder hun voeten... Logan gebaarde naar de rillende agent, maar die keek hem alleen maar met een blik van afgrijzen aan. De stank was hier nog erger.

'Maak de deur maar open, agent,' zei Logan, die vastbesloten was het niet zelf te doen. Daar had hij nu gelukkig een arme sloeber voor bij de hand.

Het duurde even voordat Steve antwoordde. 'Ja, meneer.' Hij pakte de deurklink stevig vast. Het was een zware schuifdeur en de rails waren verwrongen en verroest. De agent vermande zich en gaf een ruk. De deur schoof krakend open en Logan had van zijn leven nog nooit zo'n gore lucht geroken.

Iedereen deinsde achteruit.

Een kleine lawine van strontvliegen daalde neer vanuit de deuropening en vormde een bergje in de motregen.

Steve rende weer weg om te braken.

Ooit was het gebouw een veeschuur geweest; het was een traditionele, langwerpige stal met kale, granieten muren en een leien dak. In het midden bevond zich een verhoogde loopplank met een houten railing op kniehoogte. Het was de enige onbedekte ruimte in de stal. Verder lagen er overal rottende overblijfselen van kleine dieren.

De stijve en verwrongen lijken waren bedekt met een wriemelend, wit tapijt van maden.

Logan deed drie stappen achteruit en rende naar een hoek om in te kotsen. Bij elke oprisping voelde hij pijnlijke steken in zijn maag, alsof iemand hem daar opnieuw met een vlijmscherp voorwerp had gestoken.

De stallen met de nummers 1, 2 en 3 lagen vol met dode dieren. Nummer 3 was niet zo afgeladen als de eerste twee: op een paar vierkante meter van de betonnen vloer lagen geen lijken maar was alleen een dik, geelachtig vocht zichtbaar. Onder hun voeten knisperden de dode vliegen.

Enige tijd nadat ze stal nummer 2 open hadden gemaakt, had Logan zich bedacht: het was niet zo dat Insch niet van half werk hield als hij straf uitdeelde, hij was gewoon een sadistische etter.

Ze openden en controleerden alle stallen en elke keer als Steve er een opende ging Logans maag tekeer. Na afloop gingen ze op een bouwvallig muurtje zitten om uit te blazen van het braken en vloeken. De wind kwam uit de richting van de stallen, dus hielden ze hun neus dicht en ademden door hun mond.

De stallen lagen vol dode katten, honden, egels, meeuwen en zelf een paar edelherten. Alles wat ooit had gelopen, gevlogen of gekropen was er te vinden. Het leek de ark van Noach, maar dan de versie van een necrofiel. En van elke soort waren er beslist méér dan twee.

'Wat ga je met al die beesten doen?' vroeg Logan, die nog steeds een vieze smaak in zijn mond had, ondanks alle extra sterke pepermuntjes die hij van agent Steve had gekregen.

De gemeenteambtenaar keek hem aan met ogen die nog roze waren van het overgeven. 'We moeten ze allemaal weghalen en verbranden,' zei hij terwijl hij met zijn hand over zijn natte gezicht wreef. Hij huiverde. 'Dat gaat dagen duren.'

'Jij liever dan...' Logan zweeg. Aan het eind van de lange oprit bewoog iets.

Er verscheen een man die was gekleed in een versleten spijkerbroek en een feloranje jack. Hij liep over het geasfalteerde deel van de oprit met zijn hoofd omlaag, zodat hij nauwelijks meer kon zien dan zijn schoenen.

'Ssst!' siste Logan, terwijl hij de gemeenteambtenaar en de doodzieke agent gebaarde op te staan. 'Jij gaat achterom,' fluisterde hij tegen de agent terwijl hij wees naar stal nummer 2.

Hij keek hoe de agent zich door het struikgewas wurmde. Toen hij in positie was, greep Logan de ambtenaar bij zijn jas. 'Dit is een mooie gelegenheid om uw dwangbevel te betekenen,' zei hij, terwijl hij het platgetrapte gras op liep.

Pas toen de man in het oranje jack hen tot op minder dan twee meter was genaderd, keek hij op.

Logan had de naam niet herkend, maar hij kende het gezicht. Het was Roadkill.

Ze zaten op een geïmproviseerde bank in stal nummer 5. De heer Bernard Duncan Philips, alias Roadkill, had hier iets gemaakt wat op een woning leek. Een grote stapel dekens, oude jassen en plastic zakken in een hoek van de stal deed dienst als bed. Aan de muur erboven hing een zelfgemaakt houten kruis met een halfnaakte Action Man die als Jezus dienstdeed.

Bij het bed stond een klein butagasstel, met ernaast een stapel lege blikjes en eierdozen. Het butagasstel deed Logan denken aan het gasstel dat Logans vader vroeger altijd meenam als ze de zomervakantie doorbrachten in Lossiemouth. Op dit moment stond er een sissende ketel water op, voor de thee.

Roadkill – het was moeilijk hem te zien als Bernard – zat op een gammele houten stoel en stookte het vuur op. Het vuur bevond zich in een elektrisch kacheltje met twee verwarmingselementen en het was net zo dood als de dieren in de stallen 1, 2 en 3. Maar hij leek er genoegen in te scheppen. Hij prikte erin met een ijzeren pook en neuriede een melodietje dat Logan niet goed kon thuisbrengen.

Nu Roadkill eenmaal was gearriveerd, was de gemeenteambtenaar plotseling de rust zelve. Hij zette de situatie in heldere, gemakkelijk te begrijpen termen uiteen: de dode dieren moesten weg.

'Dat zul je zelf ook wel begrijpen, Bernard,' zei hij terwijl hij met zijn vinger naar het klembord wees, 'dat je hier geen dode beesten kunt houden. Dat is een gezondheidsrisico. Hoe zou je het vinden als er mensen ziek worden door die kadavers?'

Roadkill haalde zijn schouders op en prikte met de pook in het elektrische kacheltje. 'Mama is ziek geworden,' zei hij, en het viel Logan op dat de man een accentloze uitspraak had. Hij ging er altijd van uit dat iemand die voor de gemeente werkte met het plaatselijke accent zou spreken. Sommigen kon je nauwelijks verstaan. Dat gold zeker niet voor Roadkill. Het was duidelijk dat de man die hier op een gammele keukentafelstoel zat en met een pook in een elektrisch kacheltje prikte, de een of andere klassieke opleiding had genoten. 'Ze is ziek geworden en heengegaan,' vervolgde Roadkill. Voor het eerst keek hij op. 'En nu is ze bij God.' Ondanks zijn smerige uiterlijk en zijn baard kon je zien dat hij een knappe man was. Een trotse neus, intelligente, staalblauwe ogen en door weer en wind roodgekleurde wangen. Na een bad en een bezoek aan de kapper zou hij bepaald niet uit de toon vallen in de Royal Northern Club, waar de elite van de stad lunches van vijf gangen gebruikte.

'Ik weet het, Bernard, ik weet het.' De gemeenteambtenaar glimlachte geruststellend. 'We sturen morgen een ploeg om de stallen leeg te halen. Goed?'

Roadkill liet zijn pook los. Het ding viel op de betonnen vloer en veroorzaakte een gekletter dat door de kale stenen muren werd weerkaatst. 'Het zijn mijn spullen,' zei hij terwijl de tranen in zijn ogen sprongen. 'Jullie kunnen mijn spullen niet meenemen! Die zijn van mij!'

'We moeten ze opruimen, Bernard. We moeten zorgen dat jou niets overkomt, snap je?'

'Maar ze zijn van mij...'

De gemeenteambtenaar stond op en gebaarde Logan en agent Steve hetzelfde te doen. 'Het spijt me, Bernard, echt waar. Ze komen morgenochtend om halfnegen precies. Als je wilt kun je ze helpen.'

'Mijn spullen.'

'Bernard? Wil je ze niet helpen?'

'Mijn mooie dode dingen...'

Ze reden terug met de ramen open, in een poging de stank van de boerenhoeve van Bernard Duncan Philips te verdrijven. Hun kleren en hun haar roken smerig en ranzig. Het gaf niet dat de motregen was overgegaan in zwaardere regen, die via de geopende ramen naar binnen kwam: nat worden was een klein ongemak vergeleken bij de verschrikkelijke kadaverlucht.

'Je zou het niet zeggen als je hem zo ziet,' zei de man van de gemeente, terwijl ze zich door het drukke verkeer een weg baanden naar St Nicholas House, waar het stadhuis was gevestigd, 'maar het was vroeger een hele bolleboos. Afgestudeerd in de geschiedenis van de Middeleeuwen aan de universiteit van St Andrews. Dat hebben ze me tenminste verteld.'

Logan knikte. Zoiets had hij al vermoed. 'Wat is er met hem gebeurd?'

'Schizofreen.' De man haalde zijn schouders op. 'Hij heeft er medicijnen voor.

'Aha, de vermaatschappelijking van de psychiatrische zorg,' merkte Logan op.

'O, hij is onschadelijk,' zei de gemeenteambtenaar, maar Logan hoorde dat zijn stem een beetje trilde. Daarom had hij ook zo aangedrongen op politieversterking. Vermaatschappelijking van de psychiatrische zorg of niet, hij was bang voor Roadkill. 'En hij doet zijn werk goed, dat moet ik toegeven.'

'Dode beesten opruimen.'

'Nou, we kunnen ze moeilijk langs de weg laten liggen rotten, nietwaar? Ik bedoel, als het nou konijnen of egels zijn is het nog te overzien, die worden geplet door de autobanden en wat er dan nog overblijft wordt opgeruimd door de kraaien en zo. Maar katten en honden, om maar iets te noemen... dat ligt gevoeliger. De mensen gaan klagen als ze elke dag op weg naar hun werk een labrador langs de weg zien liggen rotten.' Hij zweeg toen een bus vlak voor hen invoegde. 'Ik weet niet wat we zonder Bernard zouden moeten aanvangen. Voordat we hem hadden konden we niemand krijgen voor dat werk.'

Nu hij erover nadacht, moest Logan toegeven dat hij al tijden geen dode dieren meer had gezien in de straten van Aberdeen.

De gemeenteambtenaar zette Logan en agent Steve af bij het hoofdbureau, bedankte ze voor hun hulp en verontschuldigde zich voor de stank, waarna hij door de regen wegreed.

Logan en agent Steve sprintten naar de ingang. Bij elke stap die ze zetten, veroorzaakten ze een fontein van regenwater. Toen ze in de hal stonden, waren ze allebei volkomen doorweekt.

De bijdehante brigadier van dienst keek afkeurend toe terwijl ze met hun soppende schoenen over het in linoleum gevatte logo van het politiekorps Grampian liepen: een distel met een kroon, en daarboven de tekst SEMPER VIGILO.

'Inspecteur McRae?' informeerde hij, terwijl hij zich uit zijn stoel oprichtte als een nieuwsgierige papegaai.

'Ja?' Logan verwachtte een soort Lazarus-commentaar. Dikke Gary en Eric zouden die grap wel aan het hele bureau hebben doorverteld, de eikels.

'Hoofdinspecteur Insch heeft gevraagd of u meteen naar de recherchekamer wilt komen.'

Logan keek omlaag naar zijn druipnatte broek. Hij snakte ernaar een douche te nemen en zich te verkleden. 'Kan het geen vijftien of twintig minuten wachten?' vroeg hij.

De brigadier schudde zijn hoofd. 'Nee. De chef was er heel duidelijk over. Zodra u terug bent, meteen naar de recherchekamer.'

Terwijl agent Steve een droog uniform ging aantrekken, beende Logan grommend naar de lift. Met een woedende vinger drukte hij op de knop naast de pijl die omhoog wees. Op de derde verdieping sopte hij de gang in. Aan de muren hingen al de eerste kerstkaarten. Ze waren op de prikborden bevestigd naast HEBT U DEZE VROUW GEZIEN? en HUISELIJK GEWELD...DAAR ZIJN WE NIET OP GESTELD! en alle andere posters die de afdeling Voorlichting verspreidde. De kerstgroeten waren kleine lichtpuntjes tussen een collage van ellende.

Het was een levendige boel in de recherchekamer. Mannelijke en vrouwelijke geüniformeerde agenten en rechercheurs liepen rond met papieren of waren bezig de continu rinkelende telefoons te beantwoorden. En in het midden van dat alles zat Insch op de rand van een bureau. Hij keek naar een agente die een telefoon tussen haar schouder en oor geklemd hield en driftig aantekeningen maakte.

Er moest iets zijn gebeurd.

'Wat is er aan de hand?' vroeg Logan nadat hij het vertrek was binnen gesopt.

De hoofdinspecteur stak zijn hand op als teken dat hij moest zwijgen, terwijl hij zich verder vooroverboog om te kunnen zien wat de agente opschreef. Na een paar seconden zuchtte hij teleurgesteld en wendde zich weer tot Logan. Toen hij zag hoe de inspecteur eraan toe was, trok hij een wenkbrauw op. 'Ben je wezen zwemmen?'

'Nee, meneer,' zei Logan terwijl hij voelde hoe een straaltje water langs zijn nek in zijn al doorweekte boord liep. 'Het regent.'

Insch haalde zijn schouders op. 'Dat heb je wel vaker in Aberdeen. Kun je je eerst niet even afdrogen voordat je hier de boel onder komt druipen?'

Logan sloot zijn ogen en probeerde er niet op in te gaan. 'De brigadier van dienst zei dat het dringend was.'

'Er is weer een kind zoek.'

De ventilator in de auto kon het vocht niet aan. Logan had hem op de hoogste stand gezet, net als de verwarming, maar de buitenwereld bleef verscholen achter beslagen ruiten. Insch zat naast Logan, die achter het stuur zat en door de donkere, natte straten de weg probeerde te vinden naar Hazlehead en de plek waar de meest recente vermissing had plaatsgevonden.

'Zal ik je eens iets vertellen?' zei Insch. 'Sinds jij terug bent, hebben we twee ontvoeringen gehad, een dood meisje, een dood jongetje en een lijk dat zonder knieschijven uit de haven is gevist. Dat allemaal in drie dagen. Dat is een record voor Aberdeen.' Hij stak zijn vingers in een zak met geleiachtige snoepjes en haalde er iets uit wat leek op een made. 'Ik begin me af te vragen of jij misschien ongeluk brengt.'

'Dank u, meneer.'

'Mijn misdaadstatistieken lijken nergens meer op,' zei Insch. 'Bijna al mijn mensen zijn vermiste kinderen aan het zoeken of proberen erachter te komen wie dat meisje in die vuilniszak was. Hoe kan ik dan nog inbraken, fraudezaken en naaktloperij aanpakken, als ik helemaal geen dienders meer beschikbaar heb?' Hij zuchtte en bood Logan de snoepzak aan.

'Nee, merci.'

'Ik zweer je, het is helemaal niet zo leuk om de baas te zijn.'

Logan keek de hoofdinspecteur aan. Insch leek hem geen type voor zelfbeklag. In elk geval had Logan daar nog nooit iets van gemerkt. 'U bedoelt dat het niet leuk is altijd leiding te moeten geven?' informeerde hij.

Op Insch' gezicht verscheen een veelbetekenend glimlachje. 'En, wat vond je van de verzameling van Roadkill?'

Dus hij wist alles van de stallen vol rottende kadavers. Hij had hen er expres op afgestuurd.

'Ik geloof niet dat ik ooit eerder in mijn leven zo vaak over mijn nek ben gegaan.'

'En agent Jacobs?'

Logan wilde vragen wie agent Jacobs was, maar hij realiseerde zich op tijd dat Insch het had over de dronken stripper Steve. 'Ik geloof niet dat hij deze ochtend snel zal vergeten.'

Insch knikte. 'Mooi.'

Logan wachtte of de grote man nog iets zou zeggen, maar Insch stopte een nieuw snoepje in zijn mond en grijnsde vals.

Hazlehead lag aan de rand van de stad, op een steenworp afstand van het platteland. Aan de andere kant van de Hazlehead-scholengemeenschap scheidde alleen het crematorium de wijk nog van de groene weiden. De scholengemeenschap had een slechte naam omdat nogal wat scholieren drugs gebruikten of waren opgepakt wegens geweldsdelicten, maar het was er niet zo erg als op Powis en Sandilands.

Logan parkeerde bij een van de flatgebouwen aan de hoofdweg. Het gebouw van slechts zeven verdiepingen was niet zo hoog als de flatgebouwen in het centrum en het was omgeven door hoge, ongezond uitziende bomen. De bladeren waren dit jaar laat gevallen en vormden slijmerige klompen die de riolering verstopten en voor overstromingen zorgden.

'Heb je een paraplu?' vroeg de hoofdinspecteur terwijl hij het weer buiten bestudeerde.

Logan bevestigde dat hij een paraplu in de kofferbak had liggen. Insch vroeg hem die te gaan halen en stapte pas uit toen Logan met de geopende paraplu bij het portier stond.

'Kijk, dat noem ik nou service,' zei Insch met een grijns. 'Nou, laten we maar eens gaan kijken of de familie thuis is.'

De heer en mevrouw Lumley woonden in een hoekflat op de op een na hoogste verdieping. Tot Logans verbazing rook de lift niet naar urine en was er ook geen graffiti met spelfouten te bekennen. Toen de liftdeuren open gingen, kwamen ze terecht in een goedverlichte gang waar een agent in uniform in zijn neus stond te peuteren.

'Meneer!' zei hij, terwijl hij rechtop ging staan en de graafwerkzaamheden staakte.

'Hoelang sta je hier al?' vroeg Insch, terwijl hij over de schouder van de agent naar de voordeur van de Lumleys keek.

'Twintig minuten, meneer.' Op nog geen tweehonderd meter van het flatgebouw bevond zich een kleine politiepost. Niet meer dan een paar kamers eigenlijk, maar het was beter dan niets.

'Zijn jullie mensen al begonnen met het buurtonderzoek?'

De agent knikte. 'Twee agenten en een vrouwelijke collega, meneer. De patrouillewagen verspreidt het signalement via de luidspreker.'

'Wanneer is die jongen verdwenen?'

De agent haalde een opschrijfboekje uit zijn zak en sloeg het op de gewenste pagina open. 'De moeder heeft ons om dertien minuten over tien gebeld. Het kind had buiten gespeeld...'

'In dit hondenweer?' vroeg Logan verbaasd.

'De moeder vertelde dat hij van de regen houdt. Hij kleedt zich dan aan als beertje Paddington.'

'Nou,' zei Insch terwijl hij zijn handen diep in zijn zakken stak, 'dat moet kunnen, zullen we maar zeggen. En zijn vriendjes?'

'Die zijn allemaal op school.'

'Fijn om te horen dat sommige kinderen nog naar school gaan. Hebben jullie wel contact opgenomen met de school, voor het geval onze kleine vriend op het idee is gekomen iets te gaan leren?'

De agent knikte. 'We hebben ze meteen gebeld nadat we de ouders van zijn vriendjes hebben gesproken. Ze hebben hem al anderhalve week niet op school gezien.'

'Mooi is dat,' zei Insch met een diepe zucht. 'Nou, laten we dan maar eens met de ouders gaan praten.'

In het interieur van de flat overheersten lichte, vrolijke kleuren, net als in de flat in Kingswell, waar David Reid had gewoond voordat hij was ontvoerd, gewurgd, verkracht en gecastreerd. Aan de muren hingen foto's, net als in de woning van de familie Erskine in Torry. Maar het kind op deze foto's was een vrolijk kijkend jongetje van een jaar of vijf, met een wilde, rode haardos en een gezicht vol sproeten.

'Die is twee maanden geleden genomen, op zijn verjaardag.'

Logan verplaatste zijn aandacht van de muur in de hal naar de vrouw die in de deuropening van de woonkamer stond. Ze zag er in één woord adembenemend uit: lang, rood krullend haar tot op haar schouders, een kleine wipneus en grote, groene ogen. Ze had gehuild. Logan deed zijn best niet al te opzichtig naar haar forse boezem te staren terwijl ze de woonkamer binnen liepen.

'Hebben jullie hem gevonden?' De man die de vraag stelde, droeg een blauwe overall en sokken en zag eruit als een vogelverschrikker.

'Jim, ze komen net binnen, doe nou niet zo ongeduldig,' zei de vrouw terwijl ze hem een bemoedigend tikje op de onderarm gaf.

'Bent u de vader?' vroeg Insch terwijl hij met één bil plaatsnam op de rand van de lichtblauwe bank.

'Ik ben de stiefvader,' zei de man terwijl hij weer ging zitten. 'Zijn vader is een klootzak...'

'Jim!'

'Het spijt me. Zijn vader en ik kunnen niet goed met elkaar overweg.'

Logan begon een langzame inspectie van de gezellige kamer. Hij nam ruim de tijd alle foto's en tierelantijnen te bestuderen, maar hield onderwijl ook stiefvader Jim in de peiling. Het zou niet de eerste keer zijn dat een stiefzoon het slachtoffer was geworden van mammies nieuwe echtgenoot. Sommige mensen accepteerden de kinderen van hun nieuwe partner alsof het hun eigen vlees en bloed was, maar voor anderen vormden ze een constante herinnering aan het feit dat ze niet de eerste waren. Dat iemand anders al eerder met hun geliefde in bed had gelegen. Jaloezie was een akelige emotie. Vooral als die werd botgevierd op een kind van vijf jaar.

Goed, de foto's aan de muur lieten het drietal zien als het gelukkigste gezinnetje van de wereld, maar mensen hadden nu eenmaal niet de gewoonte foto's in de woonkamer op te hangen van blauwe plekken, botbreuken of littekens veroorzaakt door brandende sigaretten.

Logan genoot vooral van een foto op een zonnig strand, waarop iedereen in zwemkleding was te zien. Van de lachende personages had de moeder verreweg het beste figuur. Ze zag er oogverblindend uit in haar flesgroene bikini. Het litteken van haar keizersnede deed daar weinig aan af.

'Korfu,' zei mevrouw Lumley. 'Jim neemt ons elk jaar mee op vakantie. Vorig jaar zijn we naar Korfu geweest en dit jaar naar Malta. Volgend jaar gaan we met Peter naar Florida om Mickey Mouse te zien...' Ze beet op haar onderlip. 'Peter is gek op Mickey Mouse... Hij... o, god, alstublieft, zorg dat hij terugkomt!' Ze zeeg ineen in de armen van haar echtgenoot.

Insch wierp Logan een veelbetekenende blik toe. Logan knikte en zei: 'Zal ik eens een lekkere pot thee gaan zetten? Meneer Lumley, wilt u even meelopen naar de keuken om te wijzen waar alles staat?'

Vijftien minuten later stonden Logan en Insch beneden in de hal van het flatgebouw. Ze keken naar de stortregen buiten.

'Wat denk jij?' vroeg Insch, terwijl hij zijn zak met kleverige snoepjes tevoorschijn haalde.

'De stiefvader?'

Insch knikte. 'Volgens mij is hij dol op de jongen. U had moeten horen hoe overtuigd hij ervan was dat Peter later voor FC Aberdeen zou gaan voetballen. Ik kan geen kwaad in hem ontdekken.'

Insch knikte opnieuw. Terwijl Logan thee had gemaakt en de stiefvader had uitgehoord, was Insch bezig geweest de nodige informatie van de moeder los te krijgen.

'Ik ook niet. Het kind heeft geen vreemde ongelukken of mysterieuze ziekten gehad en hij is bijna nooit bij de dokter geweest.'

'Waarom was hij vandaag niet op school?' vroeg Logan, terwijl hij een snoepje van Insch aannam.

'Hij wordt gepest. De een of andere dikzak heeft hem een aframmeling gegeven omdat hij rood haar heeft. De moeder heeft hem thuisgehouden totdat de school er iets aan doet. Ze heeft niets aan de stiefvader verteld omdat ze bang was dat hij door het lint zou gaan als hij wist dat iemand Peter had lastiggevallen."

Insch stak weer iets slijmerigs in zijn mond en zuchtte. 'Twee kinderen vermist in twee dagen,' zei hij, zonder enige moeite te doen de droefheid in zijn stem te verbergen. 'Ik hoop dat hij alleen maar van huis is weggelopen. Ik hoop niet dat we straks nog een kind in het mortuarium erbij krijgen.' Insch zuchtte opnieuw. Het leek alsof zijn stevige lijf een beetje leegliep.

'We zullen ze heus wel vinden,' zei Logan zonder veel overtuiging.

'Ja, we zullen ze heus wel vinden.' De hoofdinspecteur liep naar buiten de regen in, zonder te wachten tot Logan de paraplu had opgestoken. 'Maar als we ze vinden zijn ze dood.'

12

Zwijgend reden Logan en Insch terug naar het hoofdbureau. De lucht was somberder geworden, de dreigende wolken van een naderende storm blokkeerden het daglicht en maakten de stad om twee uur 's middags al donker. Terwijl ze voortreden ging de straatverlichting aan. Door het gele schijnsel leek het nog donkerder te worden.

Natuurlijk had Insch gelijk: ze zouden de vermiste kinderen niet levend terugvinden. Niet als ze waren gegrepen door dezelfde dader. Want volgens Isobel was het kind pas seksueel misbruikt toen het al dood was.

Logan reed verzonken in sombere gedachten over Anderson Drive.

In elk geval had Peter Lumley nog een beetje geleefd. Die arme Richard Erskine was opgescheept geweest met een overbezorgde moeder. Logan kon zich moeilijk voorstellen dat zij Richard mee zou nemen naar Korfu, Malta en Florida. Veel te gevaarlijk voor haar kleine schat. Peter mocht van geluk spreken dat hij een stiefvader had die zoveel om hem gaf...

'Is de Spaanse inquisitie al bij je langs geweest?' vroeg Insch terwijl Logan de rotonde aan het eind van Queen Street op reed. Midden op het plein stond een standbeeld van koningin Victoria op een enorme granieten sokkel. Iemand had een oranje verkeerskegel op haar hoofd gezet.

'Interne Zaken? Nee, nog niet.' Dat genoegen had hij nog niet gesmaakt.

Insch zuchtte. 'Ik had ze vanochtend op bezoek. De een of andere idioot in een gloednieuw uniform. Zo eentje die nog geen dag eerlijk politiewerk heeft gedaan. Die denkt mij te moeten vertellen hoe belangrijk het is dat ik erachter kom wie er naar de pers heeft gelekt. Alsof ik dat zelf niet kan bedenken. Eerlijk waar, als ik die klootzak te pakken krijg...'

Op dat moment werden ze gesneden door een smerige Ford-bestelwagen. Logan moest vol in de remmen en vloekte.

'Laten we die maar eens aanhouden!' riep Insch enthousiast. Het zou hen allebei goeddoen het iemand anders eens flink moeilijk te maken.

Ze gaven de bestuurder een flinke uitbrander en dwongen haar de volgende ochtend met al haar papieren op het hoofdbureau te verschijnen. Ze knapten er een klein beetje van op.

In de recherchekamer was het een pandemonium. De telefoons rinkelden onophoudelijk, als gevolg van een oproep op Northsound Radio en een nieuwsprogramma dat 's middags op de lokale televisie was uitgezonden. Alle belangrijke zenders hadden het verhaal opgepikt en brachten het uitgebreid. Aberdeen lag in het centrum van de media-aandacht, met het politiekorps in de frontlinie. Als Insch de zaak niet spoedig zou oplossen, zou zijn functioneren zeker ter sprake komen.

Ze bekeken de meldingen van mensen die meenden de twee vermiste jongens te hebben gezien. Het natrekken van het merendeel van die meldingen zou complete tijdverspilling zijn, maar ze moesten voor alle zekerheid toch stuk voor stuk worden onderzocht. Een medewerkster van de automatiseringsafdeling was bezig alle gegevens in de computer in te voeren, zodat een programma genaamd HOLMES razendsnel allerlei dwarsverbanden kon leggen en actiepunten kon genereren. Meestal leverde het niet veel op, al kon er wel eens iets uit komen waar je anders niet op zou zijn gekomen.

Maar Logan wist zeker dat het allemaal zinloos was omdat Peter Lumley allang dood was. Hoeveel oude dames hem ook hadden zien lopen in de straten van Peterhead of Stonehaven, het kind lag ergens in een greppel, half naakt en verkracht.

De medewerkster van de automatiseringsafdeling, die hem slim genoeg leek om ook wel te begrijpen dat het allemaal geen zin meer had, gaf Insch een stapel papier: de actiepunten die HOLMES had gegenereerd terwijl hij met Logan op stap was geweest. De hoofdinspecteur nam de stapel gelaten aan en bladerde erin.

'Verdorie,' zei hij, terwijl hij de vellen met suggesties die hij onzin vond over zijn schouder gooide.

Elke keer als HOLMES in iemands verklaring een naam tegenkwam, vond het computerprogramma dat die persoon moest worden ondervraagd. Als een oude dame had gezegd dat haar buurmeisje graag naar kabouter Plop keek, dan moest volgens het computerprogramma kabouter Plop worden ondervraagd.

'Dat doen we niet en dat ook niet.' Nog meer papier dwarrelde achter Insch' rug op de grond. Uiteindelijk had hij de stapel gedecimeerd. 'Daar kun je wat mee,' zei hij, terwijl hij de overgebleven vellen teruggaf aan de medewerkster van de automatiseringsafdeling.

Ze salueerde zonder veel overtuiging en liep met de stapel weg.

'Zeg, Logan,' zei Insch terwijl hij de inspecteur kritisch bekeek, 'jij ziet er nog slechter uit dan ik me voel.'

'Ik kan hier niet veel beginnen, meneer.'

Insch nam plaats op de rand van een bureau en begon door een stapel rapporten te bladeren. 'Weet je wat,' zei hij, terwijl hij de stapel aan Logan gaf. 'Als je iets wilt doen, ga dit dan maar eens doornemen. Het zijn de verslagen van het buurtonderzoek dat ze vanmorgen in Rosemount hebben gehouden. Die vervloekte Norman Chalmers wordt vanmiddag voor de rechtbank geleid. Misschien kun je er nog achter komen wie dat meisje was voordat ze besluiten hem op borgtocht vrij te laten.'

Logan installeerde zich in een lege kamer, ver weg van het lawaai van de grote recherchekamer. De uniformdienst had goed werk verricht, uit de tijdsaanduidingen op de verklaringen bleek dat ze een paar keer terug waren gegaan naar een specifiek adres als daar eerder niet open was gedaan.

Niemand wist wie het dode meisje was. Niemand herkende haar gezicht van de foto die was gemaakt in het mortuarium. Het leek wel alsof ze nooit had bestaan totdat iemand haar been tevoorschijn had zien komen uit een plastic zak op de vuilstort.

Logan liep naar het archief en haalde een nieuwe kaart van Aberdeen, die hij aan de muur van zijn zojuist gevorderde kantoor bevestigde. Er hing er ook al een in de recherchekamer van Insch, vol met punaises, lijnen en kleine plakkertjes. Maar Logan wilde een kaart voor zichzelf. Hij stak een rode punaise in de vuilstort in Nigh, en nog een in Rosemount, op het adres Walhill Crescent 17.

De vuilniszak waarin het meisje was gevonden, was afkomstig uit het huis van Norman Chalmers. Maar er was geen enkel forensisch bewijs gevonden dat hem in verband bracht met het slachtoffer. Ze hadden alleen maar de vuilniszak. Misschien was het voldoende, maar een goede advocaat – en Sandy Moir-Farquharson was niet zomaar een goede advocaat, Sandy de Slang was briljant – zou niet veel van dat bewijs heel laten.

'Goed dan.' Hij ging op het bureau zitten, sloeg zijn armen over elkaar en keek naar de push-pins in de kaart.

Die vuilniszak zat hem dwars. Toen ze Chalmers arresteerden, zat het hele appartement onder de kattenharen. Logan was de avond daarna in de kroeg het grootste deel van de avond bezig geweest de haren van zijn broek te kloppen. En nog steeds kleefden er hardnekkige plukjes kattenhaar aan zijn colbert. Als het meisje in het appartement van Chalmers was geweest, dan had Isobel tijdens de sectie beslist kattenharen gevonden.

Dus ze was nooit in het appartement geweest. Dat was wel zeker. Daarom had Insch ook opdracht gegeven de gangen van Chalmers grondig na te gaan, om te ontdekken of hij haar misschien ergens anders mee naartoe had genomen. Maar dat onderzoek had niets opgeleverd. Als Norman Chalmers het kind naar een andere plek had meegenomen, dan hadden ze die in elk geval nog niet gevonden.

'En als hij het nou eens niet heeft gedaan?' vroeg hij zichzelf hardop af.

'Als wie wat nou eens niet heeft gedaan?'

Het was Wat... het was Jackie.

'En als Norman Chalmers dat meisje nou eens niet heeft vermoord?'

Haar gezichtsuitdrukking verhardde. 'Hij hééft haar vermoord.'

Logan zuchtte en liet zich van het bureau glijden. Hij had kunnen weten dat ze dit niet leuk zou vinden. Ze hoopte nog steeds dat de zaak zou worden opgelost omdat zij de kassabon had gevonden.

'Je moet het zó zien: als hij haar niet kan hebben vermoord, moet iemand anders het gedaan hebben, waar of niet?'

Ze rolde met haar ogen.

Logan vervolgde: 'Stel dat het iemand anders is geweest, dan moet diegene toegang hebben gehad tot het vuilnis van Norman Chalmers.'

'Wie dan? Wie had er nou bij zijn vuilnis kunnen komen?'

Logan tikte met zijn vinger tegen de kaart zodat het papier ritselde. 'In Rosemount hebben ze van die gemeenschappelijke afvalcontainers in de straat. Iedereen kan daar zijn vuilnis in kwijt. Als Chalmers de moordenaar niet is, dan zijn er maar twee plaatsen waar de echte moordenaar het lichaam in de vuilniszak had kunnen stoppen. Hier,' hij tikte opnieuw tegen de kaart, 'of hier, toen die al op de vuilstort in Nigh terecht was gekomen. Als je een lijk op de vuilstort wilt verbergen, laat je natuurlijk geen been uit een vuilniszak omhoogsteken. Dat slaat nergens op. Dan zorg je dat het goed is verborgen onder een stapel andere vuilniszakken.' Logan trok de punaise bij Nigh uit de kaart en tikte met het plastic uiteinde tegen zijn tanden. 'Dus de moordenaar heeft het lichaam niet op de vuilstort geloosd. Het lichaam is daar via een gemeentelijke vuilniswagen terechtgekomen. Iemand heeft haar in die vuilniszak gestopt toen die zich nog in de straat bevond.'

Watson leek niet overtuigd. 'De flat van Chalmers lijkt me nog steeds het meest waarschijnlijk. Als hij haar niet heeft vermoord, waarom ligt ze dan in een zak met zijn afval?'

Logan haalde zijn schouders op. Dat was het probleem. 'Waarom doe je iets in een zak?' voeg hij zich hardop af. 'Omdat je het dan gemakkelijker kunt vervoeren. Of...' Hij draaide zich om naar het bureau en begon te zoeken in de verklaringen die waren afgelegd tijdens het buurtonderzoek. 'Je gaat met een dood meisje geen enorme afstanden in de auto afleggen om een afvalcontainer te zoeken waar je haar in kunt verbergen,' zei hij, terwijl hij de verklaringen van de bewoners van Walhill Crescent sorteerde op huisnummer. 'Je pakt de auto, neemt het lijk mee en begraaft het ergens in de buurt van Garlogoie of New Deer. Of op een andere afgelegen plek. Ergens waar het de komende jaren niet gevonden zal worden. Ergens waar het misschien wel nooit meer wordt gevonden.'

'Misschien is de dader in paniek geraakt?'

Logan knikte.

'Precies. Je raakt in paniek. Dan wil je het lichaam zo snel mogelijk kwijt. Ook dan ga je niet rondrijden op zoek naar een container. Het is ook vreemd dat ze alleen maar was omwikkeld met bruin plakband. Een naakt meisje, alleen maar met bruin plakband eromheen? Daar ga je geen kilometers ver mee op pad. Nee, degene die het lichaam heeft gedumpt, woont vlak bij die gemeenschappelijke afvalcontainer.'

Hij maakte twee stapels, een met de verklaringen van de bewoners met een voordeur die niet verder dan twee deuren was verwijderd van nummer 17, en de bewoners die verderop woonden. Dat waren dertig appartementen.

'Wil je me een plezier doen?' vroeg hij, terwijl hij de namen die bij elke verklaring hoorden op een afzonderlijk papier onder elkaar schreef. 'Ga eens kijken of deze mensen een strafblad hebben of ooit met de politie in aanraking zijn geweest, al was het maar voor een parkeerovertreding.'

Watson zei dat het tijdverspilling was. Dat Norman Chalmers het absoluut gedaan had. Maar ze pakte het papier aan en beloofde het voor hem uit te zoeken.

Toen ze was vertrokken, haalde Logan een kop koffie en een reep chocola uit de automaat, waarna hij de verklaringen opnieuw begon te bestuderen. Een van deze mensen had gelogen. Een van deze mensen wist wie het meisje was. Een van deze mensen had haar vermoord, had geprobeerd haar in stukken te hakken en had haar vervolgens bij het vuilnis gedumpt.

Maar wie?

Elk jaar verdwenen er in het noordoosten van Schotland meer dan drieduizend mensen. Elke twaalf maanden werd er meer dan drieduizend keer aangifte gedaan van vermissing. En hier was een meisje van vier nu al minstens twee dagen vermist, afgaande op de resultaten van het post mortem onderzoek, en nog steeds was er niemand komen opdagen om te informeren wat de politie eraan deed. Waarom was ze niet als vermist opgegeven? Wist dan niemand dat ze was verdwenen?

Hij hoorde het elektronische deuntje van zijn mobiele telefoon. Hij vloekte en haalde het ding uit zijn zak. 'Logan,' zei hij.

Het was de receptie om te melden dat er bezoek voor hem was.

Logan keek met een frons naar de stapel verklaringen op zijn bureau. 'Goed,' zei hij. 'Ik kom eraan.'

Hij gooide de verpakking van de chocoladereep en het lege plastic koffiebekertje in de prullenmand en ging op weg naar de receptie. Iemand had de verwarming veel te hoog gezet. De ramen waren beslagen en de bezoekers, van wie de meesten drijfnat waren binnengekomen, zaten te stomen.

'Daar,' zei de bijdehante brigadier van dienst terwijl hij het bezoek aanwees.

Colin Miller, de uit Glasgow afkomstige sterverslaggever van de *Press and Journal*, stond voor de muur en bestudeerde de posters met informatie over voortvluchtige verdachten. Hij droeg een lange, getailleerde zwarte regenjas waarvan het regenwater op de vloer drupte terwijl hij gegevens invoerde in zijn zakcomputer.

Miller draaide zich naar hem om en glimlachte. 'Laz!' riep hij uit terwijl hij een hand uitstak. 'Wat fijn je weer te zien. En wat hebben jullie het hier lekker warm gemaakt.' Hij gebaarde naar de kleine, bloedhete wachtruimte met de stomende bezoekers en de beslagen ramen.

'Het is "inspecteur Logan" en niet "Laz".'

Colin Miller knipoogde. 'Ja, dat weet ik best. Ik heb wat huiswerk gedaan na onze ontmoeting op het toilet. Die agente van jou is me een lekker ding. Die mag me op elk moment van de dag in bewaring nemen, als je snapt wat ik bedoel.' Hij gaf Logan opnieuw een vette knipoog.

'Wat kan ik voor u doen, meneer Miller?'

'Ach, ik dacht: laat ik mijn lievelingsinspecteur eens uitnodigen voor de lunch.'

'Het is drie uur,' zei Logan, die zich plotseling realiseerde dat hij afgezien van een reep chocola en een paar koeken nog niets had gegeten die dag. De spekboterham van Watson telde hij niet mee, want die lag inmiddels in het gras bij de knekelhuizen van Roadkill. Hij stierf van de honger.

Miller haalde zijn schouders op. 'Nou, dan noemen we het een late lunch.' Hij wierp een dramatische blik in de ruimte, keek Logan vervolgens samenzweerderig aan en fluisterde: 'Misschien kunnen wij elkaar wel helpen. Misschien weet ik wel iets waar jij wat aan hebt.' Miller deed een stap achteruit en keek hem stralend aan. 'Nou, wat zeg je ervan? De krant betaalt.'

Logan dacht erover na. De regels over het aannemen van giften waren streng. De politieleiding was er alles aan gelegen dat de schijn van corruptie te allen tijde werd vermeden. En hij had er nauwelijks behoefte aan in het gezelschap van Colin Miller te verkeren. Maar stel nu eens dat Miller inderdaad nuttige informatie had... en bovendien had hij verschrikkelijk veel honger.

'Lijkt me een goed idee,' zei hij.

Ze namen een hoektafel in een klein restaurant aan Grassmarket. Miller bestelde een fles chardonnay en tagliatelle met gerookte schelvis. Logan nam een glas mineraalwater en een lasagne. En wat stokbrood. En een salade.

'Allemachtig, Laz,' zei Miller toen hij Logan zag aanvallen zodra het brood met de knoflookboter was gearriveerd. 'Voeren ze jullie niet regelmatig?'

'Logan,' zei Logan met een mond vol knoflookbrood. 'Ik heet Logan, geen Laz.'

Miller leunde achterover in zijn stoel, draaide zijn glas een beetje en bestudeerde het kleurenpalet van zijn witte wijn. 'Ik weet het niet,' zei hij. 'Zoals ik al zei, heb ik een beetje huiswerk gedaan, en volgens mij is Lazarus nog niet zo'n slechte bijnaam voor iemand die uit de dood is herrezen.'

'Ik ben niet uit de dood herrezen.'

'Ja, dat ben je wél. Volgens jouw medische dossier ben je ongeveer vijf minuten klinisch dood geweest.'

Logan keek woest. 'Hoe weet jij wat er in mijn medisch dossier staat?'

Miller haalde zijn schouders op. 'Het is mijn vak om dat soort dingen te weten, Laz. Net zoals ik weet dat je gisteren een dood meisje op de vuilstort hebt gevonden. En dat je daar al iemand voor hebt gearresteerd. En dat je iets gehad hebt met de patholoog-anatoom.'

Logan verstijfde.

Miller stak zijn hand op. 'Rustig maar. Zoals ik al zei: het is mijn vak om dat soort dingen te weten.'

De ober arriveerde met hun pasta, waardoor de stemming iets ontspannener werd. Logan vond het moeilijk tegelijkertijd te eten en woedend te zijn.

'Je zei dat je informatie voor me had,' zei hij terwijl hij een hap van zijn salade nam.

'Klopt. Jullie hebben gisteren een lijk uit de haven gevist waar de knieschijven van afgehakt waren.'

Logan keek naar de lasagne op zijn vork. De rode, druipende vleessaus glinsterde hem toe en de huidkleurige pasta herinnerde hem even aan het gebeente van een dood meisje. Maar zijn maag kwam niet in opstand. 'En?' vroeg hij, waarna hij begon te kauwen.

'En jullie weten niet wie die meneer zonder knieschijven is.'

'En jij weet dat wel?'

Miller pakte zijn wijnglas en herhaalde de routine van het draaien. 'Ja zeker,' zei hij. 'Ik zei het al, het is mijn vak om dat soort dingen te weten.'

Logan wachtte, maar Miller zweeg en nipte van zijn wijn.

'Nou, wie is het dan?' vroeg Logan ten slotte.

'Kijk, nu begint dus de ruilhandel, snap je?' Miller glimlachte. 'Ik weet bepaalde dingen en jij weet weer andere dingen. Jij vertelt me jouw dingen en ik vertel je mijn dingen. Daar worden we allebei beter van.'

Logan legde zijn vork neer. Toen de journalist hem uitgenodigde, had hij geweten dat dit moment zou komen. 'Je weet best dat ik je niets kan vertellen.' Hij duwde zijn bord van zich af.

'Ik weet dat je me veel meer kunt vertellen dan de rest van de media. Ik weet dat je me een kijkje achter de schermen kunt gunnen. Dat kun je best.'

'Ik dacht dat je al iemand had voor dat kijkje achter de schermen.' Nu hij niet meer at viel het Logan gemakkelijk zich weer op te winden.

Miller haalde zijn schouders op en draaide een lange sliert pasta om zijn vork. 'Ja, maar jij bent in een veel betere positie om me te helpen, Laz. Jij zit in de leiding van het onderzoek. En voordat je nu heel verontwaardigd gaat doen, vergeet niet dat dit een uitruil is. Jij vertelt mij dingen, en ik vertel jou dingen. Die klootzakken hadden je hoofdinspecteur moeten maken nadat je Angus Robertson had gearresteerd. Die man vermoordt vijftien vrouwen en jij weet hem in je eentje te pakken. Ze hadden je verdorie een medaille moeten geven, man!' Hij draaide weer wat tagliatelle rond zijn vork en laadde er stukjes gerookte schelvis op. 'In plaats daarvan geven ze je een schouderklopje. Wat een waardering. Godallemachtig!' Miller leunde voorover en wees met zijn vork naar Logan. 'Heb je er wel eens over gedacht er een boek over te schrijven?' vroeg hij. 'Daar zouden ze je een riant voorschot voor betalen: verkrachter en seriemoordenaar maakt de straten van Aberdeen onveilig, niemand kan hem te pakken krijgen en dan verschijnt McRae op het toneel!' Miller zwaaide opgewonden met zijn vork alsof het een dirigeerstokje was. De tagliatelle gleed eraf terwijl hij vervolgde: 'De inspecteur en de onverschrokken patholoog-anatoom weten achter zijn identiteit te komen, maar de onverlaat neemt haar te grazen! Ontknoping op het dak, een gevecht op leven en dood, bloed, een bijna dodelijke verwonding. De dader verdwijnt voor dertig jaar achter de tralies. Applaus en het doek valt.' Hij grinnikte en stak de pasta die nog aan zijn vork hing, in zijn mond. 'Een dijk van een verhaal. Maar je moet opschieten, want het publiek heeft een kort geheugen. Ik ken wel een paar mensen die je kunnen helpen. Je verdient het!'

Hij liet de vork op zijn bord vallen, deed een greep in de binnenzak van zijn colbert en haalde een kleine portefeuille tevoorschijn.

'Hier,' zei hij terwijl hij er een donkerblauw visitekaartje uit haalde. 'Je moet Phil gewoon bellen en zeggen dat ik je heb gestuurd. Hij zal ervoor zorgen dat je een uitstekende deal krijgt. Zeker weten. Phil is een moordvent.' Hij legde het visitekaartje op het midden van de tafel en keek Logan aan. 'Dit is gratis. Als teken van goede wil.'

Logan bedankte Miller, maar raakte het kaartje niet aan.

'Wat ik van jou wil weten,' zei Miller, terwijl hij zich weer op zijn pasta concentreerde, 'is hoe dat zit met al die dode kinderen. Jullie afdeling Voorlichting geeft ons het gebruikelijke nietszeggende commentaar, geen enkel detail, niets waar we iets aan hebben.'

Logan knikte. Dat was de standaardpraktijk. Als je de media alles vertelde, stond het de volgende dag in de krant of werd het uitgebreid besproken op de televisie. Vervolgens belden alle loslopende gekken op om te beweren dat zij het nieuwe Monster van Mastrick waren, of hoe de pers de misdadiger ook zou noemen die kleine jongetjes ontvoerde, vermoordde, misbruikte en verminkte. Als je niets geheimhield, kon je met geen mogelijkheid vaststellen of een tip geloofwaardig was of niet.

'Ik weet dat de kleine David Reid gewurgd is,' vervolgde Miller. Dat wist inmiddels iedereen. 'Ik weet dat hij is misbruikt.' Ook dat was geen nieuws. 'En ik weet dat die smerige klootzak zijn penis heeft verwijderd met een snoeischaar.'

Logan schoot recht overeind. 'Hoe weet je dat, verdomme?'

'Ik weet dat hij iets in het joch zijn reet heeft gestopt. Misschien kon hij zijn eigen pik niet omhoog krijgen en heeft hij...'

'Wie heeft jou dit allemaal verteld?'

Miller haalde voor de zoveelste keer zijn schouders op, draaide met zijn wijnglas en tuurde er filosofisch in. 'Zoals ik al zei, het is...'

'... je werk,' maakte Logan zijn zin af. 'Volgens mij heb je mij helemaal niet nodig.'

'Ik wil weten hoe het onderzoek vordert, Laz. Ik wil weten wat jullie doen om dat stuk verdriet te pakken te krijgen.'

'We hebben verschillende aanknopingspunten.'

'Een dood jongetje op zondag, een dood meisje op maandag, twee jongetjes verdwenen. Er loopt hier ergens een seriemoordenaar rond.'

'Er is geen bewijs dat die zaken verband met elkaar houden.'

Miller leunde achterover, zuchtte en schonk nog wat chardonnay in zijn glas. 'Goed, ik begrijp dat je me nog niet helemaal vertrouwt,' zei de journalist. 'Dat kan ik begrijpen. Dus zal ik je een dienst bewijzen, om je te laten zien dat ik het goed met je voor heb. De man die jullie uit de haven hebben gevist, die gast zonder knieschijven, dat was George Stephenson. Zijn vrienden noemden hem Geordie.'

'Ik luister.'

'Hij deed het vuile werk voor Malk the Knife. Heb je wel eens van hem gehoord?'

Logan wist wie Malk the Knife was. Malcolm McLennan. Edinburghs grootste handelaar in wapens, drugs en prostituees. Afkomstig uit Litouwen. Een jaar of drie geleden was hij in de legale handel gegaan, als je de onroerendgoedbranche tenminste legaal kon noemen. De firma McLennan Onroerend Goed had grote stukken land rondom Edinburgh aangekocht en er kleine, goedkope huisjes op gebouwd. Recent had hij zijn aandacht gericht op Aberdeen, om te kijken of hij hier nog iets kon verdienen voordat de markt instortte. Hij ging de concurrentie aan met de plaatselijke vastgoedjongens. Maar hij pakte de zaken iets steviger aan dan zij gewend waren. En niemand had hem ooit een strobreed in de weg kunnen leggen. De recherche van Edinburgh niet, de recherche van Aberdeen niet, niemand.

'Hoe dan ook,' vervolgde Miller, ' het lijkt erop dat Geordie hier was om ervoor te zorgen dat Malkie toestemming zou krijgen voor zijn nieuwste bouwplannen. Driehonderd woningen in de groene zone tussen Aberdeen en Kingswells. Omkoping en corruptie, je kent het wel. Maar Geordie had de pech tegen een ambtenaar aan te lopen die niet corrupt was.' Hij leunde achterover en knikte bedachtzaam. 'Tja, ik moet zeggen dat mij dat ook behoorlijk verbaasde. Ik wist niet dat ze nog bestonden. Maar goed, deze ambtenaar zei dus: "Over mijn lijk." Nou, zoiets hoef je maar één keer tegen Geordie te zeggen.' Miller maakte een duwende beweging met zijn handen. 'Zo kwam ie terecht onder nummer 214 naar Westhill.'

Logan trok een wenkbrauw op. Hij had wel iets gelezen over een gemeenteambtenaar die onder een stadsbus terecht was gekomen, maar men ging ervan uit dat het om een doodgewoon ongeluk ging. De arme kerel lag op de intensive care. Men verwachtte niet dat hij de kerst zou halen.

Miller knipoogde. 'Maar dat is nog niet alles,' zei hij. 'Het schijnt dat Geordie in moeilijkheden is gekomen door de paarden. Hij heeft als een gek lopen wedden. En niet bepaald kleine bedragen. En hij blijkt geen goeie hand van gokken te hebben. Nu zijn de bookmakers in Aberdeen niet zo... niet zo ondernemend als hun collega's in het zuiden, maar het zijn nou ook weer geen Teletubbies. Dus voordat je het weet drijft Geordie met zijn neus omlaag in de haven en heeft iemand hem met een machete verlost van zijn knieschijven.' De journalist leunde achterover, nam een slok wijn en keek Logan grijnzend aan. 'Nou, heb je daar wat aan of niet?'

Logan moest toegeven dat dit waardevolle informatie was.

'Goed dan,' zei Miller terwijl hij zijn ellebogen op de tafel plantte. 'Nu jij.'

Logan liep terug naar het hoofdbureau met een uitdrukking alsof iemand hem het winnende lottobriefje in zijn handen had gedrukt. Het was zelfs gestopt met regenen, zodat hij vanaf Grassmarket tot het enorme station in Queen Street kon lopen zonder nat te worden.

Insch was nog in de recherchekamer, bezig met het geven van opdrachten en het in ontvangst nemen van rapporten. Zo te zien hadden ze niet veel vooruitgang geboekt in het lokaliseren van Richard Erskine of Peter Lumley. De gedachte aan die twee jongetjes, die waarschijnlijk al dood waren, verpestte Logans goede bui een beetje. Het was ongepast hier met een idiote grijns rond te lopen.

Hij nam de hoofdinspecteur apart en vroeg wie de leiding had van de zaak van de man zonder knieschijven.

'Hoezo?' vroeg Insch met een argwanende uitdrukking op zijn grote gezicht.

'Omdat ik een paar tips voor ze heb.'

'Je meent het.'

Logan knikte en er verscheen weer een brede grijns op zijn gezicht terwijl hij het een en ander begon te vertellen van wat Miller hem tijdens de lunch had onthuld.

'Van wie heb je dat allemaal gehoord?' vroeg hij.

'Van Colin Miller. Die journalist van de *Press and Journal*. Die ik te vriend moest houden.'

De uitdrukking op het gelaat van Insch was moeilijk te peilen. 'Ik heb gezegd dat je hem niet tegen de haren in moet strijken. Niet dat je bij hem in bed moet kruipen.'

'Wat? Maar dat heb ik niet...'

'Was dit het eerste gesprekje dat je hebt gehad met Colin Miller, McRae?'

'Ik heb hem pas gisteren voor het eerst ontmoet.'

Insch keek hem peinzend aan en zweeg. Hij wachtte tot Logan iets zou zeggen waarmee hij door de mand zou vallen.

'Hoor eens,' zei Logan, die de verleiding niet kon weerstaan. 'Hij heeft mij benaderd. Dat kunnen ze bij de receptie bevestigen. Hij zei dat hij iets wist wat ons zou helpen.'

'En wat wilde hij als tegenprestatie?'

'Hij wilde weten hoe het stond met het onderzoek naar de verdwijningen en de moorden.'

Insch keek hem strak aan. 'En heb je hem dat verteld?'

'Ik... ik heb hem gezegd dat ik dat eerst met u moest afstemmen.'

Hoofdinspecteur Insch glimlachte. 'Goed zo.' Hij haalde een zak met winegums uit zijn broekzak tevoorschijn en bood Logan er een aan. 'Maar als ik erachter kom dat je hebt gelogen, dan maak ik gehakt van je.'

13

Logans gratis lunch bezorgde hem de nodige spijsverteringsproblemen. Hij had Insch voorgelogen en hoopte vurig dat hij daar nooit achter zou komen. Nadat Colin Miller hem alles over de man zonder knieschijven had verteld, had Logan hem als tegenprestatie op de hoogte gebracht van het onderzoek naar de vermiste kinderen. Hij was ervan overtuigd geweest dat hij een juiste beslissing had genomen door een goede relatie op te bouwen met een informant en door de relaties te verbeteren met de lokale media. Maar Insch had gereageerd alsof hij geheimen had verkocht aan de vijand. Logan had Insch toestemming gevraagd Miller alles te vertellen wat hij hem al had verteld. En uiteindelijk was Insch akkoord gegaan. Maar Logan moest er niet aan denken dat Insch zou ontdekken dat de uitwisseling van informatie al had plaatsgevonden voordat Insch er toestemming voor had gegeven.

Iemand anders die daar beter niet achter kon komen, was de hoofdinspecteur van Interne Zaken, die op dit moment aan de andere kant van de tafel in de verhoorkamer zat. Hoofdinspecteur Napier was gekleed in een onberispelijk zwart uniform, met messcherpe vouwen en blinkende knopen. Hij had dun, rood haar en een neus als een flesopener. Hij vroeg van alles: over hoe het was om weer aan het werk te zijn, hoe hij zich voelde, zijn status als 'held' en zijn lunch met Colin Miller.

Logan glimlachte beleefd en loog alsof zijn leven ervan afhing.

Een halfuur later was hij terug in zijn geïmproviseerde hoofdkwartier. Hij keek naar de kaart die aan de muur hing en wreef over de plek waar hij een vervelend branderig gevoel voelde, ongeveer in het midden van zijn borstkas. Hij deed zijn best niet aan zijn naderende ontslag te denken.

Het blauwe visitekaartje dat Miller hem had gegeven, zat in zijn borstzak. Misschien had de sterverslaggever gelijk. Misschien verdiende hij wel iets beters. Misschien moest hij inderdaad een boek gaan schrijven over Angus Robertson: *Hoe ik het Monster van Mastrick ving*. Het klonk niet slecht, moest hij toegeven...

Terwijl hij buiten de deur had geluncht, had Watson een nieuwe stapel papier naast de getuigenverklaringen gelegd. Het waren administratieve en strafbladgegevens van iedereen die op zijn lijstje stond. Logan bladerde er snel doorheen en het resultaat beviel hem niet. Geen van hen leek te voldoen aan het profiel van iemand die meisjes ontvoert, vermoordt en in een vuilniszak dumpt.

Maar Watson was grondig te werk gegaan. Bij iedere persoon had ze de leeftijd, het telefoonnummer, de geboorteplaats, het sofi-nummer en het beroep vermeld. Ook had ze genoteerd hoe lang ze al op het betreffende adres woonden. Hij had geen idee hoe ze al deze gegevens zo snel tevoorschijn had weten te toveren. Jammer dat hij er zo weinig aan had.

Rosemount was altijd al een cultureel gemengde wijk geweest en dat was aan het lijstje van Watson goed te merken: Edinburgh, Glasgow, Aberdeen, Inverness, Newcastle... Er woonde zelfs een stel dat afkomstig was van het eiland Man. Dat was nog eens exotisch.

Met een zucht pakte hij de stapel verklaringen van mensen die dicht bij de gemeenschappelijke vuilniscontainer woonden waar nummer 17 gebruik van maakte. Hij bekeek de gegevens die Watson had verzameld en las vervolgens opnieuw de bijbehorende verklaring in een poging zich er een voorstelling bij te vormen. Dat was niet gemakkelijk. De verklaringen die de uniformdienst produceerde, waren onveranderlijk opgesteld in een houterige en gekunstelde taal die niet veel te maken had met de manier waarop mensen van vlees en bloed werkelijk praatten. Het was soms op het belachelijke af.

'Die bewuste ochtend begaf ik mij naar mijn werk,' las Logan hardop, 'nadat ik eerst de vuilniszak uit mijn keuken had verwijderd om hem in de gemeenschappelijke vuilniscontainer te deponeren...'

Wie praatte er nou zo? Gewone mensen gingen naar hun werk, alleen politiemensen begaven zich er kennelijk heen.

Hij bekeek de eerste pagina van de verklaring om te zien wie er zo verkeerd werd geciteerd. De naam kwam hem vagelijk bekend voor, het was iemand uit het gebouw waar Norman Chalmers woonde: Anderson. Logan glimlachte. Het was de man bij wie ze hadden aangebeld om in het gebouw te kunnen komen zonder dat Chalmers iets in de gaten zou krijgen. Anderson was de man van wie Watson dacht dat hij iets in zijn schild voerde.

Volgens haar aantekeningen was Cameron Anderson ongeveer vijfentwintig jaar oud en afkomstig uit Edinburgh, wat zijn voornaam minder vreemd maakte. Hij werkte voor een ingenieursbedrijf dat kleine, op afstand bedienbare onderzeevaartuigen maakte voor de olie-industrie. Logan kon zich goed voorstellen hoe de zenuwachtige man in de weer was met de op afstand bedienbare onderzeebootjes.

De volgende verklaring gaf ook weinig houvast, net als de daaropvolgende. Langzaam las Logan zich door de stapel. Als de moordenaar zich hiertussen bevond, had die in elk geval geen profiel waarmee hij erg in de kijker liep.

Toen Logan de laatste verklaring had gelezen, legde hij hem terug op de stapel en strekte zijn lichaam. Hij moest gapen en liet een bijna onhoorbare boer. Het was kwart voor zeven en hij had al zowat de hele dag in deze verklaringen zitten lezen. Het werd tijd om naar huis te gaan.

Het was rustig in de gangen van het gebouw. Het grootste deel van het administratieve werk werd overdag gedaan en nu de administratieve medewerkers naar huis waren, was het overal een stuk rustiger. Logan liep langs de recherchekamer om te informeren of er nog iets bijzonders was gebeurd terwijl hij zich in zijn kamer opgesloten had om de verklaringen van het buurtonderzoek te bestuderen.

Er waren nog wat geüniformeerde agenten in het vertrek bezig. Twee waren aan de telefoon en de andere twee waren bezig de rapporten te archiveren die door de vorige ploeg waren opgesteld. Hij was niet verbaasd te horen dat ze even weinig succes hadden gehad als hij. Verdomme.

Nog steeds was er geen spoor gevonden van Richard Erskine of Peter Lumley en er had zich niemand gemeld die het meisje kon identificeren dat ergens in een koelcel in het mortuarium lag.

'Ben jij er nog steeds, Lazarus?'

Logan draaide zich om en zag Dikke Gary, die achter hem stond met een paar bekers in de ene hand en een pak koekjes in de andere. De omvangrijke politieman knikte in de richting van de liften. 'Er staat beneden iemand die wil weten wie de leiding heeft van het onderzoek naar de vermiste kinderen. Ik dacht dat jij al weg was.'

'Wie is het?' vroeg Logan.

'Hij zegt dat hij de stiefvader is van dat joch dat onlangs als vermist is opgegeven.'

Logan kreunde. Niet dat hij geen zin had de man te helpen, maar hij was juist van plan geweest op zoek te gaan naar Watson om uit te vissen of ze de afgelopen nacht nu wel of niet met elkaar in bed hadden gelegen, en zo ja, of ze dan zin had in een herhalingsoefening.

'Goed, ik ga wel even naar hem toe.'

De stiefvader van Peter Lumley ijsbeerde over het roze linoleum van de wachtruimte. In plaats van zijn overall droeg hij nu een smoezelige spijkerbroek en een windjack dat eruitzag alsof het nog niet eens bescherming zou bieden tegen een niesbui, laat staan tegen een echte windvlaag.

'Meneer Lumley?'

De man draaide zich abrupt om. 'Waarom zijn ze opgehouden met zoeken?' Zijn ongeschoren gezicht zag er bleek en grauw uit. 'Hij moet nog ergens buiten zijn! Waarom zijn ze gestopt met zoeken?'

Logan bracht hem naar een van de kleine spreekkamers. De man was druipnat en hij rilde.

'Waarom zijn ze gestopt met zoeken?'

'Ze hebben de hele dag gezocht, meneer Lumley. Het is nu te donker om nog iets te kunnen zien... u kunt beter naar huis gaan.'

Lumley schudde zijn hoofd en er vielen kleine druppels water uit zijn sprietige haar. 'Ik moet zorgen dat ik hem vind! Hij is nog maar vijf!' Hij liet zich langzaam in een van de oranje plastic stoelen zakken.

Logans mobiele telefoon begon zijn elektronische deuntje te jengelen. Logan trok hem uit zijn zak, schakelde hem uit en stopte hem weer terug zonder op het display te kijken. 'Het spijt me. Hoe is zijn moeder eronder?' vroeg hij.

'Sheila?' Er verscheen iets rond zijn lippen dat op een glimlach leek. 'De dokter heeft haar iets gegeven. Peter is alles voor haar.'

Logan knikte. 'Ik weet dat u daar op dit moment waarschijnlijk niet aan wilt denken,' zei Logan, terwijl hij probeerde zijn woorden zorgvuldig te kiezen, 'maar heeft iemand aan Peters vader verteld dat hij vermist wordt?'

Lumleys gezicht verstrakte. 'Die klootzak!'

'Meneer Lumley, zijn vader heeft er recht op het te weten.'

'De klootzak!' Hij wreef met zijn hand over zijn gezicht. 'Hij is met de een of andere del van kantoor naar Surrey vertrokken en hij heeft Sheila en Peter zonder een stuiver laten barsten. Weet u wat hij Peter met Kerstmis stuurt? En voor zijn verjaardag? Helemaal niks! Zoveel geeft hij om zijn zoon. De vuile klootzak...'

'Goed, laten we de vader dan maar vergeten. Het spijt me.' Logan stond op. 'We zullen ervoor zorgen dat alle patrouillewagens extra goed opletten of ze uw zoon zien. Meer kunt u vanavond niet doen. Ga maar naar huis en rust wat uit. Morgenochtend, zodra het licht wordt, gaan we verder naar hem zoeken.'

De stiefvader van Peter Lumley verborg zijn gezicht in zijn handen.

'Het is goed,' zei Logan, terwijl hij een hand op de schouder van de man legde. Hij voelde hoe het huiveren veranderde in snikken. 'Rustig maar. Kom mee, ik breng u wel even thuis.'

Logan tekende voor een van de ongemarkeerde dienstwagens, opnieuw een aftandse Vauxhall die nodig gewassen moest worden. Gedurende de rit van Queen Street naar Hazlehead zei Lumley geen woord. Hij zat zwijgend naast Logan en keek naar buiten, op zoek naar een kind van vijf jaar.

Hoe cynisch je ook was, je kon onmogelijk twijfelen aan Lumleys oprechte liefde voor zijn stiefzoon. Logan vroeg zich onwillekeurig af of de vader van Richard Erskine ook buiten in het duister en in de regen zou ronddolen, op zoek naar zijn verdwenen zoon. Totdat hij zich weer herinnerde dat die arme donder al was overleden voordat Richard was geboren.

Hij fronste zijn wenkbrauwen terwijl hij de smerige dienstauto via de rotonde de afslag naar Hazlehead op stuurde. Er begon hem iets dwars te zitten.

Plotseling realiseerde hij zich dat niemand daar ook maar met één woord over de vader had gerept. Alle foto's aan de muur waren afbeeldingen van het vermiste kind en zijn dominante moeder. Je zou toch verwachten dat er op zijn minst één foto van de overleden vader tussen zou zitten. Logan wist niet eens hoe de man heette.

Hij zette Lumley af voor de ingang van zijn flatgebouw. Het was moeilijk om te zeggen 'Maakt u zich geen zorgen, meneer Lumley, we zullen hem vinden en alles komt weer goed', omdat hij er honderd procent zeker van was dat het kind al was overleden. Dus zei hij het niet. Hij maakte wat vage geruststellende geluiden en reed weg.

Zodra hij uit het zicht van Lumley was haalde hij zijn mobiele telefoon tevoorschijn. Hij zette hem aan en belde de recherchekamer. Een opgewonden klinkende vrouwelijke agent nam de telefoon op.

'Ja?'

'Met McRae,' zei Logan terwijl hij richting centrum reed. 'Is er iets?'

Het bleef even stil, waarna ze zei: 'Het spijt me, meneer, maar we worden platgebeld door de media. Ik heb ze allemaal al aan de lijn gehad: de BBC, ITV, Northsound, de kranten...'

Logan kreeg een ongemakkelijk gevoel. 'Waarom?'

'Sandy de Slang heeft zitten stoken. Volgens hem zijn we allemaal incompetent en proberen we de moorden in de schoenen van zijn cliënt te schuiven, zogenaamd omdat we geen idee hebben waar we moeten zoeken. Hij zegt dat het hem weer sterk aan Judith Corbert doet denken.'

Logan gromde. Het enige wat ze destijds van haar hadden gevonden was haar linker ringvinger, met de trouwring er nog aan, en de heer Sandy Moir-Farquharson had van de aanklacht geen spaan heel gelaten. De echtgenoot was op vrije voeten gesteld, hoewel iedereen wist dat hij het gedaan had. Sandy de Slang had er een flink honorarium en een paar televisieoptredens aan overgehouden en drie goede politiemensen hadden een douw gekregen. Dat was nu zeven jaar geleden en hij gebruikte haar nog steeds om hen zwart te maken.

Logan reed Anderson Drive op, in de richting van Torry, waar de kleine Richard Erskine was verdwenen.

'Ja, dat is echt iets voor Sandy. Wat heb je hun verteld?'

'Dat ze mij niet lastig moesten vallen maar de afdeling Voorlichting moesten bellen.'

Logan knikte. 'Heel goed. Hoor eens, ik wil graag dat je iets voor me uitzoekt. Weten wij al hoe de vader van Richard Erskine heet?'

'Moment...' Ze zette hem in de wacht en haar stem werd vervangen door die van een zanger die zijn uiterste best deed het nummer 'Come On Baby Light My Fire' zo gruwelijk mogelijk te vertolken. Pas toen hij al op Riverside Drive reed, maakte de stem van de agente een eind aan de muzikale verkrachting. 'Het spijt me,' zei ze, 'de vader heeft geen strafblad, maar in het dossier staat dat hij is overleden nog voordat het kind werd geboren. Hoezo?'

'Het is waarschijnlijk niets,' zei Logan. 'Hoor eens, ik ben nu op weg naar het huis van de familie Erskine. Bel jij de agente van de afdeling Slachtofferhulp even... als ze er tenminste nog is.' Het ging om de verwarde moeder van een verdwenen kind, dus Logan ging ervan uit dat ze er geen man naartoe hadden gestuurd.'

'Komt in orde, meneer.'

'Vraag maar of ze buiten op me wil wachten, over ongeveer...' hij keek naar de grijze gebouwen met de geelverlichte ramen die hij passeerde, '... twee minuten.'

Ze stond buiten en bestudeerde hem terwijl hij de dienstwagen onhandig met één wiel op het trottoir parkeerde.

Hij stapte uit, probeerde er niet zo onbeholpen uit te zien als hij zich voelde, en deed zijn jas dicht tegen de regen.

De agente van de afdeling Slachtofferhulp had het beter voor elkaar dan hij: ze had een paraplu bij zich.

Goedenavond, meneer,' zei ze terwijl hij naast haar onder de paraplu ging staan.

'Heb jij iets gehoord over de vader van die...'

Een felle lichtflits voorkwam dat hij zijn zin afmaakte. Hij draaide zich om en tuurde door de regen. 'Wat was dat in 's hemelsnaam?'

Aan de overkant van de straat stond een oude, gammele BMW. Vanuit het raam van het linker voorportier, dat omlaag was gedraaid, kringelde rook.

'Ik geloof dat dat de *Daily Mail* is,' zei de agente van de afdeling Slachtofferhulp. 'Omdat u net bent aangekomen, denken ze waarschijnlijk dat er iets te gebeuren staat. Als ze iets leuks kunnen bedenken om erbij te schrijven, staat u morgen op de voorpagina.'

Logan draaide zijn rug naar de auto zodat ze bij eventuele volgende pogingen alleen zijn achterhoofd zouden kunnen vastleggen. 'Maar goed,' vervolgde hij, 'heb jij nog iets opgevangen over de vader van het kind?'

Ze haalde haar schouders op. 'Alleen maar dat hij dood is. En een verschrikkelijke klootzak, als je die buurvrouw moet geloven.'

'Waarom dan? Heeft hij haar geslagen of bedrogen?'

'Geen idee. Maar als je die oude heks moet geloven, was hij een soort Hitler. Maar dan zonder de innemende persoonlijkheid.'

'Klinkt leuk.'

In de woning van de familie Erskine was niets veranderd, afgezien van de mate van luchtverontreiniging. Aan de muur hingen nog steeds dezelfde merkwaardige foto's van moeder en zoon. Het behang zag er nog steeds net zo afgrijselijk uit. Maar het zag er nu blauw van de sigarettenrook.

Mevrouw Erskine bevond zich op de bank in de woonkamer. Ze wiegde langzaam heen en weer en was kennelijk niet in staat om stil of rechtop te zitten. In haar handen hield ze een groot glas dat was gevuld met een kleurloos vocht en tussen haar lippen hing een half opgerookte sigaret. De fles wodka op de salontafel was half leeg.

Haar vriendin, de buurvrouw die geen thee maakte voor de politie omdat die beter boeven konden gaan vangen, had zich genesteld in een fauteuil, van waaruit ze haar lange, gerimpelde nek draaide om te zien wie er nu weer binnenkwam. Haar kraaloogjes begonnen te glimmen toen ze zag wie hij was. Waarschijnlijk hoopte ze dat hij slecht nieuws kwam brengen. Niets is beter voor je eigendunk dan de confrontatie met het leed van een ander.

Logan plofte naast mevrouw Erskine op de bank. Ze keek hem wezenloos aan terwijl twee centimeter sigarettenas omlaag dwarrelde van haar sigaret en op haar vest belandde.

'Hij is dood, nietwaar? Mijn kleine Richard. Hij is zeker dood?' Haar gezicht was rimpelig en rood aangelopen, en ze had bloeddoorlopen ogen van het huilen en de wodka. Ze zag eruit alsof ze gedurende de afgelopen tien uur tien jaar ouder was geworden.

De buurvrouw boog zich gretig naar voren, in afwachting van het moment van de waarheid.

'Dat weten we nog niet,' zei Logan. 'Maar ik wil u nog een paar dingen vragen. Is dat goed?'

Mevrouw Erskine knikte en zoog haar longen opnieuw vol met een flinke dosis nicotine en teer.

'Het gaat over Richards vader.'

Ze verstijfde alsof ze een elektrische schok had gekregen. 'Hij hééft geen vader!'

'Die rotzak wou niet eens met haar trouwen,' zei de buurvrouw met nauwelijks verholen leedvermaak. Het kind was dan misschien nog niet definitief dood, maar het oprakelen van dit pijnlijke stukje verleden was een mooie compensatie. 'Hij maakte haar zwanger toen ze net vijftien was en trouwen, ho maar! Wat een mispunt!'

'En toch,' vervolgde de buurvrouw op theatrale fluistertoon, 'wil hij maar al te graag contact hebben met het kind. Het is toch onvoorstelbaar? Hij wil niet trouwen, maar wel met zijn kroost naar het park en ermee voetballen!' Ze boog zich naar voren en schonk het glas van haar vriendin vol met wodka. 'Dat zou toch verboden moeten worden!'

Logan schoot overeind. 'Wat bedoelt u met "hij wil maar al te graag contact hebben met het kind"?'

'Hij komt niet in de buurt van mijn kleine boefje.' Mevrouw Erskine bracht het glas onzeker naar haar lippen en dronk het in één teug bijna half leeg. 'En hij stuurt hem natuurlijk ook altijd cadeautjes en kaarten en brieven, maar die gaan bij mij metéén de vuilnisbak in.'

'U hebt ons verteld dat de vader dood was.'

Mevrouw Erskine keek hem verbaasd aan. 'Nee hoor, dat heb ik nooit gezegd.'

'Hij zou net zo goed dood kunnen zijn, als je nagaat wat ze aan hem heeft,' zei de buurvrouw met een zelfvoldane uitdrukking op haar gezicht. En plotseling begon Logan het te begrijpen. Watson had gezegd dat de vader dood was omdat dit valse kreng van een buurvrouw haar dat had verteld.

'Jaja,' zei Logan langzaam, terwijl hij probeerde zijn stem niet te verheffen. 'En is de vader ervan op de hoogte gebracht dat Richard vermist wordt?' Het was de tweede keer binnen een uur dat hij de vraag stelde. Het antwoord wist hij al.

'Dat gaat hem helemaal niets aan!' riep de buurvrouw giftig. 'Dan had hij als vader maar zijn eigen verantwoordelijkheid moeten nemen. Het idee dat hij die jongen als onecht kind door het leven wil laten gaan! Hoe dan ook, de etter zal het nu trouwens best wel weten.' Ze wees naar het exemplaar van de *Sun* dat opengeslagen op het tapijt lag. PEDOFIELE SMEERLAP SLAAT OPNIEUW TOE! luidde de kop.

Logan sloot zijn ogen en haalde diep adem. Die zure tang begon op zijn zenuwen te werken. 'U moet mij de naam van Richards vader geven, mevrouw... mevrouw Erskine.'

'Dat moet ze helemáál niet!' De buurvrouw sprong overeind. Nu kwam ze zogenaamd op voor de rechten van haar vriendin, de arme, door de wodka benevelde koe op de bank. 'Het gaat hem geen moer aan wat er gebeurt!'

Logan draaide zich naar haar toe. 'Zitten en bek dicht!'

Ze bleef met open mond als aan de grond genageld staan. 'U... zo mag u helemaal niet tegen mij praten!'

'Als u niet gaat zitten en uw waffel houdt, dan laat ik u afvoeren naar het bureau wegens het afleggen van een valse verklaring. Begrepen?'

Ze ging zitten en hield haar mond.

'Mevrouw Erskine, ik moet het écht weten.'

De moeder van Richard dronk haar glas leeg en kwam onzeker overeind. Ze helde even sterk naar links over en waggelde toen in tegenovergestelde richting naar een kast. Op een van de onderste planken begon ze naar iets te zoeken. Tijdens het proces vielen allerlei paperassen en kleine dozen op de grond.

'Hier,' zei ze ten slotte triomfantelijk, terwijl ze een map van geschept papier met een vrolijk gekleurd lint tevoorschijn haalde. Het soort waarin oude schoolfoto's worden bewaard. Ze smeet hem in de richting van Logan.

Erin bevond zich de foto van een jongen die nauwelijks ouder dan veertien leek te zijn. Hij had enorm dikke wenkbrauwen en keek een beetje scheel, maar de gelijkenis met het vermiste vijfjarige jongetje was onmiskenbaar. In een hoek van de foto, waar het blauw-grijs gevlekte achtergrondpapier van de fotograaf zichtbaar was, stond in een zorgvuldig en kinderlijk handschrift te lezen: 'Voor mijn allerliefste Elisabeth, van wie ik altijd zal blijven houden. Darren, XXX.' Een hele belofte voor iemand die de pubertijd nog maar nauwelijks is ontgroeid.

'Dus hij was uw vriendje van school?' vroeg Logan, terwijl hij de bruine fotomap omdraaide. Op de achterkant zat een goudkleurige sticker met de naam, het adres en het telefoonnummer van de fotograaf en een witte sticker met: 'Darren Caldwell, derde jaar, Ferryhill Scholengemeenschap.'

'Hij was een etterbuil!' barstte de buurvrouw weer los. Ze leek te genieten van iedere lettergreep.

'Weet u waar hij woont?'

'Het laatste wat ik heb gehoord is dat hij naar Dundee is verhuisd. Dundee, notabene!' De buurvrouw stak een nieuwe sigaret in haar mond en stak hem aan. Ze zoog er flink aan zodat het uiteinde langdurig opgloeide en blies de rook vervolgens uit haar neusgaten. 'Die kleine etterbuil probeert zich uit de voeten te maken, als u het mij vraagt. Ik bedoel, zijn zoontje woont hier, zonder vader en zo, en hij gaat helemaal in Dundee wonen!' Ze nam een nieuwe haal. 'Dat moest toch verboden worden!'

Logan besloot maar niet op te merken dat het niet uitmaakte waar Darren Caldwell woonde als hij zijn zoontje toch niet mocht zien. In plaats daarvan vroeg hij aan mevrouw Erskine of hij de foto mocht houden.

'Van mij mag u hem verbranden,' zei ze.

Logan liet zichzelf uit.

Het regende nog steeds en de gammele BMW stond nog steeds strategisch tegenover het huis geparkeerd. Logan sprintte met afgewend hoofd naar de dienstwagen. Hij zette de verwarming en de ventilatie op maximaal en reed terug naar het hoofdbureau.

Buiten, voor het grote bouwwerk van beton en glas, stonden televisiecamera's waarvoor ernstig kijkende journalisten hun twijfels uitten over het politiekorps Grampian. De agente met wie hij had gesproken, had niet overdreven: Sandy de Slang had een flinke rel ontketend.

Logan parkeerde de dienstwagen op het parkeerterrein aan de achterkant van het gebouw. Hij liep naar binnen, maakte een grote boog om de receptiebalie en liep snel door naar de recherchekamer.

Daar was het een hectische toestand. Het middelpunt was een getergd kijkende persvoorlichtster die, met een klembord tegen de borst, probeerde details los te krijgen van de vier politiemensen die druk bezig waren de voortdurend rinkelende telefoons op te nemen. Toen ze hem zag klaarde haar gezicht op. Eindelijk iemand met wie ze de stress kon delen.

'Meneer...' begon ze, maar Logan stak een hand op en greep een telefoon die niet rinkelde.

'Een ogenblik,' zei hij terwijl hij de afdeling belde die over de kentekenregistraties ging.

De telefoon werd bijna onmiddellijk opgenomen.

'Ik wil het kenteken natrekken van een zekere Darren Caldwell,' zei hij, terwijl hij snel een rekensommetje uitvoerde. Darren had mevrouw Erskine zwanger gemaakt toen ze vijftien was, plus negen maanden voor de zwangerschap, plus vijf jaar voor de leeftijd van het zoontje.

Gesteld dat ze in dezelfde klas zaten toen ze hun 'eeuwige liefde' lichamelijk hadden bevestigd, dan moest Darren nu ongeveer eenentwintig of tweeëntwintig jaar zijn. 'Hij is begin twintig en woont waarschijnlijk in Dundee...' Hij knikte terwijl de agent aan de andere kant van de lijn de gegevens herhaalde. 'Ja, dat klopt. Hoe snel kan ik die informatie krijgen? Oké, goed, ik blijf even hangen.'

De persvoorlichtster stond tegenover hem en keek alsof iemand een levende haring in haar broekje had gestopt. 'We worden bestormd door de media!' jammerde ze terwijl Logan op de resultaten wachtte. 'Die verdomde Sandy de Slang maakt ons helemaal zwart! Haar gezicht was rood aangelopen, vanaf haar blonde haargrens tot aan de onderkant van haar hals. 'Kunnen we hun dan helemaal niets vertellen? Is er niets waarmee we hun de indruk kunnen geven dat we tenminste een beetje voortgang maken?'

Logan drukte zijn hand op het mondstuk van de telefoon en zei dat het onderzoek nog helemaal open was en ze geen enkele mogelijkheid uitsloten.

'Dat kunt u niet menen!' Ze explodeerde bijna. 'Die onzin vertel ik hun als we helemaal geen idee hebben! Dat kan ik hun toch niet vertellen!'

'Ja, hoor eens,' zei hij, 'ik kan niet zomaar in het wilde weg mensen gaan arresteren... Hallo?'

De stem aan de andere kant van de lijn was terug. 'Ik heb vijftien Darren Caldwells in het noordoosten. Eentje woont in Dundee en die is bijna veertig.'

Logan vloekte.

'Maar ik heb ook nog een Darren Caldwell van eenentwintig in Portlethen.'

'Portlethen?' Dat was een dorpje vijf kilometer ten zuiden van Aberdeen.

'Klopt. Hij heeft een donkerrode Renault Clio. Wilt u het kenteken?'

Logan zei dat hij dat wilde, sloot zijn ogen en dankte de hemel dat hij eindelijk een beetje geluk leek te hebben. Een getuige had een kind dat voldeed aan het signalement van Richard Erskine in een donkerrode personenauto zien stappen. Hij schreef het kenteken en het adres op, bedankte de man aan de andere kant van de lijn en keek de gestreste persvoorlichtster stralend aan.

'Wat? Wat? Wat hebt u voor me?' vroeg ze.
'We verwachten zeer binnenkort een arrestatie te kunnen verrichten.'
'Een arrestatie? Wie gaat u dan arresteren?'
Maar Logan was al vertrokken.

14

De agent die hij uit de kleedkamer had geplukt, zat achter het stuur van de dienstauto en reed ruim boven de maximumsnelheid in zuidelijke richting. Logan zat naast hem en keek naar het donkere landschap dat aan hem voorbijraasde. Achterin zaten een mannelijke en een vrouwelijke agent. Er was op dit tijdstip in de avond maar weinig verkeer en het duurde niet lang of ze reden op kruipsnelheid langs het adres van Darren Caldwell dat Logan had doorgekregen.

Het was een recent gebouwde tussenwoning in het zuidelijke gedeelte van Portlethen, in een wijkje met veel soortgelijke woningen. De voortuin was een grasperkje van nauwelijks twee vierkante meter met aan de rand wat verwelkte rozen. Sommige blaadjes hingen nog aan de knop, maar het merendeel was er door de regen af gevallen. Ze lagen in een triest, puddingachtig hoopje aan de rand van de struik, een beetje bruinig in het licht van de straatlantaarns.

In de carport stond een donkerrode Renault Clio.

Logan gaf de agent naast hem opdracht om de hoek te parkeren. 'Oké,' zei hij tegen de mannelijke agenten, terwijl hij zijn gordel losmaakte. 'Laten we dit goed aanpakken. Jullie gaan met zijn tweeën achterom. Als jullie in positie zijn geven jullie dat door, dan bellen wij aan. Als hij ervandoor dreigt te gaan, grijpen jullie hem.' Hij draaide zich om naar de agente die achter hem zat. Die beweging belastte de littekens in zijn maagstreek en zijn gezicht vertrok van pijn. 'Als wij naar het huis lopen, wil ik graag dat ze jou niet zien. Als Caldwell de politie voor de deur ziet staan, gaat hij misschien over de rooie. En ik wil niet dat dit op een belegering uitdraait, begrepen?'

Iedereen knikte.

Logan stapte uit. Het was ijskoud. De dikke regendruppels waren veranderd in een ijzige natte mist, die alle warmte uit zijn handen en gezicht had weggetrokken tegen de tijd dat ze de voordeur hadden bereikt. De twee mannelijke agenten waren naar de achterkant van het huis gelopen.

Er brandde licht in de woning en uit de woonkamer klonk het geluid van de televisie. Er werd een toilet doorgetrokken en Logan maakte aanstalten op de bel te drukken.

De mobiele telefoon in Logans zak ging. Hij vloekte zachtjes en nam op. 'Logan.'

'Waar ben je mee bezig?' Het was Insch.

'Kan ik u terugbellen?' fluisterde hij.

'Nee, dat kun je niet, verdomme. Ik ben net gebeld door het hoofdbureau. Daar hoor ik dat je drie dienders hebt meegenomen om iemand te gaan arresteren. Wat gebeurt er allemaal?' Op de achtergrond begon een orkestje te spelen. 'Shit,' zei Insch. 'Ik moet op. Ik hoop dat je hier een goede verklaring voor hebt, anders...' Een vrouwenstem onderbrak Insch. Ze klonk opgewonden, maar Logan kon niet verstaan wat ze zei. 'Jaja, ik kom al,' zei Insch, waarna hij de verbinding verbrak.

De agente keek hem met opgetrokken wenkbrauwen aan.

'Hij moet het toneel op,' legde Logan uit, terwijl hij de telefoon weer in zijn zak stopte. 'Laten we dit klusje gaan klaren. Als we geluk hebben kunnen we hem na afloop in de kroeg voor de verandering gaan vertellen dat er iets mee heeft gezeten.'

Hij belde aan.

Vanuit het badkamerraam hoorden ze wat onderdrukt gevloek. In elk geval was er iemand thuis. Logan drukte opnieuw op de bel.

'Ja, rustig maar! Ik kom al!'

Na ongeveer anderhalve minuut verscheen er een schaduw achter het glas van de voordeur en werd er een sleutel in het slot omgedraaid. De deur ging op een kier en er verscheen een hoofd.

'Ja?' zei het hoofd.

'Darren Caldwell?' vroeg Logan.

Het hoofd keek verbaasd en de volle wenkbrauwen bewogen zich omlaag naar een paar ogen die niet precies dezelfde kant op keken. Darren Caldwell mocht dan ruim vijf jaar ouder zijn dan op zijn schoolfoto, veel was hij niet veranderd. Zijn kaaklijn was iets steviger en zijn haar zag eruit alsof het door een moderne kapper was geknipt in plaats van door zijn moeder, maar hij was het onmiskenbaar.

'Ja?' antwoordde Darren, waarop Logan de deur plotseling een stevige duw gaf.

De jongeman wankelde naar achteren, struikelde over een paar kleine tafeltjes en viel languit op de grond. Logan en de agente liepen naar binnen en sloten de deur.

'Tssss.' Logan schudde zijn hoofd. 'U zou een veiligheidsketting moeten nemen, meneer Caldwell. Dan kunnen ongenode gasten niet zo gemakkelijk binnenkomen. Je weet maar nooit wie er buiten staat.'

De jongeman krabbelde overeind en balde zijn vuisten. 'Wie bent u?'

'Wat een mooie woning hebt u, meneer Caldwell,' zei Logan, terwijl hij de agente langs liet zodat zij een mogelijke aanval van de jongeman kon afweren. 'U vindt het toch niet erg als we even rondneuzen?'

'Dat kunt u niet maken!'

'Ik dacht het wél,' zei Logan, terwijl hij het huiszoekingsbevel uit zijn zak haalde en voor Darrens neus hield. 'Waar zullen we beginnen?'

Het huis was veel kleiner dan het er van buiten uitzag. Twee slaapkamers. In een ervan was een tweepersoonsbed gepropt met een grijsgeel gehaakte sprei en er stond een kaptafel met een verzameling potjes en tubes erop. In de andere slaapkamer stond langs de ene muur een eenpersoonsbed en ertegenover een kleine tafel met een computer. Boven het bed hing een poster met de afbeelding van een schaars geklede vrouw die met een sexy bedoelde pruillip omlaag keek. Ze was niet onsmakelijk. Het meubilair in de badkamer was avocadokleurig. Logan had in lange tijd niet zoiets lelijks gezien. De keuken was net groot genoeg voor drie personen, zolang ze tenminste niet probeerden te bewegen. De woonkamer bood plaats aan een breedbeeldtelevisie en een enorme citroengele bank.

Nergens een spoor van het vermiste jongetje van vijf.

'Waar is hij?' vroeg Logan terwijl hij in de keukenkastjes keek, tussen de blikjes bonen, soep en tonijn.

Darren keek naar links en vervolgens naar rechts. 'Waar is wie?' zei hij ten slotte.

Logan slaakte een zucht en sloeg de keukenkastjes dicht.

'Je weet verdomd goed over wie ik het heb, Darren. Waar is Richard Erskine? Je zoon? Wat heb je met hem gedaan?'

'Ik heb niets met hem gedaan. Ik heb hem al maanden niet gezien.' Hij liet zijn hoofd zakken. 'Dat wil ze niet.'

'Ze hebben jou gezien, Darren. Ze hebben jouw auto gezien.' Logan probeerde door het keukenraam naar buiten te kijken, maar het enige wat hij zag was de reflectie van zijn eigen gezicht.

'Ik...' Darren snoof. 'Ik reed er wel eens rond. Om te kijken of ik hem ergens zag spelen of zo, snapt u? Maar ze liet hem niet buiten spelen. Hij mocht van haar niet buiten spelen zoals de andere kinderen.'

Logan drukte op de lichtschakelaar, zodat het in de keuken plotseling donker werd. Nu het licht het keukenraam niet in een spiegel veranderde, kon hij de tuin zien. De twee agenten die hij achterom had gestuurd, stonden er in de koude motregen te kleumen. En in een hoek van de tuin bevond zich een schuurtje.

Hij glimlachte en deed het licht weer aan, waarop de aanwezigen hun ogen dichtknepen.

'Wat?'

'Kom mee,' zei hij, terwijl hij Darren aan het boord van zijn overhemd meetrok. 'Laten we eens in de schuur gaan kijken.'

Maar in de schuur vonden ze geen Richard Erskine. Alleen een grasmaaimachine, een paar troffels, een zak aarde en een tuinschaar.

'Shit!'

Ze stonden in de woonkamer en dronken lauwe thee. De kleine ruimte leek overvol door de aanwezigheid van twee doorweekte agenten, hun vrouwelijke collega, Darren Caldwell en Logan. De heer des huizes zat op de bank. Hij keek met de minuut ongelukkiger.

'Waar is hij?' vroeg Logan opnieuw. 'Vroeg of laat zul je het ons toch moeten vertellen. Kun je het net zo goed nu meteen doen.'

Darren keek hem somber aan. 'Ik heb hem niet gezien. Ik heb geen idee waar u het over hebt.'

'Goed dan,' zei Logan, die op de armleuning van de citroengele bank zat. 'Waar was je gisterochtend om tien uur?'

Darren zuchtte theatraal. 'Op mijn werk.'

En dat kun je vanzelfsprekend bewijzen?'

Er verscheen een vals glimlachje op Darrens gezicht. 'Reken maar. Hier...' Hij griste de telefoon van de salontafel en gaf die aan Logan, waarna hij vanonder een stapel roddelbladen de Gouden Gids tevoorschijn haalde. 'Broadstane garage,' zei hij, terwijl hij het dikke boekwerk opensloeg en er met boze vingers in begon te bladeren. 'Bel ze maar. Toe maar. Vraag maar naar Ewan. Dat is mijn baas. Vraag hem maar waar ik was. Toe maar!'

Terwijl hij de telefoon en de Gouden Gids in zijn handen had, bekroop Logan een onaangename gedachte: stel dat Darren de waarheid sprak?

De Broadstane garage had een onnozele advertentie. Iets met een glimlachende steeksleutel en een blije moer en bout. In de advertentie stond '24-uursservice' dus toetste Logan het nummer in. De telefoon ging langdurig over. Hij wilde net ophangen, toen een schorre stem aan de andere kant 'Broadstane Garage!' in zijn oor schreeuwde.

'Hallo?' zei Logan, toen hij weer een beetje kon horen. 'Spreek ik met Ewan?'

'En met wie spreek ík?'

'Met inspecteur Logan McRae van het politiekorps Grampian. Bent u de werkgever van Darren Caldwell?'

Er klonk onmiddellijk argwaan in de stem aan de andere kant van de lijn. 'En wat dan nog? Wat heeft hij gedaan?'

'Kunt u mij vertellen waar meneer Caldwell gisterochtend was tussen negen en elf uur?'

Darren leunde met een zelfvoldane blik achterover op de bank en Logan kreeg die onaangename gedachte weer.

'Hij hielp me met het vernieuwen van de bedrading in een Volvo. Hoezo?'

'Bent u daar zeker van?'

Er viel een korte stilte, waarna de man antwoordde: 'Natuurlijk ben ik daar zeker van. Als hij er niet was geweest, was me dat écht wel opgevallen. Zeg, waar gaat dit eigenlijk over?'

Het kostte Logan vijf minuten om de man af te poeieren.

Logan legde de telefoon terug op de salontafel en probeerde de teleurstelling in zijn stem te verbergen. 'Het lijkt erop dat we ons bij je moeten verontschuldigen, Darren.'

'Zeker weten!' Darren stond op en wees naar de voordeur. 'En nu kunnen jullie beter oprotten en naar mijn zoon gaan zoeken!'

Ze hoefden de deur niet achter zich dicht te doen. Dat deed Darren Caldwell, met een forse klap.

Ze slenterden door de motregen naar de roestige Vauxhall. De hele excursie was voor niets geweest. Logan had geen goed nieuws voor

Insch. Hopelijk was zijn optreden goed gegaan. Dan zou hij misschien niet al te onredelijk reageren.

De agent die weer achter het stuur was gaan zitten startte de motor, waarop de ruiten snel begonnen te beslaan. Hij zette de ventilator aan, maar dat hielp weinig. In plaats daarvan trok hij zijn stropdas los en begon ermee over de ruit te vegen. De das nam het vocht niet op maar verplaatste het alleen maar.

Met een zucht gingen ze achteroverzitten en wachtten tot kleine fragmenten van de ruit uitzicht begonnen te bieden op de buitenwereld.

'Denkt u dat dat alibi klopt?' vroeg de agente die achterin zat.

Logan haalde zijn schouders op.

'Ze schijnen vierentwintig uur open te zijn, dus we kunnen er even langs rijden.' Maar Logan was er zeker van dat het alibi klopte. Darren Caldwell had zijn zoon niet ontvoerd toen die melk en chocoladekoekjes ging kopen.

Maar hij was zo zeker van zijn zaak geweest!

Uiteindelijke slaagde de ventilator erin de ruit enigszins doorzichtig te maken. De agent achter het stuur schakelde de koplampen in en reed weg van het trottoir. Ze keerden in de doodlopende straat en reden terug. Logan tuurde naar Darrens huis. Hij was zó zeker van zijn zaak geweest.

Terwijl ze door Portlethen naar de tweebaansautoweg naar Aberdeen reden zag Logan de lichtjes van de verderop gelegen doe-het-zelfzaak en supermarkt. In de supermarkt verkochten ze drank. En het idee om een fles wijn mee naar huis te nemen, sprak Logan op dat moment bijzonder aan. Hij vroeg de agent of hij het erg vond een klein stukje om te rijden. Terwijl de anderen in de auto wachtten, scharrelde Logan langs de schappen en laadde chips en augurken in zijn wagentje. Toen ze weggereden, wisten ze bijna zeker dat ze het vermiste kind levend zouden aantreffen en dat ze als helden zouden worden binnengehaald op het hoofdbureau. En nu kwamen ze onverrichterzake terug en sloeg Logan een modderfiguur.

Hij gooide een fles shiraz op de zak chips en realiseerde zich te laat dat hij ze daardoor verpulverde. Met een schaapachtige uitdrukking op zijn gezicht liep hij terug naar het schap met de chips en verruilde zijn geplette cheeseonion chips voor een nieuwe zak.

Hij moest denken aan Darren Caldwell in dat kleine huisje, die zijn zoon niet mocht zien en door Torry reed om te kijken of hij een glimp van hem kon opvangen. De arme donder. Logan had nooit kinderen gehad. Er was ooit een spannend moment geweest toen een vriendinnetje van hem twee weken over tijd was, maar gelukkig was het loos alarm gebleken. Hij kon zich alleen maar proberen in te denken hoe het was een zoon te hebben die volledig uit je leven werd verbannen.

Er waren maar twee kassa's open. Achter de ene zat een meisje met een sproetenhoofd en achter de andere een oude man met een verweerd uiterlijk en trillende handen. Geen van beiden hadden ze ooit het kampioenschap snelscannen gewonnen.

De vrouw die voor hem in de rij stond, had ongeveer alle kant-en-klaarmaaltijden uit het aanwezige assortiment ingeladen: kerrieschotel met patat, hamburgers met patat, lasagne met patat. Er lag geen groente of fruit in haar kar, maar wel had ze er zes tweeliterflessen Cola light in liggen en een chocoladetaartje. Niet slecht.

Logan was in gedachten verzonken terwijl de oude man rommelde met de scanner en de voorverpakte avondmaaltijden. De overige winkels in het centrum – de hakkenbar, de fotozaak, de stomerij en de zaak waar ze kitscherige glazen en porseleinen beeldjes verkochten – waren gesloten en beveiligd met stalen rolluiken. Wie nog heel dringend verlegen zat om een doedelzak spelende Schotse terriër, kon pas de volgende dag weer terecht.

Hij schuifelde een beetje naar voren terwijl de vrouw haar berg magnetronvoedsel in plastic tassen begon te stouwen.

Ergens bij de uitgang klonk een bekend deuntje uit een televisieserie over een locomotief en Logan zag hoe een oude dame zich boog over een blauwe locomotief van plastic die langzaam op en neer ging en tsoektsjoek-geluiden maakte. De oude vrouw glimlachte terwijl het leek alsof haar lichaam meewiegde met het locomotiefje dat Thomas heette, totdat het melodietje afgelopen was en Thomas stopte met bewegen. Oma deed haar tas open en begon vergeefs in haar portemonnee te zoeken naar voldoende muntjes om nóg een ritje te betalen. Uit het binnenste van Thomas kroop een ongelukkig meisje tevoorschijn. Ze pakte oma's hand en liep langzaam met haar naar buiten, continu spijtig omkijkend naar het glimlachende gezicht van de speelgoedlocomotief.

'... met inpakken?'

'Hmm?' Logan verplaatste zijn aandacht naar de man achter de kassa.

'Ik vroeg of u hulp nodig hebt met inpakken.' Hij hield Logans zak chips omhoog. 'Moet iemand u helpen met inpakken?'

'Nee, dank u.'

Logan deed de wijn, de chips en de augurken in een plastic zak en ging op weg naar de dienstauto. Hij had eigenlijk wat bier moeten kopen voor de verkleumde en teleurgestelde dienders die hij op deze vergeefse tocht had meegenomen, maar daarvoor was het te laat.

Er klonk gelach en toen Logan omkeek, zag hij het meisje in een plas op en neer springen terwijl oma het kind bemoedigend toelachte en in haar handen klapte.

Hij stond stil en liet het tafereel tot zich doordringen. Er verscheen een frons op zijn gezicht.

Als de vader van Richard Erskine hem niet mocht zien, dan mochten de grootouders dat waarschijnlijk ook niet. Die hadden óók onder de situatie te lijden.

De grootste slaapkamer had niet erg geleken op de slaapkamer van een jongeman van tweeëntwintig. Die gehaakte bedsprei en al die potjes met cosmetica... De halfnaakte vrouw en de computer, dat leek er meer op.

Hij sprong de auto in en kwakte de boodschappentas tussen zijn voeten.

'Waarom gaan we meneer Caldwell niet nóg eens een bezoekje brengen,' opperde hij met een brede grijns op zijn gezicht.

De donkerrode personenauto stond nog steeds in de carport, maar er stond nu ook een lichtblauwe Volvo-stationwagen voor het huis geparkeerd, met twee wielen op het trottoir. Logans grijns werd nog breder.

'Zet de auto maar op dezelfde plek als daarnet.' zei hij tegen de agent die reed. 'Jullie gaan weer achterom en wij gaan weer naar de voordeur.'

Logan gaf het achterdeurtweetal een minuut om hun positie in te nemen, waarna hij naar de voordeur liep en zijn duim op de bel zette.

Darren Caldwell deed open. Hij keek eerst geïrriteerd, leek toen in paniek te raken en bereikte vervolgens een toestand van onderdrukte woede. En dat allemaal in een fractie van een seconde.

'Dag Darren,' zei Logan, terwijl hij zijn voet tussen de deur zette om de kans te verkleinen dat hij die tegen zijn gezicht zou krijgen. 'Mogen we weer even binnenkomen?'

'Wat willen jullie nu weer!'

'Darren?' Het was een vrouwenstem die een tikje hysterisch klonk. 'Darren, er staan agenten in de tuin!'

Darren keek naar de openstaande keukendeur en vervolgens weer naar Logan.

'Darren!' klonk de vrouwenstem opnieuw. 'Wat moeten we nou doen?'

De jongeman liet zijn schouders zakken. 'Het geeft niet, mam,' zei hij. 'Ga jij maar even een pot thee zetten.' Hij deed een paar passen naar achteren en liet Logan en de agente binnen.

In het midden van de woonkamer stond een verzameling boodschappentassen. Logan maakte er een open en zag dat er splinternieuwe kinderkleding in zat.

Een vrouw van bijna vijftig verscheen uit de keuken met een theedoek in haar handen. Ze frummelde ermee alsof het een rozenkrans was. 'Darren?' vroeg ze.

'Het geeft niet, mam. Het is te laat.' Hij liet zich op de monsterlijke citroengele bank vallen. 'Jullie gaan hem meenemen, zeker?'

Logan gebaarde naar de agente de jongeman tegen te houden als hij de kamer uit zou rennen.

'Waar is hij?' vroeg hij.

'Het is niet eerlijk!' Darrens moeder zwaaide met de theedoek voor het gezicht van Logan. Op de doek waren dansende schaapjes afgebeeld. 'Waarom mag ik mijn kleinzoon niet zien? Waarom mag hij niet bij zijn vader logeren?'

'Mevrouw Caldwell...' begon Logan, maar ze was nog niet uitgesproken.

'Die stomme koe heeft hem ingepikt en wij mogen hem niet zien. Het is mijn kleinzoon en ik mag hem niet zien. Wat voor moeder doet nou zoiets? Wat voor moeder houdt haar kind weg van zijn vader? Ze verdient hem gewoon niet!'

'Waar is hij?' vroeg Logan.

'Niet zeggen, hoor, Darren!'

Darren wees over de rug van Logan naar de kleinste van de twee slaapkamers. 'We hebben hem net naar bed gebracht,' zei hij, zó zachtjes dat Logan hem maar nauwelijks kon verstaan.

De agente knikte met haar hoofd in de richting van de slaapkamer en keek Logan vragend aan. Logan knikte terug. Ze verdween en kwam weer tevoorschijn met een slaperig kijkend joch in een blauw met geel geruite pyjama. Hij geeuwde en keek glazig naar de mensen in de woonkamer.

'Kom maar, Richard,' zei Logan. 'Het is tijd om weer naar huis te gaan.'

15

Een patrouillewagen stond met gedoofde lichten en stationair draaiende motor voor de deur van het huis van Darren Caldwell. Binnen wees een van Logans agenten de jongeman op zijn rechten terwijl zijn moeder zich snikkend op de gele bank liet vallen. De kleine Richard Erskine was in diepe slaap.

Zuchtend stapte Logan naar buiten, de druilende regen in. Het werd hem binnen te benauwd en hij begon medelijden te krijgen met Darren. Hij was zelf nog een kind. Hij wilde alleen maar zijn zoon zien. Hem misschien een tijdje bij zich houden. Hem zien opgroeien. In plaats daarvan kreeg hij nu een strafblad, en waarschijnlijk ook een straatverbod.

Logans adem kringelde in mistige slierten weg. Het werd kouder. Hij had nog niet besloten wat hij ging doen met de eigenaar van de Broadstane Garage. Die had hem een vals alibi gegeven en dus de rechtsgang gefrustreerd. Niet dat het wat uitmaakte nu ze het kind hadden. Alibi of niet, Darren was op heterdaad betrapt.

Maar toch, het frustreren van de rechtsgang was een ernstig vergrijp...

Hij stak zijn handen diep in zijn zakken en keek de straat in. Stille huizen, gesloten gordijnen en af en toe een gordijn dat opzijgeschoven werd door een nieuwsgierige buurman of buurvrouw die wilde weten wat de politie bij de Caldwells te zoeken had.

Moest hij de man een waarschuwing geven of hem in staat van beschuldiging stellen?

Hij rilde en maakte aanstalten terug te gaan naar het huis, terwijl zijn blik dwaalde over de kleine tuin, via de uitgebloeide rozen in de border naar de vaalblauwe Volvo. Hij pakte zijn mobiele telefoon en koos met de geheugentoets het nummer van de Broadstane Garage.

Vijf minuten later stond hij met Darren Caldwell in de kleine keuken, nadat hij de verbaasde agenten met een kopje thee naar de zitkamer had verbannen. Darren stond met opgetrokken schouders over de gootsteen gebogen. Het raam weerspiegelde zijn gezicht terwijl hij de donkere tuin in staarde. 'Ik ga naar de gevangenis, hè?' vroeg hij op fluistertoon.

'Weet je zeker dat je je verklaring niet wilt wijzigen, Darren?'

Het gezicht in het donkere raam beet op zijn lip en schudde het hoofd. 'Nee. Nee, ik heb het gedaan.' Hij veegde met zijn mouw over zijn ogen en snotterde. 'Ik heb hem meegenomen.'

Logan leunde tegen het aanrecht.

'Nee, dat heb je niet.'

'Dat heb ik wel!'

'Je was aan het werk. De Volvo waar je aan sleutelde was van je moeder. Ik heb de garage teruggebeld en het kenteken gecontroleerd. Jij hebt haar jouw auto geleend. Zij was degene die Richard Erskine meegenomen heeft. Niet jij.'

'Ik was het wél! Ik heb u toch gezegd dat ik het was!'

Logan gaf geen antwoord en liet de stilte groeien. In de zitkamer werd de televisie aangezet: gedempte stemmen en ingeblikt gelach.

'Weet je zeker dat je dit wilt doen, Darren?'

Hij wist het zeker.

Zwijgend reden ze terug naar het hoofdbureau. Darren Caldwell staarde door het raam naar de glimmende straten. Logan bracht hem naar de cipier en keek toe hoe de inhoud van Darrens zakken, na registratie en ondertekening, in een klein blauw bakje werd gedaan, samen met zijn riem en schoenveters. Zweetdruppels parelden op zijn nerveuze gezicht en zijn ogen waren rood en waterig. Logan probeerde zich niet schuldig te voelen.

Het was rustig in het gebouw toen hij naar de hal liep. Dikke Gary zat met een opgewekt gezicht achter de balie met de telefoon aan zijn oor. 'Nee, meneer, nee... ja. Dat moet een hele schok zijn geweest... Alles over uw broek... Ja, natúúrlijk schrijf ik het allemaal op...' Maar dat deed hij niet. In plaats daarvan tekende hij een man in een pak die onder de wielen van een politieauto werd geplet. De lachende man achter het stuur leek op Dikke Gary en de geplette man vertoonde een sprekende gelijkenis met de lievelingsadvocaat van het politiekorps.

Logan grijnsde. Hij ging op de rand van de balie zitten en luisterde naar het gesprek.

'O ja. Dat ben ik hélemaal met u eens. Vreselijk, vreselijk... Nee, dat denk ik niet, meneer.' Hij krabbelde de woorden 'opgeblazen etterbuil' bij de tekening en zette er pijltjes bij die naar het slachtoffer wezen.

'Ja, meneer, we geven dit de hoogste prioriteit. Ik zal zorgen dat alle patrouillewagens ingezet worden op zoek naar de dader.' Hij hing op en mompelde: 'Zodra de paus ons gratis en voor niets komt pijpen.'

Logan pakte de tekening van tafel en bekeek het vrolijke plaatje. 'Ik wist niet dat je artistieke neigingen had, Gary.'

Gary grijnsde. 'Sandy de Slang: iemand heeft een emmer bloed over hem heen gegooid. Noemde hem een "verkrachtersvriendje" en ging ervandoor.'

'Wat vreselijk!'

'Er zijn trouwens een paar berichten voor je: een zekere Lumley. Heeft ongeveer zes keer gebeld binnen twee uur. Wilde weten of we zijn zoon hadden gevonden. De arme kerel klonk wanhopig.'

Logan zuchtte. De patrouilleteams waren naar huis, ze konden tot de volgende ochtend niets meer doen. 'Heb je Insch nog kunnen bereiken?' vroeg hij.

Gary schudde het hoofd, waarbij zijn wangen meetrilden. 'Dat kun je vergeten.' Hij keek op zijn horloge. 'De show duurt nog... ongeveer vijf minuten. Je weet hoe hij is als hij gestoord wordt tijdens zijn optreden. Heb ik je ooit verteld over die keer toen...'

De deur aan het eind van de hal zwaaide open, knalde tegen de muur en weer terug. Insch stormde in een wolk van goud en scharlakenrood naar buiten. Zijn puntige laarzen maakten een zuigend geluid op de betegelde vloer. 'McRae!' bulderde hij. Zijn woedende gezicht was bedekt met een zware laag make-up en hij droeg een aangeplakte sik met een krulsnor. Ruw trok hij hem eraf en er verscheen een felrode plek rondom zijn mond. Aan een witte afdruk was te zien waar de knellende tulband had gezeten. Zijn kale hoofd glom in het felle licht van de tl-buizen.

Logan sprong op. Hij opende zijn mond om te vragen hoe de avondvoorstelling gegaan was, maar Insch was hem voor. 'Wat heeft dit verdomme te betekenen, McRae?' Hij rukte de ringen van zijn oren en legde ze met een klap op het bureau. 'Je hebt geen...'

'Richard Erskine. We hebben hem gevonden.'

De inspecteur verbleekte onder zijn make-up. 'Wat?'

'Hij is niet dood. We hebben hem gevonden.'

'Je houdt me voor de gek.'

'Nee. We geven over twintig minuten een persconferentie. De moeder is op weg naar het bureau.' Logan deed een stap terug en monsterde de onttakelde inspecteur in zijn schurkenkostuum. 'Dat zal er fantastisch uitzien op de televisie.'

Woensdagmorgen begon veel te vroeg; om kwart voor zes ging de telefoon al.

Slaperig probeerde Logan op de tast vanonder zijn dekbed de wekker uit te zetten. Er klonk een tik, maar de herrie stopte niet. Logan pakte de wekker, zag hoe laat het was, vloekte en liet zich weer achterovervallen in bed. Met één hand probeerde hij wat leven in zijn gezicht te masseren.

De telefoon rinkelde nog steeds.

'Sodemieter op!' sommeerde hij.

De telefoon bleef rinkelen.

Logan sleepte zich naar de zitkamer en griste de hoorn van de haak. 'Ja?'

'Wat een onbeleefde manier om de telefoon aan te nemen,' zei een bekende stem met Glasgows accent. 'Ga je die voordeur nog opendoen of hoe zit dat? De ballen vriezen van m'n lijf!'

'Wat?'

De deurbel ging en Logan vloekte nogmaals.

'Wacht even,' zei hij in de hoorn voor hij hem op de salontafel legde. Hij wankelde zijn flat uit en liep via het trappenhuis naar de hoofdingang van het gebouw. Het was nog steeds pikdonker buiten, maar het regende niet meer. Alles was bedekt met een laagje rijp, dat het gele licht van de straatlantarens reflecteerde. De journalist Colin Miller stond op de stoep met in zijn ene hand een mobiele telefoon en in de andere een witte plastic tas. Hij was onberispelijk gekleed in een donkergrijs pak met een zwarte overjas.

'Het vriest verdorie!' De woorden gingen gepaard met wolken van nevels. 'Laat je me nou nog binnen of niet?' Hij hield de plastic zak op ooghoogte. 'Ik heb ontbijt meegenomen.'

Logan loenste in het donker. 'Heb je enig idee hoe laat het is?'

'Jawel. Doe nou open, anders wordt dit spul koud.'

Ze gingen aan de keukentafel zitten. Logan kwam langzaam tot leven. Miller inspecteerde de inhoud van Logans keukenkastjes terwijl de waterketel zachtjes begon te fluiten op het vuur. 'Heb je ook échte koffie?' vroeg hij, terwijl hij een van de kastjes dichtsloeg en een volgend opentrok.

'Nee. Alleen maar oploskoffie.'

Miller zuchtte en schudde zijn hoofd. 'Het lijkt hier wel een ontwikkelingsland. Maakt niet uit. Ik pas me wel aan...' De journalist pakte een paar bekers en lepelde er oploskoffie en suiker in. Hij wierp een wantrouwige blik op het pak halfvolle melk in de koelkast, rook er een paar keer aan en zette het toen op tafel, samen met een kuipje boter.

'Ik wist niet zeker wat je voor je ontbijt wilde, dus ik heb croissants, saucijzenbroodjes, vleespastei en de broodjes die jullie in Aberdeen zo lekker vinden meegenomen. Doe alsof je thuis bent.'

Logan viste een paar broodjes uit de zak en besmeerde er een met boter. Hij nam een grote hap en zuchtte voldaan.

'Ik begrijp niet dat je die rommel kunt eten,' zei Miller terwijl hij Logan een kop koffie gaf. 'Weet je wel wat erin zit?'

Logan knikte. 'Vet, meel en zout.'

'Nee, geen vet: spek. Alleen in Aberdeen kunnen ze een broodje maken dat lijkt op een koeienpoot. Er zitten kilo's verzadigd vet en zout in zo'n ding! Geen wonder dat jullie allemaal een hartaanval krijgen.' Hij pakte de zak en haalde er een croissant uit. Hij brak er een stuk af, besmeerde het met boter en jam en doopte het in zijn koffie.

'Je kunt zeggen wat je wilt.' Logan zag een dun laagje vet drijven op de koffie van de journalist. 'Maar jullie hebben de diepvriespizza uitgevonden.'

'Daar heb jij weer gelijk in.'

Logan keek toe hoe hij een nieuw stuk croissant met boter insmeerde en in de koffie doopte. Pas toen hij zijn mond vol had met het zompige brood, vroeg hij hem waarom hij hem op dit idiote tijdstip was komen opzoeken.

'Kunnen goede vrienden niet bij elkaar binnenwippen voor een lekker ontbijtje?' Het klonk gedempt, vanwege zijn volle mond. 'Gewoon, aardig en sociaal...'

'En?'

Miller haalde zijn schouders op. 'Dat was een goeie actie gisteravond.' Hij deed een greep in de plastic zak en haalde er behalve een croissant een exemplaar van de *Press and Journal* van die ochtend uit. Op de voorpagina stond een grote foto van de persconferentie. HELD VAN HET POLITIEKORPS GRAMPIAN VINDT VERMIST KIND, kopte de krant in grote vette letters. 'Je hebt die kleine helemaal in je eentje gevonden. Hoe heb je dat voor elkaar gekregen?'

Logan viste een saucijzenbroodje uit de zak en verbaasde zich erover dat het nog warm was. Hij begon te eten en te lezen tegelijk, zodat flinters bladerdeeg op de krant belandden. Hij moest toegeven dat het een goed verhaal was. De feiten waren niet opzienbarend, maar Miller was er goed in geslaagd er iets interessants van te maken. Het was waarschijnlijk terecht dat de journalist de reputatie had een sterverslaggever te zijn. Het artikel bevatte zelfs een terugblik op zijn arrestatie van het Monster van Mastrick, om nog eens te benadrukken dat inspecteur Logan McRae de titel 'held van de plaatselijke politie verdiende'.

'Ik ben onder de indruk,' zei Logan. 'Ik heb geen enkele spelfout kunnen vinden.'

Miller lachte. 'Eikel.'

'En nu de werkelijke reden dat je hier bent.'

Miller leunde achterover en hield zijn beker dicht tegen zijn borst, net ver genoeg om zijn mooie nieuwe pak niet te bevuilen. 'Je weet donders goed waarom: ik wil informatie uit de eerste hand. Ik wil de primeur. Dit soort spul,' hij wees naar de foto op de voorpagina, 'is geen lang leven beschoren. Vandaag, morgen nog, en dan heb je het wel gehad. Kind veilig en wel terug en de dader was zijn vader. Een familielid. Geen bloederig drama waarvan de mensen kunnen gruwelen. Als het kind vermoord was zou het weken beklijven. Maar nu is iedereen het overmorgen vergeten.'

'Beetje cynisch, nietwaar?'

Miller haalde zijn schouders op. 'Zo zie ik het.'

'Is dat de reden dat je collega's je niet mogen?'

Zonder een spier te vertrekken stopte Miller een met koffie doordrenkt stuk brood in zijn mond. 'Ach, ja... Niemand houdt van slimmeriken, zeker niet als ze er zelf bij verbleken.' Hij ging door in het

Aberdeens: 'Je bent geen teamspeler! Zo werken wij hier niet! Nog een keer en je vliegt eruit!' Hij snoof. 'Ja, ze mogen mij niet, maar ze drukken mijn verhalen maar al te graag af. Sinds ik bij ze werk heb ik meer voorpagina's gehaald dan de meesten van die ouwe zakken in hun hele leven!'

Logan glimlachte. Hij kon de frustratie van Miller goed begrijpen.

Miller werkte het laatste stuk croissant naar binnen en likte zijn vingers af. 'Dus hoe zit het, ga je me nou vertellen hoe je dat vermiste kind hebt gevonden of niet?'

'Geen sprake van. Ik heb al een bezoekje gehad van Interne Zaken, die zijn op jacht naar degene die jou verteld heeft dat Richard Erskine was gevonden. Als ze erachter komen dat ik informatie geef zonder officiële toestemming, kan ik het schudden.'

'Zoals gisteren?' vroeg Miller onschuldig.

Logan keek hem aan.

'Oké,' zei de journalist terwijl hij de resten van het ontbijt begon op te ruimen. 'Ik begrijp waar je heen wilt: voor wat hoort wat, nietwaar?'

'Ik wil weten wie je bron is.'

Miller schudde zijn hoofd. 'Dat kan ik je niet vertellen. Dat weet je best.' Hij zette de melk en boter terug in de koelkast. 'Wat heb je trouwens gedaan met de informatie die ik je heb gegeven?'

'Eh... daar zijn we nog mee bezig,' loog Logan. Dat vervloekte lijk in de haven! Zonder knieën! Nadat Insch hem had uitgekafferd omdat hij met de pers had gepraat, was hij er nog helemaal niet aan toegekomen de hoofdinspecteur die met die zaak was belast, te informeren. Hij was te druk geweest met zelfbeklag.

'Als jij die hoofdinspecteur van jou dan eens gaat bewerken, dan vertel ik je waar George Stephenson heeft uitgehangen vlak voordat hij is vermoord. Klinkt dat redelijk of niet?' Hij haalde een gloednieuw visitekaartje uit zijn portefeuille en legde het op tafel. 'Je hebt tot vier uur de tijd. Wat dacht je van de kop HOE DE HELD VAN HET POLITIEKORPS GRAMPIAN HET VERMISTE KIND HEEFT GEVONDEN? Je kunt best nog wat extra aandacht gebruiken. Als we dat niet doen, zijn ze je morgen alweer vergeten. Vergeet niet wat van je te laten horen.'

16

Het was te laat om nog naar bed te gaan, dus stapte Logan humeurig onder de douche en reed daarna naar het hoofdbureau.

Het wegdek was spiegelglad. De overheid had weer eens vergeten te strooien. Maar in elk geval regende het niet meer. De wolken waren paars en donkergrijs en het was minstens twee uur voor zonsopgang.

Bij binnenkomst leek het hoofdbureau wel een graftombe. Geen enkel spoor van het mediacircus van de afgelopen nacht. Alleen een berg uitgedrukte peuken als bevroren wormen in de goot.

Dikke Gary riep vriendelijk 'Morgen, Lazarus!' toen Logan naar de lift liep.

'Morgen, Gary,' zei Logan, niet in de stemming voor jovialiteit.

'Luister,' zei Gary, na zich ervan verzekerd te hebben dat er niemand in de buurt was. 'Heb je het al gehoord? Steel rommelt met andermans vrouw. Alweer!'

Ondanks zichzelf hield Logan halt. 'Wiens vrouw is het deze keer?'

'Andy Thompson van de boekhouding.'

Logan huiverde. 'Oef. Heftig.'

Dikke Gary trok zijn wenkbrauwen op. 'Vind je? Ik heb zijn vrouw altijd een lekker ding gevonden.'

Een kalend hoofd met een brede snor kwam tevoorschijn vanachter de spiegelwand die de receptie scheidde van de kleine administratieve ruimte erachter en liet zijn ogen rusten op Logan. 'Logan', zei Eric – de andere helft van de Dikke Gary-en-Eric-show – zonder al te veel warmte in zijn stem. 'Kan ik je even spreken in mijn kantoor, alsjeblieft?'

Verbaasd volgde Logan hem tot achter de spiegelwand. De administratieruimte bestond uit een wirwar van archiefkasten, computers en dozen met troep, hoog opgestapeld langs de wand tegenover een lange, versleten formicatafel die bedolven was onder mappen en papieren. Logan kreeg het gevoel dat hem iets vervelends te wachten stond. 'Wat is er aan de hand, Eric?' vroeg hij, terwijl hij in navolging van Insch op de rand van de tafel ging zitten.

'Duncan Nicholson,' zei de brigadier van dienst. 'Dat is er aan de hand.' Logan keek hem neutraal aan en Eric zuchtte geïrriteerd. 'Jij hebt een paar agenten opdracht gegeven hem voor ondervraging hier te halen.' Geen reactie. 'Hij heeft dat dode kind langs de oever van de Don gevonden!'

'O, bedoel je hem,' zei Logan.

'Ja, hem. Hij zit al sinds maandagmiddag in voorarrest.' Eric keek op zijn horloge. 'Negenendertig uur! Je moet een aanklacht indienen of hij moet vrijgelaten worden!'

Logan sloot zijn ogen en vloekte. Hij was die kerel helemaal vergeten. 'Negenendertig uur?' Het wettelijk maximum was zes!

'Negenendertig uur.'

Eric sloeg zijn armen over elkaar en liet Logan een tijdje sudderen. Het leek er sterk op dat vandaag een rotdag zou worden.

'Ik heb hem maandagavond vrijgelaten,' zei Eric toen hij vond dat Logan genoeg had geleden. 'We konden hem niet langer vasthouden. De limiet was al overschreden.'

'Maandag?' Dat was twee dagen geleden! 'Waarom heb je me niet gebeld?'

'Dat hébben we gedaan! Wel duizend keer. Je had je telefoon uitgezet. Ik heb het zelfs vannacht nog geprobeerd. Als je mensen laat oppakken moet je het ook zelf afhandelen. Je kunt ze hier niet zomaar achterlaten zodat wij het verder maar moeten uitzoeken. Wij zijn je moeder niet!'

Logan vloekte opnieuw. Hij had zijn mobiele telefoon uitgezet tijdens de sectie van het meisje. 'Sorry, Eric.'

De brigadier van dienst knikte. 'Ja, goed. Ik heb gezorgd dat er niets over in het logboek staat. Wat ons betreft: niets gebeurd. Hij werd hier binnengebracht, even vastgehouden en weer vrijgelaten. Maar laat het niet weer gebeuren, oké?'

Logan knikte. 'Bedankt, Eric.'

Logan sjokte door de gang naar het kleine kantoortje dat hij de vorige dag in bezit had genomen en nam onderweg een bekertje koffie mee. Met het binnendruppelen van de vroege vogels kwam het gebouw langzaam tot leven. Hij deed de deur achter zich dicht, liet zich op een stoel zakken en staarde zonder veel te zien naar de plattegrond op de muur.

Duncan Nicholson. Hij was helemaal vergeten dat hij hem in de cel had achtergelaten om hem een lesje te leren.

Hij liet zijn hoofd zakken op de stapel verklaringen. 'Klootzak,' zei hij in de papierberg. 'Klootzak, klootzak, klootzak...'

Hij schoot overeind omdat er op de deur werd geklopt.

De verklaring die bovenop lag zeilde op de grond. Hij boog voorover om het papier op te rapen, toen de deur openging en Watson binnenkwam.

'Goedemorgen, meneer,' zei ze, en toen ze de uitdrukking op zijn gezicht zag: 'Alles goed?'

Logan forceerde een glimlach en ging weer rechtop zitten. 'Kan niet beter,' loog hij. 'Je bent vroeg.'

Watson knikte. 'Ja, ik moet zo naar de rechtbank: gistermiddag heb ik een kerel opgepakt die in de dameskleedkamer van het zwembad in Hazlehead met zichzelf aan het spelen was.'

'Lekker!'

Ze lachte en Logan voelde zich ineens een stuk beter.

'Ik zou hem dolgraag aan mijn moeder voorstellen,' zei ze. 'Nou, ik moet opschieten: hij moet getuigen in de verkrachtingszaak van Gerald Cleaver en ik mag hem niet uit het oog verliezen. Maar ik wilde even zeggen dat we het allemaal te gek vinden dat u dat kind gevonden hebt.'

Logan lachte haar toe. 'Het was teamwork,' zei hij.

'Ja, me hoela. We gaan vanavond uit, niet te wild, alleen een drankje. Komt u ook...?'

Logan wilde niets liever.

Hij voelde zich stukken beter toen hij door de gang naar de recherchekamer liep voor de briefing van Insch. Jackie Watson had hem weer mee uit gevraagd vanavond. Of wilde op zijn minst dat hij met haar en haar collega's een borrel ging drinken na werktijd. Wat toch ongeveer op hetzelfde neerkwam... Ze hadden nog steeds niet gepraat over wat er eergisternacht was voorgevallen.

En ze zei nog steeds 'meneer' tegen hem.

Tegen haar zei hij gewoon 'Watson'. Niet bepaald een romantisch koosnaampje.

Hij opende de deur van de recherchekamer en een klaterend applaus kwam hem tegemoet. Verlegen zocht Logan zijn weg naar een plaats voorin, waar hij ging zitten met een kop als een kreeft.

'Oké, oké,' zei Insch, en maande met zijn hand tot stilte. Langzaam verminderde het applaus. 'Dames en heren.' Hij ging pas verder toen het helemaal stil was. 'Zoals jullie allemaal weten heeft Logan McRae gisteravond Richard Erskine bij zijn moeder teruggebracht, nadat hij ontdekt had dat het kind bij zijn grootmoeder verborgen werd gehouden.' Hij stopte en gebaarde naar Logan. 'Kom, sta op.'

Hevig blozend hees Logan zich uit zijn stoel, waarop het applaus weer oplaaide.

'Zo,' zei Insch, wijzend naar de overrompelde inspecteur, 'ziet een echte politieagent eruit.' Hij moest wederom om stilte vragen en Logan liet zich weer in zijn stoel zakken. Hij voelde zich opgewonden, gelukzalig en akelig tegelijk. 'We hebben Richard Erskine gevonden.' Insch pakte een map van het bureau en haalde er een foto uit van een lachend roodharig jongetje met sproeten en een spleet tussen zijn tanden. 'Maar Peter Lumley wordt nog steeds vermist. De kans dat we hem maffend bij zijn grootmoeder aantreffen is nihil: zijn vader geeft geen bal om hem. Maar we zullen het toch moeten natrekken.

Insch haalde een andere foto uit de map. Deze was minder vrolijk: een gebladderd, gezwollen gezicht, zwart en rottend, de mond verwrongen in een schreeuw. Een foto uit het sectierapport van David Reid.

'Zo zal Peter Lumley ook eindigen als we hem niet snel vinden. Ik wil het zoekgebied vergroten. Drie teams: de golfbaan van Hazlehead, de paardenstallen en het park. Elk bosje, elke zandbak, elke mesthoop. Ik wil dat alles uitgekamd wordt.' Hij begon namen op te noemen.

Toen Insch klaar was en iedereen vertrokken, bracht Logan hem op de hoogte van het dode meisje dat ze in de vuilniszak hadden gevonden. Het nam niet veel tijd in beslag.

'Wat stel je voor?' vroeg Insch terwijl hij op het bureau ging zitten en in zijn broekzakken rommelde op zoek naar zoetigheid.

Logan moest zijn best doen zijn schouders niet op te halen. 'We kunnen geen reconstructie maken. We hebben geen idee wat ze aanhad voordat ze in die vuilniszak belandde en we krijgen geen toestemming het dumpen van een lijk te reconstrueren. Haar foto staat in alle kranten. Misschien leidt dat tot iets.' Het enige voordeel van de reputatie van Aberdeen als 'kinderlijkjeshoofdstad van Schotland' was dat alle kranten en tijdschriften in het land stonden te trappelen om de foto's van het dode meisje aan hun lezers te presenteren.

Insch had een kleverig pepermuntje gevonden dat zo te zien al lang in zijn zak had gezeten en stopte het in zijn mond. 'Blijf volhouden! Iemand moet toch weten wie dat arme wicht is. Norman Chalmers mocht gisteren zijn tronie aan de rechter laten zien: voorlopige hechtenis zonder borg. Maar de officier is niet blij. We moeten met iets substantiëlers komen of hij loopt weer vrij rond.'

'We vinden wel iets.'

'Goed. De hoofdcommissaris maakt zich zorgen over al die vermiste kinderen. Het maakt een slechte indruk. De "collega's" van het Lothian en Borders hebben hun "assistentie" al aangeboden. Ze hebben ons zelfs al een psychologisch profiel gestuurd.' Hij hield vier aan elkaar geniete bladzijden in de lucht met op de voorkant het duidelijk zichtbare logo van Lothian en Borders, het politiekorps van Edinburgh. 'Als we niet oppassen neemt Edinburgh het over. En staan wij te kijk als een zootje schapen neukende, provinciale debielen.'

'Klinkt leuk,' zei Logan. 'Wat staat er in dat profiel?'

'Hetzelfde wat altijd in dat soort achterlijke epistels staat.' Insch begon te bladeren. 'Bla, bla, bla, "plaats van misdrijf", bla, bla, "pathologie van het slachtoffer", bla, bla.' Hij lachte grimmig. 'Daar gaan we: "de dader is hoogstwaarschijnlijk een blanke man tussen de twintig en dertig, alleenwonend of bij zijn moeder. Waarschijnlijk intelligent maar niet op academisch niveau; hierdoor heeft hij een dienstverlenend beroep dat hem in contact brengt met kinderen".'

Logan knikte. Het was een profiel waar ongeveer iedereen in paste.

'Dit zul je écht leuk vinden,' zei Insch, en hij vervolgde op gezwollen toon: '"De dader heeft moeite relaties met vrouwen aan te gaan en zou wellicht psychische problemen kunnen hebben..." Psychische problemen! Dat is verdorie wel duidelijk!' De lach verdween van zijn gezicht. 'Natuurlijk is hij zo gek als een deur: hij vermoordt kinderen!' Hij maakte een prop van het rapport en gooide het bovenhands naar de prullenbak bij de deur. Het ketste tegen de muur, rolde over de blauwe tapijttegels en bleef liggen onder de tweede rij stoelen. Insch snoof vol walging. 'Afijn,' zei hij, 'het ziet ernaar uit dat we de komende maand nog niet veel van McPherson zullen horen. Zevenendertig hechtingen om zijn hoofd bij elkaar te houden. Geweldig. Er gaat niets boven een gek met een keukenmes als je een paar weken lekker onderuit wil voor de buis.' Hij zuchtte en zag niet hoe ongelukkig Logan keek. 'Dat betekent dat ik zijn zaken er nog bij krijg. Vier inbraken in postkantoren, drie gewapende overvallen, twee verkrachtingen en een vervloekte patrijs die uit een perenboom moet worden gehaald.' Hij prikte vriendschappelijk met een vinger in Logans borst. 'En dat betekent dat ik het vuilnismeisje aan jou overdraag.'

'Maar...'

Insch stak zijn handen in de lucht. 'Ja, ik weet dat het een moeilijke zaak is, maar ik heb mijn handen vol aan David Reid en Peter Lumley. Er is misschien geen verband tussen die twee, maar het laatste waar de hoofdcommissaris behoefte aan heeft is een loslopende pedofiele seriemoordenaar die kleine jongetjes oppikt als hij hoge nood heeft. Alle andere hoofdinspecteurs zitten tot over hun oren in het werk, maar jij hebt zonder hulp van je moeder Richard Erskine gevonden en je bent populair bij de media. Dus je bent geschikt.'

'Ja, meneer.' Logans maag begon op te spelen.

'Goed,' zei Insch, en sprong van het bureau. 'Jij gaat aan de slag. Ik ga kijken welke mafkezen ik van McPherson heb geërfd.'

Het kleine kantoor van Logan wachtte op hem. Vol verwachting. Alsof het wist dat hij nu verantwoordelijkheid droeg. Een afdruk van de foto die aan de media was gestuurd, lag op zijn bureau. De foto die in het mortuarium was genomen, enigszins geretoucheerd zodat het kind er niet al te akelig uitzag. Je kon zien dat ze mooi was geweest toen ze nog leefde. Een vierjarig meisje met schouderlang blond haar dat in zachte krullen langs haar bleke gezicht viel. Een wipneusje. Een rond gezichtje. Bolle wangen. Volgens het rapport waren haar ogen blauwgroen, maar op de foto waren ze gesloten. Niemand keek graag dode kinderen in de ogen. Hij pakte de foto op en prikte hem naast de plattegrond aan de muur.

Tot dusver waren de reacties op de mediaoproep te verwaarlozen. Niemand scheen te weten wie de kleine meid was. Waarschijnlijk kwam daar vanavond verandering in als haar foto op televisie zou verschijnen. Er zou ongetwijfeld een golf van nutteloze informatie loskomen van allerlei hulpvaardige bellers.

Hij besteedde twee uur aan het uitpluizen van de verklaringen. Hij had ze allemaal al eens gelezen, maar Logan wist dat het antwoord erin verscholen lag. Degene die het lijk had gedumpt, moest vlak bij de container wonen.

Uiteindelijk gaf hij het op en zette de beker koude koffie, die hij al een uur in zijn handen hield, neer. Dit leidde tot niets. Hij had nog steeds niemand in de haven ondervraagd over het lijk. Misschien werd het tijd voor een pauze.

Het kantoor van Steel bevond zich een etage hoger. Er lagen versleten blauwe tapijttegels op de grond en het meubilair zag er armoedig uit. Er hing een bordje aan de muur waarop met rode koeienletters NIET ROKE stond, maar daar liet de hoofdinspecteur zich niet door weerhouden. Ze zat achter haar bureau en had het raam op een kier zodat de slierten sigarettenrook konden wegdrijven in de richting van het felle zonlicht.

Als Insch 'Hardy' was, dan was Steel 'Laurel'. Insch was dik en zij was dun. Insch was kaal en Steel leek op een ruwharige tekkel. Het gerucht ging dat ze pas tweeënveertig was, maar ze leek veel ouder. Jaren van kettingroken hadden haar gezicht veranderd in een vakantieoord voor lijnen en rimpels. Het broekpak dat ze droeg was antracietgrijs, een goede schutkleur voor de askegels die regelmatig naar beneden vielen. De bordeauxrode bloes zat zichtbaar onder de as.

Het was moeilijk te geloven dat ze met afstand de grootste rokkenjager van het korps was.

Ze hield een mobiele telefoon tussen oor en schouder geklemd en sprak met de ene helft van haar mond zodat ze met de andere helft een sigaret kon blijven roken. 'Nee. Nee. Nee...' zei ze staccato. 'Luister. Als je me dat flikt, ruk ik je kop van je romp. Nee, het interesseert me geen moer wat voor tegenslag jij hebt. Als jij niet zorgt dat de boel vrijdag in orde is, dan zullen we eens zien wie er genaaid gaat worden. En ik maak geen geintjes.' Ze keek op, zag Logan staan en gebaarde naar een aftandse stoel. 'Ja... prima, dat klinkt een stuk beter. Ik wist wel dat we het eens zouden worden. Vrijdag, dus!' Steel klapte haar mobiele telefoon dicht en grijnsde boosaardig. 'Inbouwkeuken, m'n reet. Als je ook maar een millimeter aan die types toegeeft, ben je de lul.' Ze pakte een pakje kingsize sigaretten en schudde het in de richting van Logan. 'Peuk?'

Logan bedankte en ze glimlachte.

'Nee? Ach, je hebt gelijk: het is een smerige gewoonte.' Ze wurmde een sigaret uit het pakje en stak hem aan met de vorige, waarna ze de peuk uitdrukte op de vensterbank. 'Wat kan ik voor je doen, meneer de held?' vroeg ze achteroverleunend, haar hoofd gehuld in verse rook.

'Die meneer zonder knieschijven.'

Steel trok een wenkbrauw op. 'Ik luister.'

'Volgens mij is dat Geordie, oftewel "George" Stephenson. Hij deed het vuile werk voor Malcolm McLennan...'

'Malk the Knife? Allemachtig. Ik wist niet dat hij in deze contreien actief was.'

'Geordie schijnt gestuurd te zijn om iets te ritselen met de gemeente: driehonderd huizen in de groene zone. De bewuste ambtenaar weigerde en Geordie duwde hem onder een bus.'

'Dat geloof ik niet.' Ze nam er zelfs de sigaret voor uit haar mond. 'Iemand van de afdeling Bouwzaken die steekpenningen heeft geweigerd?'

Logan haalde zijn schouders op. 'Hoe dan ook, het blijkt dat Geordie nogal gek was van paardenrennen. Jammer genoeg had hij niet veel geluk en stond hij fors in het krijt bij een aantal wedkantoren.'

Steel leunde achterover en peuterde met een gebroken vingernagel tussen haar tanden. 'Ik ben onder de indruk,' zei ze ten slotte. 'Van wie heb je dat allemaal gehoord?'

'Colin Miller. Hij is journalist van de *Press and Journal*.'

Ze nam een diepe haal van haar sigaret, waardoor het gloeiende uiteinde feloranje kleurde. Ze observeerde Logan zwijgend terwijl de rook door haar neusgaten ontsnapte. De kamer leek te krimpen, de muren werden onzichtbaar door de dikke rookwolken zodat alleen dat gloeiende oranje oog overbleef. 'Inschy zegt dat jij nu de zaak van het vuilniszakmeisje leidt.'

'Dat klopt.'

'Hij zegt ook dat je geen idioot bent.'

'Da's mooi, bedankt.' Hij was er niet zeker van of het een compliment was.

'Je hoeft me niet te bedanken. Als je de boel niet verkloot, wordt dat opgemerkt. Dan krijg je dingen te doen.' Door het rookgordijn heen wierp ze Logan een steelse glimlach toe die hem een koude rilling bezorgde. 'Inschy en ik, we hebben het over je gehad.'

'O?' Hij wist zeker dat er iets onaangenaams zou volgen.

'Je boft, meneer de held, want je krijgt opnieuw een kans om uit te blinken.'

17

Logan liep rechtstreeks naar Insch. De inspecteur zat als een dikke, ronde gier op de rand van zijn bureau en luisterde kalm naar de klaagzang van Logan over Steel die het knieschijvenonderzoek op hem had afgeschoven. Hij was maar een eenvoudige inspecteur! Hij kon geen leiding geven aan twee verschillende moordzaken tegelijk! Insch deed alsof hij met belangstelling luisterde, maar zei dat het leven hard was en dat hij moest ophouden zich als een prima donna te gedragen.

'Wat ben je inmiddels te weten gekomen over de vuilniszakzaak? vroeg Insch.

Logan haalde zijn schouders op. 'Gisteravond was er een oproep op de televisie, dus zijn er talloze tips die nagetrokken moeten worden. Er was een oud dametje dat zei dat we konden ophouden met zoeken omdat "de kleine Tiffany" achter in de tuin in de zandbak zat te spelen.' Hij schudde zijn hoofd. 'Stom oud wijf... Hoe dan ook, ik heb een aantal agenten ingezet om de tips te onderzoeken.'

'Dus eigenlijk zit je nu duimen te draaien tot daar iets uit komt?'

Logan moest blozend toegeven dat dit inderdaad het geval was.

'En waarom ben je gestopt met het onderzoek naar die meneer zonder knieën?'

'Nou, niets speciaals, alleen dat...' Hij probeerde de ogen van Insch te ontwijken. 'En dan zijn er nog de telefoontjes, de mogelijke tips....'

'Zorg je toch dat iemand van de uniformdienst die aanneemt.' Insch ging achteroverzitten en sloeg zijn armen over elkaar.

'En... en....' Logan stopte met praten en zwaaide wat met zijn armen. Op de een of andere manier lukte het hem niet te zeggen dat hij als de dood was om de boel te verknallen.

'En... niets,' zegt Insch. 'Je kunt Watson nemen als ze klaar is bij de rechtbank.' Hij keek op zijn horloge. 'Ik heb haar nog niet ingedeeld bij een van de onderzoeksteams.'

Logan ontspande een klein beetje.

'Nou, waar wacht je op?' De inspecteur hees zich van het bureau, diepte uit zijn zakken een halflege rol zachte pepermunt op en nam er een. Hij draaide de rol dicht en gooide hem naar Logan. 'Beschouw dit maar als een vervroegde kerstbonus. En donder nou op en ga aan je werk.'

Bij het korps Lothian en Borders waren ze opgetogen dat Logan had ontdekt dat het lijk in het mortuarium mogelijk Geordie Stephenson was. Maar voordat ze een knalfeest met toeters en bellen gaven, wilden ze eerst zeker weten dat Logans dooie echt de beruchte handlanger van Malk the Knife was. Dus hadden ze hem van alles en nog wat over de man per e-mail opgestuurd: vingerafdrukken, strafblad en een mooie grote foto die Logan twaalf maal in kleur had laten afdrukken. Geordie had grove gelaatstrekken, een wilde haardos en een snor die een acteur in een pornofilm niet zou misstaan. Helemaal de tronie van een afperser. Nu hij dood was, zag hij er aangetast en een beetje slapjes uit, maar het was absoluut de man met de afgehakte knieën die ze eerder uit de haven hadden gevist. Het feit dat de vingerafdrukken overeenkwamen, gaf de doorslag.

Logan belde Lothian en Borders om hun het goede nieuws te melden. Geordie Stephenson was nu in het hiernamaals aan het incasseren. Ze beloofden dat ze Logan een taart zouden sturen.

Nu ze hem hadden geïdentificeerd, was het zaak te achterhalen wie hem had vermoord. Logan durfde te wedden dat het met Geordies gokverslaving te maken had, wat betekende dat hij langs alle bookmakers in Aberdeen moest. Wapperen met Geordies foto en kijken wie er met zijn ogen knipperde.

Op weg naar buiten wipte Logan even zijn kleine recherchekamer binnen om te zien of alles onder controle was. Hij had de raad van Insch opgevolgd en een efficiënt uitziende agente met lichtbruin haar en zware wenkbrauwen opdracht gegeven de telefoon te beantwoorden en de coördinatie op zich te nemen van het buurtonderzoek. Ze zat met een koptelefoon op aan de volgestouwde tafel en noteerde de zoveelste mogelijke identiteit van het dode meisje. Daarna bracht ze hem op de hoogte van de laatste ontwikkelingen, wat slechts drie seconden duurde, want er waren geen ontwikkelingen. Ze beloofde hem te bellen op zijn mobiele telefoon als zich iets bijzonders zou voordoen.

Nu hoefde hij alleen nog maar Watson bij de rechtbank op te halen en als een speer aan de slag te gaan.

Watson zat nog steeds in de rechtszaal en bestudeerde de getuige: een enorme jongen met een puisterig gezicht. Ze keek op en glimlachte toen Logan naast haar ging zitten.

'Hoe gaat het?' fluisterde hij.

'Het gaat de goede kant op.'

Het joch in de getuigenbank was niet veel ouder dan eenentwintig en in het licht van de rechtszaal glinsterde het zweet op zijn verhitte, grove gezicht. Hij was groot. Niet dik maar grof gebouwd. Forse kaak, grote handen en lange, knokige armen. Het grijze pak dat het Openbaar Ministerie hem had geleend om hem er geloofwaardiger uit te laten zien, was veel te klein en elke keer als hij bewoog, trok het bij de naden. Zijn vieze blonde haar zag eruit alsof het al heel lang niet was gekamd en onrustig friemelend met zijn grote handen sloeg hij zich mompelend en stotterend door de confrontatie met Gerald Cleaver heen.

Op zijn elfde was hij door zijn dronken vader zo ernstig toegetakeld dat hij drie weken in het kinderziekenhuis van Aberdeen had moeten doorbrengen. En daar was hij van de regen in de drup geraakt. Gerald Cleaver, hoofd van de nachtverpleging, had zo zijn eigen methode, die inhield dat het kind werd vastgebonden aan het bed en dingen moest doen waarvan een pornoacteur het schaamrood op de kaken zou krijgen.

De aanklager vroeg hem op zachte en geruststellende toon naar de details, ook toen de tranen begonnen te vloeien.

Terwijl de jongen sprak, verdeelde Logan zijn aandacht tussen de jury en de verdachte. De vijftien mannen en vrouwen luisterden ontsteld, maar het gezicht van Gerald Cleaver bleef zo uitdrukkingsloos als een pakje boter.

De aanklager bedankte de getuige voor zijn moed en droeg hem over aan de verdediging.

'Daar gaan we dan.' De stem van Watson klonk vol minachting toen

Sandy de Slang opstond, zijn cliënt op de schouder klopte en naar de jury slenterde. Nonchalant leunde hij tegen het spreekgestoelte tegenover de jurybanken en glimlachte naar de verzameling mannen en vrouwen. 'Martin,' zei hij, terwijl hij niet naar de trillende jongeman keek maar naar de jury, 'je bent niet bepaald een vreemde voor deze rechtbank, is het niet?'

Als door een wesp gestoken, sprong de aanklager overeind.

'Ik protesteer. Het verleden van de getuige is irrelevant.'

'Edelachtbare, ik probeer alleen maar de geloofwaardigheid van deze getuige vast te stellen.'

De rechter keek hooghartig door zijn bril en zei: 'U mag doorgaan.'

'Dank u, edelachtbare,' zei Sandy de Slang. 'Martin, je bent al achtendertig keer voor deze rechtbank verschenen, is het niet? Inbraak, geweldpleging, talloze aanklachten wegens het bezit van drugs, eenmaal zelfs handel in drugs, heling, winkeldiefstal, brandstichting, zedendelicten...' Hij wachtte even. 'Toen je veertien was heb je geprobeerd een minderjarige tot seks te dwingen en toen ze weigerde, heb je haar zo zwaar mishandeld dat er drieënveertig hechtingen nodig waren om haar gezicht weer enigszins te herstellen. Ze kan nooit meer kinderen krijgen. En nu ben je gisteren al wéér gearresteerd, deze keer wegens masturberen in een dameskleedkamer...'

'Edelachtbare, ik protesteer met klem!'

En zo ging het nog twintig minuten door. Sandy de Slang reduceerde de getuige langzaam maar zeker totdat er niet veel meer van hem overbleef dan een vloekend, snikkend wrak met een vuurrood hoofd. Elke vernedering waaraan Gerald Cleaver hem had onderworpen, werd uitgelegd als de gestoorde fantasie van een kind met een ziekelijke hang naar aandacht. Totdat Martin de advocaat uiteindelijk toeschreeuwde: 'Godverdomme, ik vermoord je!'

Ze konden hem met moeite in bedwang houden.

Sandy de Slang schudde meewarig zijn hoofd en meldde dat hij klaar was met deze getuige.

Watson foeterde aan één stuk door toen ze naar het cellenblok liepen, totdat Logan haar over zijn nieuwe opdracht vertelde.

'Steel wil dat ik het onderzoek naar de dood van Geordie Stephenson overneem, je weet wel, de kerel die ze uit de haven hebben gevist,' zei hij terwijl ze door de lange gang liepen die van de rechtszaal naar het cellenblok leidde. 'Ik zei dat ik hulp nodig had en toen kwam Insch met jou op de proppen. Hij zei dat jij me wel op het goede pad zou houden.'

Watson glimlachte tevreden over het compliment, niet wetende dat Logan het ter plekke verzon.

Martin Strichen was onmiddellijk na zijn getuigenis teruggebracht naar zijn cel. Toen Logan en Watson er arriveerden, zat hij op een metalen bank onder het flikkerende licht met zijn hoofd in zijn handen zachtjes te kreunen. Zijn geleende pak stond strak van de spanning en bij elke hortende snik werd de naad op de rug beter zichtbaar.

Logan keek op hem neer en wist niet wat hij moest denken. Geen enkel kind verdiende het de handelingen te ondergaan waaraan Cleaver hem had onderworpen. Maar toch bleven de woorden van Sandy de Slang hem bij. De waslijst van misdaden. Martin Strichen was zonder twijfel geen lieverdje. Al had hij vanzelfsprekend geleden onder de mishandelingen door Gerald Cleaver.

Watson tekende voor Martin Strichen en bracht hem, geboeid en jammerend, via de achteruitgang naar buiten. Het was maar een korte wandeling naar de dienstauto die Logan had geregeld. Terwijl Watson het hoofd van haar gedetineerde naar beneden duwde zodat hij zich niet zou stoten tegen het dak van de auto, zei Strichen: 'Ze was veertien.'

'Wat?' Watson gluurde in de auto, recht in Martin Strichens opgezwollen rode ogen.

'Het meisje. We waren allebei veertien. Zij wilde, maar ik kon het niet. Ik heb haar niet gedwongen, ik kon het niet.' In het vroege middaglicht zag ze een langwerpige traan langs zijn neus omlaag biggelen.

'Armen omhoog.' Ze trok de autogordel om hem heen, en verzekerde zich ervan dat hij goed vastzat zodat het politiekorps Grampian niet zou worden aangesproken op nalatigheid in geval van een ongeluk. Toen haar haar langs zijn gezicht streek, hoorde ze hem fluisteren: 'Ze hield maar niet op met lachen...'

Ze leverden hun passagier af bij de Craiginches-bajes. Nadat de daarbij behorende administratieve formaliteiten waren afgewikkeld, konden ze beginnen met het onderzoek van de zaak die Steel aan Logan had overgedragen.

Logan en agent Watson begonnen hun rondreis langs de minder frisse wedkantoren van Aberdeen. Ze lieten de pornosterachtige foto van Geordie Stephenson zien, maar kregen slechts wazige blikken als reactie. Het had weinig zin om de gerenommeerde bookmakers zoals William Hill en Ladbrokes te bezoeken. Het was niet waarschijnlijk dat zij Geordies knieschijven met een kapmes zouden bewerken als hij zijn schulden niet kon inlossen.

Voor zoiets moest je eerder bij de Turf 'n Track in Sandilands zijn.

In de jaren zestig, toen de buurt iets beter was, was op deze plek een bakkerij gevestigd. Erg chic was het er toen ook niet geweest, maar je kon in die tijd 's avonds tenminste nog wel veilig de straat op. De winkel was een onderdeel van een blok van vier sjofele en vervallen etablissementen. Ze zaten allemaal onder de graffiti, hadden metalen rolluiken en heel wat keren hadden er inbraken en gewapende overvallen plaatsgevonden. Behalve bij de Turf 'n Track, die volgens de overlevering slechts één keer was beroofd. Waarschijnlijk omdat de broertjes McLeod de kerel die hun vaders winkel zwaaiend met een geweer met afgezaagde loop was binnengevallen, hadden opgespoord en doodgemarteld met een gasaansteker en een combinatietang. Al had niemand dat ooit kunnen bewijzen.

In de buurt van de winkels bevond zich uitsluitend sociale woningbouw: hoge betonnen huurkazernes van drie en vier verdiepingen die in razend tempo uit de grond waren gestampt en waar nooit meer enig onderhoud aan was gepleegd. Als je geen geld had, niet te veel poeha en snel een huis wilde, dan kwam je hier terecht.

Op een affiche op de deur van de groenteboer ernaast stond onder een kleurenfoto van een vijfjarige, lachende sproetenkop: VERMIST: PETER LUMLEY. Een of andere grappenmaker had er een bril en een snor op getekend en er RAZ IS HOMO bij geschreven.

Aan de gevel van de Turf 'n Track waren geen mededelingen te bekennen die het algemeen belang dienden. Het pand had geblindeerde ramen en een groen met geel plastic uithangbord. Logan duwde de deur open en stapte het sombere interieur binnen, waar het stonk naar shag en natte hond. Binnen was het nog armoediger dan buiten: vieze, feloranje plastic stoelen met op de betonnen vloer plakkerig linoleum vol schroeiplekken en gaten. Het houtwerk was generatie na generatie doortrokken van sigarettenrook en zat onder een dikke laag aanslag.

Over de gehele lengte van het vertrek bevond zich op borsthoogte een toonbank die de gokkers scheidde van het papierwerk, de geldladen en de deur naar de privé-ruimte. In een hoek zat een oude man met aan zijn voeten een herdershond met een grijze snuit. Hij had een blikje bier in zijn hand en keek geconcentreerd naar het televisiescherm, waarop honden te zien waren die rondjes liepen op een renbaan. Logan was verbaasd hier een bejaarde te zien. Hij dacht dat die tegenwoordig te bang waren om in hun eentje de straat op te gaan. Op dat moment richtte de man zijn blik op de nieuwkomers.

Zijn hele nek was getatoeëerd: vlammen en doodshoofden. Zijn luie rechteroog was troebel wit.

Logan voelde een ruk aan zijn mouw en Watson siste in zijn oor: 'Is dat niet...'

Maar de oude man onderbrak haar en schreeuwde: 'Meneer McLeod! Er zijn een paar eikels van de politie voor je.'

'Nou, nou Dougie, niet zo onaardig,' zei Logan terwijl hij een stap in de richting van de oude man zette. Razendsnel stond de herdershond op en ontblootte zijn tanden. Zijn onheilspellende gegrom deed het haar in Logans nek recht overeind staan. Een sliert slijm droop langs de gebroken tanden van het beest. Het was een oude hond, maar vals genoeg om hem de stuipen op het lijf te jagen.

Niemand bewoog. De oude man keek dreigend en de hond bleef grommen. Logan hoopte dat hij niet voor zijn leven hoefde te rennen. Uiteindelijk verscheen er een pafferig gezicht uit de achterkamer.

'Dougie, wat heb ik je nou gezegd over die schijthond?'

De oude man forceerde een glimlach en etaleerde een bruin gebit. 'Jij zei: als de varkens komen, laat hun die dan de strot maar afbijten.'

De nieuwkomer fronste zijn wenkbrauwen, waarna er een brede grijns op zijn gezicht verscheen. 'Ja, je hebt gelijk. Dat heb ik gezegd.' Hij was zeker dertig jaar jonger dan Dougie, maar dat nam niet weg dat de oude man hem nog steeds 'meneer' McLeod noemde.

Simon McLeod had dezelfde grove gelaatstrekken als zijn vader. Er was een stuk uit zijn linkeroor. De kop van Killer, de rottweiler die daarvoor verantwoordelijk was, hing nu als decoratie aan de muur in de achterkamer.

'Zo, tuig, wat willen jullie?' vroeg hij terwijl hij met zijn zware armen op de toonbank steunde.

Logan haalde een kleurenfoto van Geordie tevoorschijn en hield deze voor zijn gezicht. 'Herken je deze man?'

'Zeg, laat je naaien.' Hij nam niet de moeite naar de foto te kijken.

'Vandaag even niet.' Logan gooide de foto op de toonbank. 'Nou, herken je hem?'

'Nog nooit gezien.'

'Het is een nogal opdringerig type uit Edinburgh. Is naar Aberdeen gekomen om een klusje te klaren voor Malk the Knife. Het schijnt dat hij een paar gokschulden heeft gehad die hij niet kon aflossen.'

'Het gezicht van Simon McLeod verstrakte. 'Wij hebben geen klanten die niet aflossen. Dat past niet in onze bedrijfsfilosofie.'

'Kijk nog eens goed, McLeod. Weet je zeker dat je hem niet herkent? We hebben hem in de haven gevonden, drijvend op zijn buik en zonder knieschijven.'

Simon sperde zijn ogen open en sloeg een hand voor zijn mond. 'Oh, díé bedoel je! Ja, nu je het zegt, die gast wiens knieschijven eraf gehakt zijn en die in de haven is gegooid! Waarom heb je dat niet eerder gezegd? Ja zeker, ik heb hem vermoord en ik ben goddomme niet slim genoeg om erover te liegen tegen de politie als die er bij mij over komen zaniken.'

Logan beet op zijn tong en telde tot vijf. 'Herken je hem of niet?'

'Sodemieter op en neem die heks van je mee. De stank maakt Winchester van streek.' Hij wees naar de grommende hond. 'En ook al zou ik hem herkennen, dan eet ik nog liever stront uit de reet van een hoer dan dat ik het jou zou vertellen.'

'Waar is Colin, je broer?'

'Dat zijn jouw zaken niet. Nou, lazer je verdomme op of had je nog wat?'

Logan moest toegeven dat ze hier niet veel meer te zoeken hadden. Hij was bijna bij de deur toen hem iets te binnen schoot en hij draaide zich om. 'Afgehakt...' zei hij peinzend. 'Hoe wist je dat zijn knieschijven waren afgehakt? Ik heb daar nooit iets over gezegd. Ik heb alleen gezegd dat hij ze niet meer had!'

McLeod lachte. 'O, wat zijn we een bijdehand agentje. Iemand die zonder knieschijven in de haven drijft, dat heeft een betekenis die duidelijk overkomt, tenzij je een idioot bent. Iedere klootzak in de stad weet nu dat je nooit moet doen wat hij heeft gedaan. En flikker nou maar op.'

Ze stonden buiten op de stoep voor de Turf 'n Track en keken naar de voorbijdrijvende wolken. Een bleke zon veraangenaamde de kilte van het seizoen enigszins. Logan keek naar een paar plastic zakken die op het beton voor de ongastvrij ogende winkels door de wind werden meegenomen en elkaar leken te achtervolgen.

Watson leunde tegen de ijzeren railing die langs de voorgevels van de panden liep. 'Wat nu?'

Logan haalde zijn schouders op. 'We zouden toch nooit iets uit de McLeods gekregen hebben. We kunnen natuurlijk hun gokkers gaan ondervragen, maar kun jij je voorstellen dat iemand als Dougie plotseling week wordt en alles bekent?'

'Niet echt, nee.'

'Laten we de foto maar eens aan die andere winkeliers hier laten zien. Je weet maar nooit. Zolang we het niet over de McLeods hebben, krijgen we misschien nog wat te horen.'

De uit Liverpool afkomstige eigenaar van de afhaalchinees noch zijn personeel uit Aberdeen herkende Geordies gezicht. De videozaak was jaren geleden gesloten, maar desondanks hingen de ramen vol met affiches van vergeten kaskrakers en 'rechtstreeks op video' uitgebrachte films. Ze waren door de graffiti heen nog net zichtbaar. De laatste winkel in de rij was een kiosk waar kranten, groenten en sterkedrank werd verkocht. Bij het zien van het uniform van Watson kreeg de eigenaar last van een acute keelontsteking. Maar hij wist Logan nog wel een rolletje extra sterke pepermunt te verkopen.

Buiten pakten donkere wolken zich samen die het daglicht verdreven. De eerste druppels vormden natte cirkels op het droge beton. Toen de stortbui losbarstte, ging het getik over in geroffel. Logan rende met zijn colbert boven zijn hoofd naar de roestige Vauxhall. Watson was er het eerst en zette de ventilator aan. Ze zaten in de auto en deelden het rolletje pepermunt. Langzaam verdween de condens van de ruiten. Ze keken naar de vage figuren die door de regen naar de winkels renden, voor een middagsnack of de laatste uitgave van het maandelijkse tijdschrift Leer en Kettingen.

Simon McLeod voerde iets in zijn schild. Maar goed beschouwd voerden de McLeods altijd wel iets in hun schild. Het probleem was de bewijsvoering. Ze waren van de oude stempel: het soort dat loslippige types wel even een lesje leert met de klauwhamer. Als het ging om de McLeods was niemand ooit ergens getuige van. En niemand klapte uit de school.

'Wat doen we nu?'

Logan haalde zijn schouders op. 'Naar het volgende wedkantoor op ons lijstje.'

Watson zette de auto in zijn achteruit en reed de parkeerplaats af. De straatverlichting ging aan, waardoor de regen leek te veranderen in zilveren mespunten. Ze hadden bijna de hoofdweg bereikt, toen een bruin-groene stationwagen uit het niets opdoemde. Watson trapte op de rem en vloekte hartgrondig toen de motor afsloeg.

Terwijl de stationwagen slordig parkeerde voor de Turf 'n Track, draaide Watson het raam open en slingerde een mondvol beledigingen de regen in. Voornamelijk betrekking hebbend op het achterste van de overtreder en haar eigen laars. Midden in een zin hield ze op. 'O, jeetje, sorry, meneer!'

Logan trok een wenkbrauw op.

Ze bloosde. 'Ik was even vergeten dat u naast me zat. Ik bedoel, hij gaf geen richting aan. Sorry.'

Logan haalde diep adem en dacht aan wat Insch hem had verteld over de verantwoordelijkheid jegens ondergeschikten die zijn rang met zich meebracht. Hij kon dit eigenlijk niet negeren. Ze was per slot in uniform. Stel dat zo'n scheldpartij de krant zou halen. 'Denk jij dat een vrouwelijke agent in uniform, die uit een autoraam hangt en scheldt als een viswijf, goed is voor het imago van de politie?'

'Ik dacht er niet bij na, meneer.'

'Watson, als je dat soort dingen doet, gaat het publiek denken dat alle politiemensen hufters zijn. Zoiets schokt iedereen die het ziet of het van een ander hoort. Bovendien zet je je baan ermee op het spel.'

De blos op haar wangen veranderde van aardbeikleurig naar bietjesrood. 'Het... spijt me.'

Hij bleef stil en besloot haar tien lange seconden in haar sop gaar te laten koken, terwijl hij zichzelf tegelijkertijd vervloekte. Hij had gehoopt vanmiddag indruk op haar te maken met zijn humor en scherpzinnigheid. Hij had haar willen laten zien wat een geweldige vent hij was. Echt het type man met wie je nóg een keer naar bed gaat. Hij had haar beslist niet in haar hemd willen zetten. Figuurlijk gezien dan...

Acht. Negen. Tien.

'Kom op,' zei hij, terwijl hij vriendelijk naar haar glimlachte. 'Ik zal er niets over zeggen als jij dat ook niet doet.'

Zonder hem aan te kijken zei ze 'Dank u, meneer', en startte de wagen.

18

Onderweg naar de overgebleven bookmakers op Logans lijst was de stemming in de auto niet meer dan beleefd. Watson noemde hem consequent 'meneer' en beantwoordde zijn vragen. Ze zei niets uit zichzelf, tenzij het betrekking had op de zaak.

Het was een waardeloze middag.

Ze werkten het ene na het andere wedkantoor af.

'Herkent u deze man?'

'Nee.'

Soms ging het 'nee' gepaard met het gratis advies op te sodemieteren, soms hing een dergelijke aansporing alleen maar in de lucht. Maar opsodemieteren moesten ze overal. Behalve van de eigenaar en het personeel van J. Stewart and Son, bookmakers sinds 1974 te Mastrick. Zij waren opvallend vriendelijk. Verdacht vriendelijk.

'Jezus, wat bizar,' zei Logan toen ze weer in de auto klommen. 'Kijk, ze glimlachen nog steeds naar ons.' Hij wees door het raam naar een dikke vrouw met een muisgrijs knotje boven op haar hoofd. Ze zwaaide naar hem.

'Ze leek me best aardig,' zei Watson terwijl ze de auto het parkeerterrein af laveerde. Het was haar eerste opmerking sinds een uur.

'Heb je ma Stewart nooit eerder ontmoet?' vroeg Logan op weg naar het hoofdbureau. Watson gaf geen antwoord en Logan beschouwde dat maar als een ontkenning. 'Ik heb haar een keer gearresteerd,' vervolgde hij toen ze de oprit naar de Lang Stracht namen, een brede weg met busstroken en voorrangskruisingen, bezaaid met verkeerszuilen en zebrapaden. 'Porno. Ze verkocht het vanuit de kofferbak van een oude Ford Anglia aan schoolkinderen. Niets heftigs, niets met dieren of zoiets, gewoon degelijke, ouderwetse, harde Duitse porno. Video's en tijdschriften.' Hij snoof. 'De helft van de kinderen in Mastrick wist meer van seks dan hun leraar biologie. We werden erbij gehaald toen een achtjarige vroeg of je zwanger kon raken van vuistneuken.'

Op het gezicht van Watson verscheen een flauw glimlachje.

Toen ze het kantoor van de *Press and Journal* passeerden, schoot Logan iets te binnen. Door alle opwinding en paniek over zijn taakuitbreiding in verband met de vuilnisbakzaak was hij het bezoekje dat Colin Miller hem die ochtend had gebracht, helemaal vergeten. Hij had nog steeds niet met Insch gesproken over het verzoek van de journalist om exclusieve informatie. En Miller wist meer over Geordie. Logan pakte zijn mobiele telefoon om Insch te bellen, maar kwam niet verder dan de eerste twee cijfers.

Een krakerige stem schalde uit de radio. Iemand had Roadkill in elkaar geslagen.

Het was uit de hand gelopen. Dat was het verhaal van de daders toen ze werden ondervraagd door politie en pers. Ze hadden er alleen voor willen zorgen dat hun kinderen veilig waren. Het was toch niet normaal? Een volwassen man die bij de school rondhing? En het was trouwens niet de eerste keer. Hij stond er vrijwel elke middag, altijd op het moment dat de kinderen naar buiten kwamen. En hij was niet goed bij zijn hoofd. Iedereen wist dat hij ze niet allemaal op een rijtje had. En hij rook raar. Het deugde niet.

Dus waarom was het zo erg dat ze hem een beetje in elkaar geslagen hadden? Ze hadden heus niet de bedoeling gehad het zo uit de hand te laten lopen. Maar er waren kinderen verdwenen! Kinderen! Zoiets zou de kinderen die naar de Garthdee-basisschool gingen ook kunnen overkomen. Als de politie eerder had ingegrepen, was het nooit zover gekomen. Als de politie meteen kwam als je ze nodig had, zou het helemaal niet zijn gebeurd.

Dus goed beschouwd was het de schuld van de politie.

De man die aan de andere kant van de verhoortafel zat, had betere dagen gekend. Gisteren bijvoorbeeld. Toen had Logan hem voor het laatst gezien: Bernard Duncan Philips, alias Roadkill. Hij maakte toen wel een slonzige indruk, maar zijn neus had er in elk geval nog niet uitgezien alsof iemand hem met een moker had bewerkt. Zijn gezicht zat onder de blauwe plekken en een oog was dichtgeslagen en donkerpaars. De ene helft van zijn baard, waar ze in het ziekenhuis het geronnen bloed hadden weggewassen, zag er piekerig maar schoon uit. Zijn lip was opgezwollen als een worst en als hij glimlachte deed dat zichtbaar pijn. Dat gebeurde overigens niet vaak.

De beschuldigingen van de 'verontruste ouders' die hem in elkaar geslagen hadden, waren te ernstig om niet serieus te nemen. Zodra de Eerste Hulp met hem klaar was, hadden ze hem meteen in hechtenis genomen. En hij voldeed aan het profiel van Lothian en Borders: blanke man, midden twintig, psychische problemen, dienstverlenend beroep, geen vriendin en alleenwonend. Het enige wat niet klopte, was dat hij geen academisch denkniveau zou hebben. Hij was afgestudeerd in de middeleeuwse geschiedenis. Maar, zoals Insch zei, zoveel had hem dat niet opgeleverd.

Het werd een lang, moeizaam en ingewikkeld verhoor. Telkens als ze dachten een verklaring los te krijgen, dwaalde Roadkill af van het onderwerp. Hij wiegde onophoudelijk heen en weer in zijn stoel. Omdat hij psychisch ziek was, waren ze wettelijk verplicht er een 'begeleider' bij te halen. Daarom zat naast de wiegende en onaangenaam ruikende Roadkill een maatschappelijk werker van de Craiginches-bajes.

De verhoorkamer stonk een uur in de wind. Eau de Rottend Karkas en Tenenkaas pour l'Homme. Insch had de eerste de beste gelegenheid aangegrepen om zich uit de voeten te maken. Hij liet Logan en de maatschappelijk werker achter om zelf alvast de onsamenhangende verklaring van Roadkill na te trekken.

Logan verschoof onrustig in zijn stoel en vroeg zich voor de zoveelste keer af waar Insch heen moest voor dat 'natrekken'. 'Wil je nog een kop thee, Bernard?' vroeg hij.

Bernard zei niets en ging door met het steeds kleiner vouwen van een velletje papier. En toen het zo klein was dat hij het niet nog een keer dubbel kon vouwen, vouwde hij het weer uiterst geconcentreerd helemaal open, om het daarna weer opnieuw dicht te vouwen.

'Thee? Bernard? Wil je nog thee?'

Vouw, vouw, vouw.

Logan leunde achterover en keek naar het plafond. Een lichtgrijs systeemplafond met geperforeerde platen. Het leek wel een maanlandschap. God, wat was dit vervelend. En het was al bijna zes uur! Tijd om met Jackie Watson iets te gaan drinken.

Vouw, vouw, vouw.

Logan en de maatschappelijk werker mopperden wat tegen elkaar over de recente wanprestaties van FC Aberdeen, om daarna weer in een mistroostig stilzwijgen te verzinken.

Vouw, vouw, vouw.

Om drie minuten voor halfzeven stak de hoofdinspecteur zijn hoofd om de hoek van de deur en vroeg Logan even op de gang te komen.

'Heb je iets uit hem gekregen?' vroeg Insch toen ze buiten stonden.

'Alleen een smerige stank.'

Insch stopte een fruitsnoepje in zijn mond en begon nadenkend te kauwen. 'Zijn verklaring klopt. Het busje van de gemeente zet hem elke dag tegen vieren af op steeds dezelfde plek. Al jaren. Dan neemt hij de bus van acht minuten voor halfvijf naar Peterculter. Hij is altijd stipt op tijd. Het was niet moeilijk een buschauffeur te vinden die wist wie hij was. Die stank vergeet je niet snel.'

'En die bushalte...'

'Ligt precies voor de ingang van de Garthdee-basisschool. Het blijkt dat hij daar heeft lesgegeven voordat hij psychische problemen kreeg. Misschien gaf dat hem een vertrouwd gevoel.'

'Heeft iemand van die "verontruste ouders" wel de moeite genomen hem te vragen wat hij daar elke middag deed?'

Insch snoof en nam weer een snoepje. 'Natuurlijk niet. Ze zagen een haveloze, stinkende kerel rondhangen bij de school en besloten hem in elkaar te rammen. Hij is beslist onze moordenaar niet.'

Ze keerden terug naar de onwelriekende verhoorkamer.

'Weet u zeker dat u ons niets meer te vertellen hebt, meneer Philips?' vroeg Insch terwijl hij ging zitten.

Dat wist hij zeker.

'Goed,' zei de hoofdinspecteur. 'Gelukkig hebben we geconstateerd dat uw verklaring van de gebeurtenissen juist is. Ik weet dat u degene bent die is aangevallen, maar we moesten ons er ook van verzekeren dat die beschuldigingen aan uw adres ongegrond zijn, oké?'

Vouw, vouw, vouw.

'Oké. In overleg met de gemeente hebben we besloten dat u in het vervolg na werktijd ergens anders afgezet zult worden. Niet meer zo dicht bij die school. De mensen die u hebben aangevallen, zijn niet zo slim. En ze zijn in staat u nog een keer te grazen te nemen.'

Stilte.

'We hebben hun namen.' Dat was niet moeilijk geweest want de stomkoppen had zich vol trots geïdentificeerd. Ze hadden de straat verlost van een pedofiel! Ze hadden hun kinderen gered van iets wat nog erger was dan de dood! Dat ze een ernstig strafbaar feit hadden gepleegd, kwam niet eens in ze op. 'Ik wil graag dat u een aanklacht indient, zodat we tot vervolging kunnen overgaan.'

Logan vatte de hint en pakte een notitieblok om Roadkills aanklacht op te nemen.

Vouw, vouw, vouw.

De vouwnaden in het papier waren gescheurd. Een perfect vierkantje aan de rand van het papier liet aan drie zijden los en Roadkill keek er stuurs naar.

'Meneer Philips?' Kunt u me vertellen wat er precies is gebeurd?'

Voorzichtig scheurde de toegetakelde man het vierkantje helemaal los en legde het zorgvuldig op de hoek van de tafel.

Toen begon het vouwen opnieuw.

Insch zuchtte.

'Oké. Wat zou u ervan vinden als de inspecteur uw verhaal opschrijft zodat u alleen maar een handtekening hoeft te zetten? Vindt u dat gemakkelijker?'

'Ik heb mijn medicijnen nodig.'

'Pardon?'

'Medicijnen. Het is tijd voor mijn medicijnen.'

Insch keek naar Logan. Hij haalde zijn schouders op. 'Waarschijnlijk hebben ze hem in het ziekenhuis pijnstillers gegeven.'

Roadkill hield op met vouwen en legde beide handen op de tafel. 'Geen pijnstillers. Medicijnen. Ik heb mijn medicijnen nodig. Anders mag ik morgen niet aan het werk. Ze hebben me een brief geschreven. Ik moet mijn medicijnen innemen anders mag ik niet werken.'

'Het duurt maar een paar minuten, meneer Philips. Misschien...'

'Geen aanklacht. Geen minuten. Medicijnen.'

'Maar...'

'Als u me niet arresteert of ergens van beschuldigt, ben ik vrij om te gaan. U kunt me niet dwingen een aanklacht in te dienen.'

Het was het meest samenhangende wat Logan hem ooit had horen zeggen.

Roadkill huiverde terwijl hij zijn armen om zijn borst sloeg. 'Alstublieft. Ik wil alleen maar naar huis om mijn medicijnen in te nemen.'

Logan keek naar de slonzige, gehavende man en legde zijn pen neer. Roadkill had gelijk: ze konden hem niet dwingen een aanklacht in te dienen tegen de mensen die hem een blauw oog hadden geslagen, zijn lip hadden gespleten, drie tanden uit zijn mond hadden geslagen, zijn ribben hadden gekneusd en hem meerdere malen in zijn kloten hadden getrapt. Het waren tenslotte zijn eigen kloten. Het was zijn goed recht de daders onbestraft te laten. Maar het politiekorps Grampian was ook niet van plan hem zomaar weer de straat op te sturen. Want dat domme volk liep ook nog vrij rond. Net als de pers. HORDE BUURTBEWONERS VANGT KINDERVIJAND! Nee, 'horde' klonk te negatief. Deze gewelddadige, stomme mensen waren tenslotte helden. OUDERS GRIJPEN PLAATSELIJKE PEDOFIEL! Ja, dat leek er meer op.

'Weet u het zeker, meneer Philips?' vroeg Insch.

Roadkill knikte.

'Oké. In dat geval geven we uw bezittingen terug en zal inspecteur McRae u naar huis brengen.'

Logan vloekte in stilte. De maatschappelijk werker begon te stralen, blij niet belast te zijn met die taak. Met een glimlach van oor tot oor schudde hij Logan de hand en maakte dat hij wegkwam.

Terwijl Bernard Duncan Philips zijn handtekening zette voor ontvangst van zijn schamele bezittingen, probeerde Insch het goed te maken met Logan door hem een fruitsnoepje aan te bieden. Hij zou zeker niet voor halfacht of acht uur in het centrum terug kunnen zijn. Hij moest Jackie laten weten dat hij te laat zou komen. Met een beetje geluk zou ze op hem wachten, maar na wat er de afgelopen middag was gebeurd, was hij daar niet zeker van.

'Dus u denkt dat we hem kunnen wegstrepen?' zei Logan terwijl hij het snoepje met tegenzin aannam.

'Absoluut. Hij is gewoon een zielige, gestoorde stinker.'

Ze stonden op en keken toe hoe de toegetakelde man met zichtbaar veel pijn vooroverboog om de veters in zijn schoenen te rijgen.

'Hoe dan ook,' zei Insch, 'ik moet gaan. Het doek gaat over anderhalf uur op.' Hij klopte Logan op de schouder, draaide zich op zijn hielen om en begon de ouverture te fluiten.

'Toi toi toi,' zei Logan tegen de uit het zicht verdwijnende rug van de inspecteur.

'Bedankt.' Insch wuifde opgewekt, zonder zich om te draaien.

'Toi toi toi,' herhaalde Logan, nadat de deur dicht was en Insch zich buiten gehoorsafstand bevond. 'En ik hoop dat je op je bek gaat en een been breekt. Of je nek.'

Toen Roadkill eindelijk zijn spullen terug had, forceerde Logan een glimlach en begeleidde hem naar het parkeerterrein achter het gebouw. Vlak voordat hij wilde instappen, greep een geagiteerde politieman hem bij zijn jasje. 'De brigadier van dienst laat weten dat een zekere Lumley al twee keer voor je heeft gebeld.' Logan kreunde. De agente van de afdeling Slachtofferhulp die het gezin toegewezen had gekregen, zou die telefoontjes moeten afhandelen. Hij had al genoeg aan zijn hoofd. Maar vrijwel meteen voelde hij zich schuldig. De arme kerel had zijn zoontje verloren. Het minste wat hij kon doen, was zijn telefoontjes beantwoorden. Hij probeerde een beginnende hoofdpijn weg te masseren.

'Zeg maar dat ik hem bel als ik terug ben, oké?'

Ze namen de achteruitgang. De ingang van het hoofdkantoor baadde in het licht: de talloze schijnwerpers van de televisieploeg zorgden voor scherpe contrasten. Vanavond nog zou iedereen in het land het gezicht van Roadkill te zien krijgen. En of hij nou schuldig was of niet, bij het ontbijt zou het hele land zijn naam kennen.

'Zou je niet een paar weken vakantie op kunnen nemen? Zodat die idioten de tijd krijgen om je te vergeten?'

Roadkill trok met beide handen elke zes seconden aan de veiligheidsgordel om te controleren of hij het nog deed. 'Ik moet werken. De mens is stuurloos zonder werk. Het definieert ons. Zonder werk zijn we niets.'

Logan trok een wenkbrauw op. 'Oké...' De man was niet alleen schizofreen, maar ook nog volslagen idioot.

'Je zegt iets te vaak "oké".'

Logan opende zijn mond, bedacht zich, en deed hem weer dicht. Het had geen zin in discussie te gaan met een gek. Als hij daar behoefte aan had, kon hij net zo goed naar huis gaan om met zijn moeder te praten. In plaats daarvan reed hij zwijgend door de motregen. Tegen de tijd dat ze de boerderij van Roadkill aan de rand van Cults hadden bereikt, was het droog. Hij reed zo ver mogelijk de oprijlaan op, totdat de ondergrond onbegaanbaar werd. De gemeentereiniging had de hele dag doorgewerkt. Twee metalen vuilcontainers doemden op in de koplampen. Ze hadden het formaat van een minibus. De gele verf was beschadigd en deels afgebladderd en ze stonden in het onkruid voor de stal met het nummer 1. Er zaten zware hangsloten op de deuren. Alsof er ook maar iemand die rottende karkassen zou willen jatten.

Logan hoorde het gesnik naast zich en bedacht dat die sloten er waarschijnlijk tóch niet voor niets zaten.

'Mijn prachtige, prachtige dode dingen...' Tranen biggelden via Roadkills gekneusde wangen in zijn baard.

'Heb je ze nog een beetje geholpen?' vroeg Logan, wijzend naar de containers.

Roadkill schudde zijn hoofd. Zijn lange haar wapperde als een rouwsluier.

'Hoe zou ik de West-Goten kunnen helpen met het plunderen van Rome?' antwoordde hij met een gekwelde basstem.

Hij stapte uit de auto en liep door het vertrapte onkruid naar de stal. De deur stond open en de koplampen schenen over de kale betonnen vloer. De stapels karkassen waren verdwenen. Eén stal leeg, nog twee te gaan.

Logan liet hem zachtjes snikkend achter bij de lege stal.

19

De avond verliep niet zoals Logan zich had voorgesteld. Agent Watson was nog in het café toen hij er arriveerde, maar zijn reprimande zat haar nog steeds dwars. Of misschien rook hij nog naar Roadkill, ook al had hij alle ramen van zijn auto op de terugweg open gehad. Wat de reden ook was, ze bleef druk in gesprek met Simon Rennie, die ze eerder nog een hufter had genoemd, en met een agente die Logan niet kende. Ze waren niet onbeleefd, maar ze deden ook niet hun best hem het gevoel te geven dat hij welkom was. Terwijl hij had gedacht dat ze hier waren om te vieren dat hij Richard Erskine had gevonden. Levend en wel!

Na twee biertjes hield Logan het voor gezien en droop hij, via de dichtstbijzijnde snackbar, af naar huis.

De donkergrijze Mercedes die onder een straatlantaarn voor zijn woning stond, zag hij niet. Net zomin als de zwaargebouwde man die aan de bestuurderskant uitstapte en een paar zwarte leren handschoenen aantrok. Hij zag niet hoe hij zijn handen spreidde en zijn knokkels liet kraken terwijl Logan probeerde de afkoelende vis en patat niet uit zijn ene hand te laten vallen terwijl hij met zijn andere hand naar zijn sleutels zocht.

'Je hebt niet gebeld.'

'Van schrik liet Logan zijn eten bijna vallen.

Hij draaide zich bliksemsnel om en zag Colin Miller, die met zijn armen over elkaar geslagen tegen een duur uitziende auto leunde. Zijn woorden leken gehuld in de mist. 'Je zou me om halfvijf bellen. Dat heb je niet gedaan.'

Logan kreunde. Hij was van plan geweest met Insch te praten, maar om de een of andere reden was het er niet van gekomen. 'Eh, tja,' zei hij ten slotte. 'Ik heb het met de hoofdinspecteur besproken... maar hij vond dat het niet zo zinvol was.' Het was een complete leugen, maar dat kon Miller niet weten. Zo leek het er in elk geval op dat hij zijn best had gedaan.

'Niet zinvol?'

'Hij vond dat ik deze week wel genoeg publiciteit heb gekregen.' Nu hij toch aan het liegen was, kon hij er nog wel een schepje bovenop doen. 'Je weet hoe die dingen gaan...' Hij haalde zijn schouders op.

'Niet zinvol?' Millers gezicht betrok. 'Ik zal hem leren wat zinvol is.' Hij haalde een palmtop tevoorschijn en krabbelde er iets op.

De volgende ochtend begon met een tiental verkeersongelukken. Er vielen geen dodelijke slachtoffers bij en ze waren allemaal te wijten aan de paar centimeter sneeuw die er 's nachts was gevallen. Tegen halfnegen had de lucht een staalgrijze kleur en kon je het wolkendek bijna aanraken. Kleine sneeuwvlokjes dwarrelden omlaag naar de granieten stad; ze smolten zodra ze met de bestrating in aanraking kwamen. Maar je kon de sneeuw ruiken. De metalige geur die een voorbode was van zwaardere sneeuwbuien.

De *Press and Journal* viel als een grafsteen bij Logan op de deurmat. Op de voorpagina prijkte een grote foto van Insch in zijn kostuum als schurk in de kerstvoorstelling. De foto was door een theaterfotograaf voor publiciteitsdoeleinden gemaakt en Insch had er een van zijn meest effectieve boosaardige glimlachjes voor tevoorschijn getoverd. HOOFDINSPECTEUR SPEELT DE NAR TERWIJL ONZE KINDEREN WORDEN VERMOORD, luidde de kop.

'O, mijn god.'

Het bijschrift onder de foto luidde: 'Is een theatervoorstelling belangrijker dan het vangen van de pedofiele kindermoordenaar die onze stad onveilig maakt?'

Colin Miller had weer eens toegeslagen.

Hij stond voor het aanrecht en las hoe de inspecteur 'als een idioot op het podium paradeerde', terwijl 'politieheld Logan McRae' naarstig op zoek was naar de kleine Richard Erskine. En het werd alleen nog maar erger. Miller brandde de hoofdinspecteur compleet af. Hij maakte van een gerespecteerde politieambtenaar een ongevoelige schoft. In het artikel werd zelfs de hoofdcommissaris aangehaald, die zou hebben gezegd het ging om 'een ernstige kwestie die grondig zal worden onderzocht.'

'O, mijn god.'

GEMEENTEAMBTENAAR AANGEVALLEN DOOR VERONTRUSTE OUDERS had nog net pagina twee gehaald.

Insch was in een slechte bui tijdens de briefing van die ochtend en iedereen deed zijn uiterste best niets te doen of te zeggen wat hem zou kunnen irriteren. Het was geen dag om steken te laten vallen.

Zodra de briefing voorbij was, liep Logan naar zijn kleine recherchekamer. Hij deed zijn best er niet al te schuldig uit te zien. Hij had vandaag maar één agente. Zij bevrouwde de telefoons. Alle andere geüniformeerde dienders waren de straat op gestuurd om Peter Lumley op te sporen. Iemand had Insch peper in zijn reet gestopt en Insch voelde er niets voor de enige te zijn. Dus Logan moest het doen met één agente en de lijst met verdachten.

Het onderzoeksteam dat de lijst met probleemgezinnen van de sociale dienst had bestudeerd, had niets gevonden. Alle meisjes waren terecht. Een aantal van hen was 'tegen de deur aan gelopen' en een meisje had zich 'aan het strijkijzer gebrand' en was daarna 'zomaar van de trap gevallen'. Maar ze leefden nog. Een paar ouders zouden worden aangeklaagd.

Logan had echter nog meer aan zijn hoofd. Het assisteren van Steel bij het onderzoek naar de dood van Geordie Stephenson bleek in te houden dat de hoofdinspecteur veel sigaretten rookte en dat Logan al het werk moest verrichten.

Aan de muur hing een nieuwe kaart van Aberdeen, met blauwe en groene punaises die alle wedkantoren markeerden. De blauwe waren 'veilig', niet het soort waar ze je knieschijven eraf hakten als je niet kon betalen. De groene waren knieschijfgebied. De Turf 'n Track was rood gemarkeerd, net als de haven waaruit ze het lichaam hadden gehaald. Ernaast hing een in het mortuarium genomen foto van Geordie Stephenson.

Hij zag er als lijk niet bijzonder aantrekkelijk uit. De wilde haardos lag nu plat op zijn schedel en de pikzwarte en omvangrijke krulsnor stak ridicuul af tegen de bleke, wasachtige huid. Nu hij de man dood afgebeeld zag, kreeg Logan vreemd genoeg het gevoel dat hij hem eerder gezien had.

Volgens de informatie die ze van het korps Lothian en Borders gekregen hadden, had Geordie Stephenson nogal wat op zijn kerfstok.

Mishandeling, afpersing in opdracht van kleine woekeraars, inbraak. Pas toen hij voor Malk the Knife begon te werken, kreeg de politie hem niet meer te pakken. Malk vond het niet prettig als zijn personeel achter de tralies verdween.

'Ben je al wat opgeschoten?' Het was Steel. Ze had haar handen diep begraven in de zakken van haar grijze broekpak. De bordeauxrode bloes die ze de vorige dag had gedragen, was vervangen door iets glimmends en goudkleurigs. Ze had diepe, paarse wallen onder haar ogen.

'Niet veel,' antwoordde Logan terwijl hij op zijn bureau ging zitten en de hoofdinspecteur een stoel aanbood. Ze liet zich erin zakken met een zucht en een kleine scheet. Logan deed net alsof hij het niet had gemerkt.

'Ik luister.'

'Goed.' Logan wees naar de kaart. 'We hebben alle groengemarkeerde wedkantoren bezocht. De enige kandidaat is deze.' Hij wees naar de rode punaise. 'De Turf 'n Track.'

'Simon en Colin McLeod. Lekkere jongens.'

'Niet zo lekker als sommigen van hun vaste klanten. We hebben er eentje ontmoet: Dougie MacDuff.'

'Jezus, dat meen je niet!' Ze haalde een kreukelig pakje sigaretten tevoorschijn. Het zag eruit alsof ze erop had gezeten. 'Duistere Doug, Duivelse Doug...' ze haalde een enigszins geplette sigaret uit het pakje. 'Hoe noemden ze hem nog meer?'

'Dolle Doug?'

'Precies. Dolle Doug. Nadat hij die kerel heeft gewurgd met een opgerold exemplaar van de *Dandy*. Toen droeg jij waarschijnlijk nog luiers.' Ze schudde haar hoofd. 'Godallemachtig. Dat waren nog eens tijden. Ik dacht dat hij dood was.'

'Hij is drie maanden geleden uit Barlinnie vrijgelaten. Hij had vier jaar gekregen omdat hij een aannemer had toegetakeld met een schroevendraaierset.'

'Op zijn leeftijd? Die goeie ouwe Dolle Doug!' Ze stak de sigaret in haar mond en maakte aanstalten hem aan te steken. Maar de agente die aan de telefoon zat kuchte en wees veelbetekenend naar het niet-rokenbordje. Steel haalde haar schouders op en stak de gewraakte sigaret in de borstzak van haar broekpak. 'En hoe ziet hij eruit tegenwoordig?'

'Als een verkreukelde oude man.'

'O, ja? Wat jammer. Hij was best een lekker ding vroeger. De vrouwen waren gek op hem. Jammer dat ie zo gek was als een deur.' Ze verviel in stilzwijgen en leek gevangen in het verleden. Na enige tijd zuchtte ze en leek ze weer bij de les te zijn. 'Dus je denkt dat de broertjes McLeod onze hoofdverdachten zijn?'

Logan knikte. Hij had hun dossiers er nog eens op nagelezen. Het afhakken van iemands knieschijven leek precies in hun straatje te passen. De broers McLeod hadden hun incassoprocedures altijd behoorlijk slagvaardig aangepakt. 'Maar het wordt lastig om het te bewijzen. Het zit er niet in dat een van hen zal bekennen dat ze Geordie hebben afgemaakt en in de haven hebben geflikkerd. We zullen een getuige moeten vinden of overtuigend forensisch bewijsmateriaal.'

Steel worstelde zich omhoog uit de stoel en gaapte uitgebreid. 'De hele nacht liggen vozen,' verklaarde ze met een veelbetekenende glimlach. 'Zorg maar dat ze bij de technische recherche alle bloedonderzoeken doen die ze kunnen bedenken. En het kan ook geen kwaad het lijk nog eens goed te bekijken. Het ligt nog in het mortuarium.'

Logan verstijfde. Dat betekende dat hij weer met Isobel zou moeten praten.

Steel had zijn reactie klaarblijkelijk opgemerkt, want ze legde een door nicotine bruingekleurde hand op zijn schouder. 'Ik weet dat het niet makkelijk voor je is. Zeker niet nu ze een vrijer heeft. Maar je moet schijt aan haar hebben. Het werk gaat vóór.'

Logan opende zijn mond maar zei niets. Hij wist niet dat Isobel nu alweer een relatie had. Terwijl hij nog alleen was.

De hoofdinspecteur stak haar handen weer in haar broekzakken, waar ze het verkreukelde pakje sigaretten lokaliseerde. 'Ik moet ervandoor. Ik moet een sigaret of ik word gek. O, en als je Insch ziet, zeg dan maar dat ik heb genoten van zijn foto in de krant vanochtend.' Ze knipoogde weer. 'Héél sexy.'

Insch zag er niet bepaald sexy uit toen Logan hem in de lift tegenkwam. Hij kwam van de bovenste verdieping. Dat kon maar één ding betekenen: een onderhoud met de hoofdcommissaris. Zijn nieuwe kostuum had donkergrijze vlekken onder de oksels en op de rug.

'Meneer,' groette Logan terwijl hij zijn best deed oogcontact te vermijden.

'Ze willen dat ik stop met de kerstvoorstelling.' Zijn stem klonk vlak en somber.

Een schuldgevoel marcheerde over Logans rug naar zijn kruin en nestelde zich op zijn voorhoofd, als een groot uithangbord met de tekst: IK HEB HET GEDAAN. HET IS MIJN SCHULD!

'De hoofdcommissaris vindt dat het niet overeenkomt met het imago dat het korps wil uitdragen. Hij vindt dat we dit soort negatieve publiciteit rond een belangrijke moordzaak niet kunnen hebben. Ik moet kiezen: mijn rol op het toneel of mijn baan.' Hij keek alsof iemand zijn ventiel had losgetrokken en hij langzaam leegliep. Dit was niet de Insch die Logan kende. En het was allemaal zíjn schuld. 'Hoe lang doe ik die kerstvoorstelling nu al? Twaalf of dertien jaar! En het is nog nooit een probleem geweest...'

'Misschien waait het wel weer over,' probeerde Logan hem gerust te stellen. 'Waarschijnlijk is iedereen dit voorval over een jaar helemaal vergeten.'

Insch knikte, maar leek niet overtuigd. 'Misschien. Hij maakte met zijn papperige handen een cirkelvormige massagebeweging over zijn gezicht. 'Godallemachtig. Ik moet Annie gaan vertellen dat ik vanavond niet op kan.'

'Het spijt me.'

Insch probeerde dapper te glimlachen. 'Het geeft niet, Logan. Jij kunt er niets aan doen. Het is de schuld van die klootzak Colin Miller.' De geforceerde glimlach veranderde in een boosaardige grimas. 'Als je hem weer ziet, zeg hem dan maar dat ik zijn kop van zijn romp ruk en in zijn nek zal schijten als ik hem ooit nog eens onder ogen krijg.'

Het was stil in het mortuarium, afgezien van het gezoem van de airconditioning. Alle dode lichamen waren keurig opgeborgen. De sectietafels glommen onder het felle licht van de lichtbakken aan het plafond. Er waren geen lijken en er was ook geen levend volk te bekennen.

Logan liep langzaam langs de muur waarin de laden met de gekoelde lijken zich bevonden. Hij las de namen op de deuren, op zoek naar George Stephenson. Hij bleef even stilstaan bij de lade waarop stond 'meisje, blank, circa vier jaar oud, identiteit onbekend', en legde zijn hand op de metalen grendel. Hier lag de arme stakker, koud en zonder naam.

'Sorry,' fluisterde hij. Hij kon niets anders bedenken.

Hij zocht verder. De naam George Stephenson kon hij niet vinden, maar wel zag hij een 'man, blank, circa vijfendertig jaar oud, identiteit onbekend'. Dus Steel had nog niet doorgegeven dat dit lijk inmiddels een naam had. Nog een klusje voor Logan. Hij ontgrendelde de lade en trok hem open.

Op de vlakke stalen ondergrond van de lade lag een grote, dode man in een witte lijkzak. Logan zette zijn tanden op elkaar en trok de rits open.

Het hoofd en de schouders leken op de foto die hij aan de muur had hangen. Maar het origineel had meer rimpels, alsof iemand de huid van de schedel omlaag had getrokken om die daarna open te zagen en de hersenen eruit te halen. De huid zag er wasachtig en kleurloos uit, met donkerpaarse vlekken waar het bloed zich na de dood had verzameld en was gestold. Op de linkerslaap was nog een kneuzing zichtbaar. Op de foto had die eruitgezien als een schaduw.

De voornaamste attractie was nog niet zichtbaar.

Hij trok de ritssluiting helemaal open, waardoor het naakte lichaam, dat ook voor het intreden van de dood al over zijn hoogtepunt heen was, in volle glorie zichtbaar werd. Volgens het korps Lothian en Borders was Geordie vroeger een fitnessfanaat geweest. Iemand die veel aandacht besteedde aan zijn uiterlijk. Maar de man in de koelcel had een bierbuik en de massa van zijn bovenarmen en schouders bestond uit aanzienlijk meer vet dan spieren. Ook voor het intreden van de dood was zijn huid waarschijnlijk al lijkbleek geweest. Melkwit, met moedervlekken en hier en daar een beetje roodachtige uitslag.

Zijn knieschijven ontbraken. Waar de meeste mensen knieën hadden, vertoonden zijn harige benen gaten. Het weefsel rond de gewrichten was gescheurd en beschadigd en er staken geelachtige botsplinters doorheen. Degene die hiervoor verantwoordelijk was, was slordig te werk gegaan. Een duidelijk geval van onvrijwillige chirurgie door een enthousiaste amateur.

Logan keek omlaag langs het gestolde bloed. De beide enkels vertoonden striemen, net als de polsen. Wilde striemen, beschadigde huid. Duidelijke tekenen van een worsteling. Logan moest even slikken. Zo te zien was Geordie bij bewustzijn geweest toen een van de broertjes McLeod zijn knieschijven eraf aan het hakken was. En George Stephenson was een grote jongen. Hij had zich waarschijnlijk stevig verzet. Dus de broers waren er allebei bij betrokken geweest. Colin en Simon. Een van beiden had hem in bedwang gehouden en de ander had het kapmes gehanteerd.

Logan zag nog meer beschadigingen. Kneuzingen en schaafwonden die hij waarschijnlijk had opgelopen toen hij had rondgedreven in de haven. En iets wat op bijtwonden leek.

Logan had het sectierapport nog niet gelezen, maar hij wist hoe bijtwonden eruitzagen. Hij hurkte naast het lijk en tuurde naar de afdrukken. Donkerpaarse striemen in de bleke huid. Enigszins onregelmatig, alsof er een paar tanden ontbraken. Hij had niet het idee dat de McLeods bijtgrage types waren. In elk geval Simon niet. Maar Colin? Het was al snel duidelijk geweest dat die jongen niet helemaal spoorde. Het begon toen hij een levende kat op het hek van het park bij Union Terrace had gespiesd. En hij had ooit zitten poepen op de grafsteen van zijn grootmoeder. Hij had ze niet allemaal op een rij. En dat gold ook voor zijn tanden, na een flessengevecht in een karaokebar. Logan zou een afdruk van de bijtwond laten maken. Misschien kon de technische recherche die vergelijken met de gebitsgegevens van Colin McLeod.

Achter hem hoorde hij de deuren openklappen en toen hij opstond en achteromkeek zag hij Isobel met haar assistent binnenkomen. Ze waren geanimeerd in gesprek. Brian zette zijn woorden kracht bij met een weids armgebaar, waarop Isobel haar hoofd achterovergooide en lachte.

O, Brian, wat ben je grappig met je sluike meisjeshaar en je enorme neus. Was dit de vrijer over wie Steel het had gehad? Logan zou hem, zelfs met alle hechtingen in zijn maagstreek, met één klap buiten westen kunnen slaan. Had Isobel hem voor deze slappeling ingeruild?

Isobel stopte met lachen toen ze hem over het naakte lijk van Geordie Stephenson gebogen zag staan. 'Hallo...' zei ze, terwijl ze een beetje begon te blozen.

'Ik weet wie dit is.' De stem van Logan had een beduidend lagere temperatuur dan het betreffende lijk.

'Ah, nou, mooi.' Ze keek naar hem en vervolgens naar het lijk in de lade. Ze gebaarde naar haar assistent. 'Brian kan je wel helpen.' Ze glimlachte koeltjes en verdween.

Brian noteerde de gegevens van Geordie Stephenson in een klein opschrijfboekje. Logan had de grootste moeite zijn stem beleefd en neutraal te laten klinken. Was dit nu de man met wie Isobel neukte, tegenwoordig? Maakte ze voor hem ook van die poezengeluidjes?

Brian zette met een zwierig gebaar een punt achter de laatste notitie en stopte het opschrijfboekje terug in zijn zak. 'Trouwens, ik heb ook nog iets voor u...' zei hij.

Even dacht Logan dat hij een van Isobels slipjes uit zijn broekzak zou halen, maar in plaats daarvan liep Brian naar de andere kant van de kamer en haalde een dossiermap uit het postvak.

'De resultaten van het bloedonderzoek van dat ongeïdentificeerde meisje van vier. Interessant leesvoer.' Hij gaf de map aan Logan en liep toen naar de lade om Geordies lijkzak dicht te ritsen en het stoffelijk overschot weer terug in de koeling te schuiven. Logan bladerde snel door het onderzoeksrapport.

Brian had gelijk. Het was interessant leesvoer.

Tijdens de lunch was er in de kantine maar één gespreksonderwerp: was het afgelopen met de carrière van Insch? Logan at zwijgend aan een tafel die zo ver mogelijk van het geroddel was verwijderd. Zijn lasagne smaakte als een natte krant.

Plotseling viel de kantine stil. Toen Logan opkeek, zag hij Insch naar de toonbank lopen voor zijn gebruikelijke middagmaal: soep, macaroni met kaas, patat en pudding met jam.

'God,' fluisterde Logan binnensmonds, 'laat hem alsjeblieft ergens anders gaan zitten...'

Maar Insch wierp een blik in de kantine, keek naar Logan en liep rechtstreeks naar zijn tafel.

'Meneer,' groette Logan terwijl hij zijn bord lasagne opzijschoof.

Tot zijn niet geringe opluchting gromde Insch alleen maar, waarna hij aan zijn soep begon. Toen die op was, wierp hij zich op de macaroni en de patat, nadat hij er ruim zout, azijn en peper op had gedaan. De man kon ongegeneerd schransen.

Logan voelde zich idioot omdat hij daar alleen maar zat, zonder te eten. Dus begon hij de lasagne te prakken met zijn vork. 'Ik heb de resultaten van het bloedonderzoek van het meisje binnen,' zei hij ten slotte. 'Ze hebben haar helemaal volgepompt met kalmeringsmiddelen. Voornamelijk temazepam.'

Insch trok een wenkbrauw op.

'Daar is ze niet aan doodgegaan. Ze heeft er geen overdosis van gekregen, maar het lijkt erop dat ze het een tijdlang toegediend heeft gekregen. Volgens het onderzoek heeft het haar suf en volgzaam gemaakt.'

Het laatste beetje pasta verdween tussen de lippen van Insch, die vervolgens met een stuk patat de nog resterende saus van het bord dipte. Hij kauwde bedachtzaam. 'Interessant,' zei hij ten slotte. 'Is dat alles?'

'Ze heeft ooit tuberculose gehad.'

'Dat is mooi.' Insch zette zijn lege bord op de soepkom en trok het dessert naar zich toe. 'Dat kun je niet overal meer oplopen. Trek het maar na bij de zorginstellingen. Het is een ziekte die geregistreerd moet worden. Als ze het echt heeft gehad, moet ze ergens zijn geregistreerd.' Hij nam een flinke lepel pudding en er verscheen een glimlach op zijn gezicht. 'Eindelijk hebben we eens een beetje geluk.'

Logan zei niets.

20

Matthew Oswald was zes maanden geleden, meteen na zijn schoolopleiding, voor de gemeente gaan werken. Zijn moeder had liever gezien dat hij nog wat doorstudeerde, maar zijn vader kon het niet veel schelen. Die had zelf ook niet zoveel geleerd en zo slecht had hij het er tenslotte niet afgebracht. Dus was Matthew die ochtend, net als altijd, met zijn lunchtrommeltje vertrokken naar zijn werk bij de gemeentereiniging.

Het leven van een vuilnisman was helemaal niet zo slecht als veel mensen dachten. Je werkte in de buitenlucht, je kon lachen met de jongens, het betaalde niet slecht en als je een fout maakte ging er niemand dood. Bovendien hoefde je sinds de uitvinding van de vuilniscontainer op wieltjes niet meer zwaar te tillen. Dat was vroeger wel anders geweest, volgens Jamey, de chauffeur van de vuilniswagen.

Dus zijn leventje was helemaal zo slecht nog niet. Een beetje geld op de bank, goeie collega's en een nieuwe vriendin die niet al te preuts was.

En toen kwam dat aanbod om wat overuren te draaien. Hij had beter nee kunnen zeggen, maar het extra geld betekende een seizoenkaart. En Matthew was bezeten van FC Aberdeen. Daarom droeg hij nu een blauwe rubberoverall, zwarte kaplaarzen, dikke rubberhandschoenen, een veiligheidsbril en een mondmasker. Het enige stukje huid dat je van hem kon zien, was het reepje van zijn voorhoofd dat niet helemaal onder de capuchon van de overall paste. Hij zag eruit als een acteur in *The X-Files* en hij zweette als een rund.

De natte sneeuw die uit de donkergrijze lucht omlaag dwarrelde, maakte het transpireren niet minder: het zweet droop langs zijn rug omlaag in zijn boxershort. Maar die rubberoverall trok hij hier niet uit!

Kreunend van inspanning tilde hij de schop tot op schouderhoogte en kiepte een nieuwe lading rottende karkassen in de enorme container. Alles rook hier naar de dood. Zelfs door het mondmasker kon hij het ruiken. Rottend vlees. Kots. Gisteren had hij zijn ontbijt en zijn lunch niet binnen kunnen houden. Vandaag wel. Vandaag bleven zijn cornflakes waar ze thuishoorden.

Gisteren de hele godganse dag. En vandaag. En zo te zien morgen ook. Dode dieren scheppen.

De smeerlap die hier woonde, stond in de deuropening van een stal die ze gisteren leeg hadden gemaakt. Hij leek ook geen last te hebben van de natte sneeuw. Hij stond daar maar in zijn oude, versleten trui. Zo te zien vond hij het jammer dat zijn gore verzameling werd opgeruimd.

Matthew had de ochtendkrant van zijn vader gezien. Een stel ouders in Garthdee had de man in elkaar geslagen omdat hij rond had gehangen bij de school van hun kinderen. Zijn gezicht zat vol paarse en groene vlekken. Net goed, dacht Matthew, terwijl hij terugliep door de sneeuw om een nieuwe lading dierenlijken op zijn schop te tillen. Inmiddels hadden ze de stal bijna half leeg gekregen. Ze hadden er anderhalve stal op zitten en nog anderhalve stal voor de boeg. Daarna zou hij een lange douche nemen, zijn seizoenkaart ophalen en dronken worden. Wat zou hij zich gaan bezatten als dit achter de rug was!

Met die gelukkige gedachte dreef Matthew zijn schop opnieuw in de berg rottend vlees. Het voelde als een enorme massa pudding, waar een rilling doorheen ging elke keer als hij zijn schop erin stak. Katten, honden, zeemeeuwen, kraaien en god weet wat nog meer. Hij zette zijn tanden op elkaar en trok zijn schop naar achteren. En toen zag hij het.

Matthew opende zijn mond om iets te zeggen, om de nerveuze ambtenaar te roepen die hier de leiding scheen te hebben, om hem te vertellen wat hij had gevonden. Maar het enige wat hij in staat was uit te brengen, was een langgerekte, ijzingwekkende schreeuw.

Hij liet zijn schop met dode dingen vallen en rende naar buiten, waar hij uitgleed en op zijn knieën viel. Hij rukte het mondmasker van zijn gezicht en liet zijn cornflakes de vrije loop.

Logan zat in de dienstauto aan de overkant van de Turf 'n Track en tuurde via de verrekijker en door de sneeuw naar het wedkantoor. Het weer was vreselijk. De fijne sneeuw die hij die ochtend had gezien was verdwenen, en toen was dit begonnen. Dikke vlagen natte sneeuw sloegen vanuit de smerige lucht omlaag, koud, nat en verraderlijk. Het was nog maar halverwege de middag, maar het begon al donker te worden.

Hij had alle zorginstellingen gebeld om te vragen naar de gegevens van alle jonge meisjes die ze de afgelopen vier jaar hadden behandeld voor tuberculose. Net als Insch was Logan optimistisch. Dit was standaardpolitiewerk. Recht op en neer. Ze had ooit tuberculose gehad en nu was ze genezen. Dus was ze er ooit ergens voor behandeld. Er moest een zorginstelling zijn die gegevens over haar had. Dan zou Logan een naam hebben.

Het laatste radioriedeltje klonk door de autoradio en een presentator kondigde het nieuws aan. Logan stopte een extra sterk pepermuntje in zijn mond en draaide het volume wat hoger.

'De rechtszaak tegen Gerald Cleaver, de van ontucht verdachte zesenvijftigjarige verpleegkundige uit Birmingham, nadert zijn ontknoping. Nadat gedurende drie weken tal van getuigen aan het woord zijn geweest, die zeer verontrustende verklaringen hebben afgelegd waarvan de details soms bijzonder schokkend waren, zal de jury zich naar verwachting morgenavond terugtrekken om tot een oordeel te komen. Nadat Cleaver een aantal doodsbedreigingen heeft ontvangen, is de bewaking verscherpt. Cleavers advocaat, Moir-Farquharson, die gedurende het proces eveneens doodsbedreigingen heeft ontvangen, werd eergisteravond belaagd: iemand gooide een emmer varkensbloed over hem heen.'

Logan juichte kort en deed een eenpersoonswave in de roestige dienstauto.

'Ik denk er niet aan me te laten intimideren door de daden van een kleine, onverantwoordelijke minderheid,' klonk de stem van Sandy de Slang. 'Het gaat erom dat het recht zijn loop krijgt...'

Logan joelde en floot; hij wilde de rest niet meer horen.

Er gebeurde iets aan de overkant. Hij ging rechtop zitten en tuurde door zijn verrekijker. De winkeldeur ging open en Dolle Doug stak zijn hoofd naar buiten, keek even naar de sneeuw en trok zijn hoofd weer naar binnen. Dertig seconden later werd Winchester, de grote herder die de vorige dag nog een hap uit Logans lijf had willen nemen, zonder plichtplegingen de sneeuwbui in geschopt. De hond probeerde de winkel weer binnen te komen, kreeg een mep van Dougies wandelstok en bleef toen bedremmeld staan terwijl de deur voor zijn snuit werd dichtgeslagen. Het beest wachtte even, terwijl de sneeuw zijn grijzende vacht begon te doordringen, tuurde naar de winkeldeur en liep toen de stenen trap af naar de parkeerplaats. Hij liep wat rond, snuffelde aan de metalen leuning en de lantaarnpalen en urineerde op een paar plekken die hem bevielen. Vervolgens drentelde hij naar het midden van de parkeerplaats, duwde zijn achterste omlaag en legde een enorme drol.

Nadat hij zijn behoefte had gedaan, liep hij naar de deur van de winkel en begon luidkeels te blaffen totdat Dolle Doug opstond en hem weer binnenliet. Toen hij binnen was, schudde de herder zich droog, waardoor zijn baas een lading water en natte sneeuw over zich heen kreeg.

Logan begon de hond plotseling een stuk sympathieker te vinden. Hij leunde achterover in de auto en luisterde naar de muziek.

Een bruin-groene stationwagen reed voorbij, koerste op de winkels af en stopte op de parkeerplaats. Het was dezelfde wagen waar agent Watson eerder zo naar had gevloekt. Logan zuchtte. Hij zag haar weer als agént Watson. Niet langer als Jackie met de mooie benen. En dat allemaal omdat hij haar zo nodig had moeten terechtwijzen omdat ze de bestuurder van die rammelbak had uitgescholden.

De bestuurder van de stationwagen leek iets te zoeken op de achterbank. Vervolgens stapte hij uit met een plastic tas in zijn hand en viel bijna op zijn achterste in de gladde sneeuw. Hij had de kraag van zijn jas opgezet en hield een krant boven zijn hoofd om het weer te trotseren. Hij schuifelde omhoog naar de ingang van het wedkantoor via de oprit voor rolstoelen.

Logan fronste zijn wenkbrauwen en richtte zijn verrekijker op de nieuwkomer terwijl deze de deur openduwde en het kantoor binnenging. Zijn oren waren van boven tot onder gepiercet en hij had een gejaagde blik die Logan onmiddellijk herkende. Het was Duncan Nicholson. Dezelfde Duncan Nicholson die toevallig over het lijk van een vermoorde driejarige jongen was gestruikeld. Het lijk dat in een ondergelopen greppel had gelegen, onder een stuk spaanplaat, in het donker, in de stromende regen.

'Wat moet jij hier, jij kleine schooier?' mompelde Logan.
Nicholson woonde niet in Mastrick maar in Bridge of Don, helemaal aan de andere kant van de stad. Een hele reis op zo'n beroerde dag als deze.
En dan die tas. Wat zou erin zitten?
'Ik vraag me af...'
Maar de politieradio maakte een eind aan Logans overpeinzingen. Ze hadden opnieuw een lijk gevonden.

Toen Logan de boerderij aan de rand van Cults bereikte, was het al donker. Bij het geopende hek stond een patrouillewagen geparkeerd met een paar ongelukkig uitziende agenten erin, die je nog net door de grotendeels beslagen voorruit kon ontwaren. Ze versperden de weg die naar de boerderij leidde. Logan stopte ernaast en draaide zijn raampje omlaag. De agent achter het stuur van de patrouillewagen deed hetzelfde.
'Goedemiddag, meneer.'
'Vertel.'
'Hoofdinspecteur Insch is er, en de officier van justitie is er ook. De dienstdoende arts is net gearriveerd en de wagen van de technische recherche staat nog in de file. In een van de stallen zitten zes gasten van de gemeente. Als we niet tussenbeide waren gekomen, hadden ze de eigenaar vermoord.'
'Roadkill?'
'Ja. Die zit in de boerderij met Insch. De hoofdinspecteur wil dat hij daar blijft totdat de dood officieel is vastgesteld.'
Logan knikte en draaide zijn raam weer omhoog, omdat de sneeuw naar binnen begon te waaien.
'Meneer?' vroeg de agent in de patrouillewagen. 'Klopt het dat we hem gisteren op het bureau hadden en dat we hem hebben laten lopen?'
Logan kreeg een brandend gevoel in zijn maagstreek. Sinds hij het had gehoord, had hij aan niets anders kunnen denken. Hij had zich er gedurende de hele rit vanaf Mastrick zorgen over gemaakt. Ze hadden Roadkill vrijgelaten zonder hem ergens van te beschuldigen en nu was er weer een kind dood gevonden. Hij had de man zelfs een lift gegeven!

De natte sneeuw werd dikker en begon te veranderen in een echte sneeuwbui met stevige vlokken. Logan reed langzaam met de dienstauto over het karrenspoor dat naar de boerderij leidde. De stallen doemden op in het donker; zijn koplampen verlichtten de openstaande deuren.

Voor de deuropening van stal nummer 2 was blauw afzetlint gespannen. Het was de stal die ze vandaag aan het leegmaken waren.

Logan zette zijn auto naast die van de dienstdoende arts. Er stond een tweede patrouillewagen, maar daar zaten geen agenten meer in. Ze zouden wel bezig zijn met het opnemen van verklaringen van de gemeenteambtenaren die het lijk hadden gevonden. En ze hadden weten te voorkomen dat die Roadkill lynchten. De enige auto die niet in de buurt van de met sneeuw bedekte afvalcontainers van de gemeente stond, was de Range Rover van Insch. De grote, vierwielaangedreven jeep was het enige vervoermiddel dat zonder moeite over het besneeuwde karrenspoor kon rijden. Hij stond verlaten vlak bij de ingang van de boerderij. Achter een van de ramen op de begane grond scheen een zwak licht.

Logan keek van de stal met het afzetlint naar de boerderij, die bij vlagen aan het zicht werd onttrokken door de zware sneeuw. Hij besloot het onaangename werk maar meteen aan te pakken.

Buiten was het steenkoud en nadat Logan zijn koplampen had uitgedaan, was het er bovendien donker. Hij sprong de auto weer in en haalde een zaklantaarn tevoorschijn die was verborgen onder een stapel posters met het gezicht van Peter Lumley erop. Lieve hemel, laat hij het alsjeblieft zijn. Laat het niet weer een andere kleine stakker wezen. Niet nog een.

De zaklantaarn verdreef net voldoende duisternis om te kunnen zien waar hij zijn voeten zette. De sneeuw vulde alle gaten en oneffenheden, waardoor je gemakkelijk kon uitglijden en vallen. Logan strompelde en gleed door het gras naar stal nummer 2. Dikke sneeuwvlokken verzamelden zich op zijn jas.

Binnen rook het er vreselijk. Maar niet zo erg als die keer toen hij agent Steve de deur had laten openmaken. De wind maakte het wat minder erg, maar toch moest Logan nog kokhalzen toen hij over de drempel liep. Hoestend haalde hij een zakdoek uit zijn zak en hield die voor zijn neus en mond.

De helft van de karkassen was verdwenen en de grond was glibberig van het slijm en de vergane lichaamssappen. Dokter Wilson, gehuld in de voorgeschreven witte papieren overall, zat op zijn hurken voor de stapel lijken. Zijn geopende dokterstas stond op een uitgerolde vuilniszak om te voorkomen dat hij onder het slijm zou raken.

Logan trok een overall aan. 'Goeienavond, dokter,' zei hij, terwijl hij behoedzaam over de betonnen vloer schuifelde.

De dienstdoende arts draaide zich om. Het onderste deel van zijn gezicht ging schuil achter een wit masker. 'Waarom krijg ik altijd de smerigste klussen?'

'Een kwestie van geluk, vermoed ik,' antwoordde Logan. De humor was geforceerd, maar de dokter glimlachte vanachter zijn masker.

Hij wees naar de geopende dokterstas en Logan haalde er een paar rubberhandschoenen en een mondmasker uit. De stank was plotseling verdwenen, en werd vervangen door een overweldigende menthollucht die zijn ogen deed tranen. 'Vicks VapoRub,' zei Wilson. 'Een oud pathologentrucje. Een heel nuttig paardenmiddel.'

'En wat hebben we hier?'

Laat het in godsnaam Peter Lumley zijn.

'Moeilijk te zeggen. Het arme kind is bijna helemaal weggerot. De dokter deed een paar passen opzij en Logan zag waarom Matthew Oswald schreeuwend de stal uit was gerend en zijn cornflakes had uitgekotst. Uit de massa dierenlijken stak het hoofd van een kind. Je kon er geen gelaatstrekken meer aan ontdekken, het was meer een schedel die was gevat in een slijmerige brij.

'Godallemachtig.' Logan kreeg het gevoel dat hij moest overgeven.

'Ik weet niet eens of het een jongen of een meisje is. Dat kunnen we pas zeggen als we het hebben uitgegraven en het grondig hebben onderzocht.'

Logan keek naar het grimmig ogende hoofdje met de lege oogkassen, de opengesperde mond met de tanden die scheef uit het teruggetrokken tandvlees staken. Het geplette haar was nauwelijks te onderscheiden van de vacht van de dode dieren eromheen. In het vergane hoofd staken een paar roze Barbie-haarspelden.

'Het is een meisje,' zei Logan, waarna hij opstond. Hij kon het niet meer aanzien. 'Kom mee. Stel de dood vast en laat het verder maar over aan de patholoog-anatoom.'

De dienstdoende arts knikte bedroefd. 'Hmm. Misschien heb je gelijk. De arme stakker...'

Logan stond buiten in de sneeuw met zijn hoofd in de wind, in de hoop dat de kou en het vocht de stank van de verrotting zouden verdrijven. Maar het gevoel van misselijkheid bleef. Huiverend van de kou keek hij hoe Wilson door de sneeuw naar zijn auto liep. Zodra het portier dicht was, haalde hij zijn sigaretten tevoorschijn en kringelde de rook omhoog.

De mazzelaar.

Logan draaide zich om en liep door de sneeuwstorm in de richting van de boerderij. Het schijnsel van de zaklantaarn markeerde zijn voortgang terwijl hij door het hoge, besneeuwde gras klauterde. Na tien passen was zijn broek tot op kniehoogte doornat en was het ijswater in zijn schoenen gelopen. Toen hij de voordeur eenmaal had bereikt, klapperden zijn tanden en rilde hij van de kou.

Er brandde licht achter het keukenraam, maar Logan kon door het smerige glas slechts twee silhouetten ontwaren. Hij nam niet de moeite te kloppen en zette zijn gewicht tegen de voordeur. Binnen was het huis nog erger verwaarloosd dan hij had verwacht. Het was duidelijk dat hier heel lang niemand meer woonde en het leek meer op een mausoleum voor schimmelsoorten dan op een woning. Hij bescheen de hal met zijn zaklantaarn en bekeek de overblijfselen van meubels en behang. Op sommige plaatsen was het pleisterwerk helemaal van de muren verdwenen en kon je het tengelwerk erachter zien. Rondom de gaten in de muur was donkere schimmel zichtbaar, als zwermen vliegen rondom een open wond. Aan de trap ontbraken verschillende treden en één tree was in het midden gebroken, waardoor de twee helften links en rechts omhoogstaken. Maar aan de muren hingen nog foto's.

Logan veegde een stukje van het glas in een van de fotolijsten schoon, en een gelukkig uitziende vrouw glimlachte vriendelijk naar hem. Hij maakte de schone plek groter en nu verscheen naast de vrouw een kleine jongen. Hij had nette, pasgewassen kleren aan, zijn haar was keurig geknipt en gekamd en hij grijnsde in de richting van de camera. De gelijkenis was opvallend. Bernard Duncan Philips en zijn moeder in betere tijden. Voordat hij was begonnen dode dingen te verzamelen. Voordat er een klein dood meisje in stal nummer 2 was gevonden.

De keuken was krap en donker. Langs de wanden stonden stapels kartonnen dozen, die door het vocht aan de hoeken een beetje doorzakten. De wanden waren bedekt met dauw, waardoor het er merkwaardig rook. En in het midden stond een krakkemikkige tafel met twee gammel uitziende stoelen. In een ervan hing Bernard Duncan Philips, alias Roadkill. Insch bevond zich aan de andere kant van de tafel. Hij leunde met zijn rug tegen het aanrecht. Tussen hen in flikkerde het licht van een kandelaar. Slechts in twee van de vijf armen stonden kaarsen en het waren niet meer dan stompjes. De twee mannen zwegen toen Logan binnenkwam.

Insch keek ijzig naar de onderuitgezakte gestalte tegenover hem. Waarschijnlijk had hij hetzelfde gedacht als Logan: ze hadden hem gisteravond in bewaring gehad en ze hadden hem weer laten lopen. En nu zaten ze opgescheept met een nieuw dood kind.

'Ik heb de dienstdoende arts naar huis gestuurd.' Het leek alsof Logans stem verloren ging in de sfeer van onheil die in de kamer leek te hangen.

'En wat zei hij?' vroeg Insch, die zijn ogen niet van Roadkill afhield.

'Het is waarschijnlijk een meisje. Hoe oud, weten we niet. Maar ze is allang dood. Misschien wel jaren.'

Insch knikte en Logan wist dat hij opgelucht was. Als het kind al jaren dood was, maakte het niet uit dat ze Roadkill gisteravond hadden vrijgelaten. Dat had geen moord tot gevolg gehad.

'De heer Philips hier heeft geen zin erover te praten. Nietwaar, Bernard? Je wilt me niet vertellen wie ze is, of wanneer je haar hebt vermoord. Toch zitten we nu met twee dode meisjes. En, nog merkwaardiger, met een smeerlap die kleine jongetjes vermoordt en iets in hun achterste steekt. En hun penis eraf snijdt.'

Logan fronste zijn wenkbrauwen. David Reids verminkte lichaam was gevonden in een greppel, aan de andere kant van de stad. Roadkill hield zijn dode dingen graag bij zich. Zo'n exemplaar zou hij nooit zomaar ergens buiten laten rondslingeren.

'Weet je wat,' zei Logan, in een poging de rol van de lieve agent te spelen. 'We kunnen het een stuk gemakkelijker voor je maken, Bernard, als je ons gewoon vertelt wat er is gebeurd. Vertel het maar in je eigen woorden, oké? Want ik weet zeker dat het allemaal een ongelukje is geweest. Ja toch?'

Roadkill liet zich vooroverzakken totdat zijn hoofd op het verweerde tafelblad rustte.

'Was het een ongeluk, Bernard? Kon je er misschien helemaal niets aan doen?'

'Ze nemen ze allemaal mee. Al mijn mooie dode dingen.'

Insch, in zijn rol van schreeuwlelijk, sloeg met zijn enorme vuist op tafel zodat Roadkill én de kandelaar overeind schoten. Heet kaarsvet spatte op het tafelblad. Bernard Duncan Philips boog zich weer langzaam voorover naar het tafelblad en sloeg zijn armen om zijn hoofd.

'Je gaat de cel in, hoor je me? Je gaat naar Peterhead, waar al die andere zieke klootzakken zitten. De pedofielen, de verkrachters en de moordenaars. Wil je daar iemands billenmaat worden? Wil je daar de liefde van je leven ontmoeten in de vorm van de een of andere harige verkrachter uit Glasgow? Want ik zweer het je, als je niet praat zorg ik ervoor dat je de cel gaat delen met de ruigste retenneuker die ze daar in huis hebben!'

De bedoeling was dat Roadkill nu zou breken en iets zou zeggen. Maar dat gebeurde niet. In de ongemakkelijke stilte die was gevallen, hoorde Logan dat er iemand zachtjes begon te neuriën. Het was Roadkill en het klonk als het koraal 'Blijf mij nabij'.

Plotseling werd het keukenraam fel verlicht. Logan wreef een stukje van het vuile glas schoon en zag dat de wagen van de technische recherche het pad op kwam rijden en stopte bij stal nummer 2. Erachter reed een andere auto van een duurder merk, die meer moeite had met de glibberige ondergrond. Toen die de stal eenmaal had bereikt, hadden de mensen van de technische recherche hun apparatuur al verplaatst van de warme beslotenheid van hun busje naar de grimmige realiteit van het knekelhuis.

De bestuurder van de tweede auto stapte uit. Het was Isobel.

Logan zuchtte. 'Daar heb je de technische recherche en de patholoog-anatoom.' Hij keek hoe ze haar kraag omhoog deed en langs haar auto naar de kofferbak schuifelde. Ze droeg een lange, camelkleurige jas over haar donkerbruine broekpak. Ze trok haar Italiaanse leren laarsjes uit en verwisselde ze voor kaplaarzen, waarna ze door de natte smurrie naar de stal stapte.

Een halve minuut later stond ze weer buiten in de sneeuw, voorovergebogen en diep in- en uitademend. Ze deed haar uiterste best niet over te geven. Logan grijnsde cynisch. Je kon moeilijk aan je ondergeschikten laten merken dat je ook maar een mens was.

Insch zette zich af van het aanrecht en haalde een paar handboeien tevoorschijn. 'Kom op, Philips. Sta op, jij.'

Logan keek en luisterde toe hoe de verfomfaaide man in de boeien werd geslagen en op zijn rechten werd gewezen. Vervolgens duwde Insch hem de keuken uit en de sneeuw in.

Logan blies de kaarsen uit en volgde hen.

21

Deze keer was Roadkills 'begeleider' een vermoeid uitziende man van in de vijftig, met dunnend haar en een belachelijk klein snorretje. Het was Lloyd Turner, een ex-leraar van de Hazlehead-scholengemeenschap die onlangs zijn vrouw had verloren en iets nodig had om de tijd te doden. Hij zat naast Bernard Duncan Philips achter de verhoortafel, tegenover Insch en Logan McRae, die alle twee ernstig keken.

Het stonk in de kamer. Niet de gebruikelijke vage zweetvoetenlucht, maar de penetrante geur van opgedroogd zweet en rottende kadavers die Roadkill verspreidde. De kneuzingen die Logan gisteravond had gezien, waren verder tot bloei gekomen. Donkerpaarse en groene vlekken hadden zich over het gezicht van hun gedetineerde verspreid, tot onder het samengeklitte haar van zijn baard. Zijn trillende handen rustten op het tafelblad. Ze waren vies, met dikke zwarte randen onder de nagels. Het enige schone aan hem was de witte papieren overall die de technische recherche hem had gegeven nadat zijn kleding als forensisch bewijsmateriaal in beslag was genomen.

Logan en Insch waren in drie uur tijd geen steek verder gekomen. Het enige wat ze Roadkill wisten te ontlokken, was de opmerking dat al zijn dierbare dode dingen werden gestolen. Ze hadden de rollen van de lieve agent en de schreeuwlelijk uitgespeeld. Ze hadden geprobeerd of de ex-leraar met het snorretje Roadkill de ernst van de situatie duidelijk kon maken en hem misschien tot enige mededeelzaamheid kon bewegen. Allemaal vergeefs.

Insch schommelde met zijn stoel, waardoor het plastic vervaarlijk begon te kraken. 'Goed,' zei hij met een diepe zucht, 'laten we het nog eens opnieuw proberen.'

Iedereen aan tafel trok een grimas, behalve Roadkill. Die ging gewoon door met neuriën. 'Blijf mij nabij.' Tot vervelens toe. Logan begon er gek van te worden.

De ex-leraar stak zijn hand op. 'Het spijt me, meneer, maar volgens mij is het evident dat Bernard in zijn huidige toestand niet kan worden verhoord.' Hij keek veelbetekenend naar de stinkende man naast hem. 'Hij is psychiatrisch patiënt. Hij heeft hulp nodig en hij hoort helemaal niet in een politiecel.'

Insch liet de voorpoten van zijn stoel met een klap weer op de vloer terechtkomen. 'En die kinderen horen niet voor lijk in het mortuarium te liggen maar thuis in bed, die horen niet te worden vermoord door een gestoorde idioot!' Hij sloeg zijn armen over elkaar, waardoor er spanning kwam te staan op de naden van zijn overhemd en hij nog groter leek dan hij al was. 'Ik wil weten waar Peter Lumley is en hoeveel kleine kinderen hij nog meer heeft afgemaakt.'

'Ik begrijp best dat u alleen maar uw werk doet, meneer, maar Bernard is niet in staat vragen te beantwoorden. Kijk dan hoe hij eraan toe is!'

Dat deden ze. Zijn handen fladderden op het tafelblad, als gewonde vogeltjes. Zijn blik was wazig en afwezig. Hij bevond zich in een andere wereld.

Logan keek op de klok die aan de muur hing. Het was tien minuten voor halfacht. Roadkill had de vorige avond al om zijn medicijnen gevraagd. 'Kan ik u even onder vier ogen spreken?' vroeg Logan aan Insch.

Ze verlieten de verhoorkamer en liepen naar de koffieautomaat. Ze werden met meer dan gemiddelde belangstelling bekeken door de agenten op de gang. Het nieuws was op de radio geweest en waarschijnlijk ook op het televisiejournaal. Iedereen op het bureau wist ervan: de kindermoordenaar van Aberdeen was gepakt. Nu was het wachten alleen nog maar op een bekentenis.

'Wat wou je zeggen?' vroeg Insch, terwijl hij het nummer voor koffie met melk en extra suiker intoetste.

'We krijgen vanavond niets meer uit Roadkill. Hij is schizofreen. Hij moet zijn medicijnen hebben. Zelfs als hij nu zou bekennen, zou dat in de rechtbank niets waard zijn. Een psychisch gestoorde verdachte die zijn medicijnen niet heeft mogen nemen, bekent na een verhoor van drie uur. Wat zou u dan doen?'

Insch blies in zijn plastic beker en proefde voorzichtig van het bruine vocht. Zijn antwoord klonk vermoeid. 'Natuurlijk, je hebt gelijk.' Hij zette de beker op de dichtstbijzijnde tafel en greep in zijn broekzak, op zoek naar iets zoets. Uiteindelijk zag Logan zich gedwongen hem een van zijn extra sterke pepermuntjes aan te bieden.

'Bedankt. Ik dacht al een uur lang precies hetzelfde. Maar ik wilde het nog niet opgeven. Voor het geval dat.' Hij zuchtte. 'Ik hoopte dat we Peter Lumley dan nog ergens levend zouden kunnen vinden.'

Het was vergeefse hoop, dat wisten ze alle twee. Peter Lumley was dood. Ze hadden alleen zijn lijk nog niet gevonden.

'En wat moeten we met de plaats delict?' vroeg Logan.

'Wat is daarmee?'

'Misschien is het dode meisje niet het enige slachtoffer in die puinhoop.' En er was nog iets anders wat hem dwarszat. 'En dan die David Reid. Die is gewoon buiten gedumpt. Het patroon klopt niet. Roadkill is een verzamelaar. Hij zou het lichaam nooit zo achterlaten.'

'Misschien wil hij ze pas hebben als ze lekker aan het rotten zijn.'

'Als hij de dader is, dan heeft hij ook de genitaliën van David Reid verwijderd. Die moeten dan ergens op de boerderij liggen.'

Het gezicht van Insch betrok. 'Shit. Dan moeten we daar opnieuw door alle lijken gaan zoeken. Naar de spreekwoordelijke naald in de hooiberg. Met vermoeide handen masseerde hij zijn gezicht. 'Oké.' Hij haalde diep adem en rechtte zijn rug. Zijn stem klonk weer autoritair. 'We moeten dit hoe dan ook rond krijgen. Als we Philips geen bekentenis kunnen ontlokken, moeten we hem in verband brengen met de lijken. Dat meisje in zijn stal: geen probleem. En er moet ook iets te vinden zijn wat hem in verband brengt met David Reid en Peter Lumley. Ik wil dat je twaalf dienders vrijmaakt om iedereen te ondervragen die die kinderen vlak voordat ze zijn verdwenen, heeft gezien. Zorg dat je een getuige voor me vindt. Ik heb geen zin die klootzak nóg een keer te moeten vrijlaten.'

Die nacht droomde Logan van rottende kinderen. Ze renden rond in zijn appartement en wilden met hem ravotten. Een van hen zat op de grond in de woonkamer. Hij speelde op de xylofoon die Logan voor zijn vierde verjaardag had gekregen, terwijl stukken van zijn huid op de glanzende houten vloer vielen. *Klink, klank, boing*; de kakofonie klonk meer als een rinkelende telefoon dan als muziek.

Hij werd wakker.

Logan strompelde door de woonkamer en greep de telefoon. 'Wat?' snauwde hij.

'Jij ook een prettige kerst gewenst,' zei Colin Miller.

'Nee, hè...' Logan wreef over zijn gezicht en probeerde wakker te worden. 'Het is halfzeven! Waarom ben jij altijd zo vroeg?'

'Jullie hebben weer een lijk gevonden.'

Logan liep naar het raam en keek omlaag om te kijken of de dure wagen van Miller in de straat stond geparkeerd. Die was nergens te bekennen. In elk geval bleef een bezoekje van de vrolijke fee hem die ochtend bespaard.

'En?'

Het bleef even stil aan de andere kant van de lijn. 'En jullie hebben Bernard Philips gearresteerd. Roadkill.'

Verbaasd deed Logan het gordijn weer dicht. 'Hoe weet jij dat in godsnaam?' In het persbericht had niets gestaan over de identiteit van de verdachte. Alleen maar de gebruikelijke mededeling: er was een verdachte in hechtenis genomen en de officier van justitie was op de hoogte gesteld.

'Je weet het: het is mijn werk. Wat een manier om aan je eind te komen, in zo'n berg met dierenlijken. Ik wil alles weten, Laz. Ik heb nog meer informatie over Geordie Stephenson. Zo kunnen we elkaar helpen.'

Logan geloofde zijn oren niet. 'Jij durft, na wat je Insch gisteren in de schoenen hebt geschoven!'

'Laz, dat is gewoon mijn werk. Hij heeft jou niet goed behandeld en ik heb hem dat betaald gezet. Heb ik één onvertogen woord over jou geschreven? Nou?'

'Daar gaat het niet om.

'Aha, je bent loyaal tegenover je meerderen. Dat is een goede eigenschap, als je bij de politie werkt.'

'Dankzij jou slaat hij een modderfiguur.'

'Weet je wat? Ik zal die theatervoorstelling verder laten rusten als wij straks even kunnen ontbijten om wat bij te praten.'

'Dat kan ik niet doen. Ik moet alles eerst met Insch afstemmen, snap je?'

Er viel opnieuw een stilte.

'Loyaliteit is mooi, Laz. Maar je moet er wel verstandig mee omgaan. Het is ook belangrijk dat je vrienden hebt bij de media.'

Logan verbrak de verbinding. Hij stond in het duister van zijn woonkamer en huiverde. Hij kon onmogelijk weer naar bed gaan. Hij moest weten wat Miller had uitgevreten. Wat er in de ochtendkrant stond.

Het was halfzeven. De krant zou pas over ruim een uur bij hem in de bus vallen. Hij kleedde zich snel aan en baande zich een weg door de sneeuw naar de dichtstbijzijnde kiosk.

Het was een kleine zaak, het soort waar ze van alles en nog wat probeerden te verkopen. De planken aan de muur waren volgestouwd met boeken, potten en pannen, gloeilampen en blikjes met bonen. Waar Logan voor was gekomen, lag op de grond: een dikke stapel verse kranten, tegen de sneeuw beschermd door een stevige plastic verpakking.

De eigenaar van de kiosk, een stevig gebouwde man met een grijze baard, een gouden voortand en maar twee vingers aan zijn linkerhand, gromde een ochtendgroet terwijl hij het plastic opensneed. 'Jezus,' zei hij terwijl hij de bovenste krant eruit haalde en omhooghield zodat Logan de voorpagina kon zien. 'Ze hadden die smeerlap op het bureau en toen hebben ze hem weer laten lopen! Dat geloof je toch niet!'

Midden op de voorpagina prijkten vier foto's: David Reid, Peter Lumley, hoofdinspecteur Insch en Bernard Duncan Philips. Roadkills gezicht was onscherp. Hij was afgebeeld terwijl hij over een schop gebogen stond waarop hij net de overblijfselen van een aangereden konijn had geveegd. Zijn vuilniskar stond naast hem op de rijweg. De twee jongens keken de lezers glimlachend aan; het waren schoolfoto's. Insch stond afgebeeld in vol theatraal ornaat, uitgedost als schurk in de kerstvoorstelling.

Erboven stond in chocoladeletters de kop: KNEKELHUIS: KINDERLIJK GEVONDEN IN EEN BERG ROTTENDE KADAVERS! Daaronder: 'Dader vlak vóór de vondst door de politie vrijgelaten.' Colin Miller had weer toegeslagen.

'Wat een sufkoppen! Ik zweer je: zet me vijf minuten alleen in een kamer met die viezerik en we zijn ervan af. Ik heb kleinkinderen van die leeftijd, verdomme!'

Logan betaalde zijn krant en liep zonder een woord te zeggen de winkel uit.

Het was weer gaan sneeuwen. Uit de donkere hemel dwarrelden dikke witte vlokken. De wolken weerspiegelden het licht van de straatlantaarns en hadden een oranje gloed. Union Street was prachtig verlicht, maar Logan had er nauwelijks oog voor. Hij stond buiten, voor de ingang van de kiosk, en las het artikel in het licht van de etalage.

Het verleden van Roadkill was tot in de kleinste details beschreven: zijn schizofrenie, zijn verblijf van twee jaar in de psychiatrische inrichting Cornhill, zijn overleden moeder en zijn verzameling dode dieren. Miller was er zelfs in geslaagd een paar van de mensen te spreken te krijgen die Roadkill voor het hek van de basisschool in elkaar hadden geslagen. Ze waren hoogst verontwaardigd. De politie had hen behandeld alsof ze misdadigers waren, terwijl er bij die viezerik thuis een dood meisje lag te rotten tussen de dierenlijken!

Logans gezicht betrok toen hij las dat de politie Roadkill in bewaring had genomen, maar dat Insch – die terwijl al die kinderen werden ontvoerd, misbruikt en vermoord niets beters kon bedenken dan verkleed als schurk over het toneel paraderen – opdracht had gegeven hem weer vrij te laten. Tegen het advies in van de held van de plaatselijke politie: inspecteur Logan 'Lazarus' McRae.

Logan kreunde. Die zak van een Miller! Hij dacht waarschijnlijk dat hij Logan een dienst bewees door hem af te schilderen als de belichaming van het gezonde verstand, maar Insch zou ontploffen. Het had er alle schijn van dat Logan dit verhaal aan de *Press and Journal* had gelekt. Het was alsof hij zijn hoofdinspecteur in de rug had aangevallen.

Op het hoofdbureau wachtte de stiefvader van Peter Lumley hem op. De man zag eruit alsof hij in geen weken had geslapen en met zijn adem kon je het behang afweken. Hij stonk naar schraal bier en whisky. Hij had de krant gelezen en wist dat er iemand was gearresteerd.

Logan nam hem mee naar een verhoorkamer, waar hij hem een tijdje liet uitrazen. Roadkill wist waar zijn zoontje was. De politie moest hem dwingen het te vertellen! Anders zou hij dat zélf wel doen! Ze moesten zorgen dat Peter terechtkwam!

Logan slaagde erin hem tot bedaren te brengen. Hij legde geduldig uit dat het nog niet vaststond dat de verdachte die ze hadden gearresteerd iets te maken had met de verdwijning van zijn zoon. Dat de politie al het mogelijke deed om hem te vinden. Dat hij beter naar huis kon gaan om wat te slapen. Uiteindelijk bracht zijn vermoeidheid de man ertoe zich in een patrouillewagen te laten thuisbrengen.

Zijn werkdag was nog maar net begonnen, maar Logan voelde zich nu al doodmoe. Hij had een zeurend gevoel in zijn maagstreek en dat kwam niet alleen door zijn verwondingen. Het was al halfnegen en Insch was nog steeds niet komen opdagen. Er dreigde een storm met Logan als middelpunt.

Logan handelde de briefing van die ochtend af. Hij formuleerde de opdrachten en stelde de teams samen. Een team om iedereen te bezoeken in een straal van anderhalve kilometer van de plaats waar het kind het laatst was gesignaleerd, zowel vóór als na het intreden van de dood. Had iemand Roadkill daar zien rondhangen? Een tweede team om aan de hand van alle beschikbare officiële kanalen het verleden van Bernard Duncan Philips uit te spitten. En een derde team, verreweg het grootste, om in een enorme berg kadavers te gaan zoeken naar een afgesneden penis. Dit was niet langer het werk van de milieuafdeling van de gemeente. Het was een moordonderzoek.

Niemand vroeg waar Insch uithing en niemand sprak met een woord over de voorpagina van de *Press and Journal* van die ochtend. Maar Logan wist dat ze het allemaal hadden gelezen. Er hing een sfeer van vijandigheid in het vertrek. Ze hadden allemaal de conclusie getrokken dat hij naar de krant had gelekt om Insch een loer te draaien. Hij had niet anders verwacht.

Watson keek hem niet eens meer aan.

Toen de briefing voorbij was en iedereen was vertrokken, ging Logan op zoek naar Steel. Ze zat in haar kamer, met haar voeten op het bureau, rookte een sigaret en dronk koffie. De ochtendkrant lag uitgevouwen over de rommel op haar bureau. Ze keek op toen Logan klopte en de kamer binnen liep, en salueerde met haar koffiebeker.

'Goeiemorgen, Lazarus,' zei ze. 'Al op zoek naar een nieuw slachtoffer?'

'Ik heb het niet gedaan! Ik weet dat ik de schijn tegen heb, maar ik heb het niet gedaan!'

'Jaja. Doe de deur dicht en ga zitten.' Ze wees naar de gammele stoel aan de andere kant van haar bureau.

Logan gehoorzaamde en sloeg de aangeboden sigaret beleefd af.

'Als je hiermee echt naar de krant bent gegaan,' zei ze, terwijl ze naar het artikel wees, 'ben je ofwel te stom om voor de duvel te dansen, ofwel heb je serieuze toekomstplannen. Heb je toekomstplannen, meneer de held?'

'Wat?'

'Ik weet heus wel dat je niet achterlijk bent, Lazarus,' zei ze terwijl ze druk met haar sigaret zwaaide. 'Als je zoiets naar de pers lekt, komt dat altijd uit. Maar dit zou zeker het einde kunnen betekenen van de carrière van Insch. En als hij er niet meer is, ben jij zijn logische opvolger. Het zal je niet bepaald populair maken bij het personeel op de werkvloer, maar als je daar geen last van hebt is het prima voor je loopbaan. Dan ben je binnen de kortste keren commissaris.' Ze salueerde.

'Ik zweer dat ik er met niemand over gesproken heb. Ik vond óók dat we Roadkill moesten laten gaan. We hadden geen enkel bewijs tegen hem. Ik heb hem zelfs naar huis gebracht!'

'Hoe komt het dan dat die journalist met de ene hand jouw ballen kietelt en met de andere Insch voortdurend op zijn flikker geeft?'

'Ik... ik zou het niet weten.' Leugenaar. 'Hij denkt dat we vrienden zijn. Ik heb hem niet vaker dan een keer of zes gesproken. En ik heb alles steeds vooraf met Insch doorgesproken.' Vuile leugenaar. 'Volgens mij mag hij de hoofdinspecteur niet zo graag.' Dat laatste was tenminste waar.

'Kan ik me wel voorstellen. Veel mensen mogen Inschy niet. En ik? Ik vind hem wel leuk. Hij is groot. Neem die dikke kont van hem, da's toch iets lekkers om je tanden in te zetten.'

Logan probeerde het zich niet al te levendig voor te stellen.

Steel nam een flinke trek van haar sigaret en blies de rook langzaam uit. Ze produceerde een brede glimlach. 'Heb je hem al gesproken?'

'Wie? Insch?' Logan liet zijn hoofd zakken. 'Nee. Nog niet.'

'Hmm... nou hij was er anders al vroeg. Ik zag die nichterige jeep van hem vanmorgen op de parkeerplaats. Ik neem aan dat hij aan het smoezen is met de leiding, om jou te verbannen naar het een of andere stinkgehucht.' Ze zat daar maar te glimlachen en Logan had geen idee of ze een grapje maakte of niet.

'Ik had gedacht dat u misschien met hem zou kunnen praten...'

De glimlach veranderde in gebulder.

'Moet ik hem vragen of hij op je valt?'

Logan voelde dat hij een knalrood hoofd kreeg, vanaf zijn nek tot aan zijn wangen. Hij wist hoe Steel in elkaar zat. Hoe had hij kunnen denken dat ze begrip zou tonen en hem zou willen helpen? Misschien was hij écht te dom om voor de duvel te dansen. 'Het spijt me,' zei hij, terwijl hij uit zijn stoel overeind kwam, 'maar ik moest maar weer eens aan het werk gaan.'

Ze deed haar mond pas weer open toen de deur al bijna dicht was. 'Hij zal best wel woedend zijn. Misschien niet op jou, maar zeker op die Miller. Je moet niet gek opkijken als hij straks tegen je staat te schreeuwen. Maar als hij niet naar je wil luisteren, moet je maar bedenken dat er altijd een ei kapot moet voordat er een omelet kan worden gebakken. En zo'n omelet kan best lekker smaken, ook al heb je het ei niet zelf gebroken. Je hebt deze situatie misschien niet veroorzaakt, maar dat betekent nog niet dat je niet van de gevolgen mag profiteren.'

'De gevolgen?'

'Toekomstplannen, meneer de held. Of je het nou leuk vindt of niet, het is heel goed mogelijk dat je hierdoor op zijn stoel terechtkomt. Je hoeft de manier waarop niet leuk te vinden, maar door deze situatie zou je het wel eens tot hoofdinspecteur kunnen schoppen.'

Ze stak een nieuwe sigaret aan met de smeulende resten van de vorige, en gooide die toen in haar koffiebeker. Er klonk een kort gesis en ze knipoogde naar hem. 'Denk daar maar eens over na.'

Dat deed Logan. Totdat hij weer was gearriveerd in zijn eenpersoons recherchekamer. De agente zat aan de telefoon en nam namen en verklaringen op. Nu de arrestatie van Roadkill in geuren en kleuren in de kranten en op de televisie was verslagen, belde iedere loslopende idioot op met 'informatie'. Dat vermoorde kindje, agent? Nou dat heb ik gezien, hoor. Ik zag hoe ze in een vuilniskar werd geduwd. Door die man die in de krant heeft gestaan!

Er kwam ook informatie binnen van de zorginstellingen die ze hadden gevraagd om gegevens van meisjes die gedurende de afgelopen vier jaar waren behandeld voor tuberculose. De lijst van mogelijke kandidaten was niet groot, maar het zouden er in de loop van de dag zeker meer worden.

Logan bekeek de namen, waarvan de meeste al door de agente waren afgevinkt. Ze waren niet geïnteresseerd in kinderen die nu niet tussen drieënhalf en vijf jaar oud waren. Aan het einde van de dag zouden ze weten wie het was.

Hij had het telefoontje verwacht, maar toen het kwam bezorgde het hem toch nog maagkramp. Of hij naar de kamer van de commissaris wilde komen. Hoog tijd om zich te laten uitkafferen voor iets wat hij niet had gedaan. Afgezien van liegen tegen Colin Miller. En tegen Insch.

'Ik ga even een stukje lopen,' zei hij tegen de agente die de telefoon aannam. 'Het kan wel een tijdje duren.'

Het was bloedheet in de kamer van de commissaris. Logan ging rechtop voor het bureau staan met zijn beide handen op zijn rug. Insch zat in een oncomfortabele nepleren bezoekersstoel. Hij keek Logan niet aan toen hij de kamer binnen liep en positie innam voor het bureau. Maar Napier van Interne Zaken bekeek hem alsof hij een mislukt wetenschappelijk experiment was.

Achter het bureau zat een man met een ernstige blik en een rond hoofd waarop weinig haar meer groeide. Hij was in groot tenue en alle knopen waren dicht. Geen goed teken.

'McRae.' De stem klonk ongewoon luid voor iemand van zijn omvang en meteen hing er een onheilspellende dreiging in het vertrek. 'Je weet waarom je hier bent.' Het was geen vraag. Op het bureau lag een exemplaar van de *Press and Journal* van die ochtend. Keurig opgevouwen naast het vloeiblok en het toetsenbord.

'Ja, meneer.'

'Wat heb je te zeggen?'

Ze gingen hem ontslaan. Hij was nog geen zes dagen terug en ze gingen hem de laan uit sturen. Hij had zich gedeisd moeten houden en ziek moeten blijven. Daar ging zijn pensioen. 'Ja, meneer. Ik wil benadrukken dat hoofdinspecteur Insch altijd mijn volledige steun heeft gehad. Ik heb Colin Miller dit verhaal niet aan de hand gedaan en ik heb tegen niemand gezegd dat ik het niet eens was met de beslissing van de hoofdinspecteur om Road... de heer Philips vrij te laten. Doodgewoon omdat dat op dat moment de enig juiste beslissing was.'

De commissaris leunde achterover in zijn stoel en vouwde zijn handen voor zijn ronde gezicht. 'Maar je hebt toch met die Miller gesproken, inspecteur?'

'Ja, commissaris. Hij belde me vanmorgen om halfzeven om details te weten te komen over de arrestatie van Philips.'

Insch maakte een abrupte beweging in zijn stoel, die daardoor een krakend geluid maakte. 'Hoe wist hij verdomme dat we Roadkill hebben gearresteerd? Dat hebben we helemaal niet openbaar gemaakt! Dit is werkelijk...'

De commissaris bracht zijn hand omhoog en Insch zweeg. 'Toen ik hem daarop aansprak, zei hij dat het zijn werk was dat soort dingen te weten,' zei Logan in zijn rol van politieman die een getuigenverklaring afgeeft. 'Het is niet de eerste keer dat hij dingen weet die hij niet zou moeten weten. Hij wist ervan toen we het lichaam van David Reid hadden gevonden. Hij wist dat de moordenaar het lichaam had verminkt en verkracht. Hij wist dat het lichaam van het meisje dat we hebben gevonden, helemaal vergaan was. Hij heeft een mol binnen het korps.'

De man aan de andere kant van het bureau trok een wenkbrauw op, maar hij zei niets. Het was de interviewtechniek waar Insch het patent op had. Maar Logan had geen zin in dat soort spelletjes.

'En ík ben het niet! Het zou nooit in me opkomen een journalist te vertellen dat ik het niet eens was met de beslissing van mijn superieur om een verdachte vrij te laten! Miller is op zoek naar een vriendje binnen het korps en hij denkt mij ervoor te kunnen strikken als hij mij zogenaamd helpt. Dit gaat alleen maar om oplagecijfers!'

De commissaris bleef zwijgen.

'Als u wilt dat ik mijn ontslag indien...'

'Dit is geen disciplinair verhoor, McRae. Als dat zo was, zou er iemand van de vakbond aanwezig zijn.' Hij zweeg even en keek naar Insch en Napier voordat hij zich weer tot Logan richtte. 'Je kunt in de wachtkamer plaatsnemen. Wij zullen ons beraden en je straks op de hoogte stellen van onze conclusies.'

Het leek alsof iemand ijskoud beton in Logans ingewanden had gestort. 'Ja, meneer.' Met rechte rug en opgeheven hoofd marcheerde hij de kamer uit en deed hij de deur achter zich dicht. Ze gingen hem de laan uit sturen. Of ze zouden hem verbannen naar een gehucht waar hij zijn tijd verder zou moeten uitdienen. Of, nog erger, hij zou voorlichting moeten gaan geven op scholen in achterstandswijken.

Na een tijdje werd hij door de roodharige hoofdinspecteur met de haakneus van Interne Zaken weer naar binnen geroepen. Logan stond in de houding voor het bureau van de commissaris. In afwachting van het vallen van het hakmes.

'McRae,' zei de commissaris, terwijl hij de krant pakte, hem dubbelvouwde en in de prullenmand liet vallen, 'het zal je genoegen doen te horen dat we je geloven.'

De zure uitdrukking op het gelaat van Napier ontging Logan niet. Het was duidelijk geen unanieme beslissing geweest.

De commissaris leunde achterover en keek Logan onderzoekend aan. 'Volgens Insch ben je een goede kracht. En hoofdinspecteur Steel denkt er precies zo over. Ik vertrouw op het oordeel van mijn leidinggevende mensen. Als zij zeggen dat je geen...' Hij zweeg even en toonde een gemaakt glimlachje. 'Als zij mij vertellen dat je nooit zonder toestemming met de krant zou gaan praten, ben ik bereid dat te geloven. Desalniettemin...'

Logan rechtte zijn rug en wachtte af naar welk gehucht hij zou worden verbannen.

'Desalniettemin moeten we toch laten zien dat we er iets aan doen. Ik kan niet publiekelijk gaan verklaren dat we honderd procent achter hoofdinspecteur Insch staan. Hoewel we dat natuurlijk wel doen. Maar er is nu eenmaal een probleem. Al die verhalen: de kerstvoorstelling, de vrijlating van Philips nog geen dag voordat bij hem dat dode meisje werd gevonden...' Hij deed zijn hand omhoog voordat Insch meer kon doen dan zijn mond openen. 'Ik ben persoonlijk niet van mening dat de hoofdinspecteur iets verkeerd heeft gedaan, maar al die verhalen zijn buitengewoon schadelijk voor het imago van het korps. Alle kranten hebben dat verhaal van Miller inmiddels overgenomen: de *Sun*, de *Daily Mail*, de *Independent*, de *Guardian*, de *Scotsman*, ja, zelfs de *Times*! De hele wereld moet kennelijk wijs worden gemaakt dat bij het politiekorps Grampian uitsluitend randdebielen werken.' Hij schoof ongemakkelijk heen en weer in zijn stoel en trok zijn uniform recht. 'Het korps Lothian en Borders heeft weer gebeld met de hoofdcommissaris, met het verhaal dat ze de nodige ervaring hebben met dit soort zaken. Met de mededeling dat ze ons graag willen komen "helpen".' Hij keek geërgerd. 'We moeten laten zien dat we iets doen. Het publiek wil bloed zien. Maar ik ben niet bereid Insch voor ze op te offeren.' Hij haalde diep adem. 'Er is nog een andere manier. We kunnen proberen Colin Miller te beïnvloeden. Het lijkt erop dat je een soort band met hem hebt, McRae. Ik wil dat jij met hem gaat praten. Zorg dat je hem aan onze kant krijgt.'

Logan vermande zich en keek naar Insch. Die keek pisnijdig. En Napier zag eruit alsof zijn schedel elk moment kon ontploffen.

'Meneer...'

'Want als dit gedoe met de pers doorgaat, als we nog meer slechte publiciteit krijgen, dan hebben we geen keus. Dan zal hoofdinspecteur Insch met behoud van zijn volledige salaris op non-actief worden gesteld in afwachting van de resultaten van een onderzoek naar zijn gedrag. En dan zullen we gedwongen zijn het onderzoek naar de kindermoorden over te dragen aan het korps Lothian en Borders.'

'Maar... maar meneer, dat is onterecht!' Logan keek afwisselend naar de hoofdinspecteur en de commissaris. 'Hoofdinspecteur Insch is de beste man voor deze zaak! En hier kan hij helemaal niets aan doen!'

De man achter het bureau knikte en glimlachte naar Insch. 'Je had gelijk. Hij is loyaal. Nou, zorg er dan maar voor dat het niet zover komt, McRae. Ik wil dat het lek wordt gevonden. Wie die Miller ook van informatie voorziet, ik wil dat er een einde aan komt.'

'Maak u maar geen zorgen,' gromde Insch. 'Als ik die gast in mijn handen krijg, zit het er niet in dat hij ooit nog zijn bek opendoet.'

Napier verkrampte. 'Ik hoop wel dat je je aan de regels blijft houden, Insch,' zei hij, zichtbaar geërgerd over het feit dat Insch de verantwoordelijkheid voor het vinden van de mol naar zich toe leek te trekken. 'Ik wil een formeel disciplinair onderzoek en een ontslag uit de dienst. Geen onaangename verrassingen of fouten. Begrepen?'

Insch knikte, maar zijn ogen gloeiden als kolen in zijn woedende, roze gezicht.

De commissaris glimlachte. 'Prima. Zo kan alles toch nog in orde komen. We hebben alleen nog maar een veroordeling nodig. Philips is in bewaring gesteld. We weten dat hij het heeft gedaan. We moeten alleen nog zorgen voor forensisch bewijs en een paar getuigen. Dat kan niet al te moeilijk zijn.' Hij stond op.

'Over twee weken zullen jullie zien dat dit allemaal is overgewaaid en dat de situatie weer is genormaliseerd. Ik heb er alle vertrouwen in dat we op het goede spoor zitten.'

Fout.

22

Insch liep samen met Logan terug naar de recherchekamer. Hij was niet blij met de situatie en vloekte binnensmonds. Logan begreep dat het idee van de commissaris Colin Miller 'aan boord' te krijgen, niet paste in het wereldbeeld van de hoofdinspecteur. De journalist had hem voor het hele land te kijk gezet als incompetent. Insch was uit op wraak en niet op een lijmpoging.

'Ik heb niets naar Miller gelekt,' zei Logan.

'Nee?'

'Nee, en ik denk dat hij het juist daarom heeft gedaan. Eerst die kritiek op uw rol in de kerstvoorstelling en nu dit. Ik wilde hem geen informatie geven zonder het eerst met u af te stemmen. Dat beviel hem niet.'

Insch zweeg, haalde een zak met gombeertjes tevoorschijn en begon hun hoofdjes af te bijten. Hij presenteerde de zak niet aan Logan.

'Zouden we zélf geen verklaring uit kunnen geven? Ik bedoel, het lichaam lag er al jaren. Het feit dat we de man vrijgelaten hebben, heeft daar geen enkele invloed op gehad.'

Ze hadden de deur van de recherchekamer bereikt en Insch bleef staan. 'Zo werken die dingen niet. Ze hebben me bij de strot en zo gemakkelijk zullen ze me niet loslaten. Je hebt de commissaris gehoord: als dit doorgaat, raak ik de zaak kwijt. Dan neemt het korps Lothian en Borders de boel over.

'Dit heb ik echt niet gewild.'

Er verscheen iets op het gezicht van Insch wat op een glimlach leek. 'Dat weet ik.' Hij stak de geopende zak gombeertjes naar Logan uit, die er een groen exemplaar uit haalde. Het smaakte als vijf zilverlingen. Insch zuchtte. 'Maak je maar geen zorgen. Ik vertel ze hier wel dat je geen verklikker bent.'

Maar Logan voelde zich wel degelijk een verklikker.
'Mag ik even jullie aandacht!' riep Insch naar de agenten die bezig waren de telefoons te beantwoorden en verklaringen op te nemen. Zodra ze hem zagen, werd het doodstil. 'Jullie hebben vanochtend allemaal mijn foto in de krant zien staan. De teneur is dat ik Roadkill op woensdagavond heb vrijgelaten en dat er de volgende ochtend een dood meisje is gevonden in zijn verzameling karkassen. Dus ben ik een incompetente klootzak die liever rondloopt in malle kostuums dan zich bezig te houden met boeven vangen. En jullie hebben ook gelezen dat Logan McRae mij zou hebben geadviseerd Roadkill niet vrij te laten. Wat ik wél heb gedaan omdat ik nu eenmaal een halvegare ben.'
De aanwezigen begonnen opgewonden te mompelen. Insch stak zijn hand op en het werd onmiddellijk weer stil. Maar als blikken konden doden, zag het er voor Logan niet goed uit.
'Ik snap dat jullie denken dat Logan hier een klootzak is, maar dat kunnen jullie meteen weer vergeten. McRae heeft niks naar de krant gelekt. Begrepen? En als ik hoor dat jullie het hem moeilijk maken...' Insch maakte een kapgebaar met zijn hand langs zijn keel. 'Oké. Allemaal weer aan het werk nu en geef het door aan de collega's die hier niet aanwezig zijn. We gaan door met ons onderzoek en we zúllen deze zaak oplossen.'

Het was halfelf en de sectie was al een tijdje aan de gang. Het was een misselijkmakend gebeuren en Logan bevond zich op zo groot mogelijke afstand van de snijtafel. Maar dat was niet ver genoeg; hoewel de afzuiginstallatie op de hoogste stand stond, was de stank overweldigend.
Toen de technische recherche had geprobeerd het lichaam uit de berg kadavers te verwijderen, was het uit elkaar gevallen. Wat er over was van de organen hadden ze van de vloer van de stal moeten schrapen.
Iedereen in het vertrek droeg beschermende kleding: witte papieren overalls, plastic hoezen over het schoeisel, rubberhandschoenen en maskers. Alleen zat in Logans masker deze keer geen mentholcrème. Isobel liep langzaam op en neer langs de tafel. Ze prikte met een gehandschoende vinger in het opgeblazen lijk en legde de gruwelijke details vast in haar dictafoon. De vrijer, Brian, hobbelde als een dement

hondje achter haar aan. Verwijfde rukker, dacht Logan. Insch viel opnieuw op door zijn afwezigheid. Hij had misbruik gemaakt van het schuldgevoel van Logan en de klus gedelegeerd. De officier van justitie en de toeziend patholoog-anatoom waren er wel, al hielden ze deze keer zo veel mogelijk afstand van het lijk op de sectietafel.

Het was onmogelijk te zien of het kind net zoals David Reid was gewurgd. Daarvoor was het weefsel in de buurt van de nek te ver weggerot. Bovendien was er aan het lijk geknabbeld. Niet alleen door de vele maden, maar ook door een rat of een vos of iets dergelijks. Het klamme zweet stond op Isobels voorhoofd en af en toe stokte haar commentaar. Voorzichtig tilde ze de orgaanresten uit de plastic zakken waarin ze waren geschept, om te bestuderen wat ze precies in haar handen hield.

Logan was ervan overtuigd dat hij de gore stank nooit meer uit zijn neusgaten zou krijgen. De kleine David Reid had gemeen geroken, maar dit was honderd keer erger.

'Voorlopige conclusies,' zei Isobel toen het eindelijk voorbij was en ze aan de wastafel stond om haar handen grondig af te schrobben. 'Vier gebroken ribben en trauma aan de schedel, veroorzaakt door een stomp voorwerp. Gebroken heup. Eén been gebroken. Ze was vijf. Blond. Ze heeft vullingen in een paar van haar kiezen.' Ze nam meer zeep en ging door met handen wassen. Het leek alsof ze zichzelf tot op het bot wilde reinigen. Logan had haar nog nooit zo ontdaan gezien na een klus. 'Ik vermoed dat de dood een jaar tot anderhalf jaar geleden is ingetreden. Moeilijk te zeggen met deze staat van ontbinding...' Ze huiverde. 'Ik zal nog wat laboratoriumonderzoek moeten doen aan de weefselmonsters om daar meer zekerheid over te krijgen.'

Logan legde zachtjes een hand op haar schouder. 'Het spijt me.' Hij wist eigenlijk niet precies wát hem speet. Dat hun relatie op de klippen was gelopen? Dat ze niets gemeenschappelijks meer hadden sinds Angus Robertson achter de tralies was verdwenen? Dat ze al die verschrikkingen had moeten doormaken op het dak van dat flatgebouw? Dat hij haar niet eerder had kunnen ontzetten? Dat ze zojuist een rottend kinderlijkje had moeten aansnijden alsof het een kalkoen was?

Ze glimlachte triest naar hem en er verschenen tranen in haar ooghoeken. Even ontstond er weer een band tussen hen. Een teder moment.

Toen verscheen haar assistent Brian om het te verpesten. 'Sorry, dokter, u hebt een gesprek op lijn drie. Ik heb het naar uw toestel doorgeschakeld.'

Het moment was verdwenen en Isobel ook.

Terwijl Roadkill werd onderworpen aan een psychiatrisch onderzoek reed Logan door de stad, in de richting van zijn stallen en hun gruwelijke inhoud. Hij verwachtte niet dat Bernard Duncan Philips ooit geestelijk in staat zou worden geacht voor een rechtbank te verschijnen. Hij was zo gek als een deur. Dat wist iedereen. Neem alleen al het feit dat hij drie stallen had gevuld met de dode dieren die hij van de straat had opgeveegd. En dan het dode kind dat ertussen was gevonden. Logan rook de stank nog steeds.

Hij draaide de ramen van de dienstauto omlaag, zodat er sneeuwvlokken naar binnen kwamen, die smolten in de hete lucht die uit de ventilatieroosters kwam. Het post mortem onderzoek zou hij niet snel vergeten. Hij huiverde en zette de kachel op de maximale stand.

Het verkeer in de stad kwam door de hevige sneeuwval vrijwel tot stilstand. Auto's slipten en motoren sloegen af; sommige wagens stonden half op het trottoir en andere waren midden op de vier rijstroken brede South Anderson Drive tot stilstand gekomen. Zijn roestige Vauxhall uit het wagenpark van de recherche had gelukkig niet al te veel problemen met de weersomstandigheden.

In de verte zag hij het oranje knipperlicht van een strooiwagen die zout en zand op de rijbanen spoot. De bestuurders die erachter reden, bewaarden een ruime afstand om te voorkomen dat hun lak zou worden beschadigd.

'Beter laat dan nooit.'

'Wat zegt u, meneer?'

Logan had de agent achter het stuur niet onmiddellijk herkend. Hij had de voorkeur gegeven aan agent Watson, maar daar had Insch een stokje voor gestoken. Insch had de nieuwe agent uitgekozen omdat die Logan het artikel in de ochtendkrant waarschijnlijk minder kwalijk zou nemen. Bovendien zat Watson vandaag weer in de rechtbank met de knaap die zich in de dameskleedruimte van het zwembad had staan aftrekken. De vorige keer had hij nog moeten getuigen tegen Gerald Cleaver en nu stond hij zelf terecht. Niet dat de zitting lang zou duren.

Hij was op heterdaad betrapt. Letterlijk. Breed grijnzend, met zijn lid in de aanslag, rukkend alsof zijn leven ervan afhing. Hij zou bekennen, er zouden verzachtende omstandigheden worden aangevoerd, de rechter zou een taakstraf opleggen en hij zou 's middags alweer ongestoord aan de thee zitten. Misschien zou Watson Logan gunstiger gezind zijn als ze een succesvolle veroordeling achter de rug had?

De rit naar de boerderij van Roadkill aan de rand van Cults duurde twee keer zo lang als normaal. Door de zware sneeuwval was het zicht nauwelijks vijftig meter.

Bij de ingang van de boerderij waren televisiecamera's opgesteld en er stonden kleumende en hoestende verslaggevers op een kluitje in de sneeuw te wachten op wat komen zou. Twee agenten, zo dik mogelijk ingepakt onder hun reflecterende gele jassen, bewaakten de ingang en hielden de media op een afstand. De hoopjes sneeuw op hun petten gaven hun een enigszins carnavalesk uiterlijk. Maar hun gelaatsuitdrukking bedierf het effect. Ze hadden het koud, voelden zich ellendig en waren de voortdurende vragen van de journalisten spuugzat. Ze hadden veel liever in hun warme patrouillewagen gezeten.

De smalle weg stond vol met auto's en bussen. BBC, Sky News, ITN, CNN, ze waren er allemaal met hun felle televisielampen, die de sneeuw wit uitlichtten en scherp deden contrasteren met de donkergrijze wolkenlucht.

De televisieverslaggevers die voor de camera's hun zorgvuldig voorbereide commentaar inspraken, zwegen abrupt toen de auto van Logan verscheen en stormden er als piranha's op af. Logan, plotseling mikpunt van de roofdieren die dachten dat het voedertijd was, herinnerde zich het advies van Insch en hield zijn kaken stijf op elkaar toen de camera's en microfoons door zijn geopende raam werden geduwd.

'Inspecteur, is het waar dat u nu de leiding hebt in deze zaak?'

'Inspecteur McRae, inspecteur McRae! Is hoofdinspecteur Insch al geschorst?'

'Hoeveel kinderen heeft Bernard Philips nog meer vermoord?'

'Wist u al dat hij geestelijk gestoord was toen het lijk werd gevonden?'

Er kwamen nog meer vragen, maar die gingen verloren in de algehele kakofonie.

De agent achter het stuur reed langzaam verder langs de menigte, totdat ze bij het afgesloten hek waren aangekomen. Toen hoorde Logan de stem waarop hij had gewacht: 'Laz, blij dat je er eindelijk bent, man. Mijn kloten vriezen me hier van het lijf!' Het was Colin Miller. Zijn wangen en neus waren rood en hij was gekleed in een dikke, zwarte winterjas, gewatteerde laarzen en een bontmuts. Hij zag er erg Russisch uit.

'Stap in.'

De journalist klom achterin, gevolgd door een tweede, eveneens warm aangeklede man.

Logan draaide zich met een ruk om, wat hem een pijnscheut in de maagstreek bezorgde. Hij was even de hechtingen vergeten die de boel daar bij elkaar hielden.

'Laz, dit is Jerry, mijn fotograaf.'

Jerry de fotograaf haalde zijn rechterhand tevoorschijn uit een dikke skihandschoen en presenteerde hem aan Logan.

Logan schudde de aangeboden hand niet. 'Het spijt me, Jerry, maar dit is niet de bedoeling. We zullen foto's beschikbaar stellen, maar op dit moment kunnen we het niet hebben dat er ongeautoriseerde kiekjes gaan circuleren. Je moet buiten blijven.'

De journalist vertoonde zijn vriendelijkste glimlach. 'Kom nou, Laz, Jerry is een prima vent. Hij zal beslist geen sensationele foto's maken, nietwaar, Jerry?'

Jerry keek Miller een ogenblik verbijsterd aan en Logan wist zeker dat Jerry er nadrukkelijk op uit was gestuurd om sensationele foto's te maken.

'Het spijt me. Alleen jij, Miller.'

'Shit.' Miller zette zijn bontmuts af en schudde die naast zich uit. 'Sorry, Jerry, wacht maar in de auto. Er ligt een thermosfles met koffie onder mijn stoel. En zorg dat je niet alle gemberkoekjes opeet.'

Binnensmonds vloekend stapte de fotograaf weer vanuit de auto in de sneeuw en de kluwen journalisten.

'Oké, zei Logan terwijl ze langzaam verder reden door de sneeuwstorm. 'Laten we even duidelijk stellen wat de regels zijn: wij willen alles zien vóór publicatie. Wij leveren de foto's. Als wij iets niet gepubliceerd willen hebben omdat het schadelijk is voor de voortgang van het onderzoek, dan publiceer je het niet.'

'En ik krijg de exclusieve rechten. Ik heb als enige de primeur.' Miller grijnsde schaamteloos.

Logan knikte bevestigend. 'En als je het waagt nog één keer iets negatiefs over Insch te schrijven, maak ik je eigenhandig af.'

Miller lachte en stak gekscherend zijn handen omhoog. 'Al goed. Ik zal niets onaardigs meer publiceren over die gekostumeerde schertsfiguur. Afgesproken.'

'De betrokken politiemensen hebben opdracht gekregen al je vragen te beantwoorden, mits ze gepast zijn.'

'Zit die leuke agente van jou daarbij?'

'Nee.'

Miller schudde teleurgesteld zijn hoofd. 'Jammer, want ik had nog een ongepaste vraag voor haar.'

Eerst trokken ze extra beschermende overalls aan en zetten ze maskers op. Toen begon de excursie. Stal nummer 1: al leeg, afgezien van de glibberige troep op de betonnen vloer. In stal nummer 2 kreeg Miller voor het eerst de gelegenheid zijn longen vol te zuigen met de stank van de dood. Toen ze de ruimte vol met harige en rottende kadavers binnen gingen, werd Miller plotseling heel stil.

De omvang van de stapel karkassen was indrukwekkend. Ook al was de helft al verwijderd, er lagen er nog steeds honderden. Dassen, katten, konijnen, meeuwen, kraaien, duiven en een paar herten. Alles wat zijn einde had gevonden op de wegen en straten van Aberdeen was hier te vinden, in verregaande staat van ontbinding. Een gat in de stapel was met afzetlint gemarkeerd. Daar hadden ze het meisje gevonden.

'Verdorie, Laz,' klonk Millers stem gedempt door het mondmasker. 'Dit is luguber!'

'Vertel mij wat.'

Ze liepen naar stal nummer 3, waar de leden van het onderzoeksteam bezig waren. Ze droegen dezelfde blauwe overalls en onderzochten de kadavers stuk voor stuk. Ze pakten elk kadaver met hun handen op en bekeken het grondig voordat ze het op de stapel gooiden die was bestemd voor de grote containers die buiten waren opgesteld.

'Waarom zijn ze hier bezig?' vroeg Miller. 'Waarom gaan ze de stal waar dat meisje is gevonden niet verder leegmaken?'

'Philips heeft de stallen genummerd,' Logan wees door de deur naar buiten, 'van 1 tot en met 6. Nummer 6 is de boerderij. Hij moet van plan zijn geweest ze allemaal stuk voor stuk te vullen.'

Twee agenten droegen een schurftig uitziende kruising tussen een cockerspaniël en een labrador van de stapel naar een tafel.

'Deze stal was hij het laatst aan het vullen. Dus als hij Peter Lumley heeft, moeten we die hier vinden.'

Logan zag hoe Miller zijn wenkbrauwen fronste achter de veiligheidsbril. 'Als ze naar een kind zoeken, waarom doen ze het dan op deze manier? Waarom onderzoeken ze dan al die kadavers zo grondig. Waarom gooien jullie die rotzooi niet gewoon weg totdat jullie hem hebben gevonden?'

'Omdat we ook best wel eens een klein stukje van hem tegen zouden kunnen komen. En we missen ook nog een lichaamsdeel van David Reid.'

Miller keek naar de stapel kadavers en de mannen en vrouwen die elk lijk afzonderlijk met de hand onderzochten. 'Jezus! Zoeken jullie naar zijn pikkie? In deze rotzooi? Godallemachtig, ze moeten jullie allemaal een medaille geven. Of misschien moeten jullie jezelf laten nakijken.' Er werd een konijn op de tafel gelegd. Het werd van alle kanten bekeken en op de stapel gegooid met de lijken die konden worden afgevoerd. 'Godallemachtig!'

Buiten raakten de grote afvalcontainers langzaam bedolven onder een dikke laag sneeuw. Terwijl Logan toekeek hoe een ervan werd gevuld met een nieuwe lading gecontroleerde kadavers, bekroop hem plotseling een onaangename gedachte.

Rennen door de sneeuw viel niet mee en Logan was pas ter plaatse toen de laatste zeemeeuw naar binnen werd geschept. 'Stop eens even,' zei hij terwijl hij de man met de schop aan zijn jas trok. Alleen was het bij nader inzien geen man maar een vrouw. Je kon het moeilijk inschatten door die vormeloze beschermende kleding.

'Wat hebben jullie gedaan met de beesten die al in deze container lagen?'

Ze keek hem aan alsof hij niet goed snik was, terwijl tussen hen in de sneeuwvlokken omlaag dwarrelden. 'Wat?'

'De beesten die er al in lagen. De gemeente is al bezig geweest de container te vullen. Wat hebben jullie gedaan met de kadavers die al in de container lagen?'

Plotseling begon het tot de agente door te dringen. 'Verdorie!' Ze gooide haar schop in de sneeuw. Ze haalde diep adem. 'Sorry, meneer. We zijn al de hele dag in de weer. We gooien die lijken er al de hele dag in. Niemand heeft eraan gedacht te controleren wat er al in zat.' Ze liet haar schouders hangen en Logan wist precies hoe ze zich voelde.

'Geeft niks. We gaan de inhoud gewoon overbrengen naar stal nummer 1 en controleren alles nog een keer. Eén team blijft doen wat ze nu doen, en het andere team gaat de inhoud van deze container nog eens controleren.' Hij probeerde het vergeefs te laten klinken als een schoolreisje. 'Ik zal het team het goede nieuws gaan vertellen.' Waarom ook niet, dacht hij bij zichzelf, ze hebben toch al een pesthekel aan me. Dit kan er ook nog wel bij.

Het nieuws kwam net zo hard aan als Logan had gevreesd. Het feit dat hij aanbood een tijdje mee te helpen, verguldde de pil enigszins.

Zo bracht Logan de middag door. Miller had even moeten slikken, maar besloot uiteindelijk ook een schop te pakken en de handen uit de mouwen te steken. De kruising tussen de cockerspaniël en de labrador lag nu boven op de stapel, volgens het principe 'last in, first out'. Langzaam ploegden ze de inhoud van de container door.

Net toen Logan het idee kreeg dat hij voor de dertigste keer hetzelfde opengebarsten konijn voor zijn neus had, begon het gegil.

Er kwam iemand uit stal nummer 3 gerend met zijn hand voor zijn borst. Hij gleed uit in de sneeuw en viel languit op zijn rug. Het gegil stopte even omdat hij buiten adem was geraakt.

De teamleden lieten hun kadavers in de steek en renden naar hun collega die languit in de sneeuw lag. Toen Logan er arriveerde, begon de man opnieuw te krijsen.

Er sijpelde bloed uit de dikke handschoen die de agent droeg. Het slachtoffer trok het masker en de veiligheidsbril van zijn gezicht. Het was agent Steve. Ondanks het geroep van zijn collega's om te bedaren, bleef hij gillen terwijl hij de bebloede handschoen van zijn hand rukte. Hij had een lelijke wond tussen zijn duim en wijsvinger. Het bloed spoot eruit en liep langs zijn blauwe overall de sneeuw in.

'Wat is er gebeurd?'

Agent Steve bleef schreeuwen totdat iemand hem een klap gaf. Logan wist het niet zeker, maar dacht dat het Simon Rennie de hufter was.

'Steve!' riep Rennie, die zich zo te zien voorbereidde op het uitdelen van een tweede pedagogische tik. 'Wat is er gebeurd?'

Agent Steve keek in paniek naar zijn hand en toen naar de stal en riep: 'Een rat!'

Een van de agenten haalde zijn riem vanonder zijn overall tevoorschijn en bond die stevig om de pols van Steve.

'Jeetje, Steve,' zei de hufter Rennie, terwijl hij het gat in de hand van zijn maat bekeek. 'Dat moet een heel grote rat zijn geweest!'

'Het kreng leek wel een rottweiler! Allemachtig, wat doet dat pijn!'

Ze vulden een plastic zak met sneeuw en staken Steves hand erin. En ze probeerden niet in paniek te raken toen ze zagen hoe de sneeuw in de zak langzaam roze en vervolgens rood kleurde. Logan bond een reserveoverall om de zak en gaf Rennie opdracht het slachtoffer met alle beschikbare licht- en geluidseffecten naar het ziekenhuis te transporteren.

Miller en Logan keken toe hoe het zwaailicht aanging op het dak van de patrouillewagen, die op de gladde weg keerde en met loeiende sirene langzaam wegreed.

'En?' vroeg Logan, toen het zwaailicht niet langer zichtbaar was door de dichte sneeuwval. 'Hoe beviel je eerste dag bij de politie?'

23

Logan bleef zo lang mogelijk op de boerderij om het team te helpen met het onderzoeken van de karkassen. Ondanks alle beschermende kleding voelde hij zich smerig. En iedereen was op zijn hoede na de aanval van de rat. Niemand had er zin in om net als agent Steve naar het ziekenhuis te moeten voor een injectie tegen tetanus en hondsdolheid.

Uiteindelijk was hij genoodzaakt ermee te stoppen, want hij had nog het nodige te doen op het hoofdbureau. Ze zetten een lijkbleke Colin Miller af bij het hek van de boerderij. Hij was uitgeput en kondigde aan rechtstreeks naar huis te gaan, waar hij een fles wijn zou drinken en zich daarna tot bloedens toe onder de douche zou gaan afschrobben.

De verzameling persmuskieten was enigszins uitgedund. Alleen de volhouders waren er nog; ze zaten in hun wagens met stationair draaiende motoren en de verwarming op de maximale stand. Zodra de auto van Logan verscheen, sprongen ze uit de veilige beschutting van hun warme voertuigen.

Het enige wat ze kregen was 'Geen commentaar'.

Toen hij terug was op het hoofdbureau trof Logan Insch niet aan in de recherchekamer. Het loskrijgen van de recente stand van zaken van degenen die wel aanwezig waren, was een onaangename ervaring. De agenten en rechercheurs die de telefoon beantwoordden, waren er kennelijk ook na de korte toespraak van Insch nog steeds van overtuigd dat Logan een verrader was. Niemand zei iets onaangenaams, maar de antwoorden die hij kreeg waren kort en overdreven zakelijk.

Het team dat was belast met het buurtonderzoek – 'Hebt u deze man wel eens gezien?' – had de gebruikelijke oogst aan tegenstrijdige verklaringen opgeleverd. Ja, Roadkill had met de jongens staan praten;

nee, hij had nooit met de jongens gepraat; ja, hij had wel degelijk met de jongens gesproken. Het districtsbureau van Hazlehead had zelfs een wegversperring georganiseerd en alle passerende automobilisten gevraagd of ze misschien iets hadden gezien toen ze de wijk in of uit waren gereden. Het was een gok, maar het proberen waard.

Het tweede team, dat zich had verdiept in de levensloop van Bernard Duncan Philips, had het meeste succes gehad. Op het bureau van de hoofdinspecteur lag een dikke map met alles wat vermeldenswaard was over het leven van Roadkill. Logan ging op de rand van het bureau zitten en bladerde door de stapel fotokopieën, faxberichten en geprinte A4'tjes. Hij stuitte op een verslag van de dood van Bernards moeder.

Vijf jaar geleden was er darmkanker bij haar geconstateerd. Ze was al geruime tijd ziek geweest en niet goed in staat voor zichzelf te zorgen. Bernard was teruggekomen van de universiteit van St Andrews, wat hem zijn doctoraat kostte, en had haar onder zijn hoede genomen. De huisarts had haar met klem geadviseerd een specialist te consulteren, maar dat had ze geweigerd. Bernard was het met zijn moeder eens en had de man van het erf verdreven met behulp van een pikhouweel. Op dat moment waren de psychiatrische problemen aan het licht gekomen.

Enige tijd later had haar broer haar naar het ziekenhuis gebracht, nadat hij haar languit liggend op de keukenvloer had aangetroffen. Ze hadden een kijkoperatie gedaan en kanker geconstateerd. Ze probeerden het te behandelen, maar het was in februari al uitgezaaid tot in haar botten en in mei was ze overleden. Niet in het ziekenhuis, maar in haar eigen bed.

Bernard had daarna nog twee maanden het huis met haar gedeeld, totdat een maatschappelijk werkster die een bezoekje wilde brengen aan Bernard, bij de voordeur van de boerderij door de penetrante stank was gealarmeerd.

Zo kwam het dat Bernard Duncan Philips voor een periode van twee jaar werd opgenomen in Cornhill, het enige psychiatrische ziekenhuis van Aberdeen. Omdat hij goed reageerde op de medicatie hadden ze hem ontslagen en hem in het kader van de 'vermaatschappelijking van de psychiatrie' overgeleverd aan de 'zorg om de hoek'. Ruw vertaald betekende dit dat hij op moest krassen omdat ze het bed nodig hadden voor een ander crisisgeval. Bernard concentreerde zich met volle overgave op zijn werk: het verwijderen van dierenlijken uit de straten van Aberdeen.

Dat verklaarde veel.

De resultaten van het onderzoek van het derde team hoefde hij aan niemand te vragen. Hij kon uit eigen ervaring de conclusie trekken dat die exercitie nog wel een tijdje zou duren. Het feit dat ze de containers weer leeg hadden moeten maken had voor de nodige vertraging gezorgd, maar in elk geval wisten ze nu zeker dat ze niets oversloegen. Met de snelheid waarmee het ging, zouden ze zeker nog tot maandagochtend nodig hebben voordat ze de drie stallen met kadavers volledig hadden doorzocht. Als de leiding al toestemming zou geven voor het noodzakelijke overwerk.

De privé-recherchekamer van Logan was leeg. De resultaten van het laboratoriumonderzoek naar het braaksel dat Isobel had gevonden in de diepe snee in het lichaam van het meisje, waren samengevat in een rapport dat op zijn bureau lag. Het DNA kwam niet overeen met het monster dat ze van Norman Chalmers hadden afgenomen. En de technische recherche was nog steeds niet met aanvullend forensisch bewijsmateriaal op de proppen gekomen. Het enige wat Chalmers in verband bracht met het meisje was de kassabon van de supermarkt. Niet bepaald onomstotelijk bewijs. Dus hadden ze Norman Chalmers vrij moeten laten. Gelukkig was hij zo vriendelijk geweest om zonder al te veel mediageweld zijn snor te drukken. Misschien was zijn advocaat inmiddels te moe van alle televisieoptredens om nog heibel te trappen.

Er was ook een keurig getypte samenvatting van de verklaringen van mensen die meenden iets te hebben gezien. Hij las hem sceptisch. Het merendeel leek hem volstrekte onzin.

Ernaast lag een lijst van alle tuberculosepatiëntjes in het hele land van vier jaar of jonger. Het waren er niet veel: vijf namen, compleet met de bijbehorende adressen en telefoonnummers.

Logan trok de telefoon naar zich toe en begon te bellen.

Het was al na zessen toen Insch zijn hoofd om de hoek van de deuropening stak en vroeg of Logan even tijd voor hem had. De hoofdinspecteur had een ongewone uitdrukking op zijn gezicht en Logan had het gevoel dat het geen aangenaam nieuws betrof. Hij legde een hand op het mondstuk van de telefoon en antwoordde dat hij eraan kwam.

Hij sprak met een agent in Birmingham die op dat moment naast het laatste meisje op Logans lijst zat. Ja zeker, ze leefde nog en wist Logan dat ze Afro-Caribisch was? Dan was ze hoogstwaarschijnlijk dus niet het blanke meisje dat in een koelcel in het mortuarium lag.

'Bedankt voor de moeite.' Logan legde met een zucht de hoorn op de haak en streepte de laatste naam door. 'Niets,' zei hij tegen Insch, die zich op rand van het bureau had laten zakken en nieuwsgierig door Logans dossiers bladerde. 'Alle kinderen in de leeftijdsgroep die tuberculose hebben gehad, leven nog en zijn gezond.'

'Je weet wat dat betekent,' zei Insch. Hij had de map met de verklaringen van de mensen die dicht bij Norman Chalmers en diens afvalcontainer woonden, in zijn handen. 'Als ze tuberculose heeft gehad en behandeld is, dan is dat dus niet in ons land gebeurd. Ze...'

'... is geen Brits onderdaan,' maakte Logan de zin af terwijl hij zijn hoofd in zijn handen begroef. Er waren talloze gebieden in de wereld waar tuberculose nog veel voorkwam: het grootste deel van de voormalige Sovjet-Unie, Litouwen, alle landen in Afrika, het Verre Oosten, Amerika... En lang niet overal hielden ze patiëntengegevens bij. De hooiberg was opeens een stuk groter geworden

'Wil je ook nog wat goed nieuws horen?' vroeg Insch op vlakke en vreugdeloze toon.

'Ik luister.'

'We weten wie het meisje is dat we op de boerderij van Roadkill hebben gevonden.'

'Nu al?'

Insch knikte en legde Logans verklaringen in de verkeerde volgorde terug in de map. We hebben gekeken wie er de afgelopen twee jaar als vermist zijn opgegeven en hebben de gebitsgegevens vergeleken. Het is Lorna Henderson. Ze is vierenhalf. Haar moeder heeft haar destijds als vermist opgegeven. Ze reden van Banchory terug naar huis, over South Deeside Road. Ze kregen een beetje ruzie. Het meisje bleef maar zeuren dat ze een pony wilde hebben. Dus zei de moeder: "Als je niet ophoudt met zeuren over die pony ga je maar naar huis lopen."'

Logan knikte. Zoiets zei iedere moeder wel eens. Logans moeder had het wel eens tegen zijn vader gezegd.

'Die Lorna wilde absoluut een pony hebben.' Insch haalde een verkreukt zakje zuurtjes tevoorschijn. In plaats van er een in zijn mond te doen, keek hij echter somber naar het zakje. 'Dus voerde de moeder haar dreigement uit. Ze zette de auto aan de kant en liet het kind uitstappen. Ze reed weg. Een klein stukje maar. Ze stopte voorbij de volgende bocht. Iets meer dan vijfhonderd meter. Ze parkeerde de auto en wachtte op Lorna. Maar Lorna kwam niet opdagen.'

'Hoe kon ze een kind van vier zomaar uit de auto zetten?'

Insch lachte vreugdeloos. 'Dat kan alleen maar iemand zeggen die zelf nooit kinderen heeft gehad. Zodra die kleine etters leren praten, houden ze hun mond niet meer totdat hun hormonen op gaan spelen en het tieners worden. Dan krijg je er geen woord meer uit. Maar een kind van vier kan de hele dag en nacht doorzeuren als het écht iets in zijn hoofd heeft. Uiteindelijk verloor de moeder haar zelfbeheersing en het was gebeurd. Ze heeft haar dochter nooit meer teruggezien.'

En nu zou ze haar dochter definitief nooit meer terugzien. Als het lichaam eenmaal voor de begrafenis zou zijn vrijgegeven, zou het in een gesloten kist worden afgeleverd. Ze zouden niemand willen laten zien wat erin zat.

'Weet ze het al? Dat we haar hebben gevonden?'

Insch mompelde iets en stak de onaangeroerde zuurtjes terug in zijn zak. 'Nog niet. Ik ga er nu heen. Om haar te vertellen dat haar kind is gegrepen door een smerige klootzak, toen ze even haar zelfbeheersing had verloren. Dat hij haar heeft doodgeslagen en haar lijk in een stapel dierenlijken heeft opgeborgen.'

Welkom in de hel.

'Watson gaat met me mee,' zei Insch. 'Kom jij ook?' Het leek een terloops verzoek, maar aan de intonatie kon Logan horen dat Insch graag wilde dat hij erbij zou zijn. Insch klonk gebroken. Niet zo vreemd, als je naging wat voor een week hij had gehad. Insch had waarschijnlijk gedacht dat hij Logan kon verleiden mee te gaan door de naam van Watson te noemen. Alsof ze een in politie-uniform verpakte wortel was.

Logan zou anders ook wel zijn meegegaan. Hij verheugde zich er niet op een moeder te moeten gaan vertellen dat haar kind dood was, maar Insch zag eruit alsof hij zijn steun goed kon gebruiken. 'Alleen als we daarna wat gaan drinken.'

De Range Rover van Insch stopte langs de stoeprand en overschaduwde de kleine besneeuwde Renaults en Fiats die aan weerszijden van de straat waren geparkeerd. Niemand had onderweg gesproken, behalve de agente van de afdeling Slachtofferhulp, die gedurende de hele rit als een kleuter tegen de behoorlijk onaangenaam ruikende cockerspaniël achterin de auto had gekird. 'Wie is dan dat mooie meisje? Nou, wie is dat mooie meisje dan?'

Het was geen onaangename buurt. Er waren bomen, er was gras, en als je op de daken ging staan, moest je de weilanden kunnen zien. Het was het laatste huis in een rijtje witgekalkte doorzonwoningen. Het ruwe pleisterwerk dat glinsterde in het licht van de straatlantaarns leek te concurreren met de witte sneeuw.

De sneeuwstorm was tot bedaren gekomen en in de bittere kou van de late avond dwarrelde nog slechts af en toe een sneeuwvlok naar beneden. Samen liepen ze door de centimeters hoge sneeuw naar de voordeur. Insch nam de leiding en drukte op de bel. Ergens binnen dingdongde 'Greensleeves'. Twee minuten later werd de voordeur geopend door een verstoord kijkende vrouw die zo te zien tussen de veertig en de vijftig jaar oud was en net onder de douche vandaan kwam. Ze droeg een pluizige, roze badjas. Sporen van mascara liepen van oog naar oor en haar kapsel hing als een natte lap voor haar gezicht. De geïrriteerde uitdrukking verdween van haar gezicht toen ze achter Insch het uniform van Watson ontwaarde.

'Mevrouw Henderson?'

'O, god!' Ze greep de voorpanden van haar badjas en trok die ter hoogte van haar hals over elkaar. Alle kleur verdween uit haar gezicht. 'Het is Kevin, zeker. God, nee... hij is dood!'

'Kevin?' Insch leek even in de war.

'Kevin, mijn man. Ze liep achteruit, de kleine hal in, en wapperde met haar handen. 'O, mijn god.'

'Mevrouw Henderson, uw man is niet dood. We...'

'O, godzijdank.' Onmiddellijk opgelucht bracht ze hen via de hal naar een woonkamer waarin de kleur roze en andere snoepkleuren domineerden. 'Sorry voor de rommel. Meestal maak ik op zondag schoon, maar ik moest twee diensten draaien in het ziekenhuis.' Ze bleef staan, keek rond in de kamer en verplaatste het eerder uitgetrokken verpleegstersuniform van de bank naar de strijkplank. De halflege fles gin voerde ze snel af naar de servieskast. Boven de kachel hing een ingelijste foto die leek te zijn gemaakt door een fotograaf met een artistieke inslag. Het zag eruit als een olieverfschilderij. Een man, een vrouw en een klein blond meisje. Het echtpaar en hun vermoorde kind.

'Kevin woont hier even niet... hij wilde een beetje afstand nemen...' Even viel er een stilte. 'Hij is weggegaan nadat ons dochtertje verdwenen is.'

'Ja, daarom zijn we hier, mevrouw Henderson.'

Ze gebaarde hun plaats te nemen op de massieve bruinlederen bank die was bedekt met roze en gele kussens. 'Omdat Kevin hier niet woont? Maar dat is alleen maar tijdelijk, hoor!'

Insch haalde een doorzichtige plastic envelop uit zijn zak. Er zaten twee roze haarspelden in. 'Herkent u deze, mevrouw Henderson?'

Ze pakte de envelop, keek naar de inhoud en vervolgens naar Insch. Ze werd lijkbleek. 'O, god, deze zijn van Lorna! Haar favoriete Barbiespelden. Ze had ze altijd bij zich! Waar hebt u ze gevonden?'

'We hebben Lorna gevonden, mevrouw Henderson.'

'Gevonden? O, nee...'

'Het spijt me, mevrouw Henderson. Ze is dood.'

Ze zag er plotseling afwezig uit en zei toen: 'Thee. Dat is wat we nodig hebben. Lekkere warme thee.' Ze draaide zich om en haastte zich met wapperende badjas naar de keuken.

Ze vonden haar in tranen, gebogen over het aanrecht.

Tien minuten later waren ze weer terug in de woonkamer. Insch en Logan zaten op de massieve bank. Watson en mevrouw Henderson zaten op de twee massieve bruine leunstoelen. De agente van de afdeling Slachtofferhulp stond achter mevrouw Henderson. Ze had een hand op haar schouder gelegd en maakte troostende geluiden. Logan had een flinke pot thee gezet, die op de salontafel stond te dampen naast een stapel *Cosmopolitan*'s. Iedereen had een kopje, maar niemand dronk.

'Het is allemaal mijn schuld.' Mevrouw Henderson leek een paar decimeter te zijn gekrompen sinds ze waren gearriveerd. De roze badjas hing om haar schouders als een lijkwade. 'Hadden we die stomme pony maar voor haar gekocht...'

Insch schoof wat naar voren op de bank. 'Het spijt me vreselijk dat ik u dit moet vragen, mevrouw Henderson, maar kunt u me iets vertellen over de avond waarop Lorna is verdwenen?'

'Ik heb het nooit echt kunnen geloven. Dat ze nooit meer terug zou komen, bedoel ik. Ze was weggelopen. En op een dag zou ze gewoon weer thuiskomen en dan zou alles weer net zo zijn als vroeger.' Ze keek omlaag naar haar theekopje. 'Kevin kon het niet verwerken. Hij bleef mij maar beschuldigen. Elke dag. "Het is jouw schuld dat ze weg is!" zei hij altijd. Hij had gelijk. Het wás mijn schuld. En toen... toen is hij die vrouw tegengekomen die ook in de supermarkt werkt.' Ze zuchtte. 'Maar hij houdt niet echt van haar! Hij doet het om me te pijnigen... Ik bedoel, ze heeft niet eens borsten. Hoe kan een man nou van een vrouw houden die geen borsten heeft! Hij doet het alleen maar uit wraak. Maar ik weet zeker dat hij weer bij me terugkomt. Dat zul je zien. Op een dag komt hij gewoon weer thuis en dan is alles weer zoals vroeger.' Ze zweeg en beet op de binnenkant van haar wang.

'Die avond toen Lorna verdween, mevrouw Henderson. Hebt u toen iemand gezien? Een auto misschien?'

Ze keek op van haar theekopje, maar haar gedachten waren ver weg. 'Wat? Dat weet ik niet meer... Het is lang geleden en ik was zó boos op haar. Waarom hebben we die pony niet gewoon voor haar gekocht?'

'Een bestelwagen misschien, of een busje?'

'Nee, ik weet het niet meer. Ze hebben dat allemaal al een keer aan me gevraagd!'

'Of een man met een afvalkar?'

Ze verstijfde. 'Wát zegt u?'

Insch zweeg. Mevrouw Henderson keek hem een paar seconden indringend aan en sprong toen overeind. 'Ik wil haar zien!'

Insch zette zijn kopje voorzichtig neer op het tapijt. 'Het spijt me, mevrouw Henderson. Dat gaat niet.'

'Het is mijn dochter. Ik wil haar zien, verdomme!'

'Lorna is al heel lang dood. Ze is... het is beter voor u dat u haar niet ziet, mevrouw Henderson. Geloof me, alstublieft. U kunt zich haar beter blijven herinneren zoals ze was.'

Mevrouw Henderson stond midden in haar woonkamer en keek geagiteerd naar de kale schedel van de hoofdinspecteur. 'Wanneer hebben jullie haar gevonden? Wanneer hebben jullie Lorna gevonden?'

'Gisteren.'

'O, god, nee...' Ze sloeg een hand voor haar mond. 'Hij is het, nietwaar? Die man die in de krant heeft gestaan! Hij heeft haar vermoord en begraven in die vuiligheid!'

'Rustig maar, mevrouw Henderson. We hebben hem gearresteerd. Hij kan niemand meer kwaad doen.'

'Die vuile schoft!' Ze smeet haar theekopje tegen de muur. Het spatte uiteen. Porseleinscherven vlogen in het rond en de lauwe thee maakte een vlek op het behang. 'Hij heeft mijn kind van me afgepakt!'

Ook op de terugweg werd er niet veel gesproken. De agente van de afdeling Slachtofferhulp had een buurvrouw bereid gevonden mevrouw Henderson bij te staan. Zodra de uit de kluiten gewassen, bezorgd kijkende vrouw was binnengekomen, was ze in tranen uitgebarsten. Ze hadden het tweetal huilend op de bank achtergelaten en hadden zichzelf uitgelaten.

Buiten was het doodstil. Op weg terug naar het centrum kwamen ze alleen maar strooiwagens tegen. Het weer hield iedereen binnen.

Het was acht uur. Toen ze over de rotonde in Hazlehead reden, zag Logan een bekende gestalte gehaast door de sneeuw lopen. Het was de stiefvader van Peter Lumley. Hij riep de naam van zijn zoon. Logan keek de man somber na totdat hij uit het zicht was verdwenen. Hij had zo'n bezoekje van de politie nog te goed. Ook hem zouden ze op een zeker moment moeten gaan vertellen dat het dode lichaam van zijn kind was gevonden.

Insch vroeg het adres op van meneer Henderson. Hij woonde samen met de vrouw uit de supermarkt zonder borsten in een appartement in een minder chic gedeelte van Rosemount.

Ze verrichten opnieuw het pijnlijke ritueel. Maar deze keer was er geen zelfbeklag. Alle woede was gericht op zijn ex-vrouw, die stomme trut. Zijn vriendin zat op de bank, in tranen, terwijl hij raasde en tierde. Zo was hij normaal nooit, zei de vriendin. Hij was juist altijd vreselijk zachtaardig.

Daarna reden ze terug naar het hoofdbureau.

'Nou, dat was wat je noemt een interessante dag.' Insch klonk volledig uitgeput terwijl hij naar de lift liep. Hij zette een vette duim op de knop met de pijl omhoog. Tot zijn verbazing gingen de liftdeuren onmiddellijk open. 'Hoor eens,' zei hij tegen Logan en Watson terwijl hij in de lift stapte, 'gaan jullie je maar verkleden en wacht dan even op me. Ik ben over vijf minuten terug. Ik moet een paar formulieren invullen en daarna nodig ik jullie uit voor een borrel.'

Watson keek naar Logan en vervolgens naar de hoofdinspecteur. Het leek alsof ze een goed excuus probeerde te verzinnen om eronderuit te komen. Maar voordat ze het gevonden had, schoven de liftdeuren dicht en was Insch verdwenen.

Logan haalde diep adem.

'Als je liever niet meegaat,' zei hij, 'dan begrijp ik dat best. Dan zal ik wel tegen Insch zeggen dat je al een andere afspraak had.'

'Wilt u zo graag van me af?'

Logan trok een wenkbrauw op. 'Nee. Helemaal niet. Ik dacht alleen... nou ja, na al die onzin die er in de krant heeft gestaan... je weet wel.' Hij wees naar zichzelf. 'Verrader.'

Ze glimlachte. 'Ik weet dat u af en toe lastig kunt zijn. Maar ik heb die Miller al een keer ontmoet, weet u nog? En ik snap best dat hij niet te vertrouwen is.' De glimlach verdween even. 'Maar ik dacht dat u misschien nog boos op me was. Na die uitbrander. Toen ik naar die auto heb gescholden.'

Logan straalde. 'Nee! Dat is oké. Eerlijk waar. Oké, dat schelden was natuurlijk niet oké...' Haar glimlach verdween weer en Logan, die dacht dat hij het opnieuw had verknald, praatte snel door. 'Maar dat geeft helemaal niet. Ik vind het leuk als je meegaat. Zeker als Insch trakteert.' Hij zweeg even. 'Niet dat ik alleen maar wil dat je meegaat omdat Insch trakteert. Ik vind het...' Hij besloot dat hij beter kon zwijgen voordat hij in zijn enthousiasme nog meer onzin zou gaan uitkramen.

Ze keek hem even aan. 'Goed,' zei ze ten slotte. 'Dan ga ik me even verkleden. Ik zie u buiten.'

Toen ze wegliep, was Logan er bijna zeker van dat ze hem uitlachte. Hij stond alleen in de gang en had een hoofd als een boei.

Dikke Gary bereidde zich achter de balie voor op de zoveelste nachtdienst. Hij glimlachte en wenkte Logan.

'Hé, Lazarus, fijn dat je eindelijk de erkenning krijgt die je verdient!'

Logan fronste zijn wenkbrauwen en Gary toverde een exemplaar tevoorschijn van de *Evening Express*, de avondvariant van de *Press and*

Journal. Op de voorpagina stond een foto van in blauwe overalls geklede mensen die dierenlijken in hun handen hielden en die grondig onderzochten.

KNEKELHUIS: MOEDIGE POLITIEMENSEN OP ZOEK NAAR BEWIJSMATERIAAL.

'Laat me raden,' zei Logan met een diepe zucht. 'Colin Miller?' De man werkte snel.

Gary tikte met zijn vinger tegen de zijkant van zijn neus. 'In één keer goed, meneer de held van de plaatselijke politie.'

'Gary, als ik het hier voor het zeggen had, zou ik jou weer aan het werk zetten,' zei hij terwijl hij naar buiten wees. 'Het wordt tijd dat je weer iets beters te doen krijgt dan de roddelbladen lezen.'

Gary knipoogde. 'Zolang je de baas nog niet bent kun je dat vergeten. Heb je trek?' Hij stak een pakje KitKat's uit en Logan kon een glimlach niet onderdrukken. Hij nam er een.

'En wat schrijft onze vriend Miller?'

Gary stak zijn borst vooruit, sloeg de krant open en begon theatraal te declameren. 'Blablabla, sneeuw en ijs, blabla. Allemaal opgeklopte praat over hoe dapper onze dienders aan het graven zijn in "een morbide mijn van dood en verderf". Blablabla, op zoek naar "het ultieme bewijsmateriaal waarmee dit beest voorgoed uit de samenleving kan worden geweerd". O, en dit stukje zul je ook wel leuk vinden: "De held van de plaatselijke politie Logan 'Lazarus' McRae was niet te beroerd zelf de handen uit de mouwen te steken om zijn team te helpen bij het met de hand onderzoeken van de rottende karkassen." En blijkbaar heb je ook het leven van agent Steve Jacobs gered nadat hij door een soort turborat was aangevallen. Als we jou niet hadden!' Gary salueerde.

'Dat laatste was het werk van Rennie. Ik heb hem alleen maar opdracht gegeven Steve naar het ziekenhuis te brengen!'

'Dat kan wel zijn, maar als jij er niet was geweest had misschien niemand daaraan gedacht!' Hij wreef een denkbeeldige traan uit zijn oog. 'Je bent een voorbeeld voor ons allemaal, McRae!'

'Etter!' Maar Logan glimlachte toen hij het zei.

Het was makkelijker je agent Watson voor te stellen als 'Jackie' als ze niet in uniform was. De strenge zwarte kleding was vervangen door een spijkerbroek en een rode trui, en haar bruine krulhaar hing tot over haar schouders. Ze trok er vloekend aan terwijl ze zich in een dik gewatteerd jack hees.

Zij was tenminste gekleed op de sneeuw. Logan had zijn werkpak nog aan. Hij verkleedde zich nooit op het bureau. Dat was nauwelijks nodig omdat hij binnen vijf minuten naar zijn huis kon lopen.

Ze kwam naast hem aan de balie staan en bietste van Dikke Gary een KitKat, die ze met zichtbare voldoening begon op te peuzelen.

Logan wachtte totdat ze haar mond vol had en vroeg toen: 'Hoe ging het vanmorgen met je gedetineerde?'

Ze kauwde even door en mompelde toen dat hij tweeënveertig uur taakstraf had gekregen, die hij zoals gewoonlijk bij de plantsoenendienst moest uitdienen, en dat hij nu op de lijst stond van seksuele delinquenten.

'Zoals gewoonlijk?'

Watson haalde haar schouders op. 'Hij wordt altijd ingedeeld bij de plantsoenendienst,' zei ze. Met die laatste zin kwam er ook een fonteintje chocoladekruimels uit haar mond. 'De rechter had medelijden met hem, vanwege zijn getuigenis in de zaak tegen Gerald Cleaver. Hij heeft het hem allemaal nog een keer laten vertellen, en nu was Sandy de Slang er niet om te suggereren dat hij alleen maar een ziekelijke fantast is. Ik moet bekennen dat ik ook met hem te doen heb. Stel je voor: een vader die je mishandelt, een moeder die aan de drank is, en als je dan in het ziekenhuis terechtkomt, krijg je te maken met die klootzak van een Cleaver die een beetje met je gaat rommelen onder de lakens.

Het werd stil toen ze alle twee dachten aan de dikke verpleger en zijn voorkeur voor kleine jongetjes.

'Weet je wat,' zei Dikke Gary, 'als jullie Roadkill niet hadden gearresteerd, zou ik zweren dat Cleaver die kinderen heeft vermoord.'

'Hoe dan? Hij zat vast toen Peter Lumley verdween.'

Gary hield vol. 'Misschien had hij een handlanger.'

'En hij was een friemelaar en geen moordenaar,' mengde Jackie zich in de discussie. 'Hij had ze liever levend.'

Logan keek geschokt. Het was een verontrustend beeld, maar ze had gelijk.

Maar dikke Gary liet zich niet zo gemakkelijk uit het veld slaan. 'Misschien kan hij hem niet meer overeind krijgen. Misschien maakt hij ze daarom af!'

'Hoe kan dat nou? Hij zit al zes maanden achter de tralies. Hij kan het helemaal niet geweest zijn.'

'Ik zeg ook niet dat hij het geweest is. Ik zeg alleen maar dat hij het geweest had kúnnen zijn.' Gary keek verontwaardigd. 'En dan te bedenken dat ik jullie net nog mijn KitKats heb gegeven! Ondankbare honden!'

24

Het ene drankje werden er twee. En drie. En na een kerrieschotel kwamen er nog vier bij. Toen Logan afscheid nam van Insch en Watson zag de wereld er weer rooskleurig uit. Goed, omdat de hoofdinspecteur erbij was konden Jackie en hij natuurlijk niets beginnen, maar Logan had het gevoel dat het een romantisch avondje had kunnen worden. Als Insch er niet bij was geweest.

Het maakte allemaal niet zoveel meer uit om halfvijf 's ochtends, toen hij misselijk opstond om zijn lichaamsgewicht aan water te gaan drinken, waarna hij weer in slaap viel.

Logan arriveerde klokslag zeven uur op het hoofdbureau, al was het dan zaterdagochtend. Het sectierapport van Lorna Henderson lag op het bureau van Insch, die er ook al was, al zag zijn babyhuid wat bleker dan normaal.

Lorna Henderson was doodgeslagen. De klap tegen haar ribben had haar linkerlong ernstig beschadigd, de klap tegen haar linkerslaap had haar schedel verbrijzeld en met de klap op de achterkant van haar hoofd was het karwei afgemaakt. Haar linker bovenbeen was op meerdere plaatsen gebroken. Een vierjarig meisje, genadeloos doodgeslagen. Roadkill had zich behoorlijk op haar uitgeleefd.

'Denkt u dat we een verklaring uit hem los zullen krijgen?' vroeg Logan, terwijl hij de sectiefoto's omdraaide om ze niet meer te hoeven zien.

Insch snoof. 'Dat betwijfel ik. Maar het maakt niet uit. We hebben zoveel forensisch bewijsmateriaal dat hij zich hier nooit meer uit kan lullen. Zelfs Sandy de Slang zal niets voor hem kunnen uitrichten. Meneer Philips zal de rest van zijn leven doorbrengen in de Peterhead-bajes, samen met al die andere smeerlappen.' Hij haalde een zak zuurtjes tevoorschijn en begon ze uit te delen aan de in de recherchekamer aanwezige politiemensen. Daarna ging hij weer zitten om zijn werk te hervatten. 'Neem jij die Miller vandaag nog mee naar de boerderij?' Hij sprak de naam van de journalist uit alsof het een besmettelijke ziekte betrof.

'Nee.' Logan grinnikte. 'Om de een of andere reden schijnt hij er niet zoveel zin meer in te hebben. Raar, hè?'

Het uitje van vrijdag was voldoende geweest voor de sterreporter. De *Press and Journal* van die ochtend bevatte louter lovende woorden over de politie. Het verhaal leek erg op het artikel dat de vorige avond al in de *Evening Express* had gestaan, maar was iets gedetailleerder uitgewerkt. Insch werd er niet meer in aangevallen.

'En hoe zit het met dat lijk dat ze uit de haven hebben gevist?' vroeg Insch.

'Daar zit wel een beetje schot in.'

'Steel vertelde me dat je de broertjes McLeod ervan verdenkt.'

Logan knikte. 'Het is helemaal in hun straatje. Brutaal en wreed.'

Insch glimlachte bijna. 'Ze lijken alle twee op hun ouweheer. Denk je dat je het rond krijgt?'

Logan bedwong de neiging zijn schouders op te halen. Hij wist dat het lastig zou worden. 'Ik doe mijn uiterste best. Ik heb de technische recherche opdracht gegeven de kleding van het slachtoffer minutieus te onderzoeken. Misschien dat dat iets oplevert. En misschien krijgen we een of meer van hun klanten aan de praat...' Hij zweeg en moest ineens denken aan Duncan Nicholson die door de regen naar het wedkantoor was gerend.

Insch stak iets zuurs en kleverigs in zijn mond. 'Dat kun je vergeten. Niemand is zo stom de broertjes McLeod te verlinken. Dat staat gelijk aan zelfmoord.'

'Wat zegt u?' Logan dacht nog steeds aan Nicholson en zijn plastic tas. 'Ja, dat zal ook wel. Simon McLeod zei dat het een waarschuwing was, en dat iedereen in de stad wist wat het betekende.'

'Iedereen in de stad? Hoe komt het dan dat ik er niets van gehoord heb?' vroeg Insch.

'Weet ik veel. Ik hoop dat Miller me iets wijzer kan maken.'

Om twaalf uur zat Logan achter een groot bord met stoofvlees, patat en witte bonen. De Prince of Wales was een traditionele pub met houten lambrisering en een laag plafond dat als gevolg van de rokende clientèle in de loop van de generaties donkergeel was geworden. Ze schonken er nog ambachtelijk gebrouwen bier. Het zat er vol met mannen die door hun vrouw of vriendin naar de stad waren meegenomen om te gaan winkelen. En dit was hun beloning: een glas koud bier en een bakje chips.

De pub bestond uit een aantal kleine vertrekken die via smalle gangetjes met elkaar waren verbonden. Logan en Miller zaten aan een raam, vlak bij de ingang. Niet dat er buiten veel te zien was, behalve dan de natgeregende blinde granieten muur aan de overkant van de smalle steeg.

'Zo,' zei Miller terwijl hij een peultje aan zijn vork prikte. 'Heb je al een bekentenis losgekregen van dat monster?'

Logan kauwde op zijn stoofvlees en verlangde naar een glas bier om het door te spoelen en zijn kater tot bedaren te brengen. Maar drinken in diensttijd stond volgens de hoofdcommissaris gelijk aan verkrachting van het imago van de politie, dus had Logan een glas versgeperst sinasappelsap genomen. 'We zijn nog bezig met het onderzoek.' antwoordde Logan tussen het kouwen door.

'Ik hoop wel dat jullie het bewijs rond krijgen. Wat een zieke klootzak!' Miller had geen dienst en kon dus drinken. Hij had niet gekozen voor Dark Island-bier, maar voor een groot glas sémillon-chardonnay bij zijn gepaneerde zalmfilet.

Logan keek hoe de journalist van zijn glas nipte en glimlachte. Miller was een rare vogel, maar Logan moest bekennen dat hij de man aardig begon te vinden. Zelfs al had hij er bijna voor gezorgd dat Insch was ontslagen. Zijn kleding, de wijn, de croissantjes en de protserige gouden sieraden maakten allemaal deel uit van een zorgvuldig in stand gehouden imago.

Logan wachtte tot de journalist een flinke hap had genomen en vroeg toen: 'Wat kun je me nog vertellen over George Stephenson?'

'Mmmph...' Er vielen kleine stukjes gepaneerde zalm op zijn dure, spierwitte overhemd. 'Hoezo?'

'Je zei dat je nog informatie over hem voor me had. Iets wat ik nog niet wist.'

Miller glimlachte, waardoor er nog meer voedselresten uit zijn mond vielen. 'Wat dacht je van de laatste locatie waar hij nog levend is gezien?'

Logan waagde een gok: 'De Turf 'n Track?'

Miller was zichtbaar onder de indruk. 'Inderdaad. Dat klopt helemaal. De Turf 'n Track.'

Dat wist Logan al. Nu kwam het erop aan het te bewijzen. 'Een van de broers McLeod heeft me verteld dat iedereen wist dat je nooit moest doen wat Geordie had gedaan en dat het een waarschuwing was. Kun jij me daar meer over vertellen?'

Miller tilde zijn wijnglas op en liet het licht erdoorheen schijnen zodat het een klein cirkeltje maakte dat op het houten tafelblad danste.

'Wist je dat hij een stel wedkantoren een behoorlijk bedrag schuldig was?'

'Dat had je me al verteld. Hoeveel?'

'Tweehonderdvijftigduizend en zeshonderdtweeënveertig pond.'

Nu was het Logans beurt om onder de indruk te zijn. Dat was een indrukwekkende hoeveelheid geld. 'Maar waarom hebben ze hem vermoord? Hadden ze hem niet beter alleen maar een beetje kunnen beschadigen? Nu hij dood is kan hij geen cent meer terugbetalen. En hij werkt voor Malk the Knife. Die schijnt er niet zo van te houden als je zijn personeel doodmaakt.'

'Absoluut. Het is heel riskant. Als je zonder Malkies toestemming aan zijn maten komt, krijg je gegarandeerd ernstige problemen.

Logan keek ongerust. Het laatste wat ze in Aberdeen konden gebruiken was een serie onderwereldmoorden. Een bendeoorlog in de granieten stad. Dat zou lekker zijn. 'Dus waarom hebben ze hem dan vermoord?'

Miller zuchtte en legde zijn mes neer. 'Ze hebben hem vermoord omdat iedereen weet dat je niet kunt doen wat hij heeft geflikt.'

'Wat bedoel je daar in 's hemelsnaam mee?'

'Daar bedoel ik mee...' Miller keek rond in het kleine vertrek. Een smal gangetje liep naar de ruimte waar ze elkaar hadden ontmoet en hun lunch hadden besteld, en via een ander gangetje kwam je bij de bar. Iedereen was geanimeerd aan het praten en eten, blij binnen te zitten, waar het warm en droog was. Niemand leek ook maar de geringste aandacht voor hen te hebben.

'Goed. Je weet voor wie Geordie werkte. Die kun je geen twee keer dwarszitten, snap je. Eén keer kom je er misschien mee weg, maar als je het voor de tweede keer doet, overkomt je gegarandeerd iets akeligs. Duidelijk?'

'Dat heb je me al verteld.'

'Ja, dat is ook zo.'

Miller leek steeds minder op zijn gemak. 'Weet je hoe ik terecht ben gekomen in het zonovergoten Aberdeen?' Hij zwaaide met zijn vork naar het noodweer aan de andere kant van het raam. 'Waarom ik een baan bij de *Sun* heb opgegeven om naar dit stinkgat te komen?' Hij had het laatste op gedempte toon gezegd, zodat niemand in de pub kon horen wat hij van Aberdeen vond. 'Drugs. Drugs en hoeren.'

Logan trok zijn wenkbrauwen op.

Miller keek hem geïrriteerd aan. 'Nee, ik niet, idioot. Ik was bezig met een artikel over de crack die via Edinburgh Glasgow binnenkwam. Het werd vanuit Oost-Europa binnengesmokkeld met behulp van prostituees. Je weet wel, de truc met de plastic zak in het kutje. Als je het doet als ze ongesteld zijn, ruiken de speurhonden het niet. En al zouden die wel iets ruiken, dan vinden ze het bij de douane te pijnlijk om de boel te gaan onderzoeken.' Hij nam een slokje wijn. 'Je zou versteld staan hoeveel crack je in de vagina van een hoer uit Litouwen kan proppen. Bergen van dat spul.'

'Maar wat heeft dat allemaal met Geordie te maken?'

'Daar kom ik op. Ik ben dus bezig als een echte Clark Kent. Ik haal al het vuil boven water en het wordt een fantastisch verhaal. Ik bedoel, ik word genomineerd voor allerlei prijzen. Onderzoeksjournalist van het jaar. Een contract voor een boek. Noem maar op. Maar op een dag kom ik erachter wie de grote meneer achter de schermen is. Ik ken zijn naam. De naam van de man die al die met drugs volgepropte hoeren het land binnen smokkelt.'

'Laat me raden: Malcolm McLennan.'

'Dus op een dag wordt ik in Sauchiehall Street gegrepen door twee van die gorilla's. Let wel, op klaarlichte dag! Ze sleuren me een grote zwarte wagen in en verzoeken me beleefd maar dringend op te houden met die verhalen. Als ik mijn vingers tenminste niet kwijt wil. En gesteld ben op mijn benen.'

'En ben je ermee opgehouden?'

'Wat dacht jij dan?' Miller nam een flinke slok wijn. 'Ik wil niet dat de een of andere klojo mijn vingers er met een slagermes af komt hakken.' Hij huiverde. 'Malk the Knife belde een paar mensen en voordat ik het wist was ik ontslagen. En geen enkele krant in de regio wilde nog iets met me te maken hebben.' Hij zuchtte. 'Dus vandaar dat ik nu hier ben. Begrijp me niet verkeerd, zo erg is het hier niet. Het is een goede baan, mijn verhalen komen op de voorpagina terecht, ik heb een leuke auto, een mooi huis en ik ben een aardige vrouw tegengekomen. Het betaalt niet zo goed als ik gewend was, maar in elk geval leef ik nog.'

Logan leunde achterover en bestudeerde de man die tegenover hem zat: het maatpak, de gouden snuisterijen en de zijden stropdas, zelfs op een regenachtige zaterdag in Aberdeen.

'Dus daarom heb ik niets in de krant gelezen over Geordies lijk dat zonder knieschijven uit de haven is gevist. Je durft het niet te publiceren omdat je bang bent dat Malk the Knife erachter komt.'

'Als er een artikel van mijn hand over zijn zaakjes op de voorpagina verschijnt, dan kan ik dag zeggen tegen al mijn tien kleine varkentjes.' De journalist stak zijn handen omhoog en bewoog zijn vingers. De gouden ringen glinsterden in het licht van de pub. 'Nee, daarover hou ik liever mijn mond.'

'Maar waarom praat je er dan met mij over?'

Miller haalde zijn schouders op. 'Ik mag dan journalist zijn, dat betekent nog niet dat ik een parasiet ben en een gewetenloze klootzak. Ik bedoel, ik ben geen advocaat of zoiets. Ik heb nog wel enig gevoel voor normen en waarden. Daarom geef ik je informatie waarmee jij misschien de moordenaar kunt pakken. Ik blijf buiten schot en hou al mijn tien vingers. Als het tot een rechtszaak komt, moet je het zelf oplossen, dan zit ik in de Dordogne. Twee weken Franse wijn en haute cuisine. Ik ga niet getuigen.'

'Je weet wie het heeft gedaan, nietwaar?'

De journalist dronk zijn wijn op en glimlachte wrang. 'Nee, maar als ik erachter kom ben jij de eerste die het hoort. Niet dat ik er moeite voor doe. Ik heb een minder gevaarlijk slachtoffer gevonden.'

'Vertel.'

Miller glimlachte alleen maar. 'Dat lees je snel genoeg in de krant. Maar ik moet ervandoor.' Hij stond op en wurmde zijn lichaam in een dikke winterjas. 'Ik heb een afspraak met de *Sunday Telegraph*. Ze willen in het supplement van morgen een artikel van vier pagina's plaatsen: DODENDANS: DE ZOEKTOCHT NAAR DE KINDERMOORDENAAR VAN ABERDEEN. Dat wordt een journalistiek meesterwerkje.

Net als de andere bebouwde buitengewesten van Aberdeen had Danestone oorspronkelijk een agrarische bestemming gehad. Ze hadden er de projectontwikkelaars lang op afstand kunnen houden. Dus toen de bulldozers er eenmaal vrij spel kregen was het devies: snel bouwen en véél bouwen. Je zag er geen traditionele granieten huizen met leistenen daken, maar uitsluitend havermoutkleurig pleisterwerk met dakpannen. Het was een doolhof van eenvormige woonerven met veel doodlopende straten.

Maar in tegenstelling tot het centrum van Aberdeen, waar de hoge granieten gebouwen ervoor zorgden dat het een uur eerder donker werd dan op het platteland, scheen de zon hier volop, omdat het project was gebouwd op de zuidelijke helling van een heuvel aan de rand van de rivier de Dee. Het enige nadeel was de nabijheid van een groot pluimveebedrijf, de papierfabriek en het rioleringsbedrijf. Maar je kon nu eenmaal niet alles hebben. En zolang er geen westenwind stond had je er nauwelijks last van.

De wind waaide die dag niet uit het westen. Hij gierde vanuit het oosten, vanaf de Noordzee, en voerde ijskoude horizontale regen met zich mee.

Huiverend draaide Logan het portierraam weer omhoog. Hij had de wagen geparkeerd vlak bij een kleine woning met een tuin die er in de stromende regen halfdood uitzag. Ze wachtten al langer dan een uur, Logan en de kale rechercheur in zijn windjack met capuchon, en hun doelwit was nog steeds niet komen opdagen.

'Waar blijft hij nou?' vroeg de rechercheur, terwijl hij dieper wegdook in zijn warme jack. Sinds ze van het hoofdbureau waren vertrokken, had hij aan één stuk door geklaagd over het weer. En over het feit dat ze op zaterdag moesten werken. Dat het regende. Dat het koud was. Dat hij honger had. En dat hij door de regen aandrang kreeg om te plassen.

Logan probeerde zich te beheersen. Als Nicholson niet snel zou komen opdagen, zou er de volgende dag een nieuwe moord in de kranten staan: ZANIKENDE RECHERCHEUR IN GEPARKEERDE AUTO GESTIKT IN ZIJN EIGEN GENITALIËN! Hij was zich juist aan het afvragen of hij als beloning zou worden benoemd tot Officier in de Orde van het Britse Rijk of tot ridder zou worden geslagen, toen de bekende groene Volvo met de bruine roestplekken arriveerde. De chauffeur reed in zijn haast om te parkeren half het trottoir op en begon toen op de achterbank naar iets te zoeken.

'De voorstelling kan beginnen.' Logan opende het portier en liep de ijskoude regen in, gevolgd door de mopperende rechercheur.

Ze arriveerden bij de Volvo toen Nicholson uitstapte, met twee plastic tassen in zijn hand. Zijn gezicht werd lijkbleek toen hij Logan zag.

'Goedemiddag, Duncan.' Logan glimlachte geforceerd, terwijl er een straaltje ijskoud regenwater langs zijn nek liep en zijn boord natmaakte. 'Mogen we even in je tassen kijken?'

'Tassen?' Glinsterende regendruppels gleden als nerveuze zweetdruppels omlaag langs de kale schedel van Duncan Nicholson. Hij probeerde de tassen achter zijn rug te verbergen. 'Welke tassen?'

De chagrijnige rechercheur liep naar voren en snauwde vanuit de gevoerde capuchon van zijn windjack: 'Je weet best welke tassen we bedoelen!'

'O, deze?' De tassen kwamen weer tevoorschijn. 'Ik heb boodschappen gedaan. Naar de Tesco geweest. Voor broodbeleg en zo. Dus als u het niet erg vindt, ga ik...'

Logan bewoog zich niet. 'Dit zijn geen Tesco-tassen, Duncan. Dit zijn tassen van Asda.'

Nicholson keek naar Logan en vervolgens naar de slechtgehumeurde rechercheur. 'Ik... ik... vanwege het milieu. Ik gebruik mijn oude plastic tassen altijd opnieuw. Je moet toch wat over hebben voor het milieu?'

De rechercheur deed opnieuw een stap naar voren. 'Je kunt me wat met je kutmilieu en...'

Logan onderbrak hem. 'Ik weet zeker dat Duncan net zomin als wij hier in de regen wil blijven staan kibbelen. Zullen we naar binnen gaan, Duncan? Of als je dat liever wilt, op het bureau is het ook lekker warm, hoor. Daar willen we je ook wel naartoe brengen.'

Twee minuten later zaten ze in een kleine, groene keuken te luisteren naar het water dat aan de kook raakte. Het huis was leuk vanbinnen, als je het tenminste niet erg vond dat je kat er binnen de kortste keren een hersenschudding zou oplopen. Aan de met druk behang versierde muren waren op alle mogelijke en onmogelijke plaatsen lijsten, randjes en friezen bevestigd. Er lag duur olijfkleurig tapijt en overal hingen enorme, fabrieksmatig geproduceerde olieverfschilderijen. Er was geen boek te bekennen.

'Wat woon je hier énig,' zei Logan terwijl hij Nicholson strak aankeek. Een kaalgeschoren hoofd, tatoeages en genoeg metaal in zijn oren om alle detectoren van hier tot Dundee te laten afgaan. 'Heb je het helemaal zelf ingericht?'

Nicholson mompelde dat zijn vrouw gek was op die televisieprogramma's waarin elke week een interieur helemaal van top tot teen onder handen werd genomen. Over alles was nagedacht. De fluitketel, het broodrooster, de blender en de oven waren allemaal groen. Zelfs het linoleum op de keukenvloer was groen. Het was alsof ze in een enorm poppenhuis zaten.

De twee plastic tassen stonden op de tafel.

'Zullen we er eens in kijken, Duncan? Logan trok er een open en zag tot zijn teleurstelling een plastic verpakking met bacon en een blik bonen. In de andere zaten chips en chocoladekoekjes. Met een frons legde hij de artikelen op de tafel. Chocoladekoekjes en chips, bonen en bacon... En helemaal onderin lagen twee dikke, bruine enveloppen. Logans frons veranderde in een brede grijns.

'En wat zou dit nou zijn?'

'Die zie ik ook pas voor het eerst!'

Het waren geen regendruppels meer die van Nicholsons schedel omlaag sijpelden. Nu waren het werkelijk zweetdruppels.

Logan trok een paar rubberhandschoenen aan en pakte een van de enveloppen. Hij stonk naar sigarettenrook. 'Heb je me nog iets te vertellen voordat ik hem openmaak?'

'Ik heb ze alleen maar bij me. Ik weet niet wat erin zit... Ze zijn niet van mij!'

Logan schudde de inhoud op het tafelblad. Foto's. Vrouwen die buiten de was ophingen. Vrouwen die op het punt stonden naar bed te gaan. Maar vooral kinderen. Op school. Spelend in de tuin. Een foto van een bang uitziend kind op de achterbank van een auto. Wat Logan ook had verwacht te vinden, dit zeker niet. Op de achterkant van elke foto stond een andere naam. Geen adres, alleen maar een naam. 'Wat is dit in vredesnaam?'

'Ik heb het u al gezegd. Ik weet niets over de inhoud!' Zijn stem klonk hoog en paniekerig. 'Ik heb ze alleen maar bij me.'

De chagrijnige rechercheur greep Duncan Nicholson bij de schouders en duwde hem ruw terug op zijn stoel.

'Jij viezerik! Hij pakte een foto van een klein jongetje in een zandbak met een opgezet konijn. 'Heb je hem op die manier gevonden? Nou? Heb je David Reid ook gefotografeerd? En heb je toen besloten dat je hem wilde hebben? Jij smerige viespeuk!'

'Dat is helemaal niet waar! Zo zit het helemaal niet!'

'Duncan Nicholson, ik arresteer je op verdenking van moord.' Logan stond op en keek naar de kinderfoto's op de keukentafel. Hij voelde zich misselijk worden. 'Wijs hem op zijn rechten,' zei hij tegen de rechercheur.

Het huis was eigenlijk te klein voor vier leden van de technische recherche, de man met de videocamera, de fotograaf, Logan, de slechtgehumeurde rechercheur en twee geüniformeerde agenten, maar ze waren toch maar allemaal binnengekomen. Niemand had zin buiten in de stromende regen te blijven staan.

De inhoud van de twee enveloppen was gesorteerd en in met labels voorziene plastic mapjes gedaan. In de tweede envelop hadden ze geld en wat kleine juwelen gevonden.

Boven, tegenover de badkamer, was een ingebouwde kast van een meter bij een meter twintig. Precies groot genoeg voor een computer, een duur uitziende kleurenprinter en een barkruk. En een grendel die alleen van binnenuit kon worden dichtgeschoven.

Aan de muur hingen planken met cd's, van het soort dat je thuis kon branden. Ze waren allemaal voorzien van een datum en een omschrijving. Onder de plank waarop de computer stond, hadden ze dozen gevonden met glimmende foto's van uitstekende kwaliteit. Vrouwen en kinderen. Vooral kinderen. In de slaapkamer hadden ze een dure digitale camera gevonden.

Beneden klonk gerammel en iedereen werd stil.

De voordeur ging open.

'Dunky? Kun jij me even help... Wie zijn jullie?'

Logan keek langs de trap naar beneden en zag een hoogzwangere vrouw in een leren jas. Ze droeg een paar boodschappentassen en keek verbijsterd naar de menigte in haar woning.

'Waar is Duncan? Klootzakken! Wat hebben jullie met mijn man gedaan?'

25

Ze hoorden het nieuws om drie uur over de politieradio, toen ze terugreden naar het hoofdbureau. De rechtszaak tegen Gerald Cleaver, die vier weken had geduurd en volop media-aandacht had gekregen, was voorbij. Het vonnis was geveld.

'Onschuldig? Hoe kunnen ze hem in godsnaam vrijspreken?' vroeg Logan, terwijl de chagrijnige rechercheur de roestige dienstwagen het parkeerterrein op reed.

'Die verdomde Slang,' klonk het antwoord. Sandy Moir-Farquharson had weer toegeslagen.

Ze liepen van de auto naar de briefingkamer. Het stond er vol met agenten. De meesten waren doorweekt.

'Dames en heren.' Het was de hoofdcommissaris in hoogsteigen persoon. Hij zag er piekfijn uit in zijn gesteven uniform. 'Heel wat mensen daarbuiten zullen woedend zijn.' Dat was voorzichtig uitgedrukt. De betogers hadden al dagen bij de rechtbank gepost. Ze hadden geëist dat Gerald Cleaver levenslang zou worden opgesloten in de Peterhead-gevangenis. Nu hij was vrijgesproken, zou de hel losbreken.

De politieaanwezigheid bij de rechtbank was minimaal geweest, net genoeg manschappen om de zaak onder controle te houden. Maar het zou snel uit de hand lopen. De hoofdcommissaris wilde geen enkel risico nemen.

De ogen van de wereld zijn gericht op Aberdeen,' zei hij, gewichtig kijkend. 'En de afkeer van pedofielen neemt snel toe. Terecht, natuurlijk. Maar we kunnen niet toestaan dat burgers het recht in eigen hand gaan nemen en geweld gaan gebruiken. Ik wil dat deze actie vreedzaam verloopt. Dus we gebruiken geen wapenstokken, helmen en schilden. We moeten als politie dicht bij de burgers staan. Is dat duidelijk?'

Hier en daar werd geknikt.

'Jullie moeten ervoor zorgen dat Aberdeen zich van zijn beste kant aan de media laat zien. Het moet duidelijk zijn dat we hier de wetten respecteren!'

Hij zweeg even alsof hij verwachtte dat er luid applaus zou losbarsten en gaf daarna het woord aan Steel, die de taken verdeelde. Ze zag er gestrest uit. Ze had het onderzoek in de zaak-Gerald Cleaver geleid.

Logan maakte geen deel uit van de uniformdienst, daarom werd hij niet genoemd, net zomin als de andere rechercheurs, maar hij liep achter de ingedeelde dienders aan en keek vanuit de deuropening van het hoofdbureau naar de woedende menigte die zich voor de rechtbank had verzameld.

Het waren er meer dan Logan had verwacht: ongeveer vijfhonderd. Ze stonden op straat en op de trap en dromden samen op het parkeerterrein dat uitsluitend voor rechtbankmedewerkers en officiële bezoekers was bestemd. De televisieploegen vormden eilandjes van rust in de geagiteerde massa, waaruit diverse spandoeken omhoogstaken:

CLEAVER OPRUIMEN!

AFMAKEN DIE KLOOTZAK!

VIEZE SMEERLAP!

LEVENSLANG IS LEVENSLANG!

DOOD AAN DE PODOFIELEN!!!

Logan grijnsde toen hij de laatste kreet las. Domme mensen die woedend waren en een menigte achter zich hadden, konden heel wat kwaad uitrichten. Zo waren ooit na een soortgelijke demonstratie de ruiten ingegooid bij een drietal kinderartsen. En nu waren kennelijk de voetaanbidders aan de beurt.

De atmosfeer begon onaangenaam te worden. De mannen, vrouwen, ouders en grootouders die zich voor het gerechtsgebouw hadden verzameld, begonnen te roepen en te schelden. Ze wilden bloed zien. Alleen de hooivorken en brandende fakkels ontbraken nog.

Plotseling werd het stil.

De grote glazen deuren gingen open en Sandy Moir-Farquharson stapte naar buiten, de regen in. Gerald Cleaver was in geen velden of wegen te bekennen. Al waren ze er nog zo van overtuigd dat hij schuldig was, de politie zou hem nooit aan deze menigte blootstellen.

Sandy de Slang glimlachte minzaam naar de menigte alsof het een vriendenclub betrof. Dit was het moment waarop hij kon schitteren. Er waren televisieploegen uit de hele wereld. Een mondiaal publiek lag aan zijn voeten.

Binnen enkele seconden bevond zich een woud van microfoons voor zijn mond.

Gedreven door nieuwsgierigheid stapte Logan naar buiten en liep de regen in totdat hij dichtbij genoeg was om te kunnen verstaan wat de advocaat zou gaan zeggen.

'Dames en heren,' zei Moir-Farquharson, terwijl hij een paar dubbelgevouwen velletjes uit zijn binnenzak haalde. 'Mijn cliënt is op dit moment niet beschikbaar voor commentaar, maar hij heeft mij gevraagd de volgende verklaring voor te lezen.' Hij schraapte zijn keel en stak zijn borst vooruit. '"Ik wil graag iedereen bedanken voor de hartverwarmende blijken van medeleven die ik tijdens deze beproeving heb mogen ontvangen. Ik ben er altijd van overtuigd geweest dat mijn onschuld zou blijken en ik ben er dankbaar voor dat de bevolking van Aberdeen mij heeft gerehabiliteerd."'

Tijdens de stilte die hij liet vallen, klonken er kreten van woede in de menigte.

'Godallemachtig,' mompelde een agent die naast Logan stond, 'waarom hebben ze hem niet gezegd dat hij zijn mond moest houden?'

'"Nu mijn naam"...' Sandy de Slang was onverstaanbaar en moest zijn stem verheffen. '"Nu mijn naam is gezuiverd, zal ik"...' Verder kwam hij niet.

Een sjofel uitziende, uit de kluiten gewassen jongeman stoof vanuit het publiek naar voren, wrong zich tussen de verslaggevers door en deelde de advocaat een vuistslag uit die midden op zijn neus terechtkwam. Sandy de Slang wankelde achteruit, struikelde en viel. De menigte juichte.

Vanuit het niets verscheen een groepje geüniformeerde dienders. Ze grepen de sjofele man voordat hij de gevallen advocaat verder kon toetakelen, hielpen de advocaat overeind en brachten hem het gerechtsgebouw binnen. Ook de aanvaller werd, in de houdgreep, de rechtbank binnengeleid.

Het volgende halfuur gebeurde er niets. De ijskoude regen bleef in bakken omlaag komen. De meeste demonstranten vonden het welletjes en verdwenen naar huis of naar de kroeg. De kleine harde kern die achterbleef, was er getuige van dat een geblindeerd busje de weg op reed en met grote snelheid in de richting van het centrum reed.

Gerald Cleaver was vrij.

Terug op het hoofdbureau, voegde Logan zich in een lange rij druipnatte en snotterende politiemannen en -vrouwen. Aan het begin van de rij deelden kantinemedewerkers kommen dampende soep uit. Naast de bakken met bestek stond de hoofdcommissaris, die iedereen de hand schudde en hen bedankte voor het goede werk dat ze hadden gedaan.

Logan accepteerde de soep en de handdruk grootmoedig en liep naar een tafel bij het beslagen raam. De soep was warm en smakelijk. En gratis, net als de handdruk.

Aan de andere kant van de tafel plofte Insch op een stoel tussen een paar geüniformeerde dienders. Hij straalde en keek enthousiast om zich heen. 'Récht op zijn neus!' zei hij ten slotte. Wáf! Récht op zijn neus.' Hij grinnikte en stak zijn lepel in zijn soep. 'Hebben jullie dat gezien? Daar staat hij te leuteren, die smerige Slang, en dan komt me ineens die vent uit het publiek naar voren en die geeft hem een hengst. Páts!' Hij sloeg met zijn dikke vuist in zijn enorme handpalm, waardoor de agent naast hem zó schrok dat hij de soep die hij in zijn mond had willen lepelen over zijn das morste. 'Sorry, jochie.' Insch bood de verbouwereerde agent een servet aan. 'Midden op zijn neus!' Hij zweeg even en zijn glimlach werd breder. 'En dat krijgen we vanavond allemaal nog een keer op de televisie te zien! Ik zweer je, ik ga het opnemen en elke keer als ik zin heb om me te ontspannen...' hij deed alsof hij een afstandsbediening in zijn hand had en drukte met zijn vinger op de denkbeeldige afspeelknop. 'Wáts! Mídden op zijn neus.' Hij zuchtte voldaan. 'Op dit soort momenten weet ik weer waarom ik bij de politie ben gegaan.'

'Hoe is hoofdinspecteur Steel eronder?' vroeg Logan.

'Hmm? O...' De glimlach verdween van zijn gezicht. 'Nou, ze is blij met die muilpeer, maar pisnijdig dat ze de smeerlap hebben vrijgesproken.' Hij schudde zijn hoofd. 'Ze heeft bergen moeten verzetten om de slachtoffers zover te krijgen dat ze wilden getuigen. Die arme donders moesten daar in de rechtbank tot in de kleinste details vertellen wat die vuilak met ze had gedaan. Om vervolgens door die Slang te worden vernederd. Cleaver is vrij, en al die pijn is voor niets geweest.'

De mannen en vrouwen aan tafel deden er het zwijgen toe en concentreerden zich op hun soep.

'Zullen we hem een bezoekje gaan brengen?' vroeg Insch toen Logan zijn soep op had.

'Wat? Cleaver?'

'Nee, onze held van vandaag!' Hij hief zijn armen omhoog en nam de klassieke bokshouding aan. 'De wreker met de machtige knuistjes.'

Logan glimlachte. 'Waarom niet?'

Bij het cellenblok stond een groepje agenten enthousiast te praten over de heldendaad van de gedetineerde. Insch stuurde hen met een streng gezicht weg. Wat dachten ze wel? Wisten ze niet dat dit gedrag uiterst onprofessioneel was? Wilden ze soms dat iedereen ging denken dat het normaal was dat mensen elkaar zomaar op de neus gingen timmeren? Met het schaamrood op de kaken dropen ze af en lieten Logan, Insch en de brigadier die de supervisie had over het cellenblok, alleen achter bij de blauwgeschilderde celdeur. De brigadier schreef een naam op het bordje naast de deur en Logan fronste zijn wenkbrauwen. De naam kwam hem vaag bekend voor, maar hij kon hem niet exact thuisbrengen.

'Mogen we deze gast een bezoekje brengen?' vroeg Insch toen de brigadier klaar was met schrijven.

'Wat? O, ja, natuurlijk, meneer. Hebt u de leiding in deze zaak?'

Insch straalde opnieuw. 'Dat mag ik wel hopen!'

De cel was klein, maar niet bepaald gezellig. Er lag bruin linoleum op de vloer en aan een van de muren was een houten bank geschroefd. Het enige daglicht kwam uit een bovenlicht van dik draadglas. Er hing een zure okselucht.

De gedetineerde lag opgerold op zijn zij op de houten bank, in de foetushouding. Hij kreunde zachtjes.

'Bedankt, brigadier,' zei Insch. 'Laat ons maar even alleen.'

'Oké.' De brigadier liep de cel uit en knipoogde naar Logan. 'Ik hoor het wel als Mohammed Ali het weer op zijn heupen krijgt.'

De celdeur sloeg met een metalige klap dicht en Insch ging op de bank zitten, naast de ineengedoken gestalte. 'Meneer Strichen? Of mag ik Martin zeggen?'

De jongeman schoof een beetje op.

'Martin? Weet je waarom je hier bent?' Insch sprak zacht en vriendelijk. Logan had hem nog nooit op zo'n toon tegen een verdachte horen praten.

Langzaam kwam Martin overeind, totdat zijn benen over de rand van de bank bungelden en zijn sokken vochtige afdrukken maakten op het linoleum. Ze hadden zijn veters, zijn riem en alle andere gevaarlijke bezittingen in beslag genomen. Hij was een reus. Niet vet, maar alles aan hem was groot. Zijn armen, benen, handen, kaak... Toen Logan het pokdalige gezicht zag, realiseerde hij zich hoe hij de naam kende. Martin Strichen was de jongen die zich in de dameskleedkamer in het zwembad had staan afrukken. De jongen die hij een lift had gegeven naar de Craiginches-bajes. De jongen die had getuigd in de rechtszaak tegen Gerald Cleaver.

Geen wonder dat hij Sandy de Slang een knal op zijn neus had gegeven.

'Ze hebben hem laten lopen.' Het was niet meer dan gefluister.

'Dat weet ik, Martin. Dat hadden ze niet moeten doen, maar zo is het.'

'Ze hebben hem laten lopen vanwege hém.'

Insch knikte. 'En daarom heb je meneer Moir-Farquharson een klap gegeven?'

Een onderdrukt gemompel.

'Martin, ik ga een korte verklaring opstellen en dan ga ik vragen of jij die wilt ondertekenen, oké?'

'Ze hebben hem laten lopen.'

Geduldig en vriendelijk somde Insch voor Martin Strichen de gebeurtenissen van die middag op, waarbij hij veel aandacht besteedde aan het moment van de vuistslag. Logan schreef het allemaal op in het gebruikelijke ambtelijke politiejargon. Het was een schuldbekentenis, maar Insch deed zijn uiterste best het zo te formuleren dat het leek alsof Sandy de Slang er eigenlijk voor verantwoordelijk was. Wat goedbeschouwd natuurlijk klopte. Martin ondertekende en Insch liet hem vrij.

'Heb je een plek waar je naartoe kunt?' vroeg Logan terwijl ze met hem langs de balie naar de deur liepen.

'Ik logeer bij mijn moeder. Dat moet van de rechtbank, zolang ik bezig ben met mijn taakstraf.' Zijn schouders gingen nog verder omlaag hangen.

Insch sloeg hem bemoedigend op zijn rug. 'Het regent nog. Zal ik je laten brengen door een patrouillewagen?'

Martin Strichen huiverde. 'Ze zei dat ze me zou vermoorden als ze nog eens een politiewagen voor het huis ziet staan.'

'Ook goed.' Insch stak zijn hand uit en Strichen schudde hem. De grote hand van de inspecteur verdween in zijn reusachtige vuist. 'En, Martin,' zei Insch terwijl hij Martin diep in de lichtbruine ogen keek, 'nog hartstikke bedankt!'

Logan en Insch keken door het raam hoe Martin Strichen in de regenachtige middag verdween. Het was pas vier uur, maar het was al donker.

'Toen hij in de getuigenbank stond,' zei Logan, heeft hij gezworen dat hij Moir-Farquharson zou vermoorden.'

'Echt waar?' vroeg Insch bedachtzaam.

'Denk jij dat hij iets doms gaat doen?'

De hoofdinspecteur grijnsde breed. 'Laten we het hopen.'

In verhoorkamer 3 werd niet geglimlacht. Het vertrek was propvol: hoofdinspecteur Insch, inspecteur McRae, een natgeregende agente in uniform en Duncan Nicholson. De banden in de recorders draaiden en het rode lampje op de videocamera knipoogde naar hen vanuit de hoek.

Insch leunde voorover en glimlachte als een krokodil die net een zieke gnoe aan de waterkant had ontdekt. 'Weet je zeker dat je niet meteen wilt bekennen, Duncan? vroeg hij. 'Dat zou ons allemaal een hoop moeite besparen. Waarom vertel je ons gewoon niet even wat je hebt gedaan met het lichaam van Peter Lumley?'

Maar Nicholson streek alleen maar met zijn hand het zweet van zijn geschoren hoofd, wat een raspend geluid maakte. Hij zag er niet best uit. Hij rilde en transpireerde en had zijn armen over zijn borst geslagen alsof hij zichzelf wilde omhelzen. Zijn ogen richtten zich afwisselend op Logan en de deur van de verhoorkamer.

Insch haalde een doorzichtige plastic envelop tevoorschijn en nam er een foto uit van een jongetje op een driewieler. Het leek erop dat het kind zich bevond in een tuin; onscherp, op de achtergrond, was de poot van een droogmolen zichtbaar waaraan een handdoek en een spijkerbroek hingen. Insch hield de foto met de achterkant naar zich toe zodat hij de met balpen geschreven naam kon lezen. 'En vertel me eens, Duncan, wie is Luke Geddes?'

Nicholson likte met zijn tong langs zijn lippen en keek zenuwachtig naar de deur, naar de natgeregende agente, naar alles behalve de foto van het kind op de driewieler.

'Is hij een van jouw slachtoffertjes, Duncan? Staat hij op je lijst om te worden opgepikt, vermoord en verkracht? Nee? En deze dan...' Insch haalde een andere foto uit de envelop. Een blond jongetje in een schooluniform die in zijn eentje over straat liep. 'Zegt deze je iets? Word je hier misschien opgewonden van?' Hij pakte een volgende foto. 'Of deze?' Een bang kijkend jongetje op de achterbank van een auto. 'Is dat jouw auto? Want volgens mij is het een Volvo.'

'Ik heb niets gedaan!'

'Dat zal wel. Volgens mij lieg je en als het aan mij ligt ga je voor de rest van je leven de gevangenis in.'

Nicholson slikte.

'We hebben ook nog heel andere foto's voor je,' zei Logan. 'Wil je die misschien zien, Duncan?' Hij pakte een map en haalde er de sectiefoto's van David Reid uit.

Nicholson werd lijkbleek.

'Je kent de kleine David Reid toch nog wel, Duncan? Dat jongetje van drie dat je hebt ontvoerd, vermoord en verkracht?'

'Nee!'

'Weet je het zeker dat je hem niet kent? Je bent toch nog teruggegaan om een lichaamsdeel te verwijderen? Met een snoeimes?'

'Nee! Dat heb ik niet gedaan. Ik heb hem alleen maar gevonden! Ik heb hem niet eens aangeraakt!' Hij greep de tafel vast alsof hij bang was op de grond te kletteren als hij losliet. 'Ik heb helemaal niets gedaan!'

'Ik geloof je niet, Duncan.' Insch liet zijn krokodillenglimlach weer zien. 'Je bent een smeerlap en ik ga ervoor zorgen dat je opgeborgen wordt. Je zult er in de Peterhead-bajes wel achter komen wat er met mensen zoals jij gebeurt. Mensen die met kinderen rommelen.'

'Maar ik heb helemaal niets gedaan!' De tranen liepen langs Nicholsons gezicht. 'Ik heb helemaal niets gedaan, ik zweer het!'

Na een halfuur onderbrak Insch het verhoor, zogenaamd om de verdachte in staat te stellen 'tot rust te komen'. Ze lieten Duncan Nicholson in de verhoorkamer achter met de doorweekte agente en wandelden naar de recherchekamer. Nicholson was een wrak. Hij snikte, jammerde en huiverde. Insch had hem de stuipen op het lijf gejaagd en wilde hem nu even in zijn sop gaar laten koken.

Logan en Insch doodden de tijd met het drinken van koffie, het eten van kleverige snoepjes en het filosoferen over het dode meisje dat ze in een van Roadkills stallen hadden gevonden. De onderzoeksteams waren daar de hele dag bezig geweest, maar ze hadden tussen de stapels dode en rottende dieren niets meer gevonden.

Logan sloeg de map weer open en haalde er een schoolfoto uit van David Reid, een vrolijk kijkend jongetje met enigszins scheefstaande tanden en een haardos waar geen kam tegen opgewassen leek. Heel anders dan het donkere, opgezwollen en verrotte gezicht op de sectiefoto's. 'Gelooft u nog steeds dat hij het heeft gedaan?' vroeg hij.

'Roadkill?' Insch haalde zijn schouders op en zoog op zijn snoepje. 'Dat is niet meer zo waarschijnlijk, nietwaar, met die grapjas met zijn fotoverzameling. Maar goed, misschien hebben we wel te maken met een pedofielenbende.' Hij keek nors. 'Dat zou wat wezen, een hele verzameling van die gasten.'

'Maar er zit geen enkele naaktfoto bij de foto's van Nicholson. Niets onzedelijks.'

Insch trok een wenkbrauw op. 'Wou je zeggen dat het een kunstproject is?'

'Nee, maar u snapt wel wat ik bedoel. Het is geen kinderporno, waar of niet? Het is luguber, maar het is geen porno.'

'Misschien ziet Nicholson ze niet graag naakt op de foto. Misschien hoort dit bij het selectieproces. Hij volgt er een paar, maakt wat foto's en kiest dan de winnaar van de pedoloterij.' Hij richtte zijn vinger als een revolver op een denkbeeldig kind. 'Hij houdt niet van porno, alleen maar van het echte werk. Hij wil ze kunnen voelen.'

Logan was niet overtuigd, maar hij hield zijn mond.

Een agent stak zijn hoofd door de deuropening en vertelde hun dat er een zekere Moir-Farquharson naar hen op zoek was. Hij wilde hen absoluut spreken. Insch tuitte zijn lippen, dacht er even over na en vroeg de agent toen Sandy de Slang naar een verhoorkamer te brengen.

'Wat zou de Slang willen?' vroeg Logan nadat de agent was vertrokken.

Insch grinnikte. 'Misschien komt hij zeuren en zaniken... wat geeft het, zolang we hem maar een beetje kunnen pesten nu hij gewond is.' Hij wreef zich in zijn handen. 'Soms is er tóch nog een beetje gerechtigheid in het leven, Logan.'

Sandy Moir-Farquharson wachtte op hen in een van de verhoorkamers op de begane grond. Hij zag er niet erg gelukkig uit. Op zijn nu scheve neus zat een dunne, witte pleister en onder zijn ogen bevonden zich donkere kringen. Met een beetje geluk zouden die uitgroeien tot schitterende blauwe plekken.

Zijn koffertje stond op het midden van de tafel en hij tikte ongeduldig met zijn vingers op het lederen oppervlak, terwijl hij Insch en Logan uitdagend bekeek.

'Ha, meneer Farqudinges,' zei de hoofdinspecteur. 'Wat fijn te zien dat u weer bijna helemaal de oude bent.'

Sandy de Slang keek hem woedend aan. 'Jullie hebben hem vrijgelaten,' zei hij op dreigende toon.

'Dat klopt. Hij heeft een verklaring afgelegd en is op borgtocht vrijgelaten. Hij moet zich hier maandagmiddag om vier uur weer melden.'

'Maar hij heeft mijn neus gebroken!' Hij zette de woorden kracht bij met een vuistslag op het tafelblad, waardoor zijn koffertje omhoogwipte.

'Maar dat is toch niet zo'n ramp, meneer Farqudinges. Eerlijk gezegd geeft u dat wel een ruige, mannelijke uitstraling. Vind je ook niet, McRae?'

Logan zei met een stalen gezicht dat hij dat ook wel vond.

Sandy fronste zijn wenkbrauwen en wist niet zeker of hij nu wel of niet in de zeik werd genomen. 'Echt waar?' vroeg hij ten slotte.

'Zeker weten,' zei Insch met een pokerface. 'Ze hadden al veel eerder iets aan uw neus moeten doen.'

De frons op het gezicht van Moir-Farquharson veranderde in een uitdrukking van pure woede. 'U weet toch dat ik doodsbedreigingen heb ontvangen? En dat er iemand een emmer bloed over me heen heeft gegooid?'

'Ja zeker.'

'En dat die Martin Strichen een strafblad heeft dat vol staat met geweldsdelicten?'

'Nou, meneer Farquharson, meneer Strichen zat bij ons in bewaring toen u dat bloed over u heen kreeg. En we hebben die doodsbedreigingen geanalyseerd. Ze zijn afkomstig van ten minste vier verschillende afzenders en op geen enkele stond het poststempel van de Craiginches-bajes. Dus het is onwaarschijnlijk dat meneer Strichen erachter zit.' Hij glimlachte. 'Maar misschien wilt u dat we u voor uw eigen bescherming in bewaring nemen? Ik heb beneden nog een paar leuke celletjes. We doen er wat vrolijke kussens in en bosje bloemen, en dan zult u zich er best thuis voelen.'

Moir-Farquharson keek hem geërgerd aan.

Insch straalde. 'Nou, als u het niet erg vindt, meneer Farqudinges, dan laten we het hierbij. We hebben ook nog serieus politiewerk te doen.' Hij stond op en gebaarde Logan hetzelfde te doen. 'Maar mocht iemand die doodsbedreigingen gaan uitvoeren, dan moet u me meteen bellen. Inspecteur McRae zal u wel even uitlaten.' Zijn glimlach werd breder. 'Let op het tafelzilver, Logan. Je weet hoe die advocaten zijn.'

Logan begeleidde de advocaat tot aan de voordeur.

'Ik heb ook kinderen,' zei Sandy de Slang, terwijl hij met gefronste wenkbrauwen naar de donkergrijze wolken keek waaruit de regen met bakken neerdaalde. 'Als u dat maar weet. En die dikzak doet net alsof het mijn bedoeling is allerlei viespeuken uit de gevangenis te houden.'

Logan trok een wenkbrauw op. 'U hebt gezorgd dat Gerald Cleaver vrijkwam,'

De advocaat knoopte zijn jas dicht. 'Nee, dat is niet waar.'

'Natuurlijk! U hebt gehakt gemaakt van de aanklacht.'

Moir-Farquharson draaide zich om en keek Logan strak aan. 'Als jullie een ijzersterke zaak hadden gepresenteerd, had ik er geen gehakt van kunnen maken. Ik heb er niet voor gezorgd dat Cleaver is vrijgesproken. Dat hebben júllie gedaan.'

'Maar...'

'En nu moet ik ervandoor. Ik heb nog meer te doen.'

Het leek alsof iemand een hoogspanningskabel in Duncan Nicholsons achterste had gestoken. Zijn overhemd was drijfnat van het zweet en hij keek schichtig rond in de verhoorkamer, zonder zich langer dan een seconde op hetzelfde punt te concentreren.

Logan ging vlak bij de opnameapparatuur zitten en bracht zijn vinger naar de startknop.

'Ik... ik wil bescherming!' zei Nicholson, nog voordat Logan op de knop had kunnen drukken.

'In de Craiginches-bajes kun je bescherming krijgen,' zei Insch, 'totdat je vandaar wordt overgeplaatst naar Peterhead, natuurlijk.'

'Nee, ik bedoel, ik wil de status van beschermde getuige, u weet wel, net zoals in de film. Met een onderduikadres.' Hij wreef over zijn bezwete gezicht. 'Ze maken me af als ze erachter komen dat ik ze heb verlinkt!' Zijn onderlip trilde en Logan dacht even dat hij weer in tranen zou uitbarsten.

Insch stak zijn hand in zijn broekzak en haalde er een zak snoepjes uit die wilde beesten moesten voorstellen. Hij stak er een paar tegelijk in zijn mond. 'Ik beloof je niks,' zei hij, terwijl hij op de dinosaurusjes met sinas-aardbeismaak kauwde. 'Start de banden, McRae.'

Nicholson liet zijn hoofd hangen en staarde naar zijn handen, die op het tafelblad lagen en trilden. 'Ik... ik werk al een tijdje voor een paar bookmakers, gasten die geld uitlenen, u weet wel...' Zijn stem stokte en hij moest diep ademhalen voordat hij in staat was verder te gaan met zijn bekentenis. 'Als een soort onderzoeker, begrijpt u? Ik moet mensen schaduwen die niet betalen. Ik maak foto's van ze en van hun gezin. Die druk ik dan thuis af en dan geef ik ze aan de mensen die nog geld van ze krijgen.' Hij zakte dieper weg in zijn stoel. 'De bookmakers gebruiken die foto's om ze te bedreigen. Om ze aan te sporen te betalen.'

Insch tuitte zijn lippen. 'Je papa en mama zullen wel trots op je zijn!'

Er biggelde een traan langs Nicholsons wang en hij veegde hem weg met zijn mouw. 'Foto's nemen van mensen is niet verboden! Dat is alles wat ik heb gedaan! Ik heb niks met kinderen uitgespookt!'

Insch snoof. 'Wat een onzin!' Hij leunde voorover en plantte zijn enorme vuisten op de tafel. 'Vertel me dan eens precies wat je te zoeken had in die greppel bij de Don waar het verminkte lichaam van een driejarig jongetje in lag. En hoe je aan die envelop vol met bankbiljetten en juwelen komt.' Hij stond op. 'Je bent een smeerlap, Duncan. Ze zouden jou voor de rest van je miserabele leven moeten opsluiten. Voor mijn part kun je de boel hier bij elkaar blijven liegen. Ik ga naar de officier van justitie en ik zal zorgen dat hij je flink te grazen neemt. Einde verhoor...'

'Ik gleed uit.' Nicholson was in tranen. De paniek was duidelijk zichtbaar in zijn ogen. 'Echt waar, ik was uitgegleden!'

Logan zuchtte. 'Dat heb je ons al eerder verteld. Maar wat deed je daar nou precies?'

'Ik... ik was bezig met een klus.' Nicholson keek Logan aan en Logan zag dat ze Nicholson hadden gebroken.

'Ik luister.'

'Ik was bezig met een klus. Een oud vrouwtje. Een weduwe. Ze had wat geld in huis. Wat tafelzilver. Een paar juwelen.'

'Dus je hebt haar beroofd?'

Nicholson schudde zijn hoofd. Zijn tranen vielen op het formica-tafelblad waar ze uiteenspatten als nepdiamanten. 'Daar was ik niet aan toegekomen. Ik was dronken. Veel te dronken om ergens in te breken. Ik bewaar het spul dat ik heb gestolen onder een boom langs de oever van de rivier. Om te zorgen dat het veilig is voor het geval jullie ooit mijn huis doorzoeken. Snap je?' Hij haalde zijn schouders op. Zijn stemvolume was gereduceerd tot een nauwelijks verstaanbaar gemompel. 'Ik was straalbezopen. Ik wilde het geld gaan tellen voordat ik naar het huis van dat oude mens ging. Het regende. Ik gleed uit en viel omlaag naar de oever. Wel een meter of zeven. In het donker en in die vervloekte regen. Ik heb mijn jack en mijn spijkerbroek gescheurd en sloeg bijna met mijn hoofd tegen een stuk rots. Ik kwam terecht in die greppel. Ik probeerde me er aan dat stuk spaanplaat uit te trekken, maar dat bleek los te zitten. Het bewoog en eronder dreef iets in het water.' Hij begon te snikken. 'Eerst dacht ik nog dat het een hond was, weet je wel, een bulterriër of zo, omdat het helemaal zwart was. Dus ik probeerde weg te komen, maar toen zag ik iets schitteren in de regen. Een zilveren kettinkje of zoiets...' Hij huiverde. 'Ik dacht dat het een van mijn spullen was. Ik was zo bezopen dat ik dacht dat het een deel van mijn buit was die ik daar ergens had begraven. Dus probeerde ik het te pakken en draaide ik dat ding om. Toen zag ik dat het een dood kind was. Ik heb mijn longen uit mijn lijf geschreeuwd van schrik...'

Logan boog zich voorover. 'En wat deed je toen?'

'Ik ben er zo snel mogelijk vandoor gegaan, rechtstreeks naar huis.

Ik heb een douche genomen om dat gore water van me af te wassen. En toen heb ik de politie gebeld.'

En toen moest ik komen opdraven, dacht Logan. 'En dat spul dat je zag schitteren?' vroeg hij.

'Wat?'

'Dat glinsterende ding dat je op het lichaam vond. Wat was dat? En waar is het nu?'

'Aluminiumfolie. Gewoon een stukje aluminiumfolie.'

Insch keek hem dreigend aan. 'Ik wil de namen van alle stakkers die je hebt beroofd. Ik wil de buit hebben. Alles!' Hij keek naar de stapel foto's in de doorzichtige plastic envelop. 'En ik wil de namen van alle bookmakers voor wie je foto's hebt genomen. En als ook maar één van de mensen op die foto's zich heeft bezeerd, beschuldig ik je van betrokkenheid bij zware mishandeling, begrepen? Ook al zijn ze alleen maar van hun fiets gevallen.'

Nicholson begroef zijn gezicht in zijn handen.

'Nou,' zei Insch met een grootmoedige glimlach, 'bedankt voor je hulp bij ons onderzoek, Duncan. McRae, wil jij zo vriendelijk zijn onze gast weer naar zijn cel te brengen. Doe er maar een met een mooi uitzicht en een balkon op het zuiden.'

Nicholson kon er niet om lachen en liet zijn tranen de vrije loop.

26

Het voorlopige forensisch rapport kwam even na zes uur binnen. Het zag er niet goed uit. Er was niets wat Duncan Nicholson in verband bracht met David Reid, afgezien van het feit dat hij het lichaam had gevonden. En hij had een waterdicht alibi voor het tijdstip waarop Peter Lumley was verdwenen. Insch had twee agenten naar de plaats gestuurd waarvan Nicholson had beweerd dat hij er zijn buit had begraven. Toen ze terugkwamen zat de kofferbak van hun patrouillewagen vol met gestolen waar. Het begon erop te lijken dat Nicholson de waarheid had verteld.

Wat betekende dat ze zich weer op Roadkill moesten concentreren. Iets waar Logan het moeilijk mee had. Hij kon de man eenvoudigweg niet zien als een pedofiele moordenaar, ook al hadden ze een dood meisje in een van zijn stallen gevonden.

Ten slotte maakte Insch een eind aan de beraadslagingen. 'We moesten maar eens naar huis gaan,' zei hij. 'We hebben al onze verdachten achter de tralies, en die wachten wel tot maandagmorgen.'

'Maandag?'

Insch knikte. 'Ja. Maandag. Logan, ik geef je toestemming om de zondag vrij te nemen. Geniet maar eens van de bijbelse rustdag. Kijk naar het voetbal, drink een biertje, eet wat chips, heb een fijne dag.' Hij zweeg en glimlachte veelbetekenend. 'Of misschien kun je een leuke agente uitnodigen voor een etentje.'

Logan bloosde en hield zijn kaken op elkaar.

'Hoe dan ook, ik wil je hier pas maandagochtend weer zien.'

Toen Logan het hoofdbureau uit liep, regende het niet meer. De brigadier van dienst had hem nog bij zich geroepen omdat de stiefvader van Peter Lumley drie keer had gebeld. Hij dacht nog steeds dat ze zijn zoon zouden kunnen vinden. Logan probeerde tegen hem te liegen en hem te vertellen dat het best in orde zou komen, maar hij kon het niet. Dus beloofde hij hem te bellen zodra hij iets meer wist. Meer kon hij eenvoudigweg niet doen.

De avond was niet langer koud, maar ijskoud. De weg en het trottoir waren bedekt met een dun laagje ijs. Toen Logan Union Street op liep, vormde zijn adem een duidelijk zichtbaar wolkje. Het leek de noordpool wel.

Het was stil op straat voor een zaterdagavond. Logan had nog geen zin om naar zijn lege flat te gaan, dus ging hij in plaats daarvan naar Archibald Simpson's.

De kroeg was afgeladen met groepjes jongeren die bij elkaar klitten om de kou te verdrijven en met behulp van mixdrankjes zo snel mogelijk dronken probeerden te worden. Tegen sluitingstijd zou er veel worden gekotst, er zou wat worden gevochten en een paar van de gasten zouden worden afgevoerd naar een politiecel.

Of misschien naar de Eerste Hulp.

'Was ik maar weer jong en onbezonnen,' mompelde hij terwijl hij zich door de menigte naar de langwerpige houten bar bewoog.

De flarden conversatie die hij opving, waren veelzeggend. Het ging erover hoe stomdronken iemand gisteren was geweest en hoe lam hij vanavond weer zou worden. Maar er was ook een ander gespreksthema, dat concurreerde met de verhalen over drankmisbruik en seksuele prestaties. Het was het verhaal van Gerald Cleaver die zo onverwacht weer vrij was gekomen.

Terwijl Logan aan de bar stond in een poging een biertje te bestellen bij een van de zichtbaar overwerkte Australische barkeepers, hoorde hij een dikke kerel in een geel overhemd tekeer gaan tegen een broodmager ventje met een baard, die een T-shirt en een vest droeg. Cleaver was vullis. Hoe kon de politie de zaak zo slecht hebben voorbereid dat de klojo zomaar weer op straat stond? Het was zonneklaar dat Cleaver schuldig was, logisch als er overal dode kinderen opdoken. En die pedofiel lieten ze rustig weer vrij rondlopen!

De dikke en de dunne waren niet de enigen die aan het afgeven waren op de politie. Logan hoorde nog minstens tien andere mensen zich luidkeels opwinden over hetzelfde onderwerp. Wisten ze dan niet dat dit de stamkroeg was van de politie van Aberdeen? De meeste agenten die vandaag dienst gedraaid hadden waren er, voor een afzakkertje na het werk. Om zich te beklagen over het vrijlaten van Cleaver. En om een gedeelte van het geld uit te geven dat ze met het overwerk hadden verdiend.

Toen hij eindelijk een glas Stella had weten te bemachtigen, wandelde hij door de enorme bar om te zien of hij nog bekenden zag met wie hij een praatje kon maken. Hij glimlachte en zwaaide naar een groepje agenten die hij maar nauwelijks herkende nu ze niet in uniform waren. In een hoekje achteraf ontwaarde hij een bekende figuur. Ze was gehuld in een dichte mist van sigarettenrook en werd omringd door een groepje ongelukkig kijkende rechercheurs en agenten. Ze wierp haar hoofd achterover en blies een enorme rookwolk uit. Toen ze weer omlaag keek, kreeg ze Logan in het vizier en wierp hem een schalkse glimlach toe.

Logan kreunde. Ze had hem gezien, dus nu moest hij wel naar haar toe.

Een rechercheur schoof op zodat Logan aan het kleine tafeltje kon aanschuiven. Boven hun hoofden stond een kleine televisie waarop een reclameblok te zien was met spotjes voor garages, snackbars en dubbele beglazing.

'Lazarus,' zei Steel terwijl ze een rookwolk in zijn richting blies. Ze klonk lichtelijk aangeschoten. 'Hoe gaat het nou met je, Lazarus? Ben je nou al hoofdinspecteur of nog niet?'

Hij had hier nooit moeten gaan zitten. Hij had aan de overkant een pizza moeten halen en naar huis moeten gaan. Hij probeerde niet al te serieus te klinken en antwoordde: 'Nee, nog niet. Misschien maandag.'

'Misschien maandag?' De hoofdinspecteur produceerde een lach die klonk alsof er een toilet werd doorgetrokken, terwijl ze een lading as liet vallen in de schoot van de rechercheur die voor Logan opzij was geschoven. '"Misschien maandag". Om je dood te lachen.' Ze wierp een blik op de tafel die stond volgepakt met glazen en fronste haar wenkbrauwen. 'Er moet drank komen!' zei ze. Ze haalde een versleten leren portefeuille uit haar binnenzak en gaf die aan de rechercheur waarop ze haar as had gemorst. 'Jongen, ga jij es even een nieuw rondje halen. Er staan hier mensen droog!'

'Ja, mevrouw.'

'Whisky voor iedereen!' Steel sloeg op de tafel. 'En maak er dubbele van!'

De rechercheur liep met de portefeuille van de hoofdinspecteur naar de bar.

Steel boog zich voorover naar Logan en vervolgde op samenzweerderige fluistertoon: 'Tussen ons gezegd en gezwegen, volgens mij is hij een beetje aangeschoten.' Ze leunde achterover en keek hem vrolijk aan. 'Nou, nu Insch op zijn lazer heeft gekregen vanwege de kerstvoorstelling en Cleaver is vrijgesproken, zal er binnenkort toch minstens wel één vacature vrijkomen voor de functie van hoofdinspecteur!'

Logan had er niet meteen een antwoord op en het gezicht van Steel betrok.

'Het spijt me, Lazarus.' Ze smeet haar sigaret op de grond en drukte hem uit met haar voet. 'Het was een klotedag.'

'U kunt er niets aan doen dat ze Cleaver hebben vrijgesproken. Als iemand dat op zijn geweten heeft, dan is het die vervloekte Slang.'

'Daar drink ik op!' zei ze, en ze voegde de daad bij het woord door haar volle glas whisky in één teug leeg te drinken.

Een rechercheur die aan de overkant van de tafel zat en Logan vagelijk bekend voorkwam, staarde plotseling naar de televisie boven hun hoofden. Hij greep de hoofdinspecteur bij haar arm. 'Nu komt het!'

Logan en Steel draaiden zich om in hun stoelen en keken naar de beginbeelden van het journaal. Het lawaai in de kroeg verstomde terwijl de aanwezige politiemensen zich concentreerden op het dichtstbijzijnde televisietoestel.

Een vrouw die er minder aantrekkelijk uitzag dan ze in het dagelijks leven waarschijnlijk was, las met een serieuze gelaatsuitdrukking een nieuwsbericht voor. Het volume stond niet hard genoeg om te kunnen verstaan waarover het ging, maar achter haar linkerschouder verscheen een foto met het gezicht van Gerald Cleaver. Vervolgens kwam er een opname van de demonstratie voor de rechtbank. De demonstranten staken hun spandoeken in de lucht en plotseling werd het scherm gevuld met een vrouw van bijna vijftig die vol trots een bord omhooghield met de tekst DOOD AAN DE PODOFIELEN. Vijftien seconden lang ging haar mond woedend open en dicht, maar er was in de drukke kroeg geen woord van te verstaan. Vervolgens zoomde de camera door de menigte in op de deuren van het gerechtsgebouw.

'Nu komt het!' zei Steel enthousiast.

Sandy Moir-Farquharson verscheen in de deuropening, liep naar buiten en begon de verklaring van zijn cliënt voor te lezen. De camera draaide net op tijd naar de menigte, van waaruit een jongeman naar voren stormde. Hij rende naar Sandy de Slang en gaf hem een muilpeer op zijn neus.

In de kroeg ging gejuich op.

Het serieuze gezicht van de nieuwslezeres kwam weer in beeld. Ze las een stukje commentaar, waarna het fragment met de muilpeer werd herhaald.

Opnieuw klonk er gejuich.

Vervolgens kwam er een item over het fileprobleem, zodat iedereen zich weer op zijn drankje concentreerde.

Met een gelukzalige uitdrukking op haar gezicht nam Steel een flinke slok van haar volgende glas whisky. 'Dat is het mooiste wat ik ooit heb gezien.'

Logan maakte een instemmend geluid.

'Weet je,' zei Steel, terwijl ze een nieuwe sigaret opstak, 'ik zou die jongen graag eens een handje geven. Wat heet, voor zo'n geval zou ik wel eens een nachtje mijn seksuele voorkeur willen vergeten. Wat een topgozer!'

Logan probeerde zich geen voorstelling te maken van Steel en Strichen in één bed, maar er drongen zich al beelden aan hem op. Om het te vergeten keek hij weer naar het televisiescherm. Er was een beeldvullende foto te zien van Peter Lumley, die nu al sinds afgelopen dinsdag werd vermist. Rood haar, sproeten en een brede glimlach. Vervolgens een opname van de boerderij van Roadkill. En een persconferentie met een ernstig en vastberaden kijkende hoofdcommissaris.

De beelden verdreven zijn goede humeur. Peter Lumley lag ergens voor lijk en Logan had het onaangename gevoel dat ze de dader nog steeds niet in handen hadden. Hoe Insch er ook over dacht.

Toen was het weer tijd voor de commercials. Een garage in Bieldside, een kledingwinkel in Rosemount en een spotje van de overheid over verkeersveiligheid. Logan keek zwijgend naar de auto die met gierende remmen tot stilstand kwam. Maar het was te laat voor het jongetje dat plotseling de straat op was gerend. Het kind werd in zijn zij geraakt door de bumper. Zijn benen vlogen in de lucht en hij kwam met zijn hoofd op de motorkap terecht. Waarna hij met een smak op het asfalt belandde. Het werd allemaal in slowmotion vertoond. Een realistische en lugubere choreografie. De slogan 'Snelheid minderen redt kinderen' verscheen in beeld.

Logan bleef gebiologeerd naar het scherm kijken. 'Verdomme!' Ze hadden er helemaal naast gezeten.

Tegen acht uur was iedereen aanwezig in het mortuarium. Hoofdinspecteur Insch, Logan en dokter Isobel MacAlister, die een laag uitgesneden avondjurk droeg. Ze had er een reflecterend oranje fleece vest overheen aangetrokken, zodat Logan niet van het uitzicht kon genieten. Ze had haar handen diep in de zakken van het vest gestoken in een poging warm te blijven in de kille en steriele ruimte. Ze was nog chagrijniger vanwege het feit dat ze was opgepiept dan Insch. Ze was op weg geweest naar het theater. 'Ik hoop dat dit belangrijk is,' zei ze met een blik die liet doorschemeren dat niets belangrijker kon zijn dan het in gezelschap van haar nieuwe vrijer bijwonen van de nieuwe productie van *La Bohème* door de Nationale Opera van Schotland.

Insch droeg een spijkerbroek en een sjofele blauwe trui. Het was de eerste keer dat Logan hem zag in vrijetijdskleding, afgezien van zijn verschijning als schurk in de kerstvoorstelling. Hij keek niet al te vrolijk toen Logan zich excuseerde voor het feit dat hij hen hier op zaterdagavond had laten opdraven. Voor de zoveelste keer.

'Goed,' zei Logan terwijl hij naar de koelcel liep waarin de overblijfselen werden bewaard van het meisje dat in een van Roadkills stallen was gevonden. Hij zette zijn kaken op elkaar en trok de la open, achteruitdeinzend door de penetrante lucht die eruit tevoorschijn kwam en de antiseptische geur in het mortuarium onmiddellijk begon te overheersen. 'Oké,' vervolgde hij terwijl hij probeerde uitsluitend door zijn neus te ademen. 'We weten dat het meisje is overleden aan trauma als gevolg van een aantal forse klappen...'

'Ja, natuurlijk weten we dat!' zei Isobel bits. 'Dat heb ik duidelijk vermeld in het sectierapport. De fracturen aan de voor- en achterkant van haar schedel hebben ernstig hersenletsel en de dood veroorzaakt.'

'Dat weet ik,' zei Logan terwijl hij de röntgenfoto's uit de dossiermap haalde en tegen het licht hield. 'Maar zie je dit?' vroeg hij, terwijl hij naar de ribben wees.

'Gebroken ribben.' Isobel keek hem glazig aan. 'Heb je me uit het theater gehaald om me dingen te laten zien die ik allang weet, McRae?' Ze klonk giftig.

Logan zuchtte. 'Kijk, we dachten allemaal dat de verwondingen waren ontstaan omdat Roadkill haar zou hebben geslagen...'

'De verwondingen komen helemaal overeen met die hypothese. Dat heb ik óók in het sectierapport vermeld! Hoe vaak moeten we hier nog op terugkomen? Je zei dat je nieuwe aanwijzingen had!'

Logan haalde diep adem en hield de röntgenfoto's boven elkaar, zodat het skelet van het kind in zijn geheel zichtbaar werd. Gebroken heup, gebroken been, gebroken ribben en een gebroken schedel. 'Kijk eens naar de ribben,' zei hij, kijk eens naar de hoogte.'

Insch en Isobel keken en leken niet onder de indruk.

'En?'

'Stel nu eens dat de verwondingen niet het gevolg zijn van een aframmeling.'

'Ach, kom nou toch!' zei Isobel. 'Dit is belachelijk! Ze is doodgeslagen!'

'Kijk eens naar de hoogte van de gebroken ribben ten opzichte van de grond,' zei Logan opnieuw.

Er kwam geen reactie.

'Een auto,' zei Logan, terwijl hij de röntgenfoto's begon te bewegen als in een macaber poppenspel. 'De heup werd het eerst geraakt.' Hij draaide de beeltenis rond het heupgewricht, tilde het op en draaide het tegen de klok in. 'De ribben raken de bovenkant van de radiator.' Hij bewoog het röntgenskelet opnieuw en boog het hoofd scherp naar rechts. 'De linkerkant van haar hoofd slaat tegen de motorkap. De bestuurder gaat op de rem staan.' Hij trok de röntgenfoto's omhoog en draaide ze terug naar de vloer van het mortuarium. 'Ze valt op de grond en breekt haar rechterbeen. De achterkant van haar hoofd wordt tegen het asfalt gekwakt.' Hij legde de röntgenfoto's voor zijn voeten op de grond.

Zijn publiek keek er een volle minuut zwijgend naar, waarop Insch vroeg: 'En hoe komt ze dan in dat knekelhuis van Roadkill terecht?'

'Bernard Duncan Philips, alias Roadkill, komt langs met zijn afvalkar op wieltjes en doet gewoon wat hij altijd doet.'

Insch keek Logan aan alsof hij zojuist de polonaise had gedanst met het rottende lijk in de koelcel. 'Het is een dood meisje! Geen konijn!'

'Voor hem is het allemaal hetzelfde.' Logan keek naar de inhoud van de koelcel en voelde een klomp in zijn maag. 'Gewoon een dood ding dat op de weg ligt. Ze is gevonden in stal nummer 2. Hij had er al één helemaal gevuld.'

Insch deed zijn mond open. Hij keek naar Logan en vervolgens naar Isobel. En toen naar de röntgenfoto's op de grond. 'Verdomme,' zei hij.

Isobel zweeg. Ze stond met haar handen diep in de zakken van haar fleece vest en had een ongemakkelijke uitdrukking op haar gezicht.

'Nou?' vroeg Logan.

Ze rechtte haar rug en vertelde koeltjes dat de verwondingen overeenkwamen met het scenario dat Logan had geschetst. Dat het, gezien de staat van ontbinding, onmogelijk was geweest de juiste volgorde van de toegebrachte verwondingen vast te stellen. Dat de verwondingen ook het gevolg hadden kunnen zijn van zware lichamelijke mishandeling. Dat ze het beste oordeel had gegeven dat mogelijk was, gezien de toestand waarin het lijk zich bevond. Dat ze nu eenmaal niet helderziend was.

'Verdorie,' zei Insch opnieuw.

'Hij heeft haar niet vermoord,' zei Logan, terwijl hij de la van de koelcel terugschoof. De metalen klik waarmee de la in het slot viel, echode in de kille, witbetegelde ruimte. 'We zijn terug bij af.'

De 'begeleider' van Bernard Duncan Philips kwam pas opdagen nadat er anderhalf uur verwoed was getelefoneerd om erachter te komen waar hij uithing. Het was de ex-leraar Lloyd Turner, die een sterke pepermuntlucht verspreidde, alsof hij niet wilde dat iemand erachter zou komen dat hij een stille drinker was. Behalve een dun snorretje had hij nu ook een stoppelbaardje. Waarschijnlijk was hij er die dag niet aan toegekomen zich te scheren. Hij rommelde met zijn papieren terwijl Logan de plaats, tijd en aanwezigen opsomde voor de bandopnamen.

Insch, die nu het reservepak aanhad dat hij op het hoofdbureau bewaarde, stak van wal. 'We willen graag dat je ons iets over dat dode meisje vertelt, Bernard.'

Roadkill keek verward om zich heen en de ex-leraar zuchtte demonstratief.

'Ik heb dit al eerder gezegd, meneer.' Zijn stem klonk oud en vermoeid. 'Bernard is niet in orde. Hij heeft hulp nodig en hij hoort niet thuis in een politiecel.'

Insch negeerde de man. 'Bernard,' zei Insch nadrukkelijk, 'je hebt haar gevonden, is het niet?'

Lloyd Turners wenkbrauwen schoten omhoog. 'Gevonden?' vroeg hij terwijl hij de onaangenaam ruikende, sjofele figuur die naast hem zat met nauwelijks verhulde verbazing aankeek. 'Heb je haar gevonden, Bernard?'

Roadkill schoof heen en weer op zijn stoel en tuurde naar zijn handen. Kleine korsten bedekten zijn vingers als parasieten. Rond de nagels was de huid beschadigd door het vele bijten. Hij keek niet op en zijn stem klonk gebroken. 'De weg. Heb haar op de weg gevonden. Twee egels, twee kraaien, een meeuw, een cyperse kat en een langharige, een meisje, negen konijnen, een ree...' Zijn ogen werden mistig en zijn stem klonk schor: 'Mijn mooie dode dingen...' Onder de lange wimper verscheen in zijn ooghoek een traan, die via de verweerde huid van zijn wang in zijn baard verdween.

Insch sloeg zijn armen over elkaar en ging achteroverzitten. 'Dus je hebt het meisje meegenomen naar je "verzameling".'

'Ik neem ze altijd mee naar huis. Altijd.' Snik. 'Kan ze niet zomaar weggooien alsof het afval is. Dat kan niet met dode dingen. Dingen die vroeger levend zijn geweest.'

Logan moest denken aan een onderbeen dat op de vuilstort van de gemeente uit een vuilniszak omhoog had gestoken. 'Heb je nog iets anders gezien?' vroeg hij. Toen je haar opraapte, bedoel ik. 'Een auto of een vrachtwagen of,zo?'

Roadkill schudde zijn hoofd. 'Niets. Alleen het dode meisje. Ze lag langs de kant van de weg. Ze was helemaal kapot en ze bloedde. Ze was nog warm.'

Logans nekharen gingen omhoogstaan. 'Leefde ze nog? Leefde ze nog, Bernard, toen je haar vond?'

De sjofele gestalte boog zich over de tafel en verborg zijn hoofd in zijn handen, die op het formicablad rustten. 'Soms worden dingen aangereden maar gaan ze niet meteen dood. Soms wachten ze op mij om op ze te passen.'

'O, godallemachtig!'

Ze brachten Roadkill terug naar zijn cel en kwamen weer bijeen in de verhoorkamer: Logan, Insch en Roadkills 'begeleider'.

'Jullie zullen hem moeten vrijlaten, dat is wel duidelijk, nietwaar?' zei Turner.

Logan trok een wenkbrauw op en Insch zei: 'Ben je helemaal besodemieterd?'

De ex-leraar zuchtte en ging op een van de oncomfortabele plastic stoelen zitten. 'Het enige wat jullie hem in de schoenen kunnen schuiven, is dat hij geen aangifte heeft gedaan van een ongeluk en het zich op illegale wijze ontdoen van een lichaam.' Hij wreef over zijn gezicht. 'Het staat wel vast dat het Openbaar Ministerie dit niet voor de rechter gaat brengen. Eén fatsoenlijk psychiatrisch rapport en de zaak ligt op zijn gat. Hij heeft niets verkeerds gedaan. In elk geval niet in zijn eigen perceptie. Dat meisje was gewoon een van de dode dingen die op de weg lagen. Hij deed gewoon zijn werk.'

Logan moest zich weerhouden instemmend te knikken. Hij had het gevoel dat Insch dat niet zou waarderen.

De hoofdinspecteur bromde wat en keek naar Turner, die zijn schouders ophaalde. 'Het spijt me wel, maar de man is onschuldig. Als u hem niet vrijlaat, ga ik naar de pers. Er staan nog genoeg camera's buiten. Dan is het morgen op het journaal.'

'We kunnen hem niet vrijlaten,' zei Insch. 'Als we dat doen, slaat iemand zijn kop eraf.'

'Dus u bent het met me eens dat hij niets verkeerds heeft gedaan?' De toon waarop Turner het zei was irritant en belerend, alsof hij nog voor de klas stond en Insch zijn huiswerk niet op tijd had ingeleverd.

Insch keek Turner geërgerd aan. 'Zeg, hoor eens, liever, ik stel hier de vragen, niet jij.' Hij grabbelde in zijn broekzak op zoek naar iets zoets, maar zijn hand kwam onverrichterzake weer tevoorschijn. 'Nu die Cleaver net is vrijgelaten, lopen er heel wat brave en verontwaardigde burgers rond die op zoek zijn naar een voor de hand liggend slachtoffer. Jouw beschermeling staat boven aan hun lijstje.'

'Dan moet u hem de noodzakelijke bescherming bieden. En we kunnen de media laten weten dat Bernard onschuldig is. Dat u hebt besloten alle aanklachten tegen hem te laten vallen.'

'Nee, dat kunnen we niet,' kwam Logan tussenbeide. Hij is nog steeds schuldig aan het verbergen van dat lijk!'

'Meneer,' zei Turner op neerbuigend geduldige toon, 'laat ik u uitleggen hoe dit werkt. Als jullie hem voor de rechter brengen, wordt hij vrijgesproken. Het is ondenkbaar dat de officier hier zijn handen aan zal willen branden, zeker niet na dat fiasco in de zaak tegen Cleaver. Er komt geen rechtszaak tegen meneer Philips. De vraag is alleen maar hoeveel belastinggeld u nog wilt verspillen voordat hij daadwerkelijk wordt vrijgelaten.'

Logan en Insch stonden in de lege recherchekamer en keken door het raam naar de groeiende activiteiten op het parkeerterrein. Turner had de daad bij het woord gevoegd. Hij stond voor de camera's en genoot van zijn vijftien seconden televisiebekendheid. Zijn boodschap was dat Bernard Duncan Philips van alle blaam was gezuiverd en dat het recht had gezegevierd.

De ex-leraar had gelijk: de officier van justitie wilde zich niet aan de zaak branden. En ook de hoofdcommissaris had er geen goed gevoel over. Daarom werd Roadkill naar een onderduikadres ergens in Summerhill gebracht.

'Wat denkt u ervan?' vroeg Logan, die toekeek hoe zich nog een cameraploeg in het gewoel mengde. Het was al bijna zeven uur, maar het enthousiasme van de media was niet te stuiten.

Insch keek somber naar buiten. 'Ik kan het wel schudden, dat staat vast. Eerst dat gezeur over de kerstvoorstelling. Dan wordt Cleaver vrijgesproken nadat hij twaalf jaar systematisch kinderen heeft misbruikt. En nu wordt Roadkill vrijgelaten. Hoe lang hebben we hem in de cel gehad? Achtenveertig uur? Misschien hooguit zestig. Ze zullen gehakt van me maken...'

'Waarom gaan wij ook niet naar de media? Ik zou een afspraak met Miller kunnen maken. Misschien kan hij onze kant van de zaak belichten.'

Insch lachte cynisch. 'Aan lagerwal geraakte sterverslaggever springt in de bres voor hoofdinspecteur?' Hij schudde zijn hoofd. 'Dat zie ik niet gebeuren, jij wel?'

'Het is te proberen.'

Uiteindelijk moest Insch toegeven dat hij niets te verliezen had.

'Tenslotte hebben we hiermee een ernstige juridische dwaling weten te voorkomen. Dat zou toch ook wat waard moeten zijn?'

'Dat zou moeten, ja.' De hoofdinspecteur liet zijn schouders hangen. 'Maar als het Roadkill niet was en Nicholson ook niet, dan loopt er nog steeds een moordenaar vrij rond, die het voorzien heeft op jonge kinderen. En we hebben geen idee wie het is.'

27

Toen Logan uit zijn bed klom en naar de douche liep, klauwde de zondag met ijskoude vingers tegen het raam van zijn flat. De sneeuw kwam in dikke vlagen omlaag en er stond een stevige wind. Het was koud, het was donker en het was bovendien geen rustdag meer.

Hij trok een grijs pak aan en rommelde met een bijpassende gelaatsuitdrukking wat in zijn warme huis, in afwachting van het moment dat hij het afschuwelijke weer zou moeten trotseren. Eindelijk ging de telefoon: het was de onnavolgbare Colin Miller, die belde over zijn exclusieve interview.

Logan liep binnensmonds mopperend de trap af naar de voordeur. De sneeuw die de hal binnendrong zodra hij de deur opende, voelde aan als bevroren scheermesjes die in zijn gezicht en handen sneden. Zijn wangen en oren begonnen onmiddellijk te gloeien.

De dag was donker als de ziel van een advocaat.

De duur uitziende auto van Miller stond klaar langs de stoeprand. De binnenverlichting brandde en uit de geluidsinstallatie tetterde keiharde klassieke muziek. De journalist was verdiept in een opengeslagen krant. Logan sloeg de voordeur met een klap dicht. Het kon hem niet schelen als de buren er wakker van zouden worden. Waarom zou hij de enige moeten zijn die op dit onzalige tijdstip wakker was en eropuit moest? Hij schuifelde en glibberde om de auto heen, trok het portier open en dook naar binnen, vergezeld van een flinke portie ijskoude sneeuw.

'Pas op het leer!' Miller moest schreeuwen om boven de keiharde muziek uit te komen. Hij draaide het volume wat lager terwijl de sneeuw op Logans dikke winterjas langzaam begon te smelten.

'Zo, heb je geen croissantjes vandaag?' vroeg Logan terwijl hij de sneeuw uit zijn haar veegde voordat die in de vorm van ijswater langs zijn nek zou gaan druppelen.

'Denk je dat ik jou vette kruimels ga laten morsen in mijn nieuwe wagen? Als het interview goed gaat, haal ik wel een Egg McMuffin voor je, oké?'

Logan antwoordde dat hij nog liever een diepgevroren drol at. 'En hoezo kun jij je eigenlijk zo'n dure wagen veroorloven? Ik dacht dat de meeste journalisten nogal berooid waren.'

Miller haalde zijn schouders op en draaide de weg op. 'Dat zit zo. Ik heb iemand ooit eens een dienst kunnen bewijzen door een bepaald verhaal niet te publiceren...'

Logan trok een wenkbrauw op, maar Miller weidde er verder niet over uit.

Er was zo vroeg op de zondagochtend weinig verkeer, maar door het slechte weer kwamen ze toch maar langzaam vooruit. Miller reed achter een bestelwagen die ooit wit was geweest, maar nu bedekt was met een dikke laag vuil, afgezien van het besneeuwde dak. In het vuil waren de gebruikelijke kreten te lezen, zoals IK WOU DAT MIJN VROUW ZO GOOR WAS en MAAK MIJ SCHOON. De teksten glommen in het licht van de koplampen van Millers auto terwijl ze langzaam in de richting van Summerhill reden.

Het onderduikadres bevond zich in een onopvallende straat. Het was een blokkendoos met aan de voorkant een kleine garage, waarop een dikke laag sneeuw lag. In het midden van het tuintje stond een wilg die gebukt ging onder een zwaar pak sneeuw en ijs en er treurig en verlaten uitzag.

'Nou,' zei Miller, terwijl hij zijn wagen achter een gedeukte Renault parkeerde. 'Laten we maar eens kijken of we hier een mooi verhaal van kunnen maken.' De journalist had zijn mening over Roadkill ingrijpend herzien nadat Logan hem over het auto-ongeluk had verteld. Bernard Duncan Philips hoefde niet langer te worden opgehangen aan zijn ballen totdat die eraf vielen. Hij was nu het slachtoffer van de onverschilligheid van de maatschappij jegens psychiatrische patiënten, die zomaar aan hun lot werden overgelaten in het kader van de 'vermaatschappelijking van de zorg'.

Bernard Duncan Philips werd door een forse politieagente in burgerkleding uit zijn bed getrommeld en naar beneden gebracht om op te treden voor de journalist. Miller had een uitstekende interviewtechniek. Hij wist Roadkill op zijn gemak te stellen en gaf hem het gevoel dat hij belangrijk was. Op de gammele salontafel snorde een kleine digitale recorder die alles opnam. Ze spraken over zijn veelbelovende wetenschappelijke loopbaan, die was doorkruist door de dood van zijn moeder, mevrouw Roadkill zaliger. Logan kende alle feiten al uit het dossier. Hij concentreerde zich op zijn kop sterke thee, die de uit de kluiten gewassen agente had geschonken uit een bruine pot met een barst. En hij probeerde de rozen op het behang te tellen. En de blauwe fluwelen tierelantijnen tussen de roze strepen.

Pas toen Miller Lorna Henderson ter sprake bracht, het dode meisje in stal nummer 2, spitste Logan zijn oren.

Maar ondanks zijn kwaliteiten als interviewer hoorde Miller over dit onderwerp niet veel meer van Roadkill dan Insch eerder al uit hem los had gekregen. Het onderwerp maakte Roadkill onrustig. Het irriteerde hem.

Het was oneerlijk. Het waren zíjn dode dingen. Die mochten ze niet van hem afnemen.

'Kom nou, Bernard,' zei de agente in burgerkleding, terwijl ze opnieuw met de theepot rondging. 'Overdrijf je nou niet een beetje?'

'Mijn dingen. Ze stelen mijn dingen!' Hij sprong op, waardoor een schaal met chocoladekoekjes op de grond kletterde. Hij keek Logan verwilderd aan. 'U bent van de politie! Ze stelen mijn dingen!'

Logan onderdrukte een zucht. 'Ze moeten weg, Bernard. Weet je nog dat we bij je langs zijn geweest met die meneer van de gemeente? Die dode dingen maken andere mensen ziek. Zoals je moeder. Weet je nog wel?'

Roadkill kneep zijn ogen dicht. Zette zijn tanden op elkaar. Duwde zijn vuisten tegen zijn voorhoofd. 'Ik wil naar huis! Die dingen zijn van mij!'

De forse politieagente zette de theepot neer en maakte sussende gebaren, alsof de sjofele, klagende man een klein kind was met een geschaafde knie. 'Rustig maar,' zei ze terwijl ze hem over de arm streek met een dikke hand met beringde vingers. 'Het is goed. Het komt allemaal in orde. Je bent hier veilig. Wij zullen ervoor zorgen dat je niets overkomt.'

Langzaam en onzeker ging Bernard Duncan Philips weer op de rand van zijn stoel zitten, terwijl hij met zijn rechtervoet een chocoladekoekje dat op het tapijt was gevallen, verbrijzelde.

Daarna ging het bergafwaarts met het interview. Hoe slim of tactisch Millers vragen ook waren, ze maakten Roadkill bijna allemaal van streek. En hij kwam steeds weer met het hetzelfde antwoord: hij wilde naar huis want ze waren zijn dingen aan het stelen.

Aan de kust van Aberdeen was het ijskoud en verlaten. De donkergrijze Noordzee raasde achter de sneeuwvlagen die het strand wit kleurden. Granieten golven sloegen tegen de betonnen kade en spatten uiteen in metershoge fonteinen, die door de stormachtige wind tegen de ramen van de winkels werden geblazen.

De meeste establissementen hadden die ochtend niet de moeite genomen hun deuren te openen. Er zou niet veel klandizie zijn voor de souvenirwinkels, de amusementshallen en de ijssalons. Miller en Logan hadden een tafeltje bemachtigd in het Inversnecky-café, waar ze boterhammen met spek en sterke koffie verorberden.

'Nou, dat was dus tijdverspilling,' zei Miller terwijl hij een reepje spekvet van zijn boterham plukte. 'Jij zou me op een ontbijt moeten trakteren in plaats van omgekeerd.'

'Maar je hebt er toch wel íéts aan?'

Miller haalde zijn schouders op en gooide het opgerolde reepje vet in de ongebruikte asbak. 'Ja, ik weet nu zeker dat hij van lotje getikt is. Dat is wel duidelijk. Maar dat is geen nieuws, of wel soms?'

'Het gaat mij er alleen maar om dat het voor iedereen duidelijk is dat hij dat meisje niet heeft vermoord. Hij heeft het niet gedaan en daarom hebben we hem vrij moeten laten.'

De journalist nam een flinke hap van zijn boterham en kauwde bedachtzaam. 'Jouw bazen moeten wel bagger schijten dat ze jou sturen om mij te smeken hen te helpen met een opbeurend stukje in de krant.'

Logan opende zijn mond, maar zei niets.

Miller knipoogde. 'Het geeft niet, Laz. Ik maak er wel iets van. Alles wat Colin Miller met zijn pen aanraakt, verandert in goud. We plaatsen een reconstructie met behulp van die röntgenfoto's op de voorpagina. Ik zal een illustrator aan het werk zetten om een overtuigende situatieschets te maken van het thema "klein meisje wordt geschept door grote Volvo". Geen punt. Maar dat staat pas maandagochtend in de krant. Heb je vanochtend naar de televisie gekeken? Het loog er niet om. Het zou me verbazen als de ster van die kerstvoorstelling van jullie maandagochtend zijn baantje nog heeft. Nu hij Roadkill voor de tweede keer heeft laten lopen.'

'Omdat hij dat meisje niet kan hebben vermoord!'

'Daar gaat het niet om, Laz. Het publiek ziet alleen maar dat er allerlei akelige dingen gebeuren: dode jongetjes in greppels, dode meisjes in vuilniszakken, het ene na het andere kind dat wordt ontvoerd. Cleaver wordt vrijgelaten terwijl iedereen weet dat hij schuldig is. En nu is Roadkill ook nog vrijgekomen.' Hij nam een nieuwe hap van zijn boterham met spek. 'In hun ogen is hij schuldig.'

'Maar hij heeft het niet gedaan.'

'Niemand geeft meer om de waarheid. Dat weet je toch, Laz?'

Logan moest tot zijn spijt toegeven dat Miller gelijk had. Zwijgend aten ze verder.

'En hoe gaat het met je andere artikel?' vroeg hij ten slotte.

'Welk artikel?'

'Toen je me vertelde waarom je niets over die Geordie zonder knieschijven hebt geschreven, zei je dat je een minder riskant slachtoffer op het oog had.'

De journalist nam een slok van zijn koffie. 'O, ja, dat.' Miller zweeg en keek uit het raam naar de sneeuw en de wilde golven. 'Niet zo goed.' Hij verviel in stilzwijgen.

Logan bleef zwijgen totdat het hem duidelijk werd dat de details niet vanzelf zouden volgen. 'Nou, vertel eens?'

'Hmm?' Miller verlegde zijn aandacht weer van de golven naar het café. 'O, oké. Het gerucht gaat dat iemand op zoek is naar iets speciaals. Iets wat niet veel mensen verkopen.'

'Drugs?'

De journalist schudde zijn hoofd. 'Nee. Levende have.'

Dat klonk nogal vreemd. 'Wat bedoel je? Varkens, kippen, koeien en zo?'

'Niet dat soort levende have.'

Logan leunde achterover en bestudeerde het onbewogen gezicht van de journalist. Zijn gezicht, dat gewoonlijk een open boek was, leek gesloten en strak. 'Naar wat voor levende have is deze koper op zoek?'

'Moeilijk te zeggen. Niemand wil er iets over kwijt. Niets waar je wat aan hebt, in elk geval. Misschien een vrouw, een man, een jongen, een meisje...'

'Je kunt toch geen mensen kopen!'

Miller keek Logan aan met een mengeling van medelijden en minachting. 'Van welke planeet ben jij? Natuurlijk kun je mensen kopen! Als je weet waar je moet zijn, kun je in Edinburgh alles kopen wat je wilt. Wapens, drugs. En ook vrouwen.' Hij boog zich voorover en vervolgde op fluistertoon: 'Ik heb je toch verteld dat Malk the Knife hoeren importeert uit Litouwen? Wat denk je dat hij met hen doet?'

'Ik neem aan dat hij ze verhuurt...'

Miller lachte zuur. 'Ja, dat doet hij. Hij verhuurt ze en hij verkoopt ze. En op de beschadigde modellen krijg je korting.'

Hij zuchtte toen hij de ongelovige uitdrukking op het gezicht van Logan zag. 'Luister. Meestal zijn het de pooiers die ze kopen. Als een van je hoeren aan een overdosis is bezweken, ga je naar Malkies koopjeskelder. Daar haal je voor een bodemprijs een zo goed als nieuwe hoer uit Litouwen.'

'Mijn god!'

'De meesten spreken niet eens Engels. Ze worden verkocht, raken aan de crack en worden aan het werk gezet. En als ze eenmaal te verlopen zijn om nog een behoorlijk nummertje te kunnen maken, worden ze op straat gedumpt.'

Ze zwegen en luisterden naar het sissen van het espressoapparaat en het geraas van de storm, dat door de dubbele beglazing niet helemaal werd onderdrukt.

Logan was niet van plan weer naar zijn werk te gaan. Dat nam hij zich in elk geval voor nadat Miller hem bij Castlegate had afgezet. Hij zou bij Oddbins langsgaan om een paar flessen wijn, wat bier en een magnetronmaaltijd te halen.

Toch stond hij enige tijd later in de troosteloze hal van het hoofdbureau, terwijl de smeltende sneeuw van zijn jas op het linoleum druppelde.

Zoals te verwachten was, had de stiefvader van Peter Lumley een paar keer voor hem gebeld. Logan probeerde er niet aan te denken. Het was zondag. Hij werd niet eens verondersteld op het bureau te zijn. En hij was niet opgewassen tegen weer zo'n deprimerend gesprek. In plaats daarvan ging hij achter zijn bureau zitten en bestudeerde de foto van Geordie Stephenson. Op zoek naar wat er schuilging achter die dode ogen.

Millers verhalen over de prostituees uit Litouwen hadden hem aan het denken gezet. Iemand in Aberdeen wilde een vrouw kopen. En Geordie vertegenwoordigde een van de grootste importeurs van vrouwen in het land. Misschien was het een andere branche – eigendom in plaats van prostitutie – maar toch.

'Je hebt het echt verknald, nietwaar, Geordie?' mompelde hij tegen de sectiefoto. 'Je komt helemaal uit Edinburgh om een klus op te knappen en voor je het weet hakt iemand je knieschijven eraf en drijf je in de haven. Je slaagde er niet eens in een ambtenaar van Ruimtelijke Ordening om te kopen. Ik vraag me af of je je baas hebt verteld dat er iemand was die graag een vrouw wilde kopen. Zonder gezeur en voor goed geld.'

Geordies sectierapport lag nog ongelezen op Logans bureau. Er was de afgelopen week zoveel gebeurd dat hij er nog niet aan toe was gekomen. Toen hij de map pakte en erin begon te bladeren, ging zijn mobiele telefoon.

'Logan.'

'Waar zit je?' Het was Insch.

'Op het bureau.'

'Logan, heb jij geen privé-leven? Had ik niet gezegd dat je uit moest gaan met een leuke agente?'

Logan glimlachte. 'Dat klopt. Sorry.'

'Nou, daar is het nu te laat voor.'

'Hoe bedoel je?'

'Kom maar naar Seaton Park. Ik ben net gebeld. Ze hebben Peter Lumley gevonden.'

Het hart zonk Logan in de schoenen. 'O.'

'Ik ben er over... allemachtig, wat een sneeuwstorm hier. Laat ik voor de zekerheid maar zeggen... dertig minuten. Nee, maak er maar veertig van. En hou het onopvallend. Geen sirenes of zwaailichten. Oké?'

'Oké.'

Seaton Park was 's zomers een aangename plek. Uitgestrekte gazons, hoge, oude bomen en een muziektent. Er werd op het gras gepicknicked, er werd gevoetbald en gevreeën in de bosjes. Als het donker werd kon je er beroofd worden. Het park lag vlak bij de studentenverblijven van de universiteit van Aberdeen, dus er waren elk jaar weer onervaren nieuwkomers met geld in hun kontzak.

Die dag leek het er meer op een scène uit *Dokter Zjivago*. De hemel was donkergrijs en het sneeuwde onophoudelijk.

Logan zwoegde door de sneeuw in het park, gevolgd door een agent die zich had aangekleed als een eskimo. Het mispunt gebruikte Logan, die zich door de sneeuwstorm vocht, als windscherm. Hun bestemming was een laag betonnen gebouwtje in het midden van het park, dat aan één kant helemaal was ondergesneeuwd. De openbare toiletten waren 's winters gesloten. Wie dan nodig moest plassen, was aangewezen op de bosjes. Ze liepen naar de zijkant, waar het minder hard waaide en waar zich in een nis de deur naar het damestoilet bevond.

De deur stond op een kier. Bij het hangslot waarmee de deur afgesloten was geweest, was het hout versplinterd. Het grote slot bungelde nutteloos in het dikke metalen oog. Logan duwde de deur verder open en liep het damestoilet binnen.

Het leek binnen nog kouder dan buiten in het park. Een paar geüniformeerde agenten stonden rondom drie dik aangeklede kinderen in de leeftijd tussen zes en tien jaar die er tegelijkertijd opgewonden en verveeld uitzagen. Hun adem vormde kleine mistwolkjes in de kille ruimte.

Een van de agenten verlegde zijn blik van hun vangst naar de nieuwkomers. 'Het derde hokje.'

Logan knikte en ging een kijkje nemen.

Peter Lumley leefde niet meer. Dat wist Logan zodra hij de zwartgeverfde deur naar het toilet opende. Het kind lag gekruld rond de toiletpot, alsof hij het ding omhelsde. Het felrode haar zag er in het harde licht dof en donker uit en de sproeten waren nauwelijks zichtbaar op zijn bleke huid, die een blauwachtige glans vertoonde. Het T-shirt van het jongetje was over zijn gezicht en armen omhooggetrokken, waardoor zijn buik en rug bloot waren. Verder droeg hij geen kleding.

'Jij arme donder...'

Logan tuurde peinzend naar het naakte lichaam. Hij bleef op afstand om te voorkomen dat hij het sporenonderzoek zou compromitteren. In één opzicht zag Peter Lumley er anders uit dan het jongetje dat ze in de greppel hadden gevonden. Peter Lumley was anatomisch nog helemaal intact.

Het begon druk te worden in het damestoilet. Vlak nadat de technische recherche en de dienstdoende arts waren gearriveerd, was Insch komen opdagen, met rode wangen van de kou en een slecht humeur. Zoals hun was opgedragen, waren de teamleden van de technische recherche in hun burgerkleding gekomen en hadden ze hun witte busje met alle apparatuur bij de kathedraal van St. Machar geparkeerd, waar het nauwelijks zou opvallen.

Insch stampte de sneeuw van zijn laarzen terwijl de overige aanwezigen zich in hun papieren overalls hesen. Ze rilden en mopperden van de kou.

'En?' vroeg Insch toen de arts klaar was, zijn papieren overall weer uittrok en naar een van de wastafels liep om zijn handen te wassen.

'Het arme kind is dood. Hoe lang al, kan ik niet zeggen. Hij is bevroren. En ga dan maar eens zeggen wat er eerder was: de rigor mortis of de bevriezing.'

'En de doodsoorzaak?'

De arts veegde zijn handen af aan de voering van zijn jack. 'Dat moet je natuurlijk eigenlijk aan de ijskoningin vragen, maar volgens mij is hij gewurgd.'

'Net als de vorige.' Insch zuchtte en bracht het volume van zijn stem terug tot fluisterniveau om te voorkomen dat de aanwezige kinderen hem konden verstaan. 'En is hij seksueel misbruikt?'

De politiearts knikte en Insch zuchtte opnieuw.

'Nou,' zei de arts terwijl hij zijn thermisch geïsoleerde en stevig gevoerde winterjack dichtritste, 'als je me niet meer nodig hebt, ga ik een warmer oord opzoeken. Siberië misschien.'

Nu de dood officieel was geconstateerd, begonnen de leden van technische recherche alles te verzamelen waarop ze de gehandschoende hand konden leggen. Ze zochten naar textielsporen en gingen in de weer met vingerafdrukpoeder. De fotograaf klikte en flitste en de video-operator filmde alles wat los- en vastzat. Maar iedereen vermeed het lichaam aan te raken, want als je dat deed, kon de patholoog-anatoom wel eens boos worden. Isobel had een ongunstige reputatie verworven sinds Logan weer aan het werk was gegaan. 'Je bent er nu alweer een week, nietwaar?' vroeg Insch, terwijl ze tegen de muur leunden en toekeken hoe het team van de technische recherche zijn werk deed. Logan knikte bevestigend. Insch haalde een zakje gombeertjes tevoorschijn en bood Logan er een aan. 'En het is een week geworden die ik niet snel zal vergeten,' zei hij al kauwend. Wat dacht je ervan om binnenkort eens wat vakantiedagen op te nemen? Zodat de misdaadstatistieken weer eens normale waarden kunnen aannemen.'

'Erg grappig.' Logan stak zijn handen in zijn zakken en probeerde er niet aan te denken hoe Peter Lumleys stiefvader zou reageren als ze hem gingen vertellen wat ze hadden gevonden.

Insch knikte naar de drie kinderen die langzaam blauw begonnen aan te lopen. 'En die?'

Logan haalde zijn schouders op. 'Ze zeggen dat ze bezig waren een sneeuwpop te maken. Een van hen moest plassen. Zo zijn ze hier terechtgekomen en hebben ze het lichaam gevonden.' Hij bekeek ze wat beter. Twee meisjes van acht en tien en een jongen van zes. Broer en zusjes. Ze hadden alle drie dezelfde wipneus en dezelfde grote bruine ogen.

'Arme kinderen,' zei Insch.

'Welnee,' zei Logan. 'Zo onschuldig zijn ze niet. Hoe denkt u dat ze binnen zijn gekomen? Ze hebben het slot geforceerd met een joekel van een schroevendraaier. Ze werden betrapt door twee agenten die hier toevallig aan het surveilleren waren.' Hij wees op de twee verkleumde agenten. 'Als deze twee ze niet in de kraag hadden gegrepen, waren ze ervandoor gegaan.'

Insch verlegde zijn aandacht van de kinderen naar de agenten. 'Ze waren hier toevallig aan het surveilleren? Midden in het Seaton Park? In dit weer?' Hij keek argwanend. 'Dat lijkt me sterk.'

Logan haalde opnieuw zijn schouders op. 'Dat is wat ze me hebben verteld en daar blijven ze bij.'

'Hmmm...'

De agenten schuifelden zenuwachtig heen en weer terwijl Insch ze kritisch bestudeerde.

'Denk je dat iemand heeft gezien dat het lichaam hier is gedumpt?' vroeg hij ten slotte.

'Nee, dat denk ik niet.'

Insch knikte. 'Ik ook niet.'

'Want het lichaam is niet gedumpt. Het is hier opgeslagen. Die kinderen moesten inbreken om hier te kunnen plassen. Toen de deur op slot is gedaan, lag het lichaam binnen. Dat betekent dat de moordenaar dat hangslot heeft aangebracht. Hij dacht dat het hier veilig opgeborgen was. Zodat hij terug kon komen als hij daar behoefte aan had. Hij heeft zijn trofee nog niet opgehaald.'

Op het gezicht van de hoofdinspecteur verscheen een boosaardige glimlach. 'Dat betekent dat hij terugkomt! Eindelijk hebben we een mogelijkheid de smeerlap te pakken!'

Op dat moment arriveerde dokter Isobel MacAlister. Ze stapte het toilet binnen, gehuld in een dikke wollen jas, een wolk sneeuw en een chagrijnig gemoed. Ze nam de situatie in zich op en zodra ze Logan zag, werd haar gelaatsuitdrukking nóg onaangenamer. Kennelijk koesterde ze een wrok jegens hem. Niet alleen had hij haar opera-avondje verstoord, hij had ook nog aangetoond dat ze zich vergist had met de conclusie dat het meisje dat op Roadkills boerderij was gevonden, was doodgeslagen. En Isobel vergiste zich nóóit. 'Meneer,' zei ze, terwijl ze de man met wie ze ooit het bed had gedeeld totaal negeerde, 'ik hoop dat we dit snel kunnen afronden.'

Insch wees naar het derde toilethokje en Isobel liep er snel heen om het stoffelijk overschot te onderzoeken. Haar kaplaarzen maakten flapgeluiden tijdens het lopen.

'Ligt het nou aan mij,' vroeg Insch op fluistertoon, 'of is het hier nu ineens nog een stuk kouder geworden?'

Die avond brachten ze de ouders van Peter Lumley het slechte nieuws. Meneer en mevrouw Lumley zeiden geen woord. Zodra Logan en de hoofdinspecteur in de deuropening verschenen, wisten ze het al. Ze zaten naast elkaar op de bank en hielden elkaars hand vast, terwijl ze luisterden naar het fatale nieuws dat Insch hun bracht.

Lumley stond zwijgend op, greep zijn jas van de kapstok en liep naar buiten.

Zijn vrouw keek hem na, wachtte totdat de deur in het slot was gevallen en barstte toen in tranen uit. De agente van de afdeling Slachtofferhulp ging naast haar zitten om te fungeren als arm om de schouder.

Logan en Insch verlieten de woning.

28

De opzet was doodeenvoudig. Iedereen die op de plaats delict moest zijn, zou zo onopvallend mogelijk opereren en hun aantal zou tot een minimum worden beperkt. Het hangslot werd weer aan de deur bevestigd. Het lijk werd in het diepste geheim afgevoerd en de toiletruimte werd door een paar agenten vanuit de warme beschutting van een op veilige afstand geparkeerde, ongemarkeerde wagen continu in de gaten gehouden. De onafgebroken sneeuwval had alle voetafdrukken rond het gebouw weer onzichtbaar gemaakt, zodat het eruitzag alsof er nooit iemand binnen was geweest. De drie kinderen die het lichaam hadden gevonden, werden niet wegens inbraak vervolgd, op voorwaarde dat ze hun mond dicht zouden houden. Niemand mocht weten dat het lichaam van Peter Lumley was gevonden. De moordenaar zou terugkomen met zijn snoeischaar om zijn souvenir op te halen, waarop de agenten hem zouden arresteren. Het was een waterdicht plan.

Millers artikel over het tragische leven van Bernard Duncan Philips, alias Roadkill, had het niet verder gebracht dan pagina vier, en was geplaatst tussen een stuk over de nieuwste generatie landbouwmachines en de aankondiging van een inzamelingsactie voor een goed doel. Maar al stond het dan niet op de voorpagina, het was een goed stuk. Miller was erin geslaagd Roadkill neer te zetten als een sympathieke figuur en een slachtoffer van de omstandigheden. Het artikel maakte duidelijk dat Roadkill psychische problemen had gekregen na de tragische dood van zijn moeder. Een intelligente man die door de samenleving aan zijn lot was overgelaten en het beste probeerde te maken van de verwarrende wereld om hem heen. Je moest na lezing van het stuk wel concluderen dat de politie hem terecht had vrijgelaten.

Iedereen op het hoofdbureau was zeker een stuk opgeluchter geweest als dit het enige verhaal was dat er die ochtend van Millers hand in de *Press and Journal* was afgedrukt.

Millers tweede artikel besloeg bijna de hele voorpagina en de kopregel luidde: KINDERMOORDENAAR SLAAT OPNIEUW TOE! LIJK VAN JONGETJE GEVONDEN IN TOILET.

'Hoe is hij hier achter gekomen?' Insch sloeg met zijn vuist op het blad van zijn bureau, waardoor de koffiekopjes, papieren en alle dienders in de briefingruimte opsprongen.

Het plan om de dader te pakken als hij terug zou komen om zijn trofee op te halen, was definitief verknoeid, want de hele geschiedenis werd in geuren en kleuren en op verontwaardigde toon uit de doeken gedaan op de voorpagina van de *Press and Journal*.

'Dit was de beste kans die we hadden om die vuilak te pakken voordat ie weer opnieuw toeslaat!' Insch pakte de krant en hield hem trillend van woede in de lucht zodat iedereen het artikel kon zien. 'We hadden hem kunnen grijpen! Nu moet er wéér een kind het slachtoffer worden, omdat de een of andere eikel zijn mond niet kon houden!'

Hij gooide de krant de kamer in. Hij vloog door de lucht, viel uiteen en kwam tegen de muur aan de overkant terecht. Napier was aanwezig in vol ornaat. Hij zag eruit als een roodharige magere Hein. Hij zei niets, maar keek iedereen vanonder zijn borstelige wenkbrauwen argwanend aan terwijl Insch tekeerging.

'Ik zal jullie zeggen wat ik doe,' zei Insch terwijl hij zijn hand in zijn zak stak. Hij haalde er een dikke, bruine portefeuille uit, opende hem en trok er een handvol bankbiljetten uit. 'De eerste die me vertelt wie het is, krijgt dit.' Hij kwakte het geld op het bureau.

Even bleef het stil.

Logan haalde zijn portefeuille tevoorschijn en legde de inhoud op de stapel van de hoofdinspecteur.

Dat was het startsein voor een stormloop op het bureau: geüniformeerde agenten en rechercheurs, allemaal maakten ze hun zakken leeg en legden ze hun geld op het bureau. Vergeleken bij de doorsnee officiële beloning stelde het niet veel voor, maar het kwam uit hun hart.

'Nou, heel mooi,' zei Insch met een zuur lachje. 'Maar we weten nog steeds niet wie het is.

Ze dropen af naar hun stoelen en de hoofdinspecteur bekeek zijn troepenmacht met iets wat op trots leek. De uitdrukking op het gezicht van Napier was dubbelzinniger: hij keek iedereen onderzoekend aan, op zoek naar een schuldbewuste blik. Hij liet zijn ogen langdurig op Logan rusten.

'Goed,' zei Insch. 'Ofwel we hebben hier in ons midden een vuile leugenaar die denkt de dans te kunnen ontspringen door het spelletje mee te spelen, ofwel de mol van Miller werkt voor iemand anders. Ik hoop dat het laatste het geval is.' De glimlach verdween van zijn gezicht. 'Want als het iemand in dit team is, spijker ik hem eigenhandig aan het kruis.' Hij plofte op de rand van het bureau. 'McRae, wil jij de manschappen indelen?'

Logan las de namen op van het team dat het ondergesneeuwde park moest gaan doorzoeken. Andere teams kregen de opdracht via een buurtonderzoek te proberen getuigen te vinden die de dader hadden gezien toen hij het lichaam in de toiletten verborg. De anderen moesten de telefoontjes van veronstruste burgers gaan natrekken. De meeste telefoontjes waren binnengekomen nadat bekend was geworden dat Roadkill was vrijgelaten. Het was verbazingwekkend hoeveel mensen zich plotseling herinnerden een afvalkar op wieltjes te hebben gezien op de plekken waar de kinderen voor het laatst waren gezien.

De briefing kwam ten einde en iedereen verliet het vertrek, na een blik te hebben geworpen op de stapel bankbiljetten op het bureau. De gezichten waren even somber als het weer buiten. Alleen Napier, Logan en Insch bleven achter.

De hoofdinspecteur pakte het geld van het bureau en deed het in een bruine envelop, waar hij met grote, zwarte letters BLOEDGELD op schreef.

'Wat denken jullie?'

Logan haalde zijn schouders op. 'Misschien iemand van de technische recherche? Die hebben toegang gehad tot alle lijken.'

Napier trok koeltjes een wenkbrauw op. 'Het feit dat iedereen hier geld heeft gedoneerd, betekent niet dat de schuldige er niet bij zit. Iedereen hier kan het gedaan hebben.' Bij de laatste opmerking keek hij Logan strak aan. 'Iedereen.'

Insch dacht erover na. Hij keek somber en leek afwezig. 'We hadden hem bijna,' zei hij ten slotte terwijl hij de envelop dichtplakte. 'We hadden de boel daar in de gaten kunnen houden tot hij kwam opdagen.'

Logan knikte. Ze hadden hem bijna gehad.

Napier bleef Logan aanstaren.

'Hoe dan ook,' zei Insch terwijl hij de bruine envelop met geld in zijn binnenzak stopte. 'Het sectieonderzoek begint om negen uur. We kunnen maar beter niet te laat komen, anders krijgen we van Logans ex-vriendin op onze lazer. Tot ziens.'

Beneden in de kelder had zich rond dokter Isobel MacAlister al het nodige publiek verzameld. Haar sluikharige vrijer fladderde rond, verwijfd en irritant als altijd. Drie medisch studenten stonden leergierig klaar met hun schrijfblok, benieuwd hoe je een vermoord jongetje van vier open moest snijden. Isobel groette de hoofdinspecteur kortaf. Logan keurde ze geen blik waardig.

Het naakte lichaam van Peter Lumley lag op de snijtafel. Hij zag er bleek en heel erg dood uit. De studenten maakten aantekeningen, de vrijer grijnsde onnozel en Isobel onderzocht, sneed, zaagde, verwijderde en woog ingewanden. Het was dezelfde procedure als bij David Reid, maar zonder de verregaande staat van ontbinding. En Peter Lumley had zijn geslachtsdeel nog. Hij was waarschijnlijk gewurgd met een met plastic omhulde draad. Nadat de dood was ingetreden, was er een inflexibel voorwerp in zijn rectum gestopt.

Weer een dood kind voor de koelcel.

Logans eenpersoonsrecherchekamer was leeg toen hij terugkwam van de sectie. Hij voelde zich misselijk. Het dode gezicht van Geordie Stephenson staarde hem aan vanaf de muur. Twee zaken. En in geen van beide boekte hij noemenswaardige voortgang.

In zijn bakje voor inkomende post lag een dikke, gewatteerde envelop van de technische recherche, geadresseerd aan 'Inspecteur Lazarus McRae'.

De klootzakken.

Hij plofte in zijn stoel en scheurde de envelop open. Hij bevatte een forensisch rapport waarin alle begrijpelijke woorden waren geschrapt en vervangen door onbegrijpelijk jargon. En een gebit, gegoten in kunsthars.

Logan haalde het gebit uit het zakje en fronste zijn wenkbrauwen. Dit moest een vergissing zijn. Het leek helemaal niet op een gietsel van de bijtwonden in de huid van Geordie. Dit kon met geen mogelijkheid het gebit van Colin McLeod zijn. Tenzij Colin toevallig een weerwolf was. Een weerwolf die een paar tanden miste...

Met toenemende ongerustheid greep Logan Geordies sectierapport, dat hij nog niet had gelezen. De passage over de bijtwonden was heel gedetailleerd.

Hij sloot zijn ogen en vloekte.

Vijf minuten later stoof hij naar buiten, met in zijn kielzog een verbijsterde agent Watson.

De Turf 'n Track zag er nog even onvriendelijk uit als de vorige keer. De sneeuw had de zaak geen feestelijke uitstraling gegeven. Integendeel. Het betonnen rijtje winkelpanden zag er vijandiger uit dan ooit. Watson reed de dienstwagen het parkeerterrein op, waar ze even bleven zitten kijken naar de sneeuwstorm. De patrouillewagen, de Quebec drie-een, was op weg naar de achterkant van het blok. Dit was normaal gesproken niet hun wijk, maar ze waren toevallig in de buurt geweest.

Logan schrok op toen er iemand op het portierraam tikte.

In de sneeuw naast de auto stond een zenuwachtige agent van de hondenbrigade met een dikke leren manchet om zijn arm. Logan draaide het raampje omlaag. De man vroeg: 'En die herder... is ie groot?' Zijn gezicht sprak boekdelen: hij hoopte op een ontkennend antwoord.

Logan liet hem het afgietsel zien van het gebit van het beest. Daar werd de man niet blij van.

'Juist. Groot. Met veel tanden. Fantastisch.'

Logan herinnerde zich de grijze bek van de hond. 'Maar als dat enige troost biedt, hij is wel oud, hoor.'

'Jaja...' concludeerde de hondenbegeleider met een ongelukkige uitdrukking op zijn gezicht. 'Groot, veel tanden én ervaren.'

Hij had een lange stok bij zich met aan het uiteinde een sterke kunststofring. Hij tikte er zachtjes mee tegen zijn hoofd, waardoor er een straaltje water door het geopende portierraam in het interieur van de auto terechtkwam.

De radio kwam tot leven: de Quebec drie-een was in positie. Tijd voor actie.

Logan stapte uit de wagen en liep de glibberige parkeerplaats op. Watson was het eerst bij de ingang van de Turf 'n Track. Ze drukte zich met haar rug tegen de deur, met haar knuppel binnen handbereik, net zoals ze het in de film deden. Ze had haar handen diep in haar zakken en de schouders opgetrokken, en haar oren gloeiden van de kou. Logan volgde met de twee hondenbegeleiders in zijn kielzog. Toen ze Watson al schuifelend en glibberend hadden bereikt, drukten de hondenbegeleiders zich in navolging van Watson tegen de muur, met hun lange metalen stokken in de aanslag.

Logan bekeek het drietal en schudde zijn hoofd.

'Het is Starsky en Hutch niet, hoor,' zei hij, terwijl hij de deur opende van het wedkantoor, waaruit een oorverdovende herrie en de lucht van natte honden en shag naar buiten kwam.

Logan liep naar binnen en probeerde zijn ogen aan het vage licht te laten wennen. Aan weerszijden van de lange houten toonbank hing aan de muur een flikkerend televisiescherm. Op beide schermen was dezelfde hondenrace te zien. Het beeld was schokkerig en het geluid stond keihard.

Vier mannen zaten op de rand van hun plastic stoeltjes. Ze staarden naar de wedstrijd en schreeuwden aanmoedigingen.

'Schiet dan op, stomme rothond, lópen!'

Dolle Doug was nergens te bekennen. Maar zijn herdershond lag languit op de grond, naast een elektrisch kacheltje met drie verwarmingselementen. Zijn tong hing uit de zijkant van zijn bek en uit zijn natte vacht kwam damp door de hitte van het kacheltje.

De wind die door de geopende deur langs Logan de donkere, rokerige ruimte binnenwaaide, bracht een vlaag sneeuw mee en liet de posters aan de muur ritselen. Een grote kerel die gekleed was als een zwerver op zijn vrije dag, brulde zonder om te kijken: 'Doe die deur dicht!'

De wind streek door de vacht van de slapende hond en zijn poten trilden alsof hij in zijn droom iets achternazat. Iets lekkers. Een konijn bijvoorbeeld. Of een politieagent.

Watson en de twee hondenbegeleiders glipten achter Logan het wedkantoor binnen en sloten de deur achter zich. Ze bekeken de slapende herdershond alsof het een landmijn was die op scherp stond. Een van de hondenbegeleiders likte nerveus aan zijn lippen, richtte de ring aan het eind van zijn stok op de dampende bruine vacht en sloop dichterbij. Als ze hem konden vangen terwijl hij sliep, zouden ze misschien niet gebeten worden. Terwijl de gokkers zich volledig op de wedstrijd concentreerden, naderde hij het beest voorzichtig, totdat de ring een centimeter of tien voor de grijze bek hing. Op de televisie stoof een hazewindhond met een gele kraag over de finish, een millimeter vóór de hond met de blauwe kraag. Twee gokkers sprongen overeind en begonnen te juichen, de andere twee vloekten luidkeels.

Het plotselinge lawaai deed de oren van de slapende hond trillen en plotseling schoot zijn oude wolfskop omhoog. Heel even keek de hond alleen maar naar de hondenbegeleider en diens bungelende strop.

De hondenbegeleider slaakte een kreet en haalde uit met zijn strop, maar hij was niet snel genoeg. De oude hond sprong op en begon fel te blaffen, terwijl de stok tegen het elektrische kacheltje terechtkwam en een van de verwarmingselementen verbrijzelde.

Iedereen in het vertrek draaide zich om en keek naar de hond. En toen naar de vier agenten.

'Wel godver...'

Binnen een fractie van een seconde stonden alle gokkers op. Met opgezwollen tatoeages en gebalde vuisten. Grommend en met onblote tanden, net als de herder van Dolle Doug.

Aan de andere kant van de winkelruimte klonk een klap toen de deur van de achterkamer opensloeg. Simon McLeod verscheen in de deuropening en de ergernis op zijn gezicht veranderde snel in woede.

'We willen geen moeilijkheden.' Logan moest schreeuwen om zich verstaanbaar te maken boven het geblaf van de herdershond. 'We willen alleen maar even met Dougie MacDuff praten.'

Simon stak een hand uit en drukte op het lichtknopje. Het vertrek was plotseling in duisternis gehuld. In het spookachtige groengrijze licht van de televisieschermen waren alleen nog silhouetten te ontwaren.

De eerste pijnkreet was afkomstig van de hondenbegeleider. Gekraak, gegrom en het geluid van iemand die op de grond viel. Een vuist suisde rakelings langs Logans hoofd. Hij dook opzij en deelde zelf een vuistslag uit. Zijn knokkels raakten huid, braken bot en er klonk een onderdrukte kreet van pijn. Er spatte iets warms en vloeibaars op zijn wang. En weer een klap. Hij hoopte dat hij Watson niet had gevloerd!

De hond was nog steeds wild aan het blaffen, maar gromde en beet nu bovendien. Op de televisieschermen werd een nieuwe race aangekondigd, waarvoor de windhonden in hun starthokken werden geleid.

Logan kreeg een metalen stok tegen zijn rug. Hij struikelde voorover en struikelde nog eens over iemand die languit op de grond lag, waarna hij zelf ook plat ging. Naast hem klonk een harde voetstap van iemand die kennelijk wegrende.

Plotseling scheen er wit daglicht naar binnen en toen Logan achteromkeek zag hij een gebogen gestalte in de deuropening staan, tegen de achtergrond van de sneeuwstorm die buiten voortraasde. De man liet een plastic zak uit zijn handen vallen en vier blikjes bier en een fles whisky kletterden op het vergane linoleum.

Het vertrek werd nu verlicht door het zachte schijnsel van het winterse daglicht. Een van de hondenbegeleiders lag op de grond, terwijl de herdershond grommend de leren manchet om zijn arm aanviel. Watson had een bloedneus en hield een grote getatoeëerde kerel in de houdgreep. De andere hondenbegeleider werd door een van de gokkers in zijn maag gestompt terwijl een tweede hem vasthield. Logan lag half over een man die was gekleed in een overall en in zijn mond een bloederige spelonk had waar eerder nog zijn tanden hadden gezeten.

De man in de deuropening draaide zich om en begon te rennen.

Dolle Doug!

Logan vloekte, krabbelde overeind en rende naar de dichtvallende deur. Een hand greep zijn enkel en hij kwam weer onzacht in aanraking met de vloer. De littekens in zijn maagstreek gingen tekeer. De greep op zijn enkel werd steviger en een andere hand sloot zich om zijn been.

Kreunend van de pijn greep Logan de gevallen whiskyfles en haalde uit. De fles raakte het hoofd van zijn aanvaller met een holle klap en de greep op zijn been verslapte.

Logan werkte zich weer overeind en waggelde door de deuropening naar buiten. Zijn maag voelde alsof iemand er petroleum in had gegoten en die in brand had gestoken. Hij haalde zijn mobiele telefoon tevoorschijn en gaf de Quebec drie-een opdracht als de bliksem naar het wedkantoor te komen. Hij leunde zwaar op de metalen reling tussen de winkels en het parkeerterrein. Dolle Doug mocht dan zijn weggerend, een hazewindhond was hij nauwelijks meer. Hij kon niet ver weg zijn.

Links zag Logan alleen maar een lege straat en geparkeerde auto's. Aan de rechterkant bevond zich een aantal uit beton en bakstenen opgetrokken huurkazernes. En nog meer geparkeerde auto's. Hij zag iemand verdwijnen in een van de sombere, levenloze gebouwen.

Logan zette zich af tegen de reling en begon achter de verdwijnende gestalte aan te rennen. Achter hem verscheen de Quebec drie-een met zwaailicht en loeiende sirene op het beijzelde parkeerterrein.

De ijskoude wind sneed in zijn gezicht terwijl Logan verder rende. Het wegdek was verraderlijk glad en Logan dreigde bij elke stap uit te glijden. Hij glibberde over het pad dat naar het flatgebouw liep waarin Doug was verdwenen, nam het kleine trapje omhoog en stoof door de voordeur naar binnen. Het was rustig en koud in de hal en zijn adem vormde er een mistwolkje. Tegen het beton langs een deurpost was op kruishoogte een vochtplek in de vorm van een omgekeerd boompje zichtbaar. Kennelijk had iemand de gewoonte daar bij de voordeur van zijn buurman te wateren. In de ijskoude hal hing een penetrant zurige stank.

Logan bleef hijgend staan terwijl de pislucht in zijn ogen prikte. Doug had in elke willekeurige flatwoning zijn toevlucht kunnen zoeken. Of misschien verschool hij zich achter de trap. Logan keek, maar vond de man niet. Wel zag hij dat de achterdeur openstond.

'Verdomme.' Logan haalde diep adem en rende naar buiten, de sneeuw in.

Tussen de achter elkaar gebouwde flats van drie en vier verdiepingen hoog waren kleine, gemeenschappelijke grasveldjes aangelegd. Niet dat er veel gras groeide, zelfs niet in de zomer. Verse voetafdrukken in de sneeuw leidden naar het flatgebouw aan de overkant.

Logan rende erheen, nam de voordeur en de achterdeur en belandde op het volgende grasveldje. Aan de overkant sloeg een deur dicht en Logan rende verder, opnieuw door de voordeur de hal binnen en door de achterdeur er weer uit. Maar deze keer zag hij aan de overkant niet opnieuw een flatgebouw. In plaats daarvan stond er een gaashek van ongeveer een meter tachtig hoog dat het grasveldje scheidde van een met struikgewas begroeid braakliggend terreintje. Verderop was een industrieterrein zichtbaar en er stonden wat hoge gebouwen: Tillydrone.

Dolle Doug was bezig over het hek te klimmen.

'Blijf waar je bent!' Logan rende zo hard door de sneeuw als hij kon zonder uit te glijden, maar toen hij de andere kant van het grasveldje had bereikt, zag hij Doug niet meer. 'Waar ben je? Je lijkt Houdini wel, verdomme!'

Toen hij over het hek klauterde, realiseerde Logan zich hoe Doug erin geslaagd was zo plotseling uit zijn gezichtsveld te verdwijnen. Het hek markeerde de grens tussen de wijk Sandilands en de spoorweg naar het noorden. Aan het oog onttrokken door bosjes en struikgewas liepen spoorrails in een metersdiep ravijn dat speciaal daarvoor was aangelegd. Doug had zich langs de steile rand naar beneden laten glijden.

De oude man liep niet erg hard meer. Hij sjokte traag voort langs de rails, terwijl hij één hand tegen zijn borst gedrukt hield.

Logan liet zich aan de andere kant op de grond vallen en kwam ongelukkig terecht. Hij struikelde en de zwaartekracht deed de rest. Als een kei rolde hij omlaag langs de helling, door de doornen en varens, totdat hij onzacht op het harde asfalt onder aan het ravijn terechtkwam. Hij slaakte een kreet van pijn. Uit een snee op de rug van zijn hand sijpelde bloed. Zijn hoofd suisde. Maar de pijn in zijn maagstreek was het ergst. Na een jaar pijnigde het Monster van Mastrick hem nog steeds.

Door de hoge hellingen langs de spoorlijn was het onder in het ravijn windstil. De sneeuw viel hier in een rechte lijn, als een ordelijke kolonne koude vlokken in een strakke lucht.

Logan lag op zijn zij in de sneeuw en kreunde. Hij voelde zich misselijk en kon zich nauwelijks bewegen. Hij had echter een onbelemmerd uitzicht op Dolle Doug, die even achterom keek en merkte dat de politieman die hem had achtervolgd, nu bloedend langs het spoor lag. Hij onderbrak zijn langzame looppas en draaide zich om teneinde Logan wat beter te bestuderen, terwijl hij onregelmatige wolkjes adem uitblies.

En toen begon hij terug te lopen langs de rails, in de richting van Logan. Hij stak zijn hand in een van zijn zakken en haalde er iets uit wat glinsterde. Iets scherps.

Het leek alsof iemand ijswater over Logans lichaam goot. 'Godallemachtig...'

Hij probeerde op zijn zij te rollen om op te kunnen staan voordat Dolle Doug hem had bereikt. Maar de pijn in zijn maagstreek weerhield hem ervan, ondanks het feit dat magere Hein langzaam maar zeker naar hem onderweg was.

'Waarom moest je me nou zo nodig achterna komen?' Doug praatte onregelmatig, alsof hij nog buiten adem was. 'Je moet je met je eigen zaken bemoeien. Nu zal ik je een lesje moeten leren, smerig varken!' Hij stak het glimmende voorwerp omhoog. Het was een stanleymes, met het lemmet op de langste stand.

'O, nee...' Het gebeurde opnieuw!

'Ik ben persoonlijk gek op spek.' Dougs gezicht was felrood en gerimpeld en had gesprongen aderen. Zijn melkwitte, nietsziende oog was wit als de sneeuw. Zijn scheve grijns was nicotinebruin. 'Maar het geheim van spek is dat je het dun moet snijden.'

'Niet doen...' Logan probeerde wanhopig op zijn zij te rollen.

'Ga je nou smeken en jammeren, vuile smeris? Ga je janken als een klein kind? Nou, ik kan het je niet kwalijk nemen, want het gaat behoorlijk pijn doen!'

'Niet doen... alsjeblieft! Je hoeft dit niet te doen...'

'O, nee?' Doug produceerde een lach die veranderde in gerochel en resulteerde in een zwartrode fluim. 'Wat,' vervolgde hij nadat hij uitgespuugd was, 'denk je dat ik te verliezen heb? Nou? Ik heb kanker. Een aardige meneer in het ziekenhuis vertelde me dat ik nog een jaar te leven heb, hooguit twee. En het zullen geen plezierige jaren zijn. En jullie smerissen zitten achter me aan. Ja toch?'

Logan zette zijn tanden op elkaar en probeerde zich af te zetten, maar toen hij bijna op zijn knieën zat, zette Doug een voet in zijn onderrug en trapte hem omlaag. Logans borst klapte tegen het asfalt. 'Aaaaaaaa...'

'Dus jullie klootzakken gaan me weer opsluiten. En ik kom niet levend uit de bajes. Niet met die kanker die mijn longen en mijn botten opvreet. Dus wat kunnen ze me nou nog maken als ik jou aan reepjes snij? Ik ben al dood voordat ik mijn straf heb uitgezeten. Wat maakt één dooie meer of minder nou nog uit?'

Logan kreunde en rolde op zijn rug. De sneeuw voelde als koude speldenprikken in zijn gezicht. Hou hem aan de praat. Hou hem aan de praat tot er misschien iemand komt. Een van de agenten. Watson. Wie dan ook. Laat er in godsnaam iemand komen! 'Heb je daarom Geordie Stephenson vermoord?'

Doug lachte. 'Wat krijgen we nu? Denk je dat ik nu een openhartig gesprek met je ga voeren en alles ga bekennen? Denk je dat je deze ouwe gek aan de praat kunt krijgen zodat hij van alles en nog wat gaat opbiechten?' Hij schudde zijn hoofd. 'Je kijkt te veel naar de televisie, smeris. Als er iemand moet gaan biechten, dan ben jij het. Want het is bijna afgelopen met je.' Hij schudde met het stanleymes en grinnikte.

Logan trapte hem zo hard mogelijk tegen zijn knie. Hij hoorde gekraak. Doug zakte in elkaar, liet het mes vallen en greep naar zijn gebroken knieschijf. 'Vuile klootzak!'

Hijgend rolde Logan op zijn zij en deelde opnieuw een wilde trap uit, die de oude man deze keer tegen de zijkant van zijn hoofd raakte en een schaafwond van ongeveer zes centimeter veroorzaakte.

Doug gromde en bracht zijn handen naar zijn hoofd terwijl Logan er opnieuw een trap tegen gaf. Twee vingers van de oude man braken onder Logans laars. 'Teringlijer!'

Hij mocht dan oud zijn en vol met kankercellen, Doug had zijn reputatie als levensgevaarlijke vechtersbaas verdiend in de ruigste gevangenissen van Schotland. Hij had een keiharde leerschool gehad en opgeven was in het lespakket niet voorgekomen. Met een snauw krabbelde hij achteruit, buiten het bereik van Logans laarzen. Vervolgens dook hij naar voren en klemde zijn nicotinebruine handen om Logans keel. Met een van haat vertrokken gezicht begon hij met plan B: het wurgen van de inspecteur.

Logan probeerde vat te krijgen op de handen die zich om zijn nek klemden en ze los te trekken, maar de oude man had een ijzeren greep. De wereld kreeg een rode gloed en zijn oren begonnen te suizen door de sterk verhoogde bloeddruk in zijn hoofd. Hij bracht een hand omlaag, balde die tot een vuist en ramde hem tegen de zijkant van Dougs gezicht. De oude man gromde, maar liet niet los. In een uiterste krachtsinspanning perste Logan zijn hoofd omhoog en bleef uithalen, totdat het bloed uit Dougs gezicht op zijn kleding spetterde en de sneeuw roze kleurde. Vechtend voor zijn leven, bleef hij met zijn vuist tegen het gezicht van Doug rammen, brak zijn kaak en sloeg het melkkleurige, nietsziende oog dicht. Hij bleef uithalen totdat de wereld zwart begon te worden. Hij sloeg en sloeg opnieuw... totdat de greep om zijn keel eindelijk verslapte en de bloedende oude man in elkaar zakte en op zijn zij in de sneeuw belandde.

29

Douglas MacDuff werd in allerijl naar een behandelkamer in de Eerste Hulp vervoerd. Hij zag eruit alsof hij zo goed als dood was. Zijn gerimpelde gezicht zat vol donkerrode kneuzingen. Zijn ademhaling klonk diep en rasperig. Hij was niet meer bij bewustzijn geweest sinds hij in de ambulance was afgevoerd, waarin hij voor lijk had gelegen, continu bloedend uit zijn zwaarbeschadigde gezicht.

De ambulancebroeders hadden tijdens de rit geen woord met Logan gewisseld, omdat ze hadden gehoord dat hij degene was die de oude, hulpeloze AOW'er zo had toegetakeld.

Logan huiverde en keek zwijgend toe hoe een verpleegkundige Dolle Doug aansloot op een batterij monitoren en andere zoemende en piepende apparatuur, waarmee onder meer de hartslag van de patiënt hoorbaar werd gemaakt.

Toen ze opkeek en Logan aan het voeteneind van de brancard zag staan, zei ze: 'U moet hier weg.' Ze knoopte het hemd van de oude man los. 'Hij is heel ernstig toegetakeld.'

'Dat weet ik,' zei Logan, die er maar niet aan toevoegde dat de dader voor haar neus stond. Zijn stem klonk schor en deed pijn.

'Bent u familie?' Ze keek op een professionele manier bezorgd terwijl ze Dougs hemd voorzichtig openmaakte.

'Nee. Politie. Inspecteur McRae.'

Ze keek hem met een kille uitdrukking aan. 'Ik hoop dat u de schoft die dit heeft gedaan te pakken krijgt en dat ze hem voor de rest van zijn leven opsluiten! Schandalig om een oude man zo te mishandelen!'

Vervolgens arriveerde de dokter: een kleine, kalende man met een klembord. Hij zag eruit alsof hij het verschrikkelijk druk had. Het kon hem niet schelen dat Logan van de politie was. Iedereen moest weg zodat hij de patiënt kon onderzoeken en behandelen.

'Zijn naam is Douglas MacDuff,' zei Logan, terwijl hij probeerde verstaanbaar te spreken met zijn stem van schuurpapier. 'Hij is de hoofdverdachte in een moordzaak. Hij staat bekend als extreem gevaarlijk.'

De verpleegkundige die over de brancard gebogen stond, deed een pas naar achteren en veegde haar handen af aan de voorkant van haar blauwe uniform. Het rubber van haar handschoenen maakte een piepend geluid, als een solopassage in het concert van de hartmonitor en de overige apparatuur.

Logan wreef zachtjes over zijn keel. 'Ik zal een agent opdracht geven de wacht te houden,' zei hij. Hij slikte en probeerde de pijn te negeren.

De verpleegkundige glimlachte flauwtjes naar hem, maar de arts was al bezig met een oppervlakkig onderzoek van het gehavende lichaam van Dougie. Met een diepe zucht vermande ze zich, rechtte haar rug en ging aan het werk.

Logan liet hen alleen en regelde een agent om Dolle Doug in de gaten te houden. In de gang liep hij bijna een verpleegkundige omver die een karretje met medicijnen voor zich uit duwde. Toen hij zich omdraaide om zich te verontschuldigen, herkende hij haar. Alleen had de moeder van Lorna Henderson nu een blauw oog. Ze had geprobeerd het te maskeren met tien centimeter make-up, maar erg goed was dat niet gelukt. 'Gaat het wel een beetje met u?' vroeg hij.

Zenuwachtig bracht ze een hand naar het opgezwollen oog en ze glimlachte geforceerd. 'Prima,' zei ze, maar het klonk weinig overtuigend. 'Heel goed, hoor. En met u?'

'Heeft iemand u geslagen, mevrouw Henderson?'

Ze streek de voorkant van haar blauwe verpleegstersuniform glad en zei nee. Ze was tegen een deur aan gelopen. Een ongelukje. Dat was alles.

Logan liet een van de stilten vallen waarop Insch het patent had.

Langzaam verdween de glimlach van haar gezicht en kwam er een bleke en ongelukkige uitdrukking voor in de plaats. 'Kevin is langs geweest. Hij had gedronken.' Ze plukte aan het naamplaatje dat ter hoogte van haar borst op haar uniform was bevestigd en keek Logan niet aan. 'Ik dacht dat hij bij me terug wilde komen. Dat hij weg wilde bij die trut zonder borsten. Maar hij zei dat het mijn schuld was dat Lorna dood is. Dat ik haar nooit uit de auto had mogen zetten. Dat ik haar heb vermoord...' Ze keek hem aan. De tranen in haar ogen schitterden in het licht van de tl-buizen. 'Ik wilde hem uitleggen dat we er samen weer bovenop konden komen. Dat we elkaar tot steun konden zijn. Dat ik nog steeds van hem hield. Dat ik wist dat hij ook nog steeds van mij hield.' Een traan biggelde over haar wangen. Ze veegde hem weg met de rug van haar hand. 'Hij werd boos en begon nog harder te schreeuwen. Toen heeft hij... Maar ik heb het verdiend! Het was mijn schuld! Hij komt niet meer bij me terug.' Ze liet haar tranen de vrije loop en rende weg. Het karretje met de medicijnen bleef onbeheerd in de gang staan.

Logan zag hoe ze door de klapdeuren verdween en zuchtte.

Watson zat in de wachtkamer met haar hoofd achterover en een prop wc-papier tegen haar neus. Die zag er knalrood uit.

'Hoe is het met je neus?' vroeg Logan terwijl hij op de plastic stoel naast haar ging zitten. Hij probeerde niet te rillen.

'Doet pijn,' zei ze, terwijl ze hem uit vanuit haar ooghoeken bekeek zonder haar hoofd te draaien. 'In elk geval schijnt ie niet gebroken te zijn. En hoe is het met de gedetineerde?'

Logan haalde zijn schouders op en kreeg daar onmiddellijk spijt van. 'Hoe is het met de rest?' vroeg hij met een stem als een rasp.

Watson wees naar de gang met de behandelkamers. 'Een van de hondenbegeleiders heeft iets aan zijn ribben. De anderen maken het goed.' Ze glimlachte en gaf hem een knipoog. 'En een van die gokkers is al zijn voortanden kwijt.' Ze keek hem weer aan terwijl hij voor de zoveelste keer over zijn keel wreef. 'Hoe is het eigenlijk met u?'

Logan trok zijn boord omlaag, waardoor de wurgsporen in zijn hals en nek in volle glorie zichtbaar werden.

Watson kreeg er plaatsvervangend een pijnscheut van. De vingerafdrukken van Dolle Doug waren als rode en paarse vlekken zichtbaar op Logans verder bleke huid. De ernstigste kneuzingen bevonden zich bij het strottenhoofd, waar de oude man had geprobeerd met zijn duimen het leven uit hem te persen.

'Mijn hemel, wat is er met ú gebeurd?'

'Ik ben gevallen en kon even niet meer zo goed opstaan.' Logan wreef opnieuw over zijn pijnlijke keel. 'MacDuff wilde die situatie voor onbepaalde tijd verlengen.' Hij zag het lemmet nog glinsteren in het sombere en kille daglicht en rilde.

'Die ouwe klootzak!'

Logan onderdrukte een glimlach. Er was gelukkig nog iemand die het voor hem opnam.

Insch had niet zoveel begrip. Toen ze in het hoofdbureau arriveerden – Logan met een potje pijnstillers en Watson met de wetenschap dat haar neus niet was gebroken – kreeg Logan van de brigadier van dienst te horen dat hij zich bij de hoofdinspecteur diende te melden. En wel onmiddellijk!

De hoofdinspecteur stond met zijn rug naar de deur en had zijn handen op zijn rug. Toen Logan binnenkwam, zag hij de reflectie van de tl-verlichting op de kale schedel. Insch keek uit het raam naar de neerdwarrelende sneeuw. 'Wat heb jij nou toch in vredesnaam gedaan?' vroeg hij.

Logan wreef over zijn keel en antwoordde dat hij bezig was geweest de moordenaar van George Stephenson te arresteren.

Insch zuchtte. 'Man, je hebt net een oude knar bewusteloos geslagen. In het ziekenhuis zeggen ze dat zijn toestand kritiek is. Stel dat hij de pijp uit gaat? Heb je enig idee hoe dat in de krant zal komen? "Politieman slaat AOW'er dood!" Wat bezielde je in vredesnaam?'

Logan schraapte zijn keel, maar kreeg daar onmiddellijk spijt van. Het deed verschrikkelijk veel pijn. 'Ik... ik verdedigde mezelf.'

Insch draaide zich woedend om. Zijn gezicht was knalrood. 'Beheerst gebruik van geweld betekent niet dat je een weerloze oude...' Hij zweeg toen hij de blauwe plekken op Logans hals zag. 'Wat is er met jou gebeurd? Gaat die Watson zó tekeer in bed?'

'MacDuff heeft geprobeerd me te wurgen.'

'Heb je hem daarom toegetakeld?'

Logan knikte en vertrok zijn gezicht van de pijn. 'Er was geen andere manier om ervoor te zorgen dat hij ermee ophield.' Hij haalde een doorzichtige plastic envelop uit zijn zak en liet die met trillende handen op het bureau van Insch vallen. Het stanleymes maakte een metalig geluid toen het in aanraking kwam met het bureaublad. 'Hij wilde me hiermee gaan bewerken.'

Insch pakte het mes op, draaide het rond en bestudeerde het door het plastic. 'Nou, leuk dat sommige mensen de moeite nemen oude gebruiken in stand te houden,' zei hij ten slotte, waarna hij Logan recht in de ogen keek. 'Je zult waarschijnlijk worden geschorst zolang dit akkefietje in onderzoek is. Als Dolle Doug besluit een aanklacht in te dienen...' Hij haalde zijn schouders op. 'Je weet hoe het is hier, momenteel. We moeten aan ons imago denken.'

'Hij wilde me vermoorden...'

'Je hebt een oud kereltje bewusteloos geslagen, Logan. Hoe het verder in elkaar zit, interesseert geen hond. Dat is het enige wat de mensen ervan zullen oppikken. Een extreme vorm van machtsmisbruik door de politie.'

Logan geloofde zijn oren niet. 'Dus je gooit me voor de leeuwen?'

'Ik doe helemaal niets. Interne Zaken gaat erover. Ik heb er niets meer over te vertellen.'

De recherchekamer was leeg, afgezien van Logan en zijn administratie. Hij zat in het halfdonker met op het bureau onder handbereik een mok koude koffie en een halfleeg pakje Maltesers. Hij probeerde niet te rillen.

Dat mes.

Logan streek met een hand over zijn gezicht. Hij had al lang niet meer aan die avond gedacht. Toen hij half bewusteloos op het dak van dat flatgebouw had gelegen terwijl Angus Robertson stak en stak en stak... Dolle Doug MacDuff had dat moment weer helemaal teruggebracht.

Logan had alle formulieren ingevuld om uit de doeken te doen waarom hij een oude man het ziekenhuis in had geslagen. Hij had negentig onaangename minuten doorgebracht met Napier, die hem suggestieve vragen had gesteld en er geen twijfel over liet bestaan wat er verder met Logan zou gebeuren. Hij kon niets anders meer doen dan gelaten wachten totdat hij zou worden geschorst. Hij was nog maar een week weer aan het werk en zijn carrière was naar de filistijnen. En het was niet eens zijn eigen schuld.

Met een zucht keek hij naar het dode gezicht van Geordie Stephenson. Het ergste was nog dat het nu veel lastiger zou zijn Dolle Doug veroordeeld te krijgen. De jury zou worden geconfronteerd met een arme oude man, die de moord op een doorgewinterde crimineel uit Edinburgh in de schoenen kreeg geschoven. Maar hoe kon zo'n oude stakker nou iemand vermoorden. Hij kon nauwelijks lopen! De officier zou zich er geen buil aan willen vallen.

Logan legde zijn hoofd op de stapel papieren op zijn bureau. 'Verdomme.' Zijn hoofd gleed van het papier en hij bonkte met zijn hoofd een paar maal op het bureaublad en mompelde in hetzelfde ritme: 'Verdomme, verdomme, verdomme, verdomme...'

De zelfkastijding werd onderbroken door het jengelmuziekje van zijn mobiele telefoon. Zuchtend haalde hij het ding uit zijn zak en bracht het naar zijn oor. 'Logan,' zei hij zonder een spoor van enthousiasme.

'Inspecteur McRae? Met Alice Kelly. U weet wel, we hebben elkaar gisteren ontmoet, op het onderduikadres. We hadden meneer Philips onder onze hoede.'

Logan haalde zich de slonzige en fors uit de kluiten gewassen agente in burgerkleding weer voor de geest. Ze had worstvingers en te veel ringen. 'Ja...' Hij zweeg en ging recht overeind zitten. Waarom zeg je dat jullie hem onder jullie hoede hádden? Waar is hij dan nú?'

'Eh, tja, daar bel ik dus over.' Een ongemakkelijke stilte. 'Agent Harris moest even naar de winkel voor een pak melk en een zak chips en ik stond onder de douche...'

'Je gaat me toch niet vertellen dat jullie hem kwijt zijn?'

'Nou, we zijn hem niet echt kwijt. Ik denk dat hij alleen maar even een wandeling is gaan maken. Hij zal zo wel weer terugkomen, voordat het donker wordt...'

Logan keek op zijn horloge. Het was halfvier. Het wás al donker. 'Zijn jullie al naar hem gaan zoeken?'

'Agent Harris is nu naar hem op zoek. Ik blijf hier voor het geval hij weer terugkomt.'

Logan bonkte opnieuw met zijn voorhoofd op het bureau.

'Hallo? Hallo? Is er iets aan de hand bij u?'

'Hij komt niet terug,' siste Logan woedend. 'Hebben jullie zijn verdwijning aan de meldkamer doorgegeven?'

Opnieuw een ongemakkelijke stilte.

'O, godallemachtig!' zei Logan. 'Dat doe ik dan wel.'

'En wat wilt u dat ík doe?'

Logan besloot beleefd te blijven en daar geen eerlijk antwoord op te geven.

Tien minuten later hadden alle patrouillewagens in Aberdeen de opdracht uit te kijken naar Roadkill. Niet dat Logan een waarzegster nodig had om te weten waar hij heen zou gaan. Hij was op weg naar zijn boerderij en zijn stallen vol dode dingen.

Het was een flinke wandeling van Summerhill naar Cults, zeker in deze sneeuwstorm, maar Roadkill was gewend aan lange wandelingen. Met zijn eigen mobiele mortuarium op wieltjes die hij door de wegen en straten van Aberdeen duwde. Op zoek naar kadavers voor zijn verzameling.

Maar Bernard Duncan Philips bereikte zijn bestemming niet. Drieenhalf uur later werd hij gevonden in een plas langzaam bevriezend bloed, in het bos bij Hazlehead.

Het bos zag eruit als een sprookje in zwart-wit. Er stonden oude, knoestige bomen die waren bedekt met ijs en sneeuw. Door het midden van het park liep een smalle weg en Logan reed langzaam om te voorkomen dat zijn wagen zou slippen en tegen een boom terecht zou komen.

Ongeveer drie kilometer verderop was een parkeergelegenheid. Geen geasfalteerde parkeerplaats maar een veldje modder dat door jarenlang gebruik was verhard en nu onder de sneeuw verscholen lag. In het midden stond een grote, eenzame beuk die gebukt ging onder de winter en waaronder een aantal politiemensen schijnbaar doelloos rondliepen. Hun adem vormde witte wolkjes in de bitter koude lucht.

Logan parkeerde naast het groezelige busje van de technische recherche, zette de motor af en stapte in de stevige, gladde sneeuw. De kou voelde als een klap in zijn gezicht. Hij huiverde, liep naar de tent die de plaats delict markeerde en hoopte dat het daarbinnen warmer zou zijn. Dat was niet zo. Midden in de tent lag een opgedroogde plas bloed die met ijskristallen was bedekt en glinsterde. Tot aan de randen van de tent waren bloedspatten te zien. Er bevonden zich tal van voetafdrukken rond de plek waar Roadkill op zijn zij had gelegen, bloedend als een rund.

Logan tikte de fotograaf op zijn schouder. Het was Billy, de kalende fan van FC Aberdeen die ook de foto's op de vuilstort had gemaakt. Hij droeg dezelfde rood-witte muts als toen.

'Waar is het lijk?'

'Bij de Eerste Hulp.'

'Wat?'

'Hij is niet dood.' De fotograaf keek omlaag naar de bevroren paarse plas en keek Logan toen weer aan. 'Nog niet, in elk geval.'

Zo kwam het dat Logan voor de tweede keer die dag het ziekenhuis bezocht. Bernard Duncan Philips was binnengebracht met een schedelbasisfractuur, gebroken ribben, gebroken armen, een gebroken been, gebroken vingers en orgaanschade die erop duidde dat iemand langdurig in zijn maag had getrapt. Hij was meteen geopereerd, maar de verontruste burgers hadden deze keer geen half werk geleverd. Het zag er niet naar uit dat Roadkill het zou overleven.

Logan wachtte in het ziekenhuis omdat hij geen idee had waar hij anders heen moest. Hij had weinig zin terug te gaan naar het hoofdbureau om daar te wachten tot zijn schorsing officieel zou ingaan. Zolang hij hier was, met zijn telefoon uitgeschakeld, kon hij net doen alsof het niet zou gebeuren.

Vier uur later verscheen een ernstig kijkende verpleegkundige die Logan via een doolhof van gangen meenam naar de intensive care. De arts die Dolle Doug had behandeld, stond aan Roadkills bed en bekeek zijn status.

'Hoe is het met hem?'

De dokter keek op van zijn klembord. 'Bent u daar al weer?'

Logan keek naar het gehavende en met verband omwikkelde lichaam. 'Is het net zo erg als het eruitziet?'

'Tja...' De arts zuchtte. 'Er is hersenletsel. Hoe ernstig, weten we nog niet. Hij is in elk geval stabiel.'

Ze keken naar Roadkill, die zwakjes ademde.

'Is er enige hoop?'

De dokter haalde zijn schouders op. 'Het ziet ernaar uit dat we de interne bloedingen op tijd hebben kunnen stoppen. Maar één ding staat vast: hij zal geen kinderen meer kunnen krijgen. Ze hebben zijn beide testikels opengescheurd. Maar hij zal het waarschijnlijk wel overleven.'

Logan trok een grimas. 'En de man die ik eerder hier heb binnengebracht? MacDuff?'

'Niet best.' Hij schudde zijn hoofd. 'Helemaal niet best.'

'Komt hij erbovenop?'

'Ik ben bang dat ik daar geen antwoord op kan geven. Dat is privacygevoelige informatie. Dat moet u aan meneer MacDuff zelf vragen.'

'Goed, dat zal ik gaan doen.'

De arts schudde opnieuw zijn hoofd. 'Doet u dat vanavond maar niet. Hij is oud en hij heeft behoorlijk wat meegemaakt vandaag. Het is bijna middernacht. Het is beter dat u hem laat slapen.' Hij keek Logan somber aan. 'Geloof me, hij zal echt niet weglopen.'

Het sneeuwde niet meer en de lucht was opgeklaard. Boven de lichten van de stad flonkerden sterren in de inktzwarte hemel. Logan wandelde de Eerste Hulp uit en de ijskoude nacht in.

Een ambulance met de zwaailichten aan arriveerde en stopte bij de ingang.

Logan draaide zich om en stapte in zijn dienstwagen. Zijn adem vormde een condenslaag op de voorruit. Hij pakte zijn telefoon en zette hem aan. Het was al laat. Het was onwaarschijnlijk dat iemand hem op dit tijdstip nog zou bellen en hij vond het tijd om het slechte nieuws te beluisteren.

Hij had vijf berichten. Vier waren afkomstig van Colin Miller, die zat te springen om het laatste nieuws over Roadkill. Maar er was ook een bericht van Jackie Watson. Ze vroeg hem of hij, als hij tenminste nog geen andere plannen had, want als dat zo was gaf het niets, of hij misschien zin had om naar de film te gaan, of om iets te gaan drinken, want het was tenslotte een zware dag geweest. En als hij toevallig zin had om iets te gaan doen of zo, zou hij haar dan misschien terug willen bellen?' Ze had de boodschap om acht uur ingesproken. Toen Logan in de wachtkamer was gaan zitten om te wachten tot Roadkill uit de operatiekamer zou komen.

Gehaast toetste hij haar nummer in. Het was laat, al na middernacht, maar misschien nog niet té laat...

Haar telefoon ging lang over en ten slotte vertelde een metalige stem hem dat het nummer dat hij had gedraaid niet bereikbaar was en dat hij het een andere keer misschien nog eens opnieuw kon proberen.

Het was de tweede keer die dag dat hij hartgrondig vloekte en zijn voorhoofd ergens tegenaan sloeg. Het stuurwiel maakte kleine bonkende geluidjes terwijl het plastic de klappen opving.

Het was een afschuwelijke dag.

Toen de voorruit eindelijk ontwasemd was, reed Logan in een slecht humeur het parkeerterrein van het ziekenhuis af. Met opeengeklemde kaken trapte hij roekeloos op de rem terwijl hij de weg op draaide en hij grijnsde boosaardig toen de achterkant van de wagen besloot de voorkant te gaan inhalen. Hij gaf gas, draaide aan het stuur om de wagen uit de slip te halen en reed de weg op. Bij de stoplichten verderop stond een vrachtwagen voor het rode licht en even had Logan de neiging zijn ogen te sluiten en vol gas te geven.

Maar hij deed het niet. In plaats daarvan vloekte hij binnensmonds en naderde hij de bumper van de vrachtwagen in een slakkengang.

Hij schrok op van het geluid van zijn telefoon, die overging in zijn jaszak. Het was Jackie! Watson belde terug. Grinnikend haalde hij het toestel tevoorschijn en bracht het naar zijn oor. 'Hallo?' zei hij zo vrolijk mogelijk.

'Laz? Ben jij dat?' Het was Colin Miller. 'Laz, man, ik probeer je al uren te bereiken!'

Logan zat met de telefoon tegen zijn oor en keek hoe de lichten van rood op oranje sprongen. 'Dat weet ik, ik heb je berichten ontvangen.'

'Ze hebben Roadkill in elkaar geslagen. Heb je dat gehoord? Wat is er gebeurd? Je moet het me vertellen!'

Logan zei dat hij het kon vergeten.

'Wat? Kom nou, Laz, ik dacht dat we vrienden waren?'

Logan keek chagrijnig naar de koude, lege nacht. 'Na wat jij hebt geflikt? Jij bent absoluut geen vriend van mij!'

Er viel een verbaasde stilte.

'Na wat ik heb geflikt? Waar heb je het over? Ik heb niets lelijks meer geschreven over de ster van jullie kerstvoorstelling! En ik heb jullie versie van het verhaal van Roadkill toch goed over het voetlicht gebracht? Wat wil je nog meer?'

Het licht werd eindelijk groen en de vrachtwagen trok op, Logan in zijn dienstwagen achterlatend.

'Je hebt iedereen verteld dat we het lichaam van Peter Lumley hebben gevonden.'

'Nou, dat is toch zo? Wat...'

'Hij zou terugkomen. De moordenaar. Hij zou terugkomen en dan hadden wij hem kunnen pakken!'

'Wat?'

'Hij had het lichaam daar verborgen. Om er nog een keer heen te kunnen. Maar omdat jij dat hele verhaal op de voorpagina hebt gezet, weet hij het. En komt hij niet terug. Hij loopt nog steeds vrij rond en jij hebt onze beste kans verpest om die smeerlap in zijn kladden te grijpen. Het volgende kind dat wordt vermist heb jij op je geweten, snap je dat? We hadden hem bijna!'

Opnieuw viel er een stilte. Toen Miller weer sprak, klonk zijn stem zacht. Logan kon hem door het lawaai van de ventilator nauwelijks verstaan. 'Shit, Laz. Dat wist ik niet. Als ik het had geweten, had ik er geen letter over geschreven! Het spijt me!'

Logan moest toegeven dat het klonk alsof Miller er werkelijk spijt van had. Logan haalde diep adem en schakelde naar de eerste versnelling. 'Je moet me vertellen wie je bron is...'

'Je weet dat ik dat niet kan doen, Laz. Dat kan echt niet.'

Met een zucht reed Logan weg bij het stoplicht, terug naar het centrum.

'Luister, Laz. Ik ben hier klaar. Heb je zin om nog wat te gaan drinken? Er zijn nog wel een paar kroegen open in de haven. Ik trakteer.'

Logan zei dat hij er geen zin in had en hing op.

Er was weinig verkeer en Logan was snel thuis. Hij parkeerde de dienstwagen voor de ingang van zijn flatgebouw en sjokte naar boven. Het was koud in zijn appartement. Hij zette de verwarming hoger, ging zitten en keek vanuit zijn donkere woonkamer naar de lichtjes buiten. Hij had medelijden met zichzelf. En hij probeerde niet aan het mes te denken.

Het rode lampje op zijn antwoordapparaat knipperde, maar het waren alleen maar boodschappen van Miller. Watson had niet gebeld om hem te vertellen dat ze op hem wachtte met een fles champagne en wat toastjes. En dat ze alvast iets gemakkelijks had aangetrokken.

Logans maag knorde. Het was bijna één uur 's nachts en het enige wat hij sinds het ontbijt had gegeten, was een handvol Maltesers en een paar pijnstillers.

In de keuken vond hij een pak chocoladekoekjes en een fles rode wijn. Hij maakte ze alle twee open. Hij vulde een groot wijnglas met de shiraz, stak een chocoladekoekje in zijn mond en liep terug naar de woonkamer om daar zijn miserabele leven te overdenken.

'Niet gebruiken in combinatie met alcohol,' zei hij, terwijl hij proostte naar zijn spiegelbeeld in het raam van de woonkamer.

Toen hij net aan zijn tweede glas shiraz was begonnen, ging de bel.

Vloekend kwam hij omhoog uit zijn stoel en liep naar het raam. Aan de overkant stond een bekende poenerige auto.

Colin Miller.

De journalist stond voor de deur met een berouwvolle uitdrukking op zijn gezicht en twee draagtassen in zijn hand.

'Wat kom je doen?' vroeg Logan.

'Luister, ik weet dat je boos bent, oké? Maar ik heb het niet met opzet gedaan. Als ik het had geweten, had ik mijn mond erover gehouden. Het spijt me echt heel erg.' Met een verontschuldigende glimlach hield hij de tassen omhoog. 'Kan ik het goedmaken?'

Ze gingen in de keuken zitten, met Logans fles shiraz en Millers gekoelde chardonnay en een verzameling plastic dozen die roken zoals een goede Thaise afhaalmaaltijd hoort te ruiken. 'Ik ken de eigenaar,' zei Miller, terwijl hij curryrijst met garnalen op een bord schepte. 'Ik heb hem ooit een dienst bewezen toen hij nog in Glasgow woonde. En hij is altijd tot heel laat open.'

Logan moest toegeven dat het eten prima was. Veel beter dan chocoladekoekjes met rode wijn. 'Dus je bent helemaal door de sneeuw hierheen gereden, alleen maar om mij een afhaalmaaltijd te brengen?'

'Grappig, dat je daar nu over begint.' Miller lepelde wat mie op zijn bord. 'Want weet je, ik zit eigenlijk in mijn maag met een moreel dilemma.'

Logan was een en al aandacht; zijn vork met het stukje kip dat hij naar zijn mond had willen brengen bleef in de lucht hangen. 'Ik wist het wel!'

'Eh, wacht even, niet zo enthousiast.' Miller glimlachte. 'Het morele dilemma dat ik bedoel is het volgende: ik heb een fantastisch verhaal, maar de publicatie zal erg schadelijk zijn voor iemands loopbaan.'

Logan trok zijn wenkbrauw op. 'Als ik bedenk wat je Insch hebt aangedaan, begrijp ik niet waarom je daarmee zit.'

'Oké, maar ik ben nogal gesteld op de man die erdoor geruïneerd zal worden.'

Logan stak het stukje hete kip in zijn mond en vroeg met volle mond: 'Nou, wat is dat dan voor artikel?'

'Held van het politiekorps Grampian slaat AOW'er dood.'

30

Logan probeerde geen oogcontact te maken toen hij dinsdagochtend op zijn werk arriveerde. Niemand zei iets tegen hem, maar hij voelde de blikken in zijn rug en hij voelde hoe de roddels hem volgden terwijl hij door het hoofdbureau liep, op weg naar de briefing van Insch. Hij had slecht geslapen en had gedroomd over hoge gebouwen, wolken die in brand leken te staan en glinsterende messen. En over de verwrongen grijns op het gezicht van Angus Robertson terwijl hij Logans maag aan stukken sneed.

De hoofdinspecteur zat op zijn gebruikelijke plaats, met één bil op de rand van het bureau, zijn kale hoofd glimmend in het licht. Hij keek Logan niet aan: al zijn aandacht leek zich te concentreren op een kleverig snoepje dat hij voorzichtig opat, om te voorkomen dat de rode en oranje suiker op zijn pak terecht zou komen.

Terwijl hij steeds roder in zijn gezicht werd, liep Logan naar zijn gebruikelijke plaats voorin.

Insch repte met geen woord over het artikel in de *Press and Journal* van die ochtend. Het artikel dat het grootste deel van de voorpagina besloeg, met een uitgebreid vervolg op pagina twaalf. In plaats daarvan bracht hij iedereen ervan op de hoogte dat Roadkill was aangevallen. En vertelde hij dat de onderzoekteams niet meer hadden opgeleverd dan zware verkoudheden. Vervolgens deelde hij de opdrachten van die dag uit, waarmee de briefing was afgelopen.

Logan stond meteen op om zo snel mogelijk te verdwijnen, maar Insch liet hem niet zo gemakkelijk wegkomen. 'McRae,' zei hij op honingzoete toon, 'Heb je nog even?'

Logan bleef staan terwijl iedereen langs hem liep, zonder hem aan te kijken. Zelfs Watson keurde hem geen blik waardig. Dat was maar beter ook. Hij voelde zich al miserabel genoeg.

Toen de laatste agent was verdwenen en de deur van de briefingkamer was gesloten, haalde Insch een exemplaar van de *Press and Journal* van die ochtend tevoorschijn en kwakte het op het bureau. 'Lazarus stond op uit het dodenrijk, nietwaar?' vroeg de hoofdinspecteur. 'Nou, ik ben niet bijgelovig, maar volgens mij is er met je carrière hetzelfde gebeurd.' Hij wees naar de krantenkop op de voorpagina: LEVENSGEVAARLIJKE AOW'ER GEARRESTEERD: HELD VAN HET POLITIEKORPS GRAMPIAN VECHT VOOR ZIJN LEVEN! Eronder stond een foto van Dolle Doug die was gemaakt nadat hij tot een gevangenisstraf was veroordeeld omdat hij een aannemer zwaar had toegetakeld met een schroevendraaierset. Met het nietsziende witte oog, de gemene grijns en de vervaarlijke tatoeages zag hij er niet bepaald uit als een weerloze lieve opa.

Miller had bij de krant hemel en aarde bewogen om het artikel op het allerlaatste moment op de voorpagina te krijgen. Het was trouwens een stuk sensationeler dan het alternatief: KERSTINZAMELINGSACTIE VOOR DAKLOZEN EEN GROOT SUCCES!

'Hoofdinspecteur Napier kan zich wel voor zijn kop slaan.' Insch produceerde een brede grijns. 'En nu het er niet langer naar uitziet dat je ontslagen gaat worden, mag je van hoofdinspecteur Steel naar het ziekenhuis om Dolle Doug een bekentenis te ontlokken.'

'Hoezo? Wil ze dat niet liever zelf doen?' Het verbaasde Logan dat Steel de eer niet voor zichzelf wilde gaan opstrijken.

'Dat wil ze niet. Ze zei dat ze geen zin had zelf te blaffen als ze daar een hond voor had. Of iets in die trant. Dus: aan het werk, jij!'

Logan legde beslag op de zoveelste roestige Vauxhall en op agent Watson. Ze zei geen woord terwijl ze de wagen van het parkeerterrein reed. Pas toen ze het hoofdbureau ver achter zich hadden gelaten, barstte ze in lachen uit.

'Ik vind het helemaal niet grappig.'

Haar schaterlach veranderde in een grijns. 'Het spijt me, meneer.'

Stilte.

Watson reed naar Rosemount. De lucht was nog steeds helder; het was strak blauw boven het glinsterende grijze graniet.

'Meneer,' zei ze. Ze zweeg, schraapte haar keel en begon opnieuw. 'Meneer, over dat bericht dat ik gisteren heb ingesproken op uw voicemail.'

Logans polsslag versnelde.

'Nou,' zei Watson terwijl ze aansloot in een file die zich achter een stadsbus had gevormd, 'ik dacht er later pas aan. Ik bedoel, dat u het misschien verkeerd had kunnen begrijpen. Ik bedoel, omdat u niet terugbelde, dacht ik dat u het misschien niet goed had opgevat of zo.' Het kwam er allemaal in één adem uit.

De glimlach op Logans gezicht bevroor. Ze had zich bedacht. En ze deed nu net alsof het allemaal een vergissing was geweest. 'Ik was in het ziekenhuis. Daar moet je je mobiele telefoon uitzetten. Ik hoorde je bericht pas na middernacht. Ik heb nog teruggebeld, maar toen stond jouw telefoon al uit...'

'O,' zei ze.

'Ja,' zei hij.

Daarna zwegen ze een tijdje.

De zon bescheen de voorruit en verwarmde het interieur van de auto, die begon aan te voelen als een oven op vier wielen. Bij het volgende kruispunt ging de stadsbus linksaf en Watson rechtsaf. De huizen hadden hier allemaal kerstversiering: kerstbomen voor de ramen, lampjes langs de deurposten, kransen en vrolijke kabouters. Hij zag zelfs een plastic rendier met een rood knipperlicht in zijn neus. Erg smaakvol.

Terwijl hij de besneeuwde en versierde huizen voorbij zag trekken, dacht Logan aan zijn eigen lege appartement. Hij had niet eens een kerstkaart opgehangen. Misschien moest hij een boom nemen. Vorig jaar had hij geen boom nodig gehad. Toen had hij de kerstdagen doorgebracht in het enorme huis van Isobel. Ze had twee echte bomen die tot in de perfectie volgens de laatste kerstmode waren versierd. Geen familie. Met zijn tweetjes. Ze had gebraden gans laten bezorgen door Marks and Spencer. Op al dat pellen en hakken in de keuken was Isobel niet zo dol. Ze hadden de hele ochtend in bed gelegen.

Dit jaar moest hij de kerst waarschijnlijk bij zijn ouders doorbrengen. De hele familie zou er zijn. Ruzies, verbittering, geforceerde glimlachjes en dat vervloekte Monopoly...

Iemand die buiten liep maakte een eind aan zijn bespiegelingen. Een man die met gebogen hoofd door de sneeuw slofte. Jim Lumley, Peters stiefvader.

'Stop eens even alsjeblieft?' vroeg Logan en Watson bracht de auto langs de rand van het trottoir tot stilstand.

Hij stapte de koude decemberochtend in en liep naar de voortsloffende man. 'Meneer Lumley?' Logan strekte zijn arm en tikte de man op zijn schouder.

Lumley draaide zich om. Zijn ogen waren net zo rood als zijn neus. Hij was ongeschoren en zijn haar stond wild overeind. Even keek hij Logan met een nietsziende blik aan en toen klikte er iets in hem. 'Hij is dood,' zei hij. 'Hij is dood en het is mijn schuld.'

'Nee, meneer Lumley, het is uw schuld niet. Gaat het wel goed met u?' Dat was een stomme vraag, maar Logan stelde hem toch. Natuurlijk ging het niet goed met de man. Zijn kind was ontvoerd, vermoord en verkracht door een pedofiel. De man stierf duizend doden. 'Kunnen we u misschien een lift naar huis geven?'

Er verscheen iets op het ongeschoren gezicht van de man wat ooit een glimlach was geweest. 'Ik loop liever.' Hij tilde zijn hand op en gebaarde om zich heen naar de besneeuwde trottoirs en de glibberige rijweg. 'Ik moet Peter zoeken.' Tranen welden op in zijn ogen en begonnen over zijn rode wangen te biggelen. 'Jullie hebben hem vrijgelaten!'

'Wie hebben we...' Het duurde even voordat Logan zich realiseerde dat hij het over Roadkill had. 'Meneer Lumley, hij...'

'Ik moet ervandoor.' Lumley draaide zich om en rende, glijdend en half struikelend, weg over de bevroren sneeuw.

Logan keek hem na, zuchtte en stapte weer in de auto.

'Een kennis van u?' vroeg Watson terwijl ze wegreed.

'Hij is de vader van het jongetje dat we in dat damestoilet hebben gevonden.'

'Arme kerel!'

Logan antwoordde niet.

Ze parkeerden de auto bij een bordje waarop UITSLUITEND ZIEKENHUISPERSONEEL stond en liepen naar binnen. Op de vloer van de grote hal was het logo van het ziekenhuis afgebeeld en in een hoek van de hal bevond zich een enorme ronde receptiebalie. Logan vroeg vriendelijk waar ze de heer Douglas MacDuff konden vinden en twee minuten later liepen ze met klikkende hakken over het linoleum van een lange gang.

Dolle Doug had een kamer voor zichzelf. De agent die hem in de gaten moest houden, zat op de gang een detectiveroman van Ian Rankin te lezen. Hij schoof het boek schuldbewust onder zijn stoel en sprong op.

'Het geeft niet, agent,' zei Logan. 'Ik zal het niet verder vertellen. Haal maar drie bekers koffie voor ons. Dan kun je daarna weer lekker verder lezen over wat je allemaal kunt meemaken bij de politie.'

Opgelucht ging de agent ervandoor.

Het was heet in de kamer van Dolle Doug. De decemberzon scheen naar binnen en verlichtte de rondzwevende stofdeeltjes. Aan de muur tegenover het bed, vlak bij het plafond, hing een televisie waarvan het beeld geluidloos flikkerde. De patiënt lag in bed met een paar kussens in zijn rug en zag er afschuwelijk uit. De rechterkant van zijn gezicht zat onder de bulten en kneuzingen en zijn melkwitte blinde oog was opgezwollen. Maar ondanks de zwellingen zag hij er uitgemergeld uit. Het was nauwelijks te geloven dat deze man hem gisteren bijna met zijn blote handen had vermoord.

'Goedemorgen, Dougie,' zei Logan, terwijl hij de bezoekersstoel naar het voeteneinde trok en er zonder verdere plichtplegingen op ging zitten.

De patiënt deed alsof hij hem niet zag. Hij bleef onverstoorbaar naar het zwijgende kleurenscherm kijken. Logan keek achterom en knikte naar Watson. Die pakte de afstandsbediening van het nachtkastje en schakelde het toestel uit.

Uit de oude man in het bed kwam een zwak gerochel. 'Ik was aan het kijken.' Het leek alsof hij zijn medeklinkers niet kon uitspreken, en nu pas zag Logan het gebit dat in een glas op het nachtkastje dreef.

'Getverdemme, Doug, doe alsjeblieft je gebit in! Je ziet eruit als een schildpad!'

'Val dood,' zei Doug, maar erg overtuigend klonk het niet.

Logan glimlachte. 'Nou, nu we de beleefdheden achter de rug hebben, kunnen we wel ter zake komen. Jij hebt George "Geordie" Stephenson vermoord, waar of niet?'

'Lulkoek.'

'Kom nou, Doug. We hebben overtuigend forensisch bewijs. De afdruk van het gebit van jouw hond in zijn benen. Zijn knieschijven zijn eraf gehakt met een kapmes! Wie anders zou zoiets kunnen bedenken dan jij? Hoe is het in zijn werk gegaan? Hebben de broertjes McLeod hem vastgehouden zodat jij lekker met je kapmes kon zwaaien?'

Doug snoof.

'Kom nou, Dougie, je kunt me echt niet wijsmaken dat jij zo'n beer van een vent in je eentje in bedwang kan houden en tegelijkertijd zijn knieschijven eraf kan hakken. Ik bedoel, hoe oud ben je nou? Negentig?' Logan leunde achterover in de stoel en liet een van zijn schoenen op het voeteneinde van het bed rusten. 'Laat mij nou eens raden hoe het is gegaan, oké? Als ik het verkeerd heb, moet je het maar zeggen.'

Watson stond zwijgend en onopvallend in een hoek van de kamer en had haar notitieboekje in de aanslag.

'Geordie Stephenson komt hier aan uit Edinburgh. Gek van geldingsdrang. Om een beetje afleiding te hebben bij al die zaken die hij hier moet opknappen, besluit hij wat te gaan gokken. Dus hij bezoekt een paar wedkantoren. Maar helaas verliest hij nogal fors en kan hij zijn schulden niet betalen. Dat vinden ze bij de Turf 'n Track niet zo fijn.' Logan zweeg. 'Hoeveel hebben ze je toegeschoven, Doug? Meer dan een week AOW? Twee weken? Een maand? Ik hoop dat het veel was, Dougie, want Geordie Stephenson werkte voor Malk the Knife. En als die erachter komt dat je een van zijn jongens hebt gemold, dan komt hij je levend villen.'

Er verscheen een glimlach op Dougs tandeloze gezicht. 'Je lult uit je nek.'

'Dacht je dat? Nou, Dougie, ik heb gezien wat de jongens van Malkie achterlaten als ze klaar zijn met iemand. Armen, benen, geslachtsdelen. Allemaal heel akelig.' Logan knipoogde vriendelijk naar hem. 'Maar ik zal het goed met je maken. Als jij ons het een en ander vertelt over Simon en Colin McLeod en de manier waarop zij hun vorderingen innen, dan zal ik zorgen dat jij ergens wordt opgesloten waar je veilig bent voor Malkie en zijn mensen.'

Het leek erop dat Doug probeerde hardop te lachen.

Logan keek verbaasd. 'Wat?'

'Je hebt werkelijk...' De zin werd onderbroken door een droge hoestbui die het lichaam van de oude man heen en weer deed schudden. 'Je hebt werkelijk geen...' Ditmaal was het meer een zware rochel die diep uit zijn longen kwam. 'Geen... geen idee.' Het bed trilde terwijl Doug maar bleef hoesten met een magere, trillende hand voor zijn mond. Uiteindelijk liet hij zijn hoofd op het kussen vallen en veegde zijn hand af aan de voorkant van zijn pyjama. Dat veroorzaakte een donkerrode vlek. 'Je weet niks, smeris!'

'Moet ik een dokter roepen?' vroeg Logan.

De oude man lachte bitter, totdat de lach overging in een volgende hoestbui. 'Heeft geen zin,' piepte hij. Hij hijgde en ademde onregelmatig. 'Ik heb er vanochtend nog een gesproken. Ik had je al verteld dat ik kanker heb. Maar nu blijkt dat ik geen twee jaar meer heb. Ook niet één jaar. Volgens de dokter is het hooguit nog een maand.' Hij bonkte met zijn bebloede hand op zijn borstkas. 'Eén groot gezwel.'

Stofdeeltjes dreven voorbij in de stilte die volgde. Gouden vonkjes in het felle zonlicht.

'Dus rot nou maar op en laat me rustig doodgaan.'

Bernard Duncan Philips had geen kamer voor zichzelf. Hij moest een kamer op de intensive care delen met een ander. Naast zijn smalle bed stond een indrukwekkende batterij apparatuur opgesteld: monitoren, ventilatoren; je kon het zo gek niet bedenken of ze hadden het in het gehavende lichaam van Roadkill geplugd. Logan en Watson stonden in de deuropening te nippen van plastic bekertjes lauwe koffie waarmee de agent na lange tijd was komen opdagen.

Dolle Doug had er niet best uitgezien, maar Roadkill spande de kroon. Wit verband afgewisseld met kneuzingen. Sinds Logan hem voor het laatst had gezien, was om zijn beide armen en een van zijn benen gips aangebracht. Hij zag eruit als een figurant in een komische stomme film.

Het zuurstofmasker was vervangen door een plastic slangetje met neusstuk. De slang was achter zijn oren gehaakt en met plakband op zijn wangen vastgezet.

'Kan ik u helpen?' vroeg een kleine vrouw, gekleed in een verpleegstersuniform: een hemelsblauwe pantalon en een hemd met korte mouwen. Ter hoogte van de linkerborst had ze ondersteboven een horloge opgespeld.

'Hoe maakt hij het?'

De verpleegkundige bestudeerde Logan met een geoefend oog. 'Bent u familie?'

'Nee. Politie.'

'U meent het.'

'Hoe is het met hem?'

Ze pakte de kaart van het voeteneind van Roadkills bed en bestudeerde de status. 'Nou, hij maakt het een stuk beter dan we voor mogelijk hielden. De operatie is prima verlopen. Hij is vanochtend zelfs een uurtje bij bewustzijn geweest. Ze glimlachte. 'Dat was een verrassing. Ik had mijn geld ingezet op een coma. Nou ja, je kunt niet altijd geluk hebben.'

Het was de laatste keer dat Logan Roadkill in leven zag.

Steel was niet verbaasd dat Logan geen woord uit Dolle Doug had gekregen. Ze hing achterover in haar stoel met haar voeten op het bureau en blies kringeltjes rook naar het plafond.

'Waarom wilde u hem eigenlijk niet zelf ondervragen?' vroeg Logan, die in de stoel aan de andere kant van haar bureau had plaatsgenomen.

Ze glimlachte apathisch vanachter een mist van sigarettenrook. 'Ik ken Dougie nog van vroeger. Toen ik net bij de politie was en hij nog een jonge god was...' Ze glimlachte wrang. 'Laat ik maar zeggen dat we op een zeker moment ruzie hebben gekregen.'

'Wat moeten we met hem beginnen?'

Ze zuchtte, waardoor een nieuwe mistvlaag van sigarettenrook over haar bureau in de richting van Logan dreef. 'We gaan naar de officier en geven hem ons bewijsmateriaal. Hij leest het en zegt dat het voldoende is om hem veroordeeld te krijgen. Dat is mooi, zeggen wij dan. Vervolgens zegt Dougies advocaat dat zijn cliënt binnen een maand de pijp uit gaat. Dan zegt de officier dat we het moeten vergeten. Dan is de hele boel verspilling van belastinggeld.' Ze stak een gespleten nagel in haar mond, haalde er iets mee tussen haar tanden vandaan, bekeek het even en gooide het toen weg. 'Hij is de pijp uit voordat het voor de rechter kan komen. Dus ik denk dat we die Doug maar met rust moeten laten.' Ze zweeg plotseling, alsof haar iets te binnen schoot. 'Je hebt dat verhaal toch wel geverifieerd bij zijn arts, nietwaar? Hij gaat toch wel echt dood? Hij heeft je toch niet in de maling genomen?'

'Ik heb het geverifieerd. Hij gaat echt dood.'

Ze knikte. Het gloeiende uiteinde van haar sigaret bewoog op en neer in het halfduister. 'Die goeie ouwe Doug.'

Logan kon zich moeilijk voorstellen hoe iemand sympathie voor de man kon opbrengen, maar hij hield zijn mond.

Terug in zijn recherchekamer, haalde Logan Geordie Stephenson van de muur. Hij verwijderde zowel de foto die hij had gekregen van het korps Lothian en Borders als de sectiefoto. Nu Dolle Doug de pijp uit ging, zou er nooit meer iemand voor de moord op Geordie worden veroordeeld. De man had geen echtgenote, geen kinderen en geen broers of zussen. Niemand zou zich melden om het lijk op te halen. Niemand zou de beul van Malk the Knife missen. Behalve Malk the Knife zelf misschien. En wat kon die Dougie nog aandoen? De oude man was binnen een maand dood. En het werd een pijnlijk stervensproces, had de dokter gezegd. Het enige wat Malkie kon doen was Doug uit zijn lijden verlossen. Dat wist Doug donders goed. Misschien had hij daarom zo moeten lachen toen Logan hem had gedreigd dat Malk hem misschien wel iets aan zou doen. Hoe dan ook, het deed er weinig meer toe.

Hij stopte alles wat met Geordie Stephensons dood te maken had in de dossiermap, inclusief zijn verslag van de gebeurtenissen van gisteren. Hij moest nog wat papieren invullen en dan zou de zaak even dood zijn als Geordie zelf.

Nu hij dit achter de rug had, was de enige nog niet opgeloste zaak in Logans kleine recherchekamer die van het meisje zonder naam. Haar dode gezicht keek hem uitdrukkingsloos aan.

Hij kon zich nu helemaal op haar concentreren.

Logan ging zitten en nam de verklaringen nog eens door van diegenen die vlak bij de gemeenschappelijke vuilniscontainer woonden. Een van hen had het meisje gedood, haar uitgekleed, geprobeerd haar in stukken te hakken, haar lichaam omwikkeld met bruin plakband en haar in de container gedumpt. En als Norman Chalmers het niet had gedaan, wie dan wel?

31

De ondergaande zon gaf de hemel boven Rosemount een felle paars met oranje gloed. Vanaf de straat, die van alle kanten was ingebouwd door lange rijen granieten blokken van drie verdiepingen hoog, zag je alleen smalle strepen in alle kleuren van de regenboog. De gele straatverlichting, die flikkerde in de ijzige decemberlucht, gaf de granieten muren een ongezonde kleur. Het was nog niet eens vijf uur in de middag.

Tegen alle verwachtinging in had Watson een parkeerplaats gevonden pal tegenover het flatgebouw waar Norman Chalmers woonde. De gemeenschappelijke vuilniscontainer stond recht voor de voordeur. Het was een grote, zwarte, borsthoge bak met een rond deksel en rechte wanden. Hij was vastgemaakt aan een paaltje. Hier moest het meisje in zijn gedumpt. Hier hadden de vuilnismannen haar opgehaald om haar met de rest van de troep naar de vuilstort te brengen.

De technische recherche had de container grondig onderzocht en had niets kunnen vinden. Alleen hadden ze vastgesteld dat een van de flatbewoners graag naar pornoafbeeldingen met leren attributen keek.

'Hoeveel gebouwen moeten we afwerken?' vroeg Watson, terwijl ze een stapel verklaringen tegen het stuur legde.

'We beginnen vanaf hier. Dan drie gebouwen naar links en drie naar rechts, dat is zeven flatgebouwen. Elk gebouw heeft zes woningen...'

'Tweeënveertig woningen? Allemachtig, dat gaat eeuwen duren!'

'En dan natuurlijk nog de flatgebouwen aan de overkant.'

Watson keek naar de flatgebouwen aan de overkant en toen weer naar Logan. 'Kunnen we het niet door de uniformdienst laten doen?'

Logan glimlachte. 'Jij bent toch van de uniformdienst?'

'Jawel, maar ik ben al bezig u overal naartoe te rijden en zo. Dit gaat verschrikkelijk veel tijd kosten!'

'Dan kunnen we maar beter nu meteen beginnen.'

Ze begonnen met het flatgebouw waar Norman Chalmers woonde.

Begane grond, het appartement aan de linkerkant: een oude dame met een nerveuze oogopslag, urinekleurig haar en adem die rook naar sherry. Ze deed de deur pas open nadat Logan zijn politiepasje in de bus had gegooid en ze het politiebureau had gebeld om zich ervan te vergewissen dat hij niet een van die pedofielen was waarover ze zoveel had gehoord. Logan nam maar niet de moeite haar uit te leggen dat ze daar zo'n negentig jaar te oud voor was.

Begane grond rechts: vier studenten, van wie er twee nog sliepen. Geen van hen had iets gezien. Ze hadden het te druk gehad met studeren. 'Me hoela,' zei Watson. 'Fascistoïde trut,' antwoordde de student.

Eerste verdieping links: een verlegen alleenstaande vrouw met een grote bril en nog grotere tanden. Nee, ze had niemand gezien en ook niets gehoord. Maar wat was het allemaal vreselijk, hè?

Eerste verdieping rechts: niemand thuis.

Bovenste verdieping links: een ongehuwde moeder en haar kind van drie. Een typisch geval van iemand die nooit iets ziet of hoort. Iemand zou de koningin kunnen vermoorden in haar badkamer, terwijl ze zelf in bad lag, en dan nog zou ze zweren niets te hebben gemerkt.

Bovenste verdieping rechts: Norman Chalmers. Hij had niets aan zijn eerdere verklaring toe te voegen. Ze hadden niet het recht hem opnieuw lastig te vallen en als ze niet weggingen zou hij zijn advocaat bellen.

Ze stonden weer op straat.

'Nou,' zei Logan, terwijl hij zijn handen in zijn zakken stak om ze te beschermen tegen de kou. 'We hebben er zes gehad. Nu die andere achtenzeventig nog.'

Watson kreunde.

'Zo erg is het toch niet?' Logan glimlachte naar haar. 'Weet je wat? Als je heel braaf bent, trakteer ik je na afloop op een biertje.'

Dat leek haar wat op te vrolijken en Logan stond op het punt er een uitnodiging voor een etentje aan toe te voegen, toen hij de weerspiegeling zag in de achterruit van een geparkeerde auto. Het was te donker om details te zien, maar de verlichte ramen schenen als kattenogen in het donkere, spiegelende glas. Alle ramen.

Hij draaide zich om en keek omhoog. Achter alle ramen op de eerste verdieping brandde licht. Zelfs in de flat aan de rechterkant van de eerste verdieping. Terwijl hij keek, verscheen er iemand voor het raam die naar beneden gluurde. Een seconde lang keken ze elkaar aan en toen verdween de man met een verschrikte uitdrukking op zijn gezicht. Het was een gezicht dat Logan bekend voorkwam.

'Aha!' Logan tikte Watson op de schouder. 'Volgens mij hebben we een serieuze kandidaat.'

Ze gingen weer naar binnen. Watson bonkte op de deur van de verdachte flat. 'Schiet op, we weten dat je er bent. We hebben je gezien!'

Logan leunde tegen de trapleuning en keek toe hoe ze op de zwartgeverfde deur tekeerging. Hij had de stapel verklaringen meegenomen en zocht naar de verklaring van de bewoner van het bewuste adres. Eerste verdieping rechts, nummer 17... dat moest Cameron Anderson zijn. De man die afkomstig was uit Edinburgh en onderzeebootjes maakte.

Watson zette haar duim weer op de bel terwijl ze met haar andere hand op de deur bleef bonzen. 'Als je niet opendoet trap ik de deur in, verdomme!'

Ze maakte een verschrikkelijke herrie maar niet één van de buren nam de moeite even te kijken wat er aan de hand was. De sociale controle was hier niet bepaald indrukwekkend.

Twee minuten bellen en bonzen en er kwam nog steeds geen respons. Logan kreeg er een ongemakkelijk gevoel over. 'Trap hem in.'

'Wat?' Watson draaide zich om en siste hem toe: 'Dat kan helemaal niet! We hebben niet eens een huiszoekingsbevel. Ik riep dat alleen maar...'

'Trap de deur in. Nu!'

Watson deed een stap naar achteren en trapte tegen de deur, vlak onder het slot. Met een luide klap vloog hij open. Hij sloeg tegen de muur van de hal en stuitte weer terug. De schilderijtjes aan de muur schudden ervan. Ze liepen snel naar binnen. Watson nam de woonkamer voor haar rekening, Watson stormde de slaapkamer binnen. Niemand.

Net als in de flat van Chalmers, die boven woonde, was er geen deur naar de keuken, die ook leeg was. Dus bleef alleen de badkamer over. De deur zat op slot.

Logan rammelde aan de deur en sloeg er met zijn vlakke hand op. 'Meneer Anderson?'

Hij hoorde gesnik en stromend water.

'Verdomme.' Hij duwde nog een laatste keer tegen de deur en vroeg toen of Watson haar kunstje nog een keer wilde vertonen.

Ze trapte hem bijna uit de scharnieren.

Stoom ontsnapte naar de kleine hal. De kleine badkamer was gedecoreerd met houten panelen, waardoor het afschuwelijke avocadokleurige interieur deels aan het oog werd onttrokken. Het vertrek was net groot genoeg voor het ligbad, dat naast het toilet was geplaatst en schuilging achter een douchegordijn.

Logan trok het gordijn open en zag een volledig aangeklede man op zijn knieën zitten in het omhoogkomende water, druk bezig in zijn polsen te krassen met een gesloopt scheermesje voor éénmalig gebruik.

Ze besloten niet te wachten op een ambulance maar meneer Anderson zelf naar het ziekenhuis te brengen, dat zich op vijf minuten rijden van het flatgebouw bevond. Ze bonden donzige handdoeken om zijn polsen en deden daar gebruikte plastic boodschappentassen omheen die ze in de keuken vonden, om te voorkomen dat de bekleding van hun dienstauto vies zou worden.

Cameron Anderson had zijn zelfmoordpoging amateuristisch aangepakt. De snijwonden waren niet diep genoeg en bovendien had hij niet in de lengte maar overdwars gesneden. Een paar hechtingen en één nacht observatie, meer had hij niet nodig. Logan glimlachte toen hij het goede nieuws hoorde. Hij verzekerde de verpleegkundige dat meneer Anderson alle observatie die hij nodig had, zou krijgen in een cel op het hoofdbureau. Ze keek hem aan alsof hij stront was die ze van haar schoen wilde schrapen.

'Bent u wel goed wijs?' vroeg ze. 'Deze arme man heeft zojuist een zelfmoordpoging gedaan!'

'Hij is verdachte in een moordzaak...' Logan kwam niet verder, want de vrouw, die hem plotseling herkende, keek nog bozer en onderbrak hem.

'Ik weet wie u bent! U was hier gisteren ook! U bent de schoft die die arme oude man in elkaar heeft geslagen!'

'Ik heb hier geen tijd voor. Waar is hij?'

Ze sloeg haar armen over elkaar en stelde haar boze blik opnieuw scherp.

'Als u niet weggaat, roep ik de bewaking.'

'Ga uw gang. Dan laat ik u oppakken wegens het hinderen van een politieonderzoek.'

Logan liep haar voorbij en beende naar de onderzoeksruimten die met gordijnen waren afgesloten. In één ervan klonk gesnotter van iemand die duidelijk uit Edinburgh afkomstig was.

De man zat op de rand van het onderzoeksbed. Hij schommelde op en neer, huilde en mompelde af en toe iets onverstaanbaars. Logan trok het gordijn open en ging op een plastic stoeltje tegenover het bed zitten. Watson volgde hem, ging in een hoek staan en trok haar opschrijfboekje.

'Daar zijn we weer, meneer Anderson,' zei Logan op zijn vriendelijkste toon. 'Of mag ik u Cameron noemen?'

De man keek niet op. Door het verband om zijn linkerpols werd een klein reepje rood zichtbaar. Hij leek erdoor te zijn geobsedeerd.

'Cameron, ik vraag me al een tijdje iets af,' zei Logan. 'We hebben die meneer uit Edinburgh gevonden in de haven, moet je weten. We hebben zijn foto in alle kranten laten afdrukken en overal posters opgehangen. Maar niemand reageerde. Misschien vonden ze het niet prettig dat zijn knieschijven er met een kapmes af waren gehakt en waren ze bang om iets te zeggen.'

Bij het woord 'kapmes' ging er een siddering door Anderson. Het woord 'gehakt' ontlokte hem een onderdrukte angstkreet.

'Wat mij nu zo verbaast, Cameron, is dat je ons nooit hebt gebeld. Ik bedoel, je moet die foto toch hebben gezien. Hij is op het nieuws geweest en zo.' Logan haalde een langwerpig stuk papier uit zijn zak en vouwde het open. Het was een foto van Geordie Stephenson, gemaakt toen hij nog leefde. Hij had hem bij zich gehouden sinds ze ermee langs de meer obscure wedkantoren waren gegaan. Hij hield de foto voor het gezicht van de huilende man. 'Je herkent hem toch wel?'

Anderson keek even naar de foto en richtte zijn blik toen weer op de rode vlek in het verband om zijn linkerpols. Maar de uitdrukking op Andersons gezicht vertelde Logan genoeg. Cameron Anderson en Geordie Stephenson. Ze hadden niet dezelfde achternaam, maar wel dezelfde grove gelaatstrekken en dezelfde wilde haardos. Het enige wat ontbrak, was de weelderige krulsnor.

Anderson probeerde iets te zeggen, maar hij kwam niet uit zijn woorden.

Logan legde de foto op de grond zodat Geordies ogen de man op de rand van het bed aankeken. 'Waarom heb je geprobeerd er een eind aan te maken, Cameron?'

'Ik dacht dat hij het was.' Hij mompelde de woorden meer dan hij ze uitsprak, maar je kon hem nu tenminste verstaan.

'Wie?'

Anderson huiverde. 'Hij. Die ouwe kerel.'

'Beschrijf hem eens?'

'Oud. Grijs.' Hij gebaarde alsof hij aan zijn hals krabde. 'Tatoeages. Eén oog helemaal wit. Als een gepocheerd ei.'

Logan leunde achterover. 'Waarom ben je bang voor hem, Cameron? Wat wil hij van jou?'

'Geordie was mijn broer. Die ouwe vent... hij...' Hij bracht een hand naar zijn mond en begon op zijn nagels te bijten. 'Hij kwam naar ons appartement. Hij zei dat hij een boodschap had voor Geordie. Van een zekere McLennan.'

'McLennan? Malk the Knife?' Logan schoot overeind in zijn stoel. 'Wat voor boodschap?'

'Ik liet hem binnen en hij sloeg Geordie ergens mee. En toen hij op de grond lag begon hij hem te schoppen.' Er liepen tranen langs zijn bleke wangen. 'Ik probeerde hem tegen te houden, maar toen sloeg hij mij ook...' Dat verklaarde de blauwe plek die hij had toen hij hen in het flatgebouw had binnengelaten.

'Maar wat was de boodschap, Cameron?' De geheimzinnige boodschap waarvan Simon McLeod had gezegd dat iedereen in Aberdeen ervan wist. Iedereen behalve de politie.

'Hij spuwde in mijn gezicht...' Anderson snikte en er liep een straaltje zilverkleurig vocht uit zijn neus. 'Hij sleepte Geordie de flat uit. Hij zei dat hij voor mij nog terug zou komen. Ik dacht dat hij het was toen u aanbelde.'

Logan bestudeerde de man tegenover hem, die onrustig heen en weer bewoog terwijl het vocht vrijelijk uit zijn ogen en neus liep. Hij loog. Hij had uit het raam gekeken en gezien dat Logan en Watson beneden op straat stonden. Hij had duidelijk gezien dat zij het waren, en niet Dolle Doug die terug was gekomen om hem af te maken. 'Wat was de boodschap?'

Cameron maakte willekeurige cirkelbewegingen met zijn hand, terwijl de rode vlek in het verband om zijn pols groter werd. 'Ik weet het niet. Hij zei alleen maar dat hij terug zou komen!'

'En dat meisje?'

Anderson reageerde alsof Logan hem recht in zijn gezicht had geslagen. Het duurde minstens tien seconden voordat hij in staat was te antwoorden. 'Meisje?'

'Het meisje, Cameron. Het meisje dat dood is gevonden in een vuilniszak van jouw bovenbuurman. Kun je je haar niet meer herinneren? Er is nog een aardige meneer van de politie bij je langs geweest om naar haar te informeren. Hij heeft nog een verklaring van jou opgenomen.'

Anderson beet op zijn lip en vermeed het Logan aan te kijken.

Ze kregen niets meer uit hem. Ze wachtten zwijgend op de geüniformeerde agenten die hem meenamen.

De agent die de wacht hield bij de kamer van Dolle Doug MacDuff, had zijn detectiveroman al bijna uit toen Logan en Watson arriveerden. Hij had een vervelende dag gehad, al had hij wel een beetje kunnen flirten met een paar verpleegkundigen. Logan stuurde hem weer weg om koffie te halen.

Dougs kamer was in het schemerduister gehuld. Het flikkerende televisiescherm zorgde voor grijsgroene schaduwen die op de muren en het bed dansten. Het leek alsof ze weer terug waren in de Turf 'n Track. Maar nu hadden ze geen last meer van types die het op hun leven hadden gemunt. Het enige geluid in de kamer werd geproduceerd door de airconditioning, de medische apparatuur en de bleke, piepende oude man in het ziekenhuisbed die naar de geluidloze televisiebeelden tuurde. Logan nam weer plaats aan het voeteneind. 'Goedenavond, Dougie,' zei hij vriendelijk. 'We hebben druiven meegenomen.' Hij gooide een papieren zak op de deken, naast de voeten van de oude man.

Doug snoof minachtend en bleef stuurs naar de televisie kijken.

'We hebben zojuist een heel interessant gesprek met iemand gehad, Dougie. En het ging over jou.' Logan boog naar voren om een druif uit de zak te pakken. In het licht van de televisie zagen ze eruit als kleine, rottende aambeien. 'Hij heeft jou beschuldigd van het mishandelen en ontvoeren van wijlen Geordie Stephenson. Hij heeft gezien dat je het hebt gedaan! Wat zeg je daar nou van, Dougie? We hadden al forensisch bewijsmateriaal en nu hebben we ook nog een getuige.'

Geen reactie.

Logan nam nog een druif. 'Die getuige zegt ook dat jij dat meisje hebt vermoord.' Dat was een leugen, maar je wist maar nooit. 'Je weet wel, dat kind dat we in die vuilniszak hebben gevonden.'

Dat bracht Doug ertoe zijn blik af te wenden van het televisietoestel. Hij zat rechtop, met een stuk of zes kussens in zijn rug. Hij gluurde naar Logan met zijn goede oog en richtte het toen weer op het televisiebeeld. 'Dat kleine mormel.'

De stilte werd oorverdovend. In het licht van de televisie zag Dolle Doug er met zijn ingevallen wangen en diepe oogkassen uit als een skelet. Zijn gebit dreef nog in een glas.

'Waarom heb je haar vermoord, Dougie?'

'Laat ik je dit vertellen,' zei de oude man. Zijn stem klonk hol en zwak, als gefluister vanachter gebroken glas. 'Ik was een dekhengst toen ik jong was. En dat is nog niet zo lang geleden. Ik kon iedere vrouw krijgen die ik wilde hebben. En dan heb ik het dus over vrouwen, ja? Vrouwen. En niet over zo'n ziek gedrocht.'

Logan keek toe terwijl Doug begon te hoesten: een nat, rochelend geluid dat eindigde met een dikke zwarte fluim die hij in de ondersteek spuwde.

'Ik hoor dat Geordie bij dat flikkerbroertje van hem in Rosemount logeert. Dus ik ga erheen. Om hem een bezoekje te brengen. Geordie probeert nog heel stoer te doen. Hij is een hele vent, en ik maar een ouwe lul. Voel je? "Ga toch naar huis, opa, anders maak ik je looprek kapot...."' De tandeloze glimlach veranderde in een geschater dat dichtslibde in een nieuwe rochelbui. Doug liet zich hijgend achterovervallen op de berg kussens. 'Dus ik heb hem alle hoeken van de kamer laten zien. Dan komt dat flikkerbroertje van hem binnen, gekleed in een soort roze ochtendjas. Ik denk, hij zal wel naar een bubbelbad moeten of zoiets. Maar dan hoor ik een kind huilen.' Hij schudde zijn hoofd. 'En die klootzak staat daar tegen mij te roepen van: "Je mag hier niet naar binnen. Je hebt hier niets te zoeken!" Alsof hij mij iets kan vertellen. En ik hoor dat gejank nog steeds. Dus ik ga kijken. Dat mietje probeert me tegen te houden, zo van: "Dat kun je niet maken..."' Doug sloeg zijn rechtervuist in zijn linker handpalm. 'Wham.

En dan zie ik dat kleine meisje in de slaapkamer. Helemaal naakt, met alleen maar zo'n Mickey Mouse-hoedje op, je weet wel, met van die flaporen?' Hij keek Logan vragend aan, maar die was te geschokt om te antwoorden. 'Dus ik zie dat naakte kind en die vent die nauwelijks iets aanheeft.' Hij grijnsde. 'Dus ik ben de woonkamer weer in gelopen en heb hem ook een pak ransel gegeven. De smeerlap.'

Logan was weer voldoende bij zinnen om de voor de hand liggende vraag te stellen. 'En wat is er met het meisje gebeurd?'

Dolle Doug MacDuff keek naar zijn handen, die als verschrompelde klauwen in zijn schoot lagen. Artrose had de gewrichten doen zwellen tot pijnlijke knobbels. 'Ja... het meisje.' Hij schraapte zijn keel. 'Ze... ze kwam binnen in de woonkamer toen ik bezig was met die smeerlap. Ze kwam uit het buitenland. Uit Duitsland, geloof ik. Of Noorwegen of zoiets. En ze kijkt me met van die grote bruine ogen aan en begint te jengelen en smerige taal te bezigen: "Ik jou pijpen." "Neuk mijn gat..." En ze gaat maar door.' De man huiverde en begon weer te hoesten. Toen de hoestbui voorbij was, zag hij lijkbleek. 'Ze... ze is helemaal naakt en ze pakt mijn been vast en ze jengelt en jengelt maar door dat ik haar in haar gat moet neuken. Ik... ik heb haar weggeduwd...' Zijn stem veranderde in gefluister. 'Ze viel tegen de schoorsteen. Met haar hoofd. Afgelopen.'

Er viel opnieuw een lange stilte. Doug zweeg. Logan en Watson probeerden tot zich te laten doordringen wat ze zojuist hadden gehoord. Het was Doug die de stilte verbrak.

'Dus ik greep Geordie bij zijn lurven, nam hem mee naar een rustig plekje en gaf hem zijn vet. Je had hem moeten horen gillen toen ik zijn knieschijven eraf hakte. De vuile klootzak.'

Logan schraapte zijn keel. 'En waarom heb je zijn broer laten leven?'

Doug keek hem aan met iets van spijt in zijn gerimpelde gezicht. 'Ik moest eerst een klus doen. Een boodschap bezorgen. Maar ik had me voorgenomen de volgende dag terug te gaan. Om hem te laten zien wat er gebeurt met smeerlappen zoals hij. Met een stanleymes, je weet wel. Maar toen ik terugkwam wemelde het daar van de smerissen. De volgende dag ook. En de volgende dag precies hetzelfde...'

Logan knikte. De eerste keer was het zijn team dat Norman Chalmers arresteerde. Daarna de agenten die bezig waren met het buurtonderzoek. En al die tijd had Dolle Doug MacDuff daar ergens in de schaduw staan loeren.

'Daar stond ik als een idioot in de regen en de sneeuw. Nou ja, ik had al kanker. Een longontsteking kon er ook nog wel bij.' Doug verviel weer in stilzwijgen. Zijn goede oog keek in het niets. Het melkwitte kapotte oog glinsterde in het licht van de televisie.

Logan stond op. 'Voordat we weggaan is er nog één ding dat ik graag wil weten: wat was de boodschap?'

'De boodschap?' Er verscheen een glimlach op het tandeloze gezicht van Dolle Doug. 'Dat je nooit van je werkgever moet jatten.'

32

Het was bedompt en drukkend in de verhoorkamer. De radiator was een ongereguleerde bron van hitte en het matglazen raam kon niet open om frisse lucht binnen te laten. De lucht van tenenkaas en okselzweet vulde het vertrek terwijl Cameron Anderson in zijn stoel aan de verhoortafel zat te liegen.

Logan en Insch zaten aan de andere kant en luisterden met een onbewogen gelaatsuitdrukking terwijl Cameron Anderson voor de zoveelste keer probeerde alles in de schoenen van Dolle Doug MacDuff te schuiven. Hij had niets te maken met het dode meisje.

'Zo.' zei Insch, die zijn armen over zijn brede borst over elkaar had geslagen. 'Dus jij beweert dat die ouwe het meisje bij zich had.'

Cameron deed een poging innemend te glimlachen. 'Zo is het.'

'Dus Dolle Doug MacDuff, een kerel die tientallen mensen heeft vermoord, iemand die martelt voor zijn beroep, had een meisje van vier bij zich toen hij naar jouw woning kwam om je broer te ontvoeren en vervolgens zijn knieschijven eraf te hakken? Was het soms "open dag voor kleindochters"? Is dat misschien een nieuw initiatief van de onderwereld dat nog niet is uitgelekt?'

Cameron likte zijn gesprongen lippen en zei voor de twintigste keer: 'Ik kan u alleen maar vertellen wat er is gebeurd.' Hij kwam verbazingwekkend overtuigend over. Alsof dit beslist niet zijn eerste politieverhoor was. Alsof hij zoiets al veel vaker bij de hand had gehad. Alleen was hij voorzover ze konden nagaan nog nooit eerder gearresteerd.

'Dat is toch raar,' zei Insch, terwijl hij een zakje gombeertjes tevoorschijn haalde. Hij bood Logan er eentje aan, stak er zelf een in zijn mond en stopte de verpakking toen weer weg. 'Want Doug zegt namelijk dat jij met het meisje in de slaapkamer was toen hij bij jullie arriveerde. Hij zegt dat je onder je ochtendjas niets aanhad. Hij zegt dat je haar naaide.'

'Douglas MacDuff liegt.'

'Maar als hij liegt, hoe komt het dan dat het meisje nu dood is?'

'Hij heeft haar geduwd. Ze viel tegen de schoorsteen.'

Dat was het enige element in de verklaring van Cameron dat overeenkwam met wat Doug had verteld.

'En hoe kwam ze dan terecht in de vuilniszak van je buurman?'

'Die ouwe heeft plakband om haar heen gewikkeld en haar toen in die zak verborgen.'

'Hij zegt dat jij dat hebt gedaan.'

'Hij liegt.'

'Je meent het.' Insch leunde achterover en zoog lucht door zijn mond naar binnen terwijl hij zijn tanden op elkaar hield. En liet een lange stilte vallen. Dat had hij al een paar keer eerder geprobeerd, maar Cameron was niet zo dom als hij eruitzag. Hij hield zijn mond.

Insch leunde voorover en keek Cameron Anderson indringend aan. 'Denk jij nou echt dat wij geloven dat Dolle Doug dat lichaam heeft gedumpt? Een man die er geen been in ziet jouw broer met een kapmes van zijn knieschijven te verlossen, kan het niet over zijn hart verkrijgen het lijk van een meisje in stukken te hakken?'

Cameron huiverde maar zei niets.

'Luister, wij weten dat jij het lichaam in stukken wilde snijden. Maar het lukte niet. Zo is het toch? Je werd misselijk. Je moest overgeven. En er is wat van jouw braaksel in de wond terechtgekomen.' Insch glimlachte als een haai. 'Wist je dat we DNA uit braaksel kunnen halen, Anderson? We hebben het al laten analyseren. Het enige wat we nog hoeven te doen, is het te vergelijken met het jouwe, en dan hang je.'

Plotseling leek Cameron niet meer zo zeker van zijn zaak. 'Ik... ik...' Hij keek onrustig rond in de verhoorkamer, alsof hij op zoek was naar een uitweg, naar nieuwe inspiratie. En hij hervond zijn kalmte. 'Ik... ik ben zojuist niet helemaal eerlijk tegenover u geweest,' zei hij. Zijn toon was weer volmaakt beheerst.

'Daar schrikken wij wel even van.'

Cameron negeerde het sarcasme. 'Ik wilde de reputatie van mijn broer beschermen.'

Insch glimlachte. 'Welke reputatie? Die van gewelddadige hufter?'

Cameron vervolgde zijn verklaring onbewogen. 'Geordie kwam twee weken geleden bij me langs. Hij vertelde me dat hij voor zaken in de stad was en onderdak nodig had. Hij had een klein meisje bij zich. Hij zei dat het het dochtertje van een vriendin was. Hij moest op het kind passen zolang zij op vakantie was op Ibiza. Ik had geen idee dat er iets verdachts aan was, maar die avond dat hij is vermoord, vond ik hem samen met het meisje naakt in bed toen ik thuiskwam. We kregen ruzie. Ik zei hem dat hij mijn huis uit moest. Dat ik de politie zou bellen.' Cameron keek naar zijn handpalmen, alsof het verhaal daarop stond geschreven. 'Maar toen kwam die ouwe man langs. Hij vertelde dat hij een boodschap had voor Geordie. Ik liet hem binnen en ging kijken of alles goed was met het meisje. Om te zien of Geordie haar geen pijn had gedaan... Toen hoorde ik lawaai in de woonkamer en toen ik erheen rende, zag ik Geordie op de grond liggen. Die ouwe kerel was hem aan het schoppen en slaan en Geordie lag te janken en ik probeerde er een eind aan te maken, maar die ouwe vent lijkt wel een beest. Toen... toen kwam dat meisje uit de slaapkamer tevoorschijn en ze greep zich vast aan die oude man. Hij...' Camerons adem stokte in zijn keel. 'Hij duwde haar van zich af en ze kwam tegen de schoorsteen terecht. Ik wilde haar optillen en helpen, maar ze was al dood. Toen begon die ouwe tegen mij tekeer te gaan.' Hij huiverde. 'Hij... hij had een mes. Hij wilde dat ik haar in stukken zou snijden. Als ik het niet zou doen, zou hij mij snijden... Maar ik kon het niet. Ik probeerde het, maar ik kon het niet.' Cameron liet zijn hoofd zakken en vertelde toen hoe Dougie hem in elkaar had geslagen. En hem vervolgens had gedwongen het lichaam van het meisje in plakband te wikkelen en haar in een vuilniszak te stoppen. Ze hadden geen vuilniszak in huis. Maar de volgende dag zou het vuilnis worden opgehaald en op de overloop boven, bij de flat van Norman Chalmers, stond een bijna lege vuilniszak. Anderson had hem gepakt, het lijk erin gedaan en de zak naar de gemeenschappelijke afvalcontainer bij de ingang van het flatgebouw gebracht. Het was al laat, het was donker en er was niemand te bekennen. Hij had de zak in de container gedaan en er andere vuilniszakken overheen gelegd. Daarna had de oude man hem verteld dat hij nu medeplichtig was en dat hij achter de tralies zou verdwijnen als hij iets tegen de politie zou zeggen.

'Heel interessant,' zei Insch droogjes.

'Toen dreigde hij me te vermoorden als ik iemand zou vertellen wat er was gebeurd. En dat is de laatste keer dat ik hem, mijn broer en dat meisje heb gezien.'

Toen Cameron was uitgesproken, viel er een stilte. Aleen het zachte gezoem van de opnameapparatuur was hoorbaar.

'Als jij Geordies broer bent, hoe komt het dan dat jullie niet dezelfde achternaam hebben?' vroeg Logan.

Cameron schoof ongemakkelijk heen en weer. 'We hebben niet dezelfde moeder. Hij is het kind van de eerste vrouw van mijn vader. Ze zijn gescheiden en Geordie heeft de achternaam van zijn moeder gekregen, Stephenson. Mijn vader is opnieuw getrouwd en ik ben zes jaar later geboren.'

Het werd opnieuw stil, totdat Logan opmerkte: 'Als ik je nu eens vertel dat we sperma hebben gevonden in de mond van het meisje?'

Cameron werd lijkbleek.

'Wedden dat het overeenkomt met het DNA-monster dat we van jou hebben genomen? En hoe ga je dát Dolle Doug in de schoenen schuiven?'

Cameron keek net zo verbijsterd als Insch. Hij zat aan de andere kant van de tafel. Hij deed zijn mond geluidloos open en dicht als een vis die op het droge was beland.

'McRae,' zei Insch ten slotte, 'kunnen we even iets onder vier ogen bespreken?'

Ze schortten het verhoor op en Logan liep achter Insch aan de gang op, terwijl Cameron in de verhoorkamer achterbleef onder het toeziend oog van een zwijgende geüniformeerde agent.

Insch keek Logan aan met een scheve, onheilspellende grimas. 'Waarom heeft niemand mij verteld dat er sperma is gevonden in de mond van dat meisje?' vroeg hij op dreigende toon.

'Omdat dat niet zo is.' Logan glimlachte. 'Maar dat hoeft hij niet te weten.'

'McRae, wat ben jij een smerige leugenaar,' zei Insch, terwijl de scheve grimas veranderde in de glimlach van een trotse vader. 'Heb je gezien hoe hij keek toen je dat zei? Alsof hij het in zijn broek deed!'

Logan stond op het punt er verder op in te gaan, toen een ongerust kijkende agente de gang in snelde om hun het laatste nieuws over Roadkill mee te delen. Een arts in het ziekenhuis had het alarmnummer gebeld. Iemand had Roadkill uit zijn lijden verlost.

Insch vloekte en wreef met zijn reusachtige hand over zijn gezicht. 'Hij valt onder een beschermingsprogramma! Maar toch wordt hij in elkaar geslagen, komt hij in het ziekenhuis terecht en maakt iemand hem af!' De hoofdinspecteur leunde tegen de muur. 'Vijf minuten,' zei hij tegen de agente, waarna hij de verhoorkamer binnen liep.

Cameron Anderson keek Insch gespannen aan toen hij binnenkwam. Hij zag er ongerust en gejaagd uit. Insch bekeek hem alsof hij een lastig te verwijderen vlek was. 'Dit verhoor is officieel opgeschort tot morgenochtend negen uur.' zei hij. 'Deze agent zal je naar je cel brengen.' Insch plantte zijn dikke vuisten op de tafel en bracht zijn gezicht zo dicht bij dat van Cameron Anderson dat hij het angstzweet van de jongere man kon ruiken. 'Ik zou er maar aan proberen te wennen in een cel te slapen,' zei hij tegen de man die hem trillend en met wijd opengesperde ogen aankeek. 'Want dat staat je de komende twintig jaar te wachten!'

Ze namen de smerige Range Rover van Insch. Overal waar zijn cockerspaniël zijn neus tegen het glas had geduwd, waren de ruiten vettig. Ze reden door de besneeuwde straten van Rosemount.

Terwijl Insch reed, keek Logan naar de granieten huizenblokken die ze passeerden. Hij mijmerde over Roadkill en over het ongemakkelijke gesprek dat hij met agent Jackie had gehad toen ze de vorige keer op dezelfde weg reden.

Toen Insch het ziekenhuis naderde, begon er iets aan Logan te knagen. Hij keek naar de huizen aan de kant van de weg. Hij moest ineens denken aan een plastic rendier dat helemaal was verlicht, inclusief zijn rode, knipperende neus. In deze omgeving waren ze de vader van Peter Lumley tegengekomen, die nog aan het zoeken was naar zijn verdwenen kind. Hoewel hij wist dat zijn stiefzoon al dood was...

'Je ziet eruit als een broedende kip,' zei Insch terwijl hij de richtingaanwijzer aanzette voordat hij Westburn Road op reed. 'Wat is er?'

Logan haalde zijn schouders op en moest nog steeds denken aan de geknakte man die met zijn hoofd omlaag door de sneeuw liep. De onderkant van de pijpen van zijn overall waren kletsnat geworden door de sneeuw en de modder. 'Ik weet het niet... misschien is het niets.'

In het ziekenhuis was het veel te warm. Om de winter te verdrijven, was de verwarming hoog gezet, waardoor er een subtropisch klimaat heerste. Dat was ook het geval in de kamer die Bernard Duncan Philips, alias Roadkill, had gedeeld met een medepatiënt. Alleen was het daar nog benauwder door het grote aantal aanwezigen: technische recherche, fotograaf, Insch en Logan. Allemaal droegen ze dezelfde witte papieren overalls alsof ze deel uitmaakten van een theatergezelschap dat was gespecialiseerd in grensverleggende conceptuele dansproducties.

Het tweede bed in de kamer was leeg; een verpleegkundige van bijna vijftig jaar oud vertelde Logan met tranen in de ogen dat de kamergenoot van Roadkill die middag aan een leverkwaal was bezweken.

Terwijl het flitsapparaat van de fotograaf piepte en de camera klikte, bekeek Logan het gehavende lijk van Roadkill. Hij lag als een zoutzak op het bed. Zijn met gips omhulde arm hing boven het linoleum. Op de vingertoppen bevonden zich langzaam stollende bloeddruppels. Het verband rond zijn hoofd was felrood ter hoogte van zijn ogen en zijn mond. Het verband om zijn borst was zo verzadigd met bloed dat het bijna zwart zag.

'Waar was die jongen die hem moest bewaken in vredesnaam?' Insch was in een slechte bui.

Een agent met een schaapachtige uitdrukking op zijn gezicht, stak zijn hand op en legde uit dat er wat heibel was geweest bij de Eerste Hulp. Twee dronkelappen en een portier waren met elkaar slaags geraakt en de verpleegkundigen hadden hem erbij gehaald om te helpen er een eind aan te maken.

Insch trok een vies gezicht. 'Ik neem aan dat het slachtoffer officieel dood is verklaard?' vroeg hij, nadat hij zwijgend tot tien had geteld.

Een aanwezige agente zei dat dat nog niet was gebeurd, wat de hoofdinspecteur een stortvloed van verwensingen ontlokte.

'Dit is een ziekenhuis! Het is hier goddomme vergeven van de dokters! Haal een van die luie klootzakken hierheen om de man dood te verklaren!'

Ondertussen onderzochten Insch en Logan het lijk zo goed en zo kwaad als het ging zonder het aan te raken.

'Hij is gestoken,' zei Insch toen hij de kleine, rechthoekige gaatjes in het verband zag. 'Denk jij dat dit messteken zijn?'

'Misschien eerder een beitel? Een schroevendraaier? Een stiletto of een schaar?'

Insch ging op zijn hurken zitten en keek onder het bed om te zien of daar een steekwapen lag. Het enige wat hij vond was nog meer bloed.

Terwijl de hoofdinspecteur naar het moordwapen zocht, begon Logan het lichaam van top tot teen te bestuderen. De steekwonden zagen er allemaal hetzelfde uit. Niet meer dan vijftien millimeter lang en twee millimeter breed, zo te zien allemaal toegebracht vanaf de linkerkant van het lichaam. Afgaand op de aard en het aantal van de verwondingen had de moordenaar er als een bezetene op los gestoken. Hij sloot zijn ogen en probeerde het zich voor te stellen: een bewusteloze Roadkill en de moordenaar die aan de linkerkant van het bed stond, de kant die het verst van de deur was verwijderd. Hij had snel en als een bezetene gestoken.

Logan deed zijn ogen weer open en stapte achteruit. Hij voelde zich misselijk. Overal was bloed. Niet alleen op het lichaam en op het bed, maar ook op de muur. Hij keek omhoog en zag kleine bloedspatjes op de crèmekleurige platen van het systeemplafond. Wie dit had gedaan, had er na afloop uit moeten zien als iemand die zo was weggelopen uit een griezelfilm. Zo iemand zou je niet snel vergeten.

Dit was geen willekeurig geweld. Het was ook niet het soort geweld dat je kon verwachten van verontwaardigde mensen die vonden dat ze het recht in eigen hand moesten nemen. Dit was een geval van pure wraak.

'Wat heeft dit te betekenen? Waarom word ik zomaar hierheen gekoeioneerd?'

Ze klonk geagiteerd en geërgerd en zo zag ze er ook uit: de aantrekkelijke vrouwelijke arts die door de agente naar de kamer was gehaald. Ze droeg een witte jas en er hing een stethoscoop om haar welgevormde nek.

Logan stak zijn handen verontschuldigend omhoog en liep weg van het lichaam. 'We hebben u nodig om deze man officieel dood te verklaren. Anders kunnen we het lichaam niet verplaatsen.'

Ze keek hem geïrriteerd aan. 'Natuurlijk is hij dood. Ziet u dit?' Ze wees op haar naamplaatje. 'Daar staat op: "dokter". Dat betekent dat ik kan zien of iemand dood is of niet!'

Aan de andere kant van het bed richtte Insch zich op vanuit zijn hurkhouding. Hij haalde zijn politiepasje tevoorschijn. 'En ziet ú dít?' zei hij, terwijl hij het onder haar neus hield. 'Daar staat op: "hoofdinspecteur". Dat betekent dat ik verwacht dat u uw privé-frustraties niet afreageert op mijn mensen. Oké?'

Ze keek hem dreigend aan, maar zei niets. Langzaam ontspande haar gelaatsuitdrukking. 'Het spijt me,' zei ze ten slotte. 'Ik heb niet bepaald een leuke dag achter de rug.'

Insch knikte. 'Als dat enige troost biedt, kan ik u vertellen dat u niet de enige bent.' Hij deed een stap naar achteren en wees op het lichaam van Roadkill dat recent als speldenkussen was gebruikt. 'Kunt u misschien een schatting maken van het tijdstip van overlijden?'

'Dat is niet zo moeilijk: ergens tussen kwart voor negen en kwart over tien.'

Insch was onder de indruk. 'Het komt niet vaak voor dat we binnen een halfuur al zo'n exacte indicatie hebben.'

Nu had de arts zelfs een glimlach voor hem over. 'De middagploeg stopt er om kwart voor negen mee. Dan controleren ze alle bedden. Hij was om kwart voor negen nog niet dood. En om kwart over tien was hij dat wel.'

Insch bedankte haar en ze stond op het punt nog iets te zeggen, maar haar pieper ging. Ze pakte hem, keek op het schermpje, vloekte, verontschuldigde zich en rende de kamer uit.

Logan keek omlaag naar de bloederige resten van Bernard Duncan Philips en probeerde vast te stellen wat hem precies dwarszat aan dit geval. Plotseling wist hij het zeker. 'Lumley,' zei hij.

'Wat?' Insch keek Logan aan alsof er plotseling een tweede hoofd uit zijn romp was gegroeid.

'U weet wel, de stiefvader van Peter Lumley. Die man die hier de hele tijd maar ronddoolde. De laatste keer dat ik hem zag, kwam hij uit de richting van het ziekenhuis. Hij denkt dat Roadkill zijn zoon heeft vermoord.'

'En?'

Logan keek neer op het bebloede lichaam op het bed. 'Het ziet ernaar uit dat hij zijn gram heeft gehaald.'

33

Het was donker en koud toen de avond viel over Hazlehead. Er lag meer sneeuw dan in het centrum van de stad, de bomen zagen eruit als inktvlekken in de test van Rorschach. Straatlantaarns verspreidden een zee van geel licht en de blauwe zwaailichten van de patrouillewagens zorgden voor dansende schaduwen. Het grootste gedeelte van het flatgebouw was in duisternis gehuld. Hier en daar bewoog een gordijn en gluurde een buurtbewoner naar buiten, nieuwsgierig waarnaar de politie op zoek was.

De politie zocht Jim Lumley.

De flat van de Lumleys was totaal veranderd sinds het laatste bezoek van Logan. Het was een zwijnenstal. De vloer lag bezaaid met verpakkingsmateriaal van afhaalmaaltijden en lege bierblikjes. Alle foto's in de flat waren naar de zitkamer verhuisd en vormden één grote collage van het leven van Peter Lumley.

Jim Lumley verzette zich op geen enkele manier toen Insch aanbelde en zonder uitnodiging naar binnen beende, met in zijn kielzog Logan en een paar agenten in uniform. Hij stond daar in zijn smerige overall, ongeschoren en onverzorgd, zijn haar in pieken als een geëlektrocuteerde egel. 'Als u voor Sheila komt: die is hier niet,' zei hij en liet zich op de bank zakken. 'Twee dagen geleden vertrokken. Naar haar moeder...' Hij trok een blikje bier open.

'We zijn hier niet voor Sheila, meneer Lumley,' zei Insch. 'We zijn hier voor u.'

De haveloze man knikte en nam een tweede slok. 'Roadkill.'

Hij deed geen moeite het druipende bier van zijn stoppelige kin te vegen.

'Ja, Roadkill.' Logan ging aan het andere eind van de bank zitten. 'Hij is dood.'

Jim Lumley knikte langzaam en concentreerde zich op zijn bierblikje. 'Wilt u ons er alles over vertellen, meneer Lumley?'

Lumley gooide zijn hoofd achterover en goot de rest van het bier naar binnen, waarbij schuim langs zijn mond over zijn vuile overall liep. 'Er valt niet veel te vertellen,' zei hij schouderophalend. 'Ik was op zoek naar Peter en ineens zag ik hem. Precies zoals op de foto in de krant.' Hij greep naar een nieuw blikje bier, maar voor hij het kon openen, had Insch het afgepakt.

De hoofdinspecteur gaf de twee agenten opdracht op zoek te gaan naar het moordwapen.

Lumley pakte een kussen van de bank en hield het tegen zijn borst als een warme kruik. 'Dus ben ik hem gevolgd. Het bos in.'

'Het bos in?' Dat was niet bepaald wat Logan had verwacht, maar een waarschuwende blik van Insch weerhield hem ervan Lumley verder te onderbreken.

'Hij was gewoon een wandelingetje aan het maken, alsof er niets aan de hand was. Alsof Peter niet dood was!' Vanonder zijn smoezelige kraag steeg een donkerrode blos naar zijn gezicht. 'Ik pakte hem beet... Ik... ik wilde alleen maar met hem praten. Zeggen hoe ik over hem dacht...' Hij beet op zijn lip en staarde naar de naad in het kussen. 'Hij begon te schreeuwen en ik sloeg hem. Om hem stil te krijgen. Te laten stoppen. Maar ik kon het niet. Stoppen. Ik bleef maar slaan en slaan en slaan...'

Jezus, dacht Logan, en wij dachten dat hij door een bende was aangevallen. Het was één man.

'En toen... toen begon het weer te sneeuwen. Het was koud. Met sneeuw waste ik het bloed van mijn handen en gezicht en ik ging naar huis.' Hij haalde zijn schouders op. 'Ik vertelde Sheila wat er gebeurd was, ze pakte haar tas en verdween.' Een traan trok een schoon spoor over zijn wang. Hij snotterde en probeerde nog een slok uit het lege bierblikje te krijgen. 'Ik ben een monster... net als hij...' Hij keek door de opening naar de duisternis in het blikje. 'Dus hij is dood, hè?' Lumley verkreukelde het blikje in zijn vuist.

Insch en Logan keken elkaar verbaasd aan. 'Natuurlijk is hij dood,' zei Insch. 'Iemand heeft hem in een zeef veranderd.'

Een bitter lachje verscheen op Lumleys betraande gezicht. 'Daar zijn we mooi vanaf.'

Buiten dwarrelden witte vlokjes zacht uit een dieporanje hemel naar beneden. Het licht van de straatlantaarns kleurde de grijze wolken. Logan en Insch keken toe hoe Jim Lumley haastig op de achterbank van een patrouillewagen werd geduwd en uit het zicht verdween.

'Tja,' zei de hoofdinspecteur. Zijn adem werd zichtbaar in grote, witte wolken. 'Hij heeft het niet gedaan, maar had wel het motief. Bijna goed.' Hij hield een zakje colasnoepjes uitnodigend richting Logan. 'Nee? Dan niet.' Insch nam een handvol en stak ze een voor een in zijn mond terwijl ze terugliepen naar zijn bemodderde Range Rover.

'Denkt u dat ze hem opsluiten?' vroeg Logan. Insch startte de wagen en draaide de verwarming in de hoogste stand.

'Misschien. Alleen jammer dat hij hem niet heeft neergestoken. Dat zou mooi geweest zijn.'

'Gaan we terug naar het ziekenhuis?' vroeg Logan.

'Ziekenhuis?' Insch keek naar de klok op het dashboard. 'Het is al bijna ochtend! Ze wurgt me.' De vrouw van de hoofdinspecteur stond niet bepaald bekend als genereus als het ging om te laat komen. 'De uniformdienst is bezig verklaringen op te nemen. Die kunnen we morgenochtend doornemen. De halve wereld is al naar bed.'

Insch gaf hem een lift naar huis en voor hij naar binnen ging, zag Logan hoe de auto voorzichtig door de knisperende sneeuw de straat uit reed. Het rode lampje van zijn antwoordapparaat flikkerde. Even dacht Logan dat het Jackie Watson was, maar toen hij het bericht afspeelde, hoorde hij de stem van Miller kraken door de luidspreker. Hij had gehoord dat Roadkill was neergestoken en wilde een primeur.

Grommend drukte Logan op 'wissen' en sleepte zich naar zijn bed.

Woensdag begon volgens plan. Logan kwam te laat uit de douche om de telefoon aan te nemen en hoorde de klik van het antwoordapparaat. Al weer Miller die niet kon wachten tot Logan uit de school zou klappen. Logan nam niet de moeite het gebabbel van de journalist te onderbreken en ging naar de keuken om thee met geroosterd brood te maken.

Op weg naar buiten verwijderde hij het bericht zonder het verder af te luisteren. Hij betwijfelde of dit het laatste telefoontje van de journalist zou zijn vandaag.

De ochtendbriefing verliep rustig. Insch bracht iedereen gapend op de hoogte van de gebeurtenissen van de afgelopen nacht, zowel in het ziekenhuis als in verhoorkamer nummer 3. De opdracht voor vandaag was continuering van het buurtonderzoek. Al weer.

Na de briefing leunde Logan achterover en wisselde een glimlach met Watson, die voorbereidingen trof voor de ondervraging van dokters, verplegend personeel en patiënten. Ze had nog een pilsje van hem te goed.

Insch zat in zijn karakteristieke houding met één bil op de rand van het bureau en rommelde in zijn zakken op zoek naar zoetigheid. 'Ik zou zweren dat ik nog wat zuurtjes had...' mompelde hij terwijl Logan opstond en hem vroeg naar de plannen voor deze morgen. Nadat hij zijn zoektocht naar snoep had opgegeven, vroeg hij Logan om ervoor te zorgen dat Cameron Anderson naar de verhoorkamer gebracht werd. 'Je weet hoe het gaat,' zei hij. 'Met een potige politieagent die hem vanuit een ooghoek een tijdje dreigend in de gaten houdt zodat hij het in zijn broek doet van angst.'

Rond negenen had Cameron Anderson er al bijna een uur op zitten in een snikhete verhoorkamer, onder het vijandige oog van de agent. En, zoals Insch had voorspeld, voelde hij zich uiterst ongemakkelijk.

'Cameron,' zei Insch kil toen ze eindelijk plaats hadden genomen voor het verhoor. 'Wat prettig dat je een gaatje hebt kunnen vinden in je overvolle agenda.' Cameron zag er angstig en uitgeput uit, alsof hij de hele nacht had gehuild.

'Ik neem aan,' zei Insch, terwijl hij voor zichzelf limonade inschonk, 'dat je een wonderbaarlijke verklaring hebt voor de gebeurtenissen op de bewuste avond. Misschien het werk van maanmannetjes?'

Camerons handen op de tafel beefden. Zijn trillende stem klonk zacht. 'Ik ken Geordie vanaf mijn tiende jaar. Hij kwam bij ons wonen nadat zijn moeder aan borstkanker was overleden. Hij was groter dan ik...' Zijn stem zakte zo diep weg dat Logan hem moest vragen om duidelijker te spreken in verband met de opname. 'Hij deed dingen. Hij...' Een traan liep over zijn wang. Cameron beet op zijn lip en vertelde over zijn broer.

'Geordie was drie weken geleden uit Edinburgh gekomen. Hij moest wat zaken regelen voor zijn baas. Het had iets te maken met bouwvergunningen. Hij gaf geld uit als water. Vooral met gokken. Maar hij won nooit wat. Het ging mis met die bouwvergunning. Het smeergeld had hij er al doorheen gejaagd, dus probeerde hij het met dreigementen. Toen moest hij zo snel mogelijk de stad verlaten.'

'Hij heeft die ambtenaar onder een bus geduwd,' zei Insch. 'Hij ligt in het ziekenhuis van Aberdeen met een schedelbasisfractuur en een bekkenbreuk. Hij gaat dood.'

Cameron ging onverstoorbaar door met zijn verhaal. 'Een week later kwam Geordie terug. Hij zei dat zijn opdrachtgever wilde weten waar het geld gebleven was. Hij had niets meer en er kwamen mensen van de wedkantoren mijn flat bezoeken. Ze namen Geordie mee. Toen hij de volgende dag terugkwam, plaste hij bloed.' Hij huiverde en zijn ogen glansden. 'Maar Geordie had een plannetje. Hij zei dat iemand op zoek was naar iets bijzonders. Iets waar hij aan kon komen.'

Logan schoot naar voren in zijn stoel. Dat was wat Miller had gezegd. Dat iemand op zoek was naar levende have.

'Hij verdween voor een paar dagen. Hij had die grote koffer bij zich en daar zat dat meisje in. Ze was bedwelmd. Hij... hij zei dat zij het antwoord was op al onze problemen. Hij zei dat hij haar ging verkopen aan die kerel en genoeg geld zou vangen om alle schulden af te betalen, ook het smeergeld van zijn baas. Niemand zou haar missen.'

'Wat was haar naam?' vroeg Logan. Zijn ijskoude stem sneed door de beklemmende hitte van de kamer.

Cameron haalde zijn schouders op. Tranen welden uit zijn ogen en vormden een glanzende druppel aan het puntje van zijn neus. 'Ik... ik weet het niet. Ze was buitenlands. Ergens uit Rusland, geloof ik. Haar moeder was hoer in Edinburgh, ook daarvandaan geïmporteerd. Maar ze overleed aan een overdosis. Dus dat kind bleef alleen over...' Hij snotterde. 'Geordie pikte haar in voordat iemand anders aanspraak op haar kon maken.'

'Dus jij en je broer waren van plan een vierjarig meisje te verkopen aan een of andere ziekelijke klootzak?' Er klonk nauwelijks verholen woede in Insch' stem. Een blos steeg naar de wangen van de forsgebouwde hoofdinspecteur en zijn ogen flikkerden als zwarte diamanten.

'Ik had er niets mee te maken! Hij heeft het gedaan! Hij was het altijd...'

Insch keek dreigend, maar zei niets meer.

'Ze sprak geen woord Engels, dus leerde hij haar allerlei woordjes.

U weet wel...' Hij verborg zijn hoofd in zijn bevende handen. 'Vieze woorden. Ze snapte de betekenis niet.'

'Dus jullie misbruikten haar. Eerst moest ze "Neem me van achteren" leren zeggen en vervolgens werd ze tot die handeling gedwongen.'

'Nee! Nee! We konden haar niet...' Hij bloosde hevig. 'Geordie zei dat ze, nou ja, maagd moest blijven.'

Logan walgde. 'Dus ze moest jullie pijpen?'

'Het was Geordies idee! Hij heeft me ertoe gedwongen!' Tranen rolden over Camerons wangen. 'Eén keer. Ik heb het maar één keer gedaan. Toen die ouwe langskwam. Hij was bezig Geordie in elkaar te slaan en ik probeerde hem tegen te houden. Het meisje kwam binnen en zei de dingen die ze van Geordie geleerd had. Ze pakte de oude man vast, hij duwde haar opzij, ze viel, stootte haar hoofd en was dood.' Hij keek smekend in de koude ogen van Insch. 'Hij dreigde dat hij Geordie zou vermoorden en nog terug zou komen voor mij!' Cameron veegde met een mouw tevergeefs zijn tranen weg. 'Ik moest haar zien kwijt te raken! Ze lag voor de open haard. Naakt en dood. Ik overwoog haar in stukken te snijden, maar dat kon ik niet. Het was... het was...' Hij huiverde en wreef weer over zijn ogen. 'Dus heb ik haar ingetaped. Ik... heb bleekmiddel in haar mond gegoten om... nou ja... om haar te zuiveren.'

'Daarna moest je een vuilniszak zoeken om haar in te doen.'

Cameron knikte en een glinsterende druppel viel van zijn neus op de nog maagdelijke verklaring, die hij krampachtig vasthield.

'En toen heb je haar buiten gezet bij het vuilnis.'

'Ja... het spijt me. Het spijt me zo...'

Nadat Cameron Anderson had bekend een vierjarig meisje seksueel te hebben misbruikt, werd hij teruggezet in zijn cel. Er werd geregeld dat hij de volgende dag al voor de rechter kon verschijnen. Er viel niets te vieren. Op de een of andere manier was na de bekentenis van Cameron niemand in een feeststemming.

Terug in de recherchekamer, haalde Logan zuchtend de foto van het kleine meisje van de muur. Hij voelde zich leeg vanbinnen. Alleen al de gedachte aan de man die haar misbruikt had en haar lichaam als huisvuil behandeld had, maakte dat hij zich bezoedeld voelde. Hij schaamde zich voor zijn soort.

Insch ging op de rand van de tafel zitten en hielp Logan met het verzamelen van de verklaringen. 'Ik vraag me af of we ooit zullen weten wie ze was.'

Logan wreef met beide handen over zijn gezicht en voelde de eerste stoppels raspen onder zijn vingertoppen. 'Dat betwijfel ik,' zei hij.

Insch gooide de verklaringen in de dossiermap en gaapte ongegeneerd. 'Hoe dan ook, er ligt nog genoeg om ons zorgen over te maken.'

Roadkill.

Deze keer namen ze een van de dienstwagens richting ziekenhuis, met Watson aan het stuur.

Het ziekenhuis was een stuk bedrijviger dan de vorige nacht. Ze kwamen net op het moment dat de lunch werd geserveerd: iets ondefinieerbaars met gekookte aardappelen en gekookte kool.

'Help me herinneren dat ik een privé-kliniek wil,' zei Insch toen ze een dampend karretje passeerden waar een spruitjeswalm uit opsteeg.

In een lege kamer verzamelden ze alle agenten, om van ieder afzonderlijk te horen wat het resultaat was van de vragenlijst waarmee ze langs patiënten en personeel waren gestuurd. Het was vergeefse moeite geweest, maar ze werden hartelijk bedankt voor hun inzet. Niemand had iets gezien of gehoord. Zelfs de video's van de beveiligingscamera's waren bekeken: geen spoor van een met bloed doordrenkte schim die de nacht tegemoet rent.

De hoofdinspecteur hield nog een soort peptalk en stuurde vervolgens iedereen terug naar de werkvloer. Alleen Logan en Watson bleven achter. 'Zorg dat jullie je ook nuttig maken,' zei Insch terwijl de vertrouwde zoektocht door zijn zakken begon. 'Ik ben weg om met die arts van gisteravond te praten.' Hij slenterde weg, nog steeds op zoek naar onvindbaar snoepgoed.

'Zo,' zei Watson in een poging slagvaardig te zijn. 'Waar wilt u beginnen?'

Logan dacht aan haar benen onder zijn T-shirt in de keuken. 'Eh...' zei hij, en realiseerde zich dat het niet het juiste moment noch de juiste plaats was. 'Wat dacht je ervan om die video's nog eens te bekijken, voor het geval ze iets over het hoofd hebben gezien?'

'U bent de baas,' zei ze, en salueerde kort en zwierig.

Op weg naar de beveiligingsruimte probeerde Logan zijn hoofd erbij te houden. Maar het lukte niet. Toen hij eindelijk de moed bijeengeraapt had, zei hij bij de lift: 'Weet je, je hebt nog steeds een pilsje van me te goed voor gisteravond.'

Watson knikte. 'Dat was ik niet vergeten, meneer.'

'Goed zo.' Hij drukte op de liftknop en probeerde ontspannen te lijken. Hij leunde nonchalant tegen de stang aan de binnenkant van de lift. 'Wat dacht je van vanavond?'

'Vanavond?'

Logan voelde een blos opkomen. 'Het geeft niet als je niet kunt. Een ander keertje is ook goed...' Idioot.

De lift kwam met een schok tot stilstand en Watson lachte naar hem. 'Vanavond is goed.'

Logan kon van opluchting geen woord uitbrengen tot ze in de beveiligingsruimte waren. Het was een compacte kamer met een lang, zwart bureau en een muur vol kleine televisieschermen. Een reeks videorecorders nam alles op wat er waar te nemen viel. In het midden zat een jongeman met geblondeerd haar en pukkels. Hij was gekleed in een doorsneebeveiligingsuniform, bruin met gele opsmuk, en een pet met een klep. Hij zag eruit als een vakkenvuller met een pet op zijn hoofd.

Hij legde uit dat er geen cameratoezicht was in de kamer waar de moord had plaatsgevonden, maar wel in de gangen, bij de Eerste Hulp en bij alle uitgangen. In sommige ziekenzalen ook, maar het was een gevoelig punt om camera's te gebruiken om patiënten in de gaten te houden. Nogal privacygevoelig.

Er lag een stapel video's van de afgelopen nacht. Het onderzoeksteam had ze al bekeken, maar als Logan ze ook wilde zien, vond hij het best.

Op dat moment ging Logan's mobiele telefoon over, hard en dwingend in de kleine ruimte.

'U weet dat mobiele telefoons uitgezet moeten worden!' zei de bewaker streng.

Logan verontschuldigde zich en beloofde het kort te houden.

Het was al weer Miller. 'Laz! Ik dacht dat je van de aardkloot was gevallen, man.'

'Ik ben bezig,' zei Logan terwijl hij zijn rug naar de pukkelige jongeling in zijn poepbruine uniform draaide. 'Is het dringend?'

'Hangt ervan af hoe je het bekijkt. Ben je in de buurt van een tv?'

'Wat?'
'Televisie. Bewegende beelden...'
'Ik weet wat televisie is.'
'Gelukkig. Als er eentje in de buurt is, zet hem dan aan. Grampian.'
'Kun je ook gewoon televisiekijken op een van deze dingen?' vroeg Logan aan de bewaker.

De puistenkop zei van niet, maar hij kon het proberen in een van de kamers aan het eind van de gang.

Drie minuten later keken ze naar een Amerikaanse soap op een storende beeldbuis. In het bed achter hen lag een oude vrouw met een paarse kleurspoeling te snurken, haar gebit drijvend in een glas water.

'Goh, Adelaide,' zei een zongebruinde blonde macho met perfecte tanden en een buik als een wasbord. 'Wil je zeggen dat ik de vader ben van jouw baby?'

Aanzwellende muziek, camera vol op een geplamuurde brunette met opgepompte borsten. Reclame. Trapliften. Zoutjes. Waspoeder. En toen beeldvullend het gezicht van Gerald Cleaver. Hij zat in een lederen fauteuil, droeg een dun gebreid vest en zag er vaderlijk en weldoorvoed uit. 'Ze hebben geprobeerd mij te demoniseren!' zei hij. Op het volgende beeld was te zien hoe hij een vrolijke labrador uitliet. 'Ze hebben mij beschuldigd van vreselijke misdaden die ik niet begaan heb!' Nu werd Cleaver getoond met een ernstige en gepijnigde blik, zittend op een stenen muurtje.

'Lees alles over mijn jaar in de hel, alleen deze week in *News of the World*!'

'Verdorie,' zei Logan toen het krantenlogo op het scherm verscheen. 'Dat ontbrak er nog aan.'

34

Mopperend liepen Logan en Watson terug naar de beveiligingsruimte. Ze hekelden de krant en het feit dat ze Gerald Cleaver hadden betaald voor zijn verhaal.

De pukkelige jongeman in het poepbruine uniform maakte aanstalten om in actie te komen. Op weg naar de deur trok hij zijn pet recht.

'Moeilijkheden?' vroeg Watson.

'Iemand steelt chocola uit onze winkel!' Hij rende weg.

Ze zagen hoe hij, in zijn haast om zo snel mogelijk op de plaats van het misdrijf te zijn, met zijn armen maaide en om de hoek verdween. Watson lachte spottend. Dat soort problemen had je ook.

Een tweede bewaker had inmiddels plaatsgenomen achter het bedieningspaneel. Het was een zware man van begin vijftig met achterovergekamd haar en borstelige wenkbrauwen.

Hij nam af en toe een slok van zijn energiedrankje en had zijn hoofd verborgen achter de ochtendkrant. VERDACHTE KINDERMOORD DOODGESTOKEN stond vet gedrukt op de voorpagina. Toen Logan de reden van hun aanwezigheid had uitgelegd, bromde hij wat en gebaarde naar een stapel gelabelde videobanden. Het was wel zo makkelijk dat het onderzoeksteam de banden vooruitgespoeld had tot het moment van de moord op Roadkill. Traag werkten Logan en Watson zich door de materie, met op de achtergrond de geluiden van de bewaker die duidelijk hoorbaar zijn energiedrank naar binnen klokte.

De camera's maakten één beeld per drie of vier seconden. Figuren sprongen schokkerig door het beeld, zodat het leek op een experimentele tekenfilm. De gezichten waren tamelijk vaag, pas als ze dichter bij de camera kwamen, was het mogelijk ze te onderscheiden. Na een halfuur had Logan een paar van de honderden gezichten, verspreid over alle afdelingen van het ziekenhuis, herkend. De dokter die Dolle Doug had behandeld, de verpleegkundige die hem een monster vond omdat hij een oude man had geslagen, de agent die de bejaarde huurmoordenaar in de gaten had moeten houden, de dokter die gisteravond Roadkill dood verklaarde, de chirurg die zeven uur bezig was geweest met Logans ingewanden en zuster Henderson. Haar blauwe oog was goed zichtbaar terwijl ze door het beeld sjouwde in haar vrijetijdskleding – rugbyshirt, gympen en spijkerbroek – met een weekendtas over haar schouder.

'Hoeveel banden hebben we nog te gaan?' vroeg Logan toen Watson zich luid gapend uitrekte.

'Neem me niet kwalijk, meneer,' zei ze, en vermande zich. 'Nog twee opnamen van verschillende uitgangen en dan hebben we het gehad.'

Logan stopte de volgende band in de recorder. Een zijuitgang van het ziekenhuis. Lachende en pratende gezichten flitsten voorbij en mensen die met gebogen hoofd tegen de snijdende wind naar buiten liepen. Niets verdachts. De laatste band besloeg het gebied rond de hoofdingang van de Eerste Hulp. Deze band was op normale snelheid opgenomen, zodat ze de uitbarstingen van asociaal gedrag die nu eenmaal gepaard gingen met een nacht stevig doordrinken, snel de kop in konden drukken. Logan zag veel bekende gezichten. Hij had een aantal van hen gearresteerd wegens wildplassen, diefstalletjes en vandalisme. Een kerel hadden ze ooit ingerekend omdat hij zich in een park anaal had bevredigd met een lege wijnfles. Maar opnieuw, niets bijzonders te ontdekken. Afgezien van de commotie veroorzaakt door twee dronkelappen en een potige uitsmijter met zijn arm in een geïmproviseerde mitella, die ruzie hadden. Geschreeuw, rondvliegend meubilair, bloed. Verplegend personeel dat ze uit elkaar probeerde te halen. En ten slotte het vage beeld van een politieagent die de overvolle ruimte binnen liep en een einde maakte aan de herrie door drie maal een forse hoeveelheid traangas in hun richting te spuiten. Er volgde nog wat geschreeuw en gerommel op de grond, maar ook hier geen teken van Roadkills moordenaar.

Logan leunde achterover en wreef in zijn ogen. De tijd op de videoband gaf tien voor halfelf aan. De agent met het traangas controleerde of er geen doden waren gevallen. Om vijf voor halfelf kreeg de politieheld een kopje thee aangeboden, dat hij rustig opdronk voordat hij verdween om zijn wacht voor de deur van Roadkills kamer te hervatten. Om halftwaalf... Het begon Logan te vervelen. Er was niets te ontdekken op die banden.

Op dat moment keerde zuster Henderson terug in beeld, het blauwe oog was duidelijk zichtbaar. Logan fronste zijn voorhoofd en zette de band stil.

'Wat?' Watson tuurde naar het scherm.

'Valt je niets op?'

Watson moest toegeven niets bijzonders te zien, dus tikte Logan met zijn vinger op zuster Henderson, die nog steeds haar weekendtas droeg. 'Ze draagt haar verpleegstersuniform.'

'En?'

'Op die andere band was ze in haar vrijetijdskleding.'

Watson haalde haar schouders op. 'Ze heeft zich verkleed.'

'Ze heeft nog steeds die tas bij zich. Waarom heeft ze die niet in de kluis gedaan nadat ze zich verkleed had?'

'Misschien zijn er geen kluisjes.'

Logan vroeg de oudere bewaker of er kluisjes waren in de kleedkamers van het verplegend personeel.

'Jawel,' zei hij. 'Maar als u denkt dat ik u video-opnamen ga geven van verpleegsters die zich verkleden, hebt u het mis.'

'Het gaat om moord!'

'Kan me niet schelen. U krijgt geen banden te zien van naakte verpleegsters.'

'Luister, schattebout...' zei Logan geërgerd.

'Er hangen daar geen camera's.' Zijn brede grijns ontblootte een mooie rij tanden. 'We hebben het geprobeerd, maar kregen geen toestemming van de directie. Ze dachten dat het te veel zou afleiden. Jammer. Ik had een fortuin kunnen verdienen met die banden.'

Het secretariaat was een stuk aangenamer dan de afdeling waar de patiënten lagen. Piepend linoleum en de geur van ontsmettingsmiddel hadden plaats gemaakt voor tapijt en frisse lucht. Logan vond een hulpvaardige jonge vrouw met geblondeerd haar en een Iers accent bereid het rooster met hem door te nemen.

'Hier,' zei ze, en ze wees naar de serie nummers en data op haar computerscherm. 'Michelle Henderson. Ze heeft een dubbele dienst gedraaid en was om ongeveer halftien klaar.'

'Halftien? Mooi. Hartelijk bedankt. U hebt me enorm geholpen.'

Ze beantwoordde zijn glimlach, blij van dienst geweest te zijn. Als ze nog wat voor hem kon doen, hoefde hij maar te bellen. Dag en nacht. Ze gaf hem zelfs een visitekaartje. Het was maar goed dat Logan de blik van Watson niet zag toen hij het kaartje aannam.

'En?' vroeg ze dwingend in de lift op weg naar de begane grond.

'De dienst van Henderson eindigde om halftien. Om tien voor tien is ze op de video te zien, omgekleed en klaar om naar huis te gaan. Om halfelf zie je haar in uniform het gebouw verlaten.' Watson wilde wat zeggen, maar Logan vervolgde zijn zegetocht vastberaden. 'We waren op zoek naar iemand die met bloed besmeurd was. Maar mevrouw Henderson heeft zich gewoon verkleed en is naar buiten gelopen alsof er niets aan de hand was.'

Ze haalden een paar agenten van het onderzoeksteam en belden naar het hoofdbureau. Insch was niet in zijn beste humeur toen ze doorverbonden werden. Hij klonk alsof iemand zijn achterste had bewerkt met een hete kachelpook. 'Waar hingen jullie in godsnaam uit?' vroeg hij geërgerd. Logan kreeg geen kans om te antwoorden. 'Ik probeer je al een uur te bereiken!'

'Ik ben nog steeds in het ziekenhuis. Je moet je mobiele telefoon hier uitzetten.' De waarheid was dat hij hem had afgezet om onbereikbaar te zijn voor Colin Miller.

'Laat maar zitten! Er is weer een kind zoek!'

Logan voelde de moed in zijn schoenen zinken. 'O, nee...'

'Ja. Ik wil dat je als de bliksem hierheen komt. Naar de wintertuin in het Duthie Park. Ik zet alle onderzoeksteams in. Het weer wordt steeds slechter en voor je het weet is elk spoor ondergesneeuwd. Dit heeft nu de hoogste prioriteit!'

'Maar ik ben net onderweg om Michelle Henderson te arresteren.'

'Wie?'

'De moeder van Lorna Henderson. Het kind dat we gevonden hebben in de stal van Roadkill. Ze was vannacht in het ziekenhuis. Ze denkt dat Roadkill haar dochter heeft vermoord en verwijt hem het mislukken van haar huwelijk. Motief en gelegenheid. De officier heeft ingestemd met de arrestatie en we hebben een huiszoekingsbevel.'

Even bleef het stil aan de andere kant van de lijn. Vervolgens hoorde hij Insch op de achtergrond iemand de mantel uitvegen. Even later was de hoofdinspecteur weer present. 'Oké.' Het klonk alsof hij op het punt stond iemand af te tuigen. 'Pak haar op, smijt haar in een cel en maak dat je hier komt. Roadkill wordt er niet minder dood door. Dit kind leeft misschien nog.'

Ze stonden in de sneeuw op de bovenste tree. Logan belde nogmaals aan en voor de vierde keer klonk 'Greensleeves'.

Watson vroeg Logan permissie om de deur in te trappen. De woorden kwamen in mistige slierten naar buiten, haar neus en wangen waren vuurrood van de kou. Achter hen betuigden de twee agenten die ze mee hadden genomen uit het ziekenhuis hun instemming met het idee. Alles was geoorloofd om aan de vrieskou te ontsnappen.

Hij wilde net toestemming geven, toen de deur in beweging kwam en het gezicht van Michelle Henderson door een kier verscheen. Het leek wel alsof er een chimpansee in haar haar had geslapen.

'Kan ik u helpen?' vroeg ze, zonder de deurketting los te maken. Haar adem rook naar verschraalde gin.

'Doe open, mevrouw Henderson.' Logan hield zijn arrestatiebevel in de lucht. 'U kent ons nog wel. We moeten even praten over wat er vannacht gebeurd is.'

Ze beet op haar lip en keek naar de vier figuren die als roofvogels in de sneeuw stonden. 'Nee,' zei ze. 'Ik kan niet. Ik moet zo naar mijn werk.'

Ze wilde de deur dichtdoen, maar Watson stak vliegensvlug een voet tussen de kleine opening. 'Opendoen of ik trap hem in.'

Mevrouw Henderson keek verschrikt. 'Dat kunt u niet maken!' zei ze terwijl ze de kraag van haar ochtendjas hoog om haar hals sloot.

Logan knikte en haalde een bundeltje papier uit zijn binnenzak. 'Dat kunnen we wel. Maar het hoeft niet. Doe open.'

Ze liet hen binnen.

Het was alsof ze in een oven stapten. De kleine flat van Michelle Henderson was een stuk netter dan de vorige keer. Alles was afgestoft, het kleed was gestofzuigd en zelfs de *Cosmopolitan*'s op de salontafel lagen keurig op een stapeltje. Ze plofte in een van de massieve bruine fauteuils, en als een klein kind trok ze haar knieën op tot onder haar kin. Haar badjas viel open en Logan probeerde vanaf de bank geen misbruik te maken van dit uitzicht.

'U weet waarom wij hier zijn, nietwaar, mevrouw?' zei hij.
Ze weigerde hem aan te kijken.
Logan liet de stilte groeien.
'Ik... ik moet me klaarmaken voor mijn werk,' zei ze zonder daartoe aanstalten te maken. Ze verstevigde de greep om haar knieën.
'Wat hebt u met het wapen gedaan, mevrouw Henderson?'
'Als ik te laat kom, kan Margaret niet naar huis. Ze moet haar baby van de crèche halen. Ik mag niet te laat komen.'
Logan gebaarde naar de twee agenten en ze verlieten de kamer voor een snelle zoektocht.
'Uw kleren zaten onder het bloed, nietwaar?'
Ze kromp ineen maar zei niets.
'Hebt u alles van tevoren uitgedacht?' vroeg Logan. 'Wilde u hem betaald zetten wat hij uw dochter had aangedaan?'
Stilte.
'We hebben u op video gezien, mevrouw Henderson.'
Ze staarde naar een vlekje op het tapijt dat ontsnapt was aan de stofzuiger.
'Meneer?'
Logan keek op en zag een agent in de deuropening met een bundel gebleekte kleding. Een spijkerbroek, een T-shirt, een rugbyshirt, twee sokken en een paar gympen. De kleur was er vrijwel helemaal uit gebleekt.
'Dit hing over de verwarming in de keuken. Ze zijn nog vochtig.'
'Mevrouw Henderson?'
Geen antwoord.
Logan zuchtte. 'Michelle Henderson, ik arresteer u voor de moord op Bernard Duncan Philips.'

Het Duthie Park was een fraai onderhouden park langs de oever van de rivier de Dee. Er was een eendenvijver, een muziektent en een nep-Naald van Cleopatra. Het was een favoriete plek voor familie-uitjes. Grote grasvelden en oude bomen gaven kinderen ruimschoots de gelegenheid om te spelen. Zelfs onder een laag verse sneeuw waren er nog tekenen van leven te zien. Sneeuwpoppen van verschillend formaat staken boven de witte deken uit als stenen uit de Oudheid. Stille wachters, toeschouwers van de gebeurtenissen.

Jamie McCreath, die op de dag voor kerstavond vier jaar zou worden, was verdwenen. Hij was naar het park gegaan, samen met zijn moeder, een angstige vrouw van midden twintig met lang, rood haar in de kleur van herfstbladeren dat onder een gebreide muts met een bespottelijk goudkleurig kwastje uit piekte. Ze zat huilend op een bankje in de wintertuin. Een opgewonden vrouw met een baby in een kinderwagen probeerde haar te troosten.

In de wintertuin, het grote Victoriaanse gebouw met zijn geraamte van witgeschilderd staal als steun voor de immense hoeveelheid glas die de cactussen en de palmbomen moest beschermen tegen het barre winterweer, wemelde het van de uniformen.

Logan trof Insch aan op een gebogen houten brug waaronder in het blauwe water goud- en koperkleurige vissen zwommen.

De hoofdinspecteur keek over zijn schouder. De frons op zijn vlezige gezicht maakte dat hij er lomp en machteloos uitzag. 'Je hebt wel de tijd genomen, hè?'

Logan probeerde er niet op te reageren. 'Mevrouw Henderson weigerde te praten. Maar we hebben de kleding die ze droeg, gevonden op de verwarming. Alles helaas gebleekt.'

'Wat zegt de technische recherche?' vroeg Insch.

'Ik heb ze de keuken en de wasmachine laten onderzoeken. Die kleren moeten doordrenkt geweest zijn met bloed. We vinden het wel.'

De hoofdinspecteur knikte in gedachten verzonken. 'Dat is tenminste iets,' zei hij. 'Ik kreeg een telefoontje van de hoofdcommissaris. Hij waarschuwde ons dat dit het laatste vermiste kind moet zijn. Er zijn vier wijsneuzen van het korps Lothian en Borders naar ons onderweg.'

Logan kreunde. Dat ontbrak er nog maar aan.

'Om de achterlijke provinciaaltjes de weg te wijzen.'

'Wat is er gebeurd?'

De hoofdinspecteur haalde zijn schouders op. 'Te veel publiciteit en te weinig resultaat.'

'Nee, ik bedoel hier.' Logan maakte een breed gebaar naar de woekerende groene jungle die hen in deze grote glazen kas aan alle kanten omsloot. 'Wat is er met het kind gebeurd?'

'O, dat bedoel je.' Hij rechtte zijn rug en wees naar de ingang die schuilging achter een aanplant van tropisch regenwoud. 'Moeder en kind arriveren om vijf voor twaalf in de wintertuin. Jamie McCreath vindt de vissen leuk, maar is bang voor de vogels. En ook voor die achterlijke pratende cactus. Dus gaan ze op de rand van de brug zitten kijken naar de vissen. Mevrouw McCreath ziet een bekende en maakt een praatje. Dit duurde een kwartiertje, zegt ze, en ineens is Jamie weg. Ze gaat hem zoeken.' Hij wees met zijn grote hand naar de paden en de vijver. 'Niets. Ze had de berichten in de media gevolgd, dus raakte ze in paniek. Krijste de hele boel bij elkaar. Een kennis belde het alarmnummer, en hier zijn we dan.' Hij liet zijn hand zakken. 'Vier teams zijn hier binnen aan het zoeken. Ze kammen alles uit: elk bosje, elke brug, elke opslagruimte, je kunt het zo gek niet bedenken. Twee andere teams zijn buiten.' Insch maakte een hoofdbeweging naar de beslagen ramen waarachter zich het park bevond. 'Er zijn meer teams onderweg.'

Logan knikte. 'Wat denk je ervan?'

Insch boog langzaam naar voren en legde zijn ellebogen op de leuning van de houten brug. Hij staarde naar de traag voortbewegende vissen in de vijver. 'Ik zou graag geloven dat hij uit verveling is weggelopen om buiten een sneeuwpop te maken. Maar ik voel aan mijn water dat hij hem te pakken heeft.' Hij zuchtte. 'En hij gaat hem vermoorden.'

35

Insch liet de mobiele recherchekamer naar het Duthie Park komen. Het was een fors uitgevallen caravan, een vuilwitte, vierkante doos met aan de buitenkant de tekst POLITIEKORPS GRAMPIAN en binnen een aparte verhoorkamer. De rest van de ruimte werd in beslag genomen door een paar bureaus, een magnetron en een kookplaat met een grote waterketel, die continu pluimpjes hete stoom uitbraakte in het krappe interieur.

De onderzoeksteams vonden niets en door de sneeuw die door de harde wind het park in werd geblazen en alles mooi glad en wit maakte, werd de kans dat ze nog bruikbare sporen zouden vinden, met de minuut kleiner.

Logan zat achter het bureau naast de deur. Elke keer als er iemand binnenkwam, de sneeuw van zijn voeten stampte en verlangend naar de waterketel keek, voelde Logan zijn nieren opspelen. Hij was druk aan het typen op zijn laptop en liet een lijst van alle bekende seksuele delinquenten het scherm passeren. Als ze geluk hadden, vonden ze iemand die zo dicht bij het park woonde dat het voor hem een aantrekkelijk jachtgebied zou zijn. Het was een kleine kans. Want de andere twee lichamen waren aan de andere kant van de stad gevonden. Een langs de oevers van de Don, de andere in het Seaton Park. Allebei op een steenworp afstand van de rivier die het noordelijke deel van de stad doorsneed.

'Misschien hebben we hier wel te maken met een andere dader,' filosofeerde hij hardop, wat Insch deed opkijken van zijn stapel verklaringen.

'Hou alsjeblieft op! Eén zieke smeerlap die kinderen ontvoert is wel genoeg!'

Logan huiverde toen de deur weer openklapte en een agente met een rode neus vanuit de sneeuw de caravan binnen stapte. Terwijl ze een kop bouillon bietste, ging Logan door met het bestuderen van zijn lijst met verkrachters en pedofielen en andere perverse types. Hij vond er twee in Ferryhill, de wijk die direct aan het Duthie Park grensde, maar ze waren alle twee opgepakt wegens het aanranden van vrouwen van in de twintig. Het was dus niet waarschijnlijk dat ze zich ook zouden bezighouden met het ontvoeren, vermoorden en misbruiken van jongetjes van vier, maar Logan stuurde voor de zekerheid toch maar een paar patrouillewagens op ze af.

De berichten van de onderzoeksteams bleven negatief. Insch had de hoop opgegeven dat Jamie McCreath in de overdekte wintertuin zou worden gevonden en hij had iedereen opdracht gegeven het park te gaan uitkammen.

Logan kwam op zijn scherm een bekende naam tegen en stopte het scrollen. Douglas MacDuff, alias Dolle Doug. Hij stond niet geregistreerd als seksuele delinquent, maar was ongeveer twintig jaar geleden wel verdachte geweest in een paar verkrachtingszaken. De overige namen kwamen Logan min of meer bekend voor omdat hij ze een week geleden ook al had bekeken, op zoek naar mogelijke kandidaten voor de ontvoering van David Reid en Peter Lumley.

Tussen zijn ogen ontstond het begin van een zeurende hoofdpijn. Dat kreeg je als je continu op de tocht zat, voorovergebogen over een verdomde laptop. Zonder verdomme ook maar een steek verder te komen. Hij kon nauwelijks geloven dat het al woensdag was. Hij was nu elf dagen weer aan het werk. Elf dagen zonder vrije dag. Dat stond volgens hem niet in de CAO. Hij zuchtte en wreef over zijn voorhoofd, in een poging de toenemende hoofdpijn te verplaatsen naar een andere plek in zijn schedel.

Toen hij zijn ogen opende, zag hij opnieuw een bekende naam: Martin Strichen, Howesbank Avenue 25. De man die slijmerig advocatentuig met één gerichte vuistslag kon vloeren. Het idee dat Sandy de Slang had durven beweren dat Cleavers vrijlating de schuld van de politie was... Logan moest onwillekeurig glimlachen toen hij de film in zijn hoofd afspeelde. *Wham*! Midden op zijn neus!

Insch, die luisterde naar het verslag van de agente, keek verstoord op. 'Wat is er verdomme zo grappig?' vroeg hij. Zijn blik in de richting van Logan maakte duidelijk dat er op dat moment helemaal niets te lachen viel.

'Het spijt me, maar ik moest weer even denken aan Sandy de Slang, toen die jongen zijn neus brak.'

De geërgerde blik verdween van het gezicht van Insch. Misschien was er tóch nog wel iets waarom je kon lachen. 'Béng!' zei hij, terwijl hij zijn rechtervuist in zijn linker handpalm sloeg. 'Ik heb het op video. Ik ga het op een cd laten branden zodat ik het als screensaver op mijn computer kan installeren. Béng...'

Logan grinnikte en richtte zijn blik weer op het beeldscherm. Er waren nog veel meer namen op zijn lijst. Tien minuten later stond hij voor de grote kaart van Aberdeen die een hele wand van de mobiele recherchekamer besloeg. Net zoals op de kaart op het hoofdbureau hadden ze er met rode viltstift op gemarkeerd waar de kinderen waren ontvoerd en met blauw waar hun lichamen waren gevonden. Alleen was het Duthie Park nu ook rood omcirkeld.

'Wat is er?' vroeg Insch, nadat Logan de kaart vijf minuten lang zwijgend had bestudeerd.

'Hmm? Nou, ik vroeg me even af wat die parken met elkaar gemeen hebben. We hebben Peter Lumley in het Seaton Park gevonden. Jamie McCreath is ontvoerd hier in het Duthie Park...' Logan pakte een blauwe viltstift en tikte ermee tegen zijn tanden.

'En?' Insch klonk behoorlijk ongeduldig.

'David Reid past niet in het patroon.'

Insch vroeg Logan op dreigende toon wat hij daar in godsnaam mee bedoelde.

'Kijk.' Logan tikte met de stift tegen de kaart. 'David Reid is ontvoerd bij de amusementshallen aan het strand en zijn lijk is gedumpt langs de rivier in Bridge of Don. Niet in een park.'

'Dat wisten we geloof ik al!' snauwde Insch.

'Ja, maar eerst hadden we te maken met twee verdwijningen. Dat was misschien niet genoeg om het patroon te herkennen.'

De deur klapte open en Watson kwam binnen, met in haar voetspoor het gehuil van de wind. Ze gooide de deur dicht en stampte op de grond, wat een sneeuwstormpje veroorzaakte op het linoleum. 'Allemachtig, wat is het koud buiten!' zei ze. Haar neus zag eruit als een kers, haar wangen als appeltjes en haar lippen leken op twee dunne paarse plakjes lever.

Insch liet zijn blik even op Watson rusten en keek vervolgens weer veelbetekenend naar Logan. Watson merkte het niet op en legde haar handen op de waterketel, alsof ze er zo veel mogelijk warmte aan wilde onttrekken.

'Er moet iets zijn,' zei Logan terwijl hij naar de kaart bleef turen en met de viltstift tegen zijn boventanden tikte, 'iets wat we niet zien. Wat is er anders aan dit geval?' Hij zweeg even. 'Of misschien is het helemaal niet anders... en hebben al deze plekken iets met elkaar gemeen...'

Er verscheen wat hoop in Insch' ogen. 'Wat?'

Logan haalde zijn schouders op. 'Ik heb geen idee. Ik weet dat er iets moet zijn. Maar ik krijg mijn vinger er niet achter.'

Insch ontplofte. Hij ramde met zijn vuist op zijn bureau, waardoor de stapel verklaringen de lucht in vloog, en vroeg wat Logan in 's hemelsnaam bezielde. Er werd een kind vermist en hij vond het nodig met raadseltjes op de proppen te komen? Zijn gezicht werd knalrood en het boogje speeksel dat uit zijn mond kwam was duidelijk zichtbaar in het licht van de tl-buizen. Hij was een tikkende tijdbom en Logan was de ongelukkige die het ontstekingsmechanisme vroegtijdig had geactiveerd.

'Eh...' zei Watson toen Insch even naar adem hapte.

De hoofdinspecteur keek haar zó onheilspellend aan dat ze achteruitdeinsde en de waterketel als een schild voor zich hield. 'Wat?' brulde hij.

'Ze worden allemaal door de gemeente onderhouden.' Ze gooide het er zo snel mogelijk uit.

Logan draaide zich weer om naar de kaart. Ze had gelijk. Alle plaatsen die waren gemarkeerd, werden onderhouden door de gemeentelijke plantsoenendienst. Vlak bij het huis van de familie Lumley lag een gemeenteparkje. En het gebied waar David Reid was ontvoerd, viel ook onder de gemeente. Net als de rivieroever waar hij was gevonden.

Plotseling schoot het Logan te binnen.

'Martin Strichen,' zei hij, terwijl hij naar het scherm van zijn laptop wees. 'Hij staat op de lijst van seksuele delinquenten. En hij krijgt altijd taakstraffen bij de plantsoenendienst.' Hij zette zijn vinger op de blauwe cirkel die hij om het Seaton Park had getrokken, waardoor de inkt vlekkerig werd. 'Vandaar dat hij wist dat die toiletten pas in het voorjaar weer in gebruik zouden worden genomen!'

Watson schudde haar hoofd. 'Het spijt me, meneer, maar Strichen is gearresteerd omdat hij stond te masturberen in een vrouwenkleedkamer, niet omdat hij met kleine jongetjes rommelde.'

Insch knikte, maar Logan was niet zo gemakkelijk op andere gedachten te brengen. 'Dat was toch een zwembad? Nou, wat nemen moeders mee naar het zwembad? Kinderen! Die zijn te jong om ze alleen te laten in de herenkleedruimte, dus houden de moeders ze bij zich. Kleine naakte meisjes en...'

'... kleine naakte jongetjes,' vulde Insch hem aan. 'Verdomme! Ik wil nú een arrestatiebevel. Ik wil dat die Strichen nu meteen wordt opgepakt!'

Met zwaailichten en sirenes reden ze van het Duthie Park naar Middlefield, waar ze de sirenes uitzetten toen ze de woning van Martin Strichen tot op gehoorsafstand waren genaderd. Het was niet de bedoeling hem te alarmeren.

Howesbank Avenue 25 was een tussenwoning in een bochtige straat aan de noordwestelijke rand van Middlefield. Achter de rij witgepleisterde huizen lag een braakliggend terrein. Verderop bevonden zich de verlaten granietgroeven. Als je daarvandaan steil naar beneden liep, kwam je terecht bij de papierfabriek en de kippenfarm.

De wind raasde rond de huizenblokken en joeg de sneeuw die al was gevallen omhoog, zodat die zich vermengde met de verse, ijzige sneeuwvlokken die omlaag vielen. De sneeuw kleefde aan de huizen alsof iemand ze in watten had verpakt. Kerstbomen glinsterden en flikkerden achter de donkere ramen; vrolijke kerstmannen waren tegen de ramen geplakt. Hier en daar had iemand zelfs een ouderwets glas-in-loodeffect weten te bereiken met behulp van zwart isolatieband en spuitsneeuw. Erg smaakvol.

Watson parkeerde de wagen in een bocht in de weg, zodat hij vanaf het betreffende huis onzichtbaar was.

Insch, Watson, Logan en een geüniformeerde agent die Logan zich herinnerde als de hufter Simon Rennie, stapten uit en liepen de sneeuw in. Van de officier van justitie hadden ze binnen drie minuten een arrestatiebevel voor Martin Strichen gekregen.

'Oké,' zei Insch terwijl hij naar de woning keek. Het was het enige huis in de straat zonder vrolijk uitgedoste kerstboom achter het raam van de woonkamer. 'Watson en Rennie, jullie gaan achterom. Niemand erin en niemand eruit. Geef een belletje als jullie er zijn.' Hij stak zijn mobiele telefoon omhoog. 'Wij gaan naar de voordeur.'

Het geüniformeerde tweetal beende tegen de ijskoude wind in en verdween om de hoek van het huizenblok.

Insch keek Logan onderzoekend aan. 'Kun je dit wel aan?'

'Hoe bedoel je?'

'Als het op matten aankomt. Kun je dat aan? Ik bedoel, ik wil niet dat je er zo meteen dood bij neervalt.'

Logan schudde zijn hoofd terwijl hij zijn oren langzaam voelde bevriezen in de ijskoude sneeuwstorm. 'Maakt u zich geen zorgen,' antwoordde hij. De wind blies zijn adem weg voordat zich een wolkje kon vormen. 'Ik verschuil me wel achter u.'

'Goed,' zei Insch glimlachend. 'Maar pas op dat ik niet achterover val.'

De telefoon in de jaszak van de hoofdinspecteur ging discreet over. Watson en Rennie waren in positie.

De voordeur van nummer 25 was al lang niet meer geschilderd. De blauwe verf begon af te bladderen. Het grijze hout erachter was op gaan bollen en er had zich ijs op gevormd. Achter de twee geribbelde glazen panelen was een donkere hal zichtbaar.

Insch probeerde de bel. Na dertig seconden belde hij opnieuw. En een derde keer.

'Ja, ja! Rustig maar!' Het klonk ver weg. Even later werd het licht in de hal.

Binnen verscheen een schaduw en er klonk onderdrukt gevloek, maar luid genoeg om het buiten te horen.

'Wie is daar?' Het was een vrouwenstem die als gevolg van de jarenlange inname van sterkedrank en sigarettenrook rauw klonk. Even uitnodigend als een hondsdolle rottweiler.

'Politie.'

Er viel een stilte. 'Wat heeft ie nou weer gedaan, de klootzak?' Maar de deur bleef dicht.

'Wilt u alstublieft de deur opendoen?'

'Het mormel is er niet.'

Insch' nek begon rood te kleuren. 'Doe de deur open!'

Er klonk wat gerammel en de deur ging op een kier. Het gezicht dat naar buiten keek, was hard en verweerd en in een hoek van de dunne, verbeten mond hing een brandende sigaret. 'Ik heb jullie al gezegd dat hij er niet is. Kom later maar terug.'

Insch had er genoeg van. Hij strekte zijn formidabele lichaam, zette zijn aanzienlijke gewicht tegen de deur en duwde. De vrouw aan de andere kant waggelde achteruit en hij stapte over de drempel, het kleine halletje in.

'U kunt hier niet zomaar binnenkomen zonder huiszoekingsbevel. Ik ken mijn rechten!'

Insch schudde zijn hoofd, passeerde haar, liep naar het kleine keukentje en opende de achterdeur. Watson en Rennie waggelden vanuit de bittere kou de smoezelige keuken in, vergezeld van een vlaag sneeuw.

'Uw naam?' vroeg Insch terwijl hij zijn dikke wijsvinger op de woedende vrouw richtte. Ze was gekleed alsof ze een nieuwe ijstijd verwachtte: dikke wollen trui, dikke wollen rok, zware wollen kniekousen, grote fleece pantoffels en als toegift een oversized poepkleurig vest. Haar haar zag eruit alsof ze in de jaren vijftig voor het laatst naar de kapper was geweest en er sindsdien niets meer aan had gedaan. Vette krullen die in bedwang werden gehouden door haarspelden en een vaalbruin netje.

Ze sloeg haar armen over elkaar onder haar borsten, die daarmee in een meer vooruitstrevende positie kwamen te verkeren. 'Hebt u nou een huiszoekingsbevel of niet?'

'De mensen kijken te veel televisie tegenwoordig,' mopperde Insch, terwijl hij het arrestatiebevel uit zijn binnenzak haalde en voor haar neus hield. 'Waar is hij?'

'Ik weet het niet.' Ze liep naar de armoedige woonkamer. 'Ik ben zijn oppas niet!'

De hoofdinspecteur ging vlak voor haar staan. Hij liep paars aan en de aderen in zijn nek en zijn gezicht waren opgezwollen. De vrouw schrok een beetje.

Logan kwam tussenbeide. 'Wanneer hebt u hem voor het laatst gezien?'

Ze draaide haar hoofd en keek hem aan. 'Vanochtend. Voordat hij naar zijn taakstraf ging. Hij heeft altijd taakstraf, die gore viespeuk. Hij kan niet eens een normale baan krijgen. Hij heeft het te druk met zich afrukken in kleedkamers.'

'Juist,' zei Logan. 'Waar moest hij vandaag werken?'
'Hoe moet ik dat nou weten? Hij belt hun 's ochtends en dan vertellen ze hem waar hij heen moet.'
'Wie belt hij?'
'De gemeente!' Ze keek alsof ze hem in het gezicht ging spugen.
'Wie anders? Het nummer ligt daar op tafel bij de telefoon.'
De bewuste tafel was nauwelijks groter dan een postzegel. Er stond een viezige draadloze telefoon op en ernaast lag een klein kladblokje waarop bovenaan het woord 'Boodschappen' was gedrukt. Op het imitatie-mahoniehouten blad was met een punaise een brief bevestigd met het logo van Aberdeen: drie torens met iets wat op prikkeldraad leek eromheen, op een schild dat werd gedragen door twee wilde luipaarden. Het moest waarschijnlijk koninklijke allure uitstralen. De brief bevatte de bijzonderheden van de taakstraf die Martin Strichen moest uitdienen bij de plantsoenendienst. Logan haalde zijn telefoon tevoorschijn, toetste het nummer in en wisselde een paar woorden met de ambtenaar die verantwoordelijk was voor de werkverschaffing aan Strichen.
'Driemaal raden,' zei hij toen het gesprek was afgelopen.
'Het Duthie Park?' raadde Insch.
'Bingo.'

Terwijl Rennie en Watson het huis doorzochten, vroegen Insch en Logan de moeder naar de bijzonderheden van Martins auto. Watson kwam, ernstig kijkend, tevoorschijn met een doorzichtige zak waarin ze een snoeischaar had gedaan.
Toen mevrouw Strichen had gehoord wat haar kleine jongen had gedaan, was ze de politie maar al te graag behulpzaam bij het levenslang opsluiten van haar kroost. Hij verdiende niet beter, zei ze. Hij had nooit willen deugen. Had ze hem maar meteen na de geboorte gewurgd. Of, nog beter: had ze hem maar met een kleerhanger doodgestoken toen hij nog in haar baarmoeder zat. Ze had tijdens de zwangerschap al liters bier en whisky gedronken, maar dat was kennelijk niet voldoende geweest om hem af te maken.
'Mooi,' zei Insch toen ze de trap op kloste, op weg naar het toilet. 'Het lijkt me niet waarschijnlijk dat hij nog terugkomt bij zijn lieftallige moeder. Niet als we straks zijn signalement aan de media hebben doorgegeven. Maar je weet maar nooit. Watson en Rennie, ik wil dat

jullie hier blijven om de boze heks van Middlefield gezelschap te houden. Zorg dat jullie wegblijven van de ramen. Ik wil niet dat de hele buurt weet dat jullie hier zijn. Als haar zoon thuiskomt, laten jullie versterking aanrukken. Jullie pakken hem alleen maar aan als het veilig is.'

Watson keek hem ongelovig aan. 'Toe nou, meneer! Die komt echt niet terug! Laat me hier nou niet blijven. Rennie kan best wel alleen een oogje in het zeil houden hier!'

Rennie rolde met zijn ogen en sputterde verontwaardigd. 'O, bedankt!'

Ze keek Insch vragend aan. 'U begrijpt best wat ik bedoel. Ik kan toch helpen? Ik kan...'

Insch onderbrak haar. 'Luister, Watson,' zei hij. 'Je bent een van de beste mensen in mijn team. Ik heb het grootste respect voor je professionele kwaliteiten. Maar ik heb nu geen tijd om je ego te masseren. Jij hebt hier de leiding voor het geval Strichen terugkomt. Dan weet ik dat er in elk geval iemand is die hem de baas is.'

Rennie keek opnieuw verontwaardigd, maar was verstandig genoeg om zijn mond te houden.

De hoofdinspecteur knoopte zijn winterjas dicht. 'Oké. Logan, jij gaat met mij mee.' En weg waren ze.

Watson keek hen met een ontevreden blik na.

De hufter Simon Rennie drukte zich tegen haar aan. 'O, Jackie,' zei hij met een zangerig Amerikaans accent. 'Wat ben jij toch sterk en bijzonder. Wil je mij alsjeblieft beschermen als die grote boze meneer terugkomt?' Hij knipperde zelfs met zijn oogleden.

'Wat ben jij soms toch een lul.' Ze stormde naar de keuken om thee te zetten.

Rennie grinnikte en liep haar vanuit de hal achterna. 'O, lieverd, laat me niet alleen!'

Logan zette de verwarming en de ventilator in de hoogste stand en wachtte tot hij door de voorruit kon kijken. 'Weet u dit zeker?' vroeg hij aan de hoofdinspecteur, die in een van zijn jaszakken op een aangebroken zakje winegums was gestuit en druk bezig was het stof en de pluisjes eraf te plukken.

'Hmmm?' Insch stak een rode in zijn mond en hield het zakje voor de neus van Logan. Bovenin lag een donkergroene zonder pluisjes. 'Ik bedoel,' zei Logan terwijl hij de groene pakte en naar zijn mond bracht, 'stel dat hij wél terugkomt?'

Insch haalde zijn schouders op. 'Ze noemen haar niet voor niets de ballenbreekster. Als ik hier een hele zwerm agenten loslaat, krijgt hij argwaan. Dit moet stilletjes gebeuren. Ik zal nog een paar wagens met agenten in burger laten aanrukken. Als hij terugkomt, zien ze hem wel. Maar ik denk dat hij naar een van zijn schuilplaatsen in de parken gaat. Hoe dan ook, zelfs als hij zo stom is naar huis terug te gaan, betwijfel ik of hij iets tegen Watson kan uitrichten. Strichen heeft geen geschiedenis van geweldsdelicten, geen echt geweld, bedoel ik.'

'Hij heeft Sandy de Slang een muilpeer verkocht!'

Insch knikte en glimlachte gelukzalig. 'Ja, één ding heeft hij in elk geval goed gedaan in zijn leven. Maar oké, wij hebben nog genoeg te doen. Terug naar het clubhuis!' Hij wees met zijn reusachtige hand in de richting van het hoofdbureau.

Logan reed de sneeuwstorm in en liet Howesbank Avenue 25 en agent Watson achter zich.

36

Elke patrouillewagen in de stad had een beschrijving gekregen van de aftandse Ford Fiesta van Martin Strichen en was naar hem op zoek. De technische recherche had bloedsporen gevonden in het scharnier van de snoeischaar. Het was het bloedtype van David Reid. Als Strichen ergens buiten was, dan zouden ze hem vinden.

Het jongetje was nu vier uur en drie kwartier zoek.

Op het hoofdbureau waren Insch en McRae bezig hun tijd te verdoen. De grote jongens uit Edinburgh waren gearriveerd. Twee inspecteurs, allebei gekleed in onberispelijke donkere kostuums met bijpassende stemmige hemden en dassen, een hoofdinspecteur met de uitstraling van een rol prikkeldraad en een klinisch psycholoog die erop stond dat iedereen hem 'dokter' Bushel noemde.

De hoofdinspecteur had twee seriemoordzaken opgelost. In de eerste zaak waren voorafgaand aan de arrestatie van de dader zes studenten gewurgd gevonden op Carlton Hill, van waaruit je uitzicht had op het oostelijke zijde van Princes Street. De tweede zaak was na een langdurige belegering tot een ontknoping gekomen. Helaas zonder overlevenden. Drie burgers en een politieman hadden er het leven bij gelaten. Logan vond het niet bepaald een staat van dienst om trots op te zijn.

De nieuw gearriveerde hoofdinspecteur luisterde terwijl Insch de delegatie aan zwaargewichten op de hoogte bracht van het verloop en de huidige stand van zaken. Zijn ogen hadden een kille uitdrukking en hij stelde enkele malen indringende vragen. De man was beslist geen idioot, dat was wel duidelijk. En hij was onder de indruk van het feit dat Insch en Logan er na de vondst van pas twee lijken al in waren geslaagd hun dader te identificeren.

De zelfingenomenheid van dokter Bushel was bijna onuitstaanbaar.

Martin Strichen voldeed precies aan het daderprofiel dat hij eerder al had opgesteld – waarin hij poneerde dat hun kindermoordenaar waarschijnlijk psychische problemen had. Het ontging hem dat deze verrassende informatie nauwelijks had bijgedragen aan het identificeren van Strichen.

'En dat is de situatie van dit moment.' Met die woorden en een weids armgebaar besloot Insch zijn opsomming.

De hoofdinspecteur knikte. 'Het klinkt alsof jullie nauwelijks hulp van ons nodig hebben,' zei hij. Hij had een donkere grafstem met een spoor van een zuidelijk accent. Het enige wat jullie nu nog kunnen doen is afwachten. Vroeg of laat moet hij opduiken.'

Maar vroeg of laat was niet goed genoeg voor Insch. Vroeg of laat betekende dat Jamie McCreath moest worden toegevoegd aan de lijst met slachtoffers.

De 'dokter' stond op en tuurde naar de foto's van de plaats delict die aan de muur waren geprikt en zei 'Hmmm...' en 'Aha...'

'Dokter?' vroeg Insch. 'Hebt u enig idee waar hij zou kunnen opduiken?'

De psycholoog draaide zich om. Zijn grote ronde brillenglazen weerspiegelden het licht op een artistieke manier. Hij glimlachte, wat het dramatische effect nog versterkte. 'Jullie dader zal bepaald geen haast maken,' zei hij. 'Hij zal er rustig de tijd voor nemen. Tenslotte is dit iets wat hij al heel lang heeft voorbereid.'

Logan keek Insch ongerust aan. 'Eh...' opperde hij voorzichtig. 'Denkt u niet dat zijn daden juist door externe omstandigheden uitgelokt kunnen zijn?'

Dokter Bushel keek Logan aan alsof hij zojuist bij een kind een verstandelijke handicap had ontdekt. 'Hoe bedoelt u?'

'Hij is door Gerald Cleaver misbruikt toen hij elf was. Cleaver is zaterdag vrijgesproken. Op zondag vonden we het jongetje Lumley, nog voordat Strichen terug kon komen om hem te verminken. Vandaag is er op de televisie een vooraankondiging geweest van een krantenpublicatie waarin Cleaver het verhaal van zijn onschuld nog eens gaat toelichten. Strichen kan dat niet zetten. Het heeft hem tot razernij gedreven.'

De dokter keek hem meewarig aan. 'Dat is best een interessante theorie, maar het is helaas zo dat leken zoals u de tekenen vaak volstrekt verkeerd interpreteren. Kijkt u eens, er doen zich hier patronen voor die alleen door deskundigen goed kunnen worden waargenomen. Strichen is een dader met een buitengewoon goed organisatievermogen. Er is hem er veel aan gelegen dat de stoffelijke overschotten van zijn slachtoffers niet worden gevonden. Hij leeft in een fantasiewereld waarin het draait om rituelen en die rituelen betekenen dat hij zich moet houden aan een samenhangend complex van normen die hij heeft geïnternaliseerd. Want als hij dat niet doet, is hij in zijn eigen perceptie niets meer of minder dan een monster dat het op kleine kinderen heeft voorzien. Ziet u, hij schaamt zich voor wat hij doet.' Dokter Bushel wees op de sectiefoto van het kruis van David Reid. 'Door de genitaliën te verwijderen, kan hij zichzelf ervan overtuigen dat het kind niet van het mannelijke geslacht is. Daarmee vertelt hij zichzelf dat zijn daad niet zo erg is, omdat het geen jongetje is dat hij misbruikt.' Hij zette zijn bril af en begon de glazen te poetsen met het uiteinde van zijn stropdas. 'Nee, Martin Strichen is er veel aan gelegen dat hij zijn daden voor zichzelf kan verantwoorden. Hij werkt volgens vaste patronen. Hij zal zich beslist niet laten opjagen.'

Logan zweeg totdat Insch de bezoekers naar de kantine had gebracht en weer terug was in de recherchekamer. 'Wat een windbuil!'

Insch knikte en doorzocht voor de zoveelste keer die middag zijn zakken. 'Ja. Maar die windbuil heeft wel bijgedragen aan de arrestatie van twee serieverkrachters. Hij heeft de sociale vaardigheden van een griepvirus, maar hij heeft wel ervaring.'

Logan zuchtte. 'En wat doen we nu?'

Insch gaf zijn zoektocht naar snoepgoed op en stak zijn grote handen gelaten in zijn broekzakken. 'Nu,' zei hij, 'nu kunnen we alleen maar hopen dat we geluk hebben.'

In de zomer boden de ramen aan de achterkant uitzicht op een zonovergoten, glooiend landschap van gras en struiken en kon je in de verte de horizon zien. De uitdijende grijze wijk Bucksburn was aan het oog onttrokken door de heuvels die vanaf de granietgroeven steil omlaag liepen. Op een gunstige dag, als de papierfabriek geen onaangenaam ruikende cumuluswolken uitstootte, schitterden de heuvels, de boerderijen en de bossen aan de andere kant van de rivier de Don als smaragden. Een paradijselijk oord, waar het verkeerslawaai van de vierbaansautoweg beneden niet hoorbaar was.

Maar niets van dat alles was nu zichtbaar. De sneeuwbui was in een ware sneeuwstorm veranderd en Jackie Watson, die voor het raam in de ouderslaapkamer stond, kon niet veel verder kijken dan het hek van de achtertuin. Met een zucht draaide ze de grijze, stormachtige middag de rug toe en liep de trap af.

De moeder van Martin Strichen had zich in een dikke fauteuil genesteld die was bekleed met een vrolijke stof waarop klaprozen prijkten. Er hing een brandende sigaret in haar mond en in de asbak naast haar lag een berg peuken. De televisie stond aan en vertoonde een soapserie. Watson haatte soapseries. Maar de hufter Simon Rennie was er gek op. Hij zat op de bloemetjesbank, staarde naar het scherm en dronk de ene mok thee na de andere.

Op de salontafel lag een aangebroken pak Jaffa-cakes en Watson pakte in het voorbijgaan de laatste twee, waarna ze vlak voor het elektrische kacheltje met de twee verwarmingselementjes ging staan, vastbesloten warm te worden, al liep ze het risico daarbij haar broek te verbranden. Overal in het huis was het ijskoud. Als een bijzondere geste jegens haar gasten had mevrouw Strichen, na eerst uitvoerig te hebben geprotesteerd, het apparaat aangezet. Elektriciteit was niet gratis, of wisten ze dat soms niet? En hoe moest ze dat allemaal betalen als dat mormel geen cent binnenbracht? Mevrouw Duncan, aan de overkant van de straat, had het beter getroffen. Haar zoon was drugsdealer. Hij bracht behoorlijk wat geld in het laatje en ze gingen wel twee keer per jaar op vakantie naar het buitenland! Nou zat hij wel even in de Graiginches-gevangenis vanwege die drugs, maar in elk geval deed hij zijn best!

Toen de stoom die uit de achterkant van haar broek kwam te heet begon te worden, slofte Watson voor de zoveelste keer naar de keuken om thee te zetten. Continu theedrinken was de enige manier om warm te blijven in dit huis, dat op een koelkast leek.

De keuken was niet groot. Een vierkante ruimte met linoleum op de vloer met net voldoende ruimte voor een tafel en het aanrecht, beide in de kleur nicotinegeel. Watson trok drie mokken van het afdruiprek en kwakte ze op het aanrecht, zonder haar best te doen ze heel te laten. Drie theezakjes. Suiker. Kokend water. Maar alleen nog maar genoeg melk voor twee kopjes. 'Verdorie.' Ze piekerde er niet over hier in de kou te blijven zitten zonder een kop thee om het een beetje draaglijk te maken. Rennie moest zijn thee dan maar zonder melk drinken.

Ze bracht de mokken naar de woonkamer en zette er twee op de salontafel. Mevrouw Strichen greep de hare zonder dat er een bedankje af kon. Rennie begon met 'Ha, lekker...' totdat hij merkte dat hij er geen melk in had. Hij keek Watson aan als een verweesde puppy.

'Vergeet het maar,' zei ze. 'De melk is op.'

Hij keek teleurgesteld naar het donkere vocht in zijn mok. 'Zeker weten?'

'Er is geen druppel meer.'

Mevrouw Strichen keek hen verstoord aan terwijl er een wolkje rook tussen haar tanden naar buiten kwam. 'Zeg, hallo! Zo versta ik er niets van!'

Op de televisie was een man te zien met een dik hoofd en een ruige baard die naar de televisie zat te kijken en theedronk. Rennie keek opnieuw naar zijn thee. 'Ik kan wel even wat melk gaan halen,' bood hij aan. 'Dan kan ik meteen ook wat koekjes meenemen.' Het was hem niet ontgaan dat Watson de laatste Jaffa-cakes had opgegeten.

'Insch heeft gezegd dat we hier moeten blijven,' zei ze met een zucht.

'Ja, maar we weten allebei dat Strichen hier niet terugkomt. En hoe lang duurt dat nou helemaal? Vijf of tien minuten? Ik heb een winkeltje om de hoek gezien.'

Mevrouw Strichen nam nu zelfs de moeite de sigaret uit haar mond te halen: 'Kunnen jullie je mond nou eens een keertje houden!'

Ze liepen de hal in.

'Luister, ik ben maar een paar minuten weg. En mocht hij terugkomen, dan kun je hem best aan. Bovendien staan er twee burgerwagens in de straat om de boel in de gaten te houden.'

'Dat weet ik wel.' Ze keek achterom door de glazen deur naar het televisiebeeld en Martin Strichens giftige moeder. 'Ik hou me gewoon liever aan de opdracht van de hoofdinspecteur.'

'Ik vertel het heus niet verder. Als jij dat ook maar niet doet.' Rennie greep een van de dikke jassen die aan de kapstok hingen. Hij rook een beetje naar bedorven patat, maar in elk geval zou hij er warm in blijven. 'Krijg ik geen kusje?' vroeg hij terwijl hij zich tegen haar aan drukte.

'Al was je de laatste man op de aarde, dan nog niet.' Ze duwde hem naar de voordeur. 'En neem ook een zak chips mee. Cheese onion.'

'Ja, mevrouw!' Hij salueerde gekscherend.
Ze wachtte tot de voordeur in het slot viel en liep toen terug naar de woonkamer, voor een nieuwe sessie soapgeleuter en thee.

Het was onvoorstelbaar hoeveel gebouwen en gebouwtjes eigendom waren van of onderhouden werden door de plantsoenendienst. Een chagrijnig klinkende ambtenaar had hen de lijst gefaxt. Waarschijnlijk had hij er de pest over in dat ze hem om kwart voor zeven weer naar kantoor hadden laten komen. Al die gebouwen moesten worden bezocht en uitgekamd. Dokter Bushel had herhaaldelijk benadrukt dat Strichen het kind naar een van die plekken zou meenemen.
Logan zei maar niet dat hem dat nogal vanzelfsprekend leek.
De kansen dat ze het juiste gebouw uit de ellenlange lijst zouden kiezen, was klein. Ze zouden hem niet meer op tijd vinden. De kleine Jamie McCreath zou zijn vierde verjaardag niet vieren.
In een poging de kansen wat te vergroten, had Logan de chagrijnige ambtenaar van de plantsoenendienst gevraagd een lijst te maken van alle plekken waar Strichen wel eens een taakstraf had moeten uitvoeren. Die lijst was bijna even lang als de eerste. Met Martin Strichen was vanaf zijn elfde jaar geen land te bezeilen geweest. Vanaf het moment dat Gerald Cleaver met zijn handen aan hem had gezeten. Strichen had in vrijwel alle hoeken en gaten van het plantsoenengebeuren in Aberdeen ooit wel eens van strafrechtswege bladeren opgeveegd, struiken gesnoeid, onkruid gewied of toiletten ontstopt.
Logan had de onderzoeksteams opdracht gegeven de gebouwen in omgekeerde chronologische volgorde te doorzoeken, te beginnen met de plekken waar Strichen het laatst had gewerkt. Als ze geluk hadden, zouden ze het jongetje vinden voordat hij was misbruikt. Maar Logan had er een hard hoofd in. Waarschijnlijk zouden ze Strichen over een paar dagen inrekenen, misschien in Stonehaven of Dundee. Hij zou beslist niet in Aberdeen blijven hangen. Zeker niet nu zijn tronie op de voorpagina van alle kranten was afgedrukt, op de televisie was vertoond en op de radio was omschreven. Ze zouden hem arresteren en uiteindelijk zou hij hun vertellen waar ze het lichaam van het vermoorde kind konden vinden.
'Hoe gaat het?'
Logan keek op en zag Insch in de deuropening van zijn eenpersoons-

recherchekamer staan. In de officiële recherchekamer zaten naar zijn smaak te veel klinisch psychologen en het organiseren van zoekteams ging sneller als je je een beetje kon concentreren.
'De teams zijn uitgerukt.'
Insch knikte en overhandigde Logan sterke koffie in een mok waarvan aan de rand een stukje was afgebroken. 'Je klinkt niet erg optimistisch,' zei hij, terwijl hij op de rand van Logans bureau ging zitten en de lijst van mogelijke vindplaatsen bekeek.
Logan bekende dat hij niet optimistisch was. 'We kunnen niets meer doen. De teams hebben hun orders, iedereen weet waar ze moeten zoeken en in welke volgorde. Meer is er niet. Misschien vinden ze hem en misschien ook niet.'
'Wil jij er niet bij zijn?'
'Wilt u er niet bij zijn?'
De hoofdinspecteur glimlachte somber. 'Ja. Maar ik moet oppas spelen voor die bobo's... als leidinggevende, je weet wel.' Insch kwam overeind en tikte Logan op de schouder. 'Gelukkig ben jij maar een doodgewone inspecteur.' Hij knipoogde. 'Ik zou maar wegwezen als ik jou was.'
Logan koos een roestige blauwe Vauxhall en reed het parkeerterrein af. Het was donker en het liep tegen zeven uur. Het verkeer was op woensdagavond doorgaans rustig. De meeste mensen gingen rechtstreeks van hun werk naar huis. En het weer nodigde niet uit weer naar buiten te gaan. Alleen de echte doorzetters hielden hun kroegentocht onder het schijnsel van de kerstverlichting.
Terwijl het verkeer rustiger werd, kreeg de sneeuw meer greep op de weg. Het glinsterende, zwarte asfalt werd langzaam grijs en vervolgens wit naarmate de afstand tussen Logan en het hoofdbureau groter werd. Hij had geen speciale bestemming; hij reed gewoon rond om iets te doen. Niet meer dan een extra paar ogen die zochten naar de auto van Martin Strichen.
Hij reed naar Rosemount en verkende het Victoria Park en de straten eromheen, zonder ooit uit de wagen te stappen. Met een sneeuwstorm van windkracht tien en een temperatuur onder het vriespunt was het ondenkbaar dat Strichen op kilometers afstand van zijn bestemming zou parkeren. Niet nu hij een ontvoerd kind bij zich had.
Er was in de buurt van het Victoria Park geen spoor te bekennen van

Martins aftandse Ford Fiesta, dus probeerde Logan het Westburn Park, aan de andere kant van de weg. Het was veel groter en er liep een netwerk van smalle, met sneeuw bedekte paden doorheen. Logan laveerde langzaam door de sneeuwstorm, op zoek naar hoeken en gaten waarin Strichen zijn auto zou kunnen hebben verstopt.

Niets.

Het zou een lange avond worden.

Watson keek uit het keukenraam naar de sneeuw die als gevolg van de onstuimige wind steeds weer uit een andere richting kwam. Rennie was al een kwartier weg en haar lichte irritatie begon te veranderen in ongerustheid. Niet dat ze bang was dat Martin Strichen terug zou komen. Want, net zoals de hufter Simon Rennie al had gezegd, die zou ze gemakkelijk zijn vet kunnen geven. Eerlijk gezegd was ze in staat de meeste mensen hun vet te geven. Ze had haar bijnaam niet zomaar gekregen. Nee, waarover ze echt ongerust was... dat wist ze eigenlijk niet.

Misschien voelde ze zich ongemakkelijk omdat ze hier zat te wachten tot er iets buitengewoon onwaarschijnlijks zou gebeuren. Ze wilde dat ze op pad was met de anderen. Dat ze iets kon doen. In plaats van hier te zitten kijken naar soapseries en thee te drinken. Met een diepe zucht deed ze het licht in de keuken uit zodat ze de sneeuw buiten beter kon zien.

Toen het geluid kwam, schrok ze op. Iemand rammelde aan de voordeur.

Haar nekharen gingen overeind staan. Hij was teruggekomen! De stomme idioot was gewoon naar huis gekomen alsof er niets was gebeurd! Er verscheen een verbeten grimas op haar gezicht terwijl ze van de keuken naar de onverlichte hal sloop.

De deurklink ging omlaag en ze spande haar spieren. Toen de deur opensloeg, greep ze de man beet, trok hem uit balans en gooide hem op het stuk plastic dat het tapijt beschermde. Ze sprong op zijn rug en balde haar rechtervuist.

De man schreeuwde en sloeg zijn handen voor zijn gezicht. 'Aaaaaaaaaa!'

Het was de hufter Simon Rennie.

'O, jee,' zei ze, terwijl ze haar vuist liet zakken en achterover ging zitten. 'Sorry, zeg!'

'Allemachtig, Jackie!' Hij spreidde zijn vingers en keek haar aan. 'Als je me wilt bespringen, hoef je dat alleen maar te vragen, hoor!'
'Ik dacht dat je iemand anders was.' Ze klom van Rennie af en hielp hem overeind. 'Gaat het?'
'Misschien moet ik even gaan kijken of er boven nog een schone onderbroek ligt, maar verder is alles oké.'
Ze verontschuldigde zich en hielp hem de boodschappen naar de keuken te brengen.
'Ik heb ook wat kant-en-klaarnoedels meegenomen,' zei hij, terwijl hij de inhoud van de tassen op het aanrecht zette. 'Wil je kip met champignons, rundvlees met tomaat of hete kerrie?'
Watson pakte de kip, Rennie nam de kerrie. De zure mevrouw Strichen moest het maar doen met wat er was overgebleven. Nadat ze heet water op de noedels hadden geschonken, bracht Rennie verslag uit van zijn tochtje naar de winkels. Tegenover het winkeltje stond een van de wagens die Insch had laten aanrukken en hij had een paar minuten met de inzittenden gesproken. Het waren agenten in burger uit het nabijgelegen Bucksburn en ze baalden behoorlijk van hun opdracht. Absolute tijdverspilling! Strichen kwam beslist niet terug. Maar mocht hij wel komen, dan zouden ze hem volledig in elkaar slaan om hem betaald te zetten dat ze hier in de vrieskou op hem hadden moeten zitten wachten.
'Hebben ze nog gezegd hoe de zoektocht verloopt?' vroeg ze, terwijl ze afwezig in de wellende noedels roerde.
'Niks. Veel te veel plekken en geen idee welke hij heeft gekozen.'
Watson zuchtte en keek weer uit het keukenraam naar de sneeuw. 'Het wordt een lange avond.'
'Dat geeft niks,' zei Rennie grinnikend, 'ze heeft *EastEnders* op video.'
Watson kreunde. Erger kon het niet.

De Ford Fiesta van Martin Strichen was nergens in het Westburn Park te bekennen. Logan vroeg zich opnieuw af of Strichen Aberdeen niet gewoon via de snelweg zou hebben verlaten. Hij moest weten dat ze hem zochten. Nadat hij het hoofdbureau had verlaten, had Logan al minstens twaalf oproepen op de lokale radio gehoord. Als hij Martin Strichen was, bevond hij zich nu al halverwege Dundee. Geleidelijk aan begon hij de kant van de buitenwijken op te rijden.
Af en toe kwam hij een patrouillewagen tegen die in tegenoverge-

stelde richting reed en net als hij zo veel mogelijk straten afzocht. Misschien moest hij Hazlehead proberen. Of Mastrick. Uiteindelijk deed het er niet zoveel toe waar hij zocht. De kleine Jamie McCreath was ongetwijfeld al dood. Met een zucht reed hij North Anderson Drive op.

Het stuitende melodietje van zijn mobiele telefoon klonk en Logan zette de wagen langs de kant van de weg. Hij raakte de stoeprand, die door een berg sneeuw aan het zicht was onttrokken.

'Logan.'

'Laz, kerel! Hoe gaat het?'

Het was Colin Miller.

'Wat kan ik voor je betekenen, Colin?' vroeg hij met een vermoeide zucht.

'Ik heb het nieuws gehoord en de persberichten gelezen. Wat is er precies aan de hand?'

Een vrachtwagen denderde met veel lawaai voorbij. Een fontein van modder en sneeuw spatte tegen de zijkant van Logans wagen. Logan keek hoe de dubbele achterlichten als langzaam dovende rode ogen verdwenen via de rotonde.

'Je weet heel goed wat er aan de hand is! Jij moest zo nodig je verhaal kwijt en daarmee heb je de beste kans verspeeld die wij hadden om de smeerlap te pakken.' Logan wist dat hij onredelijk was, dat Miller het zo niet had bedoeld, maar dat kon hem niet schelen. Hij was moe en gefrustreerd en had behoefte om tegen iemand tekeer te gaan. 'Hij heeft weer een ander kind kunnen pakken omdat jij de hele wereld moest laten weten dat we opnieuw een stakker dood hebben ge...' Zijn stem stokte en hij zweeg, omdat eindelijk tot hem doordrong wat hij allang had moeten inzien. 'Verdomme!' Hij sloeg met zijn hand op het stuur. 'Verdomme, verdomme, verdomme, verdomme!'

'Hé, man, rustig aan! Wat is er met je?'

Logan zette zijn kiezen op elkaar en bonkte opnieuw op het stuur.

'Heb je een beroerte of zoiets?'

'Jij weet altijd precies wanneer er iemand dood is, nietwaar? Jij weet het altijd precies als we ergens een lijk hebben gevonden.' Logan keek woedend door de voorruit naar een andere vrachtwagen die voorbijraasde en zijn auto met verse moddersneeuw bespatte.

'Laz?'

'Isobel.'

Het bleef stil aan de andere kant van de lijn.

'Zij is jouw mol, nietwaar? Zij is het onderkruipsel dat naar jou heeft gelekt. Zodat jij meer kranten kon verkopen!' Hij schreeuwde het nu uit. 'Hoeveel heb je haar betaald? Hoeveel was het leven van Jamie McCreath waard?'

'Nee, zo ligt het niet! Het... Ik...' Er viel weer een stilte. Toen Miller weer sprak, klonk zijn stem erg zacht. 'Als ze thuiskomt vertelt ze me wel eens wat ze die dag heeft meegemaakt.'

Logan keek naar de telefoon alsof die zojuist een scheet in zijn gezicht had gelaten. 'Wat?'

Een zucht. 'We... Ze heeft een zware baan. Ze heeft iemand nodig om stoom af te blazen. We wisten niet dat het zo zou lopen... ik zweer het je! We...'

Logan verbrak zonder een woord de verbinding. Hij had het al veel eerder moeten zien. De opera. De protserige auto. De kleren. De dure etentjes. De grote, brutale mond. Miller. Hij was de nieuwe vrijer van Isobel. Logan was alleen in de auto, in de sneeuw en in het donker. Hij sloot zijn ogen en vloekte hartgrondig.

Watson dacht dat ze zou gaan gillen als ze nóg een soapserie moest bekijken. Mevrouw Strichen was nu begonnen aan de afleveringen die ze op video had staan. Armzalige mensen met armzalige levens, die zich rondwentelden in een beerput van ellende. Jemig, wat was dat vervelend. En er was nergens in het huis een boek te bekennen. Het enige wat ze hadden waren de televisie en de eindeloze reeks soapafleveringen.

Ze stampte terug naar de keuken en gooide haar lege noedelsverpakking in de vuilnisbak, zonder de moeite te nemen het licht aan te doen. Wat was dit een tijdverspilling!

'Jackie? Maak even wat thee!'

Watson zuchtte. 'Waar is jouw laatste slavin aan doodgegaan?'

'Melk en twee klontjes suiker, oké?'

Binnensmonds mopperend vulde ze de fluitketel met water en zette hem op het vuur. 'Ik heb de vorige keer theegezet,' zei ze toen ze weer terug was in de woonkamer. 'Nu is het jouw beurt.'

Rennie keek haar ontsteld aan. 'Maar dan mis ik het begin van *Emmerdale!*'

'Dat staat op video! Hoe kun je het begin van *Emmerdale* nou missen als het op video staat? Dan druk je toch op de pauzeknop!'

Mevrouw Strichen, die haar volumineuze fauteuil nog geen moment had verlaten, drukte de zoveelste sigaret uit in de uitpuilende asbak. 'Houden jullie nooit op met ruziemaken?' vroeg ze terwijl ze haar aansteker en een pakje sigaretten tevoorschijn haalde. 'Jullie lijken wel kleine kinderen.'

'Wil je thee? Dan maak je maar thee,' zei Watson verbeten. Ze draaide zich om en liep naar de trap.

'Wat ga je doen?'

'Ik ga naar het toilet. Als jij het goedvindt tenminste.'

Rennie stak zijn handen omhoog ten teken van overgave. 'Goed, oké, dan zet ik wel thee. Godallemachtig, alsof je daar zo'n drukte over moet maken.' Hij stond op van de bank en pakte de lege mokken.

Met een voldaan glimlachje liep Watson de trap op.

Ze hoorde niet dat de keukendeur openging.

37

Het toilet had een gebrekkig spoelsysteem. Hoe hard of hoe vaak ze ook op de knop drukte, de boel werd maar niet weggespoeld. Jackie Watson zat op de rand van het ligbad, duwde de knop opnieuw omlaag en keek onder de klep. Het was nu in elk geval zo verdund dat je er niets meer van zag.

Net als de rest van het huis was de badkamer een vrieskast. Ze onderdrukte een huivering, waste haar handen, wierp een blik op de groezelige grijze handdoek die aan de binnenkant van de deur hing en veegde haar handen af aan haar broek.

Plotseling ging de badkamerdeur open en stond er iemand voor haar neus. Ze verstijfde en haar adem stokte in haar keel. Strichen was terug! Met een snauw haalde ze in een reflex uit naar zijn gezicht. Pas op het laatste moment gaven haar ogen het juiste signaal door aan haar hersens. Het was niet Martin Strichen. Het was zijn moeder, die haar verschrikt aankeek. Ze stonden zwijgend tegenover elkaar terwijl het bloed bonkte tegen hun trommelvliezen.

'Waarom doet u dat!' zei Watson terwijl ze haar vuist omlaag bracht.

'Ga opzij,' zei Martins moeder. Haar stem klonk een beetje onvast en ze keek Watson aan alsof ze een ontsnapte krankzinnige was. 'Ik klap bijna. Ze schuifelde naar binnen terwijl ze met haar ene hand haar vest dichthield en in haar andere hand een exemplaar van de *Evening Express* geklemd hield. 'Die maat van jou doet er wel heel lang over om een kop thee te zetten.' Ze kwakte de deur dicht, Watson alleen achterlatend bij de trap, in het donker.

'Wat een kreng,' mompelde ze. 'Geen wonder dat haar zoon een monster is.'

Ze liep de trap af en dacht aan McRae die had beloofd dat ze samen een biertje zouden gaan drinken. Dat was beter dan die vervloekte thee. Binnensmonds mopperend plofte ze op de bank. De begintitels van *Emmerdale* waren bevroren op het televisiescherm. Op de achtergrond was een landschap zichtbaar. Aardig, dat ze hadden gewacht tot ze terug zou komen van het toilet. 'Rennie, komt er nou nog wat van?' riep ze in de richting van de keuken. 'Theezakjes, water en melk. Zo moeilijk is het niet.' Ze leunde achterover op de bank en wierp een verveelde blik op de televisie. 'Ach, verdomme!' Ze stond op en liep geïrriteerd naar de keuken. 'Je kunt verdomme niet eens een kop...'

Er lag iemand languit op de keukenvloer.

Het was Rennie.

'Shit!' Ze greep de radiozender die ter hoogte van haar schouder was bevestigd. En toen kwam de explosie van geel en zwart vuurwerk.

Ze kon niet lang buiten westen zijn geweest. Dat wist ze toen ze het klokje in het fornuis zag. Maar vijf minuten. Kreunend probeerde ze overeind te gaan zitten, maar er was iets met haar armen en benen. De keuken begon te draaien en ze viel achterover op de vloer.

Toen ze haar ogen sloot, werd het alleen maar erger. Ze had iets in haar mond dat koperachtig en metalig smaakte, maar ze kon het niet uitspugen. Iemand had een prop in haar mond gestopt. En iemand had haar handen op haar rug vastgemaakt en haar enkels vastgebonden.

Ze probeerde op haar rug te rollen, waardoor de wereld opnieuw begon te draaien. Ze wachtte even voordat ze zich helemaal omrolde. Nu kon ze de keukendeur zien. En Rennie, die met zijn gezicht plat op de keukenvloer lag. Hij was op dezelfde manier vastgebonden als zij. Door zijn zwarte haar, dat glom in het licht van de keuken, liep een straaltje bloed.

Boven klonk het geluid van het toilet dat herhaalde malen werd doorgetrokken.

Ze draaide zich opnieuw om. Nu hoefde ze minder lang te wachten totdat alles om haar heen ophield met draaien.

Ze hoorde opnieuw het toilet een paar maal doorspoelen.

Naast de vuilnisbak stond een grote weekendtas. Aan het stiksel kleefden klompen sneeuw.

Agent Jackson probeerde met haar kin de zendknop van haar radiozender in te drukken. Hij was nog steeds aan haar schouder bevestigd, maar ze kon er met geen mogelijkheid vat op krijgen.

Toen zag ze een paar benen in de keuken verschijnen. Ze waren gehuld in dikke sokken en een dikke wollen rok. Ze onttrokken de hal gedeeltelijk aan het zicht. Watson keek omhoog naar het gezicht van mevrouw Strichen. De vrouw staarde met ronde, kille ogen naar de geknevelde figuren op de keukenvloer en haar papperige mond ging geluidloos open en dicht. Toen draaide ze zich om en zette haar handen in haar heupen. 'Martin! Martin!' Ze klonk als een moordlustige neushoorn. 'Wat heb je nou weer gedaan, jij vies, vuil misbaksel!'

Er viel een schaduw over haar heen.

Vanaf de grond zag Watson alleen de zijkant van een grote, knokige man, met handen als kolenschoppen die onrustig wapperden. Als de vleugels van een vogel die in een vangnet terecht was gekomen.

'Mam...'

'Niks te "mammen", vuile smeerlap! Wat heeft dit te betekenen?' Ze wees naar de vastgebonden lichamen.

'Ik heb ze niet...'

'Je hebt weer met kleine jongetjes gerommeld. Waar of niet?'

Ze prikte met een tanige vinger in zijn borst. 'Zodat ik nu weer de politie over de vloer heb! Je maakt me kotsmisselijk! Als je vader nog leefde, sloeg hij je helemaal verrot, jij goor pervers misbaksel!'

'Mam, ik...'

'Je bent je hele leven al een bloedzuiger! Een wriemelende made aan mijn borst!'

Hij deed een stap terug. 'Mam, zeg dat nou niet...'

'Ik had je nooit moeten krijgen! Je was een ongeluk! Hoor je me? Een vuile klotevergissing!'

Watson zag hoe Martin Strichen zijn benen verplaatste en zijn moeder de rug toekeerde. Hij rende naar de woonkamer. Maar mevrouw Strichen was nog niet uitgefoeterd. Ze stormde achter hem aan en haar stem rees in volume als een roestige kettingzaag. 'Niet weglopen als ik tegen je praat, stuk verdriet! Twee jaar! Hoor je me? Je vader zat al twee jaar in de bak toen ik jou kreeg! Dat was een mooie boel. Je hebt alles kapotgemaakt! Je hebt nooit ergens voor gedeugd!'

'Niet zeggen...' Hij praatte zonder stemverheffing, maar Watson hoorde de dreiging achter de woorden.

Mevrouw Strichen niet. 'Ik word ziek van jou!' krijste ze. 'Rotzooien met kleine jongetjes! Jij vuile, gore klootzak! Als je vader nog leefde...'

'Wat? Wat? Wat als mijn vader nog leefde?' Martin brulde nu en hij trilde van woede.

'Dan zou hij je tot moes slaan! Dát zou hij doen!'

Er klonk gerinkel. Een vaas of een fles was aan diggelen gegaan.

Watson maakte gebruik van de herrie. Ze trok haar benen op en zette zich af. Zo schoof ze centimeter voor centimeter over de vloer. Als een rups. Naar de hal, waar de tafel met de telefoon stond.

'Het is allemaal zijn schuld!'

'Hoe jij bent is niet de schuld van je vader, vuile hufter!'

Het tapijt in de hal schuurde langs haar wang terwijl Watson zich langzaam voortbewoog. In de woonkamer knalde opnieuw een voorwerp tegen de muur.

'Hij heeft dat met mij gedaan! Het is zijn schuld!' Er klonken tranen door in Martins stem, maar de blinde woede overheerste. 'Hij heeft me naar dat ziekenhuis gebracht! Hij heeft me aan die... aan die Cleaver gegeven! Elke nacht! Elke nacht, verdorie!'

'Zo mag je niet over je vader praten!'

'Elke nacht! Gerald Cleaver heeft me godverdomme elke nacht gebruikt! Ik was elf!'

Watson had de telefoontafel bereikt, die op een koude plastic mat stond, waarschijnlijk bedoeld om het tapijt te beschermen.

'Je moet niet zo zeiken, druiloor!'

Watson hoorde het geluid van een tik. Huid tegen huid. En even was het stil.

Watson probeerde in de woonkamer te kijken, maar ze zag alleen maar schaduwen op het behang. Martin Strichen stond ineengedoken met een hand tegen de zijkant van zijn gezicht. Zijn moeder torende boven hem uit.

Watson schoof verder en lag nu naast de tafel waar de telefoon op stond. Nu kon ze het interieur van de woonkamer en de kleine eetkamer erachter zien. Er stond een strijkplank waarnaast een stapel kleren lag. Pal ervoor stond mevrouw Strichen die uithaalde voor de volgende tik.

'Vuile, vuile viespeuk!' Ze liet elk woord vergezeld gaan van een keiharde klap tegen Martins hoofd.

Watson duwde met haar schouder tegen het tafeltje. Het geluid dat dit veroorzaakte, verdronk in het gegil en geschreeuw. De telefoon wiebelde in het basisstation. Eén keer, twee keer. Toen viel hij op de plastic mat zonder dat iemand het hoorde.

'Ik had je meteen moeten wurgen toen je geboren was!'

Watson probeerde de telefoon zo goed en zo kwaad als het ging vast te pakken. Ze keek over haar schouder om de toetsen te kunnen zien, en drukte het alarmnummer in met haar duim. Ze wierp een ongeruste blik in de woonkamer. Maar daar had niemand haar in de gaten. Door het lawaai dat mevrouw Strichen maakte terwijl ze haar zoon afranselde, kon ze de verbindingstoon niet horen. Ze schoof haar lichaam naar achteren, drukte de telefoon met haar oor tegen het tapijt en bracht haar geknevelde mond naar het mondstuk.

'Met de hulpdiensten. Welke dienst hebt u nodig?'

Ze probeerde te antwoorden, maar het enige wat ze produceerde was een serie onderdrukte kreten.

'Het spijt me, kunt u dat nog eens herhalen?'

Jackie Watson, die inmiddels behoorlijk transpireerde, probeerde het opnieuw.

'Dit is een noodnummer.' De geforceerde vriendelijkheid was verdwenen bij de stem aan de andere kant van de lijn. 'Het is verboden om misbruik te maken van dit nummer!'

Jackie kon alleen maar opnieuw wat gegrom uitbrengen.

'Nou, dit doet de deur dicht. Ik zal hier proces verbaal van opmaken!'

Nee! Nee! Ze moesten het nummer traceren en hulp sturen!

De verbinding werd verbroken.

Woedend liet ze de telefoon los en werkte haar lichaam weer naar voren. Ze greep de telefoon en toetste opnieuw het noodnummer in.

Toen ze de klap hoorde, klonk die zacht en nat.

Ze draaide haar hoofd om en keek de woonkamer in. Mevrouw Strichen wankelde in de richting van de bank. Ze zag spierwit, net zoals de sneeuw die buiten viel. Martin stond achter haar, met het strijkijzer in zijn hand. Zijn gelaatsuitdrukking was merkwaardig kalm en sereen. Zijn moeder struikelde bijna en greep zich vast aan de dikke kussens. Martin ging achter haar staan en bracht het strijkijzer in een lange, strakke boog omlaag. Het kwam in aanraking met haar achterhoofd en ze zakte in elkaar als een zak aardappelen.

Watson voelde zich onpasselijk worden. Huiverend drukte ze opnieuw met haar duim de toetsen in.

Mevrouw Strichens arm hing slap over de rugleuning van de bank en haar hand trilde. Haar zoon hield het strijkijzer op borsthoogte vast en trok met zijn vrije hand aan het snoer. Zijn lippen vormden iets wat op een glimlach leek toen hij zich bukte en het snoer om de nek van zijn moeder legde. Ze begon met een van haar voeten op het tapijt te stampen toen hij haar ging wurgen.

Watson vermande zich, klemde de telefoon in haar handen en schoof terug naar de keuken. Ze huilde uit frustratie en zelfmedelijden. Ze was gedwongen machteloos toe te kijken terwijl er iemand werd vermoord. En straks was zij zelf aan de beurt.

Ze rilde, haalde diep adem, sloot haar ogen en probeerde zich het mobiele nummer van McRae te herinneren. Achter zich, door de geopende keukendeur, hoorde ze het gestamp van de voet van mevrouw Strichen, dat gaandeweg zwakker klonk.

Moeizaam drukte Jackie met haar duim het nummer van Logan in op het toetsenbord van de telefoon, waarna ze het ding liet vallen en weer achteruitkroop zodat ze haar oor erop kon leggen en haar mond bij het mondstuk kon houden. Schiet op, schiet op! Neem die telefoon op!

Klik.

'Logan.'

Ze schreeuwde het uit, al klonk het door de prop in haar mond als niet meer dan een zuchtje.

'Hallo, met wie?'

Nee, niet opnieuw! Hij moest haar horen!

'Miller? Ben jij dat?'

Ze schreeuwde opnieuw, vloekte nu, omdat hij zo godvergeten stom was.

De schaduw van Martin Strichen wierp een schaduw in de keuken. Hij had het strijkijzer nog in zijn hand. Het glimmende metalen oppervlak was nu bedekt met dikke, rode vlekken waaraan wat vette, gekrulde haren kleefden.

Haar ogen schoten van het strijkijzer naar het gezicht van Martin. Op de rechterkant van zijn grove, pokdalige gezicht zaten donkerrode bloedspetters. Hij keek haar aan vol medelijden, greep de telefoon, hield die tegen zijn oor en luisterde even naar Logan die vroeg met wie hij sprak. Vervolgens drukte hij kalm op de rode toets, waarna de verbinding was verbroken.

Een schaar lag in de bovenste la, onder de kookplaat met de fluitketel. De bladen glommen in het kille kunstlicht. Hij keek omlaag naar Jackie en glimlachte.

Knip, knip, knip.

'Deze keer mag ik geen fouten maken...'

Logan keek naar de mobiele telefoon in zijn handpalm en vloekte. Alsof hij nog niet genoeg aan zijn hoofd had om zich ook nog te moeten bekommeren om grapjassen die misbruik maakten van hun telefoonaansluiting! Hij drukte de toets in die het nummer van de laatste beller zichtbaar maakte. Het was een lokaal nummer dat hij niet herkende. Met een frons drukte hij de 'terugbellen'-toets in en luisterde terwijl zijn toestel het nummer koos van degene die hem had lastiggevallen.

Het toestel ging een aantal malen over, maar er werd niet opgenomen. Goed, dacht Logan, dan was er nog een andere oplossing. Hij schreef het nummer op, belde de meldkamer en vroeg of ze het nummer wilden traceren. Het kostte de man aan de andere kant van de lijn bijna vijf minuten, maar uiteindelijk kwam hij op de proppen met: 'Mevrouw Agnes Strichen, Howesbank Avenue 25, Aberdeen...'

Logan wachtte niet op de postcode maar riep 'Shit' en trapte het gaspedaal in. De wagen slipte van links naar rechts over de weg totdat hij hem weer onder controle kreeg. 'Luister goed,' zei hij, terwijl hij de roestige Vauxhall zo snel mogelijk door de sneeuwprut en over het ijs laveerde, 'hoofdinspecteur Insch heeft twee wagens in Middlefield. Die wil ik nú op dat adres hebben!'

Toen Logan er arriveerde, stonden de twee ongemarkeerde politiewagens al dwars op de weg voor nummer 25. De wind was wat gaan liggen en uit de vuile, oranje lucht vielen dikke sneeuwvlokken. De lucht rook naar peper.

Logan trapte op de rem. Zijn auto slipte op het asfalt en kwam tegen de trottoirband tot stilstand. Hij sprong uit de wagen en rende, half glijdend en slippend, de trap op naar het huis dat Martin Strichen met zijn moeder deelde.

Mevrouw Strichen lag met ingeslagen schedel en dikke rode striemen om haar nek en hals op haar buik in de woonkamer. Vanuit de kleine keuken klonken opgewonden stemmen en toen Logan er binnenstormde, zag hij twee geüniformeerde agenten. Een van hen zat gebogen over iemand die op de grond lag en de andere sprak in zijn radiozender: 'Ik herhaal, we hebben hier een gewonde collega!'

Logan keek rond in de benauwde ruimte totdat zijn ogen bleven rusten op een hoopje kledingresten naast de vuilnisbak.

Een derde politieman in uniform rende hijgend de keuken binnen. 'We hebben de hele woning doorzocht. Er is niemand te bekennen!'

Logan bekeek de kledingresten. Het waren overblijfselen van een zwarte broek. En daaronder flarden van een zwarte trui en een witte bloes. Het soort bloes met lussen waaraan politie-epauletten werden bevestigd. Hij keek achterom toen de vierde waakhond van Insch de hal in stormde, met zijn partner in zijn kielzog. 'Waar is ze?'

'Er is niemand in de woning, meneer.'

'Verdorie!' Logan sprong overeind. 'Jullie...' hij wees op de twee laatkomers, die het huis hadden doorzocht, '... naar buiten. Doorzoek de buurt, elke deur die openstaat, wat je ook maar kunt vinden!'

Ze bleven even staan en keken naar het gevelde lichaam van Simon Rennie.

'Opschieten!' riep Logan.

Ze renden de voordeur uit.

'Hoe is hij eraan toe?' vroeg hij terwijl hij over het lichaam stapte en de keukendeur opende, waardoor een ijskoude windvlaag de keuken binnendrong.

'Hij heeft een lelijke klap op zijn achterhoofd gehad. Hij ademt, maar hij ziet er niet zo lekker uit.'

Logan knikte. 'Jij blijft bij hem.' Hij wees naar de overgebleven agent. 'Jij komt met me mee!'

De sneeuw in de achtertuin kwam tot aan hun knieën. Door de storm was de sneeuw tot aan de vensterbanken tegen de gevels gewaaid, maar ondanks de duisternis konden ze het hek in de schutting vinden.

'Verdorie.'

Met een verbeten uitdrukking waadde Logan door de sneeuw.

38

Het stelde niet veel voor. Een klein betonnen gebouwtje langs de weg naar de groeve. Hij had er als kind gespeeld. Nee, niet gespeeld. Geschuild. Zich verstopt voor zijn vader. En voor de rest van de wereld.

De granietgrijze muren van de komvormige groeve waren niet meer dan vage schaduwen in de sneeuw. Ze hadden de rotsen afgegraven en een klif gevormd, waarna ze steeds dieper waren gaan graven, zodat er nu een diep en verraderlijk meer was achtergebleven. Zelfs hartje zomer was het water donker en koud. Langs de kust lag de bodem bezaaid met boodschappenkarretjes en wier waarin je gemakkelijk vast kwam te zitten, en verder naar het midden leek het wel een bodemloze put. Niemand ging zwemmen in het meer bij de groeve. Niet nadat er aan het eind van de jaren vijftig twee jongens in waren verdwenen.

Het was een spookachtige plek. Een plek voor de doden. Een toepasselijke plek, vond hij.

De politie had niet naar zijn huis moeten komen. Dat was niet goed. Dat hadden ze niet moeten doen. Hijgend liep hij door de sneeuw die tot boven zijn enkels kwam, naar de hut. Ze waren zwaar en zijn schouders begonnen pijn te doen. Maar het zou allemaal de moeite waard zijn. Zij had zich goed gedragen. Ze had helemaal niet tegengestribbeld. Martin had haar maar één keer tegen het hoofd hoeven trappen en daarna was ze heel braaf geweest. Rustig en vredig, terwijl hij haar kleren had losgeknipt. Met trillende vingers had hij haar huid aangeraakt. Die voelde koel en zacht aan. De beha en de onderbroek had hij overgeslagen. Wat daarin zat maakte hem bang. Bezorgde hem pijn...

Toen was de telefoon gegaan. Hij bleef maar gaan. Hij had haar over zijn schouder gegooid, de grote weekendtas gepakt en was door de achterdeur naar buiten gelopen. Ze zaten achter hem aan.

De deur van de hut was afgesloten met een groot hangslot. Ernaast hing een bordje waarop stond: WAARSCHUWING. INSTORTINGSGEVAAR! VERBODEN TOEGANG.

Hij gromde, deed een stap achteruit en trapte tegen het hout, vlak naast het slot. De oude deur kraakte en trilde, maar het hangslot bleef op zijn plaats. Hij trapte er opnieuw tegen, en voor de zekerheid nog een keer. Het geluid van de laatste trap echode van de muren van de groeve en doofde het lawaai dat het krakende hout maakte toen het slot uiteindelijk losschoot.

Binnen was het donker en ijskoud. Alles was bedekt met een dikke laag stof en het rook er naar ratten en muizen. Nerveus grinnikend liet hij de vrouw van zijn schouder op de vloer glijden. Haar bleke huid glom op het donkergrijze beton en hij huiverde. Hij probeerde zich wijs te maken dat het kwam door de kou. Maar hij wist dat het door haar kwam.

Hij zette de grote weekendtas naast haar neer. Hij wist dat hij er later doodziek van zou worden. Dat hij zou moeten overgeven en zich zou schamen. Maar dat was later. Nu bonkte het bloed tegen zijn trommelvliezen.

Met verkleumde vingers trok hij de rits open.

'Hallo?' zei hij.

In de tas deed de kleine Jamie McCreath zijn ogen open en begon te schreeuwen.

De voetsporen waren bijna niet meer te zien omdat de sneeuw ze langzaam maar zeker bedekte en de grond egaal wit maakte. Logan kwam glijdend tot stilstand en bestudeerde het landschap om hem heen. Het spoor had vanaf het huis recht naar de duisternis geleid. En nu was het onzichtbaar geworden.

Hij vloekte hartgrondig.

De agent die hij had meegenomen had hem hijgend ingehaald. 'Wat doen we nu, meneer?' vroeg hij terwijl hij naar adem hapte.

Logan keek om zich heen en probeerde te raden in welke richting Martin Strichen was verdwenen. Met agent Watson! En hij had nog tegen Insch gezegd dat het geen goed idee was maar twee mensen in het huis achter te laten! We nemen ieder een andere richting,' zei hij ten slotte. 'We hebben niet veel tijd meer.'

'Waarheen wilt u dat ik...'
'Wat kan mij dat nou schelen! Zorg dat je haar vindt!'
Hij haalde zijn telefoon tevoorschijn terwijl de agent, die hem gekwetst aankeek, met een bocht van vijfenveertig graden in de sneeuw verdween.

'Met McRae,' zei hij tegen de vrouw die de telefoon opnam. 'Waar blijft mijn versterking?'

'Een ogenblikje.'

Logan liet zijn blik weer over het eenvormige landschap dwalen. Het leek wel alsof iemand de wereld had uitgewist en er een witte vlakte voor in de plaats had getekend, onder een geelbruine hemel.

'Hallo, meneer? Hoofdinspecteur Insch zegt dat ze onderweg zijn. En de agenten uit Bucksburn zijn er binnen twee minuten.'

In de verte hoorde hij al het geluid van de sirenes, gedempt door de afstand en de vallende sneeuw.

Logan liep verder door de sneeuwmassa. Gaandeweg vormde zich ijswater in zijn broekspijpen, waardoor zijn benen zwaarder aanvoelden. Hij ademde als een trein; zijn adem kwam in dikke rookwolkjes uit zijn mond en bleef hangen in de nu windstille lucht, als zijn persoonlijke mistbank.

Het zag er niet goed uit. Er was weinig kans dat hij Martin Strichen in het duister en de sneeuw zou kunnen vinden. Niet zonder honden. Misschien had hij toch beter op de honden kunnen wachten? Maar hij wist dat nietsdoen geen optie was. Hij moest iets proberen, wat dan ook.

De grond liep nu een beetje omhoog en hij bleef verder lopen. De sneeuw kwam tot aan zijn knieën. En toen stond hij boven. Zijn adem stokte in zijn keel en het leek alsof al zijn ingewanden plotseling in een bankschroef waren geklemd. Er was geen grond meer! Hij stond aan de rand van een afgrond, zwaaiend met zijn armen om zijn evenwicht te bewaren. Met één voet in de lucht.

Logan wankelde naar achteren, waar hij weer vaste grond onder de voeten had, en liep toen centimeter voor centimeter weer naar voren totdat hij over de rand kon kijken.

Het was een van de granietgroeven. Een brede, driekwart cirkel van steile muren met beneden een inktzwart meer. De sneeuw die voor zijn ogen diep omlaag dwarrelde, maakte het gevoel van hoogtevrees erger. Hij stond minstens vijftien of twintig meter boven het koude, inktzwarte water.

Zijn hart klopte als een bezetene, joeg door zijn aderen en deed zijn oren suizen.

Vlak bij het water, aan de voet van de rotswand, stond een vierkant, betonnen gebouwtje. Even zag hij achter een gebarsten ruit een dunne, gele lichtbundel bewegen. Daarna werd het weer donker

Logan draaide zich om en begon te rennen.

Het licht van de zaklantaarn maakte het interieur van de hut niet bepaald gezelliger. Hij verspreidde een zwakke, geelachtige lichtbundel die lange schaduwen in de hut liet vallen.

Kreunend deed Watson een van haar ogen open. Haar hoofd zat vol met watten die in brand waren gestoken. Het enige wat ze kon ruiken, was koper. Haar gezicht kleefde en was koud. Haar hele lichaam leek wel bevroren. Er ging een huivering door haar heen die ze voelde tot op haar botten. Haar hoofd bonsde.

Het was alsof ze door de zoeker van een camera keek en niet goed kon scherpstellen. Ze probeerde overeind te komen. Ze was met iets bezig geweest. Iets belangrijks...

Waarom had ze het zo koud?

'Ben je wakker?'

Het was een mannenstem. Hij klonk zenuwachtig. Verlegen bijna. Hij trilde.

Nu viel alles weer op zijn plaats.

Watson probeerde overeind te springen, maar haar handen en voeten waren nog steeds vastgebonden. Door de inspanning werd ze weer duizelig. Alles om haar heen begon te draaien. Voorwerpen werden zichtbaar en verdwenen dan weer ineens, alsof er een demonische illusionist aan het werk was. Ze kneep haar ogen stevig dicht en probeerde ondanks de prop in haar mond diep adem te halen. Langzaam maar zeker verdween het gebons in haar hoofd. Toen ze haar ogen weer opende, keek ze recht in het bezorgde gezicht van Martin Strichen.

'Het spijt me,' zei hij, terwijl hij met een trillende hand voorzichtig het haar voor haar ogen wegstreek. 'Ik wilde je niet schoppen. Maar het kon niet anders. Ik wilde je geen pijn doen. Voel je je nu goed?'

De prop in haar mond maakte het antwoord dat ze gaf onverstaanbaar.

'Gelukkig,' zei Martin, die de stortvloed aan verwensingen die ze hem net naar het hoofd had geslingerd, niet had verstaan. 'Dat is mooi.'

Hij stond op, draaide zich om en boog zich over de grote weekendtas die ze in de keuken had zien staan. Op zachte, bijna fluisterachtige toon begon hij een liedje te zingen over teddyberen die in het bos gingen picknicken. Tegelijkertijd streelde hij iets in de tas.

Watson bekeek alle hoeken en gaten van de kleine ruimte, op zoek naar een wapen. Het moest ooit een soort kantoortje zijn geweest. Aan een van de muren was een oude prikklok bevestigd en aan een andere muur hing nog een beschimmelde en door het vocht bollende kalender met naakte vrouwen. Er stonden geen meubels tegen de kale, met graffiti bedekte muren of op de betonnen vloer.

Ze rilde opnieuw. Hoe was het mogelijk dat ze het zo vreselijk koud had? Ze keek omlaag en zag tot haar schrik dat ze geen kleren aanhad.

'Je hoeft niet bang te zijn, kleintje,' zei Martin zachtjes.

Uit de weekendtas kwam een zacht snikkend geluid. Jackies adem stokte in haar keel. Jamie McCreath leefde nog. Ze zou er getuige van zijn dat die smeerlap een kind vermoordde!

Ze spande al haar spieren aan om druk uit te oefenen op het touw waarmee ze was vastgebonden. Er kwam geen speling in. Haar armen en benen trilden als gevolg van de krachtsinspanning en het enige resultaat was dat de touwen nu dieper in haar huid sneden.

'Jij zult het veel gemakkelijker hebben dan ik.' Hij bleef het kind zachtjes strelen en maakte er geruststellende geluidjes bij. 'Ik heb mijn hele leven moeten lijden onder wat die Gerald Cleaver met me heeft gedaan. Maar ik zal jou bevrijden. Je zult er niets van voelen.' Watson hoorde de tranen in zijn stem. 'Ik zal zorgen dat je veilig bent.'

Ze rolde op haar rug en het leek alsof er een elektrische schok door haar lichaam ging toen ze het ijskoude beton op haar naakte rug voelde.

Martin tilde het kind uit de tas en zette hem op de vloer naast Watson.

Jamie had zijn oranje-blauwe sneeuwjack nog aan en hij droeg een wollen muts met twee pompons. Uit zijn wijd opengesperde ogen big-

gelden tranen en vanuit zijn neus dropen dunne zilverkleurige straaltjes tot in zijn van angst verkrampte mond. Hij snikte en trilde over zijn hele lichaam.
 Martin boog zich opnieuw over de tas en haalde er een stuk elektriciteitsdraad uit. Geroutineerd legde hij er aan de uiteinden twee dubbelde knopen in, die hij stevig aantrok. Hij nam één knoop in zijn linkerhand en rolde het draad twee keer om zijn gebalde vuist. Hij deed hetzelfde met de rechterhand, trok de draad strak en knikte zelfvoldaan, alsof het ging om een alledaags stukje huisvlijt dat tot in de perfectie was uitgevoerd.
 Met een droevige blik keek hij naar Watson, die worstelde met het touw waarmee ze was vastgebonden. 'Hierna ben ik weer in orde,' zei hij tegen haar. 'Ik moet alleen...' Hij bloosde. 'Nou ja, ik bedoel, ik moet even verder hiermee. Dan komt alles in orde. We doen het en dan ben ik weer oké. Dan heb ik dit niet meer nodig.' Hij beet op zijn lip en trok het stuk elektriciteitsdraad opnieuw strak. 'Dan ben ik weer normaal en dan is alles goed.'
 Hij haalde diep adem en legde een lus in de draad die net groot genoeg was om over het hoofd van Jamie McCreath te trekken.
 Het jongetje kreunde van angst en keek strak naar Jackie, die uit alle macht probeerde zich los te maken.
 Martin begon het liedje over de picknickende teddyberen te zingen: 'Als je vandaag het bos in gaat, dan gebeuren er rare dingen...'
 Met een grom gooide Watson haar benen in de lucht, terwijl ze op haar armen steunde. Het zag eruit als een uit de hand gelopen buikspieroefening.
 Martin keek achterom. Het liedje stierf op zijn lippen terwijl Watson haar knieën zo ver als ze kon spreidde en ze omlaag liet komen rond zijn hoofd. Nog voordat hij zich kon bewegen, had ze haar benen tegen zijn nek geklemd en begon ze uit alle macht te persen.
 Martin Strichens ogen puilden uit van angst terwijl Watson haar linkerenkel over de rechter probeerde te klemmen om meer kracht te kunnen zetten. Om zijn strot te kunnen breken.
 Strichen had zijn handen vol aan het zelfgemaakte wurgkoord. Hij sloeg met zijn handen tegen Watsons dijen, maar dat haalde niets uit.
 Met een triomfantelijk gegrom slaagde Watson erin haar enkels in de gewenste positie te krijgen. Nu kon ze optimaal kracht zetten. Met

een gevoel van woede en triomf zag ze dat Martins gezicht paars begon aan te lopen. Ze was niet van plan te stoppen totdat de walgelijke klootzak dood was.

Martin, die nu volledig in paniek was, liet de elektriciteitsdraad uit zijn handen vallen en begon wild van zich af te slaan. Hij raakte haar meerdere malen vlak boven haar buik.

De pijnexplosie in haar maagstreek was bijna ondraaglijk, maar Watson kneep haar ogen dicht en bleef persen.

Martin zette zijn tanden in haar dij, vlak boven de knie. Hij beet zo hard als hij kon, proefde bloed en begon met zijn hoofd te schudden in een poging een stuk vlees los te trekken.

De prop in haar keel blokkeerde haar pijnkreet en Martin beet opnieuw, terwijl hij doorging met stompen en krabben. Hij haalde opnieuw uit en raakte haar ter hoogte van haar nieren. Jackie zakte in elkaar.

Martin wist zich binnen een paar seconden te bevrijden uit de wurggreep van Jackies benen. Hij waggelde achteruit totdat zijn rug de muur aan de andere kant van de hut raakte. Er liep bloed langs zijn kin en hij wreef met zijn handen over zijn nek, happend naar adem. 'Jij... jij bent net als de rest!' riep hij. Zijn stem klonk nu schor en wreed.

Jamie McCreath begon te huilen. Een hoog, schril geluid dat in de kleine ruimte met de kale betonnen muren door merg en been ging.

'Hou je mond!' Martin waggelde naar de jongen, greep hem onder de oksels en tilde hem op. 'Hou je mond! Hou je mond! Hou je mond!'

Daardoor begon het kind nog harder te gillen.

Met een van woede vertrokken gezicht gaf Martin hem een harde tik, waarna zijn lip en zijn neus begonnen te bloeden.

Het werd stil.

'O, god... o, nee...' Martin liet het kind op de vloer vallen en zag er ontdaan uit.

Hij keek naar het snikkende en doodsbange jongetje en begon hem in zijn gezicht te aaien alsof hij daarmee de pijn weg kon halen.

'Het spijt me! Ik wilde je niet...' Hij bracht zijn gezicht dichter naar dat van Jamie McCreath, die hem met ogen als schoteltjes aankeek en achteruitdeinsde. Hij sloeg zijn in wanten gestoken handjes voor zijn gezicht.

Watson zag in het zwakke licht van de zaklantaarn dat Strichen haar dreigend aankeek. Ze lag hijgend op haar zij en bloedde hevig uit de bijtwonden in haar dij.

'Het is allemaal jouw schuld!' Hij spuwde bloed op de betonnen vloer. 'Het is jouw schuld dat ik hem pijn heb gedaan!'

Een laars raakte Jackies buik zo hard dat ze loskwam van de vloer. De prop in haar mond onderdrukte haar schreeuw van pijn terwijl er brand uitbrak in haar ingewanden.

'Jij bent net als de rest!'

Weer een laars, deze keer tegen haar ribben.

Martin schreeuwde nu. 'Het was allemaal goed gekomen! Maar jij moest het verpesten!'

De deur vloog open.

Logan stormde de spookachtige hut binnen. In het vale licht van de op de grond gevallen zaklantaarn nam hij de situatie razendsnel op: Watson lag half naakt op haar zij; Jamie McCreath krabbelde met een bebloed gezicht naar achteren; Martin Strichen bracht zijn laars naar achteren om opnieuw een trap uit te delen.

Strichen verstarde en draaide zich om, maar Logan was al boven op hem gedoken en ze klapten samen tegen de muur. Strichens vuist schampte Logans hoofd. In diens linkeroor startte een onaangenaam fluitconcert. Logan was niet uit op een eerlijk gevecht en zocht onmiddellijk de gevoeligste plek van zijn tegenstander op: hij ramde zijn vuist in Martins kruis.

De grote, knokige man slaakte een kreet en deinsde achteruit, met zijn hand aan zijn kruis. Zijn gezicht werd lijkbleek en hij begon over te geven.

Logan wachtte niet tot hij uitgebraakt was, maar greep Strichen van achteren bij zijn haar en stootte hem tegen de betonnen muur. Martins hoofd raakte de muur zo hard dat de beschimmelde kalender met naakte vrouwen van zijn spijker viel.

Martin haalde naar achteren uit met een knokige elleboog en raakte Logan vlak onder zijn ribbenkast, wat Logan een serie pijnscheuten in de maagstreek opleverde. Hij zakte kreunend van pijn in elkaar.

Strichen stond in het midden van de hut en probeerde zijn evenwicht te hervinden. Grommend veegde hij het bloed van zijn gezicht.

Toen sloeg hij zijn lange arm uit en trok Jamie McCreath aan de voorkant van zijn winterjack omhoog, terwijl hij met zijn andere hand de weekendtas pakte. Hij rende naar buiten, de sneeuw in.

Logan ging op zijn knieën zitten. Hij rustte even in die positie, hijgend en hopend dat zijn ingewanden nog op hun plaats zaten. Uiteindelijk slaagde hij erin op te staan en naar de deur te lopen.

Op de drempel bleef hij staan. Hij kon Watson hier onmogelijk zo laten liggen. Hij wankelde terug naar de plek waar ze lag, die werd verlicht door de gevallen zaklantaarn. Ze had felrode plekken op haar buik en bovenbenen en vanuit een paar bijtwonden sijpelde bloed op de betonnen vloer. Toen hij haar handen losmaakte en haar overeind hielp, voelde hij een paar ribben bewegen.

'Gaat het?' vroeg hij, terwijl hij de prop uit haar mond haalde. Die had rond haar mond gemene blauwe plekken achtergelaten.

Ze spuwde een stukje natte stof uit en hoestte, waarbij haar gezicht onmiddellijk van pijn vertrok. Ze bracht haar handen naar haar gebroken ribben. 'Schiet op!' siste ze. 'Ga die klootzak pakken!'

Logan sloeg zijn jas over haar naakte schouders. Hij hinkte naar buiten, de sneeuw in.

Overal langs de rand van de groeve dansten lichtbundels en het geblaf van honden werd weerkaatst door het door mensenhanden gevormde gebergte. Uit zuidelijke richting naderden nog meer zaklampen, waardoor het leek alsof de sneeuw in brand stond.

Op minder dan zestig meter bleef iemand stilstaan.

Strichen.

Hij draaide zich om, probeerde het tegenstribbelende kind in bedwang te houden en keek wild om zich heen. Zijn gezicht werd verlicht door een paar dansende lichtbundels. Het leek alsof hij een uitweg zocht.

'Kom op, Martin,' zei Logan, terwijl hij door de sneeuw naar de aarzelende gestalte hinkte en zijn linkerhand tegen zijn maag duwde om de pijn te onderdrukken. 'Het is afgelopen. Je kunt nergens heen. Je foto is overal gepubliceerd, iedereen weet wie je bent. Het is over.'

Strichen draaide zich weer om. Zijn gezicht was nu verwrongen van angst. 'Nee,' schreeuwde hij. Dan sturen ze me naar de gevangenis!'

Logan vond dat nogal logisch en dat zei hij ook. 'Je hebt kinderen vermoord, Martin. Je hebt ze vermoord en misbruikt. Je hebt hun lichamen verminkt. Waar vind je zelf dat ze je naartoe moeten sturen? Naar een vakantiekamp?'

'Maar dan gaan ze me pijn doen!' Strichen huilde nu en na elke snik blies hij een wit wolkje in de duisternis. 'Net als hij. Net als Cleaver!'

'Kom op, Martin. Het is afgelopen.'

De kleine Jamie McCreath kronkelde en trapte om zich heen en schreeuwde de longen uit zijn lijf. Strichen liet de tas vallen om hem beter te kunnen vasthouden, maar Jamie ontglipte hem en viel in de sneeuw.

Logan stoof zo snel als zijn toestand toeliet naar voren.

Strichen trok een mes.

Logan bleef staan. Het lemmet glinsterde in de donkere nacht en Logans ingewanden begonnen heftig te protesteren.

'Ik ga niet naar de gevangenis!' Martin schreeuwde het uit en hij keek in paniek naar het naderende kordon politiemensen.

Jamie McCreath krabbelde onopgemerkt overeind en begon te rennen.

'Nee!' Martin draaide zich met een ruk om en keek naar het jongetje dat zo snel als zijn kleine beentjes hem konden dragen door de sneeuw rende. Maar Jamie rende niet in de richting van de politiemensen met de zaklantaarns en de blaffende honden. Hij rende recht op de groeve af.

Martin sprintte achter hem aan, met het mes in zijn hand. 'Kom terug!' riep hij. 'Dat is gevaarlijk!'

Logan vermande zich, probeerde niet op de pijn te letten en zette de achtervolging in. Hij had een behoorlijke afstand te overbruggen.

Strichen struikelde door een obstakel dat onder de sneeuw was verborgen en hij viel op zijn neus in de sneeuw. Hij krabbelde snel weer overeind, maar Jamie had nu een ruime voorsprong en rende nog steeds in de richting van de granietgroeve. Naar het pikzwarte meer. Plotseling stopte de jongen met rennen. Hij gleed een stukje door en bleef toen stokstijf staan. Hij kon niet verder meer, want voor hem zag hij alleen maar koud, donker water. Met een uitdrukking van doodsangst op zijn gezicht draaide hij zich om.

'Het is daar gevaarlijk!' riep Martin, die naar hem toe snelde.

Maar Martin Strichen woog een stuk meer dan het kleine jongetje. Het ijs dat het gewicht van Jamie gemakkelijk kon dragen, was niet bestand tegen de vijfennegentig kilo zware Strichen. Een geluid als een geweerschot echode door de groeve. De lange man stopte slippend, spreidde zijn armen en bewoog zich niet. Opnieuw kraakte het ijs, veel luider dit keer. Strichen gilde.

Drie meter verderop stond Jamie, die met angstige ogen naar hem keek.

Het ijs begaf het met een enorme knal en onder de voeten van Martin Strichen ontstond een wak ter grootte van een bestelwagen. Martin Strichen verdween. Recht naar beneden. Het zwarte water slikte zijn doodskreet in.

Aan de andere kant van het wak sloop Jamie naar voren en tuurde in het inktzwarte water.

Martin kwam niet meer boven.

39

Logan keek naar de zwaailichten van de ambulance die langzaam uit het zicht verdween. Het sneeuwde nog, maar de storm was voorbij. Ze hadden Watson afgevoerd met een hersenschudding, onderkoelingsverschijnselen, een paar lelijke kneuzingen en een stuk of wat gebroken ribben. Voor de bijtwonden zou ze een tetanusinjectie krijgen. Niets om je zorgen over te maken, had de ambulancebroeder gezegd. Zeker niet als je bedacht wat er had kúnnen gebeuren...

Logan klom in zijn dienstwagen, startte de motor en zette de kachel en de ventilator op de hoogste stand. Hij slaakte een diepe zucht. Jackie Watson en Jamie McCreath waren op weg naar het ziekenhuis. De hufter Simon Rennie hadden ze er al eerder heen gebracht. Maar Martin Strichen en zijn moeder waren dood.

Toen hij zijn hoofd weer oprichtte, zag hij dat er een dure wagen was gearriveerd. Het portier aan de bestuurderskant zwaaide open en twee welgevormde benen stapten in de sneeuw. De patholoog-anatoom was gearriveerd. Logan voelde zich nog miserabeler.

Isobel MacAlister was gekleed in een winterensemble dat het liefje van James Bond waardig was: een en al mohair en bont. En het ergste was dat ze er nog goed in uitzag ook.

Ze duwde een lok onder haar bontmuts, deed de kofferbak open en haalde haar dokterstas tevoorschijn.

Isobel en Miller.

Een stelletje.

Ze zoenden en ze sliepen met elkaar.

Als hij morgenochtend vroeg naar Interne Zaken ging, zou de roodharige, zuur kijkende Napier haar het hoofdbureau uit gooien, sneller dan je de beschuldiging 'ernstig wangedrag' kon uitspreken. Dan zou Napier hém in elk geval niet meer lastigvallen.

Somber tuurde Logan naar het huis waar de familie Strichen had gewoond. Het zou haar einde betekenen. Geen politiekorps zou ooit nog wat met Isobel te maken willen hebben. Werkloos. Wat had Miller gezegd? Ze had gewoon iemand nodig om stoom af te blazen. Iemand bij wie ze de ellende kwijt kon die ze elke dag onder ogen kreeg. Iemand die er voor haar was. Net zoals Logan er voor haar was geweest. Vroeger, in de slechte oude tijd.

Logan zou nooit meer de aanraking van haar koele handen op zijn huid voelen, hoogstens als hij levenloos op zijn rug in een koelcel in het lijkenhuis lag, met een naamkaartje aan zijn grote teen.

'Mooi,' zei hij tegen zichzelf toen de voorruit was ontwasemd. 'Een prima uitzicht. Dat ziet er gezond uit.' Hij zuchtte en reed weg.

Er was weinig verkeer op de gladde North Anderson Drive. Hij zag voornamelijk taxi's en vrachtwagens, die zwarte sporen trokken over het besneeuwde wegdek. Met hun achterwielen sproeiden ze fonteinen smeltwater, die er in het licht van de koplampen van Logans wagen uitzagen als goudkleurig vuurwerk.

De politieradio tetterde onophoudelijk. Het nieuws had zich snel verspreid: Strichen was dood! Het kind leefde nog! En Watson zag er geweldig uit in een beha en een slipje!

Geïrriteerd zette hij de politieradio uit. Maar de stilte die viel was nog erger dan het gekakel. De stilte riep vragen op. Wat zou er gebeurd zijn als...

Stel dat hij niet rechts maar links af was geslagen om Watson te zoeken? Wat zou er gebeurd zijn als hij niet stil was blijven staan toen Strichen het mes tevoorschijn had gehaald. Stel dat hij te laat was geweest...

Hij wilde er niet aan denken en zette de gewone radio aan. Hij zocht net zo lang totdat hij de diskjockey van het lokale radiostation Northsound hoorde en de vertrouwde, zoetsappige muziek uit de luidsprekers schalde. Het gaf hem het gevoel dat het leven weer zijn normale loop nam.

Hij tikte op de maat van de muziek tegen het dashboard en voelde de spanning in zijn schouders verminderen. Misschien was het wel goed zo. Misschien was het maar beter dat Martin het niet had overleefd. Beter dan te worden opgesloten in Peterhead, waar een op de drie gevangenen een soort Gerald Cleaver was.

Maar Logan wist dat hij nachtmerries zou krijgen.
Hij nam een afslag die leidde naar het noordelijke deel van de stad. Daar wachtten sneeuw, verlaten wegen en het spookachtige licht van de straatlantaarns. Daar kon hij alleen zijn. De muziek verstomde en er viel een stilte van tien seconden. Nadat een giechelende omroeper zich had verontschuldigd voor het wegvallen van de gebruikelijke tune, kwam het nieuws. Ze waarschuwden iedereen nog steeds uit te kijken naar Martin Strichen en gaven een gedetailleerde beschrijving van zijn uiterlijk. Ze wisten nog niet dat hij dood was.

Toen Logan Queen Street weer op reed, was het al bijna halfelf. Hij parkeerde de dienstwagen en sjokte het hoofdbureau binnen. Hij vroeg zich af waar iedereen was gebleven. Het was er stil als het graf. Toepasselijk.

Hij zou nog een halfuur wachten en dan het ziekenhuis bellen om te informeren hoe Watson het maakte. Maar eerst zou hij een mok koffie gaan halen. Of thee. Als het maar warm was. Hij was halverwege de hal toen iemand hem riep.

'Lazarus!'

Het was Dikke Gary. Zijn glimlach was zo breed dat er wel een kleerhanger in zijn mond paste. Er vielen kruimels van zijn caramelwafel uit zijn geopende mond op de balie.

Zijn collega, die aan de telefoon zat, keek ook op, glimlachte en stak enthousiast zijn duim op naar Logan. Dikke Gary kwam de deur uit gelopen die toegang gaf naar de ruimte achter de balie en omhelsde Logan stevig. 'Jij lieve schat!'

Het was leuk om erkenning te krijgen van de werkvloer, maar Logans ingewanden protesteerden heftig. 'Genoeg, genoeg!'

Dikke Gary liet hem los en deed een pas achteruit. Hij had een uitdrukking van vaderlijke trots op zijn gelaat. Die verdween toen hij zag dat Logan écht pijn had. 'Het spijt me. Gaat het?'

Logan wuifde het weg, zette zijn tanden op elkaar en probeerde langzaam en diep adem te halen, zoals ze het hem in de pijnkliniek hadden geleerd. In en uit. In en uit...

'Je bent écht een held, Lazarus,' zei Gary. 'Waar of niet, Eric?'

De brigadier van dienst, die klaar was met de telefoon, beaamde dat over de heldenstatus van Logan geen twijfel meer mogelijk was.

'Waar is iedereen?' vroeg Logan, die van onderwerp wilde veranderen.
'Hiernaast.' Dat betekende de kroeg. 'De hoofdcommissaris trakteert. 'We proberen je al uren via de radio te bereiken!'
'O...' Hij glimlachte en vertelde niet dat hij het ding had uitgezet.
'Ik zou er ook maar naartoe gaan, Lazarus, kerel,' zei Dikke Gary, die eruitzag alsof hij Logan opnieuw in een ribben kneuzende en ingewanden plettende omhelzing wilde nemen.
Logan deed een stap naar achteren en kondigde aan dat hij naar de kroeg ging.

Archibald Simpson's was luidruchtiger dan normaal op een woensdagavond. Overal waar Logan keek, zag hij politiemannen en -vrouwen die bezig waren hun lichaamsgewicht aan alcohol te consumeren. De stemming was feestelijk, net als op oudejaarsavond. Alleen waren er nu geen vechtpartijen.

Zodra een van de aanwezigen Logan zag binnenkomen, werd zijn naam geroepen en barstte iedereen los in een voetbalstadionvariant van 'For He's A Jolly Good Fellow'. Talloze handen sloegen op zijn rug, hij kreeg drankjes aangeboden, mensen wilden hem een hand of een zoen geven, al naargelang hun stemming of seksuele voorkeur.

Logan wurmde zich door de enthousiaste massa en zag een relatief rustig hoekje. Hij herkende de omvangrijke massa van Insch en plofte op een lege kruk naast hem. Insch keek op, grijnsde breed en sloeg Logan met zijn reusachtige hand op de rug. Aan de andere kant van de tafel bevond zich het contingent uit Edinburgh. De hoofdinspecteur en zijn ondergeschikten waren rozig en tevreden en feliciteerden hem hartelijk. Maar de klinisch psycholoog zag eruit alsof zijn geforceerde glimlach hem blijvende schade zou opleveren.

'De hoofdcommissaris heeft gezegd dat alle drankjes vanavond voor zijn rekening zijn!' Insch straalde en gaf Logan opnieuw een tik op zijn rug. Hij leunde achterover en sloeg in één keer een halve liter bier naar binnen.

Logan keek naar de verzamelde menigte: het puikje van politiekorps Grampian. Dit avondje ging de hoofdcommissaris een fortuin kosten.

40

Die donderdagochtend was het op het hoofdbureau wat rustiger dan normaal. Voornamelijk omdat vijfennegentig procent van het personeelsbestand rondliep met een enorme kater. Niemand wist wat de uitspatting van de afgelopen nacht had gekost, maar de rekening moest enorm zijn. Ze waren begonnen met bier, wodka en RedBull en aan het eind van de avond had iedereen tequilashooters gedronken. Toen de laatste feestvierders de sneeuw in waggelden, had de kroeg volgens de vergunningsvoorwaarden eigenlijk al drie uur dicht moeten zijn. Maar wie had tegen deze overtreding moeten optreden? Driekwart van de agenten van het korps Grampian stond daar te schreeuwen om meer zout en citroen.

Logan sleepte zich met pijn en moeite naar het werk, nadat hij had ontbeten met cola en pijnstillers. Vast voedsel kon hij niet naar binnen krijgen. De ochtend had hem verwelkomd met een stralende hemel en een frisse wind, die ervoor had gezorgd dat de sneeuw van afgelopen avond spekglad was geworden.

Om halftien was een persconferentie gepland. Logan keek er niet verlangend naar uit. Er was een ploeg werklieden met drilboren aan de gang in zijn hoofd en het voelde alsof ze de volledige inhoud van zijn schedel via zijn oren naar buiten wilden werken. Zijn ogen, die doorgaans helderblauw van kleur waren, zagen eruit als die van een acteur in een griezelfilm.

Toen hij binnenkwam voor de briefing, werd er opnieuw geapplaudisseerd door de aanwezigen, die er ook niet allemaal even gezond uitzagen. Hij zwaaide en nam zijn vaste plaats in.

Insch maande iedereen tot stilte en begon met de briefing. Tegen alle natuurwetten in was Insch opmerkelijk monter. Terwijl hij degene was die om twee uur 's ochtends nog was overgeschakeld op drambuie.

Zo bleek maar weer dat er in het ondermaanse geen gerechtigheid bestond.

Insch nam de gebeurtenissen van de vorige avond door, wat op de juiste momenten opnieuw voor het nodige applaus zorgde. Vervolgens werden de gebruikelijke taken verdeeld: onderzoeksteams, dossieronderzoek, buurtonderzoek...

Nadat de menigte de briefingkamer had verlaten, bleef Logan achter met Insch.

'Zo,' zei de forse man, terwijl hij op zijn bureau ging zitten en een maagdelijk pak zuurtjes tevoorschijn haalde. 'Hoe voel je je nu?'

'Niet slecht, afgezien van de fanfare die in mijn hoofd voor het carnaval aan het repeteren is.'

'Mooi.' Insch zweeg en ontdeed een zuurtje van het omhulsel. 'Het lichaam van Martin Strichen is vanochtend om kwart over zes door duikers opgedregd. Hij was verstrikt geraakt in het wier onder het ijs.'

Logan probeerde niet te glimlachen. 'Aha.'

'En ik kan je vertellen dat je voor gisteravond een eervolle vermelding krijgt.'

Hij vermeed het Insch aan te kijken. 'Maar Strichen is verdronken.'

Insch zuchtte. 'Ja, dat klopt. En zijn moeder is ook dood. Maar Jamie McCreath leeft nog, net als Watson. En de kinderen in Aberdeen zijn weer veilig.' Hij legde zijn grote hand op Logans schouder. 'Dat was prima werk.'

De persconferentie was een pandemonium: journalisten riepen door elkaar heen in het felle licht van de televisielampen en de flitsers, en de presentatoren van de televisierubrieken glimlachten zelfingenomen en probeerden intelligente vragen te stellen. Logan sloeg er zich zo goed mogelijk doorheen.

Colin Miller wachtte op hem toen de persconferentie was afgelopen. Hij stond achter in de zaal en zag er nerveus uit. Hij vertelde Logan hoe fantastisch hij het vond dat hij de jongen op tijd had gevonden. En hij gaf hem een exemplaar van de ochtendkrant met de kop: HELD VAN HET POLITIEKORPS GRAMPIAN ZET KINDERMOORDENAAR DE VOET DWARS! 'Zie ook pagina 3 t/m 6.' Hij beet op zijn lip, haalde diep adem en zei: 'Wat nu?'

Logan wist dat Miller het niet over het onderzoek had. Hij had zich de hele ochtend al dezelfde vraag gesteld. Vanaf het moment dat hij op het hoofdbureau was gearriveerd zonder direct naar Napier en de andere bullebakken van Interne Zaken te lopen. Als hij Isobel zou aangeven, was ze geruïneerd. Maar als hij zijn mond zou houden, kon het opnieuw gebeuren. Dan zou er straks opnieuw een onderzoek kunnen worden gecompromitteerd, kon er opnieuw een kans verloren gaan een moordenaar op te pakken voordat hij opnieuw kon moorden. Logan zuchtte. Hij kon maar één oplossing bedenken. 'Je stemt alles wat ze je vertelt eerst met mij af. Voordat je het in de krant zet. Als je dat niet doet, ga ik naar de officier van justitie en moet ze de prijs betalen. Een strafrechtelijk onderzoek. Gevangenisstraf. Het hele circus. Begrepen?'

Miller keek hem uitdrukkingsloos aan. 'Goed,' zei hij uiteindelijk. 'Dat is afgesproken.' Hij haalde zijn schouders op. 'Afgaande op wat ze mij over je vertelde, dacht ik dat je onverbiddelijk zou zijn als je erachter zou komen. Dat je de mogelijkheid om van haar af te komen met beide handen zou aangrijpen.'

Logans glimlach was net zo ongemeend als zijn woorden: 'Nou, dan had ze het bij het verkeerde eind. En ik hoop dat jullie gelukkig worden samen.' Hij slaagde er niet in Miller aan te kijken toen hij het zei.

Nadat de journalist was vertrokken, wandelde Logan door de hal. Hij keek door de grote glazen deuren naar de neerdalende sneeuwvlokken. Hij was blij even alleen te zijn. Hij ging op een van de ongemakkelijke paarse stoeltjes zitten en leunde met zijn hoofd tegen het glas.

Met Jackie zou alles goed komen. Vanmiddag ging hij haar opzoeken, gewapend met een berg druiven, een doos chocola en een uitnodiging voor een etentje. Misschien was dit het begin van iets moois. Wie zou het zeggen?

Hij glimlachte, strekte zijn benen en geeuwde ongegeneerd. Op dat moment kwam er een zwaargebouwde man door de voordeuren naar binnen. Hij sloeg de sneeuw van zijn jas. Logan schatte hem op ongeveer vijfenvijftig jaar oud. Hij had een zorgvuldig getrimde baard die meer zout- dan peperkleurig was. Hij liep resoluut op de balie af. 'Goedemorgen,' zei hij, waarbij zijn lichaam even schokte, alsof hij last had van vlooien. 'Ik zoek de politieman met die bijbelse naam.'

De brigadier van dienst wees naar Logan. 'De held uit de bijbel zit daar.'

De man draaide zich om en liep in een rechte lijn over het linoleum naar Logan, al was zijn tred enigszins losjes door de hoeveelheid whisky waarmee hij zich moed had ingedronken. 'Bent u de politieman die uit de dood is herrezen?' vroeg hij met een schrille en enigszins lallende stem.

Tegen beter weten in bevestigde Logan dat hij dat was.

De man kwam kaarsrecht voor hem staan, met vooruitgestoken borstkas en de kin in de lucht. 'Ik heb haar vermoord,' zei hij. Het klonk als een salvo uit een machinegeweer. 'Ik heb haar vermoord en ik kom mezelf aangeven.'

Logan wreef met zijn hand over zijn voorhoofd. Het laatste wat hij kon gebruiken was een nieuwe hoofdpijnzaak. 'Wie hebt u precies vermoord?' Hij probeerde geduldig te klinken. Het lukte hem niet.

'Het meisje. Het meisje dat ze in die stal hebben gevonden...' Zijn stem stokte en voor het eerst viel het Logan op dat zijn ogen, wangen en neus rood waren van het huilen. 'Ik had gedronken.' Hij huiverde terwijl de film van het ongeluk voor de zoveelste keer in zijn hoofd werd afgespeeld. 'Ik zag haar niet. Ik dacht... de hele tijd... toen u die man had gearresteerd, dacht ik dat het allemaal weg zou gaan. Maar hij is vermoord, nietwaar? En dat is mijn schuld.' Hij wreef met zijn arm over zijn ogen en barstte in tranen uit.

Dus dit was de man die Lorna Henderson had gedood. De man die de dood van Bernard Duncan Philips had veroorzaakt. De man die mevrouw Henderson ertoe had bewogen een moord te plegen.

Ook dit leven was verwoest. De zaak was opgelost.

Dankwoord

Wat u in dit boek leest is fictie. De paar feiten die erin staan, heb ik ontleend aan al diegenen die mijn spervuur van (soms onbenullige) vragen hebben beantwoord. Mijn dank dus aan: Jacky Davidson en Matt MacKay van het politiekorps Grampian, voor hun beschrijving van de politieprocedures in Aberdeen; Ishbel Hunter, senior patholoog-anatoom, verbonden aan de afdeling Pathologie van Aberdeen Royal Infirmary, voor haar gedetailleerde uitleg over de praktijk van het post mortem onderzoek; Brian Dickson, hoofd Beveiliging van de *Press and Journals* voor zijn rondleiding. Bijzondere dank ben ik ook verschuldigd aan mijn literair agent Philip Patterson, die erin slaagde de lieftallige Jane Johnson en Sarah Hodgson van HarperCollins zover te krijgen dat ze dit boek wilden uitgeven. En aan Lucy Vanderbilt, Andrea Joyce en de rest van haar fantastische team voor de manier waarop ze het boek onder de aandacht hebben gebracht van buitenlandse uitgevers. En aan Andrea Best, Kelly Ragland en Saskia van Iperen, die besloten het in hun fonds op te nemen.

Ik dank James Oswald voor zijn input in het allereerste begin en ik dank mijn eerste agent bij Marjacq, die mij adviseerde op te houden met het schrijven van al die SF-onzin en in plaats daarvan eens een seriemoord als onderwerp te nemen, voordat hij zelf besloot belastinginspecteur te worden.

Maar vooral dank ik mijn ondeugende vrouw Fiona. Voor alle kopjes thee. Omdat ze me wees op spelfouten en grammaticale missers. Omdat ze dreigde het boek niet uit te lezen als ze er niets aan zou vinden. En omdat ze het al die jaren met me heeft uitgehouden.

Ten slotte: Aberdeen is niet zo erg als u misschien denkt. Eerlijk waar...